1781

James Ellroy

DIE ROTHAARIGE

DIE SUCHE NACH DEM MÖRDER MEINER MUTTER

Aus dem Amerikanischen von
Tina Hohl und Heinrich Anders

Hoffmann und Campe

Die Originalausgabe erschien unter dem Titel
My Dark Places bei Alfred A. Knopf, New York

Die Deutsche Bibliothek – CIP-Einheitsaufnahme
Ellroy, James:
Die Rothaarige: die Suche nach dem Mörder meiner Mutter / James Ellroy.
Aus dem Amerikan. von Tina Hohl und Heinrich Anders.
– 1. Aufl. – Hamburg: Hoffmann und Campe, 1997
ISBN 3-455-01791-6

Deutsche Ausgabe

Schutzumschlaggestaltung: Thomas Bonnie unter Verwendung eines Fotos
des Police Dept. LA
Fotos im Text:
S. 103: Department of Special Collections, UCLA Library
S. 201: Kathleen Clark
Satz: Dörlemann Satz, Lemförde
Druck und Bindung: Graphischer Großbetrieb Pößneck
Printed in Germany

Für
Helen Knode

1
DIE ROTHAARIGE

Ein billiger Samstagabend war dein Verhängnis. Du starbst einen dummen und brutalen Tod. Du warst nicht imstande, dein Leben zu lieben.
Deine Flucht in die Geborgenheit gewährte dir nur eine kurze Gnadenfrist. Du hast mich als Talisman in dein Versteck mitgenommen. Ich habe als Glücksbringer versagt – deshalb will ich jetzt dein Zeuge sein.
Dein Tod bestimmt mein Leben. Ich will die Liebe finden, die wir nie erlebten, und sie in deinem Namen erklären.
Ich will deine Geheimnisse öffentlich machen. Ich will die Kluft zwischen uns niederbrennen.
Ich will dir Luft zum Atmen geben.

1

Ein paar Kinder fanden sie.
Sie spielten in der Babe Ruth League und waren auf dem Weg zum Baseball-Training. Hinter ihnen gingen drei erwachsene Trainer.
Die Jungs entdeckten in dem Efeustreifen gleich neben dem Bordstein eine Gestalt. Die Männer sahen lose Perlen auf dem Pflaster. Ein kurzes telepathisches Zucken durchfuhr alle.
Clyde Warner und Dick Ginnold scheuchten die Kinder ein Stückchen beiseite – damit sie nicht so genau hinschauen konnten. Kendall Nungesser rannte über die Tyler und fand neben dem Milchstand ein Münztelefon.
Er rief das Büro des Sheriffs in Temple City an und erklärte dem diensthabenden Sergeant, er habe eine Leiche entdeckt. Sie liege direkt an der Straße am Sportplatz bei der Arroyo High School. Der Sergeant sagte: Bleiben Sie da und fassen Sie nichts an.
Ein Funkspruch ging raus: 10:10, Sonntag, 22. 6. 58. Leiche Ecke King's Row/Tyler Avenue, El Monte.
Ein Streifenwagen des Sheriffs war in weniger als fünf Minuten dort. Ein paar Sekunden später kam eine Einheit des El Monte Police Department.
Deputy Vic Cavallero schirmte die Trainer und die Kinder ab. Officer Dave Wire sah sich die Leiche an.
Es war eine weibliche weiße Person. Sie hatte helle Haut und rote Haare. Sie war ungefähr 40 Jahre alt. Sie lag flach auf dem Rükken – auf einer efeubewachsenen Stelle ein paar Zentimeter vom Bordstein der King's Row entfernt.
Ihr rechter Arm war nach oben gebogen. Ihre rechte Hand ruhte ein paar Zentimeter über ihrem Kopf. Ihr linker Arm war im El-

lenbogen gebeugt und lag über ihrer Taille. Ihre linke Hand war zur Faust geballt. Ihre Beine waren ausgestreckt.
Sie trug ein rundausgeschnittenes, ärmelloses Kleid in Hell- und Dunkelblau. Ein dunkelblauer Mantel mit dazu passendem Futter war über ihren Unterleib drapiert.
Man konnte ihre Füße und Knöchel sehen. Ihr rechter Fuß war nackt. Ein Nylonstrumpf war bis zu ihrem linken Knöchel hinabgerutscht.
Ihr Kleid war verrutscht. Ihre Arme waren von Insektenstichen übersät. Sie hatte blaue Flecken im Gesicht, und ihre Zunge quoll hervor. Ihr Büstenhalter war offen und über ihre Brüste hochgerutscht. Ein Nylonstrumpf und eine Baumwollschnur lagen um ihren Hals. Beide Schlingen waren fest verknotet.
Dave Wire sandte einen Funkspruch an die Einsatzleitung in El Monte. Vic Cavallero rief das Büro in Temple an. Die bei einem Leichenfund zuständigen Stellen wurden alarmiert.
Der Gerichtsmediziner von L.A. County. Das kriminaltechnische Labor des Sheriffs und der Polizeifotograf. Ein Team der Mordkommission des Sheriffs wurde angefordert.
Cavallero blieb bei der Leiche. Dave Wire lief zum Milchstand hinüber und organisierte ein Stück Schnur. Cavallero half ihm, den Tatort damit abzustecken.
Sie erörterten die merkwürdige Stellung der Leiche. Es sah willkürlich und beabsichtigt zugleich aus.
Schaulustige sammelten sich. Cavallero drängte sie auf den Gehsteig der Tyler Avenue zurück. Wire entdeckte ein paar Perlen auf der Straße und umkreiste jede einzelne mit Kreide.
Polizeiwagen hielten vor dem Absperrband. Cops in Uniform und Zivilbeamte duckten sich unter dem Seil hindurch.
Vom El Monte PD: Chief Orval Davis, Captain Jim Bruton, Sergeant Virg Ervin. Captain Dick Brooks, Lieutenant Don Mead und Sergeant Don Clapp vom Büro des Sheriffs in Temple. Die Temple-Deputies riefen die Leute und bloß neugierige Cops auf, Abstand zu halten.
Dave Wire vermaß die genaue Position der Leiche: 19 Meter westlich der ersten geschlossenen Schranke zum Schulgelände/60 Zen-

timeter südlich des Bordsteins der King's Row. Der Polizeifotograf erschien und fotografierte die King's Row und den Sportplatz der Arroyo High.

Es war Mittag – und schon fast 32 Grad.

Der Polizeifotograf nahm die Leiche von oben und von der Seite auf. Vic Cavallero versicherte ihm, daß die Leute, die sie gefunden hatten, nichts angefaßt hätten. Sergeant Ward Hallinen und Sergeant Jack Lawton erschienen und gingen direkt zu Chief Davis. Davis übergab ihnen den Fall – gemäß dem Abkommen, nach dem alle Mordfälle in El Monte in den Zuständigkeitsbereich der Mordkommission des Sheriffs von L.A. fielen.

Hallinen ging zu der Leiche hinüber. Lawton zeichnete eine Skizze der Umgebung in sein Notizbuch.

Die Tyler Avenue verlief von Norden nach Süden. Sie wurde am südlichen Rand des Schulgeländes von der King's Row gekreuzt. Die King's Row führte etwa 160 Meter in Richtung Osten. Sie endete an der Cedar Avenue – dem Ostrand des Schulgeländes. Sie war kaum mehr als ein asphaltierter Zufahrtsweg.

An der Einmündung zur Cedar Avenue befand sich eine Schranke. Davor sperrte eine weitere Schranke ein paar Bungalows in der Nähe der Arroyo-High-Hauptgebäude ab. In die King's Row kam man nur über die Tyler Avenue.

Die King's Row war 4,5 Meter breit. An ihrem nördlichen Rand erstreckte sich der Sportplatz. Hinter dem südlichen Bordstein und einem 90 Zentimeter breiten Efeustreifen führte ein von Strauchwerk überwachsener Maschendrahtzaun entlang. Die Leiche lag 69 Meter östlich der Kreuzung Tyler/King's Row.

Der linke Fuß des Opfers war fünf Zentimeter vom Rinnstein entfernt. Das Gewicht der Leiche hatte den Efeu um sie herum plattgedrückt.

Lawton und Hallinen betrachteten die Leiche. Die Leichenstarre setzte langsam ein – die geballte Faust des Opfers war bereits steif. Hallinen bemerkte einen Ring mit einer künstlichen Perle an ihrem Mittelfinger. Lawton meinte, er könne vielleicht bei der Identifizierung hilfreich sein.

Ihr Gesicht war bläulich angelaufen. Sie sah aus wie der klassische Fall einer nachts entsorgten Leiche.
Vic Cavallero schickte die Trainer und die Baseball-Kids nach Hause. Dave Wire und Virg Ervin mischten sich unter die Zivilisten. Sergeant Harry Andre erschien – er gehörte zur Mordkommission des Sheriffs und war außer Dienst, wollte sich aber unbedingt nützlich machen.
Die Presse tauchte auf. Ein paar Deputies aus Temple kamen angefahren, um sich den Fall anzusehen. Das halbe 26köpfige El Monte PD schaute vorbei – weiße Frauenleichen waren eine ziemliche Attraktion.
Der Gerichtsmediziner erschien. Der Polizeifotograf gab das Opfer zur Untersuchung frei.
Hallinen und Lawton drängelten sich nach vorn, um zuzuschauen. Der Gerichtsmediziner hob den Mantel vom Unterleib des Opfers.
Die Frau trug weder Unterrock noch Hüfthalter oder Slip. Ihr Kleid war bis über die Hüften hochgeschoben. Kein Slip, keine Schuhe. Der eine Strumpf um ihren linken Knöchel. Blaue Flekken und Kratzer auf der Innenseite der Oberschenkel. Eine Schürfwunde an der linken Hüfte, mit der sie offenbar über den Asphalt geschleift worden war.
Der Gerichtsmediziner drehte die Leiche um. Der Polizeifotograf fotografierte das Opfer mehrfach von hinten. Der Rücken des Opfers war naß vom Tau und zeigte erste Totenflecken.
Der Gerichtsmediziner sagte, sie sei vermutlich seit acht bis zwölf Stunden tot. Sie war vor Sonnenaufgang hier deponiert worden – dafür war der Tau auf ihrem Rücken ein klares Indiz.
Der Polizeifotograf machte weitere Fotos. Der Gerichtsmediziner und sein Assistent hoben die Leiche hoch. Sie war schlaff – die Leichenstarre war noch nicht vollständig. Sie trugen das Opfer zu ihrem Wagen und legten es auf eine Bahre.
Hallinen und Lawton durchsuchten den Efeustreifen und den angrenzenden Straßenrand.
Auf der Straße fanden sie eine zerbrochene Autoantenne. Im plattgedrückten Efeu fanden sie bei der Stelle, wo die Leiche gelegen

hatte, eine zerrissene Perlenkette. Sie lasen die mit Kreide markierten Perlen auf und fädelten sie auf. Es fehlte keine.
Der Verschluß war intakt. Die Kette war in der Mitte gerissen. Sie tüteten beide Teile der Kette als Beweisstücke ein.
Den Slip, die Schuhe und die Handtasche des Opfers fanden sie nicht. Sie fanden keine Reifenabdrücke im Rollsplitt am Straßenrand. Auf keinem Belag an der King's Row gab es irgendwelche Schleifspuren. Der Efeu am Fundort der Leiche sah nicht niedergetrampelt aus.
Es war 13:20. Die Temperatur lag bei 35 Grad.
Der Gerichtsmediziner entnahm Proben von Kopf- und Schamhaar des Opfers. Er schnitt ihm die Fingernägel und steckte die Abschnitte in einen kleinen Umschlag.
Er ließ die Leiche entkleiden und mit dem Gesicht nach oben auf seine Bahre legen.
Auf der rechten Handfläche des Opfers klebte eine kleine Menge getrockneten Bluts. Etwa in der Mitte der Stirn des Opfers befand sich eine kleine Kratzwunde.
Die rechte Brustwarze des Opfers fehlte. Der Warzenhof ringsum bestand aus streifigem weißen Narbengewebe. Es sah nach einer alten chirurgischen Amputation aus.
Hallinen nahm dem Opfer den Ring ab. Der Gerichtsmediziner maß die Körpergröße. Er kam auf 168 Zentimeter und schätzte das Gewicht auf 61 Kilo. Lawton ging, um die Daten der Einsatzleitung im Präsidium zu melden und beim Sheriff anzufragen, ob eine entsprechende Vermißtenmeldung vorläge.
Der Gerichtsmediziner nahm ein Skalpell und trennte mit einem tiefen, 15 Zentimeter langen Schnitt den Unterleib des Opfers auf. Er teilte die beiden Fleischlappen mit den Fingern, stieß ein Fleischthermometer in die Leber und maß 32 Grad. Er bestimmte die Todeszeit auf 3:00 bis 5:00 morgens.
Hallinen untersuchte die Schlingen. Der Strumpf und die Baumwollschnur waren separat um den Hals des Opfers geschlungen. Die Schnur sah aus wie eine Wäscheleine oder die Zugleine einer Jalousie.
Sie war im Nacken des Opfers verknotet. Der Mörder hatte so fest

zugezogen, daß sie gerissen war – das ausgefranste Ende und die ungleiche Länge der Schnurenden waren dafür ein klares Indiz. Der Strumpf um den Hals des Opfers paßte zu dem um ihren linken Knöchel.

Der Gerichtsmediziner verschloß seinen Wagen und fuhr die Leiche ins Leichenschauhaus von L.A. County. Jack Lawton gab über Polizeifunk folgende Meldung durch:

An alle Einheiten im San Gabriel Valley: Achten Sie auf verdächtige männliche Personen mit frischen Schnitt- und Kratzwunden.

Ward Hallinen rief ein paar Reporter von lokalen Radiosendern zusammen. Er wies sie an, folgende Meldung zu verbreiten:

Weiße Frau tot aufgefunden. Vierzig/rotes Haar/braune Augen/ 1,68/61. Sachdienliche Hinweise nehmen das El Monte Police Department sowie das Büro des Sheriffs in Temple City entgegen – –

Chief Davis und Captain Bruton fuhren zum Polizeipräsidium in El Monte. Drei hochrangige Beamte der Mordkommission des Sheriffs kamen hinzu: Inspector R. J. Parsonson, Captain Al Etzel, Lieutenant Charles McGowan.

Sie hielten eine Lagebesprechung ab. Bruton rief die Police Departments Baldwin Park, Pasadena, das Sheriff-Büro in San Dimas und die Police Departments Covina und West Covina an. Er gab die Beschreibung des Opfers durch und erhielt überall die gleiche Antwort: Trifft auf keine der weiblichen Personen zu, die in letzter Zeit bei uns als vermißt gemeldet wurden.

Uniformierte Deputies und Cops aus El Monte durchkämmten das Gelände der Arroyo High. Hallinen, Lawton und Andre befragten die unmittelbare Nachbarschaft.

Sie sprachen mit Spaziergängern und Leuten, die sich in ihrem Garten sonnten. Sie sprachen mit etlichen Kunden am Milchstand. Sie beschrieben ihr Opfer und bekamen durch die Bank weg die Antwort: Keine Ahnung, wer das sein soll.

Das Viertel war eine etwas ländliche Wohngegend – kleine Häuser, dazwischen freie Grundstücke und unerschlossene landwirtschaftliche Flächen. Hallinen, Lawton und Andre fanden es aussichtslos, hier noch länger Leute zu befragen.

Sie fuhren in Richtung Süden zu den Hauptdurchgangsstraßen von El Monte: Ramona, Garvey, Valley Boulevard. Dort klapperten sie eine Reihe von Cafés und ein paar Cocktailbars ab. Sie beschrieben die Rothaarige und bekamen lauter abschlägige Antworten.

Die ersten Befragungen hatten zu keinem Ergebnis geführt.

Das Durchkämmen des Geländes hatte zu keinem Ergebnis geführt.

Keine Streife hatte eine verdächtige männliche Person mit Schnitt- und Kratzwunden gemeldet.

Beim El Monte PD ging ein Anruf ein. Die Anruferin sagte, sie habe gerade die Durchsage im Radio gehört. Die Beschreibung der Frau, die bei der Schule gefunden worden war, höre sich ganz nach ihrer Mieterin an.

Die Zentrale funkte an Virg Ervin: Die Frau wohnt in der Bryant Road 700. Fahren Sie hin.

Die Adresse lag in El Monte – etwa eine Meile südöstlich der Arroyo High School. Ervin fuhr hin und klopfte an die Tür.

Ein Frau machte auf. Sie wies sich als Anna May Krycki aus und erklärte, die Beschreibung der toten Frau passe auf ihre Mieterin, Jean Ellroy. Jean hatte ihr Häuschen auf dem Grundstück der Kryckis am vorigen Abend um zirka 20:00 verlassen. Sie war die ganze Nacht weggeblieben – und immer noch nicht wieder da. Ervin beschrieb den Mantel und das Kleid der Frau. Anna May Krycki sagte, das könnten die Sachen sein, die Jean am liebsten trug. Ervin beschrieb die Narbe an der rechten Brustwarze des Opfers. Anna May Krycki sagte, Jean habe ihr diese Narbe gezeigt.

Ervin ging zurück zu seinem Wagen und gab die Informationen an die Funkzentrale in El Monte durch. Die Einsatzleitung schickte einen Streifenwagen auf die Suche nach Jack Lawton und Ward Hallinen.

Der Wagen fand die beiden innerhalb von zehn Minuten. Sie fuhren direkt zu den Kryckis.

Hallinen zog ohne Umschweife den Ring des Opfers hervor. Anna May Krycki identifizierte ihn als Jean Ellroys.

Lawton und Hallinen gaben ihr einen Stuhl und verhörten sie. Anna May Krycki sagte, sie sei verheiratet. Der Name ihres Mannes sei George, und sie habe einen zwölfjährigen Sohn namens Gaylord aus einer früheren Ehe. Jean Ellroy nannte sich zwar noch *Mrs.* Jean Ellroy, doch sie war seit mehreren Jahren von ihrem Mann geschieden. Jeans vollständiger Vorname war Geneva. Ihr zweiter Vorname war Odelia und ihr Mädchenname Hilliker. Jean war staatlich geprüfte Krankenschwester. Sie arbeitete in einer Fabrik für Flugzeugteile in der Innenstadt von L.A. Sie wohnte mit ihrem 10jährigen Sohn in dem kleinen steinernen Bungalow hinter dem Haus der Kryckis. Jean fuhr einen rotweißen '57er Buick. Ihr Sohn war übers Wochenende bei seinem Vater in L.A. und müßte in ein paar Stunden zurück sein.
Mrs. Krycki zeigte ihnen ein Foto von Jean Ellroy. Das Gesicht war das ihres Opfers.
Mrs. Krycki erklärte, sie habe gesehen, wie Jean am vorigen Abend gegen 20:00 ihren Bungalow verließ. Sie war allein. Sie fuhr mit ihrem Wagen fort und kam nicht zurück. Ihr Wagen stand weder in der Auffahrt noch in ihrer Garage.
Mrs. Krycki sagte aus, das Opfer hätte vor vier Monaten mit dem Sohn den Bungalow bezogen. Sie erklärte, der Junge verbringe die Wochentage bei seiner Mutter und die Wochenenden bei seinem Vater. Jean stammte aus einer Kleinstadt in Wisconsin. Sie war eine stille Frau, die hart arbeitete und zurückgezogen lebte. Sie war 37 Jahre alt.
Der Vater hatte den Jungen gestern morgen per Taxi abgeholt. Sie hatte Jean gestern nachmittag bei der Gartenarbeit gesehen. Die beiden hatten kurz miteinander gesprochen, doch Jean hatte nicht gesagt, was sie am Samstag abend vorhatte.
Virg Ervin lenkte das Gespräch auf den Wagen des Opfers. Bei welcher Werkstatt ließ Jean ihn warten?
Mrs. Krycki empfahl ihm, es bei der Union-76-Tankstelle im Ort zu versuchen. Ervin besorgte sich die Nummer bei der Auskunft, rief die Tankstelle an und sprach mit dem Besitzer. Der Mann sah in seinen Unterlagen nach und nannte ihm ein Kfz-Kennzeichen: California/KFE 778.

Ervin gab das Kennzeichen der Funkzentrale des El Monte PDs durch. Diese übermittelte es an alle Einheiten des Sheriffs und der örtlichen Polizeireviere.
Das Verhör wurde fortgesetzt. Hallinen und Lawton interessierten sich besonders für einen Punkt: das Verhältnis des Opfers zu Männern.
Mrs. Krycki sagte, Jean habe nur wenig Umgang mit anderen Menschen gehabt. Offenbar hatte sie keine Liebhaber. Manchmal ging sie allein aus – kam aber meistens früh wieder nach Haus. Sie trank kaum Alkohol. Sie hatte oft gesagt, sie wolle ihrem Sohn ein Vorbild sein.
George Krycki kam herein. Hallinen und Lawton fragten ihn, was er Samstag abend gemacht habe.
Er erklärte, Anna May sei gegen 21:00 ins Kino gegangen. Er sei zu Hause geblieben und habe sich einen Boxkampf im Fernsehen angesehen. Er habe Jean zwischen 20:00 und 20:30 wegfahren sehen und weder gehört noch gesehen, daß sie wieder nach Hause gekommen wäre.
Ervin bat die Kryckis, ihn ins Leichenschauhaus von L.A. County zu begleiten. Sie mußten die Leiche identifizieren.
Hallinen rief im Labor des Sheriffs an und bestellte einen Deputy von der Spurensicherung zur Bryant 700, El Monte – das kleine Haus hinter dem größeren Haus.
Virg Ervin fuhr die Kryckis zur L.A. Hall of Justice – zwölf Meilen den San Bernardino Freeway rauf. Die gerichtsmedizinische Abteilung und die Leichenhalle lagen im Keller unter dem Büro der Mordkommission des Sheriffs.
Die Leiche lag aufgebahrt in einer Kühlkammer. Die Kryckis sahen sie sich getrennt an. Sie identifizierten sie beide als Jean Ellroy. Ervin ließ die Kryckis eine formelle Erklärung unterschreiben und fuhr sie zurück nach El Monte.
Der Deputy von der Spurensicherung traf Hallinen und Lawton vor dem Bungalow der Ellroys. Es war 16:30 und immer noch heiß und stickig.
Der Bungalow war klein und aus rotbraunem Holz und Naturstein erbaut. Er stand hinter dem Haus der Kryckis, ganz am

Ende des gemeinsamen Gartens. Im Garten wuchsen schattige Palmen und große Bananenpflanzen. Den Mittelpunkt bildete ein Teich aus aufeinandergemauerten Felsbrocken. Die Häuser lagen an der südöstlichen Ecke der Kreuzung Maple/Bryant. Jean Ellroys Haus hatte eine Maple-Avenue-Adresse.
Von ihrer Haustür aus schaute man auf den Teich und die Hintertür der Kryckis. Sie bestand aus schräggestellten Glaslamellen und einem hölzernen Rahmen. In der Nähe des Schlüssellochs fehlte eine Lamelle. Die Tür ließ sich weder von innen noch von außen abschließen.
Hallinen, Lawton und der Deputy von der Spurensicherung betraten das Haus. Drinnen war es sehr eng: zwei winzige Schlafzimmer, die von einem schmalen Wohnzimmer abgingen; eine Stehküche, eine Eßecke und ein Badezimmer.
Alles war gepflegt und aufgeräumt. Nichts sah durchwühlt aus. Die Betten des Opfers und des Sohnes waren unbenutzt.
In der Küche fanden sie ein halbvolles Glas Wein. Sie durchsuchten die Schubladen im Schlafzimmer des Opfers und fanden ein paar persönliche Unterlagen. Daraus ging hervor, daß das Opfer bei Airtek Dynamics gearbeitet hatte – South Figueroa 2222, L.A.
Es stellte sich heraus, daß der Ex-Mann des Opfers Armand Ellroy hieß. Seine Adresse lautete Beverly Boulevard 4980, L.A. Seine Telefonnummer war HOllywood 3-8700.
Sie stellten fest, daß das Opfer selbst kein Telefon hatte.
Der Deputy von der Spurensicherung bestäubte das Weinglas und einige andere glatte Oberflächen. Es waren keine brauchbaren Fingerabdrücke zu finden.
Hallinen ging zu den Kryckis hinüber und wählte die Nummer des Ex-Gatten. Er ließ es lange klingeln, doch niemand hob ab.
Virg Ervin kam herein. Er sagte, Dave Wire habe den Wagen des Opfers gefunden – er parkte hinter einer Bar am Valley Boulevard.

Die Bar hieß Desert Inn. Die Adresse war Valley Boulevard 11721, zwei Meilen vom Fundort der Leiche und eine Meile vom

Haus des Opfers entfernt. Es war ein eingeschossiger Flachdachbau mit einem roten Lehmziegeldach und Markisen an den Vorderfenstern.
Das Gelände hinterm Haus grenzte an eine Reihe billiger Steinbungalows. Ein mit Platanen bewachsener Grasstreifen trennte vier Reihen von Parkplätzen. Seitlich begrenzten niedrige Ketten das Grundstück.
Ein rotweißer Buick parkte vor dem Zaun auf der Westseite. Dave Wire stand daneben. Jim Bruton und Harry Andre warteten bei einer Streife des Sheriffs.
Al Etzel war da. Blackie McGowan war da.
Hallinen und Lawton bogen auf den Parkplatz ein. Virg Ervin und der Deputy von der Spurenermittlung kamen in getrennten Autos.
Dave Wire ging hinüber und erstattete Bericht.
Er hatte den Funkspruch mit dem Kfz-Kennzeichen empfangen und begonnen, Nebenstraßen und Parkplätze abzusuchen. Um 15:35 hatte er den Wagen des Opfers gefunden. Er war unverschlossen und offenbar nicht ausgeplündert. Er hatte Vorder- und Rücksitze untersucht und weder Autoschlüssel noch Handtasche, Unterwäsche oder Schuhe des Opfers gefunden. Statt dessen war er auf ein halbes Dutzend leerer Bierdosen gestoßen. Sie waren in braunes Papier eingewickelt und mit Bindfaden verschnürt.
Hallinen und Lawton untersuchten den Wagen. Er schien völlig unangetastet. Der Deputy von der Spurensicherung fotografierte ihn von innen und von außen und bestäubte die Türen und das Armaturenbrett. Er fand keine brauchbaren Fingerabdrücke.
Ein Deputy aus Temple erschien. Er beschlagnahmte den Buick und stellte ihn bei einem Ford-Händler in der Nähe unter.
Ein paar Zivilisten hingen auf dem Grasstreifen herum. Wire zeigte seinen Kollegen Roy Dunn und Al Manganiello – zwei Barkeeper aus dem Desert Inn.
Andre und Hallinen sprachen mit ihnen. Dunn sagte, er habe letzte Nacht gearbeitet; Manganiello erklärte, er arbeite nur tagsüber. Hallinen zeigte ihnen Mrs. Kryckis Schnappschuß von dem

Opfer. Beide Männer erklärten, diese Frau hätten sie noch nie gesehen.
Auch den rotweißen Buick hatten sie noch nie gesehen. Dunn hatte letzte Nacht Schicht – aber er meinte, er habe hinter dem Tresen zu tun gehabt und nicht sehen könen, wer kam oder ging. Beide waren der Ansicht, der Buick habe den ganzen Tag auf dem Parkplatz gestanden – vielleicht sogar über Nacht.
Andre fragte sie, wer letzte Nacht sonst noch gearbeitet habe. Dunn verwies ihn an Ellis Outlaw, den Geschäftsführer.
Hallinen und Andre gingen nach drinnen, Captain Etzel und Lieutenant McGowan im Schlepptau.
Das Desert Inn war schmal und L-förmig. Kunstlederbezogene Sitzgruppen säumten die Wände. Von der Bar aus blickte man auf drei Tischreihen und die Eingangstür; der Tresen und die Küche befanden sich direkt hinter der Bar. Eine Tanzfläche und eine erhöhte Bühne bildeten den kurzen Abschnitt des L.
Andre und Hallinen schnappten sich Ellis Outlaw und zeigten ihm das Foto des Opfers. Outlaw sagte, weder die Frau noch den '57er Buick hinter dem Haus habe er je zuvor gesehen. Er hatte zwar am vorigen Abend nicht selbst gearbeitet, wußte aber, wer Schicht hatte.
Er nannte ein paar Namen:
Seine Frau, Alberta »Bert« Outlaw. Seine Schwester, Myrtle Mawby. Beide seien momentan bei ihm zu Hause in den Royal Palms Apartments – West Mildred Avenue 321, West Covina. Außerdem sollten sie es bei Margie Trawick versuchen – Gilbert 8-1136. Sie kellnere hin und wieder im Desert Inn – und er habe gehört, daß sie vorige Nacht dort gewesen sei.
Hallinen notierte die Adressen und folgte den anderen Cops nach draußen. Der Parkplatz war voller Leute vom Polizeirevier El Monte, die scharf auf Neuigkeiten waren. Eine zweite Gruppe überwachte das Haus an der Ecke Bryant und Maple – man wartete darauf, daß der Ex-Mann und das Kind des Opfers auftauchten.
Es war 18:30, und es kühlte sich ein wenig ab. Es war ein langer Frühsommertag und noch lange nicht dunkel.

Mehrere Funkgeräte krächzten auf einmal los.
Das Kind und der Ex waren zurück. In getrennten Wagen wurden sie zum Polizeirevier El Monte gebracht.

Der Ex-Mann des Opfers wurde in einer Woche 60. Er war groß und athletisch gebaut. Er wirkte beherrscht.
Der Sohn des Opfers war etwas dicklich und für einen 10jährigen relativ groß. Er war nervös – machte jedoch keinen sonderlich mitgenommenen Eindruck.
Der Junge war allein in einem Taxi nach Hause gekommen. Er war vom Tod seiner Mutter unterrichtet worden und hatte die Nachricht ruhig aufgenommen. Er sagte einem Deputy, sein Vater befinde sich am Busbahnhof von El Monte – dort wartete er auf einen Freeway Flyer, der ihn zurück nach L.A. bringen sollte. Ein Streifenwagen wurde losgeschickt, Armand Ellroy abzuholen. Vater und Sohn hatten keinen Kontakt miteinander gehabt, seit sie sich am Busbahnhof voneinander verabschiedet hatten. Jetzt wurden sie in getrennten Räumen untergebracht.
Hallinen und Lawton befragten zuerst den Ex-Mann. Ellroy sagte aus, er sei seit 1954 von dem Opfer geschieden und nehme dieses Wochenende sein Besuchsrecht in Anspruch. Er habe den Jungen am Samstag um 10:00 per Taxi abgeholt und seine Ex-Frau nicht gesehen. Er und sein Sohn hätten einen Bus zu seinem Apartment in Los Angeles genommen. Sie hätten zu Mittag gegessen und sich im Fox-Wilshire Theatre einen Film namens *The Vikings* angesehen. Die Vorstellung endete um 16:30. Dann hätten sie eingekauft und seien nach Haus zurückgekehrt. Sie hätten zu Abend gegessen, ferngesehen und seien zwischen 22:00 und 23:00 ins Bett gegangen.
Am Morgen hätten sie lange geschlafen. Sie seien mit dem Bus in die Innenstadt gefahren und hätten in Clifton's Cafeteria zu Mittag gegessen. Sie hätten einen mehrstündigen Schaufensterbummel gemacht und dann einen Bus zurück nach El Monte genommen. Er habe seinen Sohn am Busbahnhof in ein Taxi gesetzt und dann auf einen Bus nach L.A. gewartet. Ein Cop sei auf ihn zugekommen und habe ihn darüber informiert, was vorgefallen war.

Hallinen und Lawton fragten Ellroy, wie er sich mit seiner Ex verstanden habe. Er erzählte ihnen, sie hätten sich '39 kennengelernt und '40 geheiratet. '54 seien sie geschieden worden – sie seien nicht mehr miteinander ausgekommen und hätten sich am Ende gehaßt. Die Scheidungsprozedur sei schmerzhaft und unversöhnlich gewesen.

Hallinen und Lawton befragten Ellroy nach dem Privatleben seiner Ex-Frau. Er erklärte, Jean sei eine in sich gekehrte Frau gewesen, die vieles für sich behielt. Wenn es ihr in den Kram paßte, habe sie auch einfach gelogen – in Wirklichkeit sei sie 43, nicht 37, wie sie behauptet hatte. Sie habe ständig die Liebhaber gewechselt und sei Alkoholikerin gewesen. Sein Sohn habe sie mehrmals mit fremden Männern im Bett überrascht. Ihren Umzug nach El Monte könne er sich nur so erklären, daß sie etwas mit irgendeinem zwielichtigen Typen hatte, vor dem sie weglaufen oder in dessen Nähe sie sein wollte. Jean habe sich über ihr Privatleben ausgeschwiegen, weil sie gewußt habe, daß er das Sorgerecht für seinen Sohn wollte und deshalb Beweise dafür suchte, daß sie eine schlechte Mutter war.

Hallinen und Lawton baten Ellroy, ihnen die Namen von Liebhabern seiner Ex-Frau zu nennen. Er erklärte, er wisse nur einen: Hank Hart, ein fetter Prolet, dem ein Daumen fehle.

Hallinen und Lawton dankten Ellroy für seine Hilfe und gingen zu einem Verhörzimmer ein Stück weiter den Flur hinunter. Ein paar Cops, die gerade keinen Dienst hatten, leisteten dem Kind des Opfers Gesellschaft.

Der Junge hielt sich prima. Er war die ganze Zeit sehr tapfer.

Hallinen und Lawton gingen sanft mit ihm um. Der Junge bestätigte die Aussage seines Vaters hinsichtlich des Wochenendes bis ins kleinste Detail. Er sagte, er kenne nur zwei der Männer, mit denen seine Mom ausgegangen war, namentlich: Hank Hart und einen Lehrer an seiner Schule namens Peter Tubiolo.

Es war 21:00. Ward Hallinen schenkte dem Jungen einen Schokoriegel und ging mit ihm über den Flur zu seinem Vater.

Armand Ellroy umarmte seinen Sohn. Das Kind erwiderte die Umarmung. Beide sahen erleichtert und seltsam glücklich aus.

Der Junge wurde in die Obhut Armand Ellroys übergeben. Ein Cop fuhr beide zum Busbahnhof. Sie nahmen den Freeway Flyer um 21:30 zurück nach L.A.

Virg Ervin fuhr Hallinen und Lawton zu den Royal Palms Apartments. Sie zeigten Bert Outlaw und Myrtle Mawby das Foto und stellten ihnen die üblichen Fragen.

Beide Frauen erkannten das Bild. Beide Frauen sagten aus, das Opfer sei zwar kein Stammgast im Desert Inn gewesen, aber am vorigen Abend hätten sie die Frau dort gesehen. Sie habe bei einem zierlich gebauten Mann mit glattem schwarzen Haar und schmalem Gesicht gesessen. Die beiden seien die letzten Gäste gewesen und erst um 2:00 gegangen, als das Lokal schloß.

Beide Frauen sagten aus, sie hätten den zierlich gebauten Mann nie zuvor gesehen.

Myrtle Mawby riet ihnen, Margie Trawick anzurufen. Sie habe gestern am frühen Abend in der Nähe der Bar gesessen und könne ihnen vielleicht weiterhelfen. Jack Lawton wählte die Nummer, die Ellis Outlaw ihnen gegeben hatte. Margie Trawick nahm ab.

Lawton stellte ihr ein paar einleitende Fragen. Margie Trawick erwies sich als Volltreffer – sie hatte letzte Nacht tatsächlich eine attraktive Rothaarige bei einer Gruppe von Leuten sitzen sehen. Lawton forderte sie auf, sich in einer halben Stunde auf der Polizeiwache El Monte mit ihm zu treffen.

Ervin fuhr Lawton und Hallinen zurück zur Wache. Margie Trawick wartete bereits. Sie wirkte aufgeregt und sehr hilfsbereit.

Hallinen zeigte ihr das Foto von Jean Ellroy. Ohne zu zögern identifizierte sie sie.

Ervin fuhr ins Desert Inn – um das Foto herumzuzeigen. Hallinen und Lawton sorgten dafür, daß Margie Trawick sich wohlfühlte, und ließen sie erzählen, ohne sie zu unterbrechen.

Sie sagte, sie sei nicht im Desert Inn angestellt – aber sie habe dort in den letzten neun Jahren sporadisch gekellnert. Sie habe sich kürzlich einer schweren Operation unterziehen müssen und genieße es nun, das Lokal nur zum Vergnügen zu besuchen.

Gestern abend sei sie etwa um 22:10 dort eingetroffen. Sie habe

sich an einen Tisch in der Nähe der Bar gesetzt und ein paar Gläser getrunken. Die Rothaarige sei etwa um 22:45 oder 23:00 zur Tür hereingekommen. Sie war in Begleitung einer vollschlanken Frau mit aschblondem Pferdeschwanz. Die Blonde war um die 40, die Rothaarige ebenfalls.
Die Rothaarige und die Blonde setzten sich an einen Tisch. Sofort ging ein mexikanisch aussehender Mann hinüber und half der Rothaarigen aus dem Mantel. Sie gingen auf die Tanzfläche und begannen zu tanzen.
Der Mann war zwischen 35 und 40, 1,70 bis 1,80 groß. Er war schlank gebaut, trug sein schwarzes Haar zurückgekämmt und hatte Geheimratsecken. Er war dunkelhäutig. Er trug einen dunklen Anzug und ein am Hals offenes weißes Hemd.
Der Mann schien die beiden Frauen zu *kennen.*
Ein anderer Mann forderte Margie zum Tanzen auf. Er war etwa 25, mittelgroß und -schwer und hatte helle Haare. Er trug saloppe Kleidung und Tennisschuhe. Er war betrunken.
Margie lehnte seine Einladung ab. Der Betrunkene fing an zu pöbeln und zog ab. Kurze Zeit später sah sie ihn mit der Aschblonden tanzen.
Dann sei sie von anderen Dingen abgelenkt worden. Sie traf einen Freund und entschloß sich, ein wenig mit ihm umherzufahren. Um 22:30 verließen sie die Bar. Da habe der Betrunkene bei der Rothaarigen, der Blonden und dem Mexikaner gesessen.
Sie habe weder die Rothaarige noch die Blonde je zuvor gesehen. Auch den Mexikaner habe sie nie zuvor gesehen. Möglicherweise habe sie den Betrunkenen schon mal gesehen – er kam ihr irgendwie bekannt vor.
Lawton und Hallinen bedankten sich bei Margie Trawick und fuhren sie nach Hause. Sie erklärte sich bereit, irgendwann in den nächsten Tagen zu einem zweiten Verhör vorbeizukommen. Es war kurz vor Mitternacht – eine gute Zeit, um die Bar-Kundschaft unter die Lupe zu nehmen.
Sie fuhren wieder zurück zum Desert Inn. Jim Bruton war bereits dort und stellte den Gästen Fragen. Lawton und Hallinen nahmen ihn zur Seite und erzählten ihm Margie Trawicks Geschichte.

Mit dem, was sie nun wußten, ließ sich schon besser arbeiten. Sie gingen von Tisch zu Tisch und erzählten die Geschichte herum. Sofort landeten sie einen Treffer.
Jemand meinte, bei dem Betrunkenen könne es sich um einen komischen Kauz namens Mike Whittaker handeln. Er arbeite auf dem Bau und habe ein Zimmer in South San Gabriel.
Bruton ging nach draußen zu seinem Wagen und funkte eine Anfrage an das California State Department of Motor Vehicles. Die Antwort ließ nicht lange auf sich warten:
Michael John Whittaker, weiß, männlich, geb: 1. 1. 34. 1,78 m, 84 Kilo, braunes Haar, blaue Augen. 2759 South Gladys Street, South San Gabriel.

Die Adresse gehörte zu einer heruntergekommenen Pension. Die Besitzerin war eine Mexikanerin namens Inez Rodriguez.
Hallinen, Lawton und Bruton zeigten ihr an der Tür ihre Polizeimarken. Sie sagten, sie seien auf der Suche nach einem gewissen Mike Whittaker – einem potentiellen Mordverdächtigen.
Die Frau sagte, Mike sei gestern nicht nach Hause gekommen. Möglicherweise sei er tagsüber dagewesen und wieder gegangen – das wußte sie nicht. Er sei ein ziemlich starker Trinker. Meistens hänge er im Melody herum, drüben am Garvey Boulevard.
Das mit dem »Mordverdacht« hatte Inez Rodriguez einen gehörigen Schrecken eingejagt.
Hallinen, Lawton und Bruton fuhren zum Melody Room. Ein Mann, auf den Mike Whittakers Beschreibung paßte, saß an der Bar.
Sie umringten ihn und wiesen sich aus. Der Mann erklärte, er *sei* Michael Whittaker.
Hallinen sagte, sie hätten ein paar Fragen – zum Beispiel, wo er letzte Nacht gewesen sei. Lawton und Bruton filzten ihn und beförderten ihn zum Wagen.
Whittaker machte auf kleinlaut.
Sie brachten ihn auf die Wache. Dort schleiften sie ihn in ein Verhörzimmer und nahmen ihn in die Mangel.
Whittaker stank. Er war zittrig und halb betrunken.

Er gab zu, am vorigen Abend im Desert Inn gewesen zu sein. Er sagte, er habe eine Frau aufreißen wollen. Er sei ziemlich blau gewesen, deshalb wäre es möglich, daß er sich nicht mehr allzugut erinnere.

Sag uns, *woran* du dich erinnerst, Michael.

Er erinnerte sich, in die Bar gegangen zu sein. Er erinnerte sich, daß er eine Frau zum Tanzen aufgefordert und einen Korb bekommen hatte. Er erinnerte sich, daß er sich unaufgefordert zu Leuten an den Tisch gesetzt hatte. Die Runde bestand aus einer Rothaarigen, einer anderen Frau und einem italienisch aussehenden Typen. Er wisse ihre Namen nicht, und er habe sie nie zuvor gesehen.

Lawton sagte ihm, daß die Rothaarige ermordet worden sei. Whittaker schien ehrlich erschrocken.

Er erklärte, er habe mit der Rothaarigen und der anderen getanzt. Er wollte sich mit der Rothaarigen für Sonntag abend verabreden. Sie lehnte ab und sagte irgendwas in der Art, ihr Kind komme von seinem Wochenende bei seinem Vater zurück. Auch der italienisch aussehende Typ habe mit der Rothaarigen getanzt. Er sei ein guter Tänzer gewesen. *Kann* sein, daß er gesagt hat, er heißt Tommy – aber das weiß ich nicht mehr genau.

Sag uns, *was* du weißt, Michael.

Michael wußte noch, daß er vom Stuhl gefallen war. Michael wußte noch, daß er länger an dem Tisch sitzenblieb, als den anderen lieb war. Michael wußte noch, daß die drei zusammen das Lokal verließen, um ihn loszuwerden.

Er blieb in der Bar und betrank sich noch mehr. Er ging zu Stan's Drive-In, um noch etwas zu essen. Eine Streife des Sheriffs griff ihn ein paar Blocks weiter auf dem Valley Boulevard auf. Sie sackten ihn wegen Volltrunkenheit ein und fuhren ihn zur Wache Temple City.

Der dortige Ausnüchterungstrakt war schon voll. Die Cops brachten ihn zum Gefängnis der Hall of Justice und buchteten ihn dort ein. Irgendwelche Bohnenfresser klauten seine Schuhe und Socken, während er schlief.

Der Deputy des Ausnüchterungstrakts warf ihn am Morgen raus.

Barfuß lief er nach South San Gabriel zurück – vielleicht 12 Meilen. Es war glühendheiß. Er lief sich auf dem Pflaster die Füße wund und bekam große rote Blasen. Zuerst holte er sich Geld und ein Paar Schuhe und Socken aus seinem Zimmer. Dann ging er zum Melody und fing an zu trinken.
Bruton verließ den Raum und rief im Büro des Sheriffs in Temple City an. Ein Deputy bestätigte Whittakers Geschichte: Der Mann war ab 0:30 in Gewahrsam gewesen. Damit hatte er für die mutmaßliche Tatzeit ein Alibi.
Bruton ging wieder ins Verhörzimmer zurück und erstattete Bericht. Whittaker war hocherfreut. Er fragte: Kann ich jetzt nach Hause gehen?
Bruton sagte ihm, er müsse innerhalb von 48 Stunden seine Aussage zu Protokoll geben. Whittaker willigte ein. Jack Lawton entschuldigte sich für die grobe Behandlung und bot ihm an, ihn zu seiner Pension zurückzubringen.
Whittaker nahm an. Lawton fuhr ihn nach Hause und setzte ihn am Straßenrand ab.
Seine Wirtin hatte seine Habseligkeiten auf den Rasen vorm Haus geworfen. Die Eingangstür war verschlossen und verriegelt.
Sie wollte keine verdammten Mordverdächtigen unter ihrem Dach.
Es war 2:30 morgens, Montag, 23. Juni 1958. Der Fall Jean Ellroy – Aktenzeichen des Sheriffs #Z-483-362 – war jetzt 16 Stunden alt.

2

Das San Gabriel Valley war der Rattenschwanz von Los Angeles County – ein Provinznest neben dem anderen auf einer Strecke von 30 Meilen, genau im Osten der Stadt L.A.
Die San Gabriel Mountains bildeten die nördliche Grenze. Im Süden wurde das Tal von den Puente-Montebello Hills gesäumt. Schlammige Flußbetten und Eisenbahngleise durchschnitten die Mitte.
Die östliche Grenze war nicht klar bestimmt. Sobald die Sicht besser wurde, wußte man, daß man aus dem Tal heraus war.
Das San Gabriel Valley war flach und quaderförmig. Die Bergflanke von Smog verhüllt. Die einzelnen Städte – Alhambra, Industry, Bassett, La Puente, Covina, West Covina, Baldwin Park, El Monte, Temple City, Rosemead, San Gabriel, South San Gabriel, Irwindale, Duarte – gingen ineinander über, unterscheidbar nur durch Kiwanis-Club-Schilder.
Das San Gabriel Valley war heiß und feucht. Widrige Winde fegten Staub von den Ausläufern der Berge im Norden. Der Schmutz von den ungepflasterten Gehsteigen und der Schutt aus den Kiesgruben brannten in den Augen.
Grundstücke im Valley waren billig. Die flache Landschaftsform war wie geschaffen für Rasterbebauung und zukünftige Autobahnen. Je entlegener die Gegend, desto mehr Land bekam man für sein Geld. Man konnte ein paar Blocks von der Hauptstraße des Ortes entfernt ungestört Waschbären jagen. Man konnte seinen Garten einzäunen und Hühner und Ziegen zum Schlachten züchten. Man konnte seine Gören in ihren vollgeschissenen Windeln auf der Straße herumlaufen lassen.
Das San Gabriel Valley war das Paradies des White Trash.

1769 entdeckten spanische Eroberer das Tal. Sie rotteten die indianische Urbevölkerung aus und gründeten in der Nähe der Kreuzung Pomona Freeway/Rosemead Boulevard eine Mission. Als die ersten Siedler nach L.A. kamen, bestand La Misión del Santo Arcángel San Gabriel de los Temblores schon zehn Jahre.
1822 rissen mexikanische Banditen das Tal an sich. Sie warfen die Spanier hinaus und nahmen die Ländereien der Mission in Besitz. '46 kam es zu einem kurzen Krieg zwischen den Vereinigten Staaten und Mexiko. Die Mexikaner verloren und mußten Kalifornien, Nevada, Arizona, Utah und New Mexico herausrücken. Der Weiße Mann brachte die Wirtschaft in Schwung. Das San Gabriel Valley erlebte einen lang anhaltenden landwirtschaftlichen Aufschwung. Anhänger der Konföderierten zogen nach dem Bürgerkrieg in den Westen und kauften im Tal jede Menge Land.
Der Bau der Eisenbahn löste 1872 einen Immobilien-Boom aus. Die Einwohnerzahl des Tals wuchs um 1000%. L.A. war mittlerweile eine ziemlich ansehnliche Stadt. Daraus schlug das Tal Kapital.
Immobilienhaie zerstückelten das Tal in Kleinstädte. Es folgte ein Bauboom, der bis Ende der 20er Jahre anhielt. Die Einwohnerzahlen in den Städten wuchsen exponentiell.
Im ganzen Tal wurden Wohnverbote verhängt. Mexikaner durften nur in Slums und den Wellblechbaracken der Shantytowns wohnen. Schwarzen war es verboten, sich nach Einbruch der Dunkelheit auf der Straße aufzuhalten.
Die Walnußplantagen brachten fette Erträge. Die Zitrusplantagen brachten fette Erträge. Molkereien waren richtige Goldgruben. Die Depression gebot dem Wachstum im San Gabriel Valley Einhalt. Der Zweite Weltkrieg brachte es wieder in Gang. Kriegsheimkehrer sprangen auf den Zug gen Westen. Die Immobilienhändler sprangen hinterher.
Siedlungen und Parzellen entstanden. Mehr und mehr Walnußhaine und Obstbaumplantagen wurden ausradiert, um Platz für neue zu schaffen. Die Stadt dehnte sich aus.
In den 50er Jahren stieg die Einwohnerzahl sprunghaft an. Die Landwirtschaft ging zurück. Industrie und Leichtindustrie flo-

rierten. Der San Bernardino Freeway reichte vom Zentrum L.A.s bis südlich von El Monte. Das Auto wurde zur Notwendigkeit. Der Smog kam. Der Wohnungsbau nahm weiter zu. Der wirtschaftliche Aufschwung gab dem Tal ein neues Gesicht – doch er änderte nichts an seinem Wildwest-Charakter.
Da waren die Dust-Bowl-Flüchtlinge und ihre halbwüchsigen Kinder. Da waren die Pachucos mit ihren Entenschwanzfrisuren, Sir-Guy-Hemden und am Saum geschlitzten Khaki-Hosen. Die Okies haßten die Spics genauso, wie die alten Cowboys die Indianer gehaßt hatten.
Kaputt aus dem Zweiten Weltkrieg und Korea heimgekehrte Männer strömten in Scharen ins Valley. Vororte, die aus allen Nähten platzten, wechselten sich mit weiträumigen ländlichen Gebieten ab. Man konnte am Rio Hondo Wash entlangspazieren und mit der Hand Fische fangen. Man konnte in Rosemead in einen Pferch springen und sich eine Kuh schießen. Man konnte sich an Ort und Stelle ein schönes frisches Steak abschneiden.
Man konnte auf Zechtour gehen. Man konnte im Aces, im Torch, im Ship's Inn, im Wee Nipee, im Playroom, im Suzanne's, im Kit Kat, im Hat, im Bonnie Rae und im Jolly Jug trinken. Man konnte einen Blick ins Horseshoe werfen, ins Coconino, ins Tradewinds, ins Desert Inn, ins Time-Out, in den Jet Room, ins Lucky X und ins Alibi. Das Hollywood East war gut. Das Big Time, das Off-Beat, das Manger, der Blue Room und das French Basque waren okay. Der Cobra Room, Lalo's, das Pine-Away, der Melody Room, das Cave, der Sportsman, der Pioneer, das 49'er, das Palms und der Twister ebenfalls.
Man konnte sich einen hinter die Binde gießen. Vielleicht lernte man jemanden kennen. Der Scheidungsboom der 50er Jahre befand sich auf seinem Höhepunkt. Man konnte aus einem großen Angebot williger Frauen schöpfen.

El Monte war '58 der Mittelpunkt des Valley. Die ersten Siedler nannten es »die Endstation des Santa Fe Trail«. In der Stadt war immer was los, und man konnte sich prächtig amüsieren. Die neueren Siedler nannten sie »die Stadt der geschiedenen Frauen«.

Es war ein Kneipenort mit einer mehr als ausgeprägten Western-Atmosphäre.
Die Einwohnerzahl schwankte um die 10000. Die Stadtbevölkerung bestand zu 90% aus Weißen und zu 10% aus Mexikanern. Die Stadt erstreckte sich über fünf Quadratmeilen. Sie war von nicht eingemeindetem County-Territorium umgeben.
Samstags abends wuchs die Bevölkerung. Leute von außerhalb kamen in die Stadt, um durch die Cocktailbars an Valley und Garvey zu ziehen. Im El Monte Legion Stadium fanden Auftritte von Cliffie Stone und das Hometown Jamboree statt – von KTLA-TV live übertragen.
Das Publikum trug Cowboy-Kluft: die Männer Stetsons und Röhrenhosen; die Frauen gestärkte Röcke. An den Samstagen, an denen Cliffie frei hatte, fanden im Stadium Doo-Wop-Tanzpartys statt. Pachucos und weiße Halbstarke trugen regelmäßig auf dem Parkplatz ihre Keilereien aus.
Der San Berdoo Freeway führte mitten durch El Monte. Die Autofahrer nahmen die entsprechende Abfahrt und fuhren dann den Valley Boulevard nach Osten. Sie hielten an, um bei Stan's Drive-In oder bei Hula-Hut etwas zu essen. Sie hielten an, um im Desert Inn, dem Playroom und dem Horseshoe etwas zu trinken. Der Valley war samstags nachts *die* Hauptverkehrsader. Autofahrer auf dem Weg nach Osten blieben dort hängen, ob sie es vorgehabt hatten oder nicht.
Das bunte Treiben endete bei Five Points – der Kreuzung von Valley und Garvey. Stan's und der Playroom befanden sich in Toplage an der nordöstlichen Ecke. Crawford's Giant Country Market lag direkt gegenüber. Ein Dutzend Restaurants und Kneipen drängte sich in der Nähe der Kreuzung.
Die Wohngegenden El Montes erstreckten sich von dort aus nord-, süd- und westwärts. Die Häuser waren klein, und es gab sie in zwei Ausführungen: Pseudo-Ranch-Stil und verputzter Würfel. Die Mexikaner lebten isoliert auf einem schmalen Streifen namens Medina Court und in einer Barackensiedlung namens Hicks Camp.
Medina Court war drei Blocks lang. Die Häuser dort bestanden

aus Schlackensteinen und selbstgesammeltem Holz. Hicks Camp lag gleich hinter den Pacific-Electric-Gleisen. Die Häuser dort hatten Lehmböden und bestanden aus dem Holz ausrangierter Güterwaggons.

'54 wurde in Hicks Camp der Film *Carmen Jones* gedreht. Aus einem Mexikaner-Slum wurde ein Slum für schwarze Farmpächter gemacht. Die Filmausstatter brauchten kein einziges Detail zu verändern.

Medina Court und Hicks Camp waren voll von Säufern und Drogensüchtigen. Eine beliebte Mordart in Hicks Camp war, das Opfer betrunken zu machen und es so auf die Eisenbahngleise zu legen, daß es vom nächsten Güterzug enthauptet wurde.

Das El Monte PD bearbeitete die eingehenden Notrufe und ermittelte in allen Verbrechensfällen bis auf Mord. Auf der Gehaltsliste standen sechsundzwanzig Cops, eine Wirtschafterin und ein Verkehrspolizist. Das PD war relativ unbescholten. Die ortsansässigen Ladenbesitzer schmierten die Jungs mit Lebensmitteln und Spirituosen. Die Cops in El Monte gingen stets in Uniform einkaufen.

Streife fuhren die Jungs allein. Die Arbeitsatmosphäre war freundlich – Captains und Lieutenants soffen zusammen mit einfachen Polizisten. Jobs beim PD waren begehrt – man konnte Menschen helfen, Illegale zusammenschlagen oder jede Menge Weiber flachlegen, je nach persönlicher Neigung.

Die Jungs trugen khakifarbene Uniformen und fuhren '56er Fords Interceptor. Sie beschafften den Händlern am Ort ihre gestohlenen Autos zurück und kriegten sich mit den Leuten des Sheriffs wegen allem möglichen Kleinscheiß in die Haare. Die Hälfte der Männer ergatterte den Job durch Beziehungen. Die andere Hälfte kam über den Staatsdienst.

Die Mordfälle gab das PD an die Mordkommission des Sheriffs ab. Dafür, daß die Stadt so ein rauhes Pflaster war, wurde nur sehr selten jemand umgebracht.

Zwei Frauen, die aussahen wie Lesben, hatten am 30. März 1953 einen Anstreicher aus El Monte getötet. Der Name des Mannes war Lincoln F. Eddy.

Eddy und Dorothea Johnson hatten den ganzen Tag über in diversen Bars in El Monte gezecht. Am späten Nachmittag machten sie einen Abstecher zu Eddys Wohnung. Eddy nötigte Miss Johnson, ihm einen zu blasen. Miss Johnson ging nach Hause und besprach die Angelegenheit mit ihrer Mitbewohnerin, Miss Viola Gale. Die Frauen besorgten sich ein Gewehr und kehrten zu Fuß zurück zu Eddy.
Sie erschossen Lincoln Eddy. Zwei Jungen, die draußen Fangen spielten, sahen sie hineingehen und wieder herauskommen. Sie wurden am nächsten Morgen verhaftet. Sie wurden vor Gericht gestellt, für schuldig befunden und zu langen Gefängnisstrafen verurteilt.
Am 17. März 1956 durchbrach Mr. Walter H. Depew mit seinem Wagen die Außenmauer vom Ray's Inn am Valley Boulevard.
Zwei Männer kamen dabei ums Leben. Mr. Depews Breitseite riß ein fünf Meter langes Stück aus der vorderen und ein sechs Meter langes Stück aus der hinteren Außenwand. Mehrere andere Kneipengäste erlitten schwere Verletzungen.
Mr. Depew hatte früher am Tag im Ray's Inn gezecht. Seine Frau arbeitete dort als Bardame. Mr. Depew war mit dem Inhaber in Streit geraten. Ein paar Stunden vor dem Vorfall hatte dieser ihn vor die Tür gesetzt.
Mr. Depew wurde sofort verhaftet. Er wurde vor Gericht gestellt, für schuldig befunden und zu einer kurzen Gefängnisstrafe verurteilt.
Die Mordkommission des Sheriffs bearbeitete beide Fälle. Die letzten drei Mordfälle in El Monte hatten sie in gottverdammter Rekordzeit gelöst.
Die Jean-Ellroy-Sache lief bereits länger.

3 *Times, Express* und *Mirror* brachten es auf Seite zwei. Die Lokalnachrichten im Fernsehen hatten fünf Sekunden dafür übrig.

Die Rothaarige fiel durch. Der Mord an Johnny Stompanato war das große Ding. Die Tochter von Lana Turner hatte Johnny im April erstochen. Die Story war immer noch brandheiß.

Der *Mirror* druckte ein Foto der Rothaarigen, auf dem sie lächelte. Die *Times* druckte ein Bild von dem Jungen, dem die Cops gerade die schlimme Nachricht überbracht hatten. Jean Ellroy war das zwölfte Mordopfer des Jahres im County.

Am frühen Montag morgen kam Armand Ellroy ins Büro des Gerichtsmediziners. Er identifizierte die Leiche und unterzeichnete ein Health-and-Safety-Code-Formular, damit sie zur Bestattung durch die Firma Utter-McKinley freigegeben werden konnte. Dr. Gerald K. Ridge führte die Obduktion durch: Aktenzeichen der Gerichtsmedizin #35339–6/23/58.

Er führte den Tod auf »Asphyxie durch Erdrosseln mit einem Strangwerkzeug« zurück. In seinem Gutachten vermerkte er die »zwei enganliegenden Strangwerkzeuge« um den Hals des Opfers. Er vermerkte, daß das Opfer sich in seiner menstrualen Phase befand. Der Abstrich auf Spermien war positiv. Im hinteren Scheidengewölbe fand er einen Tampon.

Er vermerkte, daß die rechte Brustwarze des Opfers »operativ entfernt worden« war. Er fertigte eine Skizze der Schürfwunden an Hüfte und Knien sowie der Blutergüsse auf den Innenseiten ihrer Oberschenkel an. Er beschrieb die Leiche als »die einer nicht einbalsamierten Frau weißer Hautfarbe in gutem Allgemein- und Ernährungszustand«. Dann gehen seine Aufzeichnungen über die äußere Leichenschau direkt zu den beiden Drosselwerkzeugen über:

> Zwei Strangwerkzeuge sind so eng um den Hals geschlungen, daß sie einen tiefen Einschnitt in das Weichteilgewebe verursachen. Bei dem einen Strangwerkzeug handelt es sich offensichtlich um ein Stück Wäscheleine, das anscheinend zuerst um den Hals gelegt und unter der linken Hinterhauptregion fest verknotet wurde. Die Enden der Schnur sind lose, das eine ist sehr kurz und offensichtlich am Knoten abgerissen, das andere ist von mittlerer Länge und schaut unter dem ersten hervor. Offensichtlich über das erste Strangwerkzeug wurde ein Nylonstrumpf geschlungen und fest verknotet, wobei der Knoten gleichfalls seitlich unter der linken Hinterhauptregion liegt. Der Strumpf überlagert an dieser Stelle das lange Ende der Wäscheleine. Der Nylonstrumpf ist offenbar zuerst mittels eines gewöhnlichen Überhandknotens festgezogen worden, und beim Schlingen des zweiten Knotens wurde dann aus einem Teil des losen Endes eine Schlaufe unter einem ziemlich fest angezogenen halben Schlag gebildet.

Dr. Ridge entfernte die Strangwerkzeuge und vermerkte die »tiefe, abgeblaßte Strangmarke« um den Hals. Er rasierte der Toten den Kopf und beschrieb ihre Kopfhaut als »stark zyanotisch und dunkelviolett-bläulich verfärbt«. Er machte einen Einschnitt bis zur Schädeldecke und klappte die Hautlappen auseinander. Er skizzierte elf Verletzungen und bezeichnete sie als »kräftig rote, tiefreichende fleckförmige Unterblutungen der Kopfhaut«.
Der Arzt öffnete die Schädeldecke und untersuchte das Hirngewebe des Opfers. Er wog es und fand »keine Anzeichen innerer Verletzungen oder sonstiger Anomalien«. Er trennte den Bauch des Opfers auf und fand unverdaute Kidney-Bohnen, Fleischbrocken, eine orange-gelbe mohrrüben- oder kürbisähnliche Substanz und eine gelbliche käseähnliche Substanz.
Er untersuchte den Rest des Leichnams und fand keine weiteren Anzeichen von Verletzungen. Er entnahm eine Blutprobe zur späteren chemischen Analyse und Teile der lebenswichtigen Organe zur eventuellen feingeweblichen Untersuchung.

Er entnahm Proben des Mageninhalts zur späteren Analyse. Er fror den Spermien-Abstrich ein – zur Aufbewahrung und Blutgruppenbestimmung.
Ein Toxikologe nahm eine Blutprobe und ermittelte den Alkoholgehalt. Der Wert war niedrig: 0,8 ‰.
Ein Labortechniker untersuchte den Leichnam. Er fand winzige weiße, teppichähnliche Fasern unter dem Nagel des rechten Mittelfingers und tütete sie als Beweisstück ein. Er nahm die beiden Drosselwerkzeuge, das Kleid des Opfers, den rechten Strumpf und den Büstenhalter mit ins kriminaltechnische Labor des Sheriffs. Er vermerkte, daß die zum Erdrosseln verwendete Schnur aufgeknotet 43 Zentimeter lang war – jedoch auf acht Zentimeter um den Hals des Opfers zusammengezogen worden war.
Dr. Ridge rief Ward Hallinen an und faßte seine Erkenntnisse zusammen. Er bestätigte, daß die Todesursache Ersticken war, und berichtete, die Tote habe mindestens sechs Schläge auf den Kopf erhalten. Sie war möglicherweise bewußtlos, als sie erwürgt wurde. Sie hatte kurz vor ihrem Tod Geschlechtsverkehr gehabt. Sie hatte vermutlich ein bis zwei Stunden vor ihrem Tod eine komplette Mahlzeit zu sich genommen. Es war höchstwahrscheinlich mexikanisches Essen – sie hatte halbverdaute Bohnen, Fleisch und Käse im Magen.
Hallinen notierte die Informationen und rief die Sheriff's Metro an. Er schilderte seinen Fall dem diensthabenden Lieutenant und forderte zwei Männer an, die im Raum El Monte/Rosemead/Temple City Befragungen in Bars und Restaurants durchführen sollten. Der Lieutenant sagte, er werde Bill Vickers und Frank Godfrey losschicken. Hallinen sagte, drei Dinge seien besonders wichtig:
Das Opfer habe Samstag abend oder sehr früh morgens am Sonntag mexikanisch gegessen. Sie war möglicherweise in Begleitung eines Mexikaners oder südländisch aussehenden Weißen, der eventuell Tommy hieß. Das Opfer war rothaarig – die beiden fielen vermutlich auf.
Der Lieutenant versprach prompte Weiterleitung. Hallinen sagte, er werde selbst losgehen und Leute befragen.

Lawton und Hallinen besprachen sich auf dem Revier El Monte. Sie trennten sich wieder und gingen einzeln auf Befragungstour. Jim Bruton tat sich mit Captain Al Etzel zusammen, fuhr mit ihm in die Bryant 700 und vernahm noch mal George und Anna May Krycki. Mrs. Krycki blieb bei ihrer Jean-trank-keinen-Alkohol/ Jean-hatte-keine-Männerbekanntschaften-Geschichte. Sie sagte, Jean habe sich auf eine Zeitungsannonce gemeldet und das kleine Hinterhaus spontan gemietet. Jean gefielen der umzäunte Garten und die dichte Belaubung. Sie sagte, sie fühle sich dort sicher. Die Kryckis hatten das Gefühl, Jean habe sich in El Monte versteckt. Jean hatte kein Telefon. Ortsgespräche führte sie vom Telefon der Kryckis aus, alle anderen von der Arbeit. Manchmal gab es Anrufe *für* sie. Sie hatten aber immer mit ihrem Job zu tun.
Bruton fragte Mrs. Krycki, ob sie noch mehr Fotos von Jean habe. Sie gab ihm sechs Kodachrome-Schnappschüsse. Etzel bat sie, mit ihnen durch den Bungalow zu gehen, um eine Bestandsaufnahme von Jeans Sachen zu machen und herauszufinden, was für Schuhe und welche Handtasche sie Samstag abend dabeigehabt hatte.
Mrs. Krycki führte Bruton und Etzel durch das Haus und sah die Habseligkeiten des Opfers durch. Bei der Handtasche war sie ratlos, aber sie meinte, Jeans durchsichtige, hochhackige Plastikpumps fehlten.
Bruton und Etzel fuhren zum Revier El Monte und gaben die Schnappschnüsse in die Repro.
Hallinen traf sich mit Lawton.

Die Befragungen hatten nichts ergeben. Sie hatten eine ganze Reihe von Bars und Nachtklubs abgeklappert – aber niemand hatte Samstag nacht eine Rothaarige mit einem dunkelhäutigen Mann gesehen.
Sie fuhren zur Airtek-Dynamics-Fabrik – einem großen sechsstöckigen Bau südlich der Innenstadt von L.A. Die Personalleiterin hieß Ruth Schienle.
Sie hatte schon von dem Mord gehört. Sie sagte, die Nachricht gehe durch die Firma wie ein Lauffeuer. Sie sagte, sie habe Jean gut gekannt. Jean sei bei ihren Kollegen beliebt gewesen.

Airtek gehörte zur Packmeyr Gun Company. Die Firma stellte Fensterdichtungen für Militärflugzeuge her. Jean war die Betriebskrankenschwester. Sie war seit September '56 im Betrieb.
Mrs. Schienle sagte, sie wisse sehr wenig über Jeans Privatleben. Hallinen und Lawton quetschten sie aus.
Sie sagte, Jean habe kaum enge Freunde gehabt. Sie sei nicht sehr gesellig gewesen und habe nur gelegentlich etwas getrunken. Ihre Freunde waren größtenteils ältere Ehepaare aus der Zeit ihrer Ehe.
Hallinen und Lawton beschrieben die Blondine und den dunkelhäutigen Mann. Mrs. Schienle sagte, sie glaube nicht, daß die beiden Airtek-Mitarbeiter seien – oder zu den Freunden gehörten, von denen Jean ihr erzählt hatte. Der Name Tommy sagte ihr nichts.
Hallinen und Lawton gaben ihr eine Visitenkarte und sagten, sie sollten in Verbindung bleiben. Sie solle sich melden, falls ihr etwas Verdächtiges zu Ohren käme.
Mrs. Schienle versicherte ihnen, sie könnten auf sie zählen. Hallinen und Lawton fuhren zurück nach El Monte.

Die Metropolitan Detail war eine Bereitschaftstruppe. Ihre einzige Funktion bestand darin, die Kriminalpolizei in besonderen Fällen bei der Ermittlungsarbeit zu unterstützen. Die dort eingesetzten Deputies trugen Zivil und hatten Erfahrung im Durchführen von Befragungen.
Frank Godfrey nahm die Arbeit am Fall Ellroy am Montag nachmittag auf. Bill Vickers war angewiesen, bald anzufangen.
Godfrey hatte ein Foto des Opfers dabei. Er vernahm Kellnerinnen, Drive-In-Bedienungen, Barkeeper, Wirte von Restaurants und Cocktailbars. Er erkundigte sich vor allem nach der Rothaarigen, der Blondine und einem dunkelhäutigen Mann, der möglicherweise Tommy hieß. Er sagte, die Rothaarige habe etwas Mexikanisches oder eine Portion Chili mit Käse bestellt.
Er versuchte es bei Staat's Cafe, Ecke Meeker/Valley. Eine Kellnerin meinte, die Rothaarige komme ihr bekannt vor. Sie sagte, eine Gruppe von vier Leuten sei Samstag abend reingekommen und habe Chilis bestellt. Pearl Pendleton habe sie bedient.

Pearl hatte heute frei. Godfrey ließ sich von dem Geschäftsführer ihre Nummer geben und rief sie an. Pearl hörte sich seine Fragen an und sagte, die Beschreibungen träfen auf keinen ihrer Gäste vom Samstagabend zu.

Godfrey probierte es bei Dick's Drive-In, Ecke Rosemead/Las Tunas. Keiner von der anwesenden Belegschaft hatte von Samstag auf Sonntag gearbeitet. Der Geschäftsführer war nicht zugegen. Eine Bedienung nannte ihm ein paar Namen: Marlene, Kathy, Kitty Johnson und Sue, die Kassiererin. Sie alle hätten von Samstag auf Sonntag Nachtschicht gehabt und seien dann am Mittwoch wieder im Dienst.

Godfrey überquerte die Straße und versuchte es im Clock Drive-In. Der Geschäftsführer sagte, keiner von der anwesenden Belegschaft habe Samstag nacht oder Sonntag früh gearbeitet. Er sah auf seinen Dienstplan vom 21.6. und nannte ein paar Namen und Nummern: zwei Serviererinnen, die drinnen gearbeitet hatten, eine Seviceleiterin, eine Kassiererin und vier Bedienungen.

Godfrey lief nach Five Points hinüber und versuchte es bei Stan's Drive-In. Der Geschäftsführer sagte, seine Samstag-Sonntag-Mädels hätten heute alle frei. Godfrey notierte ihre Namen und Telefonnummern:

Eve McKinley/ED3-6733; Ellen »Nicky« Nichols/ED3-6442; Lavonne »Pinky« Chambers/ED7-6686.

Es war 16:00. Godfrey wandte sich auf der Garvey nach Süden und machte Station im Melody Room.

Der Inhaber stellte sich als Clyde vor. Er hörte sich geduldig Godfreys Fragen an und riet ihm, sich an Bernie Snyder, den Nacht-Barkeeper, zu wenden. Bernie habe das Lokal am Sonntagmorgen um 2:00 geschlossen. Rufen Sie Bernie an und sprechen Sie mit ihm.

Ein Gast mischte sich ein. Er sagte, *er* sei Sonntag morgen dort gewesen – und *er* habe eine Blondine mit einem Pferdeschwanz gesehen, die eng mit einem dunkelhaarigen Typen zusammenhockte. Der Kerl sei zwischen dreißig und fünfunddreißig gewesen. Die mit dem Pferdeschwanz und er seien sichtlich nervös gewesen.

Clyde sagte, bei der mit dem Pferdeschwanz könnte es sich um eine Stammkundin namens Jo handeln. Sie arbeite bei Dun & Bradstreet in L.A. Er bezeichnete die Frau als »Barschlange«. Der dunkelhaarige Mann kam ihm gar nicht bekannt vor.
Godfrey notierte Name und Telefonnummer des Gastes. Clyde drängte ihn, Bernie Snyder anzurufen – Bernie kenne jeden.
Godfrey führte das Telefonat von der Bar aus. Bernies Frau war am Apparat. Sie sagte, Bernie sei nicht zu Hause – Godfrey solle es gegen 17:30 noch mal probieren.
Es war 16:30. Die meisten Nachtlokale öffneten nicht vor 18:00 oder 19:00. Godfrey hatte jede Menge Anrufe zu erledigen.

Das Desert Inn war ein Hillbilly-Schuppen. Zuvor hieß es Jungle Room bzw. Chet's Rendezvous. Myrtle Mawby hatte den Laden für ihren kleinen Bruder, Ellis Outlaw, gekauft. Ellis benannte ihn in Outlaw's Hideout um.
Ellis hatte ständig Ärger mit der Polizei und dem verdammten Finanzamt. Die Staatsdiener machten ihm den Laden dicht, weil er Steuern seiner Angestellten hinterzogen hatte – und ließen ihn dann wiedereröffnen, damit er seine Schulden abbezahlen konnte. 1955 zog Ellis Al Manganiello eine Flasche über den Schädel und entging nur knapp einer Gefängnisstrafe. Er kam mit dem Hideout einfach auf keinen grünen Zweig.
Er verkaufte es zurück an Chet Williamson. Chet taufte es Desert Inn und setzte Ellis als Geschäftsführer ein. Ellis kam aus einer Barkeeper-Familie. Seine Schwester Myrtle hatte einst ihrem Mann eine Kugel ins Ohr geschossen und im anschließenden Scheidungsprozeß zwei Cocktailbars zugesprochen bekommen.
Ellis gehörten die Bungalows hinter dem Desert-Inn-Parkplatz. Eine der Bruchbuden vermietete er an seinen Kumpel Al Manganiello. Ellis betrieb von der Bar aus ein kleines Wettgeschäft. Er nahm Tips auf alle Rennen in Hollywood Park und Santa Anita an. Im Mai '57 wurde Ellis wegen Trunkenheit am Steuer eingelocht. Zwei Cops aus El Monte sagten aus, er habe versucht, sie zu bestechen – Bakschisch dafür, daß sie die Sache vergessen würden. Ein paar von Ellis' Freunden hätten noch was draufgelegt.

Die Summen waren verhältnismäßig läppisch. Die ganze Sache wuchs sich zu einer hübschen Provinzposse aus.
Ellis wurde wegen Trunkenheit am Steuer verurteilt. Er ging in Berufung und blieb über ein Jahr lang vor dem Gefängnis bewahrt. Vom Vorwurf der Bestechung wurden Ellis und seine Kumpel freigesprochen.
Die Galgenfrist endete am 19. Juni. Ein Richter bestätigte das Urteil. Ellis wurde angewiesen, seine Strafe am 27. Juni anzutreten.
Im Desert Inn war immer ordentlich was los – und zwar für El Monte auf hohem Niveau.
Spade Cooley trat dort auf, als sein Stern nach seiner Zeit beim Lokalfernsehen bereits im Sinken war. Das, was einmal die Ink-Spots gewesen waren, machte auf dem Weg von Vegas nach ganz unten dort halt.
Schwarze wurden umgehend vor die Tür gesetzt. Hispanos waren zwar nicht besonders gern gesehen, wurden aber geduldet – solange sie nicht in Scharen auftauchten.
Das Desert Inn war eine gute Adresse, um einen zu zwitschern und jemanden aufzureißen. Das Desert Inn war ein gefahrloser und zivilisierter Ort – nach den 1958 in El Monte herrschenden Maßstäben.

Jim Bruton traf Hallinen und Lawton vor der Bar. Es war 18:30. Sie fragten Al Manganiello nach dem Gästebuch des Desert Inn. Al zeigte ihnen ein Buch mit Namen und Adressen. Sie überflogen die Einträge und stießen auf zwei Männer namens Tom.
Tom Downey: 4817 Azusa Canyon Road, Baldwin Park. Tom Baker: 5013 North Larry Street, Baldwin Park.
Al sagte, Tom Baker kenne er nicht. Tom Downey sei eher ihre Kragenweite – so 'n pomadiger, dunkelhaariger Typ genau wie der, der mit der Rothaarigen getanzt haben sollte.
Hallinen, Lawton und Bruton fuhren zu Downeys Adresse. Eine Frau machte auf und wies sich als Mrs. Downey aus.
Sie sagte, Tom sei noch bei der Arbeit – er sei Ford-Verkäufer bei El Monte Motors. Er müßte in ein paar Minuten zu Hause sein.

Sie sagten ihr, sie würden später zurückkommen, und überwachten das Haus von Brutons Wagen aus. Aus »ein paar Minuten« wurden neuneinhalb Stunden.
Um 5:00 morgens machten sie Feierabend. Bruton funkte die Wache an und sagte den Kollegen, sie sollten eine Streife als Ablösung vorbeischicken.
Fünf Minuten später traf ein Polizeiwagen ein. Bruton brachte Hallinen und Lawton zum Desert Inn zurück, wo ihre Wagen standen. Die drei trennten sich und fuhren nach Hause.
Die Streifenbeamten beobachteten Downeys Haus. Sie waren gerade zwanzig Minuten auf ihrem Posten, da tauchte Tom Downey auf.
Die Streifenbeamten schnappten ihn sich. Sie funkten die Zentrale in El Monte an und sagten der Telefonistin, sie solle Captain Bruton wecken.
Tom Downey war stinksauer und fühlte sich überrumpelt. Die Streife brachte ihn zur Wache El Monte und steckte ihn in ein Vernehmungszimmer.
Jim Bruton ging hinein. Sein erster Eindruck von Tom Downey: Der Typ ist zu stämmig, um unser Mann zu sein.
Bruton verhörte ihn. Downey sagte, er sei auf der Suche nach einem Fick gewesen und falle um vor Müdigkeit. Bruton fragte ihn, was er in der Nacht von Samstag auf Sonntag gemacht habe.
Downey sagte, er sei zweimal zu unterschiedlichen Zeiten im Desert Inn gewesen. Das erstemal zwischen 20:00 und 21:00. Er habe mit Ben Grissman und noch einem Typen am Tisch gesessen, während die beiden zu Abend aßen.
Ben und der andere gingen. Er blieb noch etwa zehn Minuten. Er ging noch in ein paar andere Läden, kam zurück ins Desert Inn und nahm zwei Drinks. Er löste beim Barkeeper einen 20-Dollar-Scheck ein und verließ das Lokal kurz vor Mitternacht. Er ging in eine andere Bar und traf dort einen Freund. Sie fuhren zu einem Steakhaus in Covina und nahmen ein verspätetes Abendessen ein. Er kam sehr spät nach Hause.
Bruton beschrieb das Opfer, die Blondine und den dunkelhäutigen Mann und meinte, sie müßten ungefähr zur gleichen Zeit im

Desert Inn gewesen sein wie Downey. Downey sagte, ihm sei niemand aufgefallen, der so aussah.
Bruton notierte »Ben Grissman« und ließ sich auch den Namen von Downeys anderem Kumpel geben. Er sagte zu Downey, möglicherweise würden noch ein paar Männer des Sheriffs mit ihm sprechen wollen.
Downey versprach, sich zur Verfügung zu halten. Bruton schickte ihn in einem Streifenwagen nach Hause.

Dienstag morgen kam auf dem Revier El Monte ein Brief an. Er war auf die Rückseiten eines Kontoauszugs sowie einer Stechkarte gekritzelt.

> An den Polizeichef von El Monte 23. 6. 58
>
> Sehr geehrter Herr,
> in bezug auf Ihren jüngsten Sexualmord (von dem ich heute aus der Zeitung erfahren habe) würde ich Ihnen raten, E. Ponce zu verhören, Fernsehmechaniker, beschäftigt bei Dorn's, wohnhaft in Monterey Park. Das ist nicht weit von El Monte, und meine Frau wirft ihm vor, er habe sie im April letzten Jahres bei mir zu Hause vergewaltigt. Außerdem hat er damals sie und den Rest der Familie bedroht. Diese Angelegenheit wird derzeit vor Gericht verhandelt. Er ist ein großer, schlanker Mexikaner mit sehr starkem Akzent. Befragen Sie ihn wegen der Tat und/oder ähnlicher Vergehen, denn er ist entsprechend veranlagt.
> Fragen Sie Ponce, ob er die Krankenschwester, die vergewaltigt & ermordet wurde, gekannt hat. Finden Sie heraus, ob sie irgendwann bei Dorn's einen Fernseher gekauft oder sonst irgend etwas mit dem Geschäft zu tun gehabt hat und ob Ponce irgendwann einen Apparat oder andere Elektrogeräte für sie repariert hat. Gucken Sie sich Dorn's' Bücher und Terminkalender an. Fragen Sie ihn, wo er in der Nacht des Verbrechens gewesen ist. Nachweislich. Bitten Sie mich, ihn zu identifizieren, als hätte ich sie mit ihm gesehen. Ich möchte ihn mir genau anschauen.

Unterzeichnet war der Brief mit »Lester A. Eby, 17152 Cires Avenue, Fontana, Calif«. Die Sekretärin des Polizeichefs rief bei der Auskunft an und bekam dort die zugehörige Telefonnummer: VA2-7814. Sie notierte sie auf dem unteren Rand der Stechkarte und rief dann noch mal bei der Auskunft an.
Sie fragte nach einem »E. Ponce« in Monterey Park. Die Telefonistin nannte ihr den einzigen Eintrag, den sie hatte: Emil Ponce, 320 East Fernfield Drive PA1-3047. Sie notierte die Daten unter dem Namen des Informanten und legte den Brief in Captain Brutons Fach.

Dienstag morgen rief Ruth Schienle bei der Mordkommission des Sheriffs an. Sie hinterließ eine ausführliche Nachricht für Ward Hallinen und Jack Lawton. Der Wachhabende notierte sie auf der Rückseite eines Telexstreifens.

> Miss Schienle berichtet, daß Henry Kurtz, 4144 Irving Pl., Culver City, NE8-5888, gestern abd. nicht zur Arbeit erschienen ist und sich auch für heute abd. (24. 6. 58) telef. abgemeldet hat. Henry F. Kurtz/männl./weiß/39-42/1,73 m - 100 kg/braunes Haar

Der Wachhabende legte den Zettel in Jack Lawtons Fach.

Dienstag morgen rief Jim Bruton Frank Godfrey an. Er sagte ihm, er solle schnellstens nach Brea runterdüsen und eine junge Mexikanerin namens Carmen Contreras verhören. Sie hätten den Hinweis bekommen, sie kenne einen Desert-Inn-Stammgast namens Tommy. Die Adresse des Mädchens sei 248 South Poplar.
Godfrey fuhr nach Orange County und fand die Adresse. Die Mutter des Mädchens schickte ihn zur Beckman Instrument Company - Carmens Arbeitsplatz.
Godfrey sprach mit Carmen. Carmen sagte, sie kenne einen Mann namens Tommy - aber nicht seinen Nachnamen. Er sei Weißer, zwischen 30 und 40, 1,68 bis 1,70 groß. Er habe einen dunklen Teint, braune Augen und dunkles, lockiges Haar.

Carmen glaubte, daß er in Baldwin Park wohne. Er war verheiratet – wollte sich aber scheiden lassen. Er fuhr ein pink-weißes '57er Mercury-Coupé. Er hatte ihr erzählt, früher habe er einen '52er Olds gehabt. Er arbeitete als Fußbodenleger für eine Firma in Temple City. Er ging regelmäßig ins Ivanhoe in Temple City und ins Desert Inn in El Monte. Er saß gern an der Bar oder wechselte von Tisch zu Tisch. Er hatte sie ein paarmal in ein italienisches Lokal in der Valley ausgeführt. Sie hatte ihn schon seit längerem nicht mehr gesehen.

Godfrey gab ihr seine Karte. Er sagte ihr, sie solle ihn anrufen, falls Tommys Nachname ihr doch noch einfalle. Carmen antwortete, das werde sie tun.

Godfrey rief Jim Bruton an und berichtete ihm von der Vernehmung. Bruton sagte, er werde das Ivanhoe überprüfen.

Dienstag morgen ging ein anonymer Anruf im Büro des Sheriffs von Temple City ein. Der Informant sagte, so ein Typ namens »Johnny« könnte die Krankenschwester erdrosselt haben.

Er sagte, Johnny sei oft im Desert Inn. Er fahre einen pink-weißen Olds Holiday und halte sich für einen »Frauenhelden«. Er sei weiß, zwischen 30 und 35, 1,73 groß, von durchschnittlicher Statur. Er habe schwarzes Haar und einen dunklen Teint. Er habe eine Ex-Freundin namens Patricia Fields.

Der diensthabende Sergeant leitete die Information an Bill Vickers weiter. Vickers fand Patricia Fields im Telefonbuch und rief sie an. Miss Fields erzählte ihm, Johnny arbeite seit Dezember in Übersee. Sie stehe seitdem mit ihm in Briefwechsel. Vickers fragte sie, ob sie das beweisen könne. Miss Fields sagte ihm, er solle Peggy Narucore anrufen. Ihre Nummer sei GI3–2638.

Vickers rief dort an. Peggy Narucore bestätigte Miss Fields' Aussage.

Es war Nachmittag.

Frank Godfrey und Bill Vickers klapperten Bars und Restaurants ab. Ward Hallinen und Jack Lawton vernahmen noch einmal den Ex-Mann und den Sohn des Opfers.

Die Wohnung der beiden war klein und stickig. Sie setzten sich an einen kleinen Küchentisch.
Armand Ellroy erzählte, daß die Beerdigung in der kommenden Woche stattfinden sollte. Er hatte sich um einen Pfarrer gekümmert und die Beisetzung auf dem Inglewood-Friedhof arrangiert. Jeans Schwester und ihr Mann wollten per Flugzeug aus Madison, Wisconsin, kommen. Er selbst hatte vor, kommenden Montag noch mal mit seinem Sohn nach El Monte zu fahren, um seine Sachen zu holen.
Hallinen und Lawton stellten dem Jungen ein paar Fragen.
Kannte deine Mutter eine blonde Frau mit einem Pferdeschwanz? Hast du sie mal mit einem Mexikaner oder einem Weißen mit dunklem Teint und dunklen Haaren zusammen gesehen? Mit welchen Arbeitskollegen war sie befreundet? Hat sie sich mit jemandem angefreundet, seit ihr nach El Monte gezogen seid? *Weshalb ist sie nach El Monte gezogen?*
Der Junge sagte aus, seine Mutter habe ihn hinsichtlich des Umzugs nach El Monte belogen. Sie hatte gesagt, sie wolle, daß er in einem Haus aufwachse und nicht in einer Wohnung. Er hatte gewußt, daß sie log.
Ihm hatte es in Santa Monica gefallen. El Monte machte ihm angst. Er sah nicht ein, wieso sie so weit weggezogen waren.
Er kannte keine blonde Frau. Er kannte keinen Mexikaner oder Weißen mit dunklem Teint. Er kannte keine Kollegen, mit denen seine Mutter befreundet war. Er hatte ihnen ja schon von Hank Hart und Peter Tubiolo erzählt. Er wußte nur, daß seine Mutter mit Mrs. Krycki befreundet war.
Lawton fragte ihn, ob seine Mutter Alkohol getrunken habe.
Der Junge sagte, sie habe jede Menge Early Times Bourbon getrunken.

Dienstag abend erhielt Jim Bruton einen Anruf. Das Büro des Sheriffs in Temple leitete einen Hinweis weiter: Tommy war gerade im Ivanhoe aufgekreuzt.
Bruton sorgte dafür, daß er durch eine Einheit des Sheriffs aufs Revier El Monte gebracht wurde. Er richtete einen Vernehmungs-

raum mit einem Einwegspiegel ein und rief Myrtle Mawby an. Sie war bereit, zu einer Gegenüberstellung mit dem Verdächtigen vorbeizukommen.
Zwei Deputies führten Tommy herein. Es war Tom Baker aus dem Gästebuch des Desert Inn. Bruton ließ ihn den Verlauf seines Samstagabends schildern.
Baker sagte, er sei beim Pferderennen in Hollywood Park gewesen. Er sei bis zum siebten Rennen geblieben und dann zu einem Restaurant Ecke Florence/Rosemead gefahren. Er habe einen Burger gegessen und sei dann zu seiner Wohnung in Baldwin Park gefahren. Den Rest des Abends habe er mit seinem Vermieter und dessen Sohn ferngesehen. Er sei Samstag nicht im Desert Inn gewesen.
Myrtle Mawby sah sich Tom Baker an. Sie sagte Bruton, er sei nicht der Mann, den sie mit der Rothaarigen zusammen gesehen habe.
Tom Baker wurde wieder auf freien Fuß gesetzt. Ein Streifenwagen brachte ihn zurück ins Ivanhoe.

Es war 20:00.
Vickers und Godfrey waren drüben in Temple – und riefen Barkeeper und Drive-In-Bedienungen zu Hause an. Hallinen und Lawton telefonierten vom Revier El Monte aus.
Sie versuchten Margie Trawick und Mike Whittaker aufzuspüren. Sie sollten noch am selben Tag ihre Aussagen zu Protokoll geben. Margie fanden sie bei ihren Eltern. Mike fanden sie im Melody Room und sagten ihm, er werde abgeholt. Sie sorgten dafür, daß eine Stenotypistin aus dem Sheriff's Office auf die Wache kam. Sie wurden vom diensthabenden Sergeant unterbrochen. Er sagte, es sei gerade ein Hinweis eingegangen – eine Drive-In-Bedienung bei Stan's hatte möglicherweise Samstag nacht etwas beobachtet.

Lavonne Chambers trug eine rot-goldene Uniform. Hallinen und Lawton vernahmen sie im Kabuff des Geschäftsführers.
Stan's war kreisrund und futuristisch. Aus dem Dach ragte eine

neonbeleuchtete Spitze hervor. Das Gelände dahinter war riesig – die Autos konnten in drei Reihen hintereinander parken und durch Aufblenden der Scheinwerfer die Bedienung rufen.
Lavonne sagte, sie habe es im Radio gehört. Sie habe etwa einen Tag lang gezaudert und dann ihrem Boß erzählt, was sie wußte. Der rief für sie beim Sheriff's Office an.
Hallinen und Lawton redeten ihr gut zu. Lavonne wurde gelöster und erzählte ihnen ihre Geschichte.
Sie hatte die Beschreibung im Radio erkannt. Sie erinnerte sich an die Rothaarige – vom Kleid bis zu dem Ring mit der Perle. Sie war sich sicher, daß sie die Rothaarige und ihren Begleiter *zweimal* bedient hatte – Samstag nacht und Sonntag früh.
Sie kamen kurz nach 22:00. Die Frau bestellte ein überbackenes Käsesandwich; der Mann bestellte Kaffee. Der Mann fuhr. Das Auto war eine '55er oder '56er Olds-Limousine. Es war in zwei Grüntönen lackiert – das hellere Grün wahrscheinlich oben. Der Mann wahr sehr dünn, zwischen 35 und 40, mit schwarzen, glatt zurückgekämmten Haaren. Er sah aus, als sei er griechischer oder italienischer Herkunft.
Die Frau wirkte unbeschwert. Möglicherweise war sie betrunken. Der Mann wirkte gelangweilt und reserviert.
Sie aßen und fuhren weg. Zwischen 2:00 und 2:45 kehrten sie zurück. Sie parkten wieder in ihrem Revier.
Die Rothaarige bestellte Chili mit Bohnen. Der Mann bestellte Kaffee. Sie war immer noch unbeschwert. Er war immer noch gelangweilt und reserviert. Sie aßen, zahlten und fuhren weg.
Hallinen und Lawton zeigten ihr den Mantel des Opfers – nunmehr voll von Etiketten aus dem Labor. Lavonne Chambers identifizierte den Futterstoff auf der Stelle. Ein Foto des Opfers identifizierte sie genauso prompt. Sie willigte ein, am nächsten Tag ihre Aussage zu Protokoll zu geben – aber nur bei sich zu Hause. Sie konnte ihre Kinder nicht alleinlassen.
Hallinen und Lawton vereinbarten einen Termin für 15:30. Lavonne hörte gar nicht mehr auf, von der Rothaarigen zu schwärmen – sie sei so hübsch gewesen und habe so einen netten Eindruck gemacht.

Mike Whittakers Aussage war vollkommen wirr.
Er berief sich immer wieder auf seine Trunkenheit. Aus dem 43jährigen rothaarigen Opfer machte er eine Brünette in den Zwanzigern. Die Blondine mit dem Pferdeschwanz beschrieb er als Mexikanerin.
Seine Geschichte war verschwommen und voller Gedächtnislükken. Er widersprach laufend seiner Aussage von Sonntag nacht. Sein einziger zeitlicher Bezugspunkt war der Moment, in dem er von seinem Stuhl gefallen war.
Das Verhör endete um 21:35.
Mike Whittaker ging hinaus. Margie Trawick kam herein.

AUSSAGE VON MARGIE TRAWICK. AUFGENOMMEN IM EL MONTE POLICE DEPARTMENT, 505 EAST VALLEY BOULEVARD, EL MONTE. ANWESEND: SERGEANT W.E. HALLINEN, SERGEANT J.G. LAWTON. 21:41 UHR, 24. JUNI 1958. AKTENZEICHEN #Z-483–362. AUFGEZEICHNET VON: DORA A. BRITTON, STENOTYPISTIN.

FRAGEN VON SGT. HALLINEN:

F Wie lautet ihr voller Name?
A Margie Trawick.

F Haben Sie einen zweiten Vornamen?
A Ja, mein zweiter Vorname ist Lucille.

F Kennt man Sie auch unter einem anderen Namen?
A Mein Geburtsname ist Phillips.

F Wo wohnen Sie?
A 413 Court Adair Street, El Monte.

F Haben Sie Telefon?
A Gilbert 8–1136.

F Darf ich fragen, wie alt Sie sind?
A Ich bin vor einer Woche, am Samstag, dem 14. Juni, 36 geworden.

F Mit wem wohnen Sie unter dieser Adresse zusammen?
A Mit meinen Eltern, Mr. und Mrs. F.W. Phillips.

F Sind Sie zur Zeit berufstätig?
A Im Moment nicht. Ich habe einen Job. Ich bin nur gerade krank geschrieben.

F Wer ist Ihr Arbeitgeber?
A Tubesales, 2211 Tubeway Avenue, Los Angeles 22.

F Haben Sie früher einmal als Kellnerin gearbeitet?
A Ja. Als Kellnerin. Hauptsächlich als Bardame im Desert Inn, 11721 East Valley Boulevard, El Monte. Genau.

F Wie lange waren Sie dort beschäftigt?
A Ungefähr neun Jahre. Aber nie fest, sondern nur, wenn sie mich brauchten. Wenn es richtig gut lief.

F An welchem Tag haben Sie zuletzt dort gearbeitet?
A Mal sehen, ich bin am 6. Mai ins Krankenhaus gekommen, und das war ein Dienstag. Es war der Samstagabend davor.

F Erinnern Sie sich an letzten Samstag, den Abend des 21. Juni?
A Ja.

F Würden Sie uns bitte schildern, was Sie an diesem Abend ungefähr ab 22:00 gemacht haben?
A Ich hab' meine Wohnung um ungefähr, na, fünf bis zehn Minuten nach 22:00 verlassen und bin direkt zum Desert Inn gefahren.

F Entschuldigen Sie, was für eine Art von Lokal ist das Desert Inn?
A Es ist ein Nachtklub, nichts weiter. Tanzlokal und Restaurant.

F Um wieviel Uhr sind Sie im Desert Inn eingetroffen?
A Ich würde sagen, so um 22:15, vielleicht 22:20. Wie ich eben brauche, um direkt von hier nach dort zu fahren.

F Wo haben Sie gesessen?
A An dem Tisch direkt an der Bar, gleich neben der Ausgabe.

F Mit Ausgabe meinen Sie dort, wo die Bedienungen die Getränke für die Gäste abholen?
A Genau.

F Während Sie an dem Tisch saßen, haben Sie sich da den Raum und die Gäste angeschaut?
A Ja, das mach' ich immer.

F Könnten Sie uns beschreiben, was sie gesehen haben – Gäste, die kamen oder gingen, oder Personen, die ihnen besonders aufgefallen sind?
A In der ersten Reihe gleich neben der Tanzfläche saßen sechs Leute an zwei zusammengeschobenen Tischen.

F Haben Sie irgendwelche von diesen Leuten erkannt?
A Ja, als Stammgäste des Desert Inn.

F Können Sie uns die Namen dieser Personen nennen?
A Nein.

F Können Sie uns sagen, wer an der Bar gesessen hat?
A Ja, auf dem Hocker gleich neben der Ausgabe saß der farbige Sänger. Und dann saßen da noch zwei andere Männer.

F Kennen Sie die Namen der Männer?
A Nur von einem, den kenne ich als Cliff. Er ist der Mann, mit dem ich um 23:30 gegangen bin.

F Sie meinen, als Sie um 23:30 das Desert Inn verlassen haben?
A Ja, genau.

F Saßen an einem der Tische, die Sie überblicken konnten, noch andere Personen, die Sie erkannt haben oder deren Namen Sie kennen?
A Direkt neben mir saßen eine Tänzerin, die früher im Pioneer gearbeitet hat, eine Stripperin, meine ich, und, ich weiß nicht, ob er ihr Mann oder ihr Agent ist, auf jeden Fall sehe ich die beiden immer zusammen. An dem mittleren Tisch unter dem Spiegel an der Wand saß ein weiterer Stammgast. Alles Stammgäste.

Und vier Leute am dritten Tisch gleich neben der Tanzfläche. Ich kenne sie nicht, aber sie waren schon öfters da. Direkt hinter ihnen saß ein junges Pärchen. Den jungen Mann hatte ich schon mal gesehen. Das Mädchen bisher nicht.

F Können Sie ungefähr sagen, wieviel Uhr es war, als Sie diese Leute an ihren Tischen sitzen sahen?

A Das war, als ich reinkam.

F Hat sich noch jemand an einen Tisch gesetzt oder das Lokal betreten, der ihnen besonders aufgefallen ist?

A Zwei Frauen. Eine Rothaarige und eine, so nenne ich die immer, Straßenköterblonde kamen rein und setzten sich in der mittleren Reihe an den mittleren Tisch.

F Können Sie die beiden Damen beschreiben?

A Die Rothaarige war sehr attraktiv. Ich würde es als Tizianrot bezeichnen. Ich weiß ja nicht, wie Sie das nennen würden. Weder hell- noch dunkelrot. Sehr hübsches Kleid und darüber ein marineblauer Mantel. Das Kleid war gemustert, der Mantel mit demselben Stoff gefüttert, aus dem das Kleid war. Von außen war er marineblau. Als sie sich hinsetzten, unterhielt sich die Kellnerin, die ist eine sehr gute Freundin von mir, gerade mit einem Gast an der Bar.

F Wie lautet der Name der Kellnerin?

A Myrtle Mawby.

F Können Sie die rothaarige Frau näher beschreiben, was ungefähres Alter, Größe und Gewicht anbetrifft?

A Ich würde sagen, sie war vierzig. Ich würde sie auf 1,65 m schätzen, aber wieviel sie wog, das kann ich schwer sagen. Ich glaube, ich hab' mir keine Gedanken über ihr genaues Gewicht gemacht – vielleicht zwischen 55 und 60 Kilo.

F Ist Ihnen irgendwelcher Schmuck an der Frau aufgefallen?

A Nein.

F Haben Sie irgend etwas anderes Auffälliges bemerkt?

A Aufgefallen ist mir die Frau vor allem, wie sie ihren Mantel ausgezogen hat, um mit einem Typen zu tanzen, der an ihren Tisch gekommen ist.

F Können Sie die andere Frau beschreiben, die an dem Tisch saß?

A Sie war straßenköterblond, hatte einen kurzen, dreiviertellangen, beigefarbenen oder gelbbraunen Mantel über den Schultern. Sie hatte flache Schuhe an. Bis ich sie tanzen gesehen hab', war das ungefähr alles, was mir aufgefallen ist. Wie sie tanzte, hab' ich gedacht, daß sie zwei bis vier Kilo mehr wiegt als die Rothaarige. Sie hatte ziemlich breite Hüften.

F Wie alt?

A Ungefähr wie die andere Lady, so um die vierzig.

F Größe?

A Ungefähr wie die Rothaarige. Sie hatte flache Absätze. Die Rothaarige hatte hochhackige Schuhe an.

FRAGEN VON SGT. LAWTON:

F Können Sie die Schuhe der Rothaarigen beschreiben?

A Nein, kann ich nicht.

F Wirkte die Rothaarige betrunken?

A Keine von beiden wirkte betrunken.

FRAGEN VON SGT. HALLINEN:

F Was passierte, nachdem die beiden Frauen, die Sie gerade beschrieben haben, sich an den Tisch gesetzt hatten?

A Ich machte Myrtle Mawby darauf aufmerksam, daß sie Kundschaft hatte, und sie beendete ihre Unterhaltung mit dem Herrn an der Bar. Währenddessen trat ein großer, dünner Mexikaner von hinten an den Stuhl der Rothaarigen. Ich hab' nicht gehört, wie er sie zum Tanzen aufgefordert hat. Sie ist sofort aufgestanden.

F Bevor Sie weitererzählen, können Sie diese Person ein wenig genauer beschreiben?
A Ich würde sagen, er war zwischen 1,75 und 1,80 m groß, sehr schmaler Körperbau, schmales Gesicht. Dunkles Haar, glatt zurückgekämmt. Ziemlich angeklatscht.

F Hatte er Wellen im Haar?
A Nein.

F War es gescheitelt?
A Nein, er hatte Geheimratsecken, hier, auf beiden Seiten.

F Wie war er angezogen, falls Sie sich erinnern?
A Dunkler Anzug. Dunkles Sporthemd, am Hals offen, mit dem Kragen über dem Revers.

F Haben Sie irgend etwas Weißes oder Helles an diesem Mann bemerkt?
A Nein.

F Sein Alter?
A Ich würde sagen, er war nicht, er war ungefähr genauso alt wie die beiden Frauen.

F Etwa vierzig Jahre alt?
A Ja, Sir. Zwischen vierzig und fünfundvierzig.

F Haben Sie irgendwas von der Unterhaltung mitbekommen, als er an den Tisch trat?
A Nein.

F Hatten Sie den Eindruck, daß dieser Mann eine der beiden Frauen gekannt hat?
A Ich hatte den Eindruck, daß er zu ihnen gehörte. Es sah jedenfalls so aus.

F Und was hat bei Ihnen diesen Eindruck hervorgerufen?
A Die Art, wie er auf die Rothaarige zuging. Sie stand auf, zog ihren Mantel aus, er half ihr, ihn zusammenzulegen, Futter nach außen, sie hängten ihn über die Stuhllehne und gingen zur Tanzfläche.

F Dann blieb also die andere Frau mit dem Pferdeschwanz in dem Augenblick allein am Tisch zurück?

A Myrtle Mawby ging hin, um ihre Bestellung aufzunehmen, kam zurück und stellte sich an meinen Tisch, weil sie sich erst vergewissern mußte, ob sie alt genug waren, bevor sie ihnen irgendwelche Drinks servieren konnte. Dann nahm sie die Bestellung auf; ein Bier, zwei Highballs. Ich hörte sie rufen: »Einen großen«, da wußte ich, daß einer von ihnen einen großen bestellt hatte.

F Zu diesem Zeitpunkt saßen drei Personen an dem Tisch?

A Ja.

F Woran erinnern Sie sich als nächstes?

A Als nächstes erinnere ich mich daran, wie Mike mit der Blonden von der Tanzfläche gekommen ist.

F Da kannten Sie seinen Namen noch nicht?

A Nein, zu dem Zeitpunkt noch nicht.

F Inzwischen haben Sie erfahren, daß er Mike heißt?

A Ja.

F Ich würde gern noch mal ein wenig zurückgreifen und Sie fragen, ob Sie sich erinnern, um welche Zeit die beiden Frauen ungefähr eintrafen und sich an den von Ihnen beschriebenen Tisch setzten?

A Ich würde sagen, ich war schon mindestens eine halbe Stunde da. Demnach war es ungefähr Viertel vor elf.

F Würden Sie die Person, die Sie jetzt als Mike kennen, bitte beschreiben?

A Also, er hat hellbraune Haare. Seinem Gesicht nach würde ich ihn als blond bezeichnen. Ich sag mal, er war blond. Jung war er, 23, 24 Jahre alt. Hatte ein dunkles Hemd an, dunkelblau oder schwarz. Am meisten ist mir aufgefallen, daß es schludrig aussah. Es war bis unten hin aufgeknöpft. 'Ne dunkle Hose und Leinenschuhe hatte er an, so 'ne Art leichte Tennisschuhe.

F Ist das dieselbe Beschreibung wie die, die Sie uns gegeben haben, als Sie noch nicht wußten, daß diese Person Mike heißt?

A Richtig.

F Was hat Mike gemacht?

A Sie meinen, wie er mich zum Tanzen aufgefordert hat? Er kam zur Tür rein, ging an die Bar und bestellte ein Bier, kam dann an meinen Tisch und fragte mich, ob ich Lust zu tanzen hätte, und ich hab' zu ihm gesagt, die Nummer wär mir zu schnell. Dann hat er mich gefragt, ob ich zu was Langsamem tanzen würde, und ich hab' »Nein danke« gesagt. Er ist richtig aggressiv geworden und hat gefragt, ob ich denn überhaupt tanzen könnte. Er ging zurück an die Bar, nahm sein Bier und ging zu dem Ecktisch, der die Cocktail-Lounge von dem Restaurant-Teil des Lokals trennt. Die Kellnerin – ich hab' der Kellnerin erzählt, daß er aggressiv geworden ist und mir ziemlich jung vorkam. Sie ist zu ihm rübergegangen, wieder zurückgekommen, hat ihm einen sauberen Aschenbecher und eine saubere Serviette gebracht, ist wieder an meinen Tisch und hat gesagt: »Nein, der ist auf jeden Fall alt genug.« Einen Augenblick später hab' ich ihn mit der Blonden mit dem Pferdeschwanz tanzen sehen, die mit der Rothaarigen in der mittleren Reihe am mittleren Tisch saß.

F Haben Sie gesehen, wie Mike, bevor er mit der Frau mit dem Pferdeschwanz tanzte, zu ihr an den Tisch ging?

A Nein, ich hab' ihn erst gesehen, als er mit den anderen am Tisch saß, da waren sie zu viert: der Mexikaner, der junge Mann und die beiden Frauen.

F Können Sie sich erinnern, wo genau die vier von der Bar aus gesehen saßen?

A Die beiden Frauen saßen mit dem Rücken zu mir.

F Das heißt mit dem Rücken zu welcher Seite des Raums?

A Mit dem Rücken nach Norden. Sie blickten auf die Tanzfläche. Mikes Stuhl war dicht an den Tisch herangezogen, in einem Winkel, von dem aus er die Tanzfläche beobachten konnte, näher bei der Blonden mit dem Pferdeschwanz.

F Also auf der Westseite?

A Ja. Der Mexikaner saß mir gegenüber. Das heißt, er schaute nach Norden.

F Und auf die Bar und die Frauen?

A Richtig.

F Und er saß von Mike aus gesehen im Osten?

A Ja.

F Haben Sie gesehen, daß an dem Tisch noch weitere Drinks bestellt wurden?

A Ich hab' die Kellnerin nur zwei Runden servieren sehen.

F Erinnern Sie sich, wer diese Runden bestellt hat?

A Nein.

F Können Sie sagen, wieviel die vier Personen an dem Tisch getrunken hatten?

A Der junge Mann, der also Mike heißt, war ziemlich betrunken. Die drei anderen – nein.

F Haben beide Männer mit den beiden Frauen getanzt?

A Danach hab' ich nicht mehr so genau drauf geachtet, denn ich bin um 23:30 gegangen.

F Saßen alle vier am Tisch, als Sie gegangen sind?

A Ja, Sir.

F Waren Sie in Begleitung, als Sie das Desert Inn verließen?

A Ja.

F Und es war ungefähr 23:30, als Sie gingen?

A Richtig.

F Sind Sie am selben Abend noch einmal dorthin zurückgekehrt?

A Um zehn vor eins. Ich hab' den besagten Typen zurückgebracht. Damit er das Geld kassieren konnte, das ihm da jemand schuldete.

F Um wieviel Uhr sind Sie zurückgekommen?
A Um zehn vor eins.

F Können Sie sagen, inwieweit der Tisch und die Bar des Desert Inn noch besetzt waren?
A Auf der Seite mit der Cocktail-Lounge war es praktisch leer.

F Haben Sie gesehen, ob der Tisch, an dem, wie Sie ausgesagt haben, die vier Personen saßen, noch besetzt war?
A Er war leer.

F Haben Sie eine der zuvor beschriebenen Personen im Restaurant gesehen?
A Nein.

F Wie lange sind Sie dort geblieben?
A Nur ein paar Minuten.

F Und dann sind Sie gegangen?
A Dann bin ich nach Haus gegangen, ja.

FRAGEN VON SERGEANT LAWTON:

F Dieser große oder dünne mexikanische Mann, den Sie beschrieben haben, wenn Sie den noch mal sehen würden, könnten Sie ihn dann identifizieren?
A Ich glaube schon. Er war hier so schmal – wenn er nicht gerade lächelte, konnte man denken, er hätte keine Zähne.

F Sie zeigen auf den Kieferbereich?
A Ja.

F Und er ist derjenige, der die Rothaarige zum Tanzen aufgefordert hat?
A Ja. Ich hab' aber nicht gehört, wie er sie gefragt hat.

F Aber sie haben getanzt?
A Ja.

F Und Sie hatten den Eindruck, daß die beiden sich kannten?

A Richtig.

F Ich danke Ihnen vielmals.

AUSSAGE BEENDET UM 22:10

Am Mittwochmorgen trafen auf dem Revier El Monte zwei Briefe ein. Beide waren an den Polizeichef gerichtet.
Der erste Brief war maschinengeschrieben und in Fullerton, Kalifornien, abgestempelt.

> Wir sind Mr. C.S.I. aus Santa Ana gefolgt und haben gesehen, wie er die Leiche, rothaarige Frau, an dem Abend aus seinem oder einem zweifarbig lachsrosa-schokoladenbraunen 1954er Plymouth geworfen hat. Sie müssen wissen, daß er bei verschiedenen südkalifornischen Police Departments aktenkundig ist und mehrere Menschen mit dem Tod bedroht hat. Er ist für uns ABSCHAUM, und er ist der Mann, den Sie suchen. Unter KI-28114 erfahren Sie mehr.

Der Brief war mit »Augenzeuge, Peggy Jane, Mr. und Mrs. Virgil Galbraith, Fullerton« unterzeichnet.
Der zweite Brief war in Los Angeles abgestempelt. Er war handgeschrieben. »Sieh an ihr Tun« stand in Druckbuchstaben vorn auf dem Umschlag.

> So wird deine Armut kommen wie ein Räuber und dein Mangel wie ein gewappneter Mann.
> Olga wuchs in einem Freudenhaus auf, von anderen Huren lernte sie alles über Einbruch, Raub und Diebstahl, und der Dieb ist nicht besser als ein Mörder. Ihre Spur führt über Banküberfälle – in den letzten Monaten sowohl die Kasse Ecke 9th/Spring als auch das »Ding« bei einer Bank in San Francisco, die unter Ortsansässigen Grandma genannt wird. Sie verkleidet sich – hat sich in den Filmstudios herumgetrieben und war Fahrstuhlführerin im Ambassador.

Aus letzterer und ihrer Tätigkeit als Dienstmädchen entwickelte sie die Raub- und Mordmethoden, die sie in Hollywood anwandte, um in einem Hotel eine Frau umzubringen, Mrs. Greenwald, Miss Epperson und eine Frau in einem Hotel in L.A. Zahlreiche weitere Morde – in den letzten Monaten eine Stepanovich in MacArthur Park und andere, von denen die Öffentlichkeit nichts erfahren hat. Sie treibt sich am Santa-Fe-Trailways-Busbahnhof & -Museum herum, in Forest Lawn sowie wechselnden Gegenden und Vierteln, in denen sie Männer findet, denen sie die Taschen ausräumen, Frauen, mit denen sie Unzucht treiben, Betrunkene, die sie fleddern, Reisende, die sie ausnehmen oder bestehlen kann, Olivera Street, wo sie ihren Körper verkauft und Reisende beklaut – und junge Männer – meist zwei –, die ihr einen reinstecken.
Da sie Schlaf braucht, sucht sie sich ein Hotel auf der anderen Seite der Brücke zur West 7th Str. in L.A. Auf dem Weg liegt der Laden von Anthony jr. & Thomas senior. Dort hat Anthony sie verführt, und A gibt ihr oft Geld, jetzt lebt A in El Monte, um ein neues Verbrechen in El Monte zu verhindern, vertreibt Anthony (indem Ihr ihn ausräuchert) aus El Monte, oder sie wird Euch erschlagen, Eure Kinder und Eure Liebste, denn sie will Geld von Anthony. Darum jagt ihn aus Eurer Stadt. Wenn Ihr nicht – ja – die Pest wollt – oder Schlimmeres. Wenn Eure Stadt Huren wie Olga weit offensteht, werden wir dieses Übel auch weiterhin ausrotten. Die starke Hand ist der Alptraum der Sünde. Der Autor dieser Zeilen sucht jetzt zwei Eunuchen, die Olga aus dem Fenster stoßen. Darum müßt Ihr Olga an einen Ort schicken, an dem sich Eunuchen aufhalten und auf liederliche Frauen treffen. Schickt sie unter dem Vorwand, ihre Füße zu behandeln, ins Krankenhaus. Sie trägt nie einen Slip – verstößt gegen das Gesetz gegen Exhibitionismus – und rollt ihre Strümpfe auf, so daß sie Krampfadern bekommt. Sie könnte einen Krampf kriegen und vors Auto kommen & in der Aufregung könn-

ten der Sheriff der Richter & der Chefarzt des Krankenh überfahren werden & zu Tode kommen. Wie würdet Ihr dann dastehen? Sie ist blond, zwischen 40 und 45, Ihre Verdächtige.
Wenn die Raub- und Mordverbrechen aufhören, dann ist Olga die Schuldige. Je länger sie in der Anstalt bleibt, desto länger wird sie brauchen, um ihre verbrecherischen Umtriebe dort hineinzutragen. Man wird es herausfinden und erkennen, daß Ihr Sheriffs, obwohl es in Ihrer Gegend noch weitere nichtaufgeklärte Verbrechen gibt, die Männern zugeschrieben werden, mit allen Künsten der Wissenschaft der Kriminologie, mit der Ihr das Geld verdient, um etwas zu essen, zu schlafen, Euch zu amüsieren und zu verreisen, nach dem Falschen gesucht habt. Wissenschaft – der Dieb ist nicht besser als ein Mörder, und der Schlechtbezahlte verzehrt sich, kaum jemand meldet sich auf Olgas Anzeigen & ihre Füße zwingen sie zu schlafen. Es gibt mehr Frauen als Männer, und am Ort der Geburt durch vorgetäuschte Handlungen und Ziele für Unruhe zu sorgen gehört für Huren zu ihrem horizontalen Show-»Geschäft«. Darum möge der- oder diejenige, die dem Körper eines anderen Gewalt antut, Zuflucht in der Hölle suchen. Niemand möge ihn aufhalten, wenn diese Bestie von einem Weib nicht vergast wird, sollt Ihr zur Hölle fahren.

Der Brief war nicht unterschrieben. Ihm lag ein herausgerissenes Blatt aus einer italienischsprachigen Zeitschrift bei. Auf der einen Seite stand ein wissenschaftlicher Text, auf der anderen war ein großes Foto einer Hummel.
Die Sekretärin des Polizeichefs legte beide Briefe in Captain Brutons Fach.

Mittwoch morgen ging eine Meldung raus.

AN ALLE EINHEITEN
WICHTIG ... AN ALLE POLIZEIDIENSTSTELLEN IM SAN GABRIEL VALLEY UND DIE CALIFORNIA HIGHWAY POLICE
AM 22. JUNI 1958 WURDE IM BEZIRK EL MONTE DIE LEICHE EINER ERDROSSELTEN FRAU GEFUNDEN: SIE WURDE ALS JEAN ELLROY ALIAS JEAN HILLIKER ALIAS GENEVA O. ELLROY IDENTIFIZIERT. ES WIRD DAVON AUSGEGANGEN, DASS DER TÄTER KLEIDUNGSSTÜCKE UND PERSÖNLICHE GEGENSTÄNDE DES OPFERS ENTWEDER NOCH BEI SICH TRÄGT ODER WEGGEWORFEN HAT, DARUNTER EINE HANDTASCHE, AUSSEHEN UNBEKANNT, SCHLÜSSEL FÜR DEN 1957ER BUICK DES OPFERS, EIN PAAR HOCHHAKKIGE DAMENSCHUHE, MÖGLICHERWEISE AUS DURCHSICHTIGEM PLASTIK, EINE DAMENUNTERHOSE, HÜFTHALTER UND UNTERROCK. HINWEISE JEDER ART BZGL. OBIGEN FALLES AN J. G. LAWTON & W. E. HALLINEN, MORDKOMMISSION, SHERIFF'S DEPARTMENT. (BETREFF: LAWTON HQ DB MORDKOMMISSION AKTENZ. Z-483–362).

E. W. BISCAILUZ, SHERIFF

Es war Mittwoch nachmittag. Bill Vickers klapperte mal wieder Lokale in El Monte ab.
Er überprüfte Suzanne's Cafe – ohne Erfolg. Er überprüfte das Dublin Inn – ohne Erfolg.
Im 49'er bekam er einen Hinweis. Ein Barkeeper meinte, das Opfer sei möglicherweise am Samstag der vorherigen Woche, dem 14. Juni, nachts dort gewesen.
Sie hatte einen Mann dabei. Er war 1,73 m groß, untersetzt und hatte leicht gewelltes blondes Haar. Sie waren beide betrunken. Sie blieben eine Weile und gerieten in Streit – es ging irgendwie darum, daß die Rothaarige nichts trinken wollte. Der Barkeeper sagte, er habe den Blonden schon mal gesehen – aber er sei kein Stammgast, und er kenne seinen Namen nicht.
Vickers überprüfte das Restaurant Mama Mia. Der Inhaber sagte

Vickers überprüfte das Restaurant Mama Mia. Der Inhaber sagte ihm, er solle seine Kellnerin Catherine Cathey anrufen – sie habe letzten Samstag abend Dienst gehabt.
Vickers rief sie an. Catherine Cathey sagte, eine rothaarige Frau sei etwa um 20:00 in das Lokal gekommen – allein. Vickers sagte, er werde sich wieder melden, um sich mit ihr zu treffen und ihr ein Foto des Opfers zu zeigen.
Vickers überprüfte das Off-Beat. Niemand kannte das Opfer auf seinem Schnappschuß. Die Frau des Inhabers erzählte ihm eine Geschichte, von der sie dachte, sie könnte etwas mit seinem Fall zu tun haben.
Eine Stammkundin namens Ann Mae Schidt war vergangene Nacht im Off-Beat gewesen. Sie erzählte, sie habe Freitag nacht mit ihrem Mann und einem anderen Pärchen in der Manger Bar einen gehoben und sei mit ihnen in Streit geraten. Sie habe die Bar verlassen – allein – und sei vor der Tür von einem Mexikaner angesprochen worden.
Der Mexikaner zerrte sie in ein Auto und versuchte, sie zu vergewaltigen. Sein Vorhaben mißlang. Ann Mae entkam.
Sie zeigte den Überfall nicht an. Sie fürchtete, wegen Trunkenheit verhaftet zu werden.
Ann Mae war um die Vierzig und rothaarig. Die Frau des Inhabers gab Vickers ihre Telefonnummer: GI8–0696.
Vickers ließ ihr seine Karte da und machte sich auf den Weg zum Manger. Weder in Kay's Cafe noch am Taxistand von El Monte hatte er Erfolg.
Im Manger stand ein Kerl namens Jack Groves hinter der Bar. Er erkannte das Opfer auf dem Foto und sagte, die Frau sei Samstag abend zwischen 20:00 und 21:00 dort gewesen. Er war der Meinung, sie sei allein gewesen.
Der Name Ann Mae Schidt sagte Groves nichts. Er meinte, die Inhaber – Carl Manger und seine Frau – könnten sie kennen. Sie arbeiteten samtags nachts. Möglicherweise wüßten sie Näheres über die Rothaarige.

Lavonne Chambers war geschieden. Sie lebte mit ihren drei kleinen Kindern in einem kleinen Haus. Dort nahmen Hallinen und Lawton ihre Aussage zu Protokoll.

AUSSAGE VON LAVONNE CHAMBERS. AUFGENOMMEN IN DER FOXDALE AVENUE 823, WEST COVINA. ANWESEND: SERGEANT W.E. HALLINEN, SERGEANT J.G. LAWTON. 15:55 UHR, 25. JUNI 1958. AKTENZEICHEN #Z-483–362. AUFGEZEICHNET VON: DELLA ANDREW, STENOTYPISTIN.

FRAGEN VON SGT. LAWTON:

F Wie heißen Sie?
A Lavonne Chambers.

F Haben Sie einen zweiten Vornamen?
A Marie.

F Wie alt sind Sie, Mrs. Chambers?
A Neunundzwanzig.

F Wo wohnen Sie?
A 823 Foxdale, West Covina.

F Und Ihre Telefonnummer?
A Edgewood 7–6686.

F Was sind Sie von Beruf?
A Bedienung bei Stan's Drive-In.

F Sie meinen Stan's Drive-In bei Five Points, El Monte?
A Ja.

F Haben Sie am Samstag, dem 21. Juni, abends und in den frühen Morgenstunden des 22. Juni in der Eigenschaft als Bedienung bei Stan's gearbeitet?
A Ja.

F Und gab es im Verlauf des Abends unter den verschiedenen

Autos, die Sie bedienten, einen Wagen – und Insassen –, die Ihnen besonders auffielen?

A Also, das war, nachdem ich vom Essen zurückkam. Ich esse meistens um 21:00 Uhr. Wenn ich zurückkomme, ist es meistens 22:00. Danach hab' ich diese Frau gesehen – sie war es, die mir aufgefallen ist, mehr als der Mann.

F Die Frau fiel Ihnen mehr auf als der Mann. Und es war nach zehn?

A Es war nach zehn.

F Könnte es auch kurz vor elf gewesen sein?

A Könnte sein, aber ich glaube, es war noch vor halb elf, denn es war nicht allzu lange, nachdem ich vom Essen zurückgekommen bin.

F In was für einem Auto saßen dieser Mann und diese Frau?

A Es war ein dunkelgrüner Olds, ein '55er oder '56er, höchstwahrscheinlich ein '55er, der Farbe nach. Der Lack war richtig stumpf, er sah aus, als wäre er nie gewachst worden.

F Was für eine Karosserie?

A Limousine.

F Kennen Sie den Unterschied zwischen den verschiedenen Oldsmobile-Baureihen, der normalen und der Holiday-Reihe?

A Ja. Ich weiß, der Holiday ist länger.

F Was glauben Sie, war es ein Holiday oder war es keiner?

A Es war keiner.

F Es war keiner?

A Mm-hmm.

F Wir haben doch gestern abend mit Ihnen gesprochen, drüben bei Stan's, und ich meine, Sie hätten da was gesagt – es bestünde die Möglichkeit, daß er zweifarbig lackiert war?

A Vielleicht. Wenn er zweifarbig war, war es zweifarbig grün – ein hellerer Grünton und ein dunklerer.

F Sie haben, seit wir gestern abend mit Ihnen gesprochen haben, vermutlich über diese Frage nachgedacht, ob er nun zweifarbig lackiert war oder nicht. Wenn sie jetzt, in diesem Moment, versuchen, sich genau zu erinnern, wie sah der Wagen dann aus?
A Ich glaube immer noch, er war zweifarbig.

F Wobei der untere Teil dunkler war?
A Mm-hmm.

F Sie sagten, es sei die Frau gewesen, die Ihnen am meisten aufgefallen ist. Inwiefern?
A Nun ja, normalerweise geht man ans Auto und fragt die Leute, ob man ihnen die Karte bringen soll, und sie sagen ja, oder sie sagen nein. Sie aber wußte nicht, was sie wollte. Aber sie sagte: »Ich hätte gern ein Sandwich, das kleinste, das Sie haben.« Und ich sag': »Einen Hotdog?«, und sie sagt: »Das dünnste Sandwich, das Sie haben.« Ich sag': »Dann also ein überbackenes Käse-Sandwich?« Sie sagt: »Okay.« Er hatte bisher nichts gesagt, und ich wartete auf seine Bestellung, und er sagte: »Bloß 'n Kaffee.« Und ich hab' also die Bestellung aufgenommen. Und als ich das Tablett einsammeln ging, bemerkte ich den Ring – weil sie so rum saß. Sie hat in einer Tour gelächelt und gelacht. Die war total aufgekratzt.

F Entschuldigen Sie. Sie sagten, sie bemerkten den Ring, weil sie so rum saß?
A Sie hatte den Ring auf diesem Finger, so daß ich ihn sehen konnte, als ich an seinem Fenster stand. (Zeigt)

F Sie zeigen auf Ihren linken Ringfinger?
A Mm-hmm.

F Können Sie diesen Ring beschreiben?
A Es war eine ganz riesengroße Perle.

F War noch etwas Besonderes an dem Ring?
A Ich schätze, er sah größer aus wegen der Art, wie sie ihre Hand hielt. Er sah aus, als würde er ganz rumgehen, weil ich das dicke Stück der Perle sehen konnte.

F Sonst noch was, abgesehen von der Perle?
A Nein, bloß die Perle und das Kleid, das sie anhatte. Das blaue Kleid – das ist mir aufgefallen.

F Noch mal. Wir haben Ihnen doch einen Mantel gezeigt, der aus zwei verschiedenen Arten von Stoff besteht, außen aus Leinen, so 'ne Art Dunkelblau, und das Innenfutter aus einem Seidenstoff in verschiedenen Blautönen.
A Genau, es war ein blaugemustertes Kleid.

F Der Stoff, den Sie gesehen haben, das Futter von dem Mantel, den wir Ihnen gestern abend gezeigt haben, war der gleiche?
A Wie das Kleid, ja.

F Hatten Sie den Eindruck, daß die Frau getrunken hatte?
A Ja, sie war – oh, ziemlich betrunken, würd' ich sagen.

F Sie würden sagen, sie war ziemlich betrunken?
A Mm-hmm.

F Und der Mann?
A Nein, der nicht. Wenn er betrunken war, dann hat er's nicht gezeigt. Er wirkte sehr nüchtern.

F Können Sie uns die Frau beschreiben?
A Sie war schlank, mit kurzen dunkelroten Haaren und sehr nett – richtig angenehmer Mensch, schien zumindest so. So eine, bei der man zweimal hinguckt.

F Was glauben Sie, wie alt sie war?
A Ich weiß nicht. Ich kann nicht gut schätzen, wie alt jemand ist.

F Nun, soweit ich mich erinnere, sind Sie 29.
A Ich würde sagen, sie war älter als ich.

F Wieviel älter?
A Puh, keine Ahnung.

F Na, könnte sie Ihrer Meinung nach 40 Jahre alt gewesen sein?
A Schon möglich.

F Ich will Sie nicht beeinflussen, ich möchte nur, daß Sie sich so gut wie möglich erinnern. Ich versuche nur, Ihnen ein wenig dabei zu helfen. Wie steht's mit dem Mann, wie sah der aus?
A Dunkel, sehr dünn. Schmales Gesicht, dunkle Haare, Haare glatt zurückgekämmt.

F Sie sagen dunkle Haare. Könnten sie dunkelbraun gewesen sein, oder waren sie schwarz?
A Sie waren entweder schwarz oder sehr, sehr dunkelbraun.

F Sah es aus, als hätte er zum Frisieren irgendeine Art von Pomade benutzt?
A Ach, zum Frisieren, kann sein. Ich hab' nicht so drauf geachtet. Er hatte ganz schön dichtes Haar. Nein, nicht dicht – vorne wurde es schon weniger. Aber obenauf hatte er trotzdem ganz schön viele Haare.

F Oben lagen sie glatt an?
A Mm-hmm.

F Was glauben Sie, wie alt er war?
A In den Dreißigern – Mitte Dreißig, oder älter.

F Vielleicht zwischen fünfunddreißig und vierzig?
A Mm-hmm.

F Aus welchem Land könnte er Ihrer Meinung nach kommen?
A Bei ihr wär' ich natürlich nie auf die Idee gekommen, daß sie irgend etwas anderes sein könnte als Amerikanerin – aber bei ihm, ihn würde ich für einen Griechen oder Italiener halten.

F Grieche oder Italiener. Wäre es möglich, daß er Mexikaner oder Hispano, Latino war?
A Schon möglich. (Pause) Seine Hautfarbe war – er schien mir nicht dunkel genug für einen Mexikaner. Klar, ich weiß, daß es auch viele hellhäutige gibt, aber –

F Ist Ihnen zu diesem Zeitpunkt irgend etwas Ungewöhnliches an ihrer Kleidung aufgefallen?
A Nein. Als ich sie das erstemal bedient hab', ist mir das Kleid

aufgefallen, das sie anhatte. Ich weiß, daß es tief ausgeschnitten war, weil das Licht drauf fiel.

F Zu dem Wagen. Ist Ihnen, seit wir gestern abend mit Ihnen gesprochen haben, irgend etwas eingefallen, das uns helfen könnte, den Wagen zu identifizieren?

A Nein, ich hab' gestern noch über das Auto nachgedacht. Da hab' ich gedacht, daß es ein kalifornisches Kennzeichen gehabt haben muß. Wenn es eins von außerhalb gehabt hätte, wär' mir das aufgefallen. Wir leben vom Trinkgeld, und bei 99 % der Autos von außerhalb ist nie was zu holen, deshalb achtet man da drauf. Und da mir nicht aufgefallen ist, daß das Auto kein kalifornisches Kennzeichen hatte, hat es wahrscheinlich eins gehabt.

F Wie steht's mit zerbeulten Kotflügeln, einem kaputten Kühlergrill oder so was? Erinnern Sie sich an irgendwas –

A (Unterbricht) Mir ist nur die Farbe aufgefallen, der Lack war so stumpf.

F Haben Sie gehört – nachdem sie gegessen und bezahlt hatten –, haben Sie gehört oder gesehen, wie sie weggefahren sind?

A Nein.

F Haben Sie zu irgendeinem Zeitpunkt den Motor des Wagens gehört?

A Ä-äh. Als ich das Tablett eingesammelt hab', lief der Motor nicht.

F Und Sie haben sie nicht wegfahren hören?

A Nein.

F Mit anderen Worten, Sie können nicht sagen, ob es einen kaputten Auspuff oder etwas in der Art hatte.

A Nein.

F Und dann haben Sie, soweit ich verstanden hab', den Wagen später noch mal gesehen. Wann war das?

A Sonntag morgen, nachdem die Bar geschlossen hatte. Es muß

so gegen 2:15 gewesen sein oder kurz danach, denn bis ungefähr 2:15 ist normalerweise nicht so viel los. Aber um 2:15 ist der Parkplatz meistens voll, und sie haben hinten geparkt, fast ganz hinten, genau da, wo die Beleuchtung von der Seite kommt, so daß das Licht auf sie fiel. Und ich bin wieder zu dem Auto gegangen und hab' sie natürlich gefragt, ob ich ihnen die Karte bringen soll. Da sagte sie, sie hätte gern eine Portion Chili und eine Tasse Kaffee. Und ich stand da, hab' gewartet, daß er bestellt – sonst wär' er mir wohl gar nicht aufgefallen – ich warte also, daß er bestellt, und schließlich sagt er: »Bloß 'n Kaffee.«

F Sie sagten, sie bestellte eine Portion Chili?
A Mm-hmm.

F Nur Chili oder Chili mit Bohnen?
A Nur Chili und Kaffee.

F Sind trotzdem ein paar Bohnen im Chili?
A Klar, immer. Das gibt's nur als Chili mit Bohnen. Chili ohne alles gibt's bei uns nicht.

F In was für einem Zustand war sie zu diesem Zeitpunkt?
A Sie war etwas betrunkener als beim ersten Mal, aber sie war immer noch sehr nett. Gar nicht zickig, richtig angenehm zu bedienen. Sie war fröhlich und lachte, und als ich das Tablett einsammelte, sagte sie etwas – ich hab' mir schon den Kopf zerbrochen, was sie zu mir oder zu ihm gesagt hat, aber ich kann mich nicht erinnern, was sie gesagt hat und zu wem, auf jeden Fall hat sie etwas gesagt und gelacht, und ich hab' ihr zugelächelt, aber ich weiß nicht mehr, was es war.

F In was für einem Zustand befand sich zu diesem Zeitpunkt ihre Kleidung?
A Ihre Sachen waren in Ordnung, bis auf den Ausschnitt ihres Kleides. So wie das Kleid geschnitten war, konnte ich nämlich praktisch die ganze Brust sehen, die eine.

F Sie war nicht von einem Büstenhalter bedeckt?
A Nein, ich konnte keinen Büstenhalter sehen. Ich konnte was

Weißes sehen, das hab' ich für einen Unterrock gehalten, mit ein bißchen weißer Spitze dran.

F Könnte das ihr verrutschter Büstenhalter gewesen sein?
A Schon möglich, aber die haben normalerweise keine Spitze.

F Konnten Sie ihre Füße sehen?
A Nein, ihre Füße konnte ich nicht sehen. Wenn ich hingeguckt hätte, hätte ich sie sehen können, aber das hab' ich nicht. Ich muß ziemlich weit ins Auto reinlangen, um die Tabletts rein- und wieder rauszukriegen.

F Welchen Eindruck vermittelte Ihnen ihre äußere Erscheinung bezüglich dessen, was sie direkt vor ihrem zweiten Besuch gemacht haben könnte?
A Ach, ich weiß nicht. Sie sah nicht viel anders aus als beim ersten Mal. Ich konnte sie diesmal besser sehen, weil ich auf ihrer Seite vom Auto stand.

F Wäre es möglich, nach ihrem Aussehen, das Sie gerade beschrieben haben, der Kleidung, daß die beiden kurz vorher irgendwo Zärtlichkeiten ausgetauscht haben?
A Kann sein. Wär' möglich.

F Es gab, zu diesem Zeitpunkt, keine Anzeichen dafür, daß sie verängstigt oder wütend war oder sonst irgendwas?
A Nein, sie war sehr nett, sehr fröhlich. Sie lachte ständig. Ich weiß noch genau, wie sie aussah, wenn sie lächelte, weil sie die ganze Zeit gelacht hat.

F Und er hat gar nicht gelächelt?
A Nein, ihn schien das reichlich anzuöden. Allerdings – ich mußte einen Moment darauf warten, daß er zahlt. Als ich ihn das letztemal bediente, mußte ich wieder warten, also bin ich zu ihm hin und hab' ihm gesagt, was er zahlen muß. Ich mußte ein paar Minuten warten, ehe er das Geld in der Hand hatte und mir einen Dollarschein gab. Ich hab' ihm rausgegeben und bin um das Auto rum auf die andere Seite gegangen. Das Trinkgeld lag auf dem Tablett.

F Wie hat er die beiden Male bezahlt? Jedesmal mit einem Dollarschein?

A Ans erste Mal kann ich mich nicht erinnern, bloß ans zweite.

F Können Sie sich erinnern, ob er ihn aus der Tasche oder aus seinem Portemonnaie nahm?

A Er hatte ihn in der Hand, aber es dauerte ein paar Minuten, bevor er ihn mir gab, nachdem ich ihm gesagt hatte, wieviel es war.

F Hatten Sie diese Personen schon mal gesehen, sie oder ihn?

A Nicht daß ich wüßte. Ich kann mich nicht erinnern, sie vorher schon mal gesehen zu haben.

F Sind Ihnen, seit wir das erste Mal mit Ihnen gesprochen haben und Ihnen das Kleidungsstück und die Fotos gezeigt haben, die wir von der Frau haben, irgendwelche Zweifel gekommen, daß sie zu derselben Person gehören und es sich um dieselbe Person handelt, die sie in jener Nacht bedient haben?

A Da gibt's keinen Zweifel.

F Wenn Sie den Mann noch mal sehen würden, wären Sie in der Lage, ihn zu identifizieren?

A Ich bin ziemlich sicher, daß ich das könnte. Den vergeß ich nicht. Er hatte nichts so Besonderes an sich, als daß ich ihn beschreiben könnte, keine Merkmale, durch die er sich von anderen abheben würde. Aber ich hab' im Kopf, wie er aussieht.

F Also, Sie sagten, er hatte ein schmales Gesicht. War es ein extrem schmales Gesicht?

A Wie ein Italiener oder Grieche – so eine Nase. Und ein schmales, sehr schmales Gesicht.

F Hatten Sie in irgendeiner Weise den Eindruck, daß er falsche Zähne gehabt haben könnte?

A Nein.

F Wissen Sie, bei Leuten, die falsche Zähne haben – ob sie sie drin haben oder nicht –, bei denen sind manchmal die Wangen eingefallen, hier etwa. Hatten Sie diesen Eindruck?

A Nein, hatte ich nicht.

F Nichts, außer daß es schmal war?
A Nein.

FRAGEN VON SGT. HALLINEN:

F Sie haben vermutlich eingehend darüber nachgedacht, seit wir gestern mit Ihnen gesprochen haben. Würden Sie uns bitte die Kleidung des Mannes beschreiben, wenn Sie können?
A Sie war hell, das ist alles, woran ich mich erinnern kann. Es war eine Jacke oder etwas Langärmliges, und es war hell.

F Sind Sie einigermaßen sicher, daß es hell war?
A Mm-hmm.

F Eher sportlich, oder war es ein normales Anzugjackett?
A Nein, es war kein Anzug. Es war irgendeine Art Jacke. Ich würde sagen, eine Sportjacke.

F Sie wissen nicht, welche Farbe seine Hose hatte?
A Nein.

F Erinnern Sie sich, ob er ein Hemd anhatte, hell oder dunkel?
A Er hatte ein Hemd an, aber das weiß ich nicht – ich kann mich nicht erinnern, ob es hell oder dunkel war.

F Meinen Sie, Sie würden ein Auto erkennen, das so aussieht wie dies?
A O ja.

F Mit anderen Worten, Sie wären in der Lage, von einem Auto zu sagen, ob es so aussieht wie das betreffende oder nicht?
A Ja, das wüßte ich. Ich könnte wahrscheinlich nicht sagen, welches es war, welches Auto genau, aber wenn ich eins sehen würde, das so ähnlich aussieht, das würde ich erkennen.

F Sie glauben, in dem Moment, wo Sie's sehen, würden Sie wissen, ob das Auto, an das sie denken, zweifarbig oder einfarbig ist?

A Mm-hmm.

F Können Sie sagen, ob einer von beiden geraucht hat, während sie im Drive-In waren?
A Ist mir nicht aufgefallen.

F Noch mal zurück zum Aussehen des Mannes, war seine Haut Ihrer Ansicht nach sehr dunkel oder eben, glatt?
A Sie war glatt und dunkel.

F Hatte er einen eher hellen Teint?
A Nein, er hatte einen dunklen Teint.

F Aber helle Haut?
A Nein, seine Haut war nicht hell, aber auch nicht dunkel. Nicht wie ein richtig dunkler Mexikaner, wissen Sie, so nicht. Es war eine dunkle Haut, wie bei einem Italiener.

F Sie sagten, seine Haare waren schwarz und glatt zurückgekämmt?
A Mm-hmm.

F Und daß sie an der Stirn schon weniger wurden?
A Ein bißchen – bißchen wurden sie weniger. Nicht viel.

F Aber trotzdem hatte er volles Haar?
A Ja, sein Haar war obendrauf ziemlich dicht.

F War irgend etwas Auffälliges an seinen Ohren?
A Kann mich nicht erinnern.

F Standen sie ab, oder –
A (Schüttelt verneinend den Kopf.)

SGT. LAWTON: Noch etwas. Können Sie sagen, ob er irgendwelchen Schmuck trug, zum Beispiel Ringe?
A Nein.

SGT. LAWTON: Ich danke Ihnen vielmals.

AUSSAGE BEENDET UM 16:15.

Mittwoch abend ging ein Telex in die gesamte Region hinaus. Es faßte den nunmehr 72 Stunden alten Fall Ellroy zusammen.
Die fehlende Handtasche und Unterwäsche des Opfers wurden darin erwähnt, der männliche Verdächtige, die blonde Frau und der '55-'56er Olds. Alle Polizeidienststellen, die Informationen hatten, wurden angewiesen, sich mit der Mordkommission des Sheriffs oder dem El Monte PD in Verbindung zu setzen.
Ein Mann von der California Highway Patrol gab um 22:10 telefonisch einen Hinweis durch. Der Diensthabende im El Monte PD nahm ihn auf.
Der CHP-Mann kannte einen »dunkelhäutigen Latino« mit einem zweifarbigen Olds. Der Kerl hing gewöhnlich in der Gegend um Five Points rum. Sein Wagen hatte Pressekennzeichen und eine Dachantenne. Der dunkelhäutige Latino war ein mürrischer Typ und hörte gern den Polizeifunk ab. Der CHP-Mann sagte, er werde sein Kfz-Kennzeichen feststellen und durchtelefonieren.
Das Telex wirbelte schnell Staub auf. Tote weiße Frauen sorgten immer für Aufsehen.

Donnerstag morgen.
Vickers und Godfrey schlossen ihre Befragungen ab und erledigten die letzten telefonischen Rückrufe. Jetzt war halbwegs rekonstruiert, wo sich das Opfer Samstag nacht zu welcher Zeit aufgehalten hatte.
Hallinen und Lawton schickten eine EILT-Anfrage an die kalifornische Kfz-Behörde. Sie forderten eine Liste aller im San Gabriel Valley registrierten '55er und '56er Oldsmobiles an. Sie schickten einen EILT-Auftrag an die Aktenhaltung.
Sie baten um Libis und Archivmaterial über aktenkundige Sexualtäter, die dem dunklen Typ ähnlich sahen. Ihr Tatverdächtiger war aller Wahrscheinlichkeit nach Weißer – aber er konnte auch ein Latino sein. Sie fügten Vermerke zum Wagen des Opfers und zum Verbrechen selbst bei: körperliche Mißhandlung, Erdrosseln und mutmaßliche Vergewaltigung. Ihr Opfer war eine 43 Jahre alte weiße Frau, die dafür bekannt war, daß sie regelmäßig Cocktailbars besuchte.

Lavonne Chambers und Margie Trawick wurden zur Hall of Justice gebracht. Ein Deputy half ihnen bei der Anfertigung von Identi-Kit-Porträts des Verdächtigen.
Die Identi-Kit-Methode war neu. Zeugen wählten einzelne auf Pappstreifen aufgedruckte Merkmale aus und fügten aus dem Gedächtnis Gesichter zusammen. Dutzende von Nasen, Kinnen, Haaransätzen und Mündern standen zur Auswahl. Experten halfen den Zeugen beim Zusammensetzen.
Der Deputy arbeitete einzeln mit Lavonne und Margie. Heraus kamen zwei ähnliche Gesichter – mit deutlichen Unterschieden. Lavonnes Mann sah aus wie ein schmalgesichtiger Durchschnittstyp. Margies Mann sah bösartig aus.
Ein Zeichner wurde hinzugezogen. Er setzte sich mit den beiden Zeuginnen zusammen und fertigte zwei verschiedene Porträts des Verdächtigen an. Im dritten Durchgang verschmolz er Merkmale der beiden vorherigen Versionen. Lavonne und Margie waren sich einig: Das ist unser Mann.
Der Zeichner mimeographierte das Bild und gab die Kopien an Hallinen und Lawton. Sie leiteten sie an die Pressestelle weiter – damit sie in eine Pressemitteilung über den Ellroy-Mord aufgenommen wurden.
Ein Deputy fuhr Lavonne und Margie nach Hause. Hallinen und Lawton trafen Vorbereitungen, um noch mal die Arbeitskollegen der Toten zu vernehmen und ihr Haus zu durchsuchen.
Der Fall war vier Tage alt.

Donnerstag nachmittag.
Jim Bruton rief einen Verbindungsmann bei der Schulbehörde an. Der Mann gab ihm Peter Tubiolos Privatnummer.
Bruton rief Tubiolo an und bat ihn, aufs Revier zu kommen – um ein paar Fragen zu beantworten. Die Sache, um die es ging, sei der Mord an Jean Ellroy.
Tubiolo willigte ein, am selben Nachmittag vorbeizukommen. Er betonte, daß er die Frau kaum gekannt habe. Bruton sagte, es sei eine reine Routineangelegenheit, und versicherte ihm, die Vernehmung werde vertraulich bleiben.

Ein Zeitpunkt wurde vereinbart. Bruton rief Hallinen und Lawton an und sagte ihnen, sie sollten sich ins Auto setzen. Sie sagten, sie würden Margie Trawick mitbringen, damit sie sich den Mann ansah.

Peter Tubiolo war pünktlich. Bruton, Hallinen und Lawton vernahmen ihn in einem Verhörzimmer mit Spiegel. Tubiolo war korpulent und hatte ein rundes Gesicht. Er hatte mit dem Dunkelhäutigen nicht die geringste Ähnlichkeit, weder äußerlich noch vom Typ her.

Er war stellvertretender Schulleiter an der Anne LeGore Elementary School. Der Sohn des Opfers hatte dort gerade die fünfte Klasse abgeschlossen. Er war ein ängstliches und ziemlich launisches Kind.

Tubiolo sagte, er sei Jean Ellroy nur einmal begegnet. Sie sei zu ihm in die Schule gekommen, um mit ihm über die schlechten schulischen Leistungen ihres Sohnes und seine Probleme mit anderen Kindern zu sprechen. Er habe mit der verstorbenen Mrs. Ellroy weder ein »Verhältnis« noch »Kontakt« gehabt. So etwas sei gegen die Schulordnung.

Die Cops sagten, das Kind behaupte etwas anderes. Tubiolo hielt an seiner Geschichte fest. Das einzige, was er über das Privatleben der Ellroys wisse, sei, daß die Eltern geschieden waren und daß der Junge seinen Vater während der Woche nicht sehen durfte. Mrs. Ellroy sei eine großartige Frau gewesen – aber es habe keine Intimitäten zwischen ihnen gegeben.

Margie Trawick beobachtete Tubiolo. Sie konnte ihn durch den Spiegel eingehend studieren.

Sie sagte den Cops, er sei es nicht gewesen. Sie entschuldigten sich bei Tubiolo und ließen ihn laufen.

Dienstag abend bekam Ward Hallinen einen Hinweis. Das West Covina PD hatte einen Verdächtigen: einen ortsansässigen Armleuchter namens Steve Anthony Carbone.

Hallinen übergab die Sache an Frank Godfrey. Godfrey überprüfte Carbone und kam hocherfreut zurück.

Carbone war weißer Amerikaner italienischer Abstammung. Er

war geb. am 19. 2. 15, 1,78 m groß, wog 63 Kilo, hatte braune Augen, glattes, schwarzes Haar und eine hohe Stirn. Er fuhr einen zweitürigen '55er Olds, polarweiß/grün, Kennzeichen MMT 879.
Er stammte aus Detroit, Michigan. Er hatte dreimal wegen Exhibitionismus gesessen: 10/41, 11/41 und 8/53. '57 war er nach West Covina gezogen. Er brachte es auf drei Fälle von Trunkenheit am Steuer und zwei Anzeigen wegen bewaffneter Überfälle. Sein letzter Überfall war bemerkenswert. Er bedrohte einen Cop mit einer Winchester.
Carbone war übellaunig und streitlustig. Er war als Bullenhasser und Sittlichkeitsverbrecher bekannt.
Auf ihn stürzten sich Hallinen und Lawton.
Sie ließen ihn durch das West Covina PD hopsnehmen. Sie ließen sein Oldsmobile beschlagnahmen und auf dem Parkplatz des PD fotografieren. Ein Mann von der Spurensicherung pinselte es ein, untersuchte es auf Blutflecken und saugte es nach Stoffasern ab, die denen entsprachen, die man beim Opfer gefunden hatte.
Er wurde nicht fündig.
Hallinen und Lawton setzten Carbone unter Druck. Auf die Frage, wo er Samstag abend gewesen sei, tischte er ihnen eine nebulöse Geschichte auf. Jim Bruton holte Margie Trawick und Lavonne Chambers zu einer Gegenüberstellung ab.
Beide sagten, er sei nicht der Mann, den sie mit der Rothaarigen gesehen hatten.

Hallinen und Lawton arbeiteten das ganze Wochenende durch. Sie sprachen mit den Arbeitskollegen des Opfers, stießen jedoch auf keine neue Spur. Sie gingen noch mal durch das Haus des Opfers. Sie verbrachten Stunden und Stunden im Desert Inn und sprachen mit Dutzenden von Stammgästen. Niemand wußte etwas Konkretes über die Blonde oder den Dunkelhäutigen.
Die Sheriff's Metro bekam einen Hinweis auf einen Typen namens Robert John Mellon – ein ehemaliger Psychiatrie-Patient aus North Dakota. Ein Deputy überprüfte Mellon und tat den Tip als wertlos ab.

Ein Mann namens Archie G. Rogers gab dem El Monte PD einen telefonischen Hinweis.
Er sagte, ein Typ namens Bill Owen habe eine Freundin namens Dorothy. Die Beschreibung dieser Leute aus der Zeitung – die man mit der toten Krankenschwester gesehen hatte – paßte halbwegs auf die beiden.
Owen war Maler und Mechaniker. Er hatte mal mit der Schwester von Mr. Rogers zusammengelebt. Dorothy ging häufig ins Manger und in die Wee Nipee Bar. In der Nacht von Samstag, den 21. Juni, auf Sonntag hatte sie in Mr. Rogers Auto geschlafen.
Dorothys Telefonnummer lautete ED4–6881. Dorothy hatte erzählt, sie habe eine neue Freundin namens Jean. Dorothy hatte vorgehabt, Jean an jenem Samstagabend zu Mr. Rogers' Schwester mitzubringen.
Mr. Rogers fand die ganze Sache verdächtig.
Das El Monte PD leitete den Tip an die Sheriff's Metro weiter. Deputy Howie Haussner – Jack Lawtons Schwager – bearbeitete ihn.
Er besorgte sich die Adresse von Rogers' Schwester und stellte fest, daß Dorothys Telefonnummer einem Harold T. Hotchkiss aus Azusa gehörte. Er ergänzte die Namen William Owen und Dorothy Hotchkiss um die beiden Adressen und schickte sie per Fernschreiben an die Kriminalaktenhaltung in Sacramento.
Es kam nichts Rechtes dabei heraus.
Zu dem Namen Dorothy Hotchkiss gab es nichts: keine Akte, keine Fahndung, keinen Haftbefehl, keinen Eintrag unter der Adresse in Azusa. »William Owen« führte gleich zu sechs Treffern – verschiedene Owens mit Vorstrafenregistern, die bis 1939 zurückreichten. Keiner von ihnen lebte im San Gabriel Valley.
Das Owen-Hotchkiss-Material wurde in eine Aktenmappe gesteckt. Die Akte erhielt das Zeichen Z-483–362.

Am Dienstag, dem 1. Juli 1958, wurde Jean Ellroy beerdigt.
Ein Mietpriester hielt einen protestantischen Gottesdienst ab. Sie wurde auf dem Friedhof von Inglewood beigesetzt – im Südwesten von L.A.

Jeans Schwester und ihr Schwager waren anwesend. Ein paar Leute von Airtek erschienen. Armand Ellroy und einige von Jeans alten Freunden nahmen teil.
Jack Lawton und Ward Hallinen waren gekommen.
Jeans Sohn fand eine Ausrede und blieb der Trauerfeier fern. Er verbrachte den Tag mit ein paar Freunden seines Vaters vor dem Fernseher.
Der Grabstein trug die Inschrift »Geneva Hilliker Ellroy. 1915–1958«. Das Grab lag am Westrand des Friedhofs. Wenige Zentimeter von einer vielbefahrenen Straße und einem Maschendrahtzaun entfernt.

4

Das Büro des Sheriffs von L.A. stammte noch aus Wildwest-Tagen. Es war eine moderne Polizeibehörde, durchdrungen von einem nostalgischen 19.-Jahrhundert-Flair. Das LASO schmückte sich im großen Stil mit Wildwestmotiven. Sie eigneten sich fabelhaft zu PR-Zwecken.
Das Sheriff's Office stellte das Personal für die County-Kittchen und patrouillierte von seinen zwölf Zweigstellen aus durch das County-Gebiet. Besagtes Gebiet erstreckte sich über die Stadt Los Angeles bis in die Provinz im Norden, Süden und Osten. Deputies durchstreiften die Wüste, die Berge und einen piekfeinen Strandabschnitt. Ihr Zuständigkeitsbereich erstreckte sich über Hunderte von Quadratmeilen.
Malibu war erste Sahne. West Hollywood war gut – auf dem Sunset Strip war immer etwas los. East L.A. war voll von mexikanischen Schlägertypen. In Firestone wohnten ausschließlich Farbige. Temple City und San Dimas lagen draußen im San Gabriel Valley. Die Deputies konnten in die Ausläufer der Berge hinauffahren und sich einen Spaß daraus machen, Koyoten zu schießen.
Das Sheriff's Detective Bureau untersuchte kriminelle Handlungen im gesamten County. Die Mordkommission des Sheriffs bearbeitete die Mordfälle für zahlreiche Micky-Maus-Police-Departments. Die Hubschrauberstaffel des Sheriffs patrouillierte am Himmel über dem County und flog Rettungseinsätze.
Das Sheriff's Office wuchs mit rasender Geschwindigkeit. Das L.A. von 1958 war eine Boomtown.
Los Angeles war schon immer ein rauhes Pflaster. Die Stadt gründete sich auf widerrechtliche Aneignung von Grund und Boden und Rassenkonflikte. Das Sheriff's Office von L.A. wurde 1850 konstituiert. Es sollte Ordnung in ein undiszipliniertes Stück Land bringen.

Die ersten County-Sheriffs wurden jeweils auf ein Jahr gewählt. Sie hatten es mit marodierenden Indianern, mexikanischen Banditen und Konflikten innerhalb der Chinesenmafia zu tun. Angehörige von Bürgerwehren stellten eine beträchtliche Gefahr dar. Besoffene weiße Männer liebten es, Rothäute und dunkelhäutige Bandidos zu lynchen.
L.A. County wuchs. Die gewählten Sheriffs kamen und gingen. Der Stab von Hilfssheriffs wuchs im gleichen Maß wie die Ausdehnung des County. Man war häufig auf die Unterstützung durch Zivilisten angewiesen. Der Sheriff ernannte dann Männer zu Deputys und setzte sie als berittene Trupps ein.
Das Sheriff's Office von L.A. ging mit der Zeit. Autos ersetzten die Pferde. Größere Gefängnisse und weitere Zweigstellen wurden gebaut. Das Sheriff's Office von L.A. wuchs zum größten seiner Art in den Vereinigten Staaten heran.
Sheriff John C. Cline trat 1920 zurück. Big Bill Traeger übernahm für den Rest seiner Amtszeit seinen Posten. Traeger wurde dreimal für jeweils vier Jahre wiedergewählt. Er kandidierte 1932 für den Kongreß – und gewann. Die Bezirksverwaltung ernannte Eugene Biscailuz zum Sheriff.
Biscailuz gehörte dem Sheriff's Office seit 1907 an. Er war halb Angloamerikaner und halb Baske. Er stammte aus einer reichen Familie. Seine kalifornischen Wurzeln reichten zurück bis in die Zeit der Landzuweisungen durch die spanische Regierung.
Biscailuz war ein hervorragender Verwaltungsbeamter. Er war politisch gewandt und sympathisch. Er war ein PR-Genie, und er liebte die Mythen des Wilden Westens.
Biscailuz war ein unausgegorener Progressiver. Seine Ansichten waren zum Teil geradezu bolschewistisch. Er äußerte sie auf eine kauzige Art. Ketzerei wurde ihm nur selten vorgeworfen.
Biscailuz mobilisierte Kräfte zur Bekämpfung von Bränden und Überschwemmungen und entwickelte den »Katastrophenplan« des County. Biscailuz baute den Wayside Honor Rancho und begründete dessen Resozialisierungsgrundsatz. Biscailuz rief ein Programm ins Leben, das Jugendliche von der Begehung von Straftaten abschrecken sollte.

Biscailuz hatte vor, seinen Posten eine ganze Weile zu behalten. Wildwestrituale sicherten ihm mehrfach die Wiederwahl.
Er führte die berittene Polizei wieder ein. Diese nahm an Umzügen teil und suchte gelegentlich nach Kindern, die sich draußen in der Wildnis verlaufen hatten. Biscailuz ließ sich vielfach mit ihr fotografieren. Er ritt immer einen Palomino-Hengst.
Biscailuz hatte die Schirmherrschaft über das jährliche Sheriff's Rodeo. Deputies in Uniform verkauften im ganzen County Karten dafür. Das L.A. Coliseum, in dem das Rodeo stattfand, war fast immer ausverkauft. Biscailuz erschien in Western-Kluft, bei der natürlich auch zwei sechsschüssige Revolver nicht fehlten.
Das Rodeo war ein einträgliches Geschäft und eine bombastische Goodwill-Show zugleich. Ebenso das alljährliche Sheriff's Bar-B-Q, bei dem 60000 Leute pro Jahr abgefüttert wurden.
Biscailuz ging auf die Menschen zu. Er verführte sie mit seinem Mythos. Publicity durch Mythen sicherte seine Macht. Das war reine Berechnung.
Biscailuz wußte, daß viele seiner Jungs Schwarze als »Nigger« bezeichneten. Biscailuz wußte, daß Schläge mit einem Telefonbuch rasche Geständnisse garantierten. Biscailuz trieb nach Pearl Harbor Japse zusammen und lochte sie in Wayside ein. Biscailuz wußte, daß ein Schlag mit einem Biberschwanz-Totschläger einem Verdächtigen glatt die Augen aus dem Kopf hauen konnte. Biscailuz wußte, daß Polizeiarbeit einsam macht.
Deshalb gab er seinen Wählern den Wilden Westen als utopisches Idyll. Das brachte ihm sechsmal die Wiederwahl. Inwieweit er selbst hinter seinem ritualistischen Quatsch stand, blieb unklar. Seine Jungs waren jedenfalls weniger totalitär gesonnen als ihre Rivalen in Blau am anderen Ende der Stadt.
1950 übernahm William Parker das LAPD. Er war ein Organisationsgenie. Sein persönlicher Stil war dem Gene Biscailuz' genau entgegengesetzt. Parker verabscheute Korruption, und Gewalt war für ihn ein unabdingbarer Bestandteil der Polizeiarbeit. Er war ein alkoholkranker Despot, der sich berufen fühlte, die Moral vergangener Jahrhunderte wiederherzustellen.
Biscailuz und Parker regierten parallele Königreiche. Biscailuz'

Mythos baute implizit auf Gemeinsinn. Parker tat sich mit einer Fernsehgröße namens Jack Webb zusammen. Sie brüteten eine wöchentlich laufende Serie mit dem Titel *Dragnet* aus – eine Saga von Verbrechen und harter Strafe, die dem LAPD ein tugendhaftes Image und gottähnliche Kräfte zusprach. Die LAPD-Angehörigen nahmen sich ihren Mythos zu Herzen. Sie führten sich auf wie Arschlöcher und mieden die Öffentlichkeit, die Biscailuz so hofierte. Bill Parker haßte Schwarze und schickte Clubbesitzern in Darktown, die weißen Frauen Einlaß gewährten, Schläger auf den Hals. Gene Biscailuz ging gern auf Streichelkurs mit seinen mexikanischen Wählern. Er war selbst ein halber Taco-Fresser.

Gene Biscailuz' Mythos war eine rein lokale Angelegenheit. Bill Parkers Mythos wurde landesweit vermarktet. Das Sheriff's Office nahm dem LAPD seine Berühmtheit übel. Das LAPD betrachtete die Jungs des Sheriffs als Kleingärtnerverein und heimste die Lorbeeren für gemeinsame Operationen ein.

Der Graben zwischen den beiden Behörden war ideologischer Natur. Die Topographie vertiefte ihn noch. Das LAPD verwies zum Nachweis seiner Überlegenheit und zur Rechtfertigung seiner Kriegszustandsmentalität auf die Bevölkerungsdichte und die Rassenunterschiede in seinem Zuständigkeitsbereich. Das Sheriff's Office verwies auf die rasante Ausbreitung des County.

Sie mußten sich auf neues Terrain einstellen. Neue Städte sicherten sich vertraglich kommunale Dienstleistungen. Sie konnten es sich einfach nicht leisten, wahllos Leute zu drangsalieren.

1958 wurde Bill Parker 56. Sein Feingefühl nahm langsam zu. Gene Biscailuz wurde 75 und plante, Ende des Jahres in den Ruhestand zu treten.

Biscailuz war 50 Jahre beim Sheriff's Office. Er hatte miterlebt, wie Pferde durch Benzinkutschen, »Grey Ghost«-Limousinen und schwarzweiße Fords ersetzt wurden. Er hatte miterlebt, wie sein Wildwest-Los-Angeles wuchs und sich neu erfand – längst jenseits der Grenzen seines Mythos.

Wahrscheinlich wußte er, daß weiße Siedler indianische Squaws vergewaltigt hatten. Wahrscheinlich wußte er, daß die Gesetzeshüter im Wilden Westen Psychopathen und Säufer waren. Vielleicht hätte er zugegeben, daß sein Mythos kaum mehr als Wunschdenken und fauler Zauber war.

Vielleicht würde er Nostalgie als Schwelgerei bezeichnen. Wahrscheinlich wußte er, daß der Wilde Westen den Frauen übel mitspielte – damals wie heute.

Wahrscheinlich wußte er, daß die Samstagnächte im Wilden Westen ihren eigenen Mythos besaßen. Vielleicht schrieb er jene rothaarige Krankenschwester als eine ab, die unter die Räder dieses Mythos geraten war.

5 Die Ermittlungen wurden fortgesetzt.

Hallinen und Lawton arbeiteten von morgens bis abends daran. Jim Bruton blieb bei der Stange. Godfrey und Vikkers wandten sich neuen Aufgaben zu.

Die Zeitungen von L.A. brachten die Zeichnung des Verdächtigen, und dann war die Geschichte für sie gestorben. Die Rothaarige schlug als Opfer einfach nicht ein. Der Fall Lana Turner/Cheryl Crane/Johnny Stompanato heimste sämtliche Schlagzeilen ein.

Hallinen und Lawton gingen im Desert Inn ein und aus. Sie sprachen mit Stammgästen und Laufkundschaft. Sie stießen auf keine heiße Spur. Sie klapperten wiederholt die anderen Bars in der Gegend um Five Points ab. Nirgends hatten sie Glück.

Das El Monte PD ließ nicht locker. Alle Streifen hatten auf Schritt und Tritt die Zeichnung und ein Foto des Opfers dabei. Die ganze Stadt wußte Bescheid.

Am Donnerstag, dem 3. Juli, ging beim PD ein Hinweis ein. Ein Mann sagte, er habe vor ein paar Wochen vier Männer gesehen, die im Rio Hondo Wash Bierdosen entsorgten. Sie fuhren einen Olds 88, Kennzeichen HHP 815. Einer der Typen hatte gesagt, er sei für den Abend mit einer Krankenschwester namens Jean verabredet.

Man ging dem Hinweis nach. Der Wagen wurde als '53er Oldsmobile-Coupé identifiziert. Er war auf Bruce S. Baker, 12060 Hallwood, El Monte, zugelassen. Baker und seine Freunde wurden verhört und als Verdächtige ausgeschlossen.

Hallinen verhörte erneut die Kollegen der Toten und machte ihre Freunde ausfindig. Alle blieben dabei, daß Jean Ellroy eine tugendhafte Frau gewesen sei. Niemand zauberte eine Blonde mit Pferdeschwanz oder einen dunkelhäutigen Mann aus dem Hut.

Jeans Exfreund Hank Hart wurde verhaftet und schnell wieder freigelassen. Er war klein und dick und hatte nur einen Daumen. Für die Nacht des 21. Juni hatte er ein Alibi.
Hallinen und Lawton nahmen sich Erdrosselungsfälle der letzten Zeit vor und versuchten, einen Zusammenhang zu erkennen. Ein Fall des Sheriff's Office und zwei aus der Stadt fielen ihnen ins Auge.
Helene Kelly, verst. am 30. 10. 53 in Rosemead. In ihrem Haus zusammengeschlagen und erwürgt. Die Tote war eine alte Frau. Sie war nicht vergewaltigt worden. Die Sache sah nach einem verpfuschten Einbruch aus.
Ruth Goldsmith, verst. am 5. 4. 57 im Wilshire District in L.A. Die Tote war 50 Jahre alt. Sie wurde halbentkleidet auf dem Fußboden ihres Badezimmers gefunden. Sie war vergewaltigt worden. Ihre Handgelenke waren hinter ihrem Rücken mit einem Nylonstrumpf gefesselt. In ihrem Mund steckte ein Waschlappen, der mit einem weiteren Strumpf befestigt worden war. Das Opfer war erstickt. Sein Apartment war nicht durchwühlt worden. Die Detectives vom LAPD schlossen Einbruch aus.
Marjorie Hipperson, verst. am 10. 6. 57 im Los Feliz District in L.A. Die Tote war 24 Jahre alt. Sie wurde auf ihrem Bett gefunden, das Nachthemd bis über die Hüften hochgeschoben. Sie war vergewaltigt worden. Ein Nylonstrumpf war um ihr rechtes Handgelenk gebunden. Ein zweiter Strumpf war um ihren Hals geschlungen. Ihre Lippen waren aufgeplatzt. Unter ihrem Kopf wurde ein weißer Waschlappen gefunden, der als Knebel gedient hatte.
Alle drei Fälle hatten sich festgefahren. Die Vorgehensweisen wiesen mehr Unterschiede auf als Anzeichen für einen Zusammenhang.
Die Aktenhaltung des Sheriffs rückte Lichtbilder und Strafakten raus. Mehr als vierzig Sexualstraftäter wiesen eine gewisse Ähnlichkeit mit dem Dunkelhäutigen auf.
Die meisten Männer waren weiß. Ein Dutzend war als »Mexikaner« klassifiziert. Das gesamte Spektrum der Sexualdelikte war vertreten. Die Mehrzahl der Männer war auf freiem Fuß.
Einige hatten L.A. verlassen. Einige saßen wieder im Knast. Hal-

linen und Lawton legten alle Libis Lavonne Chambers und Margie Trawick vor. Keiner kam in Frage.
Um sicherzugehen, rückten sie denen, die dem Dunkelhäutigen am ähnlichsten sahen, auf den Leib. Sie stellten fest, ob sie zu Hause waren, und hetzten ihnen ihre Bewährungshelfer auf den Hals. Es kam nichts dabei raus.
Hallinen und Lawton bekamen von anderen Dienststellen Libis zugesandt. Sie legten sie Lavonne und Margie vor.
Lavonne und Margie sagten immer wieder nein. Sie waren sich ihrer Sache sicher. Sie wußten, was sie wußten.
Lavonne hatte drei Kinder aus einer gescheiterten Ehe. Sie verdiente bei Stan's Drive-In gutes Geld, und zwar steuerfrei. Ihr Freund war Deputy auf dem Revier Temple City. Die Bedienungen von Stan's versorgten die Jungs aus Temple gratis mit Essen – damit sie für sie Zechpreller jagten und bei ihnen abkassierten. Vertragswerkstätten des Reviers wuschen und wachsten Lavonnes Wagen. Lavonne kannte sich aus mit Cops.
Margie hatte eine 14jährige Tochter. Ihr Mann, ein Buchmacher, war '48 an einem Herzinfarkt gestorben. Margie hatte das Geld, das er ihr hinterlassen hatte, auf den Kopf gehauen und war zu ihren Eltern gezogen. Sie sah ein wenig aus wie Jean Ellroy in brünett. Sie kannte die Kneipenszene El Montes aus dem Effeff. Ihre Gesundheit war angeschlagen, und sie war medikamentenabhängig.
Lavonne und Margie gefielen sich in der Rolle der Zeuginnen. Hallinen und Lawton hatten sie gern. Wenn sie ihnen Libis vorbeibrachten, blieben sie meist noch auf eine Tasse Kaffee hängen.
Sie bekamen den Tip, der Friseur des Opfers habe Ähnlichkeit mit dem Dunkelhäutigen. Sie schickten Lavonne in seinen Salon und spendierten ihr einmal Waschen, Legen und Frisieren. Lavonne sagte, er sei es nicht. Außerdem war er eine schrille Tunte.
Weitere Hinweise gingen ein.
11. 7. 58:
Ein Mann namens Padilla rief auf dem El Monte PD an. Er sagte, er sei am 30. Juni aus dem Hall-of-Justice-Gefängnis entlassen worden. Er habe einen Mann, der dem Verdächtigen ähnelte, aus einer Bar an der South Main Street kommen sehen.

13. 7. 58:
Ein Mann namens Don Kessler rief auf dem Sheriff's Office von Temple City an. Er erklärte, er arbeite im El Monte Bowl und habe dort einen Mann gesehen, der dem Verdächtigen ähnelte. Mr. Kesslers Mutter war dem Mann zur Bonne Rae Bar gefolgt. Der Mann hatte sie abgehängt. Der Mann war ungepflegt und schien Mexikaner zu sein.
14. 7. 58:
Das Sheriff's Office von Temple leitete einen Hinweis ans El Monte PD weiter. Es ging um einen weiteren ungepflegten Mann aus dem El Monte Bowl.
Der Mann sah aus wie der Verdächtige. Der Mann trug eine schmutzige, gelbbraune Hose. Kurze Zeit später fand ein Officer des El Monte PD so eine Hose auf der Straße. Er hob sie auf, brachte sie auf die Wache und legte sie Captain Bruton auf den Schreibtisch. Das El Monte PD hatte das Tote-weiße-Frau-Fieber.

Am Dienstag, dem 15. Juli, fand die gerichtsmedizinische Befragung statt. Dr. Charles Langhauser hatte den Vorsitz. Jack Lawton vertrat das Sheriff's Office von Los Angeles County.
Sechs Geschworene waren bei der Beweisführung anwesend. Die Befragung fand in Raum 150 der Hall of Justice statt.
Armand Ellroy sagte als erster aus. Er gab an, er habe in letzter Zeit keinerlei Beziehungen zu seiner Exfrau gehabt und sie seit über zwei Jahren nicht mehr gesehen. Er sagte aus, er sei am Montag, dem 23. Juni, gebeten worden, ihre Leiche zu identifizieren, und gab zu Protokoll, ihr voller Name sei Geneva Hilliker Ellroy, 43 Jahre alt, geboren in Wisconsin.
George Krycki sagte aus. Er gab ein kurzes Gespräch wieder, das er am Samstag, dem 21. Juni, mit dem Opfer geführt hatte. Jean habe nicht den Eindruck gemacht, sie sei betrunken. Er sagte, es sei schon komisch – »Sie sah immer geschminkt aus«.
Jack Lawton stellte Krycki einige Fragen. Besonders nachdrücklich erkundigte er sich nach den Freunden des Opfers.
Krycki sagte, er kenne ihre Freunde nicht. Seine Frau vielleicht – sie habe Mrs. Ellroy besser gekannt als er.

Anna May Krycki sagte aus. Langhauser ging mit ihr durch, was sie in der Nacht des 21. Juni gemacht hatte, und kam dann wieder auf die Freunde Jean Ellroys zurück. Mrs. Krycki sagte, sie kenne lediglich ein Paar – ältere Leute, die derzeit Urlaub in Europa machten.
Lawton übernahm. Er fragte Mrs. Krycki, ob Jean sie je gebeten habe, ihr ein Lokal zu empfehlen, wo man einen Drink nehmen könnte.
Mrs. Krycki sagte »Ja« – aber sie habe Jean gesagt, ohne Begleitung könne sie *nirgends* hingehen. Sie habe allerdings das Desert Inn und Suzanne's erwähnt. Das waren in El Monte beliebte Nachtclubs.
Lawton fragte sie, ob sie ihr je irgendwelche Restaurants empfohlen habe. Mrs. Krycki sagte, sie habe das Valdez's und Morrow's empfohlen. Dieses Gespräch habe einen Monat vor dem Mord stattgefunden. Jean habe nie gesagt, ob sie eines dieser Lokale besucht hatte.
Lawton fragte Mrs. Krycki, ob sie Jean je betrunken gesehen habe. Mrs. Krycki sagte: »Nie.« Lawton fragte sie, ob sie Jean überhaupt jemals etwas habe trinken sehen. Mrs. Krycki revidierte ihre Darstellung, derzufolge Jean Abstinenzlerin war. Sie sagte, Jean habe abends gern mal ein paar Gläser Sherry getrunken.
Lawton fragte Mrs. Krycki, ob Jean ihr je persönliche Probleme anvertraut habe. Mrs. Krycki sagte, sie habe hin und wieder von ihrem Exmann gesprochen. Lawton fragte sie nach Jeans Männerbekanntschaften. Mrs. Krycki bestritt, daß es derartige Bekanntschaften gegeben habe.
Dr. Langhauser entließ Mrs. Krycki.
Deputy Vic Cavallero trat in den Zeugenstand und beschrieb den Tatort an der Arroyo High School.
Margie Trawick wurde vereidigt. Sie beschrieb, was sie im Desert Inn beobachtet hatte. Sie sagte, der Verdächtige habe ausgesehen, als hätte man ihm alle Zähne gezogen. So einen schmalen Kiefer habe er gehabt.
Jack Lawton sagte aus. Er faßte den mittlerweile drei Wochen alten Fall Ellroy zusammen.
Er sagte, das Opfer habe in Stan's Drive-In einen betrunkenen

Eindruck gemacht. Er sagte, mehrere Leute seien der Meinung, sie hätten das Opfer in jener Samstagnacht gesehen. Diese Aussagen seien nicht belegt. Margie Trawick, Lavonne Chambers und Myrtle Mawby seien ihre einzigen Augenzeugen, deren Aussagen verifiziert werden konnten.
Er sagte, sie hätten eine ganze Anzahl von Verdächtigen überprüft. Er sagte, all diese Männer seien entlastet worden. Die Ermittlungen seien immer noch im Gange.
Dr. Langhauser entließ die Geschworenen. Sie kamen schnell zu einem Urteil.
»Asphyxie durch Erdrosseln mit einem Strangwerkzeug. Der Tod wurde durch eine oder mehrere Personen herbeigeführt, die den Geschworenen zu diesem Zeitpunkt unbekannt ist bzw. sind. Aufgrund der derzeitigen, hier vorgetragenen Beweislage kommen wir zu dem Schluß, daß der Tod der Verstorbenen durch fremde äußere Gewalt erfolgt ist und daß die unbekannte Person oder Personen sich dafür strafrechtlich verantworten muß bzw. müssen.«

Salvador Quiroz Serena hatte mal als Maschinist bei Airtek gearbeitet. Er war 35 Jahre alt und Mexikaner. Er war 1,68 m groß, 73 kg schwer, hatte schwarzes Haar und braune Augen. Sein Kumpel Enrique »Tito« Mancilla verpfiff ihn wegen des Mords an Jean Ellroy bei der Polizei. Angeblich fuhr Serena eine '55er Olds-Limousine. Der Anruf ging bei der Mordkommission des Sheriffs ein. Hallinen und Lawton waren nicht zu sprechen. Sergeant Al Sholund bearbeitete den Hinweis.
Er schickte ein Fernschreiben an die Aktenhaltung des Staates Kalifornien. Die Antwort kam schnell. Serenas Vorstrafenregister war eine ganze Seite lang.
Eine Verhaftung wegen Einbruchs. Eine Verhaftung wegen bewaffnetem Überfall. Eine Verurteilung wegen Bigamie. Der Tatverdächtige war als nicht naturalisierter Einwanderer und als vorbestraft registriert.
Sholund schickte ein Fernschreiben an die Kfz-Behörde. Die Antwort kam schnell.

Serena besaß ein '54er Olds-Coupé. Seine letzte bekannte Adresse: 952 Westmoreland, L.A.

Die Adresse war eine andere als die, die Mancilla ihm gegeben hatte. Sholund fuhr zu Airtek und stellte Mancilla zur Rede.

Mancilla sagte, er kenne Serena seit zwei Jahren – während seiner Zeit bei Airtek und danach. Serena sei mit zwei weiteren Jungs von Airtek befreundet: Jim Foster und George Erqueja.

Serena war vor kurzem unten in Mexiko gewesen. Letzten Monat war er nach L.A. zurückgekehrt. Jim Foster hatte ihn in seinem Apartment-Haus in Culver City untergebracht.

So um den 23. Juni herum besuchte Mancilla Serena. Er sagte: »Hast du gehört, was mit Jean passiert ist?« Serena sagte: »Nein.« Mancilla erzählte ihm, daß Jean ermordet worden war. Serena schien nicht überrascht zu sein.

Serena behauptete, er habe letztes Jahr bei einem Betriebsausflug mit Jean getanzt. Er sagte: »Ich hätte sie haben können, wenn ich gewollt hätte.«

Sieben oder acht Tage später stand Serena bei Mancilla vor der Tür. Er wollte sich Titos Wagen leihen. Mancilla sagte nein. Serena kam am gleichen Abend noch mal zurück. Er sagte, er ziehe nach Sacramento.

Sholund fand Jim Foster und George Erqueja an ihrem Arbeitsplatz. Sie erzählten beide dasselbe: Serena sei nach Sacramento gezogen und habe einen Job bei der Aerojet Company angetreten.

Sholund fuhr zur Hall of Justice zurück und erstellte eine ausführliche Aktennotiz für Jack Lawton.

Lawton erhielt die Notiz. Er rief bei Aerojet an und sprach mit dem Personalleiter. Der Mann sagte, bei Salvador Quiroz Serena handele es sich höchstwahrscheinlich um einen Neuzugang namens Salvador Escalante. Lawton sagte, er werde vorbeikommen, um mit ihm zu reden. Er sagte dem Personalmenschen, er solle die Sache für sich behalten.

Der Personalmensch sagte, Lawton könne auf ihn zählen. Lawton rief Jim Bruton an und schilderte ihm die Sache mit Escalante. Sie beschlossen, nach Sacramento zu fahren.

Sie fuhren noch am selben Abend. Sie nahmen sich ein Motelzimmer und gingen am nächsten Morgen, dem 17. Juli, zu Aerojet.

Der Chef der Werkspolizei übergab ihnen Serena alias Excalante. Lawton und Bruton fuhren mit ihm zum Sheriff's Office von Sacramento County und nahmen ihn in die Mangel.

Er war eher untersetzt. Eigentlich sah er nicht aus wie ihr Mann. Er sagte, er habe am 3. Juni in Mexiko geheiratet. Etwa drei Wochen später sei er wieder nach Kalifornien zurückgekehrt. Auf der Fahrt durch El Centro habe er im Autoradio einen Bericht über den Mord gehört. Am nächsten Tag habe er zufällig Tito Mancilla getroffen. Sie hätten über die Krankenschwester gesprochen, die es erwischt hatte.

Er sagte, seine Frau sei sein Alibi. Sie spreche allerdings kein Englisch.

Bruton rief bei der örtlichen Dienststelle der Border Patrol an und organisierte einen Übersetzer. Sie trafen sich bei den Escalantes mit ihm.

Sie sprachen mit Elena Vivero Escalante. Sie lieferte ihrem Mann ein überzeugendes Alibi. Am 21. Juni waren sie in Mexiko. Salvador war immer in Sichtweite. Sie bestätigte alle Aussagen ihres Mannes. Der Verdächtige wurde auf freien Fuß gesetzt.

Das Morddezernat des Sheriffs war eine hierarchisch gegliederte Abteilung. Es bestand aus dreizehn Sergeants, zwei Lieutenants und einem Captain. Der Mannschaftsraum lag direkt über der Leichenhalle. Von Zeit zu Zeit stieg von dort ein übler Geruch auf. Mordfälle wurden nach dem Rotationsprinzip vergeben. Es gab keine festen Partnerschaften – die Teams wurden so zusammengestellt, wie es sich gerade ergab. Die Einheit war eine handverlesene Elitetruppe. Sie stand bei heiklen Erpressungsfällen unter direktem Befehl von Sheriff Biscailuz. Gene Biscailuz übergab sein Streng-vertraulich-Zeug immer gleich an die Mordkommission. Die Einheit bearbeitete Selbstmorde, Betriebsunfälle und zwischen 35 und 50 Mordfälle pro Jahr. Zwölf Zweigstellen und ein Haufen angegliederte Städte versorgten sie mit Opfern. Die Männer hatten fast alle eine Pulle in ihrem Schreibtisch. Sie tranken im

Mannschaftsraum und blieben auf dem Heimweg in den Bars in Chinatown hängen.
Ward Hallinen war 46. Jack Lawton war 40. Der persönliche Stil der beiden war gegensätzlich bis unvereinbar.
Ward wurde »Silberfuchs« genannt. Er war ein kleiner Mann mit hellblauen Augen und welligem, grauweißem Haar. Seine schmal geschnittenen Anzüge standen ihm besser als jeder Schaufensterpuppe. Er war beherrscht, streng und pedantisch. Er trug nur ungern eine Waffe und verabscheute die brutaleren Seiten der Polizeiarbeit. Er mochte nicht mit ungeduldigen und impulsiven Partnern zusammenarbeiten. Er war mit der Tochter des ehemaligen Sheriffs Traeger verheiratet. Sie hatten eine Tochter, die auf die High School ging, und eine zweite, die im ersten Jahr am College war.
Jack war mittelgroß, korpulent und hatte schütteres Haar. Er war ein Draufgänger, fleißig und gründlich. Wer Jack zu nahe trat, den machte er in Null Komma nichts zu Hackfleisch. Er liebte Kinder und Tiere. Er rettete regelmäßig Hunde und Katzen, die am Tatort gefunden wurden. In der Army hatte er erste kriminalistische Gehversuche gemacht – bei der Untersuchung japanischer Kriegsverbrechen. Die Tragweite seiner Aufgabe war ganz nach seinem Geschmack. Sie kam seiner temperamentvollen Art und seinem Beschützerinstinkt entgegen. Er neigte dazu, in die Luft zu gehen. Er war verheiratet und hatte drei kleine Söhne.
Ward und Jack kamen recht gut miteinander aus. Wenn es sein mußte, konnte einer dem anderen nachgeben. Sie ließen niemals zu, daß ihnen ihr unterschiedlicher Stil einen Fall versaute.

Der Fall Ellroy hatte sich festgefahren. Sie bekamen rein gar nichts über die Blonde und den dunkelhäutigen Mann heraus.
Gerichtstermine kamen dazwischen. Hallinen erhielt am 24. Juli eine Messerstecherei unter Mexikanern mit tödlichem Ausgang. Ein Halbstarker namens Hernandez war erstochen worden. Drei Pachucos wurden noch am Tatort dingfest gemacht. Die Sache hatte entweder mit einem Zwist unter Jugendbanden zu tun oder damit, daß einer die Schwester eines anderen gebumst hatte.
Am 1. August ging bei der Drogenfahndung des Sheriffs ein Hin-

weis zum Fall Ellroy ein. Der Hinweis kam von einer Krankenschwester namens Mrs. Waggoner.
Sie sagte, sie habe auf eine Kontaktanzeige geantwortet und sich mit einem Mexikaner namens Joe the Barber getroffen. Er war 45 Jahre alt, 1,80 m, 60 kg. Er fuhr einen hellgrünen '55er Buick.
Mrs. Waggoner hatte eine Affäre mit Joe the Barber. Er versuchte sie dazu zu bringen, in dem Krankenhaus, in dem sie arbeitete, Narkotika zu stehlen. Er erzählte ihr, er verkaufe Marihuana.
Ein Deputy der Drogenfahndung sprang auf den Krankenschwesteraspekt an. Er leitete den Tip an die Mordkommission weiter. Joe the Barber wurde verhört und als Tatverdächtiger ausgeschlossen.
Am 3. August ging ein Hinweis beim El Monte PD ein. Zwei Mexikaner und eine Weiße überbrachten ihn persönlich.
Sie sagten, sie hätten in einer mexikanischen Bar in La Puente etwas getrunken. Sie lernten einen Mann kennen, der ihnen anbot, sie hinzufahren, wohin sie wollten. Er war weiß, zwischen 25 und 30, 1,77 m, 70 kg, hatte dunkelbraune Haare und blaue Augen. Sie stiegen in seinen '39er Chevy Tudor.
Er fuhr mit ihnen zum San Dimas Wash. Ein '46er Ford-Truck hielt hinter ihnen. Der Fahrer war weiß, 30 Jahre alt, 1,80 m, 85 kg, hatte blonde Haare und blaue Augen.
Sie standen alle am Ufer. Der Mann mit dem Chevy packte die Halskette der Frau. Er sagte, wenn sie nicht aufpaßte, würde es ihr so ergehen wie der Krankenschwester aus El Monte. Der Mann mit dem Truck zog die »Mexikaner-kann-ich-nicht-ausstehen«-Nummer ab. Einer der Mexikaner stürzte sich auf ihn. Der andere Mexikaner und die Frau flüchteten. Der erste Mexikaner schlug den Typen mit dem Truck zusammen und kam ihnen hinterher.
Die Informanten hinterließen ihre Namen beim Wachhabenden. Er tippte einen Bericht und legte ihn in Captain Brutons Fach.
Der Fall Ellroy hatte sich festgefahren. Am 29. August bekam Hallinen einen Frau-ersticht-Ehemann-Fall.
Lillian Kella hatte Edward Kella aufgeschlitzt – mit mörderischem Erfolg. Sie sagte, er habe ihr einmal zu oft eine gescheuert. Solche Fälle gab es im Spätsommer zuhauf.

Am 2. September meldete die Schutzpolizei von Temple einen merkwürdigen Vorfall. Es begann vor der Kit-Kat-Bar in El Monte.
Zwei Deputies fiel eine Frau namens Willie Jane Willis auf. Sie lehnte benommen an einer Telefonzelle. Der Türsteher des Kit Kat sagte, er habe Willie Jane aus einem gelben Zementlaster steigen sehen. Der Fahrer habe sie um den Laster gehetzt, die Verfolgung dann aufgegeben und sei davongefahren. Willie Jane zeigte den Deputies eine Beule am Kopf.
Die Deputies fuhren Willie Jane zum Falk Medical Center. Ein Arzt legte sie auf einen Behandlungstisch. Willie Jane begann zu phantasieren. Sie sagte: »Carlos, bring sie nicht um. Ich hab' gesehen, wie er sie umgebracht hat, und dann hat er ihre Leiche bei der Schule abgeladen.«
Einer der Deputies fragte sie, ob sie die Arroyo High meine. Willie Jane wurde handgreiflich und versuchte, durch eine Hintertür zu entkommen. Die Deputies schnappten sie und setzten sie in ihren Streifenwagen. Der Notarzt war der Meinung, sie sei high.
Die Deputies fuhren Willie Jane zum Revier Temple City. Auf dem Weg murmelte sie abgedreht vor sich hin. Die Deputies hörten, wie sie sagte: »Ich hab' gesehen, wie er sie umgebracht hat. Er hat sie erwürgt und ihre Leiche bei der Schule abgeladen. Ich hab' ihr Gesicht gesehen, es war blaurot angelaufen, wie schrecklich.«
Willie Jane versuchte, aus dem Wagen zu springen. Die Deputies hielten sie davon ab. Willie Jane sagte: »Bringen Sie mich nicht wieder zu dieser Schule, bitte zwingen Sie mich nicht, da noch mal hinzugehen.«
Sie kamen zur Wache. Die Deputies begleiteten Willie Jane hinein. Ein Detective verhörte sie und leitete eine Aktennotiz ans Morddezernat weiter.
Halllinen und Lawton taten die Sache als Quatsch ab.

Es gingen immer weniger Hinweise ein. Immer weniger Verrückte meldeten sich. Der Fall Ellroy hing in der Luft.
Am 9. Oktober bekam Lawton eine geschäftliche Auseinandersetzung mit tödlichem Ausgang. Am 12. und 14. bekam Hallinen

Frau-erschießt-Ehemann-Fälle. Am 27. Oktober wurde ein übler Triebtäter namens Harvey Glatman verhaftet.
Die California Highway Patrol schnappte ihn in Orange County. Er kämpfte an einer Straße nahe des Santa Ana Freeway mit einer Frau. Sie fielen aus Glatmans Wagen und rangen um die Kanone, mit der er sie bedroht hatte. Ein Autobahnpolizist beobachtete den Vorfall und verhaftete den Mann.
Der Name der Frau war Lorraine Vigil. Sie war ein Pin-up-Model aus L.A. Glatman hatte sie unter dem Vorwand einer Fotosession mitgelockt. Er hatte gesagt, er habe ein Studio in Anaheim.
Glatman wurde im Sheriff's Office von Orange County eingebuchtet. Man klagte ihn der versuchten Vergewaltigung und eines bewaffneten Überfalls an. In seinem Wagen fanden Deputies eine Wäscheleine, eine Kamera, mehrere Filme und eine Schachtel mit Patronen des Kalibers .32. Sie sahen alte Fernschreiben und Vermißtenanzeigen durch und landeten drei potentielle Treffer.
1. 8. 57:
Ein Pin-up-Model namens Judy Ann Dull wird vermißt. Sie wurde zuletzt mit einem Fotografen namens Johnny Glynn gesehen. Die beiden verließen Miss Dulls Apartment in West Hollywood und wurden nie wieder gesehen. Johnny Glynns Beschreibung paßte auf Harvey Glatman.
8. 3. 58:
Eine Frau namens Shirley Ann Bridgeford wird vermißt. Sie verließ ihr Haus im San Fernando Valley mit einem Mann namens George Williams. Beide wurden nie wieder gesehen. Miss Bridgeford war Mitglied in einem Club einsamer Herzen. Williams hatte über die Adressenliste des Clubs Kontakt zu ihr aufgenommen. George Williams' Beschreibung paßte auf Harvey Glatman.
20. 7. 58:
Ein Pin-up-Model namens Angela Rojas alias Ruth Rita Mercado wird vermißt. Sie wurde nie wieder gesehen.
Harvey Glatman erklärte sich bereit, sich einem Lügendetektortest zu unterziehen. Der Vernehmungsbeamte stellte ihm Fragen zu den drei vermißten Frauen. Seine Antworten deuteten auf ein Schuldbe-

wußtsein hin. Der durchführende Beamte machte ihn darauf aufmerksam. Glatman sagte, er habe die drei Frauen getötet.
Bridgeford und Rojas waren beim LAPD als vermißt gemeldet. Judy Ann Dull war ein Fall des Sheriffs. Die Cops aus Orange County benachrichtigten beide Behörden.
Zwei LAPD-Detectives machten sich auf den Weg nach Orange County. Jack Lawton fuhr als Vertreter der Mordkommission des Sheriffs hin. Captain Jim Bruton begleitete ihn.
Die Verhöre zogen sich hin. Glatman erinnerte sich noch an jedes Detail.
Lawton befragte ihn zum Opfer Dull. Sergeant Pierce Brooks befragte ihn zum Opfer Bridgeford. Sergeant E.V. Jackson befragte ihn zum Opfer Rojas.
Glatman sagte aus, er habe Ende Juli '57 eine Anzeige in der Zeitung gesehen. Darin boten sich Pin-up-Models zu Stundenhonoraren an. Er wählte die angegebene Nummer und sprach mit einer Frau namens Betty Carver. Miss Carver lud ihn ein, sich ihre Mappe anzusehen.
Das Apartment lag an der North Sweetzer. Glatman fuhr hin und fragte Miss Carver, ob sie gerade für eine Session Zeit habe. Miss Carver sagte, sie habe zu tun. Glatman sah ein Foto ihrer Mitbewohnerin Judy Dull. Er fragte, ob *sie* vielleicht interessiert sei. Miss Carver sagte, das nehme sie an.
Glatman ging und rief am nächsten Tag wieder an. Er sprach mit Judy Ann Dull und gab sich als Johnny Glynn aus. Miss Dull erklärte sich zu einer zweistündigen Session bereit. Glatman fuhr zu ihrem Apartment und holte sie ab.
Sie fuhren zu seinem Apartment in Hollywood. Glatman sagte ihr, er wolle ein paar Bondage-Fotos an den *True Detective* verkaufen. Miss Dull ließ sich von ihm fesseln und knebeln.
Glatman fotografierte sie. Glatman bedrohte sie mit einer Kanone. Glatman befingerte und vergewaltigte sie und zwang sie, nackt mit gespreizten Beinen zu posieren.
Sie verbrachten sechs Stunden in seinem Apartment. Judy Ann leistete keinen Widerstand. Glatman behauptete, sie sei sogar scharf drauf gewesen. Sie habe ihm erzählt, sie sei Nymphoma-

nin und habe sich in Gegenwart von Männern nicht in der Gewalt.
Glatman fesselte ihre Handgelenke und führte sie zu seinem Wagen hinunter. Es war 22:30.
Er fuhr mit ihr auf dem San Berdoo Freeway Richtung Osten – etwa 90 Meilen aus L.A. hinaus. Sie landeten in jenem großen Wüstengebiet bei Indio. Er bog in eine einsame Serpentinenstraße ein. Er hielt und führte sie von der Straße. Er fesselte ihre Fußgelenke und legte sie mit dem Gesicht nach unten in den Sand.
Er band ihr das lose Ende der Fußfessel um den Hals. Er stellte seinen Fuß auf ihren Rücken. Er zog das Seil ruckartig in der Mitte an und erdrosselte sie. Er entkleidete sie bis auf den Slip und schaufelte Sand auf ihre Leiche.
Im März '58 begann es ihn wieder zu jucken. Er sah in der Zeitung die Anzeige eines Clubs einsamer Herzen. Er ging in das Büro, zahlte eine Gebühr und wurde Mitglied. Er gab sich als George Williams aus.
Der Direktor gab ihm ein paar Telefonnummern. Er verabredete sich mit einem Mädchen und ging zu ihr, um sie sich anzusehen. Sie war nicht sein Typ. Er rief Shirley Ann Bridgeford an und verabredete ein Treffen für Samtag abend, den 8. März.
Er holte sie vor den Augen ihrer ganzen verdammten Familie ab. Er schlug anstelle eines Kinobesuchs einen kleinen Ausflug vor. Shirley Ann war einverstanden.
Glatman fuhr mit ihr in Richtung Süden, nach San Diego County. Sie aßen in einem Cafe und knutschten im Wagen. Shirley Ann sagte, sie müsse langsam nach Haus.
Glatman fuhr mit ihr in Richtung Osten. Sie verließen die Autobahn, parkten an der Landstraße und knutschten noch ein bißchen. Glatman zog seine Kanone und nötigte sie auf den Rücksitz.
Er vergewaltigte sie. Er fesselte ihre Hände und stieß sie auf den Vordersitz. Er fuhr mit ihr noch weiter in Richtung Osten und hielt auf einer stockfinsteren Wüstenstraße. Er zwang sie, gut zwei Meilen zu laufen, fesselte sie an Armen und Beinen und knebelte sie. Die Sonne ging auf. Glatman holte seine Kamera und sein Blitzgerät heraus.

Er legte eine Decke auf den Boden. Er fotografierte Shirley Ann gefesselt und geknebelt. Er fesselte ihren Hals an ihre Fußgelenke. Er zog sein Seil in der Mitte an und erdrosselte sie.
Er fuhr zurück nach L.A. Er entwickelte die Bilder von Shirley. Er legte sie zu seinen Fotos von Judy in eine Metallkassette.
Im Juli begann es ihn wieder zu jucken. Er sah in der Zeitung eine Anzeige für ein Akt-Model und wählte die Nummer. Angela Rojas lud ihn in ihr Wohnstudio am Pico ein.
Glatman klingelte. Angela sagte, es gehe ihr nicht gut, und bat ihn, ein andermal wiederzukommen. Glatman war einverstanden. Er kam am nächsten Abend, ungebeten.
Angela ließ ihn herein. Glatman zog seine Kanone und nötigte sie in ihr Schlafzimmer. Er fesselte ihre Füße und Knöchel und befingerte sie. Er band sie los und vergewaltigte sie. Er hielt ihr die Waffe an den Rücken und zwang sie, mit ihm hinaus zu seinem Wagen zu gehen.
Er fuhr mit ihr direkt in die Wüste. Bei Sonnenaufgang fand er ein stilles Plätzchen.
Er kampierte den ganzen Tag dort mit ihr. Er vergewaltigte sie und fotografierte sie. Nach Einbruch der Dunkelheit fuhr er mit ihr zu einer noch einsameren Stelle.
Er sagte ihr, er wolle noch mehr Fotos machen. Er ging mit ihr hinaus in die Wildnis und baute seine Kamera und sein Blitzgerät auf. Er fesselte sie, knebelte sie und schoß ein paar Fotos. Er legte sie mit dem Gesicht nach unten auf eine Decke und band ihr Hals und Knöchel zusammen. Sie trat und schlug um sich und erdrosselte sich selbst. Glatman warf etwas Strauchwerk auf die Leiche und fuhr zurück nach L.A.
Lawton sprach den Mord an Jean Ellroy an. Glatman sagte, das sei er nicht gewesen. Er wisse nicht, wo El Monte liege. Er habe nur die drei Morde begangen, die er gerade gestanden habe. Er habe keine rothaarige Krankenschwester umgebracht.
Glatman wurde wegen dreifachen Mordes eingebuchtet. Die Cops und der Bezirksstaatsanwalt von Orange County besprachen die registratorische Zuordnung.
Judy Ann Dull war in Riverside County ermordet worden. Shir-

ley Ann Bridgeford und Angela Rojas waren in San Diego County ermordet worden. Über Lorraine Vigil war Glatman in Orange hergefallen. Harvey war am Arsch – welcher Fall zuerst vor Gericht kam, spielte keine große Rolle mehr.

Glatman war bereits zweifach wegen Sexualdelikten vorbestraft. Er hatte fünf Jahre in Sing Sing und zwei Jahre im Staatsgefängnis von Colorado gesessen. Er war dreißig Jahre alt und arbeitete als Fernsehmechaniker. Er war hager. Er sah aus wie ein unterernährter kleiner Scheißer.

Lawton, Brooks und Jackson machten eine Besichtigungstour zu Harvey Glatmans Mordschauplätzen. Sie wurden von Fotografen, Bezirksstaatsanwälten und mehreren Hilfssheriffs begleitet. Glatman führte sie ohne Umwege zu den Skeletten der Opfer Bridgeford und Rojas.

Judy Dulls Überreste waren bereits im Dezember '57 gefunden worden. Sie lagen mit einem Schild »Name unbekannt« in der Gerichtsmedizin von Riverside County.

Die Rundfahrt endete in Glatmans Apartment. Die Cops untersuchten seine Fotosammlung.

Er besaß Massen von Mail-order-Pornofotos. Auf allen waren gefesselte und geknebelte Frauen zu sehen. Er besaß Fotos von gefesselten und geknebelten Frauen, die er vom Fernsehbildschirm abfotografiert hatte. Glatman sagte, er habe beim Fernsehen immer eine Kamera auf dem Schoß. Auf diese Weise komme man zu ein paar guten Gratisfotos.

Er besaß Bilder von Mädchen, die er in Denver fotografiert hatte. Sie waren gefesselt und geknebelt und nur mit Slip und BH bekleidet. Er sagte, die Mädchen seien alle wohlauf.

Seine ganz speziellen Bilder bewahrte er in einer Metallkassette auf. Die Cops gingen sie Stück für Stück durch.

Judy Dulls Büstenhalter spannte sich unterhalb ihrer Brüste. Ihr Knebel blähte ihre Wangen auf und verzerrte ihr ganzes Gesicht. Ihre breitbeinigen Posen waren grotesk und obszön.

Sie sah nicht verängstigt aus. Sie sah aus wie eine Jugendliche, die nichts mehr vom Hocker reißt. Vielleicht dachte sie, sie könnte diesen Schwachkopf überlisten. Vielleicht dachte sie, ihn gewäh-

ren zu lassen bedeute Haltung zu bewahren. Vielleicht besaß sie eine verdrehte Pin-up-Girl-Kühnheit: Alle Männer sind schwach und lassen sich mit der richtigen Kombination aus Schmeichelei und Sex leicht manipulieren.
Angela Rojas sah benommen aus. Die Wüste hinter ihr lag in einem wunderschönen Licht.
Shirley Ann Bridgeford wußte, daß ihr Leben vorüber war. Glatmans Kamera fing ihre Tränen und ihr verzerrtes Gesicht ein und den stummen Schrei, den der Knebel in ihrem Mund erstickte.
Die Bilder schockierten Jack Lawton. Glatman widerte ihn an. Er wußte, daß er Jean Ellroy nicht getötet hatte.

Am 8. November bekamen Hallinen und Lawton einen gemeinsamen Fall. Ein Mann namens Woodrow Harley hatte seine 13jährige Stieftochter vergewaltigt und sie mit einem chloroformgetränkten Kissen erstickt. Binnen einer Woche hatten sie den Fall unter Dach und Fach. Kurz vor Thanksgiving besuchten sie Armand Ellroy und seinen Sohn.
Der Junge war ein wenig gewachsen. Er war sehr groß für sein Alter.
Hallinen und Lawton luden Ellroy und seinen Sohn ins Tiny Naylor's Drive-In ein. Das Kind bestellte einen Eisbecher. Hallinen und Lawton spielten noch mal ihre Hatte-Mama-einen-Liebhaber-Platte ab.
Er betete ihnen noch mal die gleiche Geschichte vor, die er ihnen schon mehrfach erzählt hatte. Mit weiteren Typen konnte er nicht aufwarten.
Sie gingen zurück in die Wohnung. Ellroy schickte das Kind zum Spielen nach draußen. Er hatte noch etwas mit den Herren zu besprechen.
Der Junge ging hinaus und schlich auf Zehenspitzen den Flur wieder zurück. Er hörte seinen Vater und die Cops in der Küche reden. Sein Vater bezeichnete seine Mutter als Säuferin, die mit jedem ins Bett gegangen sei. Die Cops sagten, aus dem Fall sei nichts mehr herauszuholen. Jean war so verdammt verschwiegen. Ihr Leben ergab einfach keinen Sinn.

2

DER JUNGE AUF DEM FOTO

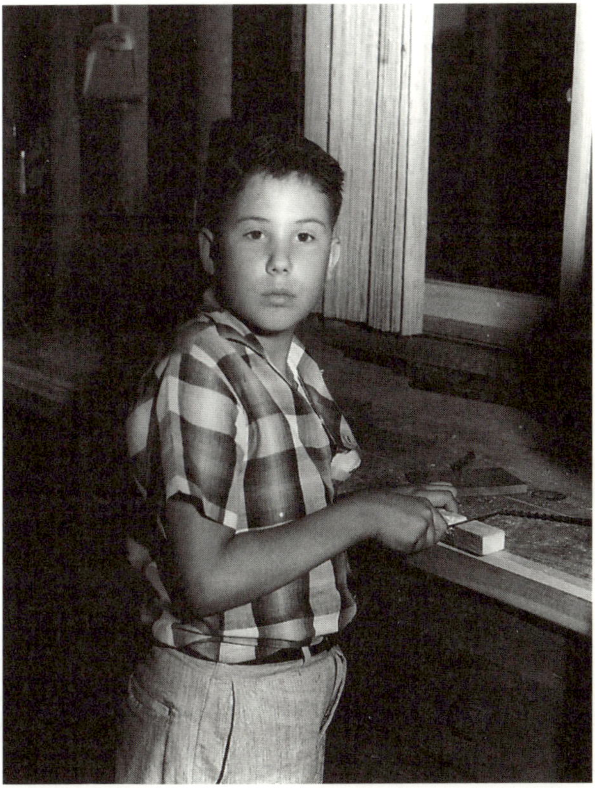

Du hast die Menschen getäuscht. Du hast dich nur stückweise offenbart und ganz nach Laune neu erfunden. Deine Heimlichtuerei hat jede Möglichkeit, deinen Tod zu rächen, zunichte gemacht.
Ich dachte, ich würde dich kennen. Ich tat meinen kindischen Haß als intimes Wissen ab. Ich habe nie um dich getrauert. Ich habe die Erinnerung an dich bekämpft.
Du trugst eine eiserne Korrektheit zur Schau. Samstags nachts legtest du sie ab. Diese kurzen Momente, in denen du du selbst warst, trieben dich ins Chaos.
Mit diesem Bild werde ich mich nicht zufriedengeben. Ich werde deine Geheimnisse nicht so leichtfertig preisgeben. Ich will dahinterkommen, wo du deine Liebe begraben hast.

6 Mein Vater setzte mich am Bahnhof von El Monte in ein Taxi. Er zahlte und sagte dem Fahrer, er solle mich an der Ecke Bryant/Maple rauslassen.

Ich wollte nicht wieder zurück. Ich wollte bei meinem Vater bleiben. Ich wollte El Monte ein für allemal hinter mir lassen.

Es war heiß – bestimmt sechs Grad wärmer als in L.A. Der Fahrer nahm die Tyler in Richtung Norden bis zur Bryant und fuhr in Richtung Osten. Er bog in die Maple ein und hielt.

Ich sah Polizeiwagen und Limousinen, die aussahen wie Behördenfahrzeuge, am Straßenrand parken. Ich sah Männer in Uniform und Männer in Anzügen in unserem Vorgarten stehen.

Ich wußte, daß sie tot war. Das ist keine zurechtgebogene Erinnerung und kein nachträgliches Gefühl. Ich wußte es in dem Moment – mit zehn Jahren –, am Sonntag, dem 22. Juni 1958.

Ich ging in den Garten. Jemand sagte: »Da ist der Junge.« Ich sah Mr. und Mrs. Krycki an ihrer Hintertür stehen.

Ein Mann nahm mich beiseite und kniete sich vor mich hin. Er sagte: »Junge, deine Mutter ist tot.«

Ich wußte, daß er »ermordet worden« meinte. Kann sein, daß ich ein kleines bißchen zitterte, bebte oder wankte.

Der Mann fragte mich, wo mein Vater sei. Ich sagte ihm, er sei am Busbahnhof. Ein halbes Dutzend Männer drängte sich um mich. Sie stützten die Hände auf die Knie und musterten mich eingehend.

Vor ihnen stand ein Glückspilz.

Ein Cop machte sich auf den Weg zum Busbahnhof. Ein Mann mit einer Kamera ging mit mir nach hinten zu Mr. Kryckis Geräteschuppen.

Er drückte mir eine Ahle in die Hand und stellte mich an eine

Werkbank. Ich hielt einen kleinen Holzblock fest und tat so, als würde ich ihn bearbeiten. Ich schaute in die Kamera – ohne zu blinzeln, zu lächeln, zu weinen oder zu zeigen, wie gut es mir ging.

Der Fotograf stand in der Tür. Die Cops standen hinter ihm. Ich hatte ein aufmerksames Publikum.

Der Fotograf schoß ein paar Bilder und drängte mich, ein bißchen zu improvisieren. Ich beugte mich über das Holz und bearbeitete es halb lächelnd, halb grimassierend. Die Cops lachten. Ich lachte. Blitzlichter knallten.

Der Fotograf sagte, ich sei tapfer.

Zwei Cops führten mich zu einem Streifenwagen und setzten mich auf den Rücksitz. Ich rutschte flink zum linken Fenster hinüber und sah hinaus. Wir nahmen die Maple bis zu einer Seitenstraße und dann die Peck Road in Richtung Süden. Ich steckte den Kopf aus dem Fenster und registrierte seltsame Dinge.

Am Valley Boulevard bogen wir nach Westen und hielten vor der El Monte Police Station. Die Cops brachten mich nach drinnen und setzten mich in ein kleines Zimmer.

Ich wollte meinen Vater sehen. Die Cops sollten ihm nicht wehtun.

Ein paar Männer in Uniform leisteten mir Gesellschaft. Sie waren freundlich und nahmen Rücksicht auf meinen Status als nunmehr mutterloses Kind. Sie bemühten sich, ein harmloses Gespräch aufrechtzuerhalten.

Mein Vater hatte mich am Samstag morgen abgeholt. Wir hatten einen Bus nach L.A. genommen und waren in einen Film mit dem Titel *Die Wikinger* gegangen. Tony Curtis wurde die Hand abgeschlagen, und von da an trug er einen schwarzen Lederschutz über dem Stumpf. Ich bekam einen Alptraum davon.

Ständig kamen Cops in das Zimmer und gingen wieder hinaus. Sie gaben mir einen Becher Wasser nach dem anderen. Ich trank alles aus. So hatte ich etwas mit meinen Händen zu tun.

Zwei Männer kamen herein. Die freundlichen Cops gingen hinaus. Der eine Mann war untersetzt und fast kahl. Der andere Mann hatte welliges weißes Haar und hellblaue Augen. Sie trugen Sportjacken und legere Hosen.

Sie stellten mir Fragen und schrieben meine Antworten in kleine Notizbücher. Sie ließen mich schildern, wie ich das Wochenende mit meinem Vater verbracht hatte, und baten mich, ihnen die Liebhaber meiner Mutter zu nennen.
Ich erzählte ihnen von Hank Hart und Peter Tubiolo. Meine Mutter war mit Hank ausgegangen, als wir noch in Santa Monica wohnten. Tubiolo war Lehrer an meiner Schule. Er hatte sich mindestens zweimal mit meiner Mutter getroffen.
Ich fragte die Männer, ob mein Vater in Schwierigkeiten sei. Sie verneinten. Sie sagten, man werde mich in seine Obhut geben.
Der weißhaarige Cop gab mir einen Schokoriegel und sagte, ich könne jetzt meinen Dad sehen. Sie ließen mich aus dem kleinen, quadratischen Zimmer.
Ich sah meinen Vater im Flur stehen. Er bemerkte mich und lächelte.
Ich lief direkt zu ihm hin. Der Aufprall brachte ihn ein wenig ins Wanken. Er drückte mich ganz fest an sich, wie er es immer tat, um zu zeigen, wie stark er war.

Ein Cop fuhr uns zum Bahnhof von El Monte. Wir nahmen einen Spätbus nach Los Angeles.
Ich saß am Fenster. Mein Vater hatte die ganze Zeit den Arm um mich gelegt. Der San Berdoo Freeway war dunkel und voller glitzernder Rücklichter.
Ich wußte, daß ich eigentlich weinen sollte. Der Tod meiner Mutter war ein Geschenk – und ich wußte, daß ich dafür bezahlen sollte. Die Cops zogen wahrscheinlich ihre Schlüsse daraus, daß ich vorhin beim Haus nicht geweint hatte. Wenn ich nicht weinte, hieß das, daß ich nicht normal war. So verdreht waren meine Gedanken.
Ich entspannte meine verkrampften Nerven. Ich ließ einfach die verdammte Ehrfurcht, die ich seit Stunden empfand, aus mir raus.
Es funktionierte.
Ich weinte. Den ganzen Weg bis nach L.A. vergoß ich Tränen.
Ich haßte sie. Ich haßte El Monte. Irgendein unbekannter Killer hatte mir gerade ein brandneues, wundervolles Leben geschenkt.

Sie war ein Bauernmädchen aus Tunnel City, Wisconsin. Was ich für sie empfand, hatte immer mit meinem Vater zu tun. Als sie die Ehe auflöste, machte sie mich zu seinem alleinigen Sohn.

Ich begann, sie zu hassen, um meine Liebe zu meinem Vater zu demonstrieren. Ich hatte Angst davor, den kantigen Willen und Mut dieser Frau anzuerkennen.

1956 wurde bei meinem Vater fälschlicherweise Krebs diagnostiziert. Meine Mutter überbrachte mir die Nachricht – doch um der Dramaturgie willen sparte sie sich die Er-wird-wieder-gesund-Pointe für den Schluß auf. Ich heulte und boxte auf unser Wohnzimmersofa ein. Meine Mutter beruhigte mich und sagte mir, es seien Magengeschwüre, kein Krebs – und ich brauchte einen kleinen Ausflug, um mich von dem Schrecken zu erholen.

Wir fuhren hinunter nach Mexiko. In Ensenada nahmen wir uns ein Hotelzimmer und aßen abends in einem netten Restaurant Hummer. Meine Mutter hatte ein einseitig schulterfreies Kleid an. Sie war aufsehenerregend hellhäutig und rothaarig. Mir war klar, daß sie eine Show abzog.

Am nächsten Morgen ging ich im Hotelpool schwimmen. Das Wasser war sichtlich schmutzig. Ich kam mit verstopften Ohren und hämmernden Kopfschmerzen wieder heraus.

Der Kopfschmerz bahnte sich den Weg bis zu meinem linken Ohr hinunter. Er konzentrierte sich mehr und mehr auf einen Punkt und wurde immer stärker. Meine Mutter untersuchte mich und erklärte, ich hätte eine schwere Mittelohrentzündung.

Ich hatte furchtbare Schmerzen. Ich weinte und knirschte mit den Zähnen, bis mein Zahnfleisch blutete.

Meine Mutter packte mich auf dem Rücksitz ihres Wagens warm ein und fuhr mit mir in Richtung Norden nach Tijuana. Dort konnte man in der Apotheke rezeptfrei Medizin und starke Betäubungsmittel kaufen. Meine Mutter machte eine ausfindig und erstand ein Fläschchen Pillen, eine Ampulle Beruhigungsmittel und eine Spritze.

Sie gab mir Wasser und Pillen. Sie zog die Spritze auf und setzte mir gleich im Wagen einen Schuß. Auf der Stelle erstarb mein Schmerz.

Wir fuhren auf direktem Wege zurück nach L.A. Der Stoff wärmte mich und schläferte mich ein. Ich wachte in meinem Zimmer auf und sah seltsame neue Farben aus der Tapete dringen. Meinem Vater verschwieg ich den Vorfall. Daß ich dies tat, geschah instinktiv und war ein Zeichen meiner Frühreife. Und doch würde ich 40 Jahre danach ein Motiv unterstellen.
Die Art, wie meine Mutter sich um mich kümmerte, bewies wirklich Stil. Ich wußte, daß mein Vater kein Wort des Lobes über sie hören wollte. Ich nahm Rücksicht auf seine Befürchtungen. Ich sagte ihm nicht, wie gut sie in dem Kleid ausgesehen hatte. Ich sagte ihm nicht, wie gut mir dieser Stoff getan hatte. Ich sagte ihm nicht, daß ihr für kurze Zeit mein Herz gehört hatte.

Was die äußere Erscheinung anging, waren meine Eltern unschlagbar. Sie gaben ein toll aussehendes, ordinäres Paar ab, im Stil von Robert Mitchum und Jane Russell in *Macao.* Sie blieben 15 Jahre zusammen. Das konnte nur am Sex liegen.
Er war 17 Jahre älter als sie. Er war groß und hatte die Statur eines Halbschwergewichtlers. Er sah umwerfend aus und hatte einen Riesenschwanz.
Er war ein Taugenichts, der auf den ersten Blick gefährlich wirkte. Sie sah nur die äußere Verpackung und den Charme, der dazu gehörte. Ich weiß nicht, wie lange die erste Verliebtheit anhielt. Ich weiß nicht, wie lange es dauerte, bis sie ihre Illusionen verloren hatten und ihre Ehe verrotten ließen.
Sie waren beide Ende der 30er in den Westen gezogen. Sie lernten sich kennen, es knisterte, sie heirateten und ließen sich in L.A. nieder. Sie war ausgebildete Krankenschwester. Er war nichtzugelassener Steuerberater. Er inventarisierte Lagerbestände in Drugstores und machte für Hollywood-Menschen die Einkommensteuererklärung. Drei oder vier Jahre lang arbeitete er als Rita Hayworths Manager und bereitete 1949 ihre Hochzeit mit Ali Khan vor. Seine Nachkriegsjahre waren geprägt von rothaarigen Frauen.
Ich erschien ’48 auf der Bildfläche. Die Faszination des ersten Kindes verzückte sie für eine Weile. Sie zogen aus ihrer Wohnung

in Beverly Hills aus und suchten sich ein größeres Apartment in West Hollywood. Es war im spanischen Stil gehalten, mit Rauhputz an den Wänden und mit Türbögen ausgestattet. Dort wurde der Grundstein für meine verkorkste Wahrnehmung der Dinge gelegt.

Etwa '52 feuerte Rita Hayworth meinen Vater. Er arbeitete von Zeit zu Zeit für Drugstores und belegte an den meisten durchschnittlichen Werktagen die Wohnzimmercouch mit Beschlag. Lesen und Schlafen waren seine Lieblingsbeschäftigungen. Er liebte es, Zigaretten zu rauchen und sich auf unserem Bubble-Screen-Fernseher Sportveranstaltungen anzuschauen. Die Couch war sein Allzweckforum.

Meine Mutter hetzte zwischen der Arbeit und zu Hause hin und her. Sie hatte einen Fulltime-Job im St. John's Hospital und bemutterte nebenher die Schauspielerin ZaSu Pitts, eine Quartalssäuferin. Sie brachte den Hauptteil des Geldes nach Hause und lag meinem Vater in den Ohren, er solle sich einen festen Job suchen. Er speiste sie mit leeren Versprechungen ab und kam ihr mit seinen Hollywood-Verbindungen. Er sei schließlich mit Mickey Rooney und einem Schundfilmproduzenten namens Sam Stiefel befreundet. Er kenne Leute mit Beziehungen. Er könne mit Hilfe seiner Freunde jederzeit eine tolle Sache starten.

Ich verbrachte eine Menge Zeit mit meinem Vater auf der Couch. Er zeichnete Bilder für mich und brachte mir Lesen bei, als ich dreieinhalb Jahre alt war. Wir saßen Seite an Seite und lasen jeder ein Buch.

Mein Vater bevorzugte historische Romane. Ich stand auf Tiergeschichten für Kinder. Mein Vater wußte, daß ich nicht mitansehen konnte, wie Tiere mißhandelt oder getötet wurden. Er überflog die Bücher, die er mir kaufte, und zog diejenigen, von denen er wußte, daß sie mich verstören würden, aus dem Verkehr.

Mein Vater war in einem Waisenhaus aufgewachsen und hatte keine Blutsverwandten. Meine Mutter hatte eine jüngere Schwester in Wisconsin. Mein Vater haßte seine Schwägerin und ihren Mann, einen Buick-Händler namens Ed Wagner. Mein Vater sagte, Onkel Ed sei ein Deserteur und ein »Kraut«. Er hatte im

Ersten Weltkrieg jede Menge Krauts getötet und konnte nichts mit ihnen anfangen.

Für die Wagners war mein Vater ein fauler Hund. Er hat mir mal erzählt, daß meine Kusine Jeannie mir einmal fast die Augen ausgekratzt hätte. Ich kann mich an nichts dergleichen erinnern.

Die Freunde meiner Eltern waren alle vom gleichen Schlag: ältere Leute, die auf naive Art von ihnen beeindruckt waren. Meine Eltern sahen gut aus und waren mit Hollywood-Hipstern auf du und du. Für einen Augenblick konnten sie beeindrucken, und ihre Streitereien, Nörgeleien und Zankereien trugen sie in den eigenen vier Wänden aus. Nach außen hin bildeten sie eine geschlossene Front und hoben sich ihre Ausfälle für einen einzigen Zeugen auf – mich.

Ihr Zusammenleben war ein einziges zähes Ringen. Sie schimpfte auf seine Faulheit, er kritisierte ihren allabendlichen Alkoholkonsum. Ihre Kabbeleien liefen rein verbal ab – und das Fehlen physischer Gewalt zog sie um so mehr in die Länge. Sie wurden nie laut, pöbelten selten und schrien nie. Sie zertrümmerten keine Blumentöpfe und warfen nicht mit Tellern. Ihre Unfähigkeit zu handfester Theatralik kaschierte die Tatsache, daß ihnen der gemeinsame Wille fehlte, vernünftig miteinander zu reden und sich wieder zu versöhnen. Sie fochten einen Krieg aus, ohne ihm ein Ventil zu bieten. Sie manövrierten sich selbst in die kleingeistige Attitüde permanenten Gekränktseins. Ihr Haß eskalierte im Lauf der Jahre und steigerte sich bis zu einer unterschwellig schwelenden Wut.

Es war '54. Ich war sechs Jahre alt und ging in die erste Klasse der West Hollywood Elementary School. Meine Mutter setzte mich auf unsere Wohnzimmercouch und sagte mir, sie lasse sich von meinem Vater scheiden.

Das war ein harter Schlag für mich. Ich lief wochenlang Amok. Mein Affentheater war eine Art Rausch und die Reaktion auf das jahrelange Gezanke meiner Eltern um Kleinkram. Aus dem Fernsehen wußte ich, daß Scheidung etwas Endgültiges und Verbindliches war. Scheidung stigmatisierte kleine Kinder und versaute sie für den Rest ihres Lebens. Die Mutter erhielt immer das Sorgerecht für die minderjährigen Kinder.

Meine Mutter warf meinen Vater aus der Wohnung. Ein paar Wochen lang ließ sie es sich gefallen, daß ich das verletzte Kind spielte, dann gab sie mir ganz trocken eine Ohrfeige und sagte, ich solle den Unsinn lassen.

Das tat ich. Verrücktes kleines Kind, das ich war, setzte ich mir in den Kopf, zwischen meinem Vater und mir unser eigenes, unschlagbares Ding schmieden zu wollen.

Meine Mutter nahm sich einen Anwalt und reichte die Scheidung ein. Ein Richter sprach ihr das vorläufige Sorgerecht zu und erlaubte mir, die Wochenenden bei meinem Vater zu verbringen. Der mietete sich ein paar Blocks von seiner ehemaligen Wohnung entfernt eine Junggesellenbude.

Wochenende für Wochenende verkroch ich mich mit ihm in seiner Wohnung. Wir brieten Burger auf einer Kochplatte und bestritten ganze Mahlzeiten mit CheezWhiz und Crackern. Wir lasen Seite an Seite Bücher und sahen uns Boxkämpfe im Fernsehen an. Mein Vater begann, mich systematisch gegen meine Mutter aufzuhetzen.

Er sagte mir, sie sei eine Säuferin und ein Flittchen. Er sagte mir, sie treibe es mit ihrem Scheidungsanwalt. Er sagte, er habe eine Chance, das Sorgerecht für mich zu bekommen – wenn er beweisen könnte, daß meine Mutter ein lasterhaftes Leben führe. Er drängte mich, sie zu bespitzeln. Ich willigte ein, die Fehltritte meiner Mutter auszuspionieren.

Mein Vater fand einen Job in der Innenstadt von L.A. Ich nutzte jede Gelegenheit, mich fortzuschleichen und mich auf seinem Heimweg von der Arbeit mit ihm zu treffen. Für unsere Rendezvous wählten wir einen Drugstore an der Ecke Burton Way/Doheny. Wir aßen Eis und unterhielten uns ein bißchen.

Meine Mutter kam uns auf die Schliche. Sie rief meinen Vater an und drohte ihm mit juristischen Schritten. Sie engagierte einen Babysitter, der nach der Schule auf mich aufpassen sollte.

Am nächsten Morgen stieg ich nicht in den Schulbus. Ich versteckte mich im Hof bei der Wohnung meines Vaters. Ich mußte ihn unbedingt sehen. Ich hatte Schiß vor der Polio-Impfung, die an dem Tag in der Schule durchgeführt werden sollte.

Meine Mutter spürte mich auf. Sie fuhr mich zur Schule und sorgte dafür, daß sie selbst mir die Spritze geben konnte.
Sie trug ihre Schwesterntracht, als sie mir den Schuß setzte. Sie konnte gut mit der Spritze umgehen – es tat überhaupt nicht weh. Sie sah gut aus in weißem Seersucker. Es bildete einen aufregenden Kontrast zu ihren roten Haaren.
Die Scheidung kam vor Gericht. Ich mußte allein aussagen. Ich hatte meinen Vater eine Weile nicht gesehen. Vor dem Gerichtssaal entdeckte ich ihn und lief zu ihm.
Meine Mutter versuchte einzugreifen.
Mein Vater zog mich schnell in eine Herrentoilette und hockte sich vor mir hin, um mit mir zu reden. Meine Mutter stürmte herein und zerrte mich hinaus. Mein Vater ließ es geschehen. Ein Mann, der mit dem Schwanz in der Hand an einem Pißbecken stand, verfolgte die ganze Transaktion.
Ich machte meine Aussage. Ich erklärte einem freundlichen Richter, ich wolle gern bei meinem Vater leben. Er entschied anders. Er verfügte eine Trennung von Wochentagen und Wochenenden: fünf Tage bei ihr, zwei Tage bei ihm. Er verurteilte mich zu einem zweigeteilten Leben, hin und her gerissen zwischen zwei Menschen, die in einem verbissenen gegenseitigen Haß gefangen waren.
Ich bekam diesen Haß von beiden Seiten zu spüren. Er war von beißender Schärfe und großer Eloquenz. Meine Mutter stellte meinen Vater als labil, schludrig, faul, wirklichkeitsfremd und verlogen in kleinen Dingen dar. Mein Vater brauchte weniger Worte, um meine Mutter zu charakterisieren. Für ihn war sie eine Säuferin und ein Flittchen.
Das Scheidungsurteil bestimmte mein Leben. Wochentage bedeuteten freudlose Schinderei. Wochenenden bedeuteten Freiheit.
Mein Vater gab mir leckere Sachen zu essen und ging mit mir in Cowboy-Filme. Er erzählte mir Geschichten aus dem I. Weltkrieg und ließ mich in seinen Sexheftchen blättern. Er sagte, er habe verschiedene Eisen im Feuer. Er überzeugte mich, daß wir kurz vor dem großen Reichtum stünden. Viel Geld bedeute Spitzenanwälte und erstklassige juristische Beziehungen. Solche An-

wälte hätten Detektive, die schmierige Details aus dem Leben der Säuferin und des Flittchens ausgraben könnten. Sie würden ihm das Sorgerecht für mich verschaffen.

Meine Mutter zog mit mir in eine kleinere Wohnung in Santa Monica. Sie kündigte im St. John's und fand eine Stelle als Betriebskrankenschwester bei Packard-Bell Electronics. Mein Vater zog in eine Einzimmerwohnung an der Grenze zwischen Hollywood und dem Wilshire District. Er hatte kein Auto und fuhr mit mir Bus. Er war weit über fünfzig und sah langsam aus wie ein Gigolo, der seine besten Tage hinter sich hat. Die Leute hielten ihn wahrscheinlich für meinen Opa.

Ich wechselte zu einer Privatschule namens Children's Paradise. Sie war nicht staatlich gefördert und kostete meine Mutter 50 Mäuse im Monat. Die Schule war eine Mülldeponie für Kinder aus kaputten Familien. Die Versetzung war garantiert – aber man war jeden Tag von 7:30 bis 17:00 dort eingesperrt. Die Lehrer waren entweder total unbeherrscht oder ließen resigniert alles mit sich geschehen. Mein Vater hatte eine Theorie, warum die Unterrichtszeiten so lang waren. Er sagte, sie seien so berechnet, daß alleinstehenden Müttern genug Zeit blieb, nach der Arbeit ihre Liebhaber zu vögeln. Er meinte, das sei letztendlich keine so dumme Idee.

Das Children's Paradise belegte einige der teuersten Grundstücke an der Westside. Ein mit Spielgeräten vollgestopfter Sandplatz grenzte an den Wilshire Boulevard. Der Platz war dreimal so groß wie das Hauptunterrichtsgebäude der Schule. An der Westseite gab es einen Swimmingpool.

Dort tagträumte ich mich durch die dritte und vierte Klasse. Meine Fähigkeiten im Lesen übertrafen meine minderbemittelten Leistungen im Rechnen bei weitem. Ich war als Kind ein ziemlich langer Lulatsch. Ich wußte meine Größe zu nutzen und bluffte mich durch kleinere Auseinandersetzungen mit anderen Kindern. Es war die Geburtsstunde meiner überaus wirkungsvollen »Psychopathen-Nummer«.

Ich fürchtete mich vor allen Mädchen, den meisten Jungs und bestimmten männlichen und weiblichen Erwachsenen. Meine

Angst wurzelte in meiner apokalyptischen Phantasie. Ich wußte, daß immer alles auf chaotische Weise schiefging. Meine Erfahrungen in Sachen Chaos waren unangreifbar.
In meiner Rolle als Psychopath erhielt ich die Aufmerksamkeit, nach der ich mich so sehr sehnte, und signalisierte Kontrahenten, daß mit mir nicht zu spaßen sei. Ich lachte, wenn gar nichts lustig war, bohrte in der Nase, aß meine Popel und bekritzelte all meine Schulhefte mit Hakenkreuzen. Ich war das Schulbeispiel für das Wenn-ihr-mich-schon-nicht-lieben-wollt-dann-nehmt-mich-wenigstens-wahr-Kapitel aller Kinderpsychologie-Lehrbücher.
Meine Mutter trank immer mehr. Sie kippte abends Highballs und wurde dann grantig, weinerlich und gefühlsduselig. Ich erwischte sie ein paarmal mit Männern im Bett. Die Typen hatten diesen Salonlöwen-Look der 50er. Wahrscheinlich verkauften sie Gebrauchtwagen oder entwendeten sie säumigen Zahlern.
Ich erzählte meinem Vater von den Männern. Er sagte, er lasse meine Mutter von Privatdetektiven beschatten. Ich begann, mich überall, wo ich mit ihr war, nach ihnen umzugucken.
Meine Mutter kündigte bei Packard-Bell und wurde bei Airtek Dynamics eingestellt. Mein Vater arbeitete freiberuflich für Drugstores. Ich ging weiter im Children's Paradise zur Schule. Meine Psychopathen-Nummer hielt mich gerade so über Wasser.
Meine Eltern waren nicht in der Lage, auf zivilisierte Art und Weise miteinander zu reden. Sie wechselten unter keinen Umständen auch nur ein Wort. Ihre Haßtiraden hoben sie sich für mich auf. *Er* ist ein Schwächling; *sie* ist eine Säuferin und ein Flittchen. Ich glaubte ihm – und tat ihre Vorwürfe als Gewäsch ab. Ich verschloß die Augen vor der Tatsache, daß ihre Anschuldigungen einen wahren Kern hatten.
'57 ging zu Ende. Meine Mutter und ich flogen über Weihnachten nach Wisconsin. Onkel Ed Wagner verkaufte ihr einen tollen rotweißen Buick. In der ersten Woche des Jahres '58 fuhren wir damit nach Hause. Wir nahmen unser gewohntes Berufs- und Schulleben wieder auf.
Ende Januar nahm meine Mutter mich zur Seite und begann, mir das Blaue vom Himmel herunterzulügen. Sie sagte, wir bräuchten

einen Tapetenwechsel. Ich sei fast zehn Jahre alt und hätte noch nie in einem Haus gewohnt. Sie sagte, sie kenne da einen hübschen Ort namens El Monte.

Meine Mutter war eine schlechte Lügnerin. Sie neigte dazu, ihre Lügen allzu formelhaft zu konstruieren und zu dick aufzutragen und verbrämte sie oft mit Bekundungen elterlicher Sorge. Für ihre größten Lügen mußte sie sich immer erst betrinken.

Ich war gut im Entschlüsseln von Lügen. Meine Mutter hätte mir das nicht zugetraut.

Ich erzählte meinem Vater von dem Umzug. Er fand die Sache dubios. Er sagte, El Monte sei voll von Illegalen. Es sei in absolut jeder Hinsicht ein beschissener Ort. Er vermutete, meine Mutter wolle irgendeinen Beschäler aus West L.A. loswerden – oder sie laufe irgendeinem Scheißer aus El Monte hinterher. Schließlich kappt man nicht ohne gottverdammten Grund seine Wurzeln und zieht kaum mehr als 30 Meilen weit weg.

Er forderte mich auf, weiterhin Augen und Ohren offenzuhalten. Er forderte mich auf, ihn über die Ausschweifungen meiner Mutter auf dem laufenden zu halten.

Meine Mutter wollte mir El Monte von seiner besten Seite zeigen. An einem Sonntagnachmittag machten wir einen Ausflug dorthin.

Mein Vater hatte mich so weit gebracht, daß ich den Ort von vornherein haßte und fürchtete. Seine Beschreibung hätte nicht treffender sein können.

El Monte war ein smogvernebeltes Nichts. Die Leute parkten auf ihrem Rasen und spritzten in Unterwäsche ihr Auto ab. Der Himmel war von einem karzinogenen Gelbbraun. Mir fielen jede Menge finster dreinschauende Pachucos auf.

Wir fuhren bei unserem neuen Haus vorbei. Von außen sah es hübsch aus – aber drinnen war es kleiner als unsere Wohnung in Santa Monica.

Wir sprachen mit unserer neuen Vermieterin, Anna May Krycki. Sie war nervös und schwatzhaft, und ihre Augen schossen ständig hin und her. Sie erlaubte mir, ihren Airedale-Terrier zu streicheln.

Ein Garten umschloß das Haus der Kryckis und unseres. Meine Mutter sagte, wir könnten uns auch einen Hund anschaffen. Ich erklärte, ich wolle einen Beagle. Sie sagte, sie würde mir einen zum Geburtstag schenken.
Wir lernten Mr. Krycki und Mrs. Kryckis Sohn aus einer vorherigen Ehe kennen. Wir gingen durch unser neues Haus.
Mein Zimmer war nur halb so groß wie das in Santa Monica. Die Küche war nicht größer als ein Laufstall. Das Badezimmer war klein und eng.
Das Haus rechtfertigte den Umzug. Es war der kosmetische Aufhänger für das große Lügenmärchen meiner Mutter.
Das war mir sofort klar.

Anfang Februar zogen wir aus. Ich kam auf die Anne LeGore Elementary School und bespitzelte für meinen Vater von morgens bis abends meine Mutter.
Sie trank noch mehr. Die Küche roch nach ihrem Early Times Bourbon und ihren L&M-Zigaretten. Ich schnüffelte an den Gläsern, die sie in der Spüle stehenließ – um herauszufinden, was daran so toll war. Mir wurde ganz übel von dem süßlichen Geruch.
Sie brachte keine Männer mit nach Hause. Mein Vater glaubte, daß sie die Wochenenden dafür nutzte. Er fing an, El Monte »Shitsville, U.S.A.« zu nennen.
Ich machte das Beste aus einem beschissenen Ort.
Ich ging zur Schule. Ich freundete mich mit zwei mexikanischen Jungs namens Reyes und Danny an. Einmal ließen sie mich an einem Joint ziehen. Mir wurde schwindelig, ich drehte vollkommen ab, ging nach Hause und aß eine ganze Schachtel Kekse. Ich kippte um, und als ich wieder aufwachte, war ich überzeugt, daß ich bald heroinsüchtig sein würde.
Die Schule ging mir auf den Sack. Meine Rechenkünste waren unter aller Sau, und meine sozialen Fähigkeiten unterirdisch. Reyes und Danny waren meine einzigen Kumpel.
Eines Tages besuchte mich mein Vater in der Mittagspause – ein Verstoß gegen das Scheidungsurteil. Ein Junge rempelte mich

grundlos an. Ich vermöbelte ihn direkt vor den Augen meines Vaters.
Mein Vater war stolz auf mich. Der Junge verpetzte mich bei Mr. Tubiolo, dem stellvertretenden Schulleiter. Tubiolo rief meine Mutter an und schlug eine Unterredung vor.
Sie trafen und unterhielten sich. Sie gingen ein paarmal miteinander aus. Ich berichtete meinem Vater in allen Einzelheiten davon.
Zu meinem zehnten Geburtstag schenkte meine Mutter mir einen Beagle-Welpen. Ich nannte die kleine Hündin »Minna« und überschüttete sie mit Liebe.
In Verbindung mit dem Geschenk versuchte meine Mutter, mich auf übelste Weise zum Narren zu halten. Sie erklärte, ich sei jetzt ein junger Mann. Ich sei alt genug, selbst zu entscheiden, bei wem ich wohnen wollte.
Ich sagte ihr, ich wolle bei meinem Vater wohnen.
Sie gab mir eine solche Ohrfeige, daß ich vom Wohnzimmersofa flog. Ich schlug mit dem Kopf auf einen Couchtisch.
Ich beschimpfte sie als Säuferin und Flittchen. Sie schlug noch mal zu. Ich beschloß, mich beim nächsten Mal zu wehren.
Ich konnte ihr mit einem Aschenbecher den Schädel einschlagen und so ihren Größenvorteil zunichte machen. Ich konnte ihr das Gesicht zerkratzen und ihr so das Aussehen ruinieren, daß kein Mann sie mehr bumsen wollte. Ich konnte sie mit einer Flasche Early-Times-Bourbon erledigen.
Sie stieß mich über eine entscheidende Schwelle.
Ich hatte sie gehaßt, weil mein Vater sie haßte. Ich hatte sie gehaßt, um meine Liebe zu ihm zu demonstrieren.
Nun hatte sie sich meinen persönlichen Haß eingehandelt.
El Monte war Knast. Die Wochenenden in L.A. waren kurze Freigänge.
Mein Vater ging mit mir auf dem Hollywood Boulevard ins Kino. Wir sahen *Vertigo* und eine Reihe von Randolph-Scott-Western. Mein Vater klärte mich über Randolph Scott auf: Er sei ein berüchtigter Homo.
Er ging mit mir zum Hollywood Ranch Market und verpaßte mir einen Schnellkurs in Sachen Homos. Er sagte, Schwuchteln trü-

gen verspiegelte Sonnenbrillen, um anderen Männern unauffällig auf den Schritt schielen zu können. Schwule erfüllten nur einen einzigen guten Zweck. Ihre Existenz vergrößere das Angebot an verfügbaren Frauen.

Er wollte wissen, ob ich schon auf Mädchen stand.

Ich sagte ja. Ich verschwieg ihm, daß vollentwickelte Frauen mich mehr anturnten. Speziell geschiedene Mütter waren mein Typ. Ihre Körper hatten diese tollen Makel. Stämmige Beine und Abdrücke von BH-Trägern machten mich ganz verrückt. Besonders stand ich auf hellhäutige, rothaarige Frauen.

Der Gedanke, daß eine Frau Mutter war, erregte mich. Ich war bereits aufgeklärt, und die Tatsache, daß am Anfang der Mutterschaft Ficken stand, geilte mich auf. Frauen mit Kindern waren bestimmt gut im Bett. Sie hatten schließlich Erfahrung. Im heiligen Stand der Ehe fanden sie Geschmack am Sex, und wenn ihre geweihte Verbindung zu Bruch ging, konnten sie ohne nicht mehr leben. Dieses Bedürfnis war schmutzig, anstößig und aufregend. Wie meine Neugier.

Unser Badezimmer in El Monte war winzig. Die Badewanne stand im rechten Winkel zur Toilette. Eines Abends sah ich flüchtig, wie meine Mutter sich nach dem Duschen abtrocknete.

Sie bemerkte, daß ich auf ihre Brüste starrte. Sie erzählte mir, daß sich nach meiner Geburt die Spitze ihrer rechten Brustwarze entzündet hatte und entfernt werden mußte. Ihr Ton war kein bißchen aufreizend. Sie war eine ausgebildete Krankenschwester, die eine medizinische Tatsache erklärte.

Jetzt hatte ich Bilder im Kopf. Ich wollte mehr davon.

Ich saß stundenlang in der Badewanne und tat so, als beschäftigte ich mich mit einem Spielzeug-U-Boot. Ich sah meine Mutter halbnackt, nackt und nur mit einem Unterrock bekleidet. Ich sah ihre Brüste wippen. Ich sah, wie ihre gesunde Brustwarze sich vor Kälte zusammenkrispelte. Ich sah das Rot zwischen ihren Beinen und beobachtete, wie sich ihre Haut in heißem Dampf rosig verfärbte.

Ich haßte sie, und ich war scharf auf sie.

Dann war sie tot.

7

Montag, 23. Juni 1958. Ein strahlender Sommertag und der Beginn meines sonnigen neuen Lebens.
Ein Alptraum weckte mich.
Meine Mutter kam nicht drin vor. Aber Tony Curtis mit seinem schwarzen Lederstumpf. Ich schüttelte die Vorstellung ab und begann, die Dinge zu verarbeiten.
Die Flennerei hatte ich hinter mir. Ich hatte ein paar Tränen im Bus vergossen – das war's. Meine Trauerzeit währte eine halbe Stunde.
Ich hab' mir eingeprägt, wie jener Tag aussah. Er war leuchtend taubenblau.
Mein Vater teilte mir mit, die Wagners würden in ein paar Tagen nach L.A. kommen. Mrs. Krycki hatte sich bereit erklärt, ein paar Tage auf meinen Hund aufzupassen. Die Beerdigung sollte in der kommenden Woche stattfinden – die Teilnahme war mir freigestellt. Das kriminaltechnische Labor des Sheriffs war angewiesen, ihm den Buick zu schicken. Er hatte vor, ihn zu verkaufen, um die Verbindlichkeiten meiner Mutter auszugleichen – sofern die Bestimmungen ihres Testaments den Verkauf nicht untersagten.
Mrs. Krycki erzählte meinem Vater, ich hätte ihre Bananenpflanzen abgestochen. Sie verlangte Entschädigung – aber dalli. Ich sagte meinem Vater, es sei nur ein Spiel gewesen. Er meinte, das sei halb so wild.
Mein Vater wirkte nach außen hin gedrückt. Doch ich wußte, daß er in Wirklichkeit froh war und bloß das unverhoffte Glück noch nicht recht fassen konnte. Er legte seine Ex mit postmortaler Gründlichkeit zu den Akten.
Er sagte, ich solle mich eine Weile allein beschäftigen. Er mußte in die Stadt, um die Leiche zu identifizieren.

Ein paar Tage später kamen die Wagners in L.A. an. Onkel Ed war gefaßt. Tante Leoda stand kurz vor dem Zusammenbruch. Sie hatte ihre große Schwester vergöttert. Vom Typ her hatten die Hilliker-Mädels nichts gemein – Jean sah gut aus, hatte rote Haare und den Sex-Appeal der berufstätigen Frau. Ihr Mann sah zumindest blendend aus und hatte einen Schwanz wie ein Pferd.

Ed Wagner war fett und dickfellig. Er verdiente die Brötchen. Tante Leoda war die biedere Hausfrau aus Wisconsin. Sie ließ sich nicht so leicht aus der Ruhe bringen und fraß ihren Ärger gern in sich hinein. Ihre Schwester hatte ihr einen anderen Lebensstil vorgelebt, den sie unwiderstehlich fand. Ein Blick hinter die Kulissen dieses Lebens hätte sie ohne Zweifel zutiefst schockiert.

Mein Vater und ich trafen die Wagners mehrere Male. Von einem Ellroy-Wagner-Haß war nichts zu spüren. Ed und Leoda schrieben meine Gemütsruhe dem Schock zu. Ich hielt den Mund und überließ den Erwachsenen das Reden.

Wir fuhren alle vier raus nach El Monte. Wir hielten beim Haus und machten einen letzten Rundgang. Ich umarmte und küßte meinen Hund. Er leckte mir das Gesicht ab und pißte mich von oben bis unten voll. Mein Vater lästerte über die Kryckis – er hielt sie für Spießer. Ed und Leoda nahmen die Papiere meiner Mutter und ein paar Andenken an sie mit. Mein Vater warf meine Anziehsachen und Bücher in braune Papiertüten.

Auf dem Rückweg hielten wir bei Jay's Market. Eine Kassiererin geriet völlig aus dem Häuschen, als sie mich sah – sie wußte, daß ich der Sohn der toten Krankenschwester war. Vor ein paar Wochen erst hatte meine Mutter in diesem Supermarkt einen Streit mit mir vom Zaun gebrochen.

Aus irgendeinem Grund fing sie von meinen schlechten schulischen Leistungen an. Sie wollte mir zeigen, wo ich landen würde, wenn ich so weitermachte. Sie schubste mich aus dem Supermarkt und fuhr mit mir nach Medina Court – der Mexikaner-Hochburg von El Monte.

Mexikanische Halbstarke schlenderten mit jenem lässigen Gang umher, den ich so bewunderte. Es gab keine Häuser, nur Baracken. Jedes zweite Auto hatte weder Räder noch Achsen.

Meine Mutter stieß mich mit der Nase auf unschöne Einzelheiten. Sie wollte mir zeigen, wohin meine Faulheit mich bringen würde. Ich schlug ihre Warnungen in den Wind. Ich wußte, daß mein Vater nie zulassen würde, daß aus mir ein Bohnenfresser wird.

Ich ging nicht zu der Beerdigung. Die Wagners kehrten nach Wisconsin zurück.

Mein Vater übernahm den Buick und verkaufte ihn an einen Mann aus unserer Nachbarschaft. Er schaffte es, die Anzahlung meiner Mutter einzusacken. Tante Leoda wurde als Nachlaßverwalterin meiner Mutter eingesetzt. Sie hütete eine fette Lebensversicherung.

Eine besondere Klausel verdoppelte die Versicherungssumme im Falle eines unnatürlichen Todes auf 20 Riesen. Ich war der alleinige Begünstigte. Leoda sagte mir, sie werde das Geld auf ein Treuhandkonto für mein späteres Studium einzahlen. Sie sagte, in Notfällen könne ich kleinere Beträge entnehmen.

Ich freute mich schon auf die Sommerferien.

Ein paarmal kamen die Cops vorbei. Sie fragten mich über die Liebhaber und anderen Bekannten meiner Mutter aus. Ich sagte ihnen alles, was ich wußte.

Mein Vater bewahrte einige Zeitungsausschnitte über den Fall auf. Er erzählte mir das Wichtigste und beschwor mich, mir über den Mord selbst keine Gedanken zu machen. Er wußte, daß ich eine lebhafte Phantasie hatte.

Mich interessierten gerade die Einzelheiten.

Ich las die Zeitungsausschnitte. Ich sah ein Bild von mir an Mr. Kryckis Werkbank. Ich stieß auf die Geschichte mit der Blonden und dem Dunkelhäutigen. Mich beschlich das schaurige Gefühl, daß es bei der ganzen Geschichte um Sex ging.

Mein Vater kam dahinter, daß ich an seinen Zeitungsausschnitten gewesen war. Er eröffnete mir seine Lieblingstheorie: Meine Mutter hatte sich gegen einen flotten Dreier mit der Blonden und dem Dunkelhäutigen gesträubt. Dahinter steckte ein anderes, weitreichenderes Rätsel: Was hatte sie nach El Monte getrieben?

Ich suchte Antworten – wollte dafür aber nicht die ständige Ge-

genwart meiner Mutter in Kauf nehmen. Ich lenkte meine Neugier auf Kinderkrimis.
Durch Zufall stieß ich auf die Hardy-Boys- und die Ken-Holt-Reihe. Bei Chevalier's Bookstore gab es die Bücher für einen Dollar pro Stück. Jugendliche Detektive klärten Verbrechen auf und nahmen sich der Opfer an. Mord war keimfrei und kam nur zwischen den Zeilen vor. Die kleinen Detektive kamen aus reichen Familien und gondelten mit frisierten Autos, Motorrädern und Rennbooten durch die Gegend. Die Verbrechen spielten sich in piekfeinen Urlaubsorten ab. Am Ende waren alle glücklich. Die Mordopfer waren tot – doch man konnte davon ausgehen, daß sie sich im Himmel prächtig amüsierten.
Diese literarische Formel war wie für *mich* geschaffen. Sie half mir, in gleichem Maße zu erinnern wie zu vergessen. Ich verschlang diese Bücher in Massen und war mir glücklicherweise der inneren Dynamik nicht bewußt, die sie so verführerisch machte. Die Hardy Boys und Ken Holt waren meine einzigen Freunde. Ihre Kumpel waren meine Kumpel. Wir lösten die verzwicktesten Fälle – aber keiner kam dabei ernsthaft zu Schaden.
Mein Vater kaufte mir jeden Samstag zwei Bände. Ich hatte sie im Nu durch und litt den Rest der Woche unter Entzugserscheinungen. Mein Vater ließ sich nicht erweichen: zwei Stück die Woche – mehr gab's nicht. Ich begann Bücher zu klauen, um die restlichen Tage zu überbrücken.
Ich war ein schlauer kleiner Dieb. Ich ließ mein Hemd aus der Hose hängen und stopfte mir die Bücher in den Hosenbund. Die Leute bei Chevalier's hielten mich wahrscheinlich für einen niedlichen kleinen Bücherwurm. Mein Vater sprach mich nie auf die Größe meiner Bibliothek an.
Der Sommer '58 verging wie im Flug. Ich dachte nur selten an meine Mutter. Sie war einsortiert und abgestempelt durch die gegenwärtige Gleichgültigkeit meines Vaters gegenüber ihrem Andenken. El Monte war ein Irrtum der Geschichte. Sie war *tot*.
Jedes Buch, das ich las, war um drei Ecken eine Reverenz an sie.
In jedem gelösten Fall steckte als Ellipse meine Liebe zu ihr.
Damals wußte ich das noch nicht. Ich bezweifle, daß mein Vater

es wußte. Er dachte nur daran, wie er nun, da sein rothaariger Dämon unter der Erde lag, durch den Sommer kam.
Er kaufte zehntausend »Tragesitze« aus japanischer Überproduktion zu zehn Cent das Stück. Das waren aufblasbare Sitzkissen zum Mitnehmen für Sportveranstaltungen. Er war überzeugt, daß es ihm gelingen würde, sie an die L.A. Rams und Dodgers zu verkaufen. Wenn er die erste Fuhre losgeschlagen hätte, wäre er im Geschäft. Dann könnte er die Japse dazu kriegen, auf Kommissionsbasis weitere Tragesitze zu produzieren. Von da an würde er nur noch absahnen.
Die Rams und die Dodgers erteilten meinem Vater eine Abfuhr. Er war zu stolz, um mit den Tragesitzen wie ein Straßenverkäufer hausieren zu gehen. Unsere Regale und Schränke quollen über vor aufblasbarem Plastikmüll. Man hätte die Dinger aufblasen und das halbe County damit aufs Meer hinaustreiben lassen können.
Mein Vater schrieb die Operation Tragesitz in den Wind und fing wieder an, für Drugstores zu arbeiten. Er legte Nachtschichten ein: von mittags bis 2:00 oder 3:00 Uhr morgens. Ich blieb allein zu Hause, solange er weg war.
Unsere Wohnung hatte keine Klimaanlage, und in der sommerlichen Hitze stand die Luft darin. Es fing an zu stinken – Minna wollte partout nicht stubenrein werden und urinierte und kotete überallhin. Mit der Abenddämmerung wurde es kühler, und der Gestank ließ etwas nach. Ich liebte es, nach Einbruch der Dunkelheit allein in der Wohnung zu sein.
Ich las und schaltete das Fernsehen nach Krimiserien durch. Ich blätterte in den Zeitschriften meines Vaters. Er hatte *Swank*, *Nugget* und *Cavalier* abonniert. Sie waren voll von klasse Fotos und unanständigen Comicstrips, die zu hoch für mich waren.
Ich starrte die Orden meines Vaters aus dem I. Weltkrieg an – Miniaturen hinter Glas. Ihre Anzahl wies ihn als den großen Helden aus. Er war 1898 geboren und drei Monate nach meiner Geburt 50 geworden. Ich fragte mich immer, wieviel Zeit ihm noch blieb.
Ich kochte gern für mich selbst. Mein Lieblingsessen waren auf einer Heizplatte gebratene Hot dogs. Die Spaghetti aus der Dose, die meine Mutter immer gemacht hatte, waren nicht annähernd so gut.

Zum Fernsehen drehte ich immer das Licht aus. Ich war süchtig nach Tom Duggans Gequatsche auf Channel 13 und guckte es jede Nacht. Duggan war halb Hipster, halb konservativer Sprücheklopfer. Er beleidigte ständig seine Gäste und sprach dauernd vom Saufen. Er stellte sich selbst als Misanthrop und Lustmolch dar. Ich war zutiefst von ihm beeindruckt.
Seine Sendung dauerte ungefähr bis 1:00. Von da an gehörte nächtliches Gruseln zu meinen Sommerferien-Ritualen.
Ich war meistens zu unruhig, um schlafen zu können. Ich fing an, mir vorzustellen, daß mein Vater ermordet oder überfahren worden war. Ich wartete in der Küche auf ihn und zählte die Autos, die auf dem Beverly Boulevard vorbeifuhren. Ich ließ alle Lichter aus – um zu beweisen, daß ich keine Angst hatte.
Er kam immer nach Hause. Er sagte nie, daß es nicht normal sei, im Dunkeln zu sitzen.

Wir führten ein ärmliches Leben. Wir hatten kein Auto und waren zur Fortbewegung auf das Busnetz von L.A. angewiesen. Wir hielten eine strikte Fett-Zucker-Kohlenhydrate-Diät. Mein Vater rührte keinen Alkohol an – rauchte zum Ausgleich aber drei Päckchen Lucky Strikes am Tag. Wir teilten unser einziges Schlafzimmer mit unserem übelriechenden Hund.
All das störte mich nicht. Ich kriegte genug zu essen und hatte einen liebevollen Vater. Bücher sorgten für Anregung und boten einen sublimierten Dialog über den Tod meiner Mutter. Ich verfügte über ein stilles, aber zähes Talent, aus dem, was ich hatte, das Beste zu machen.
Ich durfte im Viertel allein umherlaufen. Ich erkundete es und ließ es meine Phantasie beflügeln.
Das Mietshaus, in dem wir wohnten, stand an der Ecke Beverly Boulevard/Irving Place. Das war die Grenze zu Hollywood und Hancock Park – eine auffällige Nahtstelle unterschiedlicher Stile. Im Norden gab es lauter kleine, verputzte Häuser und Mietshäuser ohne Fahrstuhl. Sie endeten an der Melrose Avenue und den Studiogeländen von Paramount und Desilu. Die Straßen waren schmal und schnurgerade. Fassaden im spanischen Stil herrschten vor.

Vom Beverly bis zum Melrose. Von der Western Avenue bis zum Rossmore Boulevard. Fünf Blocks von Nord nach Süd und siebzehn von Ost nach West. Von Filmstudios über bescheidene Häuschen, eine Reihe von Läden und Cocktailkneipen bis hin zum Wilshire Country Club. Das war die eine Hälfte meines Reviers – etwa halb so groß wie El Monte.
Am östlichen Rand standen Holzhäuser und scheußliche Neubau-Wohnsilos. Den westlichen Rand bildete ein innerstädtisches Nobelviertel. Die hochaufragenden Tudor-Burgen mit ihren Portiers und breiten Toreinfahrten taten es mir an. An der Ecke Rossmore/Rosewood stand das Apartment-Hotel Algiers. Mein Vater meinte, der Laden sei ein besserer »Bumsschuppen«. Die Pagen hätten eine Reihe gutaussehender Nutten am Laufen.
Die Nordflanke meines Reviers bot ein topographisch vielfältiges Bild. Mir gefiel das nach Osten abfallende Stadtpanorama. Einige Blocks waren sorgfältig gepflegt, andere schmutzig und heruntergekommen. Mir gefiel die Polar-Palace-Eisbahn Ecke Van Ness/Clinton. Mir gefielen die El Royale Apartments – weil das wie »Ellroy« klang. Das Algiers war aufregend. Jede Frau, die hineinging oder herauskam, konnte eine Nutte sein.
Mir gefiel die Nordflanke meines Reviers. Manchmal hatte ich dort Angst – Jungs auf Fahrrädern fuhren mich fast über den Haufen oder zeigten mir den Finger. Kleinere Zusammenstöße vertrieben mich für Tage in den Süden.
Die Südflanke meines Reviers erstreckte sich von der Western bis zur Rossmore und vom Beverly bis zum Wilshire Boulevard. Am Ostrand gab es nur eine Attraktion: Die öffentliche Bücherhalle Ecke Council/St. Andrews. Ansonsten konnte man es zum Umherstreifen vergessen.
Ich *liebte* es, im Süden und Südwesten herumzustreunen. 1st Street, 2nd Street, 3rd Street, 4th Street, 5th Street, 6th Street, Wilshire. Irving, Windsor, Lorraine, Plymouth, Beachwood, Larchmont, Lucerne, Arden, Rossmore.
Hancock Park.
Große Tudor-Häuser und französische Châteaus. Spanische Herrenhäuser. Weite Rasenflächen vor den Häusern, Spalierbäu-

me, baumgesäumte Straßen und eine Atmosphäre, als befände man sich in einer Zeitkapsel. Wohlstand und Aufgeräumtheit, perfekt abgegrenzt nur ein paar Blocks von meinem vollgeschissenen Zuhause entfernt.

Hancock Park hypnotisierte mich. Das Stadtbild verzauberte mich. Ich durchstreifte Hancock Park. Ich streunte und starrte, strolchte und stromerte. Ich nahm Minna an die Leine und ließ mich von ihr drei- oder viermal am Tag den Irving bis zum Wilshire hinunterziehen. Ich trieb mich in den Läden am Larchmont Boulevard herum und klaute Bücher bei Chevalier's.

Ich verknallte mich in Häuser und Mädchen, die ich in den Fenstern erspähte. Ich entwickelte detaillierte Hancock-Park-Phantasien. Mein Vater und ich würden in Hancock Park einfallen und es zu unserem Königreich machen.

Ich sehnte mich nicht etwa nach Hancock Park, weil ich mich benachteiligt fühlte. Dank meiner Phantasie war das Viertel mein. Das genügte – für eine Weile.

Der Sommer '58 ging zu Ende. Ich kam in die sechste Klasse der Van Ness Avenue Elementary School. Meine Streifzüge wurden drastisch eingeschränkt.

Die Van Ness Avenue School war eine vornehme Schule. Keiner bot mir Marihuana an. Meine Lehrerin verhätschelte mich ein wenig. Wahrscheinlich wußte sie, daß meine Mutter ein Mordopfer war. Ich schoß ganz schön in die Länge. Ich war ein Lästermaul und warf auf dem Schulhof mit Kraftausdrücken um mich. Der Lieblingsausspruch meines Vaters lautete: »Fick dich ins Knie.« Sein liebstes Schimpfwort war »Schwanzlutscher«. Ich äffte seine Ausdrucksweise nach und weidete mich an der Schockwirkung.

Ich kultivierte meine Psychopathen-Nummer. Sie sorgte dafür, daß ich elendig einsam blieb und auf meinen eigenen kleinen Kopf beschränkt.

Mein Literaturgeschmack wurde langsam anspruchsvoller. Ich hatte sämtliche Hardy-Boys- und Ken-Holt-Bände durch und war die banalen Handlungen und simplen Schlüsse satt. Ich wollte mehr Gewalt und mehr Sex. Mein Vater empfahl mir Mickey Spillane.

Ich klaute ein paar Spillane-Taschenbücher. Sie turnten mich an und machten mir gleichzeitig angst. Ich glaube nicht, daß ich immer genau verstanden habe, worum es in den Geschichten ging – aber ich weiß, daß dies meinen Genuß nicht getrübt hat. Ich fuhr auf die Schießereien und den Sex und Mike Hammers inbrünstigen Antikommunismus ab. Das Ganze war gerade überzogen genug, um mir nicht *zuviel* Angst einzujagen. Es war längst nicht so schonungslos und entsetzlich wie die Sache mit meiner Mutter, der Blonden und dem Dunkelhäutigen.
Mein Vater gewährte mir weitere Freiheiten. Er erlaubte mir, allein ins Kino und spätabends mit Minna Gassi zu gehen.
Hancock Park bei Nacht war wieder eine Welt für sich.
Die Dunkelheit dämpfte die Farben. Laternen an den Straßenekken verbreiteten ein schönes Licht. Häuser wurden zu Hintergründen für erleuchtete Fenster.
Ich stand draußen im Dunkeln und sah *hinein*. Ich sah Vorhänge, nackte Wände, Farbtupfer und schemenhafte Gestalten. Ich sah Mädchen in Privatschuluniformen. Ich sah ein paar wunderschöne Weihnachtsbäume.
Diese Nachtspaziergänge waren gruselig und aufregend. Die Dunkelheit verstärkte meinen Revieranspruch und fachte meine Phantasie an. Ich begann, durch Gärten zu schleichen und von dort in Fenster zu gucken.
Das Herumschleichen war an sich schon erregend. Der Blick in die Fenster verschaffte mir dazu intime Einblicke.
Am besten waren Badezimmerfenster. Ich sah halb entkleidete Frauen und Frauen und Mädchen in Bademänteln. Ich schaute gern zu, wie sie vor ihren Spiegeln hantierten.
Auf einem Picknicktisch fand ich einen Baseball-Handschuh. Ich ließ ihn mitgehen. Hinter einem anderen Haus fand ich einen ledernen Football. Ich ließ ihn mitgehen und schnitt ihn mit einem Taschenmesser auf, um zu sehen, was drin war.
Ich war noch ein Kind. Ich war ein Dieb und ein Spanner. Ich steuerte auf eine leidenschaftliche Begegnung mit einer geschändeten Frau zu.

8

Sie begegnete mir in einem Buch. Ein harmloses Geschenk legte meine Welt in Schutt und Asche.

Mein Vater schenkte mir das Buch zu meinem elften Geburtstag. Es war eine dokumentarische Ode an das Los Angeles Police Department. Sein Titel lautete *The Badge*. Der Autor war Jack Webb – Star und Mastermind der Fernsehserie *Dragnet*.

Die Serie bezog ihren Stoff aus Kriminalakten des LAPD. Die Cops sprachen mit monotoner Stimme und behandelten Verdächtige mit schroffer Geringschätzung. Die Verdächtigen waren feige und versuchten sich mit schwülstigem Gewäsch herauszureden. Die Cops kauften ihnen den Mist nicht ab.

Dragnet war die Saga vom ausweglosen Leben in der Gesetzlosigkeit. Die Polizei sorgte mit totalitären Methoden für ein tugendhaftes L.A. Die Serie schlug einen düsteren Ton an und triefte vor unterschwelligem Selbstmitleid. Es war das Drama einsamer Männer in einem einsam machenden Beruf, die der tägliche Kontakt mit Abschaum aller herkömmlichen Illusionen beraubt und traumatisiert hatte. Es war die typische männliche Phobie der 50er Jahre – Entfremdung als Gegenstand staatlicher Aufklärungstätigkeit.

Das Buch war die nichtentschärfte Version der Fernsehserie. Jack Webb beschrieb detailliert die Arbeit der Polizei und jammerte ausgiebigst über die Crux des weißen Mannes beim LAPD mit dem unzivilisierten Rest der Welt. Ohne jede Ironie stellte er Verbrecher auf eine Stufe mit Kommunisten. Zur Illustration der Schrecken wie der prosaischen Freuden der Polizeiarbeit wartete er mit aus dem Leben gegriffenen Anekdoten auf. Er schilderte ein paar knackige LAPD-Fälle – frei von allen Zensurbeschränkungen des Fernsehens.

Das Ding mit der Brandbombe auf den Club Mecca war ein Knüller.

Am 4. April 1957 wurden vier fiese Typen aus einer Kneipe geworfen. Sie kehrten mit einem Molotow-Cocktail zurück und brannten den Schuppen bis auf die Grundmauern nieder. Sechs Gäste kamen ums Leben. Das LAPD brachte die Killer binnen weniger Stunden zur Strecke. Sie wurden vor Gericht gestellt, schuldig gesprochen und zum Tode verurteilt.
Donald Keith Bashor war Einbrecher. Er hatte sich auf kleine Wohnungen im Westlake Park District spezialisiert. Zwei Frauen überraschten ihn bei einem Bruch. Bashor erschlug sie. Er wurde gefaßt, vor Gericht gestellt und verurteilt. Im Oktober '57 wanderte er in die Gaskammer.
Steven Nash war ein zahnlückiger Psychopath. Er hatte die Schnauze voll von dieser Welt. Unter dem Santa Monica Pier erschlug er einen Mann und schlitzte einen zehnjährigen Jungen auf. Das LAPD schnappte ihn '56. Er gestand neun weitere Morde und rühmte sich als »König der Killer«. Er wurde vor Gericht gestellt, schuldig gesprochen und zum Tode verurteilt.
Die Geschichten waren grauenhaft und wurden emotionslos dargeboten. Die Schurken wirkten dumm und nihilistisch.
Stephen Nash tötete ohne Vorsatz. Seinen Morden fehlte es an Berechnung, und er verübte sie ohne einen Sinn für echten Horror. Nash verstand es nicht, seinen Haß in symbolische Gesten umzusetzen und an einem lebenden Menschen zu vollstrecken. Ihm fehlte der Wille oder der Hang, Morde zu begehen, die eine breite Öffentlichkeit in ihren Bann schlugen.
Der Mörder der Schwarzen Dahlie wußte es besser. Er begriff das Verstümmeln als Sprache. Er ermordete eine hübsche junge Frau und sicherte sich damit seinen anonymen Ruhm.
Ich las Jack Webbs Schilderung des Mordfalls Schwarze Dahlie. Sie raubte mir völlig den Verstand.
Die Schwarze Dahlie war ein Mädchen namens Elizabeth Short. Man fand ihre Leiche im Januar 1947 auf einem unbebauten Grundstück. Der Fundort lag vier Meilen südlich von unserer Wohnung.
Elizabeth Short war in Taillenhöhe in zwei Teile geschnitten worden. Der Killer hatte ihren Körper saubergeschrubbt und sie

nackt gelassen. Er deponierte sie mit weit gespreizten Beinen fünf Zentimeter von einem öffentlichen Gehsteig entfernt.
Er hatte sie tagelang gefoltert. Er hatte sie geschlagen und mit einem scharfen Messer an ihr herumgeschnitten. Er hatte Zigaretten auf ihren Brüsten ausgedrückt und ihr die Mundwinkel bis zu den Ohren aufgeschlitzt.
Ihre Qualen waren auf grausame Weise dosiert worden. Sie war systematisch mißhandelt und terrorisiert worden. Der Killer hatte nach ihrem Tod ihre inneren Organe herausgenommen und neu angeordnet. Aus der Tat sprach purer manischer Frauenhaß – und somit waren Fehlinterpretationen vorprogrammiert.
Betty Short starb mit zweiundzwanzig. Sie war ein durchgeknalltes Mädchen, das durchgeknallte Mädchenphantasien auslebte. Ein Reporter fand heraus, daß sie ausschließlich Schwarz getragen hatte, und gab ihr den Namen »Die Schwarze Dahlie«. Das Etikett raubte ihr ihre Identität, verunglimpfte sie und machte aus ihr ein heiliges gefallenes Mädchen und eine Schlampe.
Der Fall war ein großes Nachrichtenereignis. Jack Webb tränkte seine zwölfseitige Zusammenfassung mit dem Ethos der damaligen Zeit: Femmes fatales sind kaum totzukriegen und selbst schuld daran, daß sie den Tod durch Vivisektion anziehen. Er durchschaute weder die Intentionen des Killers, noch wußte er, daß sein gynäkologisches Herumdoktern die Tat erklärte. Er wußte nicht, daß der Killer entsetzliche Angst vor Frauen hatte. Er wußte nicht, daß er die Dahlie aufschlitzte, um herauszufinden, was Frauen von Männern unterschied.
Damals wußte auch ich diese Dinge noch nicht. Ich wußte nur, daß ich eine Story hatte, zu der ich mich flüchten konnte und vor der ich davonlaufen mußte. Webb beschrieb die letzten Tage der Dahlie. Sie flüchtete sich zu Männern und lief vor ihnen davon und strapazierte ihre seelische Belastbarkeit bis an den Rand der Schizophrenie. Sie suchte ein sicheres Versteck.
Zwei Fotografien illustrierten die Geschichte.
Die erste zeigte Betty Short an der Ecke 39th/Norton. Ihre Beine waren halb zu sehen. Männer mit Revolvern und Notizbüchern standen über ihrer Leiche.

Das zweite zeigte sie, als sie noch am Leben war. Ihr Haar war zurückgekämmt – wie das meiner Mutter auf einem Porträtfoto von 1940.

Ich las die Geschichte der Dahlie hundertmal. Ich las den Rest von *The Badge* und starrte die Bilder an. Stephen Nash, Donald Bashor und die Kerle mit der Brandbombe wurden meine Freunde. Betty Short wurde zu meiner Obsession.

Und mein symbiotisches Double für Geneva Hilliker Ellroy.

Betty war auf der Flucht. Meine Mutter flüchtete nach El Monte und zimmerte sich dort ein geheimes Wochenendleben. Betty wie auch meine Mutter wurden umgebracht und am Straßenrand abgeladen. Jack Webb bezeichnete Betty als leichtes Mädchen. Mein Vater bezeichnete meine Mutter als Säuferin und Flittchen.

Mein fanatisches Interesse für die Dahlie war ausgesprochen pornographischer Natur. Meine Phantasie lieferte jene Einzelheiten, die Jack Webb ausließ. Der Mord war ein Epigramm auf die Vergänglichkeit des Lebens und verknüpfte Sex unlöslich mit dem Tod. Der Umstand, daß er niemals aufgeklärt wurde, stellte eine Mauer dar, die ich mit der Neugier eines Kindes einzureißen versuchte.

Mein Hirn machte sich an die Arbeit. Meine Erklärungsversuche liefen gänzlich unbewußt ab. Ich dachte mir einfach Geschichten aus.

Das Geschichtenausdenken erwies sich als kontraproduktiv. Meine Tagträume vom Tod durch Säge und Skalpell trugen mir schreckliche Alpträume ein. Sie entbehrten jeglichen Handlungsfadens – ich sah immer nur, wie Betty zerteilt, aufgeschlitzt, durchbohrt, auseinandergenommen und seziert wurde.

Meine Alpträume waren von einer urwüchsigen, rohen Kraft. Plastische Einzelheiten brachen aus meinem Unterbewußtsein hervor. Ich sah Betty ausgeweidet und gevierteilt auf einer mittelalterlichen Folterbank. Ich sah, wie ein Mann sie in einer Badewanne ausbluten ließ. Ich sah sie mit gespreizten Armen und Beinen auf einem Operationstisch.

Diese Szenarien machten mir angst vorm Einschlafen. Meine

Alpträume traten mal regelmäßig, mal in unvorhersehbaren Abständen auf. Dazu kamen plötzlich auftretende Tagträume.
Etwa, wenn ich in der Schule saß. Ich langweilte mich, und meine Gedanken gingen seltsame Wege. Ich sah in einer Kloschüssel gepfropfte Eingeweide und einsatzbereite Folterinstrumente.
Ich beschwor diese Bilder nicht absichtlich herauf. Sie schienen irgendwo jenseits meiner Willenskraft zu entspringen.
Die Alp- und Tagträume setzten sich über Frühling und Sommer fort. Ich wußte, daß sie die Strafe Gottes für meine voyeuristischen Streifzüge und meine Klauerei waren. Ich hörte auf zu klauen und in Hancock Park in die Fenster zu spannen. Die Alp- und Tagträume dauerten an.
Ich fing wieder an, zu klauen und zu spannen. Ein Mann erwischte mich in seinem Garten und jagte mich davon. Ich hörte ganz mit der Spannerei auf.
Die Alp- und Tagträume dauerten an. Allein durch die ständige Wiederholung ließ ihre Kraft nach. Meine Schwarze-Dahlie-Obsession nahm neue phantastische Formen an.
Ich rettete Betty Short und wurde ihr Liebhaber. Ich bewahrte sie vor einem Leben in Schande. Ich spürte ihren Mörder auf und richtete ihn hin.
Das waren starke Phantasien mit einer Handlung. Sie nahmen meiner Fixierung auf die Dahlie ihren üblen Beigeschmack.
Im September '59 sollte ich auf die Junior High School kommen. Mein Vater sagte mir, ich könne eigentlich auch allein Bus fahren. Ich nutzte diese neue Freiheit im Namen methodischer Nachforschungen in Sachen Dahlie.
Ich fuhr mit dem Bus zur Zentralbücherei in die Innenstadt. Ich las die *Herald Express*-Ausgaben von 1947 auf Mikrofilm. Ich erfuhr alles über Leben und Tod der Schwarzen Dahlie.
Betty Short kam aus Medford, Massachusetts. Sie hatte drei Schwestern. Ihre Eltern waren geschieden. 1943 besuchte sie ihren Vater in Kalifornien. Sie war ganz wild auf Hollywood und Männer in Uniform.
Der *Herald* bezeichnete sie als »Playgirl« und »Partygirl«. Ich entschlüsselte die Begriffe als Umschreibungen für »Flittchen«. Sie

wollte Filmstar werden. Sie war gleichzeitig mit mehreren Luftwaffenpiloten verlobt. Ein Kerl namens Red Manley brachte sie eine Woche vor ihrem Tod mit dem Auto von San Diego nach L.A. Sie hatte keine feste Adresse in der Stadt. Sie war monatelang zwischen Pensionen und billigen Apartments hin und her gezogen. Sie ging oft in Cocktailbars und schnorrte Drinks und Mahlzeiten von fremden Männern. Sie verbreitete laufend faustdicke Lügengeschichten. Ihr Leben war unergründlich.

Ich verstand dieses Leben instinktiv. Es war eine chaotische Kollision mit männlicher Begierde. Betty Short erwartete enorm viel von den Männern – wußte aber selbst nicht, was sie wollte. Sie erfand sich mit jugendlicher Großkotzigkeit neu und redete sich ein, sie sei etwas Besonderes. Sie verrechnete sich. Sie war weder raffiniert, noch wußte sie überhaupt, wer sie war. Sie formte sich nach einer Schablone, die althergebrachten Männerphantasien Vorschub leistete. Die neue Betty war die alte Betty, nachdem Hollywood sie aufs Kreuz gelegt hatte. Sie verwandelte sich in ein Klischee, das die meisten Männer vögeln und ein paar Männer umbringen wollten. Sie wollte mit Männern in die tiefsten, dunkelsten und traulichsten Tiefen vordringen. Sie sandte magnetische Signale aus. Sie lernte einen Mann kennen, dessen Vorstellungen von tiefster, dunkelster, traulichster Tiefe sich in Haß hüllten. Ihre einzige Mitschuld lag in einem alltäglichen Fait accompli. Sie hatte sich für Männer schöngemacht.

Der *Herald* brachte die Dahlien-Story volle 12 Wochen lang. Er bauschte die umfangreichen Ermittlungen mit ihren tausend fruchtlosen Hinweisen und irren Bekennern kräftig auf. Falsche Geständnisse und andere Nebensächlichkeiten wurden auf der Titelseite abgefeiert.

Eine Zeitlang wurde die Lesbentheorie hoch gehandelt: Betty Short habe möglicherweise in Lesbenkreisen verkehrt. Auch die Porno-Theorie hielt sich eine ganze Weile: Betty habe möglicherweise für pornographische Aufnahmen Modell gestanden.

Die Leute verpfiffen ihre Nachbarn als den Killer. Die Leute verpfiffen Liebhaber, die sie sitzengelassen hatten. Die Leute gingen zu Spiritisten und beschworen den Geist der Dahlie herauf. Elizabeth Shorts Tod löste eine mittlere Hysterie aus.

Das Nachkriegs-L.A. vereinigte sich über dem Leichnam einer toten Frau. Massen von Menschen verfielen der Dahlie. Sie spannen sich auf bizarre und phantastische Weise in ihre Lebensgeschichte hinein.
Die Story elektrisierte und bewegte mich. Sie erfüllte mich mit einem perversen Gefühl der Hoffnung.
Die Dahlie prägte ihre Zeit und ihren Ort. Noch aus dem Grab forderte sie Leben und übte eine enorme Faszination aus.

Im August '59 wanderte Stephen Nash in die Gaskammer. Er spuckte ein Kaugummi nach einem Geistlichen, bevor man ihn festschnallte. Er inhalierte die Zyanid-Dämpfe mit einem breiten, hämischen Grinsen.
Ein paar Wochen später kam ich an die John Burroughs Junior High School. Am 18. September wanderte Harvey Glatman in die Gaskammer. Ich haute meinen Vater wegen eines Fahrrads an. Wir schwatzten meiner Tante einen Hunderter ab und kauften ein liebesapfelrotes Schwinn Corvette.
Ich motzte das Rad bis zum Gehtnichtmehr auf. Ich baute einen Bonanza-Lenker, Plastiksatteltaschen, straßbesetzte Spritzschutze und einen Tacho an, der bis 150 Meilen pro Stunde ging. Mein Vater bezeichnete mein Rad als »Niggerscheese«. Es war wunderschön – aber schwer und langsam. Bergauf mußte ich schieben. Jetzt hatte ich ein Fortbewegungsmittel. Meine neue Schule war drei Meilen von unserer Wohnung entfernt. Mein Revier wuchs sprunghaft.
Ich fuhr mehrmals auf meinem Fahrrad zur Ecke 39th/Norton. Auf dem unbebauten Grundstück, wo Betty Short gefunden worden war, standen mittlerweile Häuser. In meiner Phantasie riß ich sie wieder ab. Ich hinterließ auf dem Gehsteig an jenem heiligen Ort Fahrradbremsspuren.
Ich hatte immer noch Dahlien-Alpträume. Ich beschwor die Dahlie herauf, um Langeweile im Unterricht zu bekämpfen. Ich las immer wieder *The Badge*. Die Kriminalität in L.A. ließ mich einfach nicht los.
1949: der Sexskandal um Brenda Allen. Callgirls machten ge-

meinsame Sache mit korrupten Cops. Mickey Cohen, der schillernde Mafioso. Der Mord an den »zwei Tonys« von 1951. Marie »the Body« McDonald und ihre vorgetäuschte Entführung. Der »Bloody Christmas«-Polizeiskandal.
Ich entwickelte ein Revolverblatt-Gemüt. Verbrechen turnten mich ungefähr genausosehr an, wie sie mir angst machten. Mein Gehirn war ein Polizei-Dienstbuch.
Ich verfolgte den Fall Ma Duncan im Fernsehen. Ma Duncan hegte eine besitzergreifende Liebe zu ihrem Sohn Frank. Frank heiratete eine flotte junge Krankenschwester und machte Ma damit eifersüchtig. Ma heuerte zwei mexikanische Säufer an, die Krankenschwester kaltzumachen. Die beiden entführten sie am 17. November 1958. Sie fuhren mit ihr in die Santa Barbara Hills und erdrosselten sie. Bei der Entlohnung haute Ma die Typen übers Ohr. Sie konnte ihren Mund nicht halten und erzählte einer Freundin von der ganzen Geschichte. Die Polizei von Santa Barbara nahm Ma und die beiden Mexikaner hops. Das Gerichtsverfahren lief noch.
Ich verfolgte den Fall Bernard Finch/Carole Tregoff. Finch war ein Arzt und ein Playboy. Tregoff war seine sexy Geliebte. Finch hatte eine gutgehende Praxis in West Covina. Seine Frau war stinkreich – und Finch ihr alleiniger Erbe. Im Juli '59 täuschten Finch und Tregoff einen Einbruch vor und brachten Mrs. Finch um.
Ich verfolgte Caryl Chessmans Kampf, um der Gaskammer zu entgehen. Mein Vater erzählte mir, Chessman habe einer Frau die Brustwarzen abgebissen und sie in den Wahnsinn getrieben.
Mein Vater förderte meine Krimi-Leidenschaft noch. Er versuchte nie, mich von meiner einseitigen Neigung abzubringen. Ich konnte lesen, was ich wollte, und durfte unbegrenzt fernsehen. Er redete mit mir wie mit einem Kumpel. Er versorgte mich mit erlesenem Klatsch aus seinen Jahren als Handlanger in Hollywood.
Er erzählte mir, Rock Hudson sei eine Schwuchtel und Mickey Rooney würde, sofern nur die geringste Aussicht bestünde, daß eine Schlange drin wär, sogar einen Holzstoß bumsen. Rita Hayworth sei Nymphomanin – das wisse er aus eigener Erfahrung.

Wir waren arm. In unserer Wohnung stank es nach Hundescheiße. Ich aß jeden Morgen Kekse und Milch zum Frühstück und jeden Abend Hamburger oder Tiefkühlpizza zum Abendessen. Ich trug schäbige Klamotten. Mein Vater führte Selbstgespräche und sagte Fernsehreportern, sie sollten »sich verpissen« und »mich am Arsch lecken«. Wir hingen in Unterhosen herum. Wir abonnierten Pornomagazine. Von Zeit zu Zeit wurden wir von unserem Hund gebissen.
Ich war einsam. Ich hatte keine Freunde. Ich hatte den Verdacht, daß mein Leben nicht ganz koscher war.
Aber ich wußte *Bescheid.*

Meine Eltern tauften mich Lee Earle Ellroy. Sie verurteilten mich zu einem Leben zungenbrecherischer *L*s und *E*s – und versehentlicher »Leroys«. Ich haßte meine Vornamen. Ich haßte es, »Leroy« genannt zu werden. Mein Vater gab zu, daß die Kombination aus »Lee Earle« und »Ellroy« das letzte war. Er sagte, das sei ein Name für Niggerluden.
Er benutzte selbst ein Teilzeitpseudonym. Er nannte sich »James Brady« und arbeitete manchmal unter diesem Namen für Drugstores, um Steuern zu hinterziehen. Ich faßte schon früh einen Entschluß: Eines Tages würde ich das »Lee Earle« zum Mond schießen und das »Ellroy« behalten.
Mein Name machte mir in der Schule das Leben schwer. Jedes Arschloch wußte, womit es mich auf die Palme bringen konnte. Jeder wußte, daß ich ein ängstliches Kind war. Aber keiner wußte, daß ich mich, wenn mir jemand ein »Leroy« an den Kopf warf, in Sonny Liston verwandelte.
Es gab nicht allzuviele Arschlöcher auf der John Burroughs Junior High School. Ein paar Keilereien machten der »Leroy«-Epidemie ein Ende.
Die John Burroughs wurde »J.B.« genannt. Sie lag an der Ecke 6th/McCadden – der südwestlichen Ecke von Hancock Park. Dort gab ich meiner verkorksten Wahrnehmung der Dinge den Feinschliff.
80% der Schüler waren Juden. Die restlichen 20% setzten sich aus

reichen Hancock-Park-Gören und dem üblichen jugendlichen Gesocks zusammen. J.B. hatte einen fabelhaften Ruf. Eine Menge hochintelligenter Jungs schrieb sich dort ein.

Mein Vater bezeichnete Juden als »Itzigs«. Er meinte, sie seien schlauer als normale Leute. Er sagte mir, ich solle auf der Hut sein – jüdische Kinder wären ehrgeizig.

Ich war in der Schule auf der Hut. Meine Wachsamkeit bekundete ich auf perverse Art.

Ich tat mich mit ein paar anderen Versagern zusammen. Wir schmuggelten Pornohefte in die Schule und holten uns in benachbarten Klokabinen einen runter. Wir quälten einen leicht zurückgebliebenen Jungen namens Ronnie Cordero. Ich hielt Referate über Bücher, die es gar nicht gab – und empfahl den Trick ausgewählten Jungs aus meinem Englisch-Kurs zur Nachahmung. Ich vertrat im Unterricht einen kontroversen Standpunkt zur Festnahme Adolf Eichmanns. Ich verglich Eichmann mit den Scottsboro Boys und Captain Dreyfuss.

Ich war ganz heiß darauf, als Judenhasser verschrien zu sein. Ich übernahm die papstfeindliche Haltung meiner Mutter und zog über Kennedys Leistungen als Präsident her. Ich klatschte Caryl Chessman auf dem Weg in die Gaskammer Beifall. Ich drängte meine Klassenkameraden, die Atombombe toll zu finden. Ich kritzelte meine Hefte mit Hakenkreuzen und Stuka-Bombern voll.

All dieses Theater sollte schockieren. Es wurde durch die Intelligenz und Gelehrsamkeit inspiriert, der ich in der Schule begegnete. Meine reaktionäre Inbrunst war ins Gegenteil verkehrte Affinität.

Jene Intelligenz färbte auf mich ab. Mit minimalem Aufwand bekam ich gute Noten. Mein Vater, der Steuerberater, machte meine Mathe-Hausaufgaben und schrieb mir Spickzettel. Ich konnte meine Freizeit mit Büchern und Träumereien verbringen.

Ich las Kriminalromane und sah Krimiserien im Fernsehen. Ich ging in Kriminalfilme. Ich bastelte Modellautos und jagte sie mit Böllern in die Luft. Ich klaute Bücher. Ich platzte in Hollywood in eine Anti-Atombomben-Demo und bewarf Transparente

schwenkende rote Socken mit Eiern. Ich entwickelte eine leidenschaftlich innige Liebe zu klassischer Musik.
Phasenweise hatte ich Alpträume von der Dahlie. Meine Tagträume kreisten um ein Bild.
Betty Short war auf eine rotierende Zielscheibe genagelt. Die Hand eines Mannes drehte die Scheibe und schlug mit einem Meißel auf Betty ein.
Ich sah die Szene aus subjektiver Perspektive. *Ich* war der Killer.
Die Dahlie begleitete mich auf Schritt und Tritt. Mädchen aus Fleisch und Blut suchten mein Herz zu gewinnen. Hinter allen Mädchen, die ich toll fand, war ein Killer her. Jill, Kathy und Donna schwebten in großer Gefahr.
Meine Rettungsphantasien waren bis ins kleinste durchdacht. Ich handelte jäh und brutal. Sex war mein einziger Lohn.
Ich stellte Jill, Kathy und Donna auf dem Schulgelände nach. Am Wochenende trieb ich mich in der Nähe ihrer Elternhäuser herum. Ich wechselte nie ein Wort mit ihnen.
Bei meinem Vater ging's mehr zur Sache. Sein Kumpel George erzählte mir, er bumse zwei Kassiererinnen aus dem Safeway in Larchmont. Eines Tages kam ich unerwartet nach Hause und erwischte ihn im Bett.
Es war ein heißer Nachmittag. Unsere Wohnungstür stand offen. Ich ging die Außentreppe hoch und hörte Stöhnen. Ich schlich auf Zehenspitzen hinein und linste um die Ecke zum Schlafzimmer. Mein Vater besorgte es gerade einer drallen Brünetten. Der Hund lag mit ihnen auf dem Bett. Er wich ständig irgendwelchen Beinen aus und versuchte, auf der schlingernden Matratze zu schlafen. Ich sah eine Weile zu und schlich dann auf Zehenspitzen wieder hinaus.

Ich begann meinen Vater zu durchschauen. Wenn er *wirklich* all diese Orden bekommen hätte, wäre er so berühmt wie Audie Murphy. Wenn er *wirklich* was auf dem Kasten hätte, würden wir jetzt feist in Hancock Park wohnen. Er war zu stolz, um seine zehntausend Tragesitze auf der Straße zu verkaufen – aber nicht zu stolz, um die Lebensversicherung meiner Mutter zu plündern.

Meine Zähne mußten gerichtet werden. Ich haute meine Tante Leoda um Geld für die kieferorthopädische Behandlung an und setzte den benötigten Betrag zu hoch an. Mein Vater beglich die Zahnarztrechnung und steckte die Differenz in die eigene Tasche. Er geriet mit seiner Miete in Verzug und gab einem billigen Zahnklempner 20 Mäuse, damit er mir das Metall von den Zähnen sägte.

Tante Leoda war leicht übers Ohr zu hauen. Ich bequatschte sie immer wieder. Ich verpraßte mein Studiengeld. Das war mir völlig schnuppe.

Ich haßte Ed und Leoda Wagner und meine Cousinen Jeannie und Janet. Mein Vater konnte den Wagner-Clan auf den Tod nicht ausstehen. Mein Haß war eine Kopie seines Hasses.

Leoda glaubte, daß mein Vater meine Mutter getötet hatte. Die Vorstellung turnte ihn an. Er sagte mir, Leoda habe ihn von Anfang an verdächtigt.

Ich fuhr voll auf die These von meinem Vater als Mörder ab. Sie untergrub mein Wissen um sein passives Naturell und verlieh dem Mann ein wenig mehr Biß. Er hatte meine Mutter getötet, um das Sorgerecht für mich zu erlangen. Er wußte, daß ich sie haßte. Er war ein Killer, und ich war ein Dieb.

Mein Vater ritt ständig auf den Verdächtigungen Tante Leodas herum. Er fand Vergnügen an dem Drama, das sie implizierten. Er brachte mich wieder auf jenen Haufen von Zeitungsausschnitten. Ich las sie alle noch mal. Ich verglich das Gesicht meines Vaters mit einem Phantombild des Dunkelhäutigen. Es bestand nicht die geringste Ähnlichkeit. Mein Vater hatte meine Mutter nicht ermordet. Er war mit mir zusammen, als das Verbrechen geschah.

Im April '61 erschlug Spade Cooley seine Frau. Er stand unter Amphetamin. Ella Mae Cooley wollte Spade den Laufpaß geben und sich einer Sekte anschließen, die freie Liebe propagierte. Sie wollte jüngere Männer vögeln.

Ich verfolgte den Fall. Spade Cooley bekannte sich schuldig und entging der Gaskammer. Ella Mae wurde um eine gerechte Rache betrogen.

Ich war 13 Jahre alt. Ich war ein Sklave toter Frauen.

9

Ich lebte in zwei Welten.
Hirngespinste beherrschten meine innere Welt. Allzu oft drängte die Außenwelt auf mich ein. Ich habe nie gelernt, meine Gedanken zu horten und für ungestörte Augenblicke aufzuheben. Meine beiden Welten prallten fortwährend aufeinander. Ich wollte die Außenwelt zertrümmern. Ich wollte die Außenwelt mit meinem Sinn für Dramatik beeindrucken. Ich wußte, daß die Menschen mich lieben würden, sobald sie erst Zugang zu meinen Gedanken hätten. Es war typisch jugendliche Eitelkeit.
Ich wollte meine Gedanken publik machen. Ich hatte einen Hang zum Exhibitionismus – aber es mangelte mir an Bühnenpräsenz und Selbstkontrolle. Ich gab einen hoffnungslosen Hanswurst ab. Mein Repertoire spiegelte meine geheimsten Obsessionen wider. Ich schwadronierte gern über Verbrechen und böse Nazis, die sich irgendwo versteckt hielten. »Noir für Kinder« war mein Metier.
Mein Forum waren Klassenzimmer und Schulhöfe. Meine Tiraden ließ ich auf verschrobene Kinder und aufgebrachte Lehrer los. Ich lernte eine alte Vaudeville-Regel: Du fesselst das Publikum nur so lange, wie du es zum Lachen bringst.
Meine Phantastereien waren finster und ernst. Meine Zuhörer hatten für Frauen, die bei lebendigem Leib seziert wurden, wenig übrig. Ich lernte, sie von Zeit zu Zeit mit anderen Themen vor den Kopf zu stoßen.
Die frühen 60er boten Stoff für allerlei Nonsens. Ich vertrat kontroverse Standpunkte zur Atombombe, John Kennedy, der Bürgerrechtsbewegung und dem Wirbel um die Berliner Mauer. Ich brüllte »Freiheit für Rudolf Heß!« und sprach mich für die Wiedereinführung der Sklaverei aus. Ich bot gemeine JFK-Persiflagen dar und forderte die atomare Vernichtung Rußlands.

Ein paar Lehrer nahmen mich beiseite und sagten mir, meine Nummer sei gar nicht witzig. Meine Mitschüler lachten *über* mich – nicht *mit* mir. Ich begriff, was sie mir damit indirekt zu verstehen gaben: Du hast sie doch nicht mehr alle. Was ich ihnen zu verstehen gab, hatten sie längst begriffen: Lacht über mich oder mit mir – Hauptsache, ihr *lacht*.
Meine Phantastereien reichten für minimale Stand-up-Kabarettnummern. Sie waren eine schizoide Brücke zwischen meinen beiden Welten.
Ich phantasierte ununterbrochen. Ich fuhr Fahrrad, hatte den Kopf voller Spinnkram und übersah rote Ampeln. Ich saß im Kino und ersann Variationen der Filme, die ich sah. Langweilige Romane verwandelte ich in fesselnde, indem ich improvisierte Nebenhandlungen einfügte.
Das Hauptthema meiner Phantasien war VERBRECHEN. Mein einziger echter Held war ich selbst, in verwandelter Form. Innerhalb einer Mikrosekunde war ich Meister im Schießen, im Judo und beherrschte die kompliziertesten Musikinstrumente. Ich war ein Detective – der zufälligerweise Geigen- und Klaviervirtuose war. Ich rettete die Schwarze Dahlie. Ich düste in Sportwagen und knallroten Fokker-Dreideckern umher. Meine Phantasien waren reichlich anachronistisch.
Und prallvoll von Sex.
Frauen vom Typ Jean Ellroy standen auf mich. Ich nahm Rothaarige um die 40, die ich irgendwann auf der Straße gesehen hatte, und gab ihnen den Körper meiner Mutter. Im Verlauf meiner Abenteuer ließ ich keine aus. Schließlich heiratete ich das erstbeste Schulmädchen, das mein Herz schneller schlagen ließ. Am Ende saßen die Ersatz-Jean-Ellroys da und weinten mir nach.
Meine Phantasien waren konstant monoton. Sie dienten als Schutzwall gegen Langeweile in der Schule und mein elendes Leben daheim.
Mittlerweile wußte ich, woran ich mit meinem Vater war. Mit 14 war ich größer als er. Ich traute mir zu, ihn in den Sack zu stekken. Er war bloß ein Schwächling und ein Schaumschläger.
Wir waren durch eine zähe Unumgänglichkeit aneinandergeket-

tet. Das »Wir« war alles, was wir hatten. Dieses »Wir« machte meinen Vater ganz sentimental. Ich fiel in schwachen Momenten auf das »Wir« herein und sträubte mich die meiste Zeit dagegen. Die Liebe meines Alten zu mir widerte mich an und paßte nicht zu seiner kaltschnäuzigen Einstellung zum Leben. Ich liebte ihn, wenn er Präsident Kennedy einen »katholischen Schwanzlutscher« nannte und haßte ihn, wenn er bei der Nationalhymne heulte. Ich stand total auf seine Bumsschuppen-Sprüche und kriegte einen zuviel, wenn er seine vorgeblichen Heldentaten aus dem I. Weltkrieg zum besten gab. Ich wollte eine simple Tatsache nicht wahrhaben: Die Rothaarige war als Alleinerziehende einfach die bessere Wahl.

Meinem Alten ging es gesundheitlich nicht mehr so gut wie früher. Er hustete, als hätte er TB, und litt unter Schwindelanfällen. Wenn die Steuererklärungen fällig waren, häufte er einen kleinen Batzen Geld an. Ansonsten hing er faul in der Wohnung herum und verbriet seine Kohle. Erst wenn er auf die letzten zehn Mäuse runter war, begann er, sich nach Drugstore-Jobs umzusehen. Und noch immer tönte er, schnell reich zu werden sei keine Kunst.

Mein Vater managte eine Revue mit jungen Komikern und Sängern im Cabaret Concerttheatre. Er freundete sich mit einem Komiker namens Alan Sues an.

Die Show fiel durch. Mein Vater und Alan Sues eröffneten ein Hutgeschäft. Sues entwarf die Hüte. Mein Vater kümmerte sich um die Buchführung und verkloppte die Hüte per Mailorder. Der Laden war im Handumdrehen pleite.

Mein Vater machte wieder mit sporadischen Drugstore-Jobs weiter. Er ging hart auf die Fünfundsechzig zu. Er schluckte mit demselben Tempo Alka-Seltzer gegen seine Magengeschwüre, mit dem meine Mutter Bourbon gekippt hatte. ’62 waren wir praktisch durchgehend total pleite.

Ich schröpfte Tante Leoda. Die »Ich-muß-dringend-zum-Zahnarzt«-Masche wirkte Wunder. Fünzig-Dollar-Gaben hielten uns wochenlang über Wasser. Um mein Taschengeld aufzubessern, beklaute ich meinen Vater.

Er schickte mich einkaufen. Einen Gutteil der Lebensmittel

klaute ich und steckte das Geld dafür in die eigene Tasche. Ich trug ein Bündel Ein-Dollar-Noten mit einem Vegas-mäßigen Clip mit mir herum.

Ich fuhr auf meinem toplastigen Fahrrad nach Hollywood hinauf und hinaus an den Strand. Ich radelte zur Bücherhalle in die Innenstadt. Ich phantasierte während der Fahrt zu Straßenszenen. Ich gondelte gern bei Jill, Kathy und Donna vorbei.

Auf all meinen Touren klaute ich. Ich stahl Bücher im Pickwick Shop und mopste bei Rexall Drugs Schreibwaren für die Schule. Ich stahl ohne zu zögern und ohne Gewissensbisse.

Überall, wo ich hinkam, fiel ich auf. Ich war ein minderjähriger, spinnerter, notorischer kleiner Gauner. Ich war 1,85 groß und brachte es gerade mal auf 60 Kilo. Pickel machten den Großteil meines Gewichts aus. Mein superaufgemotztes Rad trug mir Hohngelächter und Pfiffe ein.

L.A. an sich bedeutete Freiheit. Mein Viertel bedeutete selbstauferlegte Beschränkung. Meine unmittelbare Umwelt war noch immer strikt umgrenzt: von der Melrose bis zum Wilshire, von der Western bis zur Rossmore. Diese Welt war vollgepfropft mit Baby-Boomern wie mir.

Ich wollte mit ihnen zusammen sein. Ich kannte ein paar aus der Schule und ein paar aus nachbarschaftlichen Zusammenstößen. Ich wußte von allen den Namen und von den meisten, was für einen Ruf sie hatten. Ich sehnte mich nach ihrer Freundschaft und kroch zu Kreuze, um sie zu gewinnen.

Ich versuchte mir ihre Zuneigung mit japanischen Tragesitzen zu erkaufen – und wurde auf ganzer Linie ausgelacht. Ich lud ein paar Kinder zu mir nach Hause ein – und mußte mit ansehen, wie sie vor dem Gestank von Hundescheiße zurückprallten. Ich versuchte, mich nach ihren Maßstäben für normales Verhalten zu richten, und verriet mich durch unflätige Ausdrucksweise, Ungepflegtheit und erklärte Bewunderung für George Lincoln Rockwell und die American Nazi Party.

Mein Hang zum Exhibitionismus war rein selbstzerstörerischer Natur. Ich war nicht in der Lage, mich zu mäßigen. Ich war programmiert, große Töne zu spucken und Befremden zu erregen.

Meine Bemühungen, mich anzupassen, lösten eine innere Gegenreaktion aus. Ich warf mir selbst Knüppel zwischen die Beine und blieb ein jugendlicher Aussätziger.
Andere Aussätzige fuhren auf meine Show ab und schlossen sich mir an. Ich regierte meine Aussätzigen-Kolonie mit starker Hand. Ich verachtete die Kids, die mich cool fanden. Meine Schulfreundschaften gingen schnell in die Brüche. Die meisten meiner Kumpel waren Juden und neigten daher zu einer gewissen Skepsis meinem Nazi-Quatsch gegenüber.
Meine Freundschaften begannen mit nihilistischer Jovialität und endeten mit fruchtlosen Keilereien. Ich gewann die Jungs, indem ich sie schockierte, und verscheuchte sie mit meinem Versagerflair. Nach diesem Muster lief es immer und immer wieder ab. Ich freundete mich mit einem Jungen aus der Nachbarschaft an. Wir fingen an, uns gegenseitig einen runterzuholen. Es war mein erster sexueller Kontakt. Es war unanständig, erregend, ekelhaft und jagte mir eine gottverdammte Angst ein.
Wir wichsten bei ihm und bei mir und auf den Dächern von Mietshäusern. Wir schlugen *Playboys* auf und glotzten die Mädchen an, während wir uns abmühten. Wir wußten, daß wir keine Schwuchteln waren. Es fiel uns nicht ein, gewisse Grenzen zu überschreiten.
Ich wußte, daß ich kein Homo war. Meine Phantastereien waren der Beweis. Um sicherzugehen, zog ich den Kinsey-Report zu Rate.
Doc Kinsey bezeichnete schwule Aktivitäten in der Jugend als ganz normal. Auf meine eigentlichen Befürchtungen ging er jedoch nicht ein:
Macht gegenseitiges Befriedigen schwul? Macht einen die pure Tatsache, daß man es tut, in irgendeiner Weise als anormal erkennbar?
Ich war ein geiler kleiner Scheißer. Sich gegenseitig zu befriedigen war besser, als selbst Hand anzulegen. Mein Freund und ich holten uns mehrmals pro Woche einen runter. Ich liebte es und haßte es. Es machte mich ganz verrückt.
Ich hatte Schiß, daß mein Vater uns erwischen könnte. Ich hatte

Schiß, Schwuchtelschwingungen auszusenden. Ich hatte Schiß, daß Gott mich in einen Schwuli verwandeln könnte – als gerechte Strafe für mein jahrelanges Klauen.
Meine Angst wuchs. Ich spürte, daß man mich durchschaute. Ich forcierte meine heterosexuellen Tagträume – eine Methode, um den Leuten, die sich in meine Hirnwellen einklinkten, die Tour zu vermasseln.
Ich hatte Schiß, daß ich im Schlaf reden und meinen Alten auf mein Schwuchtelpotential aufmerksam machen könnte. Ich träumte, ich stünde wegen Schwulheit vor Gericht. Diese Träume machten mir mehr Angst als meine schlimmsten Schwarze-Dahlie-Alpträume.
Ich hörte auf, mich mit meinem Freund zu treffen. Ein paar Wochen vergingen. Mein Freund rief an und fragte mich, ob ich seine Sonntagszeitungs-Tour übernehmen könne – er wolle mit seinen Eltern zum Lake Arrowhead fahren.
Ich willigte ein. Am Sonntagmorgen schlief ich aus, fuhr zu ihm hinüber und warf seinen Stapel *Heralds* in eine Mülltonne. Am nächsten Tag in der Schule stellte mein Freund mich zur Rede. Ich nahm seine Herausforderung zum Kampf an. Ich bestand auf einem Boxkampf über sechs Runden – mit Boxhandschuhen, Ringrichter und Kampfgericht. Mein Freund war mit den Bedingungen einverstanden.
Wir setzten den Kampf für den kommenden Sonntag an. Unsere Entschlossenheit zur Gewalttätigkeit bewies, daß wir keine Schwuchteln waren.
Ich besorgte einen Ringrichter, drei Punktrichter und einen Zeitnehmer. Ellie Beers Vorderrasen diente als Ring. Ein paar Zuschauer erschienen. Es war *das* Jugend-Nachbarschaftsereignis im späten Frühjahr '62.
Mein Freund und ich trugen Zwölf-Unzen-Handschuhe. Wir waren beide spargeldürr und über 1,80 Meter groß. Wir hatten keinerlei Erfahrungen im Boxen. Sechs dreiminütige Runden lang hampelten, tänzelten, prügelten, droschen und keilten wir uns die Seele aus dem Leib. Am Ende waren wir total ausgelaugt, zum Umfallen benommen und nicht mehr in der Lage, unsere Arme zu heben.

Ich verlor nach Punkten. Der Kampf fiel ungefähr in dieselbe Zeit wie der zweite Fight zwischen Emile Griffith und Benny »Kid« Paret. Griffith schlug Paret tot. Angeblich hatte Griffith Paret gehaßt. Angeblich hatte Paret überall verbreitet, Griffith sei eine Schwuchtel. Ich wußte, daß ich keine Schwuchtel war. Der Kampf hatte es bewiesen. Niemand zapfte meine Hirnwellen an. Das war bloß beschissene, saublöde Einbildung.

Ich lebte von Einbildungen – saublöden und weniger blöden. Spinnerte Ideen waren mein täglich Brot. Bücher und Filme versorgten mich mit Handlungen, die ich aus meiner verkorksten Perspektive überarbeiten konnte.

Mein Verstand war ein Kulturschwamm. Mir fehlte es völlig an interpretativen Fähigkeiten, und ich besaß keinerlei Abstraktionsvermögen. Ich verschlang fiktive Handlungen, historische Tatsachen und allgemeinen Kleinkram – und bastelte mir aus einzelnen Informationspartikeln ein durchgeknalltes Weltbild.

Klassische Musik machte mein Hirn hellwa-wa-wach. Ich schwelgte in Beethoven und Brahms. Sinfonien und Konzerte ergriffen mich wie komplexe Romane. Crescendos und leise Passagen bildeten narrative Zusammenhänge. Wechsel von schnellen und langsamen Sätzen ließen mich innerlich abheben.

Die Abendnachrichten versorgten mich mit Fakten. Ich strickte sie in eine reißerische Form und stellte sie in einen Zusammenhang, der meiner augenblicklichen Vorliebe entsprach. Ich verknüpfte aus dem Zusammenhang gerissene Ereignisse und ernannte Helden ganz, wie mir der Sinn stand. Ein Raubüberfall auf einen Schnapsladen hatte plötzlich etwas mit Nazis zu tun, die die Vorführung des Films *Exodus* zu verhindern suchten. Alle Morde wurden dem Schwarze-Dahlie-Killer zugeschrieben – der momentan hinter Jill, Kathy und Donna her war. Ich entwirrte die verborgenen Bezüge zwischen scheinbar unzusammenhängenden Ereignissen. Mein Büro hatte ich in einer Villa in Hancock Park. Ich war von Handlangern umgeben – etwa Vic Morrow aus *Tote können nicht mehr singen* oder diesem großen Engländer aus *Der unheimliche Mr. Sardonicus.*

Ich plünderte die Populärkultur und stattete mit dem Gerümpel meine Innenwelt aus. Ich sprach meine persönliche Geheimsprache und betrachtete die Außenwelt durch eine Röntgenbrille. Überall sah ich Verbrechen.

KRIMINALITÄT verknüpfte meine Welten – die innere und die äußere. Kriminalität hieß heimlicher Sex und willkürliche Schändung von Frauen. Kriminalität war so banal und weltfremd wie das hellwa-wa-wache Hirn eines Kindes.

Ich war ein engagierter Antikommunist und ein nur geringfügig lahmerer Rassist. Juden und Schwarze waren Schachfiguren innerhalb der kommunistischen Weltverschwörung. Ich lebte nach der Logik unter Verschluß gehaltener Tatsachen und Geheimdokumente. Zwanghaft vergegenwärtigte ich meine Innenwelt. Sie war ebenso heilsam wie zermürbend. Sie ließ die Außenwelt grau und nüchtern erscheinen und machte meinen täglichen Aufenthalt in jener Welt halbwegs erträglich. Meine Außenwelt wurde von meinem Alten beherrscht. Er hielt mich an der langen Leine und brachte mich gelegentlich mit Hohn und Spott zur Räson. Er hielt mich für labil, faul, träge, verlogen, wirklichkeitsfremd und furchtbar neurotisch. Er kapierte nicht, daß ich sein Spiegelbild war.

Ich hatte ihn durchschaut. Und er mich. Ich begann mich von ihm zurückzuziehen. Es war die gleiche Abnabelungsstrategie, die ich bei meiner Mutter angewandt hatte.

Ein paar Jungs aus der Nachbarschaft kapierten, was mit mir los war, und nahmen mich in ihre Clique auf. Sie waren Außenseiter, die keine Schwierigkeiten im Umgang mit anderen Menschen hatten. Sie hießen Lloyd, Fritz und Daryl.

Lloyd war ein dicker Junge aus einer kaputten Familie. Seine Mutter war eine christliche Fanatikerin. Er hatte eine genauso versaute Ausdrucksweise wie ich und liebte ebenfalls Bücher und Musik. Fritz wohnte in Hancock Park. Er stand auf Film-Soundtracks und Romane von Ayn Rand. Daryl war ein Schläger, ein Kraftprotz und praktisch ein Nazi halbjüdischer Abstammung. Sie nahmen mich in ihre Clique auf. Ich wurde ihr Untergebener, Hofnarr und Handlanger. Sie fanden mich zum Totlachen. Mein verkommenes Zuhause schockierte und entzückte sie.

Wir radelten nach Hollywood ins Kino. Ich hing immer gut hundert Meter zurück – mein schweres Schwinn Corvette fuhr sich einfach so schlecht. Wir hörten Musik und salbaderten über Sex, Politik, Bücher und unsere unausgegorenen Ideen.
Intellektuell konnte ich nicht mithalten. Mein Gesprächssinn war nach innen gerichtet und narrativ strukturiert. Meine Freunde hielten sich für klüger als mich. Sie zogen mich auf und piesackten mich und machten mich zur Zielscheibe ihres Gespötts.
Ich steckte alles ein und hatte nie genug. Lloyd, Fritz und Daryl besaßen ein sicheres Gespür für Schwachpunkte und beherrschten perfekt das männliche Spiel, dem anderen immer eine Nasenlänge voraus zu sein. Ihre Grausamkeit tat weh – aber nicht genug, um mich dazu zu bringen, ihnen die Freundschaft aufzukündigen.
Ich fiel von einem Extrem ins andere. Ich fing schon bei Kleinigkeiten an zu heulen, aber auch der heftigste Kummer währte höchstens zehn Minuten. Emotionale Nackenschläge hinterließen verschorfte Wunden, die jederzeit wieder aufbrechen konnten.
Ich war ein Musterbeispiel jugendlichen Starrsinns. Aber ich hielt einen hieb- und stichfesten, empirisch untermauerten, pathologischen Trumpf in der Hand: Die Fähigkeit, mich zurückzuziehen und in einer selbsterschaffenen Welt zu leben.
Freundschaft bedeutete geringfügige Demütigungen. Schallend mit den Jungs zu lachen bedeutete, eine untergeordnete Rolle zu spielen. Der Preis dafür erschien gering. Ich wußte, wie man aus Entfremdung Kapital schlägt.
Ich wußte nicht, daß die Kosten sich addieren. Ich wußte nicht, daß man für alles, was man verdrängt, zahlen muß.

Im Juni '62 machte ich meinen Abschluß an der Junior High. Ich las, klaute, masturbierte und phantasierte mich durch den Sommer. Im September immatrikulierte ich mich an der Fairfax High School.
Mein Alter bestand auf der Fairfax. Sie war zu über 90% jüdisch und weniger gefährlich als die Los Angeles High School – die ich eigentlich hätte besuchen müssen. L.A. High war voll von hartgesottenen Schwarzen. Mein Alter dachte sich, die würden mich

umbringen, sobald ich auch nur den Mund aufmachte. Alan Sues wohnte ein paar Blocks von der Fairfax entfernt. Mein Alter borgte sich Alans Adresse und verpflanzte seinen Nazi-Sohn mitten ins Herz des Schtetls von West-L.A.

Es war eine erschütternde kulturelle Erfahrung.

Auf der John Burroughs Junior High hatte ich mich sicher gefühlt. Auf der Fairfax fühlte ich mich überhaupt nicht mehr sicher. Lloyd, Fritz und Daryl immatrikulierten sich woanders. Meine Bekanntschaften aus Hancock Park waren auf der Prep-School. Ich war ein Fremder in einem gottverdammt fremden Land.

Die Kids auf der Fairfax High waren furchtbar klug und kultiviert. Sie rauchten Zigaretten und fuhren Auto. Am ersten Schultag stellte ich mein Schwinn Corvette ab und und wurde prompt gehörig verspottet.

Ich wußte, daß ich mit meiner Nummer hier nicht ankommen würde. Ich zog mich zurück und sondierte das Terrain aus sicherer Entfernung.

Ich ging zum Unterricht und hielt die Klappe. Ich sagte meinen Spießer-Klamotten ade und äffte den Look der Fairfax-Hipster nach: enge Slacks, Alpakapullover und spitze Stiefel. Die Generalüberholung schlug fehl. Ich sah aus wie eine Kreuzung aus einem verängstigten Kind und einem verhinderten Nachtklub-Sänger.

Fairfax High verführte mich. Fairfax Avenue verführte mich. Ich stand auf das jiddische Abkapselungsflair. Ich stand darauf, wie die älteren Semester in einer verrückten kehligen Sprache daherquasselten. Diese Reaktion bestätigte die Theorie meines Alten: »Du erzählst doch bloß so einen Nazi-Dreck, um auf dich aufmerksam zu machen.«

Ich hielt mich ran in der Schule und versuchte mich anzupassen. Ich wußte nur leider nicht, wie man da vorgeht. Ich wußte, wie man jemanden ärgert, provoziert, wie man sich zum Narren macht und ganz allgemein unangenehm auffällt. Der Gedanke eines einfachen Gesellschaftsvertrags zwischen gleichberechtigten Partnern war mir vollkommen fremd.

Ich lernte. Ich las Unmengen von Kriminalromanen und ging in

Kriminalfilme. Ich phantasierte und verfolgte auf meinem Fahrrad Mädchen auf dem Heimweg. Die Anpassungsnummer ging mir langsam auf den Keks. Edelmut war Kacke. Ich war es satt, bloß irgendein Wasp in Jewville, U.S.A., zu sein. Ich ertrug es nicht, nicht beachtet zu werden.

Die American Nazi Party richtete in Glendale einen Stützpunkt ein. Die American Legion und die Jewish War Vets wollten sie schnellstens wieder loswerden. Ich radelte zu ihrer Geschäftsstelle und erstand für 40 Dollar Haß-Artikel.

Ich kaufte mir eine Nazi-Armbinde, mehrere Ausgaben des *Stormtrooper*, eine Platte von Odis Cochran and the Three Bigots mit dem Titel »Ship Those Niggers Back«, ein paar Dutzend rassistische Autoaufkleber und zweihundert »Boat Tickets to Africa« – ein Scherzartikel, der jeden Schwarzen zu einer einfachen Fahrt auf einem lecken Kahn zum Kongo berechtigte. Ich war begeistert über meinen Fischzug. Das Zeug war urkomisch und cool.

Die Armbinde trug ich bei uns in der Wohnung. Ich malte Hakenkreuze auf Minnas Trinknapf. Mein Vater begann mich »der Führer« und »du Nazi-Schwanzlutscher« zu nennen. Er trieb irgendwo ein Judenkäppchen auf und trug es in der Wohnung, um mich zu ärgern.

Ich fuhr zu Poor Richard's Bookshop und kaufte eine Auswahl an rechtsextremen Traktaten. Die schickte ich per Post an die Mädchen, von denen ich so besessen war, und steckte sie in Briefkästen in ganz Hancock Park. Lloyd, Fritz und Daryl warfen mich aus ihrer Clique. Ich war einfach zu abgedreht und bescheuert. Mein Vater steckte knietief in einer Job-Flaute. Wir gerieten mit der Miete in Verzug und wurden aus unserer Wohnung geschmissen. Der Hauswirt meinte, das Apartment müßte erst mal ausgeschwefelt werden. Fünf Jahre Hundegestank hatten es unbewohnbar gemacht.

Wir zogen in eine billigere Bude ein paar Blocks weiter. Der Hund machte sich an die Arbeit. Ich debütierte auf der Fairfax High School mit meiner Nazi-Nummer.

Meine Proklamationen während des Unterrichts *trugen* mir Spott und ziemlich viele Lacher ein. Ich tat meine Absicht kund, in Südkalifornien ein Viertes Reich zu gründen, alle Bimbos nach Afrika zu deportieren und mit Hilfe der Gentechnik aus meinem eigenen Sperma eine neue Herrenrasse zu schaffen. Man sah mich nicht als Bedrohung an. Ich war ein verdammt unfähiger Führer.

Ich ließ mich nicht beirren. Einige Lehrer riefen bei meinem Vater an und verpfiffen mich. Mein Alter sagte ihnen, sie sollten mich nicht beachten.

Frühjahr '63 kam es zu meinem Blitzkrieg. Ich störte den Unterricht, verteilte Haßtraktate und verkaufte Boat Tickets to Africa zu zehn Cent das Stück. Ein kräftiger jüdischer Junge stellte mich in der Halle und polierte mir gründlich die Fresse. Ich selbst landete einen passablen Treffer – und verstauchte mir sämtliche Finger der rechten Hand.

Die Prügel bestätigten mich in meiner Nummer und ließen mich unbeeindruckt. Früher oder später würde man mich beachten.

Der Sommer '63 hinterließ bei mir keinen besonderen Eindruck. Ich las Kriminalromane, ging in Kriminalfilme, brütete Kriminalszenarios aus und stellte Kathy quer durch Hancock Park nach. Ich klaute Bücher, Lebensmittel, Flugzeug-Modellbausätze und »Hang-Ten«-Badehosen, die ich an stinkreiche Surfer verscherbeln wollte. Mein Nazi-Ständer legte sich langsam wieder. Ohne ein Publikum, das mir nicht entkam, machte es keinen Spaß.

Meine Mutter war seit 5 Jahren tot. Ich dachte nur selten an sie. Ihre Ermordung hatte keinen Platz in meinem Pantheon des Verbrechens.

Hin und wieder hatte ich noch Alpträume von der Schwarzen Dahlie. Ich war noch immer bessessen von ihr. Sie war der Mittelpunkt meiner Krimiwelt. Ich wußte nicht, daß sie bloß eine Abwandlung der Rothaarigen war.

Im September fing die Schule wieder an. Ich machte weiter mit meiner Nazi-Masche. Mein Publikum war angeödet.

Die Kluft zwischen meiner Innen- und Außenwelt wurde immer tiefer. Ich wollte die Schule schmeißen und meine Obsessionen rund um die Uhr ausleben. Unterricht nach Lehrplan brachte nichts. Ich war ausersehen, ein großer Romanschriftsteller zu werden. Die Bücher, die ich liebte, waren mein eigentlicher Lernstoff.

Im September lief die Fernsehserie *Auf der Flucht* an. Ich war schnell nach ihr süchtig.

Es war eine Noir-Geschichte für den Mainstream. Ein Arzt wurde fälschlicherweise des Mordes beschuldigt und versuchte, dem elektrischen Stuhl zu entkommen. Jede Woche war er in einer anderen Stadt. Jedesmal verliebte sich die coolste Frau der ganzen Stadt in ihn. Ein pedantischer Psychopathen-Cop jagte den Arzt. Amtspersonen waren korrupt und durch ihre Macht verdorben. Die Serie knisterte vor sexueller Begierde. Die weiblichen Gaststars packten mich bei den Eiern und ließen nicht mehr los.

Sie waren um die 30 und eher attraktiv als hübsch. Auf männliche Reize reagierten sie mit Mißtrauen und Verlangen. Die Serie verströmte mit jeder Pore realen, greifbaren Sex. Die Frauen waren gestört und undurchschaubar. Ihre Sehnsüchte waren von psychologischer Relevanz. Jeden Dienstagabend um 22:00 präsentierte mir das Fernsehen Jean Ellroy.

Der Herbst '63 schritt voran. Am 1. November kam ich aus der Schule nach Hause und fand meinen Vater in einer Lache aus Kot und Urin. Er zuckte und weinte, lallte und sabberte. Innerhalb eines Tages war seine straffe Muskulatur schlaff geworden.

Es war ein erschreckender Anblick. Ich fing selbst an zu heulen und zu blubbern. Mein Alter guckte mich bloß an. Seine Augen waren weit aufgerissen und blicklos.

Ich wusch ihn und rief seinen Arzt an. Ein Krankenwagen fuhr vor. Zwei Sanitäter brachten meinen Vater eiligst zum Veterans Administration Hospital.

Ich blieb zu Hause und machte den restlichen Dreck weg. Ein Arzt rief an und teilte mir mit, mein Vater habe einen Schlaganfall erlitten. Er werde nicht sterben und habe gute Chancen, wieder gesund zu werden. Sein linker Arm sei teilweise gelähmt, und er habe zur Zeit seine Sprache noch nicht ganz wieder.

Ich hatte Angst, daß er starb. Ich hatte Angst, daß er überlebte und diese großen, feuchten Augen mich umbrächten.

Er begann zu genesen. Sein Sprechvermögen besserte sich innerhalb weniger Tage. Er konnte seinen linken Arm wieder etwas bewegen.
Ich besuchte ihn täglich. Seine Prognose war gut, aber er war nicht mehr derselbe.
Er war immer ein sehr viriles Großmaul gewesen. Binnen einer Woche wurde er zu einem wehleidigen Kind. Die Verwandlung brach mir das Herz.
Er mußte Schulfibeln lesen, um Zunge und Gaumen wieder in Einklang zu bringen. Seine Augen sagten: »Hab mich lieb, ich bin hilflos.«
Ich versuchte, ihn zu lieben. Ich log, was meine Schulnoten anging, und erzählte ihm, ich würde für ihn sorgen, sobald ich es als Schriftsteller zu etwas gebracht hätte. Meine Lügen heiterten ihn auf, wie vor Jahren seine Lügen mich aufgeheitert hatten.
Sein Zustand besserte sich weiter. Am 22. November kam er wieder nach Hause – dem Tag, an dem es JFK erwischte. Er rauchte bald wieder zwei Schachteln am Tag. Er nahm wieder Alka-Seltzer. Er redete genauso versaut daher wie früher, nur mit etwas schwererer Zunge – aber seine verdammten Augen verrieten ihn. Er hatte Todesangst und war wehrlos. Ich war sein Schutzschild gegen den Tod und ein langsames Dahinsiechen in einem Pflegeheim der Wohlfahrt. Ich war alles, was er hatte.
Der alte Herr war nun auf Sozialhilfe angewiesen. Wir schraubten unseren Lebensstil entsprechend herunter. Ich klaute fast all unsere Lebensmittel und kochte den Großteil unserer salz- und cholesterinreichen Mahlzeiten. Ich schwänzte fast jeden Tag die Schule und rasselte durch die elfte Klasse.
Ich wußte, daß mein Vater ein toter Mann war. Einerseits wollte ich mich um ihn kümmern, andererseits wünschte ich ihm den Tod an den Hals. Ich wollte nicht, daß er litt. Ich wollte in meiner alles durchdringenden Phantasiewelt allein sein.
Der alte Herr erdrückte mich mit seiner Anhänglichkeit. Er war überzeugt, daß meine bloße Anwesenheit Schlaganfälle und andere göttliche Fügungen abwenden konnte. Mich nervten die Ansprüche, die er an mich stellte. Ich machte mich über seine un-

deutliche Aussprache lustig. Ich fuhr abends ziellos durch L.A. und kam spät nach Hause.
Seine Augen ließen mir keine Ruhe. Ich konnte der verdammten Macht, die sie auf mich ausübten, nicht widerstehen.
Im Mai ’64 wurde ich beim Klauen erwischt. Ein Abteilungsleiter schnappte mich, als ich gerade sechs Badehosen mitgehen lassen wollte. Er hielt mich fest und schikanierte mich stundenlang. Er schlug mich und zwang mich, ein Schuldbekenntnis zu unterschreiben. Um 22:00 Uhr ließ er mich laufen – lange nachdem ich hätte zu Hause sein sollen.
Ich fuhr zur Wohnung und sah einen Krankenwagen vor dem Haus stehen. Mein Vater lag auf einer Trage hintendrin. Der Fahrer sagte mir, er habe gerade einen leichten Herzinfarkt gehabt. Mein Vater durchbohrte mich mit seinem Blick. Seine Augen sagten: »Wo *warst* du?«
Er erholte sich wieder und kam nach Hause. Er fing wieder an zu rauchen und massenhaft Alka-Seltzer zu schlucken. Er schien versessen darauf zu sterben. Ich war versessen darauf, mein *eigenes* Leben zu leben. Und das war die Lee Ellroy Show. Meine Zuschauer innerhalb und außerhalb der Schule waren unbeeindruckt bis irritiert.
Ich fing Prügeleien mit kleineren Jungs an. Ich brach in den Schuppen hinter dem Safeway in Larchmont ein und klaute leere Pfandflaschen im Wert von 60 Dollar. Ich machte obszöne Telefonstreiche. Ich überzog High Schools im gesamten Talkessel von L.A. mit Bombendrohungen. Ich brach in einen Hot-dog-Stand ein, stahl etwas gefrorenes Fleisch und warf es in einen Gully. Ich ging auf kleptomanische Streifzüge und grummelte, schwänzte und schlug mich mit Naziprüchen im zweiten Anlauf durch die Versetzung zur 12. Klasse.
Im März ’65 wurde ich 17. Ich war ausgewachsen – 1,90 m. Meine Hosenbeine endeten ungefähr zehn Zentimeter oberhalb meiner Knöchel. Meine Hemden waren voller Blut- und Eiterflecken von meinen explodierenden Aknebeulen. Ich wollte WEG.
Mein Alter hatte auch einen zügigen Abgang verdient – genau wie die Rothaarige.

Ich wußte, daß er nicht aufgeben und einen langsamen Tod sterben würde. Ich wußte, daß ich das nicht mitansehen wollte.
Ich kriegte im Englischunterricht einen Nazi-Koller und wurde für eine Woche vom Unterricht suspendiert. Ich ging wieder hin und tat dasselbe noch mal. Ich flog endgültig von der Fairfax High.
Mich lockten ferne Länder. Gleich hinter der Grenze von L.A. County wartete das Paradies. Ich sagte meinem Alten, ich wolle zur Army. Er gab mir seine Erlaubnis und ließ mich gewähren.

Die Army war ein Riesenfehler. Das wußte ich in dem Moment, als ich den Fahneneid sprach.
Ich rief von der Erfassungsstelle aus meinen Vater an und teilte ihm mit, daß ich nun Soldat war. Er war fassungslos und weinte bitterlich. Eine kleine Stimme in meinem Kopf sagte: »Du hast ihn umgebracht.«
Ich stieg mit einem Dutzend anderer Freiwilliger in ein Flugzeug. Wir flogen nach Houston, Texas, und von dort aus nach Fort Polk, Louisiana.
Es war Anfang Mai. In Fort Polk war es heiß, feucht, und es wimmelte von fliegenden und kreuchenden Insekten. Grimmige Sergeants ließen uns in Reihen antreten und bliesen uns gehörig den Marsch.
Mir war klar, daß mein sorgloses Leben vorbei war. Ich wollte auf der Stelle WEG.
Ein Sergeant ließ uns in Reih und Glied zur Kaserne marschieren. Ich hätte am liebsten gesagt: »Ich hab's mir anders überlegt – bitte laßt mich nach Hause gehen.« Ich wußte, daß ich die harte Arbeit und strenge Disziplin, die mir bevorstand, nicht aushalten würde. Ich wußte, daß ich hier WEG mußte.
Ich rief zu Hause an. Mein Alter redete unzusammenhängendes Zeug. Ich geriet in Panik und bequatschte einen Offizier. Er hörte mich an, meldete mich ab und ging mit mir ins Lazarett.
Ein Arzt untersuchte mich. Ich war völlig überdreht und spielte bereits Theater. Ich hatte Angst um meinen Vater und Angst vor der Army. Mitten in einem panischen Anfall rechnete ich mir meine Chancen aus.

Der Arzt spritzte mir ein starkes Beruhigungsmittel. Ich wankte zurück zu meiner Unterkunft und schlief auf dem Bett ein.
Ich kam erst nach dem abendlichen Essenfassen wieder zu mir. Ich war benebelt und konnte kaum sprechen. Ein Gedanke ging mir nicht aus dem Kopf.
Ich brauchte bloß meiner Angst um die Gesundheit meines Vaters ein bißchen nachzuhelfen.
Am nächsten Morgen fing ich an zu stottern. Von der ersten stokkenden Silbe an war ich überzeugend. Es war Method-Acting auf der Basis realer Gegebenheiten.
Mein Zugführer kaufte mir die Nummer ab. Ich war ein Schmierenkomödiant – aber auf die Kulisse konnte ich verzichten. Ich schrieb dem Sergeant einen kleinen Brief und äußerte tiefe Sorge um meinen Vater. Der Sergeant rief bei ihm an und erzählte mir: »Der hört sich gar nicht gut an.«
Ich wurde einer Einheit zugeteilt: 5. Ausbildungsbrigade, 2. Bataillon, Kompanie A. Von meinem ersten Tag in Uniform an war ich als ein Fall für die Klapsmühle abgestempelt. Der Kompaniechef hörte mein Gestotter und sagte, ich tauge nicht zum Dienst am Vaterland.
Echte Furcht leitete mein Spiel. Ein angeborener Sinn für Theatralik sorgte für den Feinschliff. Ich hätte in der Hitze des Gefechts richtig überschnappen können. Mein hochaufgeschossener, langer, zuckender Körper eignete sich hervorragend zum Schauspielern.
Ich begann mit der Grundausbildung. Ich stand zwei Tage Marschieren und allgemeinen Militärquatsch durch. Meine Kameraden ignorierten mich – ich war ein stotternder Spinner vom Mars.
Der Kompaniechef ließ mich in sein Büro kommen. Er sagte, das Rote Kreuz werde mich für zwei Wochen nach Hause fliegen. Mein Vater habe gerade einen weiteren Schlaganfall erlitten.

Mein Alter sah überraschend gut aus. Er teilte sich ein Zimmer mit einem anderen Schlaganfallpatienten.
Der Typ erzählte mir, sämtliche Schwestern seien zutiefst beeindruckt vom gigantischen Pimmel meines Vaters. Sie kicherten

ständig über ihn und nähmen ihn unter die Lupe, während er schlief.
Zwei Wochen lang besuchte ich meinen Vater jeden Tag. Ich sagte ihm, ich würde wieder nach Hause kommen und mich um ihn kümmern. Ich meinte es ernst. Die *wahre* Außenwelt hatte mich so eingeschüchtert, daß ich meine Liebe zu ihm neu entdeckte. Mein Heimaturlaub war eine Bombenparty. Ich behängte meine Uniform mit aus dem Krieg übriggebliebenen Abzeichen und hüpfte durch L.A., als wäre ich der Kaiser von China. Ich trug das Fallschirmjäger-Abzeichen, das Panzergrenadier-Abzeichen und vier Reihen von Kampfabzeichen. Ich war der Army-Hirsch mit den meisten selbstverliehenen Abzeichen der Militärgeschichte.
Ende Mai flog ich zurück nach Fort Polk. Ich setzte meine Stotternummer fort und führte sie einem Militärpsychiater vor. Er empfahl meine unverzügliche Entlassung. Sein Bericht erwähnte meine »Unselbständigkeit«, mein »Versagen in Streßsituationen« und meine »ausgesprochene Untauglichkeit für den Militärdienst«.
Meine Entlassung wurde genehmigt. Die Bearbeitung des Papierkrams sollte noch einen Monat dauern.
Ich hatte es geschafft. Ich hatte sie reingelegt, eingeseift und verkohlt.
Ein paar Tage später rief das Rote Kreuz an. Mein Vater hatte soeben einen weiteren Schlaganfall erlitten.

Ich sah ihn noch ein letztes Mal, bevor er starb. Das Rote Kreuz brachte mich gerade noch rechtzeitig zurück.
Er war total abgemagert. Schläuche steckten in seiner Nase und in den Armen. Er war von oben bis unten zerstochen und mit rotem Desinfektionsmittel vollgeschmiert.
Ich hielt am Rand des Bettes seine rechte Hand und sagte ihm, er werde wieder gesund werden. Seine letzten vernehmbaren Worte waren: »Versuch jede Kellnerin aufzureißen, die dich bedient.«
Eine Krankenschwester schob mich in ein Wartezimmer. Ein paar Minuten später kam ein Arzt rein und teilte mir mit, daß mein Vater tot war.

Es war der 4. Juni 1965. Er hatte meine Mutter um keine sieben Jahre überlebt.
Ich ging rüber zum Wilshire und nahm einen Bus zurück zu meinem Motel. Ich zwang mich zu weinen – genau wie ich es bei der Rothaarigen getan hatte.

10

Im Juli ließ die Army mich gehen. Ich wurde »unter ehrenhaften Umständen« entlassen. Ich war frei, weiß und 17. Ich war damit genau zu dem Zeitpunkt vom Wehrdienst befreit, als es in Vietnam zu brodeln begann. Meinen Kameraden stand weitere Gefechtsausbildung und wahrscheinlich ein Vietnameinsatz bevor. Ihren Anfeindungen begegnete ich mit Method-Acting-Selbstvertrauen. Meinen letzten Monat in Fort Polk verbrachte ich damit, Kriminalromane zu verschlingen. Ich stotterte und lungerte im Speisesaal der Kompanie A herum. Ich führte die gesamte U.S. Army hinters Licht.

Ich flog zurück nach L.A. und begab mich schnurstracks wieder in mein altes Viertel. Ich fand eine Einzimmerwohnung an der Ecke Beverly/Wilton. Die Army hatte mir fünfhundert Dollar mit auf den Heimweg gegeben. Ich fälschte die Unterschrift meines Vaters auf seinen letzten drei Sozialhilfeschecks und löste sie in einem Schnapsladen ein. Meine Barschaft wuchs auf einen Tausender an.

Tante Leoda versprach, mir monatlich einen Hunderter zu schikken. Sie warnte mich, das Geld von der Versicherung würde nicht ewig reichen. Sie beantragte bei der Sozialfürsorge und der Veterans Administration Unterstützung für mich – Waisenrenten, die bis zu meinem 18. Geburtstag gezahlt würden. Sie bedrängte mich, wieder zur Schule zu gehen. Vollzeitstudenten konnten bis zum 21. Lebensjahr abkassieren.

Sie war froh, daß mein Vater tot war. Wahrscheinlich linderte das ihren Kummer um meine Mutter.

Die Schule war was für Spießer und Spastis. Mein Motto lautete: »Freiheit oder Tod«.

Der Hund war im Tierheim. Unsere ehemalige Wohnung war

verriegelt und mit Brettern vernagelt. Der Vermieter hatte sich als Ersatz für die rückständige Miete die Habseligkeiten meines Vaters unter den Nagel gerissen. Meine neue Bude war klasse. Sie hatte ein Badezimmer, eine winzige Kochnische und ein 2,5 × 4 m großes Wohnzimmer mit einem Schrankbett. Ich tapezierte die Wände mit rechtsextremen Autoaufklebern und Playmate-des-Monats-Postern.

Eine Woche lang stolzierte ich in meiner Uniform umher. In vollem Army-Wichs und vollgehängt mit all den unverdienten Auszeichnungen stand ich am Grab meines Vaters. Ich klaute mir bei Silverwoods und Desmond's eine neue Garderobe im reinsten Hancock-Park-Stil zusammen: Madrashemden, Rollkragenpullover und Feincordhosen.

L.A. sah strahlend schön aus. Ich wußte, daß genau hier, in meiner Heimatstadt, irgendein verdammt cooles Schicksal auf mich wartete.

Ich trug mein Geld auf die Bank und sah mich nach Arbeit um. Ich fand einen Job als Flugblattverteiler und kündigte vor Langeweile eine Woche später wieder. Ich fand einen Job als Hilfskellner in der Hauptfiliale der Sizzler-Steakhauskette und wurde wieder gefeuert, weil ich Unmengen von Tellern fallen ließ. Ich fand einen Job in der Küche eines Kentucky Fried Chicken und wurde wieder gefeuert, weil ich vor den Augen der Gäste in der Nase bohrte.

In zwei Wochen hatte ich drei Jobs geschmissen. Ich quittierte mein Scheitern mit einem Schulterzucken und entschied mich für einen arbeitsfreien Sommer.

Lloyd, Fritz und Daryl erinnerten sich wieder an mich. Jetzt hatte ich eine eigene Wohnung. Damit war ich als Steigbügelhalter plötzlich wieder gefragt.

Sie nahmen mich wieder in ihre Clique auf. Ein cleverer Junge namens George war der fünfte im Bunde. Fritz und George gingen demnächst auf die Uni, Fritz auf die USC und George auf die Caltech. Lloyd und Daryl hatten noch ein Jahr High School vor sich.

Die Clique traf sich mal bei mir, mal bei George. Georges Vater,

Rudy, war Autobahnpolizist und ein ausgemachter rechter Spinner. Er soff sich allabendlich die Hucke voll und zog über Liberale und Martin Luther Kong her. Er fuhr total auf meine Boat Tickets to Africa ab und entwickelte väterliche Gefühle für mich.
Freunde zu haben war klasse. Ich verpraßte meine tausend Dollar, indem ich sie in Steakhäuser und ins Kino einlud. Wir karriolten in Fritz' '64er Fairlane durch die Gegend. Die Zeiten des Fahrradfahrens waren vorbei.
Den Großteil meiner Lebensmittel klaute ich. Ich hielt eine strikte Steak-Diät und mopste in den nahegelegenen Supermärkten T-Bones und Rib-Eyes. Anfang August schnappten mich zwei Verkäufer vor dem Liquor & Food Mart. Sie warfen mich zu Boden, zerrten ein Steak aus meiner Hose und riefen die Bullen.
Das LAPD kam. Zwei Cops fuhren mich zur Hollywood Station, buchteten mich wegen Ladendiebstahls ein und übergaben mich einem Officer vom Jugendgefängnis. Der wollte meine Eltern anrufen. Ich sagte ihm, daß sie tot waren. Er erklärte, Kinder und Jugendliche unter achtzehn dürften nicht allein leben.
Ein Cop fuhr mich zum Jugendgefängnis in der Georgia Street. Ich rief Lloyd an und sagte ihm, wo ich war. Der Cop machte meine Haftpapiere fertig und steckte mich in einen Schlafsaal voller jugendlicher Krimineller.
Ich hatte Schiß. Ich war der Größte im Saal – und man sah mir an, daß ich der Wehrloseste war. In sieben Monaten wurde ich volljährig. Ich dachte schon, daß ich die ganze Zeit dort festsitzen würde. Hartgesottene schwarze und mexikanische Jungs taxierten mich. Sie fragten mich nach meinem »Ding« und lachten über meine Antworten. Sie redeten Gangster-Slang und machten sich über mich lustig, weil ich nicht ihre Sprache sprach.
Bis zum Zapfenstreich blieb ich ruhig. Die Dunkelheit entfachte meine Phantasie. Ich quälte mich durch eine Reihe von Knast-Horrorgeschichten und heulte mich in den Schlaf.
Am nächsten Tag holte Rudy mich raus. Er hatte sechs Monate auf Bewährung und den Status eines »mündigen Minderjährigen« für mich ausgedealt. Ich durfte allein leben – und Rudy war mein inoffizieller Vormund.

Es war ein Super-Deal. Ich brauchte eine Fahrkarte in die Freiheit, und Rudy brauchte ein Auditorium für seine Schimpfkanonaden. Lloyd, Fritz und Daryl hörten sich seinen Mist nur widerstrebend an. Ich hingegen sperrte hingebungsvoll die Ohren auf. Rudy war mit ein paar durchgeknallten, ideologisch vernagelten Cops befreundet. Sie verteilten mimeographierte Kopien vom »23. Psalm des Niggers« und »Martin Luther Kongs Sozialhilfefibel«. Darüber beölten Rudy und ich uns eine Zeitlang Abend für Abend. Die Rassenunruhen von Watts funkten uns dazwischen.

L.A. stand in Flammen. Ich wollte all die Unruhestifter am liebsten umbringen und L.A. selbst in Schutt und Asche legen. Die Unruhen faszinierten mich. Dies war Verbrechen großgeschrieben – Verbrechen im ganz großen Maßstab.

Rudy mußte Dienst schieben. Lloyd, Fritz und ich fuhren die Peripherie des Unruhegebiets ab. Wir trugen Luftpistolen. Wir klopften rassistische Sprüche und gondelten südwärts, bis uns ein paar Cops nach Hause schickten.

Am nächsten Abend taten wir das gleiche. Geschichte live mitzukriegen war irre. Wir beobachteten die Unruhen von den Teleskopen im Griffith Park aus und sahen Teile von L.A. brutzeln. Wir fuhren hinaus ins Valley und beobachteten, wie ein paar Rednecks in einer Weihnachtsbaumschule ein Kreuz verbrannten.

Die Unruhen legten sich. In meinem Kopf flammten sie neu auf und beherrschten wochenlang mein Denken.

Ich malte mir Geschichten aus verschiedenen Perspektiven aus. Mal war ich Cop, mal Brandstifter. Ich lebte das Leben von Leuten nach, die zum Spielball der Geschichte geworden waren.

Ich verteilte meine Sympathien auf beide Seiten. Ich zog keine moralischen Trennlinien. Ich analysierte weder die Ursache für die Unruhen, noch machte ich mir Gedanken über ihre Auswirkungen. In der Öffentlichkeit vertrat ich die Auffassung »Nigger raus«. Gleichzeitig drehten sich meine Phantasiegeschichten vor allem um weiße Cops mit Dreck am Stecken.

Diesen Widerspruch hinterfragte ich nie. Ich hatte keine Ahnung, daß nur aus den Geschichten mein wahres Ich sprach.

Das Erzählen war die Stimme meines Gewissens. Doch das wußte ich im Sommer 1965 noch nicht.

Rudy war es gleichgültig, was ich tat. Mein Bewährungshelfer ignorierte mich. Ich fuhr fort, zu stehlen und mich vor der Arbeit zu drücken.
Ich sehnte mich nach Freizeit. Freizeit bedeutete Zeit, zu träumen und mich darin zu üben, mir eine goldene Zukunft auszumalen. Freizeit bedeutete, der Spontaneität freien Lauf zu lassen.
Es war ein heißer Tag Mitte September. Ich hatte plötzlich das Bedürfnis, mich zu betrinken.
Ich ging zum Liquor & Food Mart hinunter und klaute eine Flasche Champagner. Die nahm ich mit in den Robert Burns Park, ließ den Korken knallen und leerte sie bis zum letzten Tropfen. Ich geriet in Ekstase. Ich schnappte total über. Ich platzte in eine Gruppe von Mädchen aus Hancock Park und erzählte ihnen abgedrehte Lügengeschichten. Vollgekotzt wachte ich in meinem Bett wieder auf und hatte einen Filmriß.
Ich wußte, daß ich auf etwas gestoßen war.
Meine Entdeckung elektrisierte mich. Ich begann, Sprit zu klauen und damit herumzuexperimentieren.
Die Fertig-Cocktails von Heublein waren gut. Ich stand auf süße Manhattans und herb-saure Whisky Sours. Bier stillte den Durst – doch es knallte nicht so gut wie die harten Sachen. Purer Scotch war zu stark – er brannte in der Kehle, und dann kam einem die Galle hoch. Um puren Bourbon und Bourbon-Highballs machte ich einen Bogen. Bourbon erinnerte mich an die Rothaarige.
Wodka mit Fruchtsaft war spitze. Das haute ziemlich schnell rein, ohne daß einem schlecht wurde. Gin, Brandy und Liköre verursachten Brechreiz.
Ich trank um der Stimulation willen. Alkohol ließ mich abheben. Er brachte meine erzählerischen Fähigkeiten auf Touren. Er verlieh meinen Gedanken eine physische Dimension.
Alkohol ließ mich Selbstgespräche führen. Alkohol ließ mich meine Phantasien lauthals kundtun. Alkohol ließ mich Unmengen von imaginären Frauen anquatschen.

Alkohol veränderte meine Phantasiewelt – doch er änderte nichts an deren zentralem Thema. Verbrechen blieb meine vorherrschende Obsession.
Ich hatte noch genug Verbrechen in der Hinterhand, die sich ausschmücken ließen.
Die Unruhen von Watts waren noch ganz frisch. Der Fall Ma Duncan war ein toller Klassiker. In meiner Phantasie hatte ich Ma schon hundertmal in die Gaskammer begleitet.
Doc Finch und Carole Tregoff verschimmelten im Gefängnis. Ich rettete Carole vor Knastlesben und machte sie zu meiner Geliebten. Ich schlich mich ins Chino und legte Spade Cooley um. Endlich bekam Ella Mae ihre Rache. Ich beging die Morde von Stephen Nash und brach mit Donald Keith Bashor in Häuser ein.
Sprit schenkte mir erstklassige Authentizität. In knalligen neuen Farben entsprangen meinen grauen Zellen die Details. Völlig unerwartet fielen mir dramatische Wendungen ein.
Sprit bauschte Kriminalität auf und machte sie gleichzeitig subtiler. Er präsentierte mir die Schwarze Dahlie auf einer breitgefächerten historischen Skala.
Ich trank allein und inszenierte stundenlang Verbrechen und Vergewaltigungen. Ich trank mit Lloyd und machte auch ihn süchtig nach der Dahlie. Wir diskutierten den Fall lang und breit. Meine gelegentlichen Dahlien-Alpträume hörten ganz auf.
Ich klaute den Großteil meines Stoffs und machte einen Erwachsenen ausfindig, der legal welchen für mich kaufte. Es war ein schwarzer Penner, der unter einer Autobahnbrücke lebte. Er nannte sich Flame-O. Er sagte, die Cops hätten ihm diesen Spitznamen gegeben, weil er dazu neigte, sich in Brand zu stecken, wenn er blau war.
Flame-O kaufte Flaschen für mich ein. Ich entlohnte ihn mit billigem Fusel in Halbliterflaschen. Er sagte mir, ich sei auch ein Säufertyp. Ich glaubte ihm nicht.
Durch Lloyd und Fritz versuchte ich es noch einmal mit Gras. Ich fuhr total darauf ab. Es gab meinen Phantasien einen surrealen Touch und machte Essen zu einem exquisiten sinnlichen Genuß.

Ich wußte, daß mich das nicht zum Junkie machen würde. Das war nur eine Wahnvorstellung von 1958.
1965 ging zu Ende. Es war ein absolut irres Jahr.

Rudy ließ mich fallen. Er war zu dem Schluß gekommen, ich sei zu nichts nütze und in Wirklichkeit gar kein überzeugter Rechter.
Im März '66 wurde ich 18. Ab jetzt war ich strafmündig.
Und ein arbeitsloser Kleinkrimineller, der demnächst sein staatliches Almosen verlieren würde.
Ich holte den Hund aus dem Tierheim und nahm ihn mit nach Hause. Er machte sich unverzüglich über die Fußböden her. Ich grübelte über meine Zukunft nach. Ich kam zu dem Ergebnis, daß ich ohne meine Waisenrente nicht leben konnte.
Ich mußte wieder zur Schule gehen, damit weiterhin Kohle ins Haus kam. Lloyd ging auf eine ausgeflippte christliche High School. Die Gebühr betrug $50 im Monat. Meine Unterstützung belief sich auf $130. Wenn ich an ein paar Seminaren teilnahm, konnte ich jeden Monat einen Gewinn von 80 Mäusen netto machen.
Ich besprach die Sache mit Lloyd. Er sagte, dazu bräuchte es überzeugende Lobeshymnen auf Jesus. Ich lernte ein paar Bibelverse auswendig und sprach dann beim Leiter der Culter Christian Academy vor.
Ich lieferte eine gute Show ab. Ich zog alle schauspielerischen Register, um meinen neuen Glauben überzeugend darzubieten. Ich glaubte die ganze Zeit sogar selbst, was ich sagte. Meine Seele war ein Chamäleon.
Ich schrieb mich an der Culter Academy ein. Der Laden war voll von wiedergeborenen Psychopathen und vernebelten Querulanten. Ich besuchte nichtreligiöse Kurse und Bibelgruppen. Es war von A bis Z hirnverbrannter Schwachsinn. Mir war klar, daß ich diesen Mist nicht fünf Tage die Woche ertragen konnte.
Ich ging nur sporadisch zur Schule. Die Belegschaft von Culter ließ mich halbwegs in Ruhe – ich war ein junger Christ, der es nicht leicht hatte, aber der es ehrlich meinte. Ich zahlte zwei Monate lang kein Schulgeld und ging dann gar nicht mehr hin. Meine kurze Bekehrung brachte mir $260 ein.

Meine staatliche Unterstützung lief aus. Mein Einkommen schrumpfte auf einen Hunderter im Monat. Meine Miete betrug $60. Die verbleibenden $40 konnte ich strecken – wenn ich all meine Lebensmittel und meinen Sprit stahl und Dope bei meinen Freunden schnorrte.

Ich schaffte es. Ich erweiterte meinen Einzugsbereich und beklaute Supermärkte und Schnapsläden weiter im Norden und Westen. Ich war klapperdürr. Ich konnte mir Steaks und Flaschen in die Hose stopfen, ohne daß man verräterische Ausbuchtungen sah. Ich trug mein Hemd über der Hose. Ich kaufte Kleinigkeiten, um meinen Aufenthalt in den Läden zu rechtfertigen.

Ich war ein Profi.

Lloyd, Fritz und Daryl kamen an Dope heran. Ich nicht. Ich hatte eine sturmfreie Bude, in der sie abhängen konnten. Sie versorgten mich mit Gras und Pillen.

Seconal und Nembutal mochte ich nicht. Das Zeug machte einen blöd und fast katatonisch. LSD war okay – doch die damit verbundene transzendentale Botschaft ließ mich kalt. Lloyd und Fritz warfen Acid ein und sahen sich Schinken wie *Spartacus* und *Die größte Geschichte aller Zeiten* an. Ich ging ein paarmal mit und ging mitten im Film raus. Sandalen und Auferstehung – schnarch. Ich setzte mich in die Eingangshalle und halluzinierte über die Mädchen am Süßigkeitenstand.

Fritz kannte ein paar Dr. Feelgoods, die Amphetamine verkauften. Das Zeug hielt ihn in langen Lernphasen bei der Stange. An der USC war es ziemlich hart. Fritz sagte, die Aufputschmittel brächten ihn auf Trab.

Überschüssigen Stoff lagerte er bei mir. Dexedrin und Dexamyl katapultierten meine Vorstellungswelt in ungeahnte Höhen.

Meine erzählerischen Fähigkeiten vervielfachten sich. Vom Speed hervorgerufenes Herzrasen brachte zusätzlich Schwung in die Sache.

Die Highs sausten durch meinen Kopf und setzten sich in meinen jungfräulichen Genitalien fest.

Speed war Sex. Speed gab meinen Sexphantasien eine neue, kohärente Logik. Speed gab mir Rothaarige in den 40ern und Mäd-

chen aus Hancock Park. Speed gab mir Wichs-Sessions von epischer Länge.
Ich polierte mir 12 bis 18 Stunden am Stück den Stengel. Das tat so *guuuuuut*. Ich lag auf meinem Bett, und neben mir schlief der Hund. Ich hobelte mir mit geschlossenen Augen und im Dunkeln einen ab.
Amphetamin-Comedowns setzten meinen Phantastereien ein Ende. Wenn die Wirkung des Amphetamins nachließ, war mit den Phantasien Feierabend. Der Stoff wanderte durch meinen Körper und ließ mich deprimiert und völlig übermüdet zurück. Dann trank ich mich ins Reich der Finsternis. Der Alkohol begann zu wirken, während das Speed abflaute. Beim Einschlafen tastete ich immer nach einer Frau.

Fritz ging seine Speed-Connection verloren. Ich kam ganz von selbst davon ab. Ich bekam einen nagenden Hunger auf echte Liebe und Sex.
Ich wollte eine Freundin *und* Sex ohne Ende. Fritz' Schwester wollte mich mit ihrer Freundin Cathy verkuppeln.
Cathy ging zur Marlborough – eine Schule, die ausschließlich von Mädchen aus Hancock Park besucht wurde. Sie war pummelig und nicht gerade attraktiv. Bei unserer ersten Verabredung sahen wir uns *The Sound of Music* an. Ich log Cathy vor, der Film habe mir tatsächlich gefallen.
Cathy war nicht sonderlich kontaktfreudig und erfüllt von Liebeshunger. Ich fand das reizvoll. Sie legte keinen besonderen Wert auf die Dinge, die man der Form halber bei einem Rendezvous tut. Sie konnte es kaum erwarten, einfach irgendwo zu parken und rumzumachen.
Was bedeutete: Umarmen und Küssen ohne Zunge.
Wir machten mehrere Wochenendabende hintereinander »rum«. Die Keine-Zunge/Keine-Haut-Regel machte mich wahnsinnig. Ich bettelte um mehr Körperkontakt. Cathy lehnte ab. Ich bettelte weiter. Cathy konterte mit einem großen Ablenkungsmanöver.
Sie organisierte ein paar Treffen mit ihren Schulfreundinnen. Das

Ablenkungsmanöver verschaffte mir Einblick in verschiedene feiste Hancock-Park-Wohnungen.
Mir gefiel das piekfeine Mobiliar. Mir gefielen die großen Zimmer. Ich mochte die holzvertäfelten Wände und die Ölgemälde. Dies war mein altes Spanner-Revier – aus nächster Nähe und ganz intim.
Cathy stellte mir ihre Freundin Anne vor. Anne war 1,85 groß, blond und drall. Keiner wollte je mit ihr ausgehen.
Ich rief Anne an und verabredete mich mit ihr. Wir gingen ins Kino und knutschten im Fern Dell Park. Sie küßte mit Zunge. Das war *guuuuuut.*
Ich rief Cathy an und machte Schluß. Anne rief mich an und sagte mir, sie wolle nichts mehr mit mir zu tun haben. Ich rief Fritz' Schwester Heidi an und fragte sie, ob sie mit mir ausgehen wolle. Sie sagte, ich solle mich verpissen. Ich rief Heidis Freundin Kay an und fragte sie, ob sie mit mir ausgehen wolle. Sie erklärte mir, sie sei überzeugte Christin und gehe prinzipiell nur mit Geläuterten aus.
Ich wollte mehr Liebe. Ich wollte Sex ohne Schulmädchengrenzen. Ich wollte noch ein paar Hancock-Park-Wohnungen sehen.
Fritz hatte ein kleines Zimmer direkt neben der Garage. Dort hatte er seine Platten und seine Anlage. Das war sein Refugium. Seine Eltern und seine Schwester ließ er nie dort rein. Lloyd, Daryl und ich hatten einen Schlüssel.
Der Raum war 20 Meter vom Haupthaus entfernt. Das Haus übte einen unwiderstehlichen Reiz auf mich aus. Es war der Lieblingsschauplatz meiner Sexphantasien.
Eines Nachts brach ich dort ein. Das war Ende '66.
Fritz und seine Familie waren nicht zu Hause. Ich legte mich vor der Küchentür auf den Boden und steckte meinen linken Arm durch eine Katzentür. Ich schob von innen den Riegel zurück und öffnete die Tür.
Ich ging durchs Haus. Ich ließ das Licht aus und schlich oben und unten umher. Ich suchte in den Arzneischränken nach Drogen und mopste ein paar Schmerztabletten. Ich goß mir einen doppelten Scotch ein und schluckte die Pillen an Ort und Stelle. Ich

wusch das Glas ab, das ich benutzt hatte, und stellte es dorthin wieder zurück, wo ich es gefunden hatte.
Ich ging durch Heidis Zimmer. Ich sog den Duft ihrer Kissen ein und durchsuchte ihren Schrank und ihre Schubladen. Ich vergrub mein Gesicht in einem Stapel Dessous und ließ einen weißen Slip mitgehen.
Leise verließ ich das Haus. Ich wollte mir die Chance auf ein nächstes Mal nicht vermasseln. Ich wußte, daß ich auf eine weitere geheime Welt gestoßen war.

Kay wohnte gleich auf der anderen Seite der Straße. Bei ihr brach ich ein paar Nächte später ein.
Ich rief von Fritz' Hinterzimmer aus bei ihr an, und niemand nahm ab. Ich ging hinüber und hielt Ausschau nach Möglichkeiten zum Einsteigen.
Ich fand ein offenes Fenster mit Blick auf die Einfahrt. Ein Fliegengitter war mit umgebogenen Nägeln davor befestigt. Ich lokkerte zwei Nägel am unteren Ende, entfernte das Fliegengitter und sprang ins Haus.
Es war ungewohntes Terrain. Hier kannte ich mich nicht aus. Ich schaltete kurz ein paar Lampen ein, um mich zu akklimatisieren. Es gab keine Hausbar. In den Arzneischränken befand sich kein guter Stoff. Ich stürzte mich auf den Kühlschrank und stopfte mich mit kaltem Braten und Obst voll. Ich erkundete das Haus von oben bis unten – und hob mir Kays Zimmer bis zum Schluß auf.
Ich sah ihre Schulsachen durch und streckte mich auf ihrem Bett aus. Ich durchsuchte einen Wäschekorb voller Blusen und Röcke. Ich öffnete Kommodenschubladen und hielt eine Tischlampe darüber, um besser sehen zu können. Ich ließ einen BH und einen dazu passenden Slip mitgehen.
Ich brachte das Fliegengitter wieder an und bog die Nägel zurück, die es hielten. Total high ging ich nach Haus.
Einbrechen war Spannen hoch zehn.

Kathy wohnte in einem großen spanischen Haus an der Ecke 2nd/Plymouth. Ich war seit Ewigkeiten heimlich in sie verliebt.

Sie war groß und schlank. Sie hatte dunkelbraunes Haar, braune Augen und Sommersprossen. Sie war intelligent, süß und einfach große Klasse. Aus irgendeinem unerklärlichen Grund hatte ich Angst vor ihr.
Ich brach bei ihr ein. Es war eine sehr kalte Nacht Anfang '67.
Ich rief bei ihr an, und niemand nahm ab. Ich ging zu ihrem Haus hinüber und sah kein Licht und kein Auto in der Einfahrt. Ich ging hinters Haus und versuchte, ein Fenster aufzuschieben. Das dritte oder vierte war nicht verriegelt.
Ich kletterte hinein. Ich stolperte im Erdgeschoß umher und drehte für den Bruchteil einer Sekunde das Licht an. Ich fand eine Hausbar und setzte jede Flasche an den Hals. Ich war sofort mächtig angeknallt und ging nach oben.
Ich konnte nicht erkennen, wem welches Zimmer gehörte. Ich legte mich auf jedes Bett und entdeckte in einem Kleiderschrank und einer Kommode weibliche Unterwäsche. Die Größenschilder an den BHs und Slips verwirrten mich. Ich ließ zwei Garnituren mitgehen, um sicherzugehen, daß eine von Kathy dabei war. In einem Arzneischrank fand ich Beruhigungspillen. Ich klaute drei und spülte sie mit einem äußerst schrägen Likör hinunter. Ich stieg aus dem Hinterfenster, wankte nach Haus und fiel auf meinem Bett in tiefen Schlaf.

Ich tat es wieder und wieder. Aber ich ging mit untypischer Zurückhaltung ans Werk.
Ich hörte auf, vor Ort Pillen einzuwerfen. Ich stahl ausschließlich Fetische. Ich kehrte in unregelmäßigen Abständen zu Heidi, Kay und Kathy zurück und blieb nie länger als 15 Minuten im Haus. Ich blies die Sache ab, wenn ich feststellte, daß meine Einstiegspunkte verriegelt worden waren.
Der Kitzel war Sex und die kurzzeitige Eroberung anderer Welten. Die Einbrüche verschafften mir junge Frauen und als Bonus Familien.
Das ganze Jahr '67 hindurch stieg ich in Häuser ein. Ich beschränkte mich auf Hancock Park. Ich knackte ausschließlich die Elternhäuser meiner Traumfrauen.

Heidi, Kay und Kathy. Missy an der Ecke 1st/Brentwood. Julie gegenüber von Kathy, drei Häuser weiter. Joanne an der Ecke 2nd/Irving.
Geheime Welten.

Anfang '68 zog Daryl nach Portland. Fritz wechselte zur UCLA. Lloyd ging aufs L.A. City College. Er war fast genauso versoffen und verdrogt wie ich.
Lloyd hatte den Mumm, der mir fehlte. Er hatte einen Hang zu mißhandelten Frauen, die mit brutalen Männern verbandelt waren. Er versuchte sie zu retten und legte sich dabei mit schmierigen Drogendealern an. Er hatte ein großes Herz, ein großes Hirn und einen ziemlich abgefahrenen nihilistischen Humor. Er lebte bei seiner Mutter, einer frömmelnden Spinnerin, und ihrem zweiten Mann – einem Obst- und Gemüsehändler, der draußen im Tal ein paar Obstplantagen besaß.
Lloyd hatte ein Faible für den Abschaum Hollywoods. Er verstand sich gut mit Rowdys und Hippies. Auf einigen seiner Exkursionen nach Hollywood begleitete ich ihn. Ich lernte Biker, Stricher und Gene the Short Queen kennen – einen 1,50 großen Transvestiten. Ich stolperte durch Hollywood, nahm irrwitzige Drogencocktails und wachte in Parks und Weihnachtsbaumschulen wieder auf.
Die Love & Peace-Ära war auf ihrem Höhepunkt. Lloyd stand mit einem Fuß in dieser kulturellen Tür und mit dem anderen noch am Rand von Hancock Park. Auch er hatte ein Zwei-Welten-System. In Hollywood machte er auf cool und kaufte Drogen, und dann fuhr er wieder nach Haus zu seiner durchgeknallten Mutter.
Hollywood machte mir angst und irritierte mich. Hippies waren hirnverbrannte Homos. Sie standen auf abartige Musik und predigten verblasenes esoterisches Zeug. Hollywood war eine Eiterbeule.
Lloyd war anderer Ansicht. Er sagte, ich hätte bloß Schiß vor dem wahren Leben. Er meinte, ich kenne ja nur ein paar Quadratmeilen von der Welt.

Er hatte recht. Er wußte nicht, daß ich mein fehlendes Wissen mit Dingen ausglich, die er nie erfahren würde.
Ich brach weiterhin in Häuser ein. Dabei ging ich ängstlich und behutsam vor. Ich las weiterhin Kriminalromane und malte mir Verbrechen aus. Ich klaute und aß weiterhin ausschließlich Steaks. Ich lebte von einem Hunderter im Monat.
Eines Tages war der Hund verschwunden. Als ich nach Hause kam, stand die Tür offen, und von Minna war weit und breit nichts zu sehen. Ich verdächtigte meinen Hundehasser-Hauswirt. Ich suchte Minna überall und setzte eine Hund-entlaufen-Anzeige in die *L.A. Times*. Ohne Erfolg. Ich verpraßte zwei Monatsmieten für Dope und wurde aus meiner Wohnung ausgesperrt. Tante Leoda weigerte sich, mir etwas Knete vorzustrecken. Ich wohnte eine Woche in Fritz' Hinterzimmer und wurde von seinem Vater hinausgeworfen. Ich zog bei Lloyd ein und wurde von seiner Mutter hinausgeworfen.
Ich zog in den Robert Burns Park. Ich klaute ein paar Decken aus einem Altkleidercontainer und schlief drei Wochen in einem Efeubeet. In unregelmäßigen Abständen berieselte mich ein nächtlicher Rasensprenger. Dann mußte ich meine Decken zusammenraffen und mich zu einer trockenen Stelle flüchten.
Das Leben unter freiem Himmel war der letzte Dreck. Ich ging zum Arbeitsamt und bekam ein paar Jobangebote. Eine serbokroatische Spiritistin engagierte mich als Flugblattverteiler.
Ihr Name war Sister Ramona. Sie zog armen Schwarzen und Mexikanern das Geld aus der Tasche und verbreitete ihre Botschaft mittels mimeographierter Handzettel. Sie heilte Kranke und wußte Rat in Geldangelegenheiten. Die Armen kamen in Scharen. Sie nahm die dummen Wichser aus bis aufs letzte Hemd.
Sister Ramona war eine rechtsradikale Rassistin. Ihr Mann fuhr mich in die Armenviertel und setzte mich mit Zeitungstaschen voller Handzettel dort ab. Ich schob die Zettel unter Türen durch und stopfte sie in Briefkästen. Kleine Kinder und Hunde folgten mir auf Schritt und Tritt. Teenager lachten mich aus und zeigten mir den Finger.
Ihr Mann gab mir zwei Dollar Essensgeld pro Tag. Ich kaufte da-

für billigen Fusel und Muskateller. Flame-O hatte recht gehabt: Ich wurde zu einem richtigen Säufer.

Ich kratzte ein paar Piepen zusammen und bekam meine Bude zurück. Ich schmiß den Job bei Sister Ramona.

Eine High-School-Bekanntschaft stellte mir eine Frau vor, die eine Unterkunft brauchte. Sie versprach, mich als Gegenleistung für einen Schlafplatz zu entjungfern. Begierig nahm ich ihr Angebot an.

Sie zog ein. Notgedrungen entjungferte sie mich. Ich turnte sie nicht an, und sie ekelte sich vor meinem aknevernarbten Rücken. Sie vögelte viermal mit mir und sagte, mehr sei nicht drin. Ich war verrückt nach ihr und ließ sie trotzdem weiter bei mir wohnen. Sie hatte mich verhext. Sie konnte mit mir machen, was sie wollte. Sie blieb drei Monate und verkündete dann, sie sei lesbisch. Sie habe gerade eine Frau kennengelernt und ziehe nun mit ihr zusammen.

Mir brach das Herz. Ich knallte mich tagelang mit Wodka zu und verpraßte das Geld für die Miete. Mein Hauswirt setzte mich abermals vor die Tür.

Ich zog wieder in den Robert Burns Park und fand einen dauerhaft trockenen Fleck neben einem Werkzeugschuppen. Mit der Zeit erschien mir das Leben unter freiem Himmel gar nicht *so* schlecht. Ich hatte einen sicheren Schlafplatz, und ich konnte den ganzen Tag mit Lloyd herumhängen und in öffentlichen Bücherhallen lesen. Ich konnte mich auf öffentlichen Toiletten rasieren und hin und wieder bei Lloyd duschen.

Ich ließ mir die Sache durch den Kopf gehen und machte so weiter. Ich stellte meine Ernährungsweise von Steaks auf Frühstücksfleisch um und machte sämtliche Stadtbüchereien von L.A. unsicher. Ich trank in den Herrentoiletten der Bibliotheken und las in meinen ersten Wochen auf der Straße das gesamte Œuvre von Ross Macdonald durch. Ich lagerte Klamotten zum Wechseln bei Lloyd und nahm dort gelegentlich ein Bad.

Das war im Herbst '68. In der öffentlichen Bücherhalle von Hollywood traf ich einen Freak. Er erzählte mir von Benzedrex-Inhalatoren.

Das war ein rezeptfreies Medikament zum Abschwellen der Nasenschleimhaut, das in kleinen Plastikröhrchen verkauft wurde. In den Röhrchen steckte ein Wattepfropfen, der mit einem Stoff namens Prophylhexedrin getränkt war. Dieses Röhrchen sollte man sich in die Nase stecken und ein paarmal hochziehen. Man sollte *nicht* die Wattebäusche schlucken und locker zehn Stunden high sein.

Benzedrex-Inhalatoren waren legal. Sie kosteten 69 Cent. Man konnte sie in ganz L.A. kaufen oder stehlen.

Der Freak riet mir, welche zu klauen. Der Gedanke gefiel mir. So kam ich ohne Dealer-Connections oder Arztrezepte an Speed. Ich ließ in einem Sav-On-Drugstore drei Inhalatoren mitgehen und zog mich zurück, um sie mit Root-Beer hinunterzuspülen. Die Pfropfen waren fünf Zentimeter lang und hatten den Durchmesser einer Zigarette. Sie waren mit einer übelriechenden, gelblichen Lösung getränkt. Ich würgte einen hinunter und kämpfte gegen den Reflex an, ihn wieder auszukotzen. Er blieb drin und fing innerhalb einer halben Stunde an zu wirken.

Das High war *guuuuuut.* Es explodierte im Hirn und langte mir zwischen die Beine. Die Wirkung war genauso gut wie die eines Aufputschmittels aus der Apotheke.

Ich ging zurück zu meinem Platz im Robert Burns Park und wichste die ganze Nacht lang. Das High hielt volle acht Stunden an, und hinterher fühlte ich mich schmutzig und zerrissen. Alkohol dämpfte dieses Gefühl und wiegte mich in eine neue Euphorie.

Ich war auf etwas gestoßen. Es war etwas, das ich jederzeit haben konnte.

Ich ging gleich richtig zur Sache. Ich klaute Wattetrips und war einen Monat lang jeden dritten bis vierten Tag high. Ich schluckte die Trips in der Toilette einer Bücherei und schwebte auf Wolken zurück in den Burns Park. Das kontinuierliche Speed-High verschaffte mir die plastischsten Sex-and-Crime-Phantasien. Ich klaute eine Taschenlampe und ein paar Pornohefte und arbeitete sie in meine Geschichten ein.

Das Leben unter freiem Himmel war gut. Ich forderte Tante Leoda auf, meinen monatlichen Hunderter an Lloyds Adresse zu

schicken. Sie dachte, ich wäre bei einem Kumpel untergekommen. Ich sagte ihr nicht, daß ich inzwischen unter die Camper gegangen war.
Ich hatte vergessen, den Faktor Regen in meine Draußenleben-Gleichung einzubeziehen. Nach den ersten paar Nieselregen begann ich, mich nach einem Unterschlupf umzusehen. An der Ecke 8th/Ardmore fand ich ein leerstehendes Haus und zog ein.
Es war ein zweistöckiges Gebäude ohne Licht und ohne fließend Wasser. Im Wohnzimmer stand eine verschimmelte Kunstledercouch. Sie war gut zum Schlafen und Dauerwichsen.
Ich richtete mich häuslich ein. Ich schloß die Haustür nicht ab und versteckte meine Sachen in einem Schrank, wenn ich ausging. Ich glaubte, daß ich mich unauffällig verhielt. Da lag ich falsch.
Es geschah Ende November. Vier Cops traten meine Tür ein und richteten Schrotflinten auf mich.
Sie warfen mich zu Boden und legten mir Handschellen an. Sie drückten mir diese feisten Pumpguns ins Gesicht. Sie warfen mich in ein Auto, fuhren mit mir zur Wilshire Station und buchteten mich wegen Einbruchs ein.

Mein Zellengenosse war ein Schwarzer, der wegen bewaffneten Raubs saß. Er hatte erfolgreich einen Schnapsladen überfallen und war längst über alle Berge, als er merkte, daß er seinen Afrokamm am Tatort verloren hatte. Er kehrte zurück, um ihn zu holen. Der Besitzer erkannte ihn. Die Cops sackten ihn an Ort und Stelle ein.
Ich hatte Schiß. Dies war schlimmer als der Jugendknast in der Georgia Street.
Ein Detective verhörte mich. Ich sagte ihm, ich hätte in dem Haus geschlafen, sei aber nicht dort eingebrochen. Er glaubte mir und änderte die Anklage in unbefugtes Betreten. Ein Wärter brachte mich in den Teil des Knasts, wo die Kleinkriminellen saßen.
Meine Angst legte sich ein wenig. Meine Zellengenossen sagten, unbefugtes Betreten sei eine Lappalie. Man werde mich wahrscheinlich nach der Vernehmung wieder freilassen.

Ich verbrachte den Samstag und Sonntag im Wilshire-Knast. Wir bekamen zwei Fertiggerichte und zwei Tassen Kaffee pro Tag. Meine Zellengenossen waren ein paar Säufer und Typen, die ihre Frau verprügelt hatten. Wir alle erzählten Lügengeschichten über unsere kriminellen Heldentaten und die Frauen, die wir gebumst hatten.

Ein Bus des Sheriff's Office brachte uns Montag früh zum Gericht. Er setzte uns an der Lincoln Heights Division ab – dem Laden, der auch die berühmte Ausnüchterungszelle von Lincoln Heights beherbergt.

Dort warteten wir auf den Richter. Der Raum war vierzig Quadratmeter groß und randvoll mit männlichem Abschaum. Deputies warfen Lunchpakete in die Menge. Man mußte um sein Essen kämpfen. Ich war groß genug, um mir mein Futter direkt aus der Luft zu schnappen.

Der Tag zog sich hin. Ein Dutzend Alkis bekam Krämpfe. Wir standen jeweils etwa zu zehnt vor der Richterin. Sie hieß Mary Waters. Die Jungs im Knast sagten, sie sei eine fiese alte Fotze. Als ich dran war, bekannte ich mich schuldig. Sie sagte, ich sähe aus, als hätte ich mich vor dem Wehrdienst gedrückt. Ich sagte, das hätte ich nicht. Sie verfügte, daß ich ohne Kaution in Haft bleiben sollte – über eine mögliche Freilassung auf Bewährung würde später entschieden. Am 23. Dezember mußte ich wieder vor Gericht erscheinen.

Es war der 2. Dezember. Vor mir lagen drei Wochen im Knast. Ich riß mich zusammen. Ein Deputy kettete mich mit 11 anderen Männern zusammen. Ein weiterer Deputy trieb uns zu einem großen Polizeibus hinaus.

Der Bus brachte uns ins Main County Jail. Das war eine riesige Anlage eine Meile nordöstlich des Zentrums von L.A. Das Aufnahmehickhack dauerte 12 Stunden.

Wir mußten zur Leibesvisitation und uns von Deputies mit Entlausungsmittel besprühen lassen. Wir tauschten unsere Straßensachen gegen Knastkleidung. Wir wurden zum Blutabnehmen geschickt und gegen verschiedene Krankheiten geimpft. Stundenlang zogen wir von einem vergitterten Verschlag zum näch-

sten. Um 2:00 oder 3:00 morgens kam ich schließlich in meine Zelle.
Es war eine nun mit sechs Männern überbelegte Viererzelle. Ein Deputy wies mich an, meine Matratze unter das Bett links unten zu schieben. Ich haute mich dort hin und schlief völlig erschöpft ein.
Zum Essenfassen um 6:00 wachte ich auf. Ein Deputy rief über die Sprechanlage ein paar Namen auf – darunter meinen. Wir wurden ins Hall-of-Justice-Gefängnis verfrachtet.
Ein Insasse sagte, das sei ganz normal. Man komme immer erst ins »New« County und werde dann woandershin verfrachtet. Das Hall-of-Justice-Gefängnis war das »Old« County.
Ein Deputy kettete mich mit ein paar anderen Männern zusammen. Zwei Deputies trieben uns zu einem Transporter hinaus und fuhren uns zum Old County. Wir fuhren mit dem Aufzug hinauf in den dreizehnten Stock.
Mein Trakt war zu 100 % überbelegt. Ein Deputy sagte, die Neuankömmlinge müßten auf dem Gang schlafen. Morgens rollte man dann seine Matratze auf und gondelte bis zum Zapfenstreich zwischen den Zellen hin und her.
Zwanzig solche Tage hatte ich vor mir. Eine innere Stimme bereitete mich darauf vor, was das bedeutete.
Du bist groß – aber nicht stark. Du begehst Verbrechen – doch du bist kein *richtiger* Krimineller. Paß auf, was du tust. Paß auf, was du sagst. Sei vorsichtig, sei ruhig und halte zwanzig Tage die Luft an.
Diese Botschaft bleute ich mir instinktiv ein. Ich sprach den Gedanken nicht aus. Ich wußte nicht, daß schon mein Äußeres in alle Welt hinausposaunte: Idiot, Trottel, Spinner, Nichtsnutz.
Ich hielt den Mund. Ich programmierte mich auf Stoizismus. Ich versuchte, meine Angst nicht zu zeigen. Meine Mitgefangenen lachten, sobald sie mich nur sahen.
Die meisten von ihnen waren Verbrecher, die auf ihren Prozeß in der nächsthöheren Instanz warteten. Sie erkannten und verachteten männliche Schwäche.
Sie lachten über meinen zuckenden Gang und verkürzten meine beiden Namen zu dem verhaßten »Leroy«. Sie nannten mich den

»verrückten Professor«. Sie legten nie Hand an mich. Diesen Grad an Verachtung war ich ihnen nicht wert.
Lloyd kam mich besuchen. Er sagte, er habe meine Tante angerufen und ihr erzählt, daß ich im Gefängnis saß. Das Geld von meiner Versicherung ging langsam zur Neige. Das alte Mädchen hatte sich sowieso darauf eingestellt, mir 200 Mäuse vorzuschießen. Lloyd wußte, wo ich für 80 im Monat eine Bude kriegen konnte – in den Versailles Apartments an der Ecke 6th und St. Andrews. Ich zählte jeden einzelnen der 20 Tage. Ein Bewährungshelfer suchte mich auf. Er sagte, Richterin Waters sei bereit, mich zu entlassen. Das Urteil würde ausgesetzt, und ich bekäme drei Jahre Bewährung. Ich müßte mir allerdings einen Job suchen.
Ich sagte, das würde ich schleunigst tun. Ich versprach, mir nichts mehr zuschulden kommen zu lassen.
In meiner Abteilung hielt ich die Klappe – und sperrte die Ohren auf. Ich erfuhr, daß Romilar-CF-Hustensaft ganz schön high macht und daß Klebestreifen an Fensterscheiben ein Hinweis auf eine Alarmanlage waren. Der Typ bei Cooper's Donuts kannte all die scharfen schwarzen Nutten. Bei drei Norm's Coffee Shops konnte man Dope kaufen. Der Laden an der Ecke Melrose/La Cienega hieß Schwuchtel-Norm's. Der Laden an der Ecke Sunset/Vermont hieß Normalo-Norm's. Der Laden an der Southside hieß Nigger-Norm's.
An bestimmten Stellen des Trancas Canyon wuchs wildes Marihuana. Ma Duncans Sohn war mittlerweile ein Spitzenanwalt. Doc Finch kam bald auf Bewährung raus. Carole Tregoff war im Knast lesbisch geworden. Caryl Chessman war ein Arschloch – alle in San Quentin haßten ihn. Der Susan-Hayward-Streifen *Laßt mich leben* war totaler Blödsinn. Barbara Graham hatte Mabel Monahan wirklich erschlagen.
Ich lauschte und lernte. Ich las eine zerfledderte Ausgabe von *Atlas Shrugged* und kam zu dem fragwürdigen Schluß, ich sei ein Supermann. Ich trank die ganze Zeit keinen Alkohol, nahm keine Drogen und legte zehn Pfund Knastfraßmuskeln zu.
Mary Waters entließ mich zwei Tage vor Weihnachten. Auf meinem Weg zurück zum Burns Park klaute ich ein paar Inhalatoren.

Ich bekam eine Einzimmerwohnung im Versailles und unterschrieb bei einer Zeitarbeitsfirma. Man schickte mich auf ein paar Poststellen-Jobs. Mein Bewährungshelfer fand mein Arbeitsleben befriedigend. Ihm gefielen meine kurzen Haare und Spießerklamotten. Er sagte, ich solle Hippies aus dem Weg gehen. Die stünden allesamt unter bewußtseinsverändernden Drogen.

Genau wie ich.

Von montags bis freitags ging ich meinen Zeitarbeitsjobs nach. Zum Frühstück kippte ich einen Viertelliter Scotch und spülte mit Listerine-Mundwasser nach. Im kontrollierten Kriechgang schaffte ich es bis zum mittäglichen Wein und/oder Gras. Ich betrank mich jeden Abend, und an den Wochenenden schluckte ich Wattetrips.

Romilar war eine gute Einbruchsdroge. Es ließ ganz gewöhnliche Dinge surreal und geheimnisvoll wirken. Auf Romilar machte ich einen Bruch nach dem anderen. Ich stieg bei Kathy, May und Missy ein – und konzentrierte mich auf die Arzneischränkchen. Zusätzlich zu dem Hustensaft warf ich jede einladend aussehende Pille ein, die ich in die Finger bekam. In zwei von drei Fällen wachte ich auf meinem Bett wieder auf und hatte einen Filmriß.

Ich legte Wert darauf, anständig und gepflegt zu wirken. Im L.A. von '69 zogen Freaks die Bullen magnetisch an. Sie hatten lange Haare, waren schrill angezogen und riefen förmlich: »Loch mich ein.« Ich konnte mich in meinen beiden koexistierenden Welten relativ ungestraft bewegen. Ich hatte ein Talent dafür, den Leuten das zu geben, wonach sie verlangten.

Im März wurde ich 21. Ich gab meine Wohnung auf und zog in ein billiges Hotel in Hollywood. Ich fand einen langfristigen Zeitarbeitsjob bei KCOP-TV.

Ich arbeitete in der Poststelle. Die Leute antworteten auf Werbung für solchen Scheißdreck wie *64 Country Hits* und schickten Geldscheine und Münzen mit der Post. Das Gewicht der Vierteldollar- und Zehn-Cent-Stücke verriet diese Umschläge. Ich begann, eine Menge zusätzliche Kohle zu scheffeln.

Ich gab alles für Alkohol, Drogen und Pizza aus. Ich zog in eine bessere Wohnung um – eine Junggesellenbude an der Ecke 6th/

Cloverdale. Dort verguckte ich mich in ein paar Frauen und lief ihnen ständig durch das ganze Viertel hinterher.
Das Geld von der Versicherung war alle. Meine Klauereien in der Poststelle glichen den Verlust mehr als aus. Ich wurde mit dem Firmentransporter in einen Unfall mit Blechschaden verwickelt und mußte damit herausrücken, daß ich keinen Führerschein hatte. KCOP feuerte mich. Ich bekam ein paar kurzfristige Zeitarbeitsjobs und lebte ultrabillig. Ich wußte keinen Ausweg. Ich stieg bei Missy ein und brach einen ehernen Grundsatz.
Ich klaute das gesamte Geld aus der Handtasche ihrer Mutter. Damit hatte ich mir den Rückweg in das schöne Haus an der Ecke 1st/Beachwood für immer verbaut.
Meine Wohnungsbesichtigungen begannen, mir mehr Angst zu machen, als mich zu erregen. Ich spürte, daß mir das Gesetz des Zufalls im Nacken saß. Ich war insgesamt vielleicht zwanzigmal eingebrochen. Während meiner Zeit im Knast hatte ich Dinge gelernt, die mich noch vorsichtiger sein ließen.
Einbruch in Häuser war Einbruch ersten Grades. Darauf stand Freiheitsentzug. Ich wußte, daß ich im County-Knast zurechtkommen würde. Im Staatsgefängnis wäre ich geliefert.
Im August geschahen die Tate-La-Bianca-Morde. Die Nachbeben waren in ganz Hancock Park zu spüren.
Ich bemerkte Klebeband an Kathys Fenstern. Ich sah mehr private Wachleute patrouillieren als sonst. Ich sah die Schilder von Sicherheitsdiensten an Haustüren.
Ich hörte Knall auf Fall mit dem Einbrechen auf. Ich tat es nie wieder.
Das nächste Jahr verbrachte ich in Phantasiewelten. Ich schaffte es tatsächlich, ein paar Zeitarbeitsjobs und einen Job in einem Pornobuchladen nicht gleich wieder zu schmeißen. Hardcore-Pornographie war mittlerweile legal, solange sie eingepackt verkauft wurde. Ungeschminkte Hippie-Mädchen räkelten sich in Hochglanzmagazinen.
Die Mädchen wirkten weder abgestumpft noch erniedrigt. Sie sahen aus, als posierten sie aus Spaß an der Freud und für ein paar Kröten. Sie hatten sich auf ein schmutziges Gunstgewerbe einge-

lassen. Ihr leichtes Stirnrunzeln und ihre glasigen Augen verrieten, daß sie sich darüber durchaus im klaren waren.
Sie erinnerten mich an die Schwarze Dahlie – ohne die dicke Schminke und den Noir-Ballast. Die Dahlie war an den Illusionen der Filmwelt erstickt. Diese Mädchen hatten sich auf irgendeiner billigen esoterischen Ebene in die Irre führen lassen.
Sie bohrten sich direkt in mein Herz. Ich war der Verkäufer aus dem Pornobuchladen, der auszog, sie vor der Pornographie zu retten und sich mit Sex dafür belohnen zu lassen. Ich hortete diese Bilder, wie Harvey Glatman Bilder seiner Opfer gehortet hatte. Ich gab meinen Mädchen Namen und betete jeden Abend für sie. Ich schickte ihnen den Dahlien-Mörder auf den Hals und rettete sie in dem Moment, als sein Messer bereits auf sie niedersauste. Wenn ich auf Benzedrex war, spreizten sie die Beine und sprachen mit mir.
Ich stand nicht auf diejenigen mit perfekter Figur und munterem Gesichtsausdruck. Ich liebte ein Lächeln, das nicht recht funktionierte, und traurige Augen, die nicht lügen konnten. Unproportionierte Züge und unregelmäßig geformte Brüste trafen mich ins Mark. Ich war auf der Suche nach sexuellem und psychologischem Tiefgang.
Ich klaute den ganzen Buchladen leer. Ich untersuchte jedes Sexblatt, das hereinkam, und riß die Bilder mit den erschütterndsten Frauen heraus. Ich arbeitete von Mitternacht bis 8:00 morgens, bediente mich aus der Kasse und ging in eine Bar, in der den ganzen Tag Sexfilme liefen. Ich betrank mich und sah mir noch mehr Hippiemädchen an – und immer studierte ich ihre Gesichter eingehender als ihre Körper.
Die Pornosaison ging viel zu schnell vorbei. Der Chef des Buchladens kriegte mit, daß ich klaute, und feuerte mich. Ich fing wieder an, für die Zeitarbeitsfirma zu arbeiten, sparte etwas Geld an und knallte mir dann volle zwei Wochen die Birne zu.
Ich vernichtete eine Kiste Wodka, eine Ladung Steaks und eine Ladung Wattetrips. Ich schwelgte in Phantastereien, imaginärem Sex, Cholesterin und den Werken von Raymond Chandler, Dashiell Hammett und ein paar Schundautoren. Ich ging tagelang

nicht aus dem Haus. Ich nahm ab, nahm zu, nahm wieder ab und steigerte mich in eine dem Wahnsinn nahe Ekstase hinein.
Ich prellte meinen Hauswirt zwei Monate lang um die Miete. Er begann, an meine Tür zu hämmern und mit Rauswurf zu drohen. Ich hatte nicht das Geld, um ihm das Maul zu stopfen. Doch es reichte, um mir für einen Monat eine billigere Bude zu sichern. Ich fand eine beim Paramount Studio. Das Haus war ein schmukker Kasten, der sich Green Gables Apartments nannte. Ein kleines Junggesellenapartment kostete 60 Dollar im Monat – sehr wenig für 1970.
Lloyd half mir beim Umzug. Ich packte meinen Kram in sein Auto und machte mich bei Nacht und Nebel aus dem Staub. Ich richtete mich im Gables ein und ging auf Arbeitssuche.
Ich fand nichts. Es herrschte Flaute auf dem Arbeitsmarkt für Ungelernte. Ich nahm ein paar Wattetrips hintereinander und begann, Dinge zu sehen und zu hören, die vielleicht da waren, vielleicht auch nicht.
Mein Wohnungsnachbar grinste mich hämisch an, wenn wir uns im Flur begegneten. Er hämmerte an mein Fenster, wenn ich high war. Er wußte, was ich tat. Es paßte ihm nicht. Er durchschaute all meine schmutzigen Phantasien. Er las meine Gedanken durch die Wand hindurch, die uns trennte.
Er haßte meine Pornos. Er wußte, daß ich meine Mutter ermordet und meinen Vater durch Pflichtvergessenheit ins Grab gebracht hatte. Er sah in mir einen perversen Freak. Er wollte mich vernichten.
Ich war high und stürzte ab, war high und stürzte ab, war high und stürzte ab. Meine Paranoia wütete proportional zu der Stärke des Stoffs in meinem Körper. Ich hörte Stimmen. Sirenen auf der Straße sandten mir Haßbotschaften. Ich wichste im Dunkeln, um den Mann nebenan zu überlisten.
Er *kannte* mich.
Er setzte Ungeziefer in meinen Kühlschrank. Er vergiftete meinen Wein. Er schloß meine Phantastereien an seinen Fernseher an.
Mitten auf einem Wattetrip kratzte ich die Kurve.

Ich ließ meine Klamotten und meine Fickbücher zurück. Ich rannte aus dem Apartment und wetzte drei Meilen in Richtung Nordosten. Vor einem Gebäude Ecke Sunset/Micheltorena sah ich ein Zu-vermieten-Schild.
Für $39 im Monat mietete ich eine Abstellkammer. Das Gebäude war verwahrlost und stank nach in die Gegend gekipptem Müll. Mein Zimmer war halb so groß wie eine Sechs-Mann-Zelle im Knast. Meine Habe bestand aus dem, was ich anhatte, und einer Halbliterflasche billigem Fusel.
Am nächsten Morgen warf ich ein paar Wattetrips ein. Neue Stimmen stürmten auf mich ein. Mein Wohnungsnachbar begann, durch die Lüftungsrohre zu zischeln.
Ich hatte Angst, mein Bett zu verlassen. Ich wußte, daß die Heizspiralen in meiner Heizdecke Mikrofone waren. Ich riß sie heraus. Ich pißte ins Bett und riß die Kissen in Stücke. Ich stopfte mir Schaumstoff in die Ohren, um die Stimmen zum Schweigen zu bringen.
Am nächsten Morgen kratzte ich die Kurve. Ich lief auf direktem Wege zum Robert Burns Park.

Von da an wurde es schlimm. Es wurde mit einer selbstzerstörerischen Logik schlimm.
Es geschah ganz allmählich.
Die Stimmen kamen und gingen. Die Trips öffneten ihnen Tür und Tor. Alkohol und erzwungene Nüchternheit ließen sie verstummen. Intellektuell hatte ich das Problem erfaßt. In der Sekunde, in der ich mir die Wattepfropfen in den Mund steckte, war jede rationale Überlegung wie weggewischt.
Für Lloyd waren die Stimmen eine »Amphetamin-Psychose«. Für mich waren sie eine Verschwörung. Präsident Richard M. Nixon wußte, daß ich meine Eltern ermordet hatte, und hatte Leute beauftragt, mir auf den Fersen zu bleiben. Sie zischelten in Mikrophone, die mit meinem Gehirn verkabelt waren. Nur ich hörte die Stimmen. Sonst niemand.
Ich konnte nicht aufhören, Wattetrips zu schlucken. Fünf Jahre lang hörte ich Stimmen.

Den Großteil dieser Zeit verbrachte ich unter freiem Himmel. Ich lebte in Parks, Hinterhöfen und leerstehenden Häusern. Ich stahl. Ich trank. Ich las und phantasierte. Ich lief mit Watte in den Ohren durch ganz L.A.
Es war fünf Jahre lang ein täglicher Dauerlauf.
Ich wachte irgendwo draußen auf. Ich klaute Alkohol und Frühstücksfleisch. Ich las in Bibliotheken. Ich ging in Restaurants, bestellte zu trinken und zu essen und prellte die Zeche. Ich stieg in die Waschküchen von Mietshäusern ein, brach die Waschmaschinen und Trockner auf und klaute die Münzen darin. Ich nahm Wattetrips und ergatterte ein paar schöne Momente, bevor die Stimmen mich wieder überwältigten.
Ich lief umher.
Der Wilshire Boulevard führte direkt zum Strand. Im Laufe eines Wattetrips ging ich ihn bis ans Ende und wieder zurück. Ich mußte in Bewegung bleiben. Der Verkehrslärm übertönte die Stimmen. Zuwenig Bewegung machte ihren Lärm unerträglich. Fünf Jahre lang war ich ständig auf den Beinen. Sie vergingen in einer verschwommenen Zeitlupe. Meine Phantasien durchliefen sie kontrapunktisch im Zeitraffer. Straßenszenen dienten als Hintergrund für die Stimmen und meinen eigenen inneren Dialog. Ich quasselte weder vor mich hin, noch verriet ich sonstwie meinen Geisteszustand. Ich war immer rasiert und trug schwarze Cordsachen, auf denen man den Schmutz nicht so sah, der sich mit der Zeit ansammelte. Ich klaute Hemden und Socken, wann immer ich welche brauchte. Ich begoß mich mit Duftwasser, um den Gestank des Lebens unter freiem Himmel zu ersticken. Gelegentlich duschte ich bei Lloyd.
Lloyd lebte in aller Ruhe ins Nichts hinein. Er trank, nahm Drogen und ging hin und wieder zum College. Er flirtete mit der Gefahr und dem Leben am Abgrund und hatte als Sicherheit doch immer noch das Haus seiner Mutter im Rücken.
Lloyd half mir durch ein paar üble Entzüge. Er rüttelte mich auf, indem er mir von Zeit zu Zeit die Wahrheit an den Kopf warf. Das LAPD rüttelte mich auf, indem es mich von Zeit zu Zeit in den Knast steckte.

Sie schikanierten und verhafteten mich. Sie verknackten mich wegen Trunkenheit, Trunkenheit am Steuer, Diebstahl und unbefugtem Betreten. Sie nahmen mich als nächtlichen Herumtreiber in Gewahrsam und warfen mich aus leerstehenden Häusern und Altkleidercontainern. Sie hielten mich auf verschiedenen Polizeiwachen fest und übergaben mich dem Sheriff's Office für insgesamt vier bis acht Monate im County-Knast.
Der Knast war meine Kurklinik. Ich trank keinen Alkohol, nahm keine Drogen und aß drei volle Mahlzeiten am Tag. Ich machte Liegestütze, verrichtete Kalfaktor-Dienste und kriegte richtig Muckis. Ich hing mit dummen Weißen, dummen Schwarzen und dummen Mexikanern herum – und tauschte dumme Geschichten mit ihnen aus. Wir alle hatten tollkühne Verbrechen begangen und die glamourösesten Frauen der Welt gebumst. Ein alter schwarzer Saufkopp erzählte mir, er habe Marilyn Monroe gevögelt. Ich sagte: »Is' ja 'n Ding – ich auch!«
Im New-County-Gefängnis arbeitete ich bei der Müllabfuhr und im Wayside Honor Rancho in der Bibliothek. Mein Lieblingsknast war das Biscailuz Center. Dort gab es anständig zu essen, und man durfte nach dem Zapfenstreich noch auf dem Lokus lesen. Die große traumatische Erfahrung war der Knast jedenfalls nicht.
Kurze Knastphasen rumzukriegen fiel mir nicht schwer. Der Knast reinigte meinen Körper und gab mir etwas, auf das ich mich freuen konnte: meine Entlassung und neue Sprit- und Drogenphantasien.
Verbrechensphantasien. Sexphantasien.
Die Rothaarige war seit 15 Jahren tot und ganz weit weg. Im Sommer 1973 überfiel sie mich aus dem Hinterhalt.
Ich wohnte in einem schäbigen Hotel. Ich schluckte Wattetrips in einer Gemeinschaftsbadewanne ein Stück von meinem Zimmer aus den Flur hinunter. Ich ließ das warme Wasser laufen und blokkierte die Wanne stundenlang. Niemand beschwerte sich. Die meisten Mieter duschten.
Ich lag in der Wanne. Ich wichste und ließ dabei die Gesichter älterer Frauen an mir vorbeiziehen. Ich sah meine Mutter nackt, kämpfte gegen das Bild an und verlor.

Ich bastelte sofort eine Geschichte daraus.
Es war '58. Meine Mutter war nicht in El Monte gestorben. Sie war keine Säuferin. Sie liebte mich von Frau zu Mann.
Wir schliefen miteinander. Ich roch ihr Parfum und ihren Zigarettenatem. Ihre amputierte Brustwarze erregte mich.
Ich strich ihr die Haare aus den Augen und sagte ihr, daß ich sie liebte. Meine Zärtlichkeit brachte sie zum Weinen.
Es war die leidenschaftlichste und liebevollste Geschichte, die ich mir je zusammenphantasiert hatte. Hinterher schämte ich mich und war entsetzt, wozu ich fähig war.
Ich versuchte, die Geschichte noch einmal zu durchleben. Mein Hirn ließ mich nicht. Alle Drogen der Welt schafften es nicht, mir die Rothaarige zurückzubringen.
Ich ließ sie ein zweites Mal allein.

Ich verpraßte mein Geld für die Miete und verlor mein Hotelzimmer. Ich zog wieder in den Burns Park.
Ich schluckte Wattetrips und focht einen inneren Krieg aus. Ich versuchte, meine Mutter heraufzubeschwören und Mittel und Wege zu ersinnen, um sie zum Bleiben zu bewegen. Mein Hirn ließ mich im Stich. Mein Gewissen schob einen Riegel vor die ganze Geschichte.
Die Stimmen begannen, sehr deutlich zu werden. Sie sagten, du hast deine Mutter gevögelt *und* sie umgebracht.
Ich vertrug immense Mengen von Prophylhexedrin. Ich brauchte zehn oder zwölf Wattepfropfen, um high zu werden. Das Zeug machte meine Lungen kaputt. Ich wachte jeden Morgen mit furchtbarem Husten auf.
Ich bekam Brustschmerzen. Bei jedem Atemzug und jedem Herzschlag krümmte ich mich zusammen. Ich nahm einen Bus zum County Hospital. Ein Arzt untersuchte mich und erklärte, ich hätte eine Lungenentzündung. Er wies mich ein und setzte mich für eine Woche auf Antibiotika. Die machten meiner Infektion den Garaus.
Ich verließ das Krankenhaus und kehrte wieder zum Leben unter freiem Himmel, zu Sprit und Wattetrips zurück. Wieder kriegte ich eine Lungenentzündung. Wieder kurierte ich sie aus. Ein Jahr

lang soff ich, warf Wattetrips ein und landete schließlich im Delirium tremens.
Lloyd wohnte in West L.A. Ich hatte mein Lager bei ihm auf dem Dach aufgeschlagen. Die ersten Halluzinationen erwischten mich in seinem Badezimmer.
Ein Monster sprang aus der Toilette. Ich schloß den Deckel und sah weitere Monster hervorquellen. Spinnen krochen an meinen Beinen hoch. Kleine Farbklumpen stürzten sich auf meine Augen. Ich rannte ins Wohnzimmer und machte das Licht aus. Die kleinen Klumpen fluoreszierten. Ich plünderte Lloyds Alkoholvorräte und betrank mich bis zur Besinnungslosigkeit. Ich wachte auf dem Dach wieder auf – in Todesangst.
Ich wußte, daß ich mit dem Trinken und den Wattetrips aufhören mußte. Ich wußte, daß sie mich in verdammt naher Zukunft umbringen würden. Ich klaute eine Halbliterflasche und trampte zum County Hospital. Auf der Eingangstreppe leerte ich die Flasche, und dann ließ ich mich einweisen.
Ein Arzt legte mich auf die Alkoholikerstation. Er sagte, er werde mich für die Therapie im Long Beach State Hospital empfehlen. Dreißig Tagen dort würden mich völlig entgiften und auf ein Leben ohne Alkohol und Drogen vorbereiten.
Ich wollte es. Ich hatte die Wahl – entweder das oder jung sterben. Ich war 27 Jahre alt.
Ich verbrachte zwei Tage auf der Säuferstation. Man pumpte mich mit Tranquilizern und Beruhigungsmitteln voll. Ich sah keine Monster oder Farbklumpen mehr. Ich wollte ebensogern saufen wie damit aufhören. Ich versuchte, rund um die Uhr zu schlafen.
Long Beach war bereit, mich aufzunehmen. Ich sollte mit drei Typen von der Station hinfahren, alten Säufern, die seit Jahren von einer Kur zur nächsten zogen. Es waren professionelle Rückfalltrinker.
Wir fuhren in einem Krankenhaustransporter rüber. Der Laden gefiel mir.
Männer und Frauen schliefen in getrennten Trakten. Die Cafeteria sah aus wie ein Restaurant. Die Aufenthaltsräume erinnerten ans Feriencamp.

Auf dem Programm standen AA-Treffen und eine Gruppentherapie. Die Teilnahme an »Laberrunden« war freiwillig. Die Patienten trugen Drillich und numerierte Armbänder – wie die Häftlinge im County-Knast.
Antabus war Pflicht. Die Schwestern sorgten mit Adleraugen dafür, daß die Patienten es täglich einnahmen. Man wurde todkrank, wenn man darauf etwas trank. Antabus war eine Einschüchterungstaktik.
Langsam fühlte ich mich besser. Ich redete mir ein, die Hallus seien ein abgeschlossenes Kapitel. Ich war mit Säufern aus allen Lebensbereichen zusammen in einem Schlafsaal untergebracht. Vor den Männern hatte ich Angst. Die Frauen turnten mich an. Ich begann zu glauben, ich könnte Sprit und Dope aus eigener Kraft besiegen.
Die Therapie begann. Ich tagträumte bei den AA-Treffen und redete mir bei der Gruppentherapie den Mund fusselig. Ich erfand sexuelle Heldentaten und wollte mit meinen Märchen die Frauen im Raum ansprechen. Nach etwa einer Woche wurde mir klar: Du bist doch bloß wegen der drei warmen Mahlzeiten und dem Bett hier.
Ich machte die Therapie mit. Ich fraß wie ein Scheunendrescher und nahm zehn Pfund zu. In meiner Freizeit las ich ausschließlich Kriminalromane.
Ich hustete viel. Eine Krankenschwester sprach mich darauf an. Ich sagte ihr, ich hätte es in letzter Zeit ein paarmal an der Lunge gehabt.
Sie ließ mich von einem Arzt untersuchen. Er spritzte mir ein Relaxans und steckte mir einen Schlauch mit einem Lämpchen daran in den Hals. Er sah mit Hilfe eines Instruments hinein und fuchtelte mit dem kleinen Lichtstrahl in meinen Lungen herum. Er sagte, er könne nichts Anomales entdecken.
Mein Husten hielt an. Ich stand die Therapie durch und fragte mich, wie ich zu einer Verlängerung kommen könnte. Meine Perspektiven erschienen mir allesamt furchterregend.
Ich konnte mir einen miesen Job suchen und mittels Antabus clean bleiben. Ich konnte die Hände von Alkohol und Wattetrips

lassen und andere Drogen nehmen. Ich konnte kiffen. Gras regte den Appetit an. Ich konnte zunehmen und mir Muskeln antrainieren. Dann würden die Frauen auf mich stehen. Gras war meine Fahrkarte zu einem gesunden, normalen Leben.

Das glaubte ich nicht wirklich.

Wattetrips waren Sex. Sprit war die Seele meiner Phantastereien. Gras taugte nur zum Kichern und aufregenden Verabredungen mit Doughnuts und Pizza.

Ich schloß die Therapie ab. Ich nahm weiterhin Antabus und zog wieder auf Lloyds Dach, seit 33 Tagen clean.

Mein Husten wurde schlimmer. Ich war mit den Nerven am Ende und konnte mich nicht länger als drei Sekunden konzentrieren. Ich schlief entweder zehn Stunden durch oder wälzte mich die ganze Nacht von einer Seite auf die andere.

Mein Körper gehörte mir nicht.

Das Dach war meine Zuflucht. Ich hatte einen netten Platz an der Feuertür. Genau dort wurde es richtig schlimm.

Es war Mitte Juni. Ich stand nach einem Nickerchen auf und dachte: »Ich brauche Zigaretten.« Dann schaltete sich mein Gehirn aus. Ich konnte mich an nichts mehr erinnern und kriegte nicht einmal mehr diesen simplen Gedanken zusammen.

Mein Hirn stieß gegen kahle Wände. Ich konnte den Gedanken weder aussprechen noch mir bildlich vorstellen, noch fiel mir ein, mit welchen Worten ich ihn ausdrücken könnte. Ich verbrachte bestimmt eine Stunde damit, diesen Gedanken einzukreisen.

Ich konnte meinen Namen nicht sagen. Ich konnte meinen Namen nicht denken. Ich konnte weder diesen einen simplen Gedanken noch irgendeinen anderen fassen. Mein Verstand war tot. Die Leitungen in meinem Gehirn waren tot. Ich war hirntot – verrückt.

Ich schrie. Ich hielt mir die Ohren zu, schloß die Augen und schrie mich heiser. Ich rang ununterbrochen um diesen einen simplen Gedanken.

Lloyd kam aufs Dach gerannt. Ich erkannte ihn. Weder sein Name noch mein Name, noch jener eine simple Gedanke von vor einer Stunde fiel mir ein.

CREDITANSTALT

AUFTRAGSBESTÄTIGUNG

Betrag S | g

- 1 8 0 -

Kontonummer des Empfängers
0321-03020/30

BLZ - Empfänger
11000

Verwendungszweck

Wintersemester 1997/98

ÖH-Beitrag öS 175,–

Versicherung öS 5,–

Empfänger
Österr. HochschülerInnenschaft Uni Wien

Kontonummer des Auftraggebers

Auftraggeber/Einzahler - Name und Anschrift

Matrikelnummer 9304926 DVR 0065528

Name EICHWALDER ELISABETH

Adresse A-1180 WIEN
ALSERGGERSTR.59/8

A 2260 - 1.94

CA 04.09.97 1411B1925
******180,00+Z
002

84+

Bitte dieses Feld nicht beschriften und nicht bestempeln!

Wichtige Erläuterungen:

1. Diesen Zahlschein kannst Du nur für die **Weiterinskription** an Deiner Stammuniversität verwenden. **Als Erstsemestrige/r oder AusländerIn und bei Wechsel oder Beginn einer Studienrichtung kannst Du diesen Zahlschein nicht verwenden!** Ordentliche ausländische, studienbeitragsbefreite HörerInnen können zahlscheininskribieren.

2. Durch die Einzahlung Deines Zahlscheines werden alle offenen Studienrichtungen automatisch weiterverlängert. Für alle Änderungen (Adresse, Studienrichtung, . . .) mußt Du weiterhin den Weg zur Studienabteilung antreten.

3. Zahlscheininskribieren kannst Du bis 20. Oktober 1997 am Bankschalter, der Zahlschein muß aber bis spätestens 29. Oktober 1997 bei der Evidenzstelle eintreffen. **Dieses Risiko trägst Du selbst!** Um die Überweisung nachweisen zu können, hebe bitte den abgestempelten Erlagschein auf.

4. Wenn Du vor Inskriptionsbeginn zahlscheininskribierst, bekommst Du Dein Studienbuchblatt erst nach Inskriptionsbeginn zugeschickt. Bei Ausbleiben Deines Studienbuchblattes reklamiere bitte **binnen drei Wochen,** spätestens aber bis 29. Oktober 1997 bei der Evidenzstelle.

ACHTUNG!

Dieser Zahlschein gilt nur für Zahlscheininskription für das Wintersemester 1997/98

Lloyd trug mich nach unten und rief den Notarzt. Sanitäter kamen und schnallten mich auf eine Trage.
Sie fuhren mich ins County Hospital und ließen mich in einem menschenüberfüllten Gang stehen. Ich begann Stimmen zu hören. Schwestern gingen vorüber und brüllten mich telepathisch an. Ich hustete und versuchte mich loszureißen. Jemand stach mir eine Nadel in den Arm--

Ich wachte an ein Bett geschnallt auf. Ich war allein in einem Einzelzimmer.
Meine Handgelenke waren wund und blutig. Der Großteil meiner Zähne fühlte sich lose an. Mein Kiefer tat weh, und meine Fingerknöchel brannten von kleinen Abschürfungen. Ich trug ein Krankenhaushemd. Ich hatte es von oben bis unten vollgepißt. Ich angelte nach jenem einen simplen Gedanken und bekam ihn beim ersten Versuch zu fassen. Mein Niggerluden-Name fiel mir wieder ein: Lee Earle Ellroy.
Alles fiel mir wieder ein. Ich erinnerte mich an jede Einzelheit. Ich begann zu weinen. Ich betete und flehte Gott an, mich nicht verrückt werden zu lassen.
Eine Schwester kam ins Zimmer. Sie band mich los und brachte mich zu einer Dusche. Ich blieb unter dem Wasser stehen, bis es kalt wurde. Eine andere Schwester verband meine Schnitt- und Schürfwunden. Ein Arzt sagte mir, ich müsse einen Monat lang dortleiben. Am linken Lungenflügel hatte ich einen Abszeß von der Größe einer kräftigen Männerfaust. Ich sollte dreißig Tage lang intravenös Antibiotika bekommen.
Ich fragte ihn, was mit meinem Verstand passiert sei. Er sagte, das sei wahrscheinlich ein »postalkoholisches Hirnsyndrom«. Trokkene Säufer machten manchmal so etwas durch. Er sagte, ich hätte Glück gehabt. Manche Leute drehten für immer durch.
Es war nicht klar, ob meine Lungenkrankheit ansteckend war oder nicht. Sicherheitshalber kam ich in Quarantäne. Sie legten mir einen Tropf und fingen an, mich mit Antibiotika vollzupumpen. Sie gaben mir Tranquilizer, um meine Angst zu betäuben. Die Beruhigungsmittel machten mich benommen. Ich versuchte,

Tag für Tag von morgens bis abends zu schlafen. Das normale, wache Bewußtsein machte mir angst. Ich konnte nur noch an irreparable Hirnschäden denken.
Diese paar Stunden des Wahnsinns brachten mein Leben auf den Punkt. Der Horror ließ alles, was bisher gewesen war, bedeutungslos erscheinen.
Immer, wenn ich wach war, durchlebte ich diesen Horror von neuem. Ich kam nicht von ihm los. Es war weder ein Versuch, eine Lehre aus dem Ganzen zu ziehen, noch diebische Freude, daß ich überlebt hatte. Ich spulte einfach immer wieder jene Momente ab, auf die mein gesamtes Leben zugesteuert war.
Der Horror ließ mich nicht los. Schwestern weckten mich aus seligem Schlummer, um an meinem Tropf herumzufummeln. Ich konnte meine Phantastereien nicht mehr in den gewohnten Bahnen ablaufen lassen. Der Horror ließ mich nicht.
Ich stellte mir vor, wie es wäre, unheilbar verrückt zu sein. Ich bestrafte mich mit meinem mittlerweile wieder prächtig funktionierenden Hirn.
Die Angst wurde unerträglich. Ich verließ das Krankenhaus gegen den Willen meines Arztes und fuhr mit dem Bus zu Lloyd. Ich klaute einen halben Liter Gin, trank ihn aus und klappte zusammen. Lloyd rief wieder den Notarzt.
Wieder kam ein Krankenwagen. Die Sanitäter weckten mich aus meinem Rausch und führten mich hinunter. Sie fuhren mich sofort wieder ins Krankenhaus zurück. Ich wurde erneut eingewiesen und landete in einem Vierbettzimmer auf der Lungenstation. Eine Krankenschwester legte mir wieder einen Tropf. Sie gab mir eine große Flasche, in die ich mein Sputum spucken sollte.
Ich hatte Angst, meinen Namen zu vergessen. Zur Erinnerung schrieb ich ihn an die Wand hinter meinem Bett. Daneben schrieb ich: »Ich werde nicht verrückt.«

11

Einen Monat lang hing ich an einer Nadel. Jeden Tag klopfte mir ein Atemtherapeut auf den Rücken. Dadurch lösten sich große Sputum-Brocken. Ich spuckte sie in das Gefäß neben meinem Bett.

Der Abszeß ging weg. Meine Angst blieb.

Mein Verstand funktionierte normal. Zur Probe machte ich Denkübungen. Ich prägte mir Anzeigen in Zeitschriften und Werbeslogans auf Milchtüten ein. Ich trainierte mir mentale Muskeln an, um gegen eine mögliche Geisteskrankheit gewappnet zu sein. Ich war einmal verrückt geworden. Das konnte wieder passieren. Ich konnte von der Angst nicht lassen. Ich fraß sie Tag für Tag von morgens bis abends in mich hinein. Ich analysierte nicht, warum ich es so weit getrieben hatte, bis mein Gehirn nicht mehr richtig funktionierte. Ich ging das Problem als physisches Phänomen an. Mein Gehirn kam mir vor wie ein äußerliches Anhängsel. Mein lebenslanges Spielzeug war keineswegs ein fester Teil von mir. Es war ein Präparat in einer Flasche. Ich war ein Arzt, der darin herumstocherte.

Ich wußte, daß Alkohol, Drogen und meine dürftige Enthaltsamkeit mein Gehirn ausgelaugt hatten. Das sagte mir meine Vernunft. Meine sekundäre Reaktion entsprang einem Schuldgefühl. Gott bestrafte mich dafür, daß ich im Geiste meine Mutter gevögelt hatte.

Das glaubte ich. Meine Phantasie war so sündig, daß Gott höchstpersönlich eingreifen mußte. Mit dieser Vorstellung marterte ich mich. Ich grub die protestantische Ethik des Mittelwestens wieder aus, der meine Mutter zu entrinnen versucht hatte – und benutzte sie zur Selbstzüchtigung.

Mein neuer geistiger Kick bestand in mentaler Selbsterhaltung.

Mit allen möglichen Tricks versuchte ich, meinen Geist geschmeidig zu halten. Doch das nährte eher meine Angst, als daß es meine Zuversicht stärkte.
Mein Lungenabszeß heilte völlig ab. Ich wurde aus dem Krankenhaus entlassen und schloß einen Handel mit Gott.
Ich sagte ihm, ich würde nichts mehr trinken und keine Wattetrips mehr schlucken. Ich sagte ihm, ich würde nicht mehr stehlen. Hauptsache, ich bekam meinen Verstand zurück und dürfte ihn für immer behalten.

Der Handel galt.
Ich zog wieder zu Lloyd aufs Dach. Ich trank nicht, schluckte keine Wattetrips und stahl nicht. Gott sorgte dafür, daß mein Verstand weiterhin funktionierte.
Die Angst blieb.
Ich wußte, es konnte wieder geschehen. Ich wußte, daß alle Verträge mit Gott etwas Absurdes hatten. In meinen Zellen konnten noch Rückstände des Alkohols und der Trips schlummern. Die Leitungen in meinem Gehirn konnten ohne jede Vorwarnung anfangen zu britzeln und ausfallen. Mein Gehirn konnte morgen oder auch erst im Jahr 2000 seinen Geist aufgeben.
Die Angst hielt mich clean. Sie hielt mir jedoch keine moralischen Vorträge. Meine Tage waren lang, verschwitzt und voller Angst. Ich verkaufte mein Plasma an eine Blutbank im Pennerviertel und lebte von zehn Dollar die Woche. Ich trieb mich in Bibliotheken herum und las Kriminalromane. Ich lernte ganze Passagen auswendig, um meinen Verstand zu trainieren.
Ein Typ aus Lloyds Haus arbeitete als Golf-Caddie. Er erzählte mir, da verdiene man steuerfrei gutes Geld. Man konnte arbeiten, wann man wollte. Der Hillcrest Country Club war ziemlich nobel. Seine Mitglieder gaben satte Trinkgelder.
Der Typ brachte mich zum Hillcrest. Ich wußte, daß ich gerade das große Los gezogen hatte.
Es war ein renommierter jüdischer Club südlich von Century City. Der Golfplatz war hügelig und tiefgrün. Die Caddies versammelten sich im »Caddie-Shack«. Sie tranken, spielten Karten

und erzählten sich unanständige Geschichten. Säufer, Drogies und Spielsüchtige gaben im Shack den Ton an. Ich wußte, daß ich da hineinpassen würde.
Die einzelnen Caddie-Jobs wurden »Loops« genannt. Die Caddies wurden auch als »Looper« bezeichnet. Ich hatte keinen blassen Schimmer von Golf. Der Obercaddie sagte, das würde ich schon lernen.
Anfangs packte ich nur eine Tasche. Ich stolperte durch meine ersten zwölf Loops und ging dann zu zwei Taschen über. Die Taschen waren nicht besonders schwer. Achtzehn Löcher dauerten vier Stunden. Das Standardhonorar für zwei Taschen betrug 20 Dollar. Das war 1975 eine Menge Geld.
Ich arbeitete sechs Tage pro Woche in Hillcrest. Ich machte einen guten täglichen Schnitt und nahm mir ein Zimmer im Westwood Hotel. Das Hotel lag ungefähr in der Mitte zwischen den Country Clubs Hillcrest, Bel-Air, Brentwood und Los Angeles. Die meisten Zimmer waren von Loopern belegt. Der Laden war ein Fortsatz des Caddie-Shack.
Die Arbeit als Caddie beherrschte mein Leben. Die Rituale lenkten mich von der Angst ab und blendeten sie langsam aus.
Ich liebte den Golfplatz. Das war eine völlig eigenständige grüne Welt. Die Arbeit als Caddie war geistig anspruchslos. Ich ließ meine Gedanken schweifen und verdiente dabei meinen Lebensunterhalt.
Das Milieu stimulierte mich. Während ich neben Hillcrest-Mitgliedern herging, erfand ich Lebensgeschichten für sie und dachte mir Witze über die verkommenen Looper aus. Der kulturelle Gegensatz zwischen reichen Juden und Caddies mit einem Fuß in der Gosse war einfach zum Schießen. Ich freundete mich mit einem cleveren jungen Caddie an, der nebenbei zum College ging. Wir unterhielten uns in einem fort über den Club und den Job. Ich verbrachte meine Zeit mit ganz unterschiedlichen Leuten. Ich hörte ihnen zu und lernte, mich mit ihnen zu unterhalten. Hillcrest kam mir vor wie eine Zwischenstation auf dem Weg in das wahre Leben.
Die Leute erzählten mir Geschichten. Ich machte mein Diplom in

Country-Club-Kunde. Ich hörte Geschichten von Selfmademen, die sich mit Zähnen und Klauen aus dem Schtetl herausgekämpft hatten, und Geschichten von reichen Säufern, die als Caddie geendet waren. Der Golfplatz war eine pikareske Schule.
Die meisten Looper kifften. Gras machte mir nicht soviel angst wie Alkohol und Wattetrips. Mit einem Stückchen Thai Stick zog ich einen Schlußstrich unter vier drogenfreie Monate.
Es war *guuuuuut*. Es war der beste Shit, den ich je geraucht hatte. Ich fing an, welchen zu kaufen und Tag für Tag von morgens bis abends zu rauchen.
Ich ging davon aus, daß das weder meine Lungen kaputtmachen noch mein Gehirn lahmlegen würde. Es würde keine inzestuösen Phantasien entfachen und Gott verärgern. Es war die handliche und kontrollierbare Droge der 70er Jahre.
Das redete ich mir ein.
Ich kiffte anderthalb Jahre. Es war *guuuuuut* – aber nicht toll. Es war so, als versuchte man, in einem Volkswagen zum Mond zu fliegen.
Ich trank nicht und nahm keine Wattetrips. Ich rauchte Unmengen von Marihuana und führte das Leben eines nicht mehr ganz grünen Berufsphantasten.
Ich nahm meine Phantastereien mit auf den Platz. Ich nahm sie nachts mit nach Hillcrest und auf andere Golfplätze. Ich sprang über den Zaun des L.A. Country Club und spazierte stundenlang phantasierend auf dem Nordplatz umher.
Ich spielte mit meinen Hillcrest-Charakteren und arbeitete sie in eine Kriminalgeschichte ein. Als Helden wählte ich einen Alkoholiker. Er stammte aus der schäbigen Ecke von Hancock Park. Er hegte eine lebenslange Obsession: den Fall Schwarze Dahlie. Ich arbeitete klassische und die Barmusik aus dem Club Mecca ein. Ich arbeitete die Delirien ein. Mein Held wollte eine Frau finden und sie zu Tode lieben.
Mein über 18 Jahre angehäuftes Reservoir an Phantasien komprimierte sich zu dieser einen Geschichte. Ich erkannte langsam, daß es ein Roman war.
Ich wurde in Hillcrest gefeuert. Der Sohn eines Mitglieds war mir

in Gegenwart einer gutaussehenden Frau dumm gekommen. Ich schlug ihn praktisch direkt vor den Augen der Leute auf dem Green zu Boden. Ein Wachmann eskortierte mich vom Gelände. Ich war total stoned. Gras hatte bei mir eine unberechenbare Wirkung.

Ich fand einen Job als Caddie im Bel-Air Country Club. Die Mitglieder und die Looper dort waren ebenso faszinierend wie die Leute in Hillcrest. Die Golfbahn war sogar noch schöner.

Auch in Bel-Air kiffte ich mich weiter zu. Ich kaufte ein Kassettengerät für mein Zimmer und bedröhnte mich stundenlang mit Gras und den deutschen Komponisten der Romantik. Nachts streunte ich über Golfbahnen und rang mit jener einen sich entfaltenden Geschichte.

Lloyd zog ins Westwood Hotel. Auch er hatte mit Alkohol und harten Drogen aufgehört und hielt es jetzt mit Marihuana. Er spielte sogar mit dem Gedanken, ganz aufzuhören. Ich sagte ihm, das wäre nichts für mich.

Das war gelogen.

Ich war fast 30. Ich wollte etwas tun. Ich klaute nicht mehr. Ich begehrte meine Mutter nicht mehr. Ich hatte von Gott oder anderen kosmischen Quellen mein Gehirn als Dauerleihgabe wiederbekommen. Ich hörte keine Stimmen mehr. Ich war nicht mehr so kaputt wie früher.

Und ich war kein zivilisierter Mensch.

Kiffen füllte mich körperlich aus. Ich aß viel, schleppte Golftaschen und machte Hunderte von Liegestützen am Tag. Ich war groß, kräftig und ungeschlacht. Ich hatte braune Knopfaugen und trug eine Nickelbrille, die das Knopfige noch unterstrich. Ich war die ganze Zeit stoned. Ich sah aus wie ein Verrückter, der sich in inneren Monologen verzehrte. Auf Fremde wirkte ich irritierend. Frauen hatten Angst vor mir. Ich versuchte, in Buchläden welche aufzureißen, und erschreckte sie zu Tode. Ich wußte, daß ich einen notgeilen und gesellschaftlich verwahrlosten Eindruck machte. Mein Körperpflegeniveau lag deutlich unter der Norm. Ich war hungrig. Ich wollte Liebe und Sex. Ich wollte der Welt die Geschichten schenken, die ich im Kopf hatte.

Ich wußte, daß ich diese Dinge in meinem gegenwärtigen Zustand nicht haben konnte. Ich mußte Drogen in jeglicher Form entsagen. Ich durfte nicht trinken. Ich durfte nicht stehlen. Ich durfte nicht lügen. Ich mußte ein verknöcherter, verklemmter, verknitterter Armleuchter werden. Ich mußte mein altes Leben verwerfen. Ich mußte mir allein aus der verdorrten Kraft meines alten Lebens ein neues schaffen.
Die Vorstellung gefiel mir. Sie entsprach meinem extremen Naturell. Mir gefiel der Aspekt der Selbstopferung. Mir gefiel das Flair totaler Entsagung.
Wochenlang flirtete ich mit dieser Idee. Sie nahm meinen Geschichten den Schwung und verdarb mir den Geschmack an Drogen. Ich wollte mein ganzes Leben ändern.
Lloyd war bei den AA trocken und clean geworden. Er meinte, totale Abstinenz sei besser als der beste Alkohol und die besten Drogen. Ich glaubte ihm. Er war schon immer klüger, stärker und findiger gewesen als ich.
Ich machte es ihm nach. Ich sagte »Scheiß drauf« und sagte meinem alten Leben mit einem Achselzucken ade.

Die AA waren irre. Die späten 70er Jahre waren der reinste Waaaaaahnsinn. Da gab es Erlösung und Sex und Gott und idiotische fette Bauchlandungen. Es waren meine Lehrjahre des Gefühls und mein Weg zurück in die Welt.
Ich lernte eine Menge Leute kennen, die dasselbe Leben wie ich mit eigenen Variationen geführt hatten. Ich hörte Geschichten, die noch viel schrecklicher waren als meine. Ich fand Freunde. Ich lernte moralische Regeln und entwickelte einen Glauben an Gott, der genauso schlicht war und von Herzen kam wie der eines Kindes in der Sonntagsschule.
Am Anfang tat es weh. Die AA-Treffen stellten mich auf eine harte Probe. Die Leute faselten undurchsichtiges Zeug. Ich blieb nur dabei, um beim Vaterunser mit Frauen Händchen halten zu können.
Die Frauen zogen mich magisch an. Ihretwegen kehrte ich immer wieder zurück. Ich kam »Tag um Tag« zum Händchenhalten wie-

der. Das Verlangen und mein apostolischer Wille halfen mir, abstinent zu bleiben.

Die AA veränderten mich auf subtile Weise. In ihrem Lesestoff wurden Alkoholismus und Drogensucht brillant kritisiert. Ich erkannte, daß ich unter einer speziellen Form einer weitverbreiteten Seuche litt. Vor diesem Hintergrund war meine Geschichte banal. Nur ein paar zufällige Merkmale unterschieden mich von allen anderen. Diese Kritik gab den Prinzipien der AA einen starken moralischen Kick. Ich fand sie absolut glaubwürdig und vertraute auf ihre Wirksamkeit.

Die Prinzipien kriegten mich rum. Vor den Menschen wurde ich weich.

Ich freundete mich mit ein paar Typen an. Ich war in Anwesenheit von Frauen nicht mehr so verkrampft und ließ auf dem Podium der AA meinem Ego freien Lauf. Schnell wurde aus mir ein guter Redner. Mein selbstzerstörerischer Exhibitionismus hatte sich einmal im Kreis gedreht.

Die AA an der Westside waren nicht ohne. Die demographische Zusammensetzung war jung, weiß und geil. Alkohol und Drogen waren out. Sex war in. Die Westside-Devise lautete: Lebe drogenfrei, vertraue auf Gott und ficke.

Nach den Treffen ging man zum »Hot Tub Fever«. Ein Typ schmiß drogen- und alkoholfreie Swinger-Partys. Männer und Frauen lernten sich auf Treffen kennen und heirateten zwei Stunden später in Las Vegas. Nacktbadepartys waren der Hit. Frauen warfen sich Männern unverblümt an den Hals. Annie »Wild Thing« B. entblößte nach jedem Donnerstagabendtreffen in der Ohio Street bei Kenny's Deli ihre Titten.

Ich kriegte es endlich besorgt. Ich machte One-, Two- und Three-Night-Stands und zermürbende Versuche mit kompromißloser Monogamie durch. Ich ließ Junkies, die gerade auf Entgiftung waren, bei mir auf dem Fußboden pennen, während ich mich zu später Stunde beim Hot Tub Fever vergnügte. Ich verdiente auf dem Golfplatz 300 die Woche und gab den Großteil davon für Frauen aus. Ich gabelte zwei Junkie-Prostituierte auf, nahm sie mit zu AA-Treffen und trichterte ihnen die Geschichte von der

Schwarzen Dahlie ein, um sie vom Strich abzubringen. Es war eine ausgelassene, oft freudige Lasterhaftigkeit.

Ich lebte die meisten meiner drogengetriebenen Sexträume in nüchternem Zustand aus.

Die reale Welt stellte meine Phantasiewelt in den Schatten. Die eine Phantasie, die mich nicht mehr losließ, war die Geschichte, von der ich wußte, daß sie ein Roman war.

Sie ging mir nicht mehr aus dem Kopf. Sie drängte sich zu seltsamen Zeiten in meine Gedanken. Ich wußte nicht, ob ich den Mumm aufbringen würde, sie zu schreiben. Mir ging es gerade prächtig. Ich wußte nicht, daß ich vor alten Dingen davonlief.

Meine Mutter war seit 20 Jahren tot. Mein Vater seit 13. Von ihm träumte ich. Von ihr träumte ich nie.

Mein neues Leben war reich an Leidenschaft und karg an Rückbesinnung. Ich wußte, daß ich meinen Vater im Stich gelassen, seinen Tod beschleunigt und die Schuld in kleinen Raten abbezahlt hatte. Bei meiner Mutter war das etwas anderes.

Meine Beziehung zu ihr bestand nur in Scham und Verachtung. Ich hatte sie in einem Fiebertraum gefleddert und meine Symptome der Sehnsucht verleugnet. Ich hatte Angst davor, sie wieder auferstehen zu lassen und mit Leib und Seele zu lieben.

Ich schrieb meinen Roman und verkaufte ihn. Er handelte ausschließlich vom Verbrechen in L.A. und von mir. Ich hatte Angst davor, der Rothaarigen auf den Leib zu rücken und ihre Geheimnisse zu verraten. Ich hatte den Mann noch nicht kennengelernt, der sie mir heimbringen sollte.

3
STONER

Du warst ein Phantom. Ich fand dich in der Dunkelheit und suchte dich auf schreckliche Art und Weise zu fassen. Du hast mich nicht getadelt. Du hast meinen Attacken widerstanden und es mir selbst überlassen, mich zu bestrafen.

Du hast mich geschaffen. Du hast mich geprägt. Du gabst mir eine geisterhafte Erscheinung, die ich mißhandeln konnte. Ich habe nie darüber nachgedacht, ob du auch andere heimsuchtest. Ich habe nie daran gezweifelt, daß deine Seele nur mir allein gehörte.

Ich wollte meinen Anspruch nicht teilen. Ich habe dich auf perverse Weise neu erschaffen und dich dort unter Verschluß gehalten, wo kein anderer an dich herankam. Ich wußte nicht, daß purer Egoismus all meinen Ansprüchen die Berechtigung nahm.

Du lebst außerhalb von mir. Du lebst in den verborgenen Gedanken Fremder. Du lebst durch deinen Willen, dich zu verstecken und zu verstellen. Du lebst durch deinen Willen, dich mir zu entziehen.

Ich bin entschlossen, dich zu finden. Ich weiß, daß ich das allein nicht kann.

12

All seine Phantome waren Frauen. Abwechselnd geisterten sie durch seine Träume.

Die verweste Leiche an der Route 126. Die Bedienung im Yachthafen. Das Mädchen, das durch eine Vergewaltigung und ein Schädeltrauma stumm geworden war.

Die Traumlogik verdrehte die Einzelheiten. Die Opfer wechselten von einem Verbrechensschauplatz zum anderen und zeigten widersprüchliche Todeszeichen. Manchmal wurden sie wieder lebendig. Mal wirkten sie älter, mal jünger, mal genauso, wie sie aussahen, als sie umkamen.

Daisie Mae wurde wie Bunny zum Analverkehr gezwungen. Karen bekam die Schläge ab, die Tracy in die Knie zwangen. Der Totschläger war selbstgebastelt. Die Mörder stopften Stahlkugeln aus Kugellagern in ein Stück Gartenschlauch und verklebten die Enden mit Klebeband.

Das ewige prompte Wiederauferstehen war enervierend. Die Frauen hatten gefälligst tot zu sein. Mord brachte sie ihm nahe. Seine Liebe begann in dem Moment, in dem sie starben.

Er träumte viel. Er gab die Jagd auf und machte einen vorzeitigen Entzug durch. Es war Zeit, auszusteigen. Er versuchte es mit aller Macht. Er wollte definitiv Schluß machen.

Er hinterließ unbeglichene Rechnungen. Karen schickte ihm Mahnungen. Er ließ sie im Stich, weil er die Verbindungen nicht hatte und andere Mordfälle ihn in die Pflicht nahmen. Er war ein Opfer der Verwirrung und des Zufalls – genau wie sie.

Er versuchte sie mit der Liebe, die er nach wie vor empfand, auszuzahlen.

Sein Name war Bill Stoner. Er war 53 Jahre alt und Detective bei der Mordkommission des Sheriff's Department von Los Angeles County. Er war verheiratet und hatte zwei Söhne, Zwillinge von achtundzwanzig Jahren.
Es war Ende März '94. Mitte April würde er in den Ruhestand treten. Er war 32 Jahre im Dienst, die letzten 14 bei der Mordkommission. Seit 25 Jahren bekleidete er den Rang eines Sergeants. Seine Rente ermöglichte ihm ein gutes Auskommen.
Er zog sich unbeschädigt aus dem Beruf zurück. Er war weder ein Säufer, noch war er durch Schnaps und Junkfood fett geworden. Er war seit über 30 Jahren mit derselben Frau zusammen und hatte alle Krisen mit ihr durchgestanden. Er war nicht wie so viele Cops zweigleisig gefahren. Er jonglierte in der nun auch Frauen zugänglichen Polizeigemeinschaft nicht gleichzeitig mit einer Familie und einer Reihe von Geliebten.
Er versteckte sich nicht hinter seinem Job und suhlte sich auch nicht in einer finsteren Weltanschauung. Er wußte, daß Isolation Ressentiments und Selbstmitleid hervorbrachte. Polizeiarbeit war von Natur aus eine zweischneidige Angelegenheit. Cops entwikkelten simple Codes, um ihren moralischen Unterbau abzusichern. Die Codes reduzierten komplexe Sachverhalte auf knakkige Formeln. Jede Formel besagte letztlich dasselbe: Cops wissen Dinge, von denen andere Menschen keine Ahnung haben. Jede Formel war vernebelnd und erhellend zugleich.
Das lernte er bei der Mordkommission. Er lernte es nach und nach. Er brachte Mordfälle erfolgreich vor Gericht und begriff nicht, warum die Morde geschehen waren. Er gewöhnte sich an, simplen Antworten und Lösungen zu mißtrauen, und erfreute sich an den wenigen brauchbaren, die er fand. Er lernte, nicht vorschnell zu urteilen, sein Ego auszuschalten und ein offenes Ohr für die Menschen zu haben. Es war die Haltung eines Wißbegierigen. Sie verschaffte ihm eine gewisse Selbstdistanz. Sie half ihm, sein Temperament zu zügeln und sich nach Feierabend nicht allzusehr wie ein Arschloch zu benehmen.
Die ersten 17 Jahre seiner Ehe waren ein ständiger Kleinkrieg. Er bekriegte Ann. Sie bekriegte ihn. Teils durch Glück, teils dank ei-

nes gemeinsamen Sinns für gewisse Grenzen kam es nie zu Handgreiflichkeiten. In Schlagfertigkeit und Gehässigkeit standen sie einander in nichts nach und waren daher ebenbürtige Gegner. Ihre Ansprüche waren gleichermaßen egoistisch. Sie brachten beide gleich große Liebesreserven in den Kampf ein.
Er reifte als Detective der Mordkommission heran. Ann reifte als ausgebildete Krankenschwester heran. Sie trat erst spät ins Berufsleben ein. Ihre Ehe überlebte, weil sie beide in der Todesbranche heranreiften.
Ann ging früh in Rente. Sie litt unter Bluthochdruck und schlimmen Allergien. Ihre schweren Jahre hatten ihr arg zugesetzt.
Genau wie ihm.
Er war ausgebrannt. Hunderte von Mordfällen und die schwierige Zeit mit Ann lasteten schwer auf ihm. Er wollte das ganze Kapitel abschließen.
Er wußte, wie man einen Schlußstrich zieht. Das hatte er in der Todesbranche gelernt. Er wollte endlich rund um die Uhr Ehemann und Vater sein. Er wollte Ann und den Jungs nahe sein, und zwar dauerhaft.
Bob leitete eine Ikea-Filiale. Er war mit einer tüchtigen Frau verheiratet und hatte eine kleine Tochter. Bob saß fest im Sattel. Bill junior war das Sorgenkind. Er stemmte Gewichte, ging aufs College und arbeitete als Türsteher. Er hatte einen Sohn von seiner japanischen Exfreundin. Bill junior war ein kluger Kopf und ein unverbesserlicher Spinner.
Stoner liebte seine Enkel abgöttisch. Er war rundum glücklich. Er hatte ein schönes Haus in Orange County. Er hatte sein Geld und seine Gesundheit gut beisammengehalten. Er führte eine harmonische Ehe und nebenbei einen stillen Dialog mit toten Frauen. Das war seine persönliche Variante des *Laura*-Syndroms. Alle bei der Mordkommission liebten den Film *Laura*. Ein Cop ist besessen von einer Ermordeten und findet heraus, daß sie noch lebt. Sie ist schön und geheimnisvoll. Sie verliebt sich in den Cop.
Fast jeder bei der Mordkommission war ein Romantiker. Sie rauschten durch Leben, die durch Mord zerstört worden waren,

und spendeten Trost und Rat. Sie kümmerten sich um ganze Familien. Sie lernten die Schwestern und Freundinnen ihrer Opfer kennen und erlagen der sexuellen Spannung, die unmittelbar mit schmerzlichen Verlusten verbunden ist. Im Bann des flüchtigen Dramas ließen sie ihre Ehe sausen.
So verrückt oder scharf auf Theatralik war er nicht. Das Gegenstück zu *Laura* war *Frau ohne Gewissen*: Ein Mann lernt eine Frau kennen und wirft sein Leben weg. Beide Szenarien waren gleichermaßen absurd.
Tote Frauen beflügelten seine Phantasie. Er ehrte sie mit zärtlichen Gedanken. Er ließ nicht zu, daß sie sein Leben bestimmten. Bald würde er in den Ruhestand treten. Rasch und strahlend gingen ihm die Dinge durch den Kopf.
Er mußte zum Büro hinausfahren. Um 9:00 war er mit einem Mann verabredet. Dessen Mutter war vor über 30 Jahren ermordet worden. Der Mann wollte ihre Akte sehen.

Das Erdbeben vom Januar hatte die Hall of Justice zerstört. Die Mordkommission des Sheriffs zog in die City of Commerce. Von Orange County war es eine einstündige Fahrt nach Norden.
Er nahm die 405 und dann die 710. Autobahnfahrten machten die Hälfte eines jeden Mordfalls aus. Autobahnfahrten erschöpften ihn.
L.A. County war groß, topographisch uneinheitlich und ließ sich nur per Autobahn durchqueren. Autobahnen vereinfachten das Verkippen von Leichen. Killer konnten schnell mal in entlegene Canyons düsen und dort ihre Opfer abladen. Autobahnen und Autobahnböschungen waren Vier-Sterne-Verkippungszonen. Er klassifizierte Freeways nach ihrer Verkippungsgeschichte und ihrem Verkippungspotential. Jedes Autobahnstück von L.A. markierte einen Leichenfundort oder den Weg zu einem Verbrechensschauplatz. Jede Auffahrt und jede Abfahrt führte ihn zu einem Mord.
Die Leichen häuften sich vor allem in den übelsten Teilen des County. Er kannte jede Autobahnmeile von und zu jedem Kaff, für das die Mordkommission des Sheriffs zuständig war. Die Mei-

len summierten sich und lasteten schwer auf seinem müden Hintern. Er wollte den Verkippungs-Expressway für immer hinter sich lassen.
Von Orange County in die Innenstadt von L.A. und zurück waren es hundert Meilen. Er wohnte in Orange County, weil es nicht L.A. County und nicht eine einzige große Landkarte vergangener und aktueller Morde war. Der Großteil von Orange County war weiß und durch und durch spießig. Auf den ersten Blick paßte er dorthin. Cops waren böse Buben, die sich als Spießer verkleideten. Ihm gefiel die Atmosphäre von Orange County. Die Leute hier empörten sich über Dinge, die für ihn alltäglich waren. Er kam sich in Orange County ein wenig unehrlich vor. Cops strömten scharenweise in Gegenden wie Orange County, um der Illusion einer besseren Vergangenheit nachzuhängen und so zu tun, als wären sie jemand anders. Viele von ihnen schleppten reaktionären Ballast mit sich herum. Seinen hatte er schon vor langer Zeit entsorgt.
Er wohnte dort, um seine beiden Welten voneinander zu trennen. Die Autobahn war nur ein Symbol und ein Symptom. Er würde immer hin- und herlaufen – auf die eine oder andere Weise.

Die Mordkommission des Sheriffs war in einem Industriegebiet untergebracht. Das Gelände war zwischen Werkzeug- und Computerchipherstellern eingeklemmt. Es war nur eine Zwischenlösung. Demnächst sollte eine dauerhafte Bleibe bezogen werden. Die Hall of Justice hatte Stil gehabt. Die neuen Räumlichkeiten sahen nicht im entferntesten nach Polizei aus. Außen schlichter weißer Putz, innen weiß getünchte Gipswände. Im Bürosaal standen hundert eng zusammengepferchte Schreibtische. Es sah aus wie in einer Telefonmarketingfirma.
Die Abteilung für ungelöste Fälle war durch eine Wand abgetrennt. Daran grenzte ein mit Regalen vollgestellter Lagerraum. Die Regale quollen über vor ungelösten Mordfällen.
Jede Akte trug den Buchstaben Z und eine sechsstellige Nummer. Stoner suchte die Akte Z-483–362 heraus und nahm sie mit an seinen Schreibtisch.

Er hatte sieben Jahre in der Ungelösten verbracht. Sie hatte eine simple Aufgabe: In den Z-Akten nach brauchbaren Hinweisen zu suchen und eingehende Informationen zu ungelösten Mordfällen auszuwerten. Der Job war eine Mischung aus PR und Anthropologie.

Die Cops in dieser Abteilung klärten nur selten Mordfälle auf. Sie nahmen telefonische Hinweise entgegen, lasen alte Akten und gerieten in den Bann alter Morde. Sie überprüften alte Verdächtige und redeten mit alten Detectives. Der Job brachte eine Menge Schreibtischarbeit mit sich. Für ältere Cops war es die letzte Station vor dem Ruhestand

Stoner war noch jung, als er dorthin abkommandiert wurde. Captain Grimm hatte eine besondere Aufgabe für ihn. Grimm glaubte, aus dem *Cotton Club*-Mord lasse sich noch etwas herausholen. Er beauftragte Stoner, sich ausschließlich mit dem Fall zu befassen.

Vier Jahre saß er daran. Es war einer dieser prestigeträchtigen Fälle, mit denen man Karriere macht und sich mit Ruhm bedeckt. Es war eine Tortur. Es lud ihm eine Menge Autobahnmeilen auf den Buckel.

Stoner sah die Z-Akte durch, die er gezogen hatte. Das Autopsiefoto war grausig. Die Aufnahmen von der Arroyo High waren beinahe ebenso scheußlich. Er würde den Mann erst einmal vorbereiten.

Cops liefen an seinem Schreibtisch vorbei und zogen ihn wegen seiner Pensionierung auf. Sein Partner, Bill McComas, hatte gerade einen vierfachen Bypass bekommen. Die Jungs wollten einen Lagebericht.

Mac ging es so lala. Er sollte nächsten Monat in den Ruhestand gehen – alles andere als unbeschädigt.

Stoner schob seinen Stuhl zurück und träumte vor sich hin. Die Dinge erschienen ihm immer noch rasch und strahlend.

Er war ein echter Kalifornier. Seine Eltern waren im Krieg aus Fresno abgehauen und nach L.A. County gezogen. Sie fetzten sich wie Pumas. Ihm ging das furchtbar auf die Nerven, und seinen Schwestern machte es angst.

Er wuchs in South Gate auf. Es war platt, heiß und voller verputzter Nachkriegshäuser. Verpflanzte Okies gaben den Ton an. Sie standen auf Hot Rods und Honky Tonk. Sie arbeiteten in Fabriken und strichen die Löhne des wirtschaftlichen Aufschwungs ein. Das alte South Gate hatte spießige Arbeiter hervorgebracht. Das neue South Gate brachte Drogensüchtige hervor.

Als Teenager war er heiß auf Mädchen und Sport und verspürte einen unbestimmten Abenteuerdrang. Sein Vater war Vorarbeiter im Proto-Tool-Werk. Das bedeutete jede Menge Arbeit, verschwindend geringen Lohn und null Abenteuer. Er versuchte es selbst bei Proto-Tool. Es war langweilig und körperlich anstrengend. Er versuchte es mit dem Junior College und spielte mit dem Gedanken, Lehrer zu werden. So richtig begeistert war er von der Idee nicht.

Seine Schwestern heirateten Cops. Er hatte einen Schwager beim South Gate PD und einen bei der Highway Patrol. Sie erzählten ihm verlockende Geschichten. Diese Räuberpistolen verbanden sich mit ein paar anderen Ideen, die in seinem Kopf herumspukten.

Er suchte das Abenteuer. Er wollte Menschen helfen. Am Tag nach seinem einundzwanzigsten Geburtstag machte er die Aufnahmeprüfung für das Los Angeles County Sheriff's Department.

Er bestand sie. Er bestand die körperliche Untersuchung und den Background-Check. Im Dezember wurde er dem '61er Jahrgang der Sheriff's Academy zugeteilt.

Das Department war knapp an Personal. Er wurde vorzeitig zum Hall-of-Justice-Gefängnis abkommandiert. Er lernte gleich ein paar berühmt-berüchtigte Killer kennen.

Er lernte John Deptula kennen. Crazy John war in eine Bowlingbahn eingebrochen und hatte den Hausmeister geweckt, Roger Alan Mosser. Deptula erschlug Mosser und karrte seine Leiche hinaus in den Angeles National Forest. Er enthauptete Mosser und steckte seinen Kopf auf einem Campingplatz in ein Chemieklo. Ward Hallinen löste den Fall für die Mordkommission.

Er lernte Sam LoCigno kennen. LoCigno hatte Jack »The Enfor-

cer« Whalen umgelegt. Es war ein Auftragsmord. Er ereignete sich im Dezember '59 in Rondelli's Restaurant. Der Mord war in jeder Hinsicht schiefgelaufen.
Sein Trakt war voll von Drag Queens und furchteinflößenden schweren Jungs. Er hörte ihnen zu und bekam so einiges mit. Er kam auf die Akademie und nahm begeistert an einem viermonatigen Kurs in Strafrecht teil. Er lernte eine attraktive Blondine namens Ann Schumacher kennen. Sie arbeitete in der Autonetics-Fabrik in Downey. Sie verabredeten sich, an seinem Abschlußabend zusammen auszugehen.
Im April '62 machte er seinen Abschluß. Er ging mit Ann ins Crescendo auf dem Sunset Strip, wo in diesen Jahren mächtig was los war. Ann sah gut aus. Er sah gut aus. Er trug eine .38er Stubsnase. Er war einundzwanzig Jahre alt und unschlagbar cool.
Er wollte in den Streifendienst. Das Sheriff's Department fuhr von vierzehn Dienststellen aus Streife. Er wollte Action von morgens bis abends.
Er wurde zum Knastdienst eingeteilt.
Man beorderte ihn in den Wayside Honor Rancho. Der lag fünfundsechzig Meilen von seiner Wohnung entfernt. Dieser Job war der Beginn seiner langjährigen und unerquicklichen Beziehung zu Autobahnen.
Wayside raubte ihm ein gutes Stück Jugend. Wayside war guter Anschauungsunterricht über das amerikanische Rechtswesen kurz vor seinem Zusammenbruch.
In Wayside saßen Häftlinge, die zu County-Knast verurteilt worden waren, und alle, für die im Hall-of-Justice-Gefängnis kein Platz mehr war. Weiße, Schwarze und Mexikaner haßten einander, doch sie ließen sich nicht zu Rassenfehden hinreißen. Wayside war ein effizientes Rädchen in einem System, das zu der Zeit noch funktionierte. Es funktionierte, weil die Zahl der Verbrecher noch keine astronomischen Höhen erreicht hatte und die meisten nicht gewalttätig waren. Heroin war die große, böse Droge jener Zeit. Die Heroinwelle war eine Epidemie, die man im Griff hatte. Heroin ließ einen Einbrüche begehen und seine Freundin auf den Strich schicken, um die Sucht zu finanzieren. Heroin ließ einen

wegsacken. Heroin ließ einen nicht ausrasten und seine Freundin in Stücke hacken – wie zwanzig Jahre später Crack. Das System funktionierte, weil sich Schwerverbrecher wie Kleinkriminelle meistens schuldig bekannten und nicht routinemäßig Haftbeschwerde einreichten. Das System funktionierte, weil Knastaufenthalte vor dem Zusammenbruch erträglich waren. Die Verbrecher waren noch nicht psychologisiert. Sie erkannten die Obrigkeit an. Sie wußten, daß sie gesellschaftlicher Abschaum waren, weil sie es im Fernsehen sahen und in den Zeitungen lasen. Sie waren Gefangene eines vertrackten Spiels. Normalerweise gewann die Obrigkeit. Sie genossen billige kleine Triumphe und weideten sich an den Tücken des Spiels. Das Spiel hieß Insidertum. Insidertum und Fatalismus waren cool. Solange es einem gelang, nicht in der Gaskammer zu landen, war Zuchthaus das Schlimmste, was einem passieren konnte. Vor dem Zusammenbruch waren Knastaufenthalte erträglich. Man konnte Schwarzgebrannten trinken und Schwuchteln in den Arsch fikken. Das System funktionierte, weil Amerika sich noch nicht mit Rassenunruhen und rasanter Drogenausbreitung und Mordanschlägen und Ökoquatsch und Aufhebung der Geschlechterrollen und Waffenbesessenheit und religiösem Wahn in Zusammenhang mit einer Medienimplosion und einem wachsenden Betroffenheitskult auseinandersetzen mußte – ein 25jähriger entfremdender Spuk, der zu einem lähmenden Massenskeptizismus führte.

Stoner wurde genau zur richtigen Zeit Cop. Er konnte guten Gewissens schlichten Ansichten nachhängen. Er konnte ungestraft Leuten die Hölle heiß machen. Er konnte bestimmte Aspekte seiner Cop-Ausbildung hintanstellen und als Detective der Mordkommission heranreifen.

Damals, 1962, war er der Illusion vollkommen erlegen. Er wußte, daß das System funktionierte. Gefängnisaufenthalte waren erträglich. Er hatte einen seltsamen Narren an den Häftlingen gefressen. Sie spielten die Rollen, die ihnen das Drehbuch ihrer Zeit vorgab. Genau wie die Wärter.

Im Dezember ’62 heiratete er Ann. Ein Jahr später wurde er zur

Norwalk Station versetzt. Seinen ersten Hochzeitstag verbrachte er in einem Streifenwagen. Ann war gekränkt und stocksauer.
Sie begannen zu streiten. Ann wollte ihn ständig für sich haben. Er wollte, daß sie sich genau nach seinem Terminkalender richtete. Das Sheriff's Department von L.A. County nahm den Großteil seiner Zeit in Anspruch. Das konnte einfach nicht gut gehen.
Sie stritten sich. Seine Ehe verwandelte sich in die Ehe seiner Eltern, nur mit aufgedrehter Lautstärke und zahllosen unflätigen Beschimpfungen. Ann litt unter krankhafter Verlustangst. Ihre Mutter hatte sie verlassen, um mit einem Schwerverbrecher zusammenzuleben. Der Typ hatte Mom auf einen Beutezug durchs ganze Land mitgenommen. Ann hatte ohne Frage eine kaputte Kindheit gehabt.
Sie stritten sich. Sie versöhnten sich. Sie stritten sich. Er widerstand unzähligen copgeilen Frauen, die ihn ins Bett zerren wollten. Das LASD tat alles, um seiner Frau einen Scheidungsgrund zu liefern.
Er liebte den Streifendienst. Er liebte den steten Fluß unerwarteter Ereignisse und die täglich neue Mischung von Menschen, die mit dem Gesetz in Konflikt geraten waren. Norwalk war eine »Gentlemen-Wache«. Die Anwohnerschaft war weiß und die Gangart gemächlich. In seinem Revier lag die Klapsmühle des County. Immer wieder rissen die Bekloppten aus und stellten splitternackt ulkige Sachen an. Die Deputies von Norwalk unterhielten einen Bekloppten-Fahrdienst. Ständig mußten sie irgendeinen Bekloppten zurück in die Klapse bringen.
Der Dienst in Norwalk machte ihm Spaß. Das System funktionierte, und die Kriminalität ließ sich in Schach halten. Ein paar der älteren Cops sahen schwere Zeiten heraufziehen. Das Miranda-Urteil machte alles kaputt. Das Kräftegleichgewicht hatte sich zugunsten der Tatverdächtigen verschoben. Man konnte den Verdächtigen nicht mehr mit Schurigelei und Telefonbuchschlägen in die Nieren Geständnisse entlocken.
Er hielt ohnehin nichts von solchen Methoden. Er stopfte keine 16-Unzen-Gewichte in schwarze Lederhandschuhe. Er war kein

brutaler Typ. Er versuchte, mit widerspenstigen Männern vernünftig zu reden und wandte nur Gewalt an, wenn es nicht anders ging.
Er überschlug sich während einer Verfolgungsjagd mit seinem Streifenwagen und wäre beinahe noch am Unfallort gestorben. Er geriet mit einem jugendlichen Klebstoffschnüffler aneinander und steckte ein paar schwere Schläge ein. Er sauste auf einen Notruf hin an eine Unfallstelle, wo sich zwei Fahrzeuge ineinander verkeilt hatten. Ein Mann saß tot in seinem Laster. Sein Kopf war in das Radio geknallt, das daraufhin auf voller Lautstärke lief. Noch mehrere Blocks weiter war der Song »Charade« zu hören.
Norwalk verschaffte ihm ein paar irre Augenblicke. Verglichen mit Watts im August '65 waren sie jedoch Kinderkram.
Ann war im achten Monat schwanger. Sie waren auf dem Long Beach Freeway unterwegs nach Norden. Von dort oben konnten sie weit sehen. Sie sahen mehrere Brandherde.
Er fuhr von der Autobahn ab und rief auf der Norwalk Station an. Der Wachhabende sagte ihm, er solle sich in seine Uniform werfen und bei Harvey Aluminum melden. Harvey steckte mitten in einem Arbeitskonflikt. Das LASD hatte vor Ort bereits eine Kommandozentrale eingerichtet.
Er setzte Ann ab und raste rüber zu Harvey. Der Parkplatz platzte vor Polizeiwagen und Deputies in voller Kampfausrüstung aus allen Nähten. Die Kommandozentrale teilte die Leute in Vier-Mann-Teams ein. Er griff sich eine .12er Schrotflinte und drei Partner.
Der Job bestand in 12stündigen Schichten. Der Job bestand darin, Plünderer und Brandstifter einzubuchten. Der Job bestand darin, Watts und Willowbrook zu durchkämmen – den Brennpunkt all dieses ganzen Nigger-Voodoo-Hoodoos.
Am hellichten Tag machte er sich an die Arbeit. Die Temperatur lag weit über dreißig Grad. Durch die Brände wurde es noch heißer. Seine Kampfausrüstung tat ein übriges. South L.A. bestand nur noch aus Hitze und Hysterie.
Plünderer räumten Schnapsläden aus. Plünderer kippten sich den teuersten Fusel gleich an Ort und Stelle hinter die Binde. Plünde-

rer schoben Einkaufswagen durch die Straßen. Die Wagen waren bis obenhin voll mit Fusel und Fernsehern.
Ständig fielen Schüsse. Es war nicht auszumachen, wer auf wen schoß. Die Nationalgarde war mit starken Kräften im Einsatz. Die Jungs sahen jung und dumm und verängstigt und ausgesprochen schießwütig aus.
Man konnte nicht systematisch patrouillieren. Zu viel passierte zu schnell. Man mußte wahllos Plünderer schnappen. Man mußte intuitiv und spontan handeln. Man konnte nicht sagen, woher die Schüsse kamen. Man mußte damit rechnen, daß Nationalgardisten wild um sich schossen und einen mit einem Querschläger umbrachten.
Es war ein heilloses Durcheinander. Je mehr sie sich anstrengten, es unter Kontrolle zu bringen, desto schlimmer wurde es. Ein Deputy drängte eine Menschenmenge zurück. Ein Plünderer griff nach seiner Flinte. Sie ging los und pustete seinem Partner das Gehirn weg.
Es nahm kein Ende. Die Unruhen verebbten und flammten plötzlich wieder auf. Er arbeitete drei volle Tage lang. Er schnappte Dutzende Plünderer und verlor durch Hitze und Adrenalinüberproduktion einiges an Gewicht.
Die Unruhen versiegten aufgrund einer Art Massenerschöpfung. Vielleicht hatte die Hitze die Aufrührer ermüdet. Sie hatten sich Gehör verschafft. Sie hatten ein wenig Glanz in ihr beschissenes Leben gebracht. Sie taten sich an ihrer billigen Beute gütlich und redeten sich ein, sie hätten mehr gewonnen, als sie verloren hatten.
Die Cops hatten alle miteinander ihre Unschuld verloren.
Einige wollten das nicht wahrhaben. Sie schrieben die Unruhen einer besonderen Verkettung von Ereignissen kriminellen Ursprungs zu. Darin erschöpfte sich ihre Ursachenforschung.
Viele Cops schalteten ihr Gehirn aus. Aufsässige Nigger waren aufsässige Nigger. Ihre angeborenen kriminellen Neigungen mußten jetzt noch rigoroser unterdrückt werden.
Er wußte es besser. Die Unruhen hatten ihn gelehrt, daß Unterdrückung keinen Sinn hatte. Niemand fackelt seine eigene Welt

ab, wenn er nicht einen guten Grund dafür hat. Man konnte Menschen nicht einfach stillegen oder aussperren. Je mehr man das versuchte, desto mehr würde das Chaos die Ordnung verdrängen. Diese Erkenntnis ließ ihn erschauern und machte ihm angst.
Die Zwillinge wurden einen Monat nach den Unruhen geboren. Eine Zeitlang lief seine Ehe reibungslos. Er lernte für das Sergeant-Examen und fuhr in Norwalk Streife. Er grübelte darüber nach, welche Lehren aus Watts zu ziehen waren.
Er lebte in zwei Welten. Seine Familienwelt ließ sich nicht steuern. Es gelang ihm nicht, die Lehren von Watts auf sein Privatleben zu übertragen. Er wußte, wie man mit Verbrechern fertig wird. Mit der temperamentvollen Frau, die er liebte, wurde er hingegen nicht fertig.
Der Reiz des Kinderkriegens nutzte sich ab. Sie begannen wieder zu streiten. Sie stritten vor den Jungs und hatten ein schlechtes Gewissen dabei.
Im Dezember '68 wurde er Sergeant und zur Firestone Station versetzt. Firestone war dichtbevölkert, durch und durch schwarz und hatte eine hohe Kriminalitätsrate. Die Gangart war hektisch. Er lernte, dreimal so schnell zu arbeiten wie in Norwalk.
Er arbeitete als Streifendienstleiter. Auf jeder Schicht hetzte er von einem Notruf zum anderen. Firestone bedeutete Drogen, bewaffnete Raubüberfälle und häusliche Gewalt. Firestone war '65 eines der Unruhegebiete gewesen. Die Leute dort hatten ganz andere Lehren aus den Unruhen gezogen. Firestone bedeutete illegales Glücksspiel am Straßenrand und Waffen. Firestone war das Kind, das in den Trockner kletterte, zu Tode schleuderte und verbrannte. Firestone war gebremstes Chaos. Firestone konnte jederzeit hochgehen.
Vier Jahre verbrachte er dort. Er beendete seine Zeit im Streifendienst und kam zum Kriminalkommissariat von Firestone. Er verbrachte einige Zeit mit Öffentlichkeitsarbeit. Alles, was die Kluft zwischen Cops und Zivilisten überbrückte, war gut fürs Geschäft. Das LAPD hatte die Beziehungen zwischen der Polizei und der Zivilbevölkerung ein für allemal versaut. Er wollte nicht, daß das Sheriff's Department es ihm nachmachte.

Er wurde zur Abteilung für Kfz-Diebstahl versetzt. Er entwickelte solide kriminalistische Fähigkeiten und genoß den speziellen Charakter der Arbeit. Diebstähle waren Routine. Letztlich ging es immer um Eigentumsverletzung. Es waren in sich abgeschlossene Fälle, die mit der Festnahme einer oder mehrerer zweifelsfrei schuldiger Personen endeten. Er brauchte keine harmlosen Jugendlichen wegen Marihuana einzulochen. Er brauchte nicht bei Familienstreitigkeiten den Schiedsrichter zu spielen und Ratschläge bei Eheproblemen zu geben, als wüßte er, wovon er redete.
Die Kriminalistik war seine Berufung. Er hatte die nötigen Fähigkeiten im Umgang mit Menschen und das Temperament dafür. Der Streifendienst war ein atemloser Sprint ohne feste Ziellinie. Im Vergleich dazu ging es bei den Kriminalisten eher gemächlich zu. Er versetzte sich in jeden einzelnen Verdächtigen hinein und eignete sich sein Wissen an. Er drang immer tiefer in das wahre Wesen der Beziehung zwischen Cop und Verbrecher vor.
Er war als einfacher Polizist nach Firestone gekommen. Als Detective ging er wieder. Er wechselte zur Abteilung für interne Ermittlungen und machte Jagd auf andere Cops.
Cops, die Geld stahlen. Cops, die zu flink mit ihren Schlagstökken bei der Hand waren. Cops, die Drogen nahmen. Cops, die zum Wichsen in Pornofilme gingen. Cops, die Häftlingen in County-Knästen einen bliesen. Cops, die aus purer Bosheit wegen angeblicher Vergehen verpfiffen wurden.
Es war ein brutaler Job. Die moralische Grundlage war nur unscharf bezeichnet. Es machte ihm keinen Spaß, Kollegen zu schikanieren. Er versuchte in jedem Fall die ganze Wahrheit herauszufinden und forschte nach mildernden Umständen. Für einige arg verkorkste Männer empfand er Mitgefühl. Er wußte, wie der Job familiäre Bindungen zerstörte. Ein beträchtlicher Teil der Cops, die er kannte, waren Alkoholiker. Sie waren nicht besser oder schlechter als die Cops, die wegen Kiffens belangt wurden. Er hatte seine eigenen Unzulänglichkeiten im Griff. Er benutzte sie zur Veranschaulichung der Prinzipien seiner Arbeit. *Du* stiehlst nicht, nimmst keine Drogen und machst keine perversen Sachen. *Du* nutzt deine berufliche Stellung nicht aus, um dich zu

bereichern. *Deine* Aufgabe ist es, diese Grundsätze gegenüber den Cops, gegen die du ermittelst, durchzusetzen.
Das waren moralisch unanfechtbare Prinzipien. Es war eine ichbezogene Vereinfachung.
Seine Ehe steckte in einer Sackgasse. Er wollte nicht mehr. Ann wollte nicht mehr. Sie warteten bloß noch darauf, daß der andere den Mut aufbrachte, Schluß zu machen. Sie kauften ein Haus und verkrallten sich noch tiefer ineinander. Er kämpfte gegen den permanenten Drang an, Frauen aufzureißen.
'73 verließ er die Abteilung für interne Ermittlungen. Er wechselte zur Lakewood Station und bearbeitete zwei Jahre lang Kfz-Diebstähle und -Aufbrüche. '75 kam er zur Metro.
Die Metro war fürs gesamte County zuständig. Er war mit seinem fünfköpfigen Einsatzkommando im ganzen Bezirk unterwegs. L.A. County nahm für ihn ganz neue Dimensionen an. Er sah in Armenvierteln, in denen die Leute gerade genug Knete für Drogen und eine billige Bude hatten, die Kriminalitätsrate in die Höhe schnellen. Die Gegend war flach, und die Luft war verschmutzt. Das Leben im Dreck hatte seine eigenen Mechanismen. Die Menschen zogen zwischen versmogten Städten umher wie Ratten in einem Labyrinth. Die Autobahnen schickten sie immer wieder im Kreis herum. Drogen waren ein Teufelskreis aus kurzfristiger Ekstase und Verzweiflung. Einbruch und Raub waren Verbrechen, die in direktem Zusammenhang mit Drogen standen. Mord war eine alltägliche Nebenerscheinung des Drogenkonsums und des illegalen Drogenhandels. Drogenbekämpfung war ein aussichtsloses Unterfangen. Drogenkonsum war eine so irrsinnige wie vollkommen verständliche Reaktion auf das Leben auf diesem beschissenen Fleckchen Erde. Diese Dinge lernte er auf den Freeways von L.A. County.
'78 arbeitete er im Betrugsdezernat, und '79 wechselte er zum VOIT. VOIT stand für Violent Offender Impact Team. Das war eine kleine Sondereinheit, deren Aufgabe in der Aufklärung von Raubüberfallserien bestand. Die Arbeit überschnitt sich mit der der Mordkommission.
Ann entdeckte ihre Berufung. Sie folgte ihr instinktiv. Sie ging zur

Schwesternschule und wurde eine hervorragende Krankenschwester. Ihr Schritt in die Unabhängigkeit rettete ihre Ehe.
Er respektierte ihre Arbeit. Er respektierte, daß sie mit vierzig Jahren noch einen Beruf ergriff. Es gefiel ihm, wie ihre und seine neue Berufung sich ineinanderfügten.
Er wollte zur Mordkommission. Er wollte in Mordfällen ermitteln. Er wollte sich dieser Aufgabe mit Haut und Haaren verschreiben.
Ein paar Leute schuldeten ihm noch einen Gefallen, und er bekam den Job. Der brachte ihn zu der Leiche am Straßenrand und zu der Leiche im Yachthafen. Er brachte ihn zu dem Mädchen, das durch eine Vergewaltigung und ein Schädeltrauma stumm geworden war.
Seinen Phantomen.

13

Er lernte schon bald einiges über Mord. Er lernte, daß Männer aus geringerem Anlaß mordeten als Frauen. Männer mordeten, weil sie betrunken, bekifft oder sauer waren. Männer mordeten des Geldes wegen. Männer mordeten, weil andere Männer ihnen das Gefühl gaben, sie wären Waschlappen.

Männer mordeten, um anderen Männern zu imponieren. Männer mordeten, um darüber reden zu können. Männer mordeten, weil sie schwach und faul waren. Mord stillte ihre augenblicklichen Gelüste und begrenzte ihre Alternativen auf eine überschaubare Anzahl.

Männer töteten Frauen, damit sie kapitulierten. Die Schlampe wollte ihm einfach keinen blasen oder ihr Geld nicht rausrücken. Die Schlampe hatte das Steak verbrutzeln lassen. Die Schlampe hatte ein Riesentheater gemacht, weil er ihre Lebensmittelmarken gegen Drogen eingetauscht hatte. Die Schlampe hatte was dagegen, daß er ihre 12jährige Tochter begrabschte.

Männer töteten Frauen nicht, weil sie vom weiblichen Geschlecht systematisch mißbraucht wurden. Frauen töteten Männer, eben weil Männer sie unaufhörlich aufs brutalste mißhandelten.

Er hielt diese Regel für unumstößlich. Sie schmeckte ihm nicht. Ihm widerstrebte es, Frauen als die Gattung der Opfer zu betrachten.

Die Frage der Willensfreiheit verwirrte ihn. Viele weibliche Mordopfer begaben sich selbst in Gefahr und unterschrieben indirekt ihr eigenes Todesurteil. Das ging ihm gegen den Strich. Er hatte eine Schwäche für das gesamte weibliche Geschlecht. Seine Schwärmerei war groß, ziellos und in hohem Maße idealistisch. Ihr war es zu verdanken, daß er treu blieb, als seine Ehe den Bach runterging.

Sein erstes Opfer war eine Frau.
Billy Farrington lernte ihn bei der Mordkommission des Sheriffs an. Billy war ein schwarzer Dandy. Billy trug an Verbrechensschauplätzen, wo Leichen Kot und Magengase absonderten, Maßanzüge. Billy lehrte ihn, den Tatort äußerst langsam und bedächtig zu untersuchen.
Billy war 55 und stand kurz vor dem Ende seiner Polizeilaufbahn. Billy hatte noch jede Menge Urlaub übrig. Billy ließ ihn den Fall Daisie Mae allein bearbeiten.
Es begann mit einem Leichenfund in Newhall. Ein Mann entdeckte ein brennendes Bündel und löschte das Feuer. Er rief auf der Sheriffswache von Newhall an. Der Wachhabende rief bei der Mordkommission des Sheriffs an.
Stoner machte sich auf den Weg. Er sperrte den Tatort ab und untersuchte die Leiche.
Die Tote war voll bekleidet. Sie war weiß und nicht mehr die Jüngste. Ihr Gesicht war verzerrt. Sie sah beinahe mongoloid aus. Sie war in eine amerikanische Nationalflagge und ein paar Babydecken gewickelt. Das Bündel war mit einem Stromkabel verschnürt. Die Decken waren mit Benzin oder einem ähnlich giftigen Brandbeschleuniger getränkt. Sie sah aus, als habe sie einige Stockschläge auf den Kopf erhalten.
Stoner schritt die Umgebung ab. Er sah keine Fußabdrücke, keine Reifenspuren und keine weggeworfenen Schlagwerkzeuge. Die Umgebung war hügelig und strauchig. Der Täter hatte die Leiche vermutlich von einer nahegelegenen Zufahrtsstraße heraufgetragen.
Ein Team der Gerichtsmedizin traf ein. Die Männer durchsuchten die versengte Kleidung des Opfers.
Sie fanden keinen Ausweis. Stoner fand eine goldene Halskette. Sie sah aus wie ein Peace-Zeichen oder sonst irgendein spinnertes Symbol.
Stoner tütete sie ein. Die Gerichtsmediziner transportierten die Leiche ab.
Stoner fuhr zur Hall of Justice und ging die Vermißtenanzeigen der letzten Zeit durch. Keine paßte auf seine Unbekannte. Er

schickte ein Fernschreiben raus. Darin wurde besonders auf die Halskette der Toten hingewiesen und erklärt, sie sei möglicherweise geistig zurückgeblieben. Er rief in der Pressestelle an und wies sie an, die Nachricht von der Unbekannten zu verbreiten.

Channel 7 zeigte am selben Abend einen kurzen Fernsehbericht. Wenige Minuten später erhielt Stoner einen Anruf.

Ein Mann sagte, er habe die Halskette angefertigt. Der Anhänger sei ein AA-Symbol. Er verkaufe die Halsketten auf AA-Treffen in Long Beach.

Stoner zeichnete ein Bild der Halskette und faßte darunter die Tatumstände zusammen. Er fügte seinen Namen und seine Telefonnummer bei der Mordkommission des Sheriffs hinzu. Er machte einhundert Kopien und verteilte sie auf jedem AA-Treffen in der Gegend von Long Beach.

Ein Mann namens Neil Silberschlog sah die Flugblätter und rief bei ihm an. Er sagte, die Beschreibung klinge nach einer alten Bekannten von den AA. Soweit er wußte, hieß sie Daisie Mae. Sie war viel mit einem Typen namens Ronald Bacon zusammen gewesen. Bacon wohnte bei ihm in der Nähe. Bacon fuhr in Daisie Maes '64er Impala durch die Gegend. Von Daisy fehlte jede Spur. Silberschlog kam die Sache verdächtig vor.

Stoner fuhr nach Long Beach und traf sich mit dem Informanten. Silberschlog identifizierte ein Foto der Leiche. Er sagte, sie sei nicht geistig behindert gewesen. Sie war lediglich eine griesgrämige alte Säuferin.

Daisie Maes Wohnung lag ganz in der Nähe. Silberschlog führte Stoner hin.

Es war ein mieses Loch. Eine alte Säuferin namens One-Eyed Betty lag schlafend im Vorderzimmer. Betty sagte, sie habe Daisie Maes Auto bei Ronnie Bacon vor der Tür stehen sehen. Ronnie hatte auch Daisie Maes Armbanduhr. Er hatte das Armband ausgetauscht und sie seiner 16jährigen Freundin geschenkt. Ronnie war grad in den Knast gewandert, weil er einen Drugstore überfallen hatte. Er saß im Main County Jail.

Stoner fuhr zum Gefängnis und befragte Ronald Bacon. Er war

25 und der pure White Trash. Er sagte, er sei nach L.A. gekommen, um Freunde zu finden. Er kenne Daisie Mae – aber umgebracht habe er sie wirklich nicht.
Stoner fuhr zurück nach Long Beach. Er durchsuchte Bacons Wohnung und fand einen leeren Benzinkanister. Ein Nachbar sagte, Bacon habe ihm ein blutdurchtränktes Sofa verkauft.
Stoner sprach noch mal mit One-Eyed Betty. Sie schilderte ihm Daisie Maes letzten Tag auf Erden.
Daisie Mae hatte gerade ihren Scheck von der Sozialhilfe gekriegt. Sie wollte sich einen Fernseher kaufen. One-Eyed Betty und Ronald Bacon wollten ihr beim Geldausgeben behilflich sein. Sie fuhren mit ihr herum und hielten nach billigen Geräten Ausschau. Sie fuhren mit Daisie Maes Auto. Bacon brachte Daisie Mae dazu, ihren Sozialhilfescheck einzulösen. One-Eyed Betty ging nach Hause. Bacon und Daisie Mae fuhren allein weiter.
Stoner beantragte Haftbefehl gegen Ronald Bacon. Ein stellvertretender Staatsanwalt hörte ihn an und erhob Anklage. Bacon mußte sich wegen Mordes verantworten.
Eine Frau rief Stoner auf der Dienststelle an. Sie erzählte ihm, ihre Tochter sei öfters mit Ronald Bacon ausgegangen. Bacon habe ihrer Tochter einen höchst verdächtigen Brief geschrieben.
Der Ton war wehleidig. Bacon schrieb, er habe gerade Geld gestohlen und sitze nun »mit ihr hier ihm Auto«. Er hatte eine alte Frau erschlagen. Noch bevor er ihre Leiche abfackelte, fing er an, um Mitleid zu betteln.
Ein Handschriftenexperte untersuchte den Brief und bestätigte, daß Ronald Bacon ihn geschrieben habe. Bacon wurde vor Gericht gestellt, schuldig gesprochen und zu lebenslangem Gefängnis ohne Bewährung verurteilt. Stoner hatte seinen ersten Mord aufgeklärt. Er lernte, daß Männer Frauen umbrachten und dann voller Selbstmitleid Zuflucht bei anderen Frauen suchten.

Ein Mann aus Norwalk erschoß seine Frau. Er zielte über ihren Kopf hinweg und erwischte sie genau zwischen den Augen. Der Mann wollte lediglich Dampf ablassen. Bevor er den Vorfall meldete, versteckte er noch seine Marihuana-Pflanzen. Stoner

brachte ihn wegen Totschlags hinter Gitter. Er lernte, daß Männer Frauen aus Langeweile umbrachten.
Eine Schwarze erschoß ihren Mann. Nach begangener Tat klingelte sie die Lennox Station an und gab anonym durch, sie habe einen Einbrecher gesehen. Die Einsatzleitung schickte einen Wagen zu ihrem Haus. Die Deputies konnten keinen Einbrecher entdecken. Die Frau rief noch mal auf der Lennox Station an. Sie erzählte dem Einsatzleiter, sie habe versehentlich ihren Mann erschossen. Er sei unerwartet zum Fenster hereingekommen. Sie habe ihn für einen Einbrecher gehalten. Sie wußte nicht, daß alle eingehenden Anrufe auf der Wache mitgeschnitten wurden.
Der Einsatzleiter rief in der Mordkommission des Sheriffs an und schilderte die Situation. Stoner fuhr zum Tatort und verhörte die Frau. Sie gestand, ihren Mann erschossen zu haben, bevor sie den ersten Anruf tätigte. Sie sagte, er habe sie verprügelt. Zum Beweis präsentierte sie ihnen ihre blauen Flecken. Stoner nahm sie fest und gab den Namen ihres Mannes an das Kriminalkommissariat von Lennox durch. Die Jungs waren froh, daß sie den Mistkerl umgelegt hatte. Sie wollten ihn ohnehin gerade wegen einer Serie von Raubüberfällen einbuchten.
Stoner sprach mit den Nachbarn der Frau. Sie sagten, der Ganove habe seine Frau regelmäßig geschlagen. Während sie zur Arbeit ging, habe er faul zu Hause herumgesessen. Er habe ihr Geld für Sprit und Drogen ausgegeben.
Die Frau blieb in Haft. Stoner ging zum Staatsanwalt und machte mildernde Umstände geltend. Der Staatsanwalt willigte ein, das Strafmaß herunterzuschrauben, sofern sie ein Schuldbekenntnis ablege.
Die Frau bekam Bewährung. Sie rief Stoner an und dankte ihm dafür, daß er so nett gewesen war. Er lernte, daß Frauen Männer umbrachten, wenn der letzte Schlag ins Gesicht sie ein ganz klein wenig aus dem Gleichgewicht gebracht hatte.

In der Mordkommission galt das Prinzip des Learning by doing. Der Fall Dora Boldt war eine große Lehre.
Er bekam ihn gemeinsam mit Billy Farrington zugeteilt. Billy ging

erneut in Urlaub und ließ Stoner sich die Zähne dran ausbeißen. Der Fall wirbelte zwei Wochen lang alles durcheinander.

Dora und Henry Boldt lebten im Bezirk Lennox. Sie standen als Weiße in einem durch und durch schwarzen Viertel auf verlorenem Posten. Sie waren gebrechlich und fast 80 Jahre alt.

Ihr Sohn fand sie.

Dora lag tot im Flur zum Wohnzimmer. Ein Kissenbezug war um ihren Kopf gewickelt. Er war von Blut und Hirnflüssigkeit durchtränkt.

Henry lag lebend im Schlafzimmer. Jemand hatte ihn geschlagen und bewußtlos getreten.

Das Haus war geplündert. Die Telefonleitungen waren gekappt. Der Sohn rannte nach nebenan und rief die Polizei.

Streifenwagen trafen ein. Ein Krankenwagen traf ein. Henry Boldt kam wieder zu Bewußtsein. Ein Deputy sagte ihm, er solle einen Finger hochhalten, wenn der oder die Täter Weiße, und zwei Finger, wenn es Schwarze gewesen seien. Henry hob zwei Finger. Die Sanitäter transportierten ihn ab.

Stoner und Farrington trafen ein. Ein Laborteam erschien. Alle dachten das gleiche.

Es waren zwei Männer. Sie erschlugen die alte Frau. Sie benutzten dazu ihre Fäusten, ihre Füße und Taschenlampen.

Die Jungs vom Labor suchten nach Fingerabdrücken. Sie fanden im ganzen Haus Abdrücke von Handschuhen. Stoner entdeckte auf dem Küchenfußboden ein angebissenes Stück Käse. Ein Fotograf trat drauf und zerstörte die Bißspuren.

Stoner sprach mit Dora Boldts Angehörigen. Sie gingen durchs Haus und halfen ihm, eine Liste gestohlener Gegenstände zusammenzustellen. Sie gaben ihm die Fabrikationsnummern eines fehlenden Tonkrugs und eines Fernsehers.

Billy Farrington ging in Urlaub. Stoner wandte sich an das Kriminalkommissariat von Lennox, an das Inglewood PD und das West-L.A.-Büro des LAPD. Er sprach mit diversen Einbruchsermittlern. Er sprach mit ein paar Jungs von der Mordkommission des LAPD. Er erzählte ihnen von seinem Fall. Sie beschrieben 40 ähnliche Brüche, zu denen drei Morde gehörten.

Die Opfer waren alte weiße Frauen. Sie wurden erschlagen. Die Täter kappten immer die Telefonleitungen und bedienten sich aus dem Kühlschrank. Sie knüppelten ihre Opfer nieder. Sie plünderten ihre Häuser und stahlen in 30% der Fälle ihre Autos. Alle Opfer waren ältere Weiße. Alle Autos wurden innerhalb eines kleinen Umkreises in West-L.A. abgestellt. Immer wurden die Opfer brutal zusammengeprügelt. Eine Frau verlor ein Auge. Die Täter schlugen jede dritte bis vierte Nacht zu.
Stoner klassifizierte die Verbrechen und schrieb einen detaillierten Bericht. Er schickte eine Eilmeldung an alle Einheiten im County. Er wandte sich noch mal an die Kriminalkommissariate von Lennox, Inglewood und West L.A. und legte ihnen seine gesammelten Informationen vor. Alle dachten das gleiche: Sie mußten unverzüglich handeln.
Stoner erhielt einen Anruf vom Beverly Hills PD. Sie hatten seine Meldung gelesen. Sie hatten zwei Verdächtige für ihn.
Ihre Namen waren Jeffrey Langford und Roy Benny Wimberly. Es waren männliche Schwarze Mitte 20. Das BHPD hatte sie wegen zweier Einbrüche drangekriegt. Sie waren zu drei Jahren Staatsgefängnis verurteilt worden. Möglicherweise waren sie inzwischen wieder draußen.
Stoner rief bei der Bewährungsaufsicht und der Kfz-Behörde an. Er erfuhr, daß Wimberly und Langford einen Monat, bevor die Einbruchserie begann, auf Bewährung freigelassen worden waren. Langford wohnte in West L.A. – in der Nähe der Gegend, wo die gestohlenen Autos abgestellt worden waren.
Stoner forderte ein Team der Metro an und ließ sie überwachen. Drei Tage hintereinander gondelten Wimberly und Langford in Langfords Jeep durch die Gegend. Sie fuhren immer wieder bei zwei Häusern in West L.A. und einem Haus in Beverly Hills vorbei. In den Häusern lebten alte Weiße.
Stoner zog das LAPD hinzu. Ein Einbruchsermittler namens Varner ließ die beiden Häuser in West-L.A. überwachen. Stoner zog das BHPD hinzu. Sie setzten ein Team auf das Haus in ihrem Zuständigkeitsbereich an und evakuierten die alten Leute.
Varner sicherte seine beiden Häuser. Er räumte Haus Nr. 1. Die

Leute in Haus Nr. 2 weigerten sich zu gehen. Varner verbarrikadierte das Wohnzimmer und postierte dort zwei Männer mit Schrotflinten. Die Leute willigten ein, unter Rund-um-die-Uhr-Polizeischutz dort auszuharren.
Wimberly und Langford begannen ihre Touren auf Haus Nr. 2 zu konzentrieren.
Stoner wußte, daß sie bald zuschlagen würden. Er forderte einen Hubschrauber und zwei Observationsteams an und verteilte Walkie-Talkies. Langfords Haus wurde überwacht. Haus Nr. 2 wurde überwacht. Der Helikopter war angewiesen, die Verdächtigen aus sicherer Entfernung zu beschatten. Stoner richtete auf der Lennox Station eine Kommandozentrale ein. Er war direkt mit Haus Nr. 2 und allen mobilen Einheiten verbunden.
Am 3.7.81 um 1:00 morgens verließen die Verdächtigen Langfords Haus.
Sie fuhren in die Seitenstaße hinter Haus Nr. 2. Der Hubschrauber beobachtete sie auf Schritt und Tritt.
Sie parkten ihren Jeep. Sie gingen zu Haus Nr. 2 und sprangen über den Gartenzaun. Sie kappten die Telefonleitungen zum Haus. Sie machten sich an den hinteren Schlafzimmerfenstern zu schaffen. Die Fenster waren mit Brettern vernagelt. Das hatten die alten Leute als zusätzliche Vorsichtsmaßnahme getan. Sie hatten vergessen, es den Cops zu erzählen.
Wimberly und Langford fuhrwerkten weiter an den Fenstern herum. Die Walkie-Talkies in Haus Nr. 2 verstummten. Stoner verständigte seine mobilen Einheiten. Sie parkten einen Block von Haus Nr. 2 entfernt.
Wimberly und Langford fuhrwerkten weiter an den Fenstern herum. Sie machten die ganze Zeit einen ungeheuren Lärm. Sie waren unverfroren und dumm. Weitblick war nicht ihre Stärke.
Irgendwo in der Nachbarschaft ging ein Böller los. Die mobilen Einheiten dachten, es wäre ein Schuß. Sie drehten ihre Scheinwerfer und Sirenen auf und stürzten sich auf Wimberly und Langford.
Wimberly und Langford rannten weg. Die mobilen Einheiten sperrten die Straße ab und nahmen sie fest.
Stoner verhörte sie auf der Lennox Station. Sie dachten gar nicht

daran, die Morde oder die Einbrüche zu gestehen. Stoner sagte ihnen, Henry Boldt sei tot. Sie zeigten keine Reaktion. Stoner sagte ihnen, er mache sie für insgesamt fünf Morde verantwortlich. Sie ließen die gesamte Vernehmung stur über sich ergehen. Billy Farrington kam aus dem Urlaub zurück. Er half Stoner, die Verdächtigen zu verhören. Langford nannte Billy einen Nigger. Stoner ging dazwischen und verhinderte eine Eskalation.

Wimberly und Langford weigerten sich zu gestehen. Stoner durchsuchte ihre Wohnungen. Lastwagen transportierten gestohlene Waren ab. Stoner besorgte sich einen Durchsuchungsbefehl für das Haus von Wimberlys Eltern. Er stellte Rasenmäher, Kosmetikartikel und einen vergoldeten Spiegel sicher. Er fand Dora Boldts Tonkrug. Es waren keine Fingerabdrücke darauf. Die Nummer auf dem Boden war keine Fabrikationsnummer. Der Topf hatte keinen Beweiswert.

Die gestohlenen Waren wurden im Parker Center eingelagert. Sie wurden von Opfern identifiziert. Wimberly und Langford wurden des 18fachen Einbruchs ersten Grades angeklagt. Es konnten keine nachweislich aus dem Haus der Boldts oder den Häusern der anderen ermordeten Frauen gestohlenen Gegenstände sichergestellt werden. Stoner konnte keine Mordanklagen gegen Wimberly und Langford einreichen. Den Fotografen, der auf das Käsestück getrampelt war, hätte er am liebsten umgebracht.

Wimberly und Langford wurden vor Gericht gestellt und verurteilt. Langford kriegte 17 Jahre. Wimberly 20 bis 25. Langford wurde vorzeitig entlassen. Das FBI erwischte ihn mit zwei Kilo Kokain. Langford bekam lebenslänglich ohne Bewährung.

Stoner hatte sie wegen mehrfachen Mordes drankriegen wollen und mußte sich mit Einbruch ersten Grades zufriedengeben. Der Fall Wimberly/Langford belastete ihn. Er hatte Angst um seine Eltern. Wimberly und Langford waren bürgerlich aufgewachsen. Sie waren zu Hause nicht mißhandelt worden. Stoner lernte, daß Männer Frauen wegen Rasenmähern und Tonkrügen umbringen.

Ein Mann kidnappte eine 60jährige Frau. Er versuchte sie zu zwingen, an ein paar Geldautomaten Bargeld abzuheben. Die

Frau tippte immer wieder falsche Geheimnummern ein. Vor lauter Frust erschoß der Mann sie.

Er lud sie auf dem Parkplatz einer Kirche ab. Er nahm ihr ihre Kreditkarten ab und kaufte ein Paar Kinney-Stiefel, Größe 10. Das Riverside County Sheriff's Department spürte ihn auf einen alten Haftbefehl hin auf. Er hörte das Klopfen an der Tür. Er versteckte sich im Bett unter seiner Drei-Zentner-Freundin.

Die Cops aus Riverside schnappten ihn zwei Tage später. Er erzählte ihnen, er wisse etwas über einen Mord in L.A. County. Ein Biker habe ihm erzählt, er hätte eine alte Schachtel erschlagen und sie hinter einer Kirche abgeladen. Er könne den Biker für sie finden – wenn sie ihn freiließen.

Die Cops aus Riverside riefen Stoner an und gaben die Geschichte des Mannes weiter. Stoner fragte sie, ob der Mann Kinney-Stiefel Größe 10 trage. Die Cops bejahten. Stoner sagte, er komme gleich mit einem Haftbefehl wegen Mordes vorbei.

Der Mann gestand. Das Raubdezernat des Sheriffs machte ihn für mehrere bewaffnete Raubüberfälle verantwortlich. Seine Freundin hatte das Fluchtauto gefahren. Der Mann weigerte sich, sie zu verpfeifen. Männer brachten Frauen um und wurden im nächsten Augenblick sentimental, wenn es um Frauen ging.

Ein Kambodschaner zog nach Hawaiian Gardens. Er hatte zwei Kinder aus einer früheren Ehe. Seine erste Frau starb im Krieg. Mit seiner zweiten Frau bekam er noch zwei Kinder. Die beiden waren hart arbeitende kambodschanische Einwanderer.

Der Mann kam dahinter, daß seine Frau ihn betrog. Er erstach ihre gemeinsamen Kinder und erstach sich selbst. Stoner lernte, daß Männer anstelle von Frauen andere umbringen.

Ein Angel-Dust-Junkie ging in seinem Morgenmantel auf Diebestour. Er brach in einen Wohnwagen ein und stach einem alten Mann die Augen aus. Deputies verfolgten eine Blutspur bis zu seiner Wohnung. Der Junge versuchte gerade, seinen Morgenmantel im Klo hinunterzuspülen. Er sagte, er wisse selbst nicht, wieso er überhaupt losgezogen sei.

Stoner vermutete, daß er auf der Suche nach einer Frau war.

Karen Reillys Leiche fand man an der Autobahn. Ein Mann hatte auf dem Freeway 126 einen Platten und sah, wie seine Radkappe auf ein Feld hinausflog. Er ging sie suchen. Er roch etwas Totes und stolperte fast über Karen.

Sie war ziemlich verwest und von Tieren zernagt. Irgendwelche Viecher hatten ihr Zungenbein gefressen. Es war unmöglich, festzustellen, ob sie erdrosselt worden war. Es war unmöglich, serologische oder toxikologische Analysen durchzuführen. Es war unmöglich, die Todesursache zu bestimmen.

Stoner und Farrington untersuchten den Tatort. Es herrschten fast 40 Grad. Sie fanden ein paar Schmuckstücke an der Leiche und etikettierten sie.

Stoner ging Vermißtenmeldungen durch. Er stieß auf einen zwei Wochen alten LAPD-Fall und setzte sich mit den Detectives in Verbindung, die ihn bearbeiteten. Sie sagten, die Beschreibung seiner Leiche klinge ganz nach ihrem Mädchen. Sie holten den Schmuck ab und zeigten ihn Karen Reillys Eltern. Die Eltern identifizierten ihn.

Zwei Privatdetektive arbeiteten bereits an dem Fall. Karens Eltern hatten sie ein paar Tage nach ihrem Verschwinden engagiert. Sie trafen sich mit Stoner und Farrington und berichteten ihnen über den Stand ihrer Nachforschungen.

Karen Reilly war 19. Sie stand auf Alkohol und verruchte Typen. Sie wohnte bei ihren Eltern in einer noblen Ecke von Porter Ranch. Sie unterschrieb bei einer Zeitarbeitsagentur. Sie lernte einen jungen Latino namens John Soto kennen. Soto arbeitete in der Agentur. Er wohnte mit seiner Lebensgefährtin, ihrem Kind, seinem Bruder Augie und Augies 16jähriger Freundin zusammen. Karen bumste John Soto. Ihren Eltern gefiel das gar nicht.

Direkt bevor sie verschwand, war Karen zu Hause. Sie trank mit einer Freundin zusammen Jellybeans. Sie hatte kräftig einen sitzen. Sie geiferte gegen John Soto und seine »Frau«. Sie meinte, die beiden seien beschissene Eltern. Sie sagte, sie wolle das Kind retten. Karen verließ das Haus allein. Ihre Mom und ihr Dad sahen sie nie wieder.

Der Rest der Geschichte stammte von den Soto-Brüdern.

Karen ging zu einer Hauptstraße und begann zu trampen. Zwei Typen nahmen sie mit. Der Fahrer fragte sie nach ihrer Telefonnummer. Karen gab sie ihm. Die Typen setzten sie vor dem Haus der Sotos ab.
Die Sotos ließen sie rein. Karen beschimpfte Johns Lebensgefährtin und rannte aus der Wohnung. Die Lebensgefährtin jagte ihr hinterher. Sie warfen sich um 2:00 Uhr morgens mitten auf der Straße Beleidigungen an den Kopf. John Soto rannte hinunter. Er schickte seine Frau nach oben. Augie Soto und seine Freundin gingen hinaus und redeten mit Karen. Karen sagte, sie werde nach Hause oder zum Los Banos Lake trampen.
Augie und seine Freundin gingen nach oben. John gab ihnen seine Autoschlüssel und sagte ihnen, sie sollten Karen suchen. Da war es 2:30.
Augie und seine Freundin fuhren durch die Gegend. Sie konnten Karen nicht finden. Sie fuhren zum 7-Eleven. Dort plauderten sie mit einem Verkäufer. Sie blieben bis zum Tagesanbruch. Sie sahen Karen nie wieder.
Karens Eltern riefen wiederholt bei den Sotos an. John Soto erzählte ihnen die gleiche Geschichte, die er später den Detektiven erzählte. Karens Bruder trat die Tür der Sotos ein und ging auf John und Augie los. Sie blieben bei der Geschichte, die sie auch den Detektiven erzählten. Die Reillys glaubten, daß die Soto-Brüder Karen umgebracht hatten. Die Detektive waren anderer Meinung. Sie vermuteten, daß Karen beim Trampen irgendeinem durchgeknallten Freak über den Weg gelaufen war.
Stoner befragte Karen Reillys Eltern und ihren Bruder. Sie verfluchten die Soto-Jungs. Er befragte John und Augie und ihre Frauen. Sie alle blieben bei ihrer Geschichte. Stoner befragte den 7-Eleven-Verkäufer. Er widersprach Augies Darstellung ihrer nächtlichen Plauderei.
Augie hatte gesagt, sie seien so gegen 3:00 dort eingetroffen. Der Verkäufer meinte, sie seien erst um 5:00 aufgekreuzt. Stoner fuhr noch mal zu John und Augie und fragte sie, ob sie zu einem Lügendetektortest bereit seien. Die Brüder willigten ein.
John bestand seinen Test. Augies Test lieferte kein schlüssiges Er-

gebnis. Johns Frau und Augies Freundin lehnten es ab, sich testen zu lassen.
Karen Reillys Mutter meldete sich bei Stoner. Sie sagte, Karens Freund von der High School habe ein paar Monate zuvor versucht, ihre Tochter zu entführen. Er schnappte sich Karen bei ihr zu Hause und zerrte sie in sein Auto. Karens Mutter kam dazwischen. Der Junge fuhr davon.
Stoner befragte den Ex-Freund. Er sagte, er liebe Karen noch immer. Er wollte nicht, daß sie sich mit schäbigen Bohnenfressern herumtrieb. Er hatte sie gezwungen, in sein Auto zu steigen, um sie zur Vernunft zu bringen. Der Junge war bereit, sich einem Lügendetektortest zu unterziehen. Seine Mutter schritt ein und verweigerte ihre Erlaubnis.
Stoner suchte noch mal den 7-Eleven auf. Er erfuhr, daß der Verkäufer nach Vegas gezogen und dort in eine Drogengeschichte hineingerutscht und ermordet worden war.
Andere Morde geschahen. Sie erforderten sofortiges Handeln. Der Fall Karen Reilly bot keine strafrechtlich verfolgbaren Verdächtigen. Die Todesursache war nicht eindeutig festzustellen.
Angenommen, die Soto-Jungs hatten dem Lügendetektor ein Schnippchen geschlagen. Angenommen, der Ex-Freund hatte sie umgebracht. Angenommen, ein Mann hatte sie mit dem Auto mitgenommen. Die beiden nehmen irgendeinen minderwertigen Stoff, und Karen stirbt an einer Überdosis. Der Mann entkleidet den Leichnam und lädt sie irgendwo ab. Ein Perverser sammelt Karen auf. Er vergeht sich in seinem Auto an ihr und beseitigt die Leiche, um die Sache zu vertuschen. Ein Serienmörder trieb in der Gegend sein Unwesen und erdrosselte Tramperinnen. Angenommen, Karen war ihm über den Weg gelaufen.
Stoner bearbeitete seine neuen Fälle. Den Fall Reilly bearbeitete er in seinen Träumen.
Er sah Karen lebend und Karen vor Hitze und Verwesung rotschwarz verschrumpelt. Er sah, wie sie gestorben sein konnte. Immer, wenn er versuchte, sich auf den Augenblick zu konzentrieren, in dem sie jenen Punkt überschritt, wachte er auf.
Der Kerl aus dem 7-Eleven hatte gesehen, wie sie auf dem Rück-

sitz ihres Autos mit John Soto gevögelt hatte. Das Auto war vor seinen Augen auf dem Parkplatz in seiner Federung auf und nieder gehüpft. Johns Frau bekam die Vorstellung mit und veranstaltete einen gewaltigen Aufstand.
Karen hatte Augie Soto einmal zum Los Banos Lake eingeladen. Augie erschien mit ein paar Kumpels. Karens Tante und Onkel weigerten sich, sie in ihr Häuschen zu lassen. Karen kampierte mit ihren mexikanischen Freunden im Freien.
Karen trank zuviel. Karen liebte es, ihre Freunde und ihre prüden Eltern zu schockieren. Karens Rebellion folgte einem ziemlich berechenbaren Schema.
Sie war betrunken aus dem Haus gegangen. Sie hatte gerade einer betrunkenen Freundin ihr neues Berufsziel verkündet. Sie wollte Nutte werden. Sie hatte das Haus verlassen, um irgendwelche unfähigen Eltern aus dem Schlaf zu reißen und das Kind zu retten, um das die sich nicht kümmerten.
Sie war wirr im Kopf und so naiv, daß es schon an Dummheit grenzte. Sie war 19. Genauso leicht, wie sie jenen Punkt überschritt, hätte sie ihrem Schicksal entrinnen können.
Stoner kam nicht von ihr los.
Dumme, rebellische Mädchen hatten nur begrenzte Möglichkeiten. Das Leben bevorzugte dumme, rebellische Jungs. Dumme, rebellische Mädchen wirkten abstoßend und aufreizend zugleich. Sie führten sich so auf, damit die große, weite Welt endlich Notiz von ihnen nahm. Manchmal spielten sie ihre Rolle zu perfekt und gerieten damit an den Falschen.
Stoner lernte, daß Männer Frauen umbrachten, weil die Welt darüber hinwegsah und es herunterspielte.

Er bearbeitete Dutzende von Mordfällen. Er erreichte eine heilsame Aufklärungsquote. Er kümmerte sich um die Familien seiner Opfer. Er vernachlässigte seine eigene Familie. Seine Söhne wuchsen schnell heran. Er verbrachte die Hälfte ihrer Geburtstage an Tatorten. Die Mordrate von Los Angeles County stieg immer weiter an. Er plagte sich mit seinem liegengebliebenen Papierkram und stand auf dem Freeway im Stau. Er übernahm neue

Mordfälle und jonglierte mit alten, wurde zu Selbstmorden und Betriebsunfällen gerufen. Er löste in einem Kalenderjahr neunzehn von einundzwanzig Fällen. Er arbeitete mit fähigen Partnern und machte die halbe Arbeit. Er arbeitete mit unfähigen Partnern und machte die ganze Arbeit. Einige Fälle turnten ihn an. Andere Fälle langweilten ihn. Er bearbeitete eine Million Mom-bringt-Dad-um- und Dad-bringt-Mom-um-Mordfälle. Er bearbeitete zwei Millionen Morde in mexikanischen Bars, bei denen alle 40 Augenzeugen austreten waren und behaupteten, sie hätten nichts gesehen. Manche Fälle regten ihn zum Nachdenken über einige verdammt irre Themen an. Manche Fälle schläferten ihn ein wie eine reichhaltige Mahlzeit und ein schlechter Film. Er verfolgte Spuren im »Night Stalker«-Fall. Er löste den »Mini-Manson«-Fall und überführte ein paar abgefuckte Typen, die Stricher umbrachten. Die Morde häuften sich. Eine Mord-ist-mein-Leben-Müdigkeit überkam ihn. Er ging in Urlaub und litt unter Mord-ist-mein-Leben-Entzugserscheinungen. Er bearbeitete alle seine Fälle mit der gleichen Hingabe und machte nur in seinem Kopf und seinem Herzen Unterschiede. Die Gerichtstermine häuften sich. Sie umfaßten eine große Anzahl von Mordfällen. Manche lagen nicht lange zurück. Manche um so mehr. Er mußte eine große Menge von Fakten im Kopf haben und leistete sich im Zeugenstand nur wenige Schnitzer.

Er verbrachte acht Jahre auf dem Verkippungs-Expressway. Er hatte nicht den Wunsch, ihn zu verlassen. Sein Traum war simpel und vollkommen absurd.

Er wollte *seine* Morde auf ein paar bedeutsame reduzieren.

Er bekam seinen Traum. Er bekam ihn, weil Bob Grimm diese Hummeln im Hintern hatte. Grimm wollte den *Cotton Club*-Fall aufklären. Anfang '87 versetzte er Stoner zur Abteilung für ungelöste Fälle.

Stoner protestierte gegen die Versetzung. Die Ungelöste war etwas für alte Männer. Er war erst sechsundvierzig. Er wollte an neuen Fällen arbeiten. Grimm sagte ihm, er solle die Klappe halten und tun, was man ihm sagte.

Der *Cotton Club*-Fall war berühmt. Das Opfer war eine schmierige Showbiz-Kanaille namens Roy Radin. Er wurde '83 umgebracht. Sein Tod stand angeblich in Zusammenhang mit einem Drogenkomplott und Hollywood-Schiebereien. Das Ganze hatte etwas mit einem lausigen Streifen mit dem Titel *Cotton Club* zu tun.

Grimm sagte Stoner, er werde mit Charlie Guenther zusammenarbeiten. Das war eine gute Nachricht. Guenther war der Mann, der den Charles-Manson-Fall *eigentlich* geknackt hatte. Er hatte für die Mordkommission des Sheriffs am Fall Gary Hinman gearbeitet und zwei Freaks namens Mary Brunner und Bobby Beausoleil hinter Gitter gebracht. Sie hatten, nachdem sie Hinman umgebracht hatten, bei ihm »Pig« und »Political Piggy« an die Wände geschmiert. Ähnliche Parolen fand man an den Schauplätzen der Tate-LaBianca-Morde. Guenther ging zum LAPD und schilderte den Mordfall Hinman. Brunner und Beausoleil saßen im Tatzeitraum der Tate-La Bianca-Morde in Haft. Guenther riet dem LAPD, ihre Kumpel auf der Spahn Movie Ranch zu überprüfen. Das LAPD schlug Guenthers Rat in den Wind. Nur durch einen glücklichen Zufall klärten sie Tate-LaBianca mehrere Monate später doch noch auf.

Guenther war derzeit in Urlaub. Grimm sagte Stoner, er solle sich solange in der Abteilung akklimatisieren und die ursprüngliche *Cotton Club*-Akte lesen. Stoner blätterte alte Akten durch, um einen Eindruck von der Arbeit der Abteilung zu bekommen. Irgendwas brachte ihn auf Phyllis (Bunny) Krauch – verst. 12. 7. 71. Der Fall war halbwegs berühmt. Ein Reporter hatte ihm vor Jahren davon erzählt. Der Fall Bunny Krauch hatte in der Mordkommission des Sheriffs ein heilloses Chaos ausgelöst.

Bunny West wuchs in einer reichen Familie in Pasadena auf. Ende der 50er heiratete sie einen Mann namens Robert Krauch und bekam von ihm vier Kinder. Krauch war Reporter beim *L.A. Herald.* Sein Vater war ein großes Tier bei dem Blatt.

Benny Krauch war wunderschön. Sie war gutherzig und geradezu krankhaft fröhlich. Robert Krauch war besitzergreifend und jähzornig. Alle mochten Bunny. Niemand mochte Robert.

Anfang der 60er zogen die Krauchs nach Playa del Rey. Sie kauften ein schönes Haus am Strand. Robert erwarb sich einen schlechten Ruf. Die Leute hielten ihn für überspannt. Er fuhr auf dem Fahrrad durch Playa del Rey und strahlte eine feindselige Aura aus.
Marina del Rey war die neue Hipster-Enklave. Es lag nur eine Meile nördlich von Playa. Es gab dort Bootsslips und Yachten und haufenweise coole Bars und Restaurants.
1968 wurde das Charlie Brown's eröffnet. Es war eine ungezwungene Bar mit Steakhaus, die von einer leichtlebigen Kundschaft frequentiert wurde. Die Kellnerinnen waren durchweg flotte Miezen. Sie trugen kurze Kleider mit tiefen Ausschnitten. Der Geschäftsführer stand auf die L.A. Lakers. Er kroch den Spielern in den Arsch und verkuppelte sie mit seinen Mädels. Das Charlie Brown's wurde zu einem bedeutenden Sportlertreff.
Bunny Krauch bekam dort einen Job als Kellnerin. Sie hatte die Nachtschicht und arbeitete ungefähr bis Mitternacht. Sie begann, eine Meile von ihrer Familie entfernt ein zweites Leben zu führen. Im Charlie Brown's wurde allabendlich die Sau rausgelassen. Die Kellnerinnen mußten sich ständig gegen Zudringlichkeiten zur Wehr setzen. Bunny Krauch wurde allabendlich begrabscht und befummelt.
Ein Kerl namens Don war der König der Grabscher. Er arbeitete als Kammerjäger. Er war unattraktiv und weit über fünfzig. Die Kellnerinnen konnten ihn nicht ausstehen. Er wurde Bunny Krauchs Liebhaber. Keiner wurde aus den beiden schlau.
Don war 20 Jahre älter als Bunny. Don war widerlich. Don war ein schamloser Po-Kneifer und ein Säufer.
Die Affäre zog sich über drei Jahre hin. Don und Bunny trafen sich in einem Motel am Admiralty Way. Sie trafen sich im Charlie Brown's und anderen Restaurants im Yachthafen. Sie übten keine Zurückhaltung. Bunnys Freunde wußten Bescheid. Robert Krauch nicht.
Robert ließ sich sterilisieren. Bunny sagte, sie wolle die Pille nicht absetzen. Sie regele ihre Periode.
Robert kapierte immer noch nicht.
Bunny starb in ihrem Wagen. Er parkte in einer Sackgasse nahe

Charlie Brown's. Jemand hatte sie erdrosselt. Er hatte zwei Charlie-Brown's-Servietten um ihren Hals gebunden und zugezogen. Jemand hatte sie vergewaltigt und sie zum Analverkehr gezwungen. Ihr Kleid war hochgeschoben und ihre Bluse aufgerissen. Sie hatte Charlie Brown's um Mitternacht verlassen und starb kurz danach. Sie starb in ihrem Charlie-Brown's-Dreß.

Ein privater Wachmann fand sie. Die Mordkommission des Sheriffs übernahm.

Don hatte ein Alibi. Robert Krauch behauptete, er habe zu Hause im Bett gelegen, als der Mord geschah. Ein Zeuge hatte in der Nähe des Tatorts einen Mann auf einem Fahrrad gesehen. Robert Krauch sagte, das sei nicht er gewesen. Robert Krauch sagte, er habe nicht gewußt, daß seine Frau ihn betrog.

Der Wachmann war ein brandheißer Verdächtiger. Eine Frau sagte, der Mann und sein Vetter hätten sie vor zwei Jahren vergewaltigt und zum Analverkehr gezwungen. Ihr Wort stand gegen das der beiden Männer. Die Cops glaubten den Männern. Die Sache wurde nicht weiter verfolgt.

Detectives nahmen den Wachmann in die Mangel. Er wies die alten Vorwürfe zurück und bestritt, Bunny Krauch getötet zu haben. Er unterzog sich einem Lügendetektortest und bestand ihn. Ein halbes Dutzend Detectives arbeitete an dem Fall. Dutzende weitere meldeten sich freiwillig. Der Fall versetzte die Mordkommission des Sheriffs in hellen Aufruhr. Er vereinte ein hübsches Opfer und ein Milieu, in dem die Post abging. Es war eine der Freizügigkeit der Epoche angepaßte Neuauflage von *Laura*. Bunny Krauch verdrehte den Jungs den Kopf. Sie wollten ihren Mörder finden und ihm nach Strich und Faden die Fresse polieren. Sie wollten sämtliche Charlie-Brown's-Mädel kennenlernen. Sie wollten im Yachthafen das Unterste zuoberst kehren.

Sie fielen wie die Heuschrecken in die Gegend ein. Sie stellten das Charlie Brown's auf den Kopf und schikanierten jeden Dreckskerl, der Bunny Krauch irgendwann betatscht hatte. Sie befragten die L.A. Lakers und Bunnys Arbeitskolleginnen. Sie nahmen Busengrabscher und notorische Sittenstrolche in die Mangel. Sie jagten Bunnys Geist.

Manche tranken zuviel. Manche verloren ihr Herz. Manche wurden nach Strich und Faden flachgelegt. Ein paar wagten im Sog von Mord und Sex den großen Sprung und warfen ihr Familienleben für eine Frau weg, die sie gerade erst kennengelernt hatten. Bunny Krauch verhexte die Mordkommission. Stoner liebte sie dafür. Er bedauerte es, daß andere Frauen dabei verletzt wurden. Er war in der Lage, klare Grenzen zu ziehen. Er verstand es, seine spezielle Beziehung zu Frauen unter Verschluß zu halten.

Er verknallte sich schwer in Bunny. Er wünschte, die Jungs, die den großen Sprung wagten, verstünden es, so zu lieben wie er.

Er verstand sich auf Anhieb mit Charlie Guenther. Sie arbeiteten beide gern volle Pulle.

Sie lasen die *Cotton Club*-Akte getrennt und zusammen. Sie sprachen mit dem noch lebenden Ermittlungsbeamten und sortierten die Fakten.

Es begann mit einer Vermißtenanzeige beim LAPD. Roy Radins Assistent meldete Radin als vermißt. Radin logierte in einem Apartment-Hotel-Komplex in West-Hollywood. Am 13. 5. 83 verließ er das Haus. Er stieg in die Limousine einer Koksdealerin namens Laney Jacobs. Radin und Jacobs waren stinksauer aufeinander. Jacobs dachte, Radin habe einen ihrer Lakaien angestiftet, ihr Stoff und Geld zu klauen. Radin und Jacobs waren geschäftlich mit einem abgehalfterten Produzenten namens Robert Evans verbandelt. Die drei feilschten um das *Cotton Club*-Filmprojekt. Es war läppisches Gezänk.

Radin und Jacobs trafen sich, um ihre Differenzen beizulegen. Sie wollten im La Scala in Beverley Hills zu Abend essen. Radin fürchtete falsches Spiel. Er sagte seinem Kumpel Demon Wilson, er solle Laneys Limousine folgen. Wilson war ein abgehalfterter Schauspieler. Er hatte eine der Hauptrollen in der Fernsehserie *Sanford and Son* gespielt.

Radin fuhr mit Laney los. Wilson vergeigte die Verfolgung. Radin verschwand von der Erdoberfläche.

Das LAPD konnte Laney Jacobs nicht finden. Bob Evans wußte nicht, wo Roy Radin war. Das LAPD hatte Radin als dubiose

Koksnase abgestempelt. Man dachte sich, er würde früher oder später schon wieder auftauchen. Die Ermittlungen wurden eingestellt.

Fünf Wochen später tauchte Radin tot wieder auf. Ein Barkeeper fand seine Leiche nahe Gorman im Caswell Canyon. Sie war arg verwest. Geschoßsplitter vom Kaliber zweiundzwanzig lagen überall um sie herum verstreut. Jemand hatte dem toten Radin Dynamit in den Mund gesteckt. Die Explosion hatte seinen Zähnen jedoch nichts anhaben können. Kriminaltechniker identifizierten den Leichnam mit Hilfe von zahnärztlichen Unterlagen. Gorman gehörte zu L.A. County. Carlos Avila und Willy Ahn übernahmen den Fall für die Mordkommission des Sheriffs.

Sie gingen die Vermißtenakte des LAPD durch. Sie identifizierten Laney Jacobs als einflußreiche Koksdealerin. Sie erfuhren, daß sie mit einem Schläger namens Bill Mentzer befreundet war. Sie spürten Jacobs in Aspen, Colorado, auf. Sie entschieden, die Falle noch nicht zuschnappen zu lassen. Sie konnten Mentzer nicht ausfindig machen.

Monate vergingen. Willy Ahn wurde krank. Er erfuhr, daß er einen Gehirntumor und möglicherweise nicht mehr lange zu leben hatte. Er arbeitete trotzdem weiter am Fall Radin. Carlos Avila befragte den Computer des LAPD und erfuhr, daß Bill Mentzer unter Verdacht stand, kürzlich einen Auftragsmord begangen zu haben.

Das Opfer hieß June Mincher. Sie war eine häßliche schwarze Zwei-Zentner-Frau. Die meisten Leute hielten sie für eine Drag Queen oder einen Mann. Sie war eine Prostituierte, Telefonsex-Unternehmerin und Erpresserin.

Sie setzte eine wohlhabende Familie unter Druck. Der Enkel war einer ihrer Freier. Die Familie engagierte einen Privatdetektiv namens Mike Pascal, ihr eine Lektion zu erteilen. Pascal gab den Auftrag an Bill Mentzer weiter. Mentzer schlug mit einer Pistole auf June Mincher und einen Freier ein, den sie in ihrer Wohnung vögelte. Mincher hörte nicht auf, die Familie zu belästigen. Am 3. 5. 84 wurde sie erschossen. Mentzer war ihr Hauptverdächtiger. Sie hatten nicht den geringsten Beweis.

Avila konnte Mentzer nicht finden. Monate vergingen. Avila bearbeitete neue Mordfälle und kehrte zum Fall Rodin zurück, wenn seine Zeit es erlaubte. Willy Ahn war mittlerweile schwerkrank.
Ein Beamter des LAPD-Rauschgiftdezernats, Freddy McKnight, brüstete sich vor einem Mitarbeiter des Staatsanwalts, er sei im Besitz von Insider-Informationen zum Fall Radin. Er, Freddy McKnight, werde einen Riesenfall des Sheriff Department knakken.
Der Mann von der Staatsanwaltschaft rief Bob Grimm an. Grimm rief seinen Top-Verbindungsmann beim LAPD an und sagte ihm, er solle McKnight unter Druck setzen. Es funktionierte. McKnight erzählte Grimm und Avila, was er wußte.
McKnight hatte einen Informanten namens Mark Fogel. Er hatte Fogel mit einer großen Ladung Koks von Laney Jacobs geschnappt. Fogel vermietete Limousinen. Bill Mentzer und ein Kerl namens Bob Lowe arbeiteten halbtags als Fahrer für ihn. Fogel hatte gesagt, Mentzer und Lowe seien beim Radin-Mord dabeigewesen. Fogel hatte McKnight gerade den Hinweis auf einen fetten Koks-Deal gegeben. Mentzer und Lowe sollten zwei Kilo zum Flughafen von L.A. bringen. Es war Laney Jacobs' Stoff. McKnight wollte Mentzer und Lowe direkt am LAX hochnehmen.
Avila schloß sich dem Team an, das die Festnahme durchführen sollte. Die Verhaftung ging glatt über die Bühne. Sie nahmen Mentzer und Lowe die zwei Kilo ab. Mentzer und Lowe weigerten sich, über den Mord an Radin zu sprechen. Sie waren gegen Kaution schnell wieder auf freiem Fuß.
Mentzer und Lowe teilten sich ein Apartment im Valley. Avila besorgte sich einen Durchsuchungsbefehl und fuhr hin. Er fand einen Schnappschuß von Mentzer und zwei unbekannten Männern in der Wüste. Es sah nach der Stelle aus, wo man Roy Radins Leiche gefunden hatte. Avila fand die Zulassungspapiere für einen Wagen. Laney Jacobs hatte Bob Lowe just an dem Tag, als Roy Radin verschwand, einen Cadillac geschenkt.
Avila fuhr noch mal zum Tatort hinaus. Das Foto stammte von

dort. Avila legte es seinen Zeugen vor. Niemand kannte die beiden Männer neben Mentzer.
Willy Ahn starb. Mentzer und Lowe entgingen aufgrund einer Panne bei der Festnahme der Verurteilung. Avila beschwor den Staatsanwalt. Der Staatsanwalt las seinen Zwischenbericht zum Fall Radin und weigerte sich, Anklage zu erheben. Er meinte, die Beweise reichten nicht aus.
Avila übernahm neue Mordfälle. Wieder und wieder sprach er im Fall Radin bei der Staatsanwaltschaft vor. Niemand wollte Anklage erheben. Zwei Jahre und ein paar Monate vergingen.

Stoner wußte, daß sie den Fall knacken konnten. Sie brauchten nur die richtigen Leute zum Reden zu bringen.
Es lag auf der Hand.
Radin verschwand in einer Limousine. Mentzer und Lowe fuhren halbtags Limousinen. Mentzer arbeitete für Laney Jacobs. Laney haßte Roy Radin. Mentzer war ein Amateurkiller.
Stoner wollte handeln. Guenther wollte, daß er sich vorher noch einen anderen Fall ansah. Der Mord an Tracy Lea Stewart war Guenthers Alptraum. Er kannte die Mörder. Er wollte den Hauptschuldigen hinter Gitter bringen, bevor er in Rente ging. Er wollte Stoner heiß auf Tracy machen.
Stoner las die Akte. Er war sofort Feuer und Flamme.
Tracy Stewart war 18. Sie lebte mit ihren Eltern und ihrem kleinen Bruder zusammen in Carson. Sie war still, scheu und leicht einzuschüchtern.
Sie verschwand am 9. 8. 81. An jenem Tag hatte sie in Redondo Beach einen Jungen namens Bob kennengelernt. Bob war ungefähr 21. Er sah sympathisch aus. Er fragte Tracy, ob sie mit ihm ausgehen wolle. Tracy sagte, er solle sie anrufen.
Bob rief um 18:00 an. Er schlug vor, ein bißchen herumzufahren und in einer netten Bowlingbahn ein paar Runden Billard zu spielen. Tracey war einverstanden. Bob sagte, er mache sich sofort auf den Weg. Tracy erzählte ihrer Mutter, sie sei mit einem Jungen verabredet. Ihre Mutter sagte, sie solle mindestens einmal zu Hause anrufen.

Bob holte Tracy ab. Eine Stunde später rief Tracy ihre Mutter an. Sie war in einer Bowlingbahn in Palos Verdes. Sie sagte, sie werde zwischen Mitternacht und 1:00 wieder zu Hause sein.
Sie kam nicht nach Hause. Ihre Eltern blieben die ganze Nacht auf. Am Morgen riefen sie auf der Sheriffswache von Carson an. Ein Deputy fuhr zur Bowlingbahn. Er sprach mit verschiedenen Leuten, die in der Nacht Dienst gehabt hatten. Sie erinnerten sich an Tracy und Bob. Wer Bob war, wußten sie nicht.
Der Fall wurde an die Abteilung für Vermißtensachen abgegeben. Sergeant Cissy Kienest sprach mit Tracys Freunden und Dutzenden von Leuten, die Tag für Tag am Strand rumhingen. Niemand kannte Bob. Niemand hatte Tracy oder Bob am Abend des 9. 8. 81 gesehen.
Tracys Eltern verteilten Flugblätter und setzten Anzeigen in die Zeitungen. Tracey tauchte nicht wieder auf. Vier Jahre lang ruhte der Fall.
Im Jahr 1985 wurde ein Mann namens Robbie Beckett gegen seine Freundin tätlich. Er wurde in Aspen, Colorado, verhaftet. Er wurde zu zwei Jahren Haft im Staatsgefängnis von Colorado verurteilt. Sergeant Gary White hatte den Fall für das Aspen PD abgewickelt.
White und Beckett pflegten ein freundschaftliches Verhältnis. Robbie sagte zu White, er würde sich gern vor Ablauf seiner Haftstrafe freikaufen. Er wisse etwas über einen Mord in L.A. vom August '81. Das Opfer sei ein Mädchen, das er aufgerissen habe. Ihr erster oder zweiter Vorname sei Lee gewesen. Den Nachnamen habe er vergessen.
White meinte, er könne ihm nichts versprechen. Robbie erzählte seine Geschichte trotzdem.
Sein Vater hieß Bob Beckett sen. Robbie hatte früher mit ihm zusammen in Torrance gelebt – unten bei Redondo Beach und Palos Verdes. Sein Vater war Künstler. Er betrieb eine poplige Kunstschule und machte ein paar zusätzliche Mäuse als Geldeintreiber. Er arbeitete für ein paar Mafia-Typen in San Pedro. Sein Vater war 1,93 groß und wog 120 Kilo. Sein Vater konnte Karate. Sein Vater war Mitglied der Gesellschaft für kreative Anachronismen –

das war dieser Verein, in dem Leute diesen schrägen Mittelalter-Quatsch nachspielten. Sein Vater trieb sich ständig mit einem schwuchteligen Typen namens Paul Serio herum. Paul Serio war ein großes Tier in diesem merkwürdigen Verein. Sein Vater war jetzt fünfundvierzig. Sein Vater war ein ganz übler Dreckskerl. Sein Vater hatte eine Freundin namens Sharon Hatch. Im Mai '81 löste sie die Verbindung. Bob Beckett sen. drehte durch. Er stellte Sharon nach und bedrohte sie. Er sagte Robbie, er solle ein paar Biker zusammentrommeln, um sie zu vergewaltigen.

Robbie liebte und fürchtete seinen Vater. Robbie konnte es nicht ertragen, ihn verletzt und aufgebracht zu sehen. Er trieb ein paar Leute auf, die Sharon vergewaltigen sollten. In letzter Sekunde pfiff er sie zurück. Robbie mochte Sharon. Er wollte ihr nicht weh tun. Er dachte, die Rachegelüste seines Vaters würden schon irgendwann verebben.

Bob Beckett sen. war weiterhin verletzt und aufgebracht. Mittlerweile war er nicht mehr auf Sharon fixiert, sondern hatte sich etwas Neues in den Kopf gesetzt. Er sagte Robbie, er solle ihm ein junges Mädchen besorgen. Er wolle sich das Mädel vornehmen und auf diese Weise Sharon eins auswischen.

Robbie hielt ihn hin. Er dachte, sein Vater würde sich die fixe Idee mit dem jungen Mädchen schon irgendwann wieder aus dem Kopf schlagen. Bob Beckett sen. blieb hartnäckig. Robbie gab nach.

Er lernte diese Lee am Strand kennen. Sie gab ihm ihre Nummer. Er rief sie an und verabredete sich mit ihr. Er ging mit ihr in eine Bowlingbahn und spielte ein bißchen Billard mit ihr. Sie knutschten und tranken Bier. Er erzählte ihr, er habe noch was zu erledigen, bevor er sie nach Hause brachte.

Das Mädchen war einverstanden. Robbie fuhr mit ihr zur Wohnung seines Vaters. Das Licht war aus. Bob Beckett sen. wartete im Schlafzimmer. Robbie ließ das Mädchen im Wohnzimmer stehen und ging hinein. Sein Vater sagte: »Hast du mir was mitgebracht?« Robbie lieferte das Mädchen ab.

Bob Beckett sen. begrabschte sie und vergewaltigte sie. Robbie betrank sich im Wohnzimmer bis zur Besinnungslosigkeit. Bob

Beckett sen. verbrachte zwei oder drei Stunden allein mit dem Mädchen.
Er sagte ihr, er werde sie nach Hause fahren. Er sagte ihr, sie solle vorher eine Dusche nehmen. Er schloß sie im Bad ein. Er sagte Robbie, sie müßten sie umbringen.
Robbie wollte sie nicht umbringen. Bob Beckett beharrte darauf und griff einen selbstgebastelten Totschläger. Robbie gab nach. Bob Beckett sen. schloß die Tür zum Bad auf und sagte dem Mädchen, es solle sich anziehen. Das tat sie. Robbie und Bob Beckett sen. gingen mit ihr zu ihrem Van hinunter. Es war 2:00 oder 2:30 Uhr morgens.
Robbie holte mit dem Totschläger aus. Er blieb an einem Ast hängen. Der Schlag betäubte das Mädchen und riß ihr das Gesicht auf. Robbie brachte nicht den Mumm auf, noch mal zuzuschlagen.
Bob Beckett sen. versetzte ihr einen Schlag und warf sie auf die Ladefläche des Vans. Er stieg ein und kniete sich auf sie. Er erdrosselte sie mit bloßen Händen und stülpte ihr eine Mülltüte aus Plastik über den Kopf.
Sie fuhren mit der Leiche auf dem Freeway 405 Richtung Süden. Sie nahmen ein paar wenig befahrene Straßen hinaus in die Wildnis. Sie luden das Mädchen in einem Gebüsch an einem Zaun ab. Sie fuhren nach Hause und bekamen eine Heidenangst, entlarvt zu werden. Die Zeitungen brachten ein paar Artikel über das vermißte Mädchen. Bob Beckett sen. sagte seinem Sohn, er solle sich den Van vornehmen. Robbie tauschte die Verkleidung aus und kaufte einen Satz neue Reifen. Es kamen keine Cops vorbei. Robbie nahm an, daß die Leiche von Kojoten gefressen worden war. Robbie lebte eine Zeitlang in ständiger Angst. Er zog bei seinem Vater aus und bei seiner Mutter ein. Bob Beckett sen. schenkte den Van Robbies Bruder David. Die Zeit schleppte sich dahin. Bob Beckett sen. heiratete eine Frau namens Cathy. Cathy hatte zwei Töchter. Bob Beckett sen. fing an, die Zwölfjährige zu belästigen.
Robbie erzählte ein paar Freunden, was passiert war. Die dachten, er erzähle Unsinn. Robbie war ein Trinker, Raufbold und

Gelegenheitsstricher. Seine Freunde konnten ihn sich nicht als Beschaffer von Mordopfern vorstellen.

Bob Beckett sen. zog nach Aspen. Er bekam einen Job bei seinem alten Karatekumpel Paul Hamway. Robbie zog nach Aspen und fand eine Wohnung in der Nähe seines Vaters.

Gary White kaufte ihm die Geschichte weitgehend ab. Robbie hatte sich noch einen kleinen Clou aufgehoben. Er sagte, sein Vater habe in Florida einen Auftragsmord begangen. Er kenne die Einzelheiten – werde sie aber für sich behalten.

Gary White rief die Mordkommission des Sheriffs an. Er erzählte Robbies Geschichte Charlie Guenther.

Guenther konsultierte das Vermißtendezernat. Cissy Kienest sagte »Lee« und Tracy Lea Stewart könnten ein und dieselbe Person sein. Guenther schickte ein Foto von Tracy Stewart nach Aspen. Gary White mischte es unter ein Dutzend Fotos von anderen jungen Frauen. Er legte sie Robbie Beckett vor. Robbie zeigte auf Tracy.

White rief Charlie Guenther an und erzählte ihm, daß er Erfolg gehabt hatte. Guenther und Cissy Kienest flogen nach Aspen.

Bob Beckett sen. besuchte Robbie im Gefängnis. Robbie erzählte ihm, daß er ihn in der Sache mit dem toten Mädchen verpfiffen hatte. Bob Beckett sen. überredete ihn, seine Geschichte zu widerrufen. Er fuhr Drohungen und Gegenbeschuldigungen auf und pochte darauf, daß ein Sohn seinem Vater gegenüber loyal zu sein habe. Robbie kroch wie immer vor seinem Vater zu Kreuze.

Charlie Guenther und Cissy Kienest versuchten, Robbie zu vernehmen. Robbie machte einen Rückzieher. Er sagte, die Geschichte, die er White erzählt hatte, sei Schwachsinn. Er war nicht bereit, ein entsprechendes Geständnis zu machen. Er war nicht bereit, als Zeuge gegen seinen Vater auszusagen.

Robbie ließ sich nicht umstimmen. Ohne eine eidliche Aussage und eine wie auch immer geartete offizielle Absprache mit der Staatsanwaltschaft von L.A. konnten sie weder ihn noch Bob Beckett sen. verhaften.

White brachte Guenther auf einen Winkelzug. Daddy Beckett war gerade von seiner Stieftochter beschuldigt worden, sie be-

tatscht zu haben. Sie hatte es einem Sozialarbeiter erzählt. Bislang war es noch keine Strafsache.
Guenther beschloß, Bob Beckett sen. fertigzumachen. Er spürte ihn auf und schmierte ihm die Geschichte seiner Stieftochter aufs Brot. Beckett ließ seine Muskeln spielen und blieb eiskalt. Guenther wäre fast geplatzt vor Wut. Bob Beckett sen. spürte das vermutlich.
Das war 18 Monate her.
Stoner las die Stewart-Akte ein halbes dutzendmal. Der Fall war genauso lösbar wie der *Cotton Club*-Fall. Sie wußten, wer Tracy umgebracht hatte. Sie wußten, wer Roy Radin umgebracht hatte. Trotzdem waren ihnen im Moment nun mal die Hände gebunden. Charlie hatte ihn heiß auf Tracy Stewart gemacht. Bob Grimm hatte ihn heiß auf den *Cotton Club*-Fall gemacht. Er hatte einen brillanten Partner. Ganze zwei Fälle – die mußten sich doch lösen lassen.
Sie brauchten nur ein paar Leute zum Reden zu bringen.

Sie wußten, daß Exfrauen sehr gesprächig waren. Sie wußten, daß Bill Mentzer eine Exfrau namens Deedee Mentzer Santangelo hatte. Ihr Vater war eine große Nummer bei den Teamstern. Sie setzten sich mit ihm in Verbindung. Sie erzählten ihm, sie bräuchten Informationen über Deedees zwielichtigen Ex.
Der Alte haßte Mentzer. Er rief Deedee an und sagte ihr, sie solle der Polizei behilflich sein. Stoner und Guenther trafen sich mit ihr. Sie sah sich das Foto an, das Carlos Avila gefunden hatte. Sie identifizierte die beiden Männer neben Mentzer.
Der eine hieß Alex Marti. Er stammte aus Argentinien. Er war ein furchteinflößender, brutaler Typ. Deedee hatte mehrfach gesehen, wie er Schlägereien vom Zaun gebrochen hatte. Sie hatte Angst vor ihm.
Der andere war ein Ex-Cop namens Bill Rider. Er war lange Zeit mit Larry Flynt, dem Pornokönig, befreundet gewesen. Er war mit Flynts Schwester verheiratet. Er hatte früher als Sicherheitschef für Flynt gearbeitet. Rider war inzwischen wieder in Ohio und prozessierte derzeit gegen Flynt.

Stoner besorgte sich Riders Telefonnummer und rief ihn an. Er sagte Rider, er wolle ganz genau wissen, wo jenes Foto aufgenommen worden war. Es gehe um einen Mordfall. Rider sagte, er werde darüber nachdenken und sich wieder bei Stoner melden. Am nächsten Tag rief er zurück. Er war stocksauer. Er hatte mit Deedee Mentzer Santangelo gesprochen. Er wußte, daß die Cops hinter Bill Mentzer her waren. Stoner hätte ihm reinen Wein einschenken sollen.

Stoner gab sich zerknirscht. Rider sagte, er sei bereit, nach L.A. zu kommen, sofern das Sheriff's Department ihm den Flug und die Unterkunft bezahle. Bob Grimm genehmigte die Ausgaben. Rider kam nach L.A. und sprach mit Stoner und Guenther. Er rückte prompt mit ein paar Schmankerln über den Mincher-Mord und den Fall Radin heraus.

Er führte Stoner und Guenther zum Caswell Canyon. Er sagte, Mentzer und Marti hätten mit dem Mord an Radin geprahlt. Bob Lowe sei auch daran beteiligt gewesen. Marti sei ein unterbelichteter Psychopath mit Nazi-Einschlag. Er deale derzeit von einer Wohnung in Beverly Hills aus mit Drogen.

Rider hatte geplaudert und kriegte nun Muffensausen. Er sagte, er habe Angst vor Mentzer und Marti. Er habe Familie. Mentzer und Marti wüßten das. Stoner sagte, er könne Polizeischutz bekommen. Stoner schlug Rider ein Geschäft vor.

Rider sollte Mentzer und Lowe zum Sprechen bringen, und zwar an einem geschlossenen Ort, der sich verwanzen ließ. Rider sagte, er werde nach Hause fliegen und darüber nachdenken.

Gary White meldete sich bei Charlie Guenther und eröffnete ihm erfreuliche Neuigkeiten.

Robbie Beckett war aus dem Knast gekommen. Er war wegen eines weiteren tätlichen Angriffs eingebuchtet worden und mußte nun mit einer satten Haftstrafe rechnen. Robbie rief White an. Robbie sagte, er werde eine eidliche Aussage machen. Robbie machte seine Aussage. Robbie lieferte Daddy Beckett wegen Tracy Stewart und vieler anderer Dinge ans Messer.

Robbie Beckett redete sich um Kopf und Kragen. Er stellte sich selbst als hundertprozentigen Sklaven und einstmaligen Mordkomplizen seines Vaters dar. Das Beste, was für ihn bei der Auslieferung von Bob Beckett sen. herausspringen konnte, war Totschlag und 20 Jahre bis lebenslänglich. Seine zweite Verurteilung wegen Körperverletzung hätte ihn fünf Jahre netto gekostet. Robbie verheizte sein ganzes Leben, um Daddy Beckett zu ruinieren. Robbie legte seine Geschichte schriftlich nieder. Als Dreingabe lieferte er die Geschichte von Bob Beckett sen. und dem Mord an Susan Hamway.

Bob Beckett sen. arbeitete für Paul Hamway. Susan Hamway war Pauls Frau, die jedoch von ihm getrennt lebte. Paul und Susan befanden sich mitten im Scheidungskrieg. Susan lebte in Fort Lauderdale, Florida. Sie hatte das Sorgerecht für ihre gemeinsame 18 Monate alte Tochter.

Paul haßte Susan. Er fragte Bob Beckett sen., ob er irgendwelche professionellen Killer kenne. Bob Beckett sen. sagte, für zehntausend Dollar würde er die Sache deichseln.

Paul Hamway gab ihm den Startschuß. Er nannte noch eine Bedingung. Man solle ihn nach begangener Tat anrufen. Dann würde er sich etwas ausdenken, um seine kleine Tochter zu retten.

Bob Beckett sen. rief Paul Serio an und arrangierte ein Treffen in Miami. Serio flog hin. Bob Beckett sen. traf sich mit ihm. Er hatte ein Messer, einen Revolver und einen Dildo dabei. Sie mieteten ein Auto und fuhren zu Susan Hamways Haus.

Sie klopften an die Tür. Susan machte auf. Sie erkannte den Freund ihres Mannes, Bob Beckett sen.

Susan ließ die Männer herein. Ihr Kind schlief im Schlafzimmer. Bob Beckett sen. schlug ihr seinen Revolver auf den Kopf. Paul Serio erdrosselte sie mit einem Telefonkabel. Bob Beckett sen. stach ihr ein Küchenmesser in den Rücken. Serio half ihm, sie auszuziehen und ihr den Slip herunterzuziehen. Den Mut, ihr den Dildo in die Scheide zu stecken, brachten sie nicht auf.

Das Kind bekam von dem Mord nichts mit. Paul Serio und Bob Beckett sen. verließen das Haus am hellichten Tag.

Sie fuhren zu einem Sumpf in der Nähe von Miami Beach. Sie warfen ihre Waffen hinein. Bob Beckett sen. rief Paul Hamway an und teilte ihm mit, daß seine Ex tot war. Er sagte, er habe es nach einem zufälligen Sexualmord aussehen lassen.
Hamway sollte einen Nachbarn von Susan anrufen und sich besorgt nach ihr erkundigen. Der Nachbar würde die Leiche finden. Der Nachbar würde ihm ein Alibi verschaffen und seine Tochter retten.
Serio flog zurück nach L.A. Bob Beckett sen. flog zurück nach Aspen. Niemand rettete das Kind.
Das Mädchen verhungerte. Bevor es sein Leben aushauchte, riß es sich büschelweise die Haare aus. Das Fort Lauderdale PD ermittelte im Mordfall Hamway. Sie hängten ihn einem Schwachsinnigen an, der in der Nähe wohnte.
Sein Name war John Purvis. Er wurde vor Gericht gestellt, schuldig gesprochen und zu lebenslanger Haft ohne Bewährung verurteilt.
Stoner und Guenther flogen nach Aspen. Robbie Becketts Anwalt wollte sie nicht mit Robbie sprechen lassen. Zuerst verlangte er eine schriftliche Übereinkunft mit dem Staatsanwalt von L.A. Stoner rief Dale Davidson an, den stellvertretenden Staatsanwalt. Davidson setzte sich mit Robbies Anwalt in Verbindung und bot ihm Totschlag an – unter der Bedingung, daß Robbie gegen Bob Beckett sen. aussagte. Der Anwalt nahm das Angebot an. Er riet Robbie, sich vorerst noch nicht ausliefern zu lassen. Er solle sich erst einen guten Anwalt in L.A. besorgen. Robbie sagte, er werde sich nicht beirren lassen und auf weitere Anweisungen warten. Stoner und Guenther flogen nach Miami. Sie suchten nach Laney Jacobs, fanden sie aber nicht. Sie fuhren nach Fort Lauderdale und stellten Nachforschungen im Fall Susan Hamway an.
Der Staatsanwalt von damals war inzwischen Richter. Er gab zu, daß die Beweislage gegen John Purvis dünn gewesen war. Stoner und Guenther erzählten ihm Robbie Becketts Geschichte. Der Richter sagte, er werde die Sache prüfen. Stoner und Guenther flogen zurück nach L.A.
Ein Detective aus Fort Lauderdale meldete sich bei Stoner. Er

schilderte ihm ein paar Einzelheiten der Ermittlungen im Fall Hamway. Stoner ging ein Licht auf: Die Cops hatten einem geistig minderbemittelten Verdächtigen ein falsches Geständnis entlockt.

Stoner erzählte ihm Robbie Becketts Version. Der Detective gab sich schockiert. Er sagte, er werde mit Robbie sprechen – sobald der gegen seinen Vater ausgesagt habe.

Stoner und Guenther sprachen mit Daddy Becketts Exfrau und seiner Tochter Debbie. Die Ex sagte, Daddy liege David Beckett ständig in den Ohren, er solle den Van loswerden, den er ihm geschenkt hatte. Sie sagte, David habe das abgelehnt.

Debbie Beckett hatte Aids. Sie sagte, ihr Vater habe sie früher sexuell belästigt. Sie sagte, er habe David und Robbie regelmäßig verprügelt. Sie sagte, er sei ein Tyrann gewesen.

Auf den Van kam es an. Stoner und Guenther fanden David Beckett und schmierten ihm Honig um den Bart. Sein Vater hatte ihm gesagt, er solle den Van verbrennen. David hatte sich geweigert. Stoner und Guenther stellten den Van sicher. Er wurde von einem Laborteam untersucht. Sie fanden weder Haare, Blut noch Fasern, die sich Tracy Lea Stewart zuordnen ließen.

Stoner und Guenther befragten Mark Fogel. Er verpfiff Laney Jacobs als einflußreiche Koksdealerin und stellte sich in der Sache Roy Radin dumm. Stoner und Guenther fuhren nach Taft, Kalifornien. Sie teilten Tracy Stewarts Eltern mit, daß ihre Tochter tot war.

Es war ein schwerer Schlag für sie. Sie wollten Einzelheiten wissen. Stoner und Guenther kamen ihrer Bitte nach. Mrs. Stewart sagte, sie habe jedes Jahr Tracys Führerschein verlängern lassen. Stoner versprach, sie würden versuchen, ihren Leichnam zu finden.

Ihre beiden Fälle hingen in der Luft. Die Wiederaufnahme des Radin-Falls lag fast ein Jahr zurück. Sie warteten darauf, daß Bill Rider ihnen half, ihren Verdächtigen eine Falle zu stellen. Sie warteten darauf, daß Robbie Beckett ausgeliefert wurde.

Stoner und Guenther machten Laney Jacobs ausfindig. Sie war mit einem Drogendealer namens Larry Greenberger verheiratet.

Sie wohnten in Okeechobee, Florida. Stoner und Guenther beschlossen, Laney erst mal in Ruhe zu lassen.
Sie machten eine Reihe ihrer Drogen-Verbindungsleute ausfindig. Die meisten von ihnen plauderten. Sie sagten, Laney sei eitel, oberflächlich, habgierig, skrupellos und intrigant. Sie war typischer Florida-Trash. Sie war der Geltungsdrang in Person. Angefangen hatte sie als Sekretärin eines Drogenanwalts. Sie lernte Drogendealer kennen, ging mit ihnen ins Bett und erlernte das Geschäft. Sie war eine fanatische Anhängerin der plastischen Chirurgie. Sie hatte ihr Gesicht und den Großteil ihres Körpers bis ins kleinste Detail nach ihren Vorstellungen ummodeln lassen. Sie schwirrte Stoner im Kopf herum. Sie gesellte sich zu Bunny Krauch und Tracy Stewart.
Bunny hatte versucht, ein Doppelleben mit nur einer Meile Abstand zwischen beiden Existenzen zu führen. Ihr tyrannischer Ehemann hatte sie in die Arme eines unbekannten Mörders getrieben. Tracy war der Inbegriff des weiblichen Mordopfers. Sex und schnelle Verfügbarkeit waren die Gründe für ihren Tod. Laney war der letzte Dreck. Sie hatte wegen ein paar Kröten und einem zweisekundigen Filmcredit einen Mann umgebracht.
Robbie Beckett wurde ausgeliefert. Gary White brachte ihn mit dem Flugzeug nach L.A. Stoner und Guenther holten sie vom Flughafen ab. Sie sagten Robbie, daß sie Tracys Leiche finden wollten. Robbie studierte Karten von Riverside und San Diego County. Er kreiste ein paar Stellen ein.
Stoner und Guenther fuhren 14 Stunden lang mit ihm durch die Lande. Robbie sah sich verschiedene Gegenden an und meinte, er sei sich nicht sicher. Sie konnten keinerlei Kleidungsfetzen oder menschliche Überreste entdecken. Stoner und Guenther fuhren Robbie zum Main County Jail und lieferten ihn ein.
Robbie sprach mit seinem Pflichtverteidiger. Dieser hielt Rücksprache mit Dale Davidson. Sie trafen eine förmliche Vereinbarung. Stoner und Guenther hatten freie Hand: Sie konnten Bob Beckett sen. hinter Gitter bringen.
Gary White ließ die öffentlichen Versorgungsbetriebe ihre Kundenlisten durchgehen und fand ihn. Er lebte mit seiner neuen

Frau in Tustin. Tustin lag in Orange County. Stoner rief beim Tustin PD an und organisierte drei Streifenwagen als Verstärkung.

Die Festnahme lief überraschend glatt ab.

Stoner und Carlos Avila klopften an die Tür. Sie fragten Frau Beckett, wo Bob Beckett sen. sei. Bob Beckett sen. kam zur Tür und streckte seine Hände aus, damit sie ihm Handschellen anlegen konnten.

Stoner und Avila brachten ihn zum Main County Jail. Charlie Guenther war überglücklich. Er sollte bald in den Ruhestand gehen. Sie hatten Daddy Beckett auf der Zielgeraden abgefangen.

Der Fall Stewart war abgeschlossen. Der *Cotton Club*-Fall hing in der Luft. Die Wiederaufnahme der Ermittlungen lag 14 Monate zurück.

Bill Rider rief Stoner an. Er sagte, er wohne jetzt in San Pedro. Er war bereit, der Mordkommission zu helfen. Er wollte Stoner und Guenther erst besser kennenlernen, um herauszufinden, ob er ihnen trauen konnte.

Das Ganze dauerte drei Monate. Stoner und Guenther trafen sich zwei dutzendmal mit Rider. Rider versorgte sie häppchenweise mit Informationen über Mentzer und Marti. Es war gutes Hintergrundmaterial. Der große Knüller war es nicht.

Rider sagte, er sei im Besitz der Waffe, mit der June Mincher umgebracht wurde. Er habe sie Mentzer geliehen und ein paar Tage später wieder zurückbekommen. Er habe nicht gewußt, daß sie als Mordwaffe dienen würde.

Er borgte Stoner und Guenther die Waffe. Sie brachten sie ins Labor und ließen Probeschüsse abgeben. Sie verglichen die Schartenspuren mit denen des Mincher-Mords. Sie stimmten hundertprozentig überein.

Charlie Guenther trat in den Ruhestand. Carlos Avila wurde sein Nachfolger. Stoner und Avila gingen zu Bob Grimm und erläuterten ihm die Abmachung mit Rider.

Rider war »Sicherheitsberater«. Er mußte sich irgendwie seine Brötchen verdienen. Er mußte untertauchen, um vor Racheakten

Mentzers und Alex Martis sicher zu sein. Rider war für den Fall von maßgeblicher Bedeutung. Es war nur recht und billig, wenn er ein monatliches Honorar erhielt.
Grimm sprach mit Sheriff Block. Block genehmigte $3000 pro Monat. Rider nahm das Geld. Er willigte ein, die *Cotton-Club*-Killer formgerecht ans Messer zu liefern. Der nächste Schritt war, sie in die Falle zu locken.
Rider rief Bob Lowe in Maryland an. Er jobbte dort als Barkeeper. Rider band Lowe einen Bären auf. Er sagte, er komme wegen eines Observationsjobs nach Washington. Er brauche einen zweiten Mann. Lowe sagte, er stehe ihm gern zur Verfügung.
Stoner, Avila und Rider flogen nach Maryland. Die Polizei von Maryland verwanzte Riders Wagen und sein Hotelzimmer. Rider rief Lowe an, um den Job durchzusprechen. Lowe sagte, er sei beschäftigt, und empfahl seinen Kumpel Bob Deremer. Stoner und Avila gingen an die Decke. Rider sagte, dann sollten sie eben Deremer abhören. Er habe früher mit Bill Mentzer zusammengewohnt. Sie hätten während der gesamten *Cotton Club*/June Mincher-Geschichte ständig zusammengehangen. Deremer habe bestimmt einiges auszuplaudern.
Rider führte mit Deremer zwei fingierte Überwachungen durch – eine vom Auto, eine vom Hotelzimmer aus. Die Polizei schnitt beide mit. Deremer sagte, Mentzer habe Radin kaltgemacht. Bob Lowe sei auch dabei gewesen. Er habe siebzehn Riesen und einen Cadillac dafür bekommen.
Deremer sagte, er habe Mentzer nach dem Mord an Mincher chauffiert. Rider fragte, wieviel Mentzer ihm gezahlt habe. Deremer sagte, er habe ihm drei Monatsmieten erlassen.
Rider brachte Bob Lowe in einer Bar zum Reden. Er war komplett verdrahtet. Lowe sagte, er sei zweimal für Mentzer gefahren. Er habe gesehen, wie Mentzer die fette Niggerin um die Ecke brachte. Sie erschossen Radin mit .22er Hohlmantelmunition. Wenn .22er explodierten, sahen sie aus wie Schrotkugeln. Sie warfen die Waffen in einen See bei Miami – 3000 Meilen vom Caswell Canyon entfernt.
Stoner und Avila flogen zurück nach L.A. Sie mußten die Sache

eine Weile ruhen lassen. Sie konnten Rider nicht von einer Abhöraktion zur nächsten peitschen. Er mußte ohne Hast und in einem glaubwürdigen Tempo mit ihren Verdächtigen in Verbindung treten.

Die Monate schleppten sich dahin. John Purvis war immer noch im Gefängnis. Robbie Beckett und Daddy Beckett steckten mitten im Vorverfahren. Die Polizei von Fort Lauderdale wartete darauf, daß Robbie aussagte. Eine plausible Aussage würde John Purvis entlasten. Dann konnten sie Daddy Beckett und Paul Serio aufs Korn nehmen und sie wegen Susan Hamway drankriegen.

Robbie Beckett und Daddy Beckett saßen in verschiedenen Gefängnissen ein. Sie trafen sich durch einen Schnitzer der Polizei auf einem Transport zum Gericht. Daddy sprach mit Robbie. Er überredete ihn, seine eidliche Aussage zu widerrufen. Robbie rief Dale Davidson an und sagte ihm, er trete von ihrer Abmachung zurück. Er werde nicht gegen seinen Vater aussagen. Davidson sagte Robbie, dann werde er wegen Mordes angeklagt. Robbie sagte, das sei ihm egal.

Die Staatsanwaltschaft verlor den Prozeß gegen Bob Beckett sen. Er wurde aus der Untersuchungshaft entlassen.

Stoner und Avila sprachen mit zwei Dutzend Leuten aus dem näheren Umfeld von Mentzer und Jacobs. Von Mentzer und Jacobs hielten sie sich absichtlich fern.

Sie führten ihre Befragungen durch. Sie setzten das *Cotton Club*-Puzzle Stein für Stein zusammen.

Roy Radins Vater hatte schrottige Bühnenshows produziert. Er starb jung. Im Alter von siebzehn Jahren übernahm Roy den Betrieb. Er entwickelte eine ziemlich raffgierige Variante des Geschäfts und wurde reich damit.

Er veranstaltete Benefizvorstellungen für die Polizei und die Stadt mit abgehalfterten Stars wie Milton Berle und Joey Bishop. Für Wohltätigkeitsveranstaltungen galten strenge gesetzliche Auflagen. Radin kümmerte sich nicht um diese Auflagen. Er beanspruchte unverschämt hohe Provisionen und unterschlug Geld, das für wohltätige Zwecke bestimmt war.

Radin wog 140 Kilo. Radin war kokainabhängig. Radin schmiß wilde Partys auf seinem Anwesen auf Long Island. Radin wäre so um '78 herum beinahe in arge Schwierigkeiten geraten.
Eine Schauspielerin namens Melonie Haller verließ wankend eine Soiree bei Radin. Sie war halbnackt und total weggetreten. Sie erzählte der Polizei, Radin und ein paar andere geile Böcke hätten sie vergewaltigt. Die Polizei ermittelte. Sie kriegte Radin wegen unerlaubten Waffenbesitzes dran. Radin zahlte eine Geldstrafe und hörte auf, wilde Partys zu schmeißen. Er setzte es sich in den Kopf, ins Filmgeschäft einzusteigen, und zog '82 nach Westen. Auf einer Party lernte er Laney Jacobs kennen. Er begann, Koks von ihr zu beziehen. Laney war Kundin eines Limousinenverleihs, der zum Teil Bob Evans gehörte. Ihr Lieblingsfahrer war Gary Keys. Keys erzählte Laney, daß Evans Geld brauche. Er wolle einen Film über den Cotton Club drehen – den berühmten Harlemer Nachtclub aus den 30er Jahren. Laney erzählte Keys, für das richtige Projekt habe sie immer Geld übrig.
Laney arbeitete für einen Koksbaron namens Milan Bellachaises. Er hatte sie nach L.A. geschickt, um seinen Stoff an der Westküste unter die Leute zu bringen. Ihr Kurier war ein Redneck namens Tally Rogers. Sie verkauften 30 Kilo pro Monat. Sie machten monatlich eine halbe Million Dollar Gewinn.
Laney war kokainabhängig. Sie wollte gern Filmproduzentin werden. Gary Keys erzählte Bob Evans, sie habe Geld wie Heu. Laney und Bob trafen sich. Sie gingen zusammen aus und vögelten miteinander. Laney mietete ein Apartment in Beverly Hills und machte daraus eine Lasterhöhle.
Evans erklärte ihr, der *Cotton Club*-Stoff sei nichts für Kleckerbeträge. Er brauche mindestens 50 Millionen Dollar. Laney sagte, sie kenne einen Typen namens Roy Radin. Er habe jede Menge Kohle und wolle ins Filmgeschäft. Evans forderte sie auf, ein Treffen zu arrangieren. Laney handelte schnell.
Radin war Feuer und Flamme. Er sagte, er werde sein Haus verkaufen und ein paar stinkreiche Investoren anzapfen. Evans versprach Laney ein Vermittlungshonorar von $ 50 000.
Radin setzte sich mit einem befreundeten Banker unten in Puerto

Rico in Verbindung. Der Banker hatte einen Draht zum Gouverneur des Landes. Er machte ihn heiß auf den *Cotton Club*-Deal. Er haute ihn um 50 Millionen Dollar aus dem Staatssäckel an. Der Gouverneur sagte, er werde nur 35 springen lassen. Radin akzeptierte. Er flog nach New York, um den Deal mit Bob Evans zu besprechen.

Sie trafen sich in Evans' Apartment. Laney kam auch. Sie sagte Radin, dafür, daß sie den *Cotton Club*-Deal zuwege gebracht hatte, bekomme sie 5% Gewinnbeteiligung. Radin war dagegen. Evans ergriff für Laney Partei. Radin bekam einen Wutanfall und stürmte hinaus.

Laney flog zurück nach L.A. Prompt geriet sie in den nächsten Streit.

Tally Rogers wollte mehr Geld. Er transportierte Drogen die Küste rauf und runter und bekam ein verhältnismäßig läppisches Honorar dafür. Laney weigerte sich, es zu erhöhen.

Tallys Frau, Betty Lou, erschien auf der Bildfläche. Sie kam unangemeldet aus Tennessee. Laney zeigte ihr ein paar angesagte Läden in L.A. Tally überredete Laney, mit ihr nach Vegas zu fahren. Laney und Betty Lou machten sich auf den Weg. Tally räumte Laneys Garage aus. Er klaute 12 Kilo und $250000 in bar.

Das Hausmädchen rief Laney an. Es sagte, es habe gesehen, wie Tally in der Garage herumschnüffelte. Tally rief Betty Lou an und sagte ihr, sie solle sich verkrümeln. Betty Lou nahm ein Taxi zum Flughafen von Vegas.

Laney flog zurück nach L.A. Sie rief Milan Bellachaises an. Er sagte ihr, sie solle das Geld und die Drogen wiederbeschaffen.

Laney hatte mal etwas von einem Typen namens Bill Mentzer gehört. Es hieß, für Geld tue der alles. Laney rief Mentzer an und beauftragte ihn, Tally Rogers zu finden.

Mentzer trommelte Alex Marti und Bob Lowe zusammen. Sie flogen nach Memphis und kidnappten Tallys besten Freund. Er zeigte ihnen Tallys übliche Schlupfwinkel. Sie konnten Tally nicht finden. Sie ließen seinen Freund frei und flogen nach Miami. Sie besprachen die Tally-Frage mit Milan Bellachaises. Keinem fiel etwas Konstruktives ein.

Mentzer rief Mike Pascal an. Er gab ihm die Namen von Laneys engen Freunden und beauftragte ihn, ihre Ferngesprächsnachweise zu überprüfen. Vielleicht kämen sie Tally so auf die Spur.
Zwei Tage später rief Pascal Mentzer zurück. Er wußte, daß Mentzer Ergebnisse wollte. Er wußte, daß Laney Roy Radin haßte. Er wußte, daß Radin sich mit Tally Rogers amüsierte.
Pascal log Mentzer an. Er sagte, Tally habe, gleich nachdem er das Geld und die Drogen gestohlen hatte, Radin angerufen. Radin telefoniere viel mit den Bahamas. Vermutlich verstecke sich Tally dort.
Mentzer flog zurück nach L.A. Laney war in L.A. Milan Bellachaises forderte sie auf, Mentzers Anordnungen zu folgen. Radin war in L.A. Laney rief ihn an. Sie beschuldigte ihn, ihr die Drogen und das Geld geklaut zu haben. Sie warf ihm vor, er wolle sie um ihre *Cotton Club*-Gewinnbeteiligung bescheißen.
Radin stritt den Diebstahl ab. Er erklärte, er habe keine Ahnung, wo Tally Rogers sei. Er sagte die Wahrheit.
Mentzer erläuterte Laney seinen Plan.
Sie lockt Radin in eine Limousine. Bob Lowe fährt. Sie sagt Lowe, er solle anhalten und Zigaretten holen. Ein Wagen folgt ihnen. Mentzer und Marti springen heraus und entern die Limousine. Laney verdrückt sich. Die Jungs bringen Radin irgendwohin und drehen ihn ordentlich durch die Mangel. Wenn die Schmerzen nicht mehr auszuhalten sind, wird er schon reden.
Die *Cotton Club*-Geschichte war läppisch und lächerlich. Die Killer waren Holzköpfe. Das Opfer war ein habgieriges Stück Scheiße. Die Nebendarsteller waren schmierige Schmarotzer.
Stoner angelte immer noch nach Bunny Krauch und Tracy Stewart.

Mentzer und Marti waren in L.A. Lowe war in Maryland. Laney war mit Larry Greenberger in Okeechobee, Florida. Stoner und Avila machten Dampf.
Bill Rider rief Mentzer an und sagte ihm, er sei in L.A. Er lud ihn ein, ins Holiday Inn zu kommen. Riders Zimmer war verwanzt. Stoner und Avila hatten nebenan Posten bezogen.

Rider sprach über sein Gerichtsverfahren gegen Larry Flynt. Mentzer sprach über die Radin-Entführung.
Drei Polizeiwagen hatten sich an die Limousine gehängt. Mentzer dachte, sie seien erledigt. Marti preßte seine Kanone in Radins Schritt. Mentzer steckte seine Kanone in Radins Mund. Die Polizeiwagen brausten an ihnen vorbei – ha, ha, ha!
Mentzer wechselte das Thema. Stoner und Avila brauchten mehr Belastungsmaterial. Sie mußten Rider und Mentzer noch einmal abhören.
Sie beschlossen, einen Drogendeal zu fingieren. Sie zogen das Rauschgiftdezernat des Sheriffs hinzu und arbeiteten einen Plan aus.
Sie verwanzten ein Zimmer des Holiday Inn von Long Beach. Rider rief Mentzer an. Er sagte, er wolle Stoff kaufen und brauche einen Leibwächter. Er bot Mentzer $200. Mentzer nahm den Job an.
Sie inszenierten den Deal auf einem Parkplatz beim Hotel. Sie verwendeten echten Stoff. Deputies vom Sheriff Department spielten Koksdealer. Rider nahm Mentzer nach dem Abschluß mit auf sein Zimmer. Stoner und Avila saßen mit Kopfhörern nebenan.
Mentzer redete wie ein Wasserfall.
Er hatte in einem Schließfach ein ganzes Arsenal an Waffen und C-4-Sprengstoff versteckt. Sie hatten Roy Radin mit .22er Hohlmantelmunition erschossen. Die blöden Cops dachten, er wäre mit einer Schrotflinte umgelegt worden.
C-4 war ungeheuer brisant. Der Sprengstoff in dem Schließfach stellte eine unmittelbare Bedrohung für die Öffentlichkeit dar. Stoner wollte, daß das Zeug in Sicherheit gebracht wurde. Er gab Rider einen alten Safe und sagte ihm, er solle Mentzer anrufen. Rider rief Mentzer an und fragte ihn, ob er den Safe haben wolle. Mentzer nahm das Geschenk an. Rider und Mentzer transportierten den Safe zu dem Lagerraum und legten die Waffen und den Sprengstoff hinein. Rider war verdrahtet.
Mentzer sagte, Larry Greenberger habe sich erschossen. Es sei ein Unfall gewesen. Passiert sei es in Okeechobee. Mentzer kam die Sache verdächtig vor.

Stoner rief die Polizei von Okeechobee an. Den Cops kam die Sache verdächtig vor. Laney Jacobs versteckte sich hinter ihrem Anwalt. Stoner wußte, daß sie Greenberger erschossen hatte.
Die Polizei von Okeechobee rief Stoner zurück. Man sagte ihm, Laney Jacobs sei auf der Flucht. Stoner wollte ihr mit Hilfe ihrer Kreditkartenbelege auf die Spur kommen.
Es war Zeit, voll zuzuschlagen.
Stoner ging zu David Conn, dem stellvertretenden Staatsanwalt. Er erzählte ihm die ganze Geschichte. Er spielte ihm die Rider/Lowe- und die Rider/Mentzer-Tapes vor. Conn gab ihm grünes Licht.
Anklagen wurden erhoben. Haftbefehle wurden ausgestellt. Stoner heckte mit den Cops aus Okeechobee einen Plan aus.
Sie sagten, sie würden ihm helfen, Laney Jacobs hinter Gitter zu bringen. Sie würden ihren Anwalt anrufen, einen Gesprächstermin vereinbaren und ihm versprechen, sie nicht wegen Larry Greenbergers Tod zu verhaften. Sie würden sagen, sie wollten ihr nur ein paar Fragen stellen. Sie würden sie befragen und sie auf einen kalifornischen Haftbefehl hin festnehmen. Sie würden sie festhalten, bis das Sheriff Department von L.A. County sie übernahm.
Es war ein verdammt guter Plan.
Stoner richtete eine Kommandozentrale ein. Sie lag auf halbem Weg zwischen Martis Haus und Mentzers Apartment. Stoner forderte für die Festnahme zwei SWAT-Teams an.
Carlos Avila flog nach Maryland, um Bob Lowe zu verhaften. Bob Deremer war auf einem Fernlastjob unterwegs. Niemand wußte, wo er steckte.
2. 10. 88
Die Polizei von Okeechobee nimmt Laney Jacobs fest. Die SWAT-Teams greifen sich Mentzer und Marti gleichzeitig.
Sie kappen ihre Telefonleitungen, hängen sich selbst dran und klingeln sie an. Sie fordern Mentzer und Marti auf, doch mal aus dem Fenster zu schauen und sich all die Cops mit ihren Knarren anzusehen. Mentzer und Marti schauen aus dem Fenster und kommen mit erhobenen Händen heraus.
Suchtrupps mit Drogen- und Sprengstoffspürhunden werden

eingesetzt. Sie nehmen Martis Haus und Mentzers Apartment auseinander.
Carlos Avila nimmt Bob Lowe fest. Bob Deremer wird in Lafayette, Indiana, von der lokalen Polizei geschnappt.
Deremer wird ausgeliefert. Er wird nach L.A. überführt und wegen Mittäterschaft vor Gericht gestellt. Laney Jacobs und Bob Lowe fechten die Auslieferung an. Sie bleiben im Osten in Untersuchungshaft.
Carlos Avila ist ausgelaugt. Bill Stoner ist ausgelaugt. Tracy Lea Stewart geht ihm immer noch nicht aus dem Kopf. Er hat immer noch eine Stinkwut auf Bob Beckett sen.

Weihnachten wurde Laney Jacobs ausgeliefert. Sie wurde nach Los Angeles gebracht und ins Sybil Brand Institute for Women gesteckt. Robbie Beckett kam im Februar '89 vor Gericht.
Die Verhandlung dauerte eine Woche. Die Geschworenen berieten sich eine Stunde lang. Robbie wurde schuldig gesprochen und zu lebenslanger Haft verurteilt. Daddy Beckett kam ungeschoren davon. John Purvis saß immer noch im Gefängnis. Die Polizei von Fort Lauderdale gab im Fall Hamway auf.
Scheiß auf John Purvis. Schließlich war er bereits verurteilt. Sie hatten gegen Daddy Beckett, Paul Serio und Paul Hamway nichts in der Hand. Sie waren auf Robbie Beckett angewiesen. Robbie war nicht bereit, die Treue zu seinem Vater zu brechen.
Die Urteilsfindung im *Cotton Club*-Fall dauerte drei Jahre. Vorverfahren, Anhörungsverfahren und Auswahl der Geschworenen zogen sich über Monate hin. Die Hauptverhandlung dauerte vierzehn Monate. Das Verfahren zur Festsetzung des Strafmaßes schleppte sich dahin. Carlos Avila trat in den Ruhestand. Bill Stoner arbeitete von morgens bis abends für die Staatsanwaltschaft. Er flog kreuz und quer durchs ganze Land. Er befragte hundert Zeugen. Er legte Tausende von Flugmeilen und Tausende von Autobahnmeilen zurück. Der *Cotton Club*-Fall kostete ihn viereinhalb Jahre seines Lebens.
Am 22. 7. 91 kamen die Geschworenen zu einem Urteil. Mentzer, Marti, Lowe und Jacobs wurden für schuldig befunden. Sie alle

bekamen lebenslänglich ohne Bewährung. Stoner war immer noch nicht ganz klar, warum sie Roy Radin umgebracht hatten. Mentzer hatte ausgesagt, ihr Plan, ihn zu foltern, sei irgendwie aus dem Ruder gelaufen. Marti habe Radin in die Limousine gedrängt. Marti habe ihn fortwährend als fetten Juden beschimpft. Marti habe ihn in dem Augenblick erschossen, als sie im Caswell Canyon ankamen.

Marti erzählte etwas anderes. Lowe auch. Stoner war das alles längst scheißegal.

Im Januar '93 erhielt Stoner einen Anruf von einem Cop aus Fort Lauderdale. Er sagte, John Purvis' Mutter habe sich gerade einen Anwalt genommen. Der Anwalt trete in irgendeiner abendlichen Fernsehsendung auf. Er hatte vor, einen Riesenwirbel zu veranstalten. Das Fort Lauderdale PD wollte den Fall Hamway wiederaufnehmen.

Stoner wünschte ihm Glück. Die Cops von Fort Lauderdale nahmen den Fall wieder auf und vermasselten ihn erneut.

Sie gerieten an den falschen Paul Serio. Sie verwechselten Daddy Becketts Kumpel mit einem Auftragskiller gleichen Namens aus Vegas. Sie dachten, der Typ aus Vegas und Paul Hamway hätten den Mord an Susan zusammen geplant. Sie sicherten Daddy Beckett volle Straffreiheit zu, falls er gegen sie aussage. Daddy Beckett nahm das Angebot an und sagte in Florida vor einer Grand Jury aus. Die Geschworenen befanden die Anklagen gegen Paul Hamway und Paul Serio für begründet. Daddy Beckett verriet der Polizei, daß sein Paul gar kein Auftragskiller aus Vegas war. Sein Paul sei Lehrer und lebe derzeit in Texas.

John Purvis wurde auf freien Fuß gesetzt. Die Polizei von Fort Lauderdale schnappte den wahren Paul Serio. Serio widersprach Daddy Becketts Darstellung des Hamway-Mordes und schob die ganze Schuld Daddy in die Schuhe. Serios Aussage war wertlos. Daddy Beckett ging straffrei aus.

John Purvis trat gemeinsam mit seiner Mutter und seinem Anwalt in der Phil Donahue Show auf. Donahue zeigte ein interessantes Filmchen. Es war die Aufzeichnung von Daddy Becketts Geständnis vor der Polizei von Fort Lauderdale.

Da sitzt Daddy Beckett. Er zeigt den Cops, wie er Sue Hamway erdrosselt hat. Da sitzt Daddy Beckett – und geht straffrei aus. Daddy läßt sich über das Stewart-Ding aus. Daddy plaudert über Sue Hamway und ihr Baby.

Robbie Beckett sah die Sendung im Gefängnis von Folsom. Er sah Daddy Beckett mit vollem Elan den Hamway-Mord nachspielen. Er sah Daddys Augen. Er wußte, daß er den Augenblick noch einmal durchlebte, in dem er Tracy umgebracht hatte.

Robbie rief Bill Stoner an und sagte ihm, er wolle reden. Stoner und Dale Davidson flogen hinauf nach Folsom. Robbie gab seine Aussage zu Protokoll und erklärte sich bereit, gegen seinen Vater als Zeuge aufzutreten. Er versprach ihnen, diesmal werde er nicht kneifen. Stoner und Davidson glaubten ihm.

Davidson stellte einen Haftbefehl aus. Darin wurde Robert Wayne Beckett des Mordes an Tracy Lea Stewart beschuldigt. Stoner spürte Daddy Beckett in Las Vegas auf. Er forderte beim Vegas PD ein Einsatzkommando an und verhaftete ihn in seinem Vorgarten.

Daddy wollte einen Deal machen. Stoner sagte ihm, er solle sich zum Teufel scheren. Daddy sprach bei einem Richter vor. Der Richter gewährte ihm keine Kaution. Die Gerichte von L.A. waren brutal überlastet. Der Schwanzlutscher würde frühestens 1995 vor Gericht kommen.

Stoner hing oft Tagträumen nach. Rasch und strahlend gingen ihm die Dinge durch den Kopf. Er verbrachte viel Zeit mit seinen toten Frauen.

Er war ausgelaugt. Nächsten Monat würde er in den Ruhestand treten. Ein komischer kleiner Gedanke ging ihm nicht aus dem Kopf.

Er war sich nicht sicher, ob er die Jagd ganz aufgeben konnte.

4
GENEVA HILLIKER

Du bist auf dem Sprung. Du hast die Zeit und die Heimlichkeit auf deiner Seite. Die Zeit arbeitet für die, die auf der Flucht sind. Ihre Spuren verschwinden. Es läßt sich nicht mehr feststellen, wie sie sich verbargen, bevor sie verschwanden.
Du willst, daß ich unwissend bleibe. Dein geheimes Leben war darauf angelegt, sich dem Zugriff gewisser Männer zu entziehen. Du liefst vor Männern weg und flüchtetest dich zu ihnen und reduziertest dich auf ein Nichts. Du verfügtest über die Gerissenheit der Flüchtenden und trugst die Tarnung der Flüchtenden. Deine Passion für das Flüchten hat dich umgebracht.
Vor mir kannst du nicht weglaufen. Ich bin zu lange vor dir weggelaufen. Hier und jetzt erzwinge ich eine Konfrontation der Flüchtenden.
Unsere Zeit ist gekommen

14

Ich flog nach L.A., um mir die Akte meiner Mutter anzusehen. Meine Beweggründe waren bestenfalls unklar.

Es war im März '94. Jean Ellroy war seit 35 Jahren und 9 Monaten tot. Ich war 46 Jahre alt.

Ich wohnte im vornehmen Connecticut. Ich hatte ein großes Haus, ähnlich denen, in die ich früher eingebrochen war. Ich flog einen Tag früher los und nahm mir eine Suite im Mondrian Hotel. Ich wollte die Akte mit klarem Kopf und kaltem Herzen angehen.

Angefangen hatte es sechs Wochen vorher. Mein Freund Frank Girardot rief mich an. Er sagte, er schreibe etwas über alte Mordfälle im San Gabriel Valley. Der Artikel werde im San Gabriel Valley *Tribune* und in den *Star-News* von Pasadena erscheinen. Er werde fünf unaufgeklärte Morde näher beleuchten – unter anderen den an meiner Mutter. Er werde sich mit der Abteilung für ungelöste Fälle des Sheriff's Departments von L.A. befassen.

Frank würde sich die Akte meiner Mutter ansehen. Er würde die Berichte lesen und die Tatortfotos sehen. Er würde Jean Ellroy tot sehen.

Es traf mich wie ein Schlag. Es traf mich schwer und prompt und auf zwei verschiedenen Ebenen.

Ich mußte die Akte sehen. Ich mußte darüber schreiben und den Artikel in einer großen Zeitschrift veröffentlichen. Das brächte Publicity für meinen nächsten Roman.

Ich rief meinen Redakteur bei *GQ* an und versuchte ihm die Idee schmackhaft zu machen. Er sprang darauf an und sprach mit seinem Chef. Der Chef gab mir grünes Licht. Ich rief Frank Girardot an und bat ihn, seine Kontaktleute bei der Abteilung für ungelöste Fälle darauf anzusprechen. Frank setzte sich mit Sergeant Bill

McComas und Sergeant Bill Stoner in Verbindung. Sie sagten, ich könne mir die Akte ansehen.
Ich traf Reisevorbereitungen. Dann kam das große Erdbeben von L.A. und legte mich für mehrere Wochen lahm. Die Hall of Justice wurde für einsturzgefährdet erklärt. Die Mordkommission des Sheriffs zog aus. Ihre Akten steckten irgendwo auf dem Transport fest. Die Verzögerung gab mir Zeit für einen kleinen Tanz mit der Rothaarigen.
Ich wußte, daß es Zeit war, mich ihr zu stellen. Ein altes Foto sagte mir, warum.
Meine Frau fand das Bild in einem Zeitungsarchiv. Sie kaufte ein Duplikat davon und rahmte es. Ich stehe an George Kryckis Werkbank. Es ist der 22. 6. 58.
Es ist nicht erkennbar, in was für einer Gemütsverfassung ich mich befinde. Vielleicht ist es Langeweile. Vielleicht ist es Katatonie. Meine Miene verrät nichts.
Mein Leben steht auf dem Nullpunkt. Ich bin zu perplex oder erleichtert oder in Berechnung vertieft, um Anzeichen schlichter Trauer an den Tag zu legen.
Das Bild war 36 Jahre alt. Es definierte meine Mutter als Leiche am Straßenrand und als Quelle literarischer Inspiration. Das Sie war vom Ich nicht zu trennen.

Ich verkrieche mich gern in Hotelsuiten. Ich schalte gern das Licht aus und drehe die Klimaanlage voll auf. Ich mag geschlossene Räume mit geregelter Temperatur. Ich sitze gern im Dunkeln und lasse meinen Gedanken freien Lauf. Am nächsten Morgen sollte ich Bill Stoner treffen. Ich bestellte mir beim Zimmerservice ein Abendessen und eine große Kanne Kaffee. Ich machte das Licht aus und ließ mich von der Rothaarigen mit auf die Reise nehmen.
Ich wußte manches über uns. Anderes ahnte ich. Ihr Tod verdarb meine Phantasie und war ein Geschenk, aus dem ich Kapital schlagen konnte. Ihr abschreckendes Beispiel lehrte mich Autonomie. Auf dem Höhepunkt meiner Selbstzerstörung besaß ich noch einen Rest Selbsterhaltungstrieb. Meine Mutter hinterließ

mir die Gabe und die Geißel der Besessenheit. Es begann als Neugier anstelle von kindlicher Trauer. Sie gedieh zu einem Streben nach dunklen Einsichten und mutierte zu einem schrecklichen Verlangen nach sexueller und geistiger Erregung. Obsessive Neigungen brachten mich fast um. Eine Manie, meine Obsessionen in etwas Gutes und Nützliches zu verwandeln, rettete mich. Ich überlebte die Geißel. Die Gabe nahm ihre endgültige Gestalt an: Sprache.

Sie begründete meine Affinität zu Sex und Tod. Sie war die erste Frau auf meinem Weg zu der intelligenten und mutigen Frau, die ich geheiratet habe. Sie hinterließ mir ein ewiges Rätsel, über das ich nachdenken und aus dem ich Lehren ziehen konnte. Sie hinterließ mir als Ausgangspunkt Ort und Zeit ihres Todes. Sie war das heimliche Zentrum der fiktiven Welt, die ich erschaffen hatte, und der freudvollen Welt, in der ich lebte – und bis dahin hatte ich mich nur auf gänzlich oberflächliche Art und Weise zu ihr bekannt.

1980 schrieb ich meinen zweiten Roman, *Clandestine.* Es war mein erster Anlauf, mich Jean Ellroy zu stellen. Ich porträtierte sie als schwer geschlagene Trinkerin mit einer übertrieben leidvollen Vergangenheit in einem Kaff in Wisconsin. Ich gab ihr einen neunjährigen Sohn und einen bösen Exmann, der äußerlich meinem Vater ähnelte. Ich flocht autobiographische Einzelheiten ein und ließ den Hauptteil des Buches Anfang der 50er spielen, weil es in einer Nebenhandlung um die Rote Gefahr ging. *Clandestine* war nur eine oberflächliche Auseinandersetzung mit Jean Ellroy. Vor *allem* ging es um ihren Sohn im Alter von 32 Jahren. Der Held war ein ehrgeiziger junger Cop. Er war darauf aus, Frauen zu vögeln und um jeden Preis aufzusteigen. Ich war ein ehrgeiziger junger Schriftsteller. Ich brannte darauf, aufzusteigen.

Aufsteigen bedeutete zweierlei. Ich mußte einen großen Kriminalroman schreiben. Ich mußte mich mit der zentralen Geschichte meines Lebens auseinandersetzen.

Ich machte mich ans Werk. Ich führte meinen bewußten Entschluß auf unbewußte Weise aus. *Clandestine* war inhaltsreicher und komplexer als mein erstes Buch. Mutter und Sohn waren plastisch herausgearbeitet. Nur dem Vergleich mit der Realität konnten sie nicht standhalten. Sie waren nicht meine Mutter und ich. Sie waren fiktionale Ersatzgestalten. Ich wollte sie überwinden und vorwärtskommen. Ich dachte, ich könnte meine Mutter mit Hilfe nüchterner Details darstellen und sie so verbannen. Ich dachte, ich könnte einige Kindheitsgeheimnisse preisgeben und mich von der ganzen Sache lossagen. Jean Ellroy war nicht mein Lieblingsmordopfer. Das war Elizabeth Short. Wieder servierte ich die Rothaarige der Dahlie wegen ab.

Ich war noch nicht bereit für Elizabeth. Ich wollte mich erst als gereifter Romancier mit ihr auseinandersetzen. Vorher wollte ich meinen Dialog mit Frauen vertiefen.

'81 verließ ich L.A. Es war zu vertraut und zu bequem. Bei den AA zu sein, war zu bequem. Ich wollte mit all den Leuten, die von der Therapie und der 12-Schritte-Religion abhängig waren, nichts mehr zu tun haben. Ich wußte, daß ich überall trocken bleiben konnte. Ich wollte schnellstens weg aus L.A. und meinen L.A.-Konsum auf das fiktionale L.A. in meinem Kopf beschränken. Im Oktober kam *Brown's Requiem* heraus. *Clandestine* sollte irgendwann '82 erscheinen. Ich hatte ein drittes Buch fertig. Ich wollte an einem sexy neuen Ort von vorn anfangen.

Ich zog nach Eastchester, New York – 20 Meilen nördlich des Apple. Ich fand eine Souterrainwohnung und einen Job als Caddie im Wykagyl Country Club. Ich war 33. Ich hielt mich für einen tollen Hecht. Ich wollte mich in New York beweisen. Ich wollte mich ernsthaft auf die Dahlie einlassen und die perfekte Frau aus Fleisch und Blut finden, von der ich wußte, daß ich sie in L.A. niemals finden würde.

New York war pures PCP. Es paßte wunderbar zu meinem Zwei-Welten-Lebensstil. Ich schrieb in meiner Bude und schleppte Golftaschen, um mich über Wasser zu halten. Manhattan war nur einen Herzschlag entfernt. Manhattan war voll von aufreizenden Frauen.

Meine männlichen Freunde zogen über meinen Frauengeschmack her. Mit Filmstars und Mannequins konnte ich nichts anfangen. Ich stand auf Karrierefrauen im Businessdreß. Ich stand auf die eine Rocknaht, die wegen 15 zusätzlicher Pfunde kurz vorm Platzen war. Ich stand auf Charakterstärke. Ich stand auf radikale, nichtprogrammatische Ansichten. Ich verachtete Stümper, Schaumschläger, Nichtskönner, Rock & Roller, Therapiefreaks, Weltverbesserer und alle Frauen, die kein Beispiel für eine geistig normale Version jener Mischung aus mittelwestlichem Protestantismus und Lasterhaftigkeit waren, die ich von Jean Ellroy geerbt hatte. Ich stand eher auf stattliche Frauen als auf solche, die andere Männer schön fanden. Ich stand auf Pünktlichkeit und Leidenschaft und sah beide als gleichwertige Tugenden an. Ich war ein moralistischer und unerbittlicher Eiferer, den eine Verlorene-Zeit/Wiedergewonnenes-Leben-Dynamik antrieb. Ich erwartete von meinen Frauen, daß sie zielstrebig waren, hart arbeiteten, der charismatischen Ausstrahlung erlagen, die ich zu besitzen glaubte, und mich bis zur Besinnungslosigkeit fickten, und wollte mich zu gleichen Teilen ihrem Charisma und ihrer Tugendhaftigkeit unterwerfen.

So stellte ich mir das vor. Die Wirklichkeit sah anders aus. Meine Ansprüche waren ein klein wenig unrealistisch. Ich revidierte sie jedesmal, wenn ich eine Frau kennenlernte, mit der ich schlafen wollte.

Ich modelte diese Frauen nach dem Bild einer Jean Ellroy ohne Alkohol, Männer und Mord um. Ich war ein Tornado, der durch ihr Leben fegte. Ich nahm mir Sex und hörte mir ihre Geschichten an. Ich erzählte ihnen meine Geschichte. Ich versuchte, eine Reihe von kurzen und längeren Verbindungen in Gang zu halten. Ich gab mir nie soviel Mühe wie die Frauen, mit denen ich zusammen war.

Mit der Zeit wurde ich klüger. Niemals schraubte ich meine romantischen Erwartungen zurück. Ich war ein Angsthase, der beim ersten Anlaß Reißaus nahm, und ein Herzensbrecher mit einer überzeugend soften Fassade. In den meisten meiner Affären ließ ich mir von Anfang an ein Hintertürchen offen. Ich stand darauf, wenn Frauen mich durchschauten und mir zuerst den Laufpaß gaben. Ich stutzte niemals meine romantischen Erwartungen zurück. In Sachen Liebe machte ich keine Kompromisse. Ich hatte ein schlechtes Gewissen wegen der Frauen, die ich mies behandelte. Mit der Zeit ging ich ziviler mit Frauen um. Ich lernte, mein Verlangen zu verschleiern. Dieses Verlangen wanderte auf direktem Wege in meine Bücher. Sie wurden immer obsessiver. Mein Leben lang himmelte ich drei Frauen an.

Meine Mutter. Die Dahlie. Die Frau, die mir – da war ich sicher – Gott schicken würde.

In vier Jahren schrieb ich vier Romane. Ich hielt meine Eastchester- und meine Manhattan-Welt säuberlich voneinander getrennt. Ich wurde immer besser. Ich zog eine Kult-Anhängerschaft an, und das Album, in dem ich meine Rezensionen sammelte, konnte sich sehen lassen. Meine Autorenhonorare machten Fortschritte. Ich hängte meine Caddie-Schuhe an den Nagel. Ich schloß mich ein Jahr lang ein und schrieb *Die Schwarze Dahlie.*

Das Jahr verging wie im Flug. Ich lebte mit einer toten Frau und einem Haufen böser Männer. Betty Short beherrschte mich. Ich konstruierte sie aus verschiedenen Spielarten männlicher Begierde und versuchte, die Männerwelt darzustellen, die ihren Tod sanktioniert hatte. Ich schrieb die letzte Seite und weinte. Ich widmete das Buch meiner Mutter. Ich wußte, daß ich einen Zusammenhang zwischen Jean und Betty herstellen und damit einen Volltreffer landen konnte. Ich finanzierte meine eigene Lesetournee. Ich ging mit dem Zusammenhang an die Öffentlichkeit. Ich machte *Die Schwarze Dahlie* zu einem landesweiten Bestseller.

Zigmal erzählte ich die Geschichte von Jean Ellroy und der Dahlie. Ich reduzierte sie auf Sprachfetzen und simplifizierte sie im Namen der Verständlichkeit. Ich ging mit strenger Sachlichkeit zu Werke. Ich stellte mich als einen Mann dar, der von zwei ermordeten Frauen geprägt wurde, und als einen Mann, der jetzt über solchen Dingen stand. Meine Auftritte in den Medien waren auf den ersten Blick eindrucksvoll und bei näherer Betrachtung ohne Tiefgang. Ich vermarktete die Schändung meiner Mutter und stutzte damit zugleich die Erinnerung an sie auf Dimensionen zurück, die ich bewältigen konnte.

Die Schwarze Dahlie war mein Durchbruch. Das Buch war pure obsessive Leidenschaft und eine Elegie auf meine Heimatstadt.

Ich wollte in den 40er und 50er Jahren bleiben. Ich wollte größere Romane schreiben. Mich lockten böse Männer, die im Namen der Obrigkeit böse Dinge taten. Ich wollte auf den Mythos des edlen Einzelgängers scheißen und abgewichste Cops abfeiern, die darauf aus sind, den Entrechteten das Leben zur Hölle zu machen. Ich wollte das geheime L.A. heiligsprechen, mit dem ich an dem Tag, als die Rothaarige starb, meine erste flüchtige Begegnung hatte.

Die Schwarze Dahlie lag hinter mir. Meine Tournee schloß eine 28jährige Übergangsphase ab. Ich wußte, daß ich dieses Buch übertreffen mußte. Ich wußte, daß ich ins L.A. der 50er Jahre zurückkehren und jenen alten Alptraum nach meinen eigenen Vorstellungen umschreiben konnte. Er war meine erste selbsterschaffene Welt. Ich wußte, daß ich seine Geheimnisse herauskristallisieren und in einen erzählerischen Zusammenhang stellen konnte. Ich konnte Zeit und Ort bestimmen. Ich konnte mit jenem Alptraum abschließen und mich zwingen, mir einen neuen zu suchen.

Ich schrieb drei Fortsetzungen der *Schwarzen Dahlie* und nannte das Gesamtwerk »The L.A. Quartet«. Mein schriftstellerischer Ruf und mein Bekanntheitsgrad schossen in die Höhe. Innerhalb von drei Jahren lernte ich eine Frau kennen, heiratete sie und ließ mich von ihr scheiden. An meine Mutter dachte ich nur selten. Ich hatte mit dem L.A. der 50er abgeschlossen und wagte mich nun an das Amerika der Kennedy-Ära. Dieser Schritt erweiterte meinen geographischen und thematischen Spielraum und trieb mich mitten in einen abgedrehten neuen Roman. Das L.A. der 50er lag hinter mir. Jean Ellroy nicht. Ich lernte eine Frau kennen. Sie trieb mich zu meiner Mutter.

Der Name der Frau war Helen Knode. Sie schrieb für ein linkes Käseblatt namens *L.A. Weekly.* Wir trafen uns. Wir wurden ein Paar. Wir heirateten. Es war eine ganz besondere Liebe. Es war gegenseites Finden auf 6000 Umdrehungen pro Minute.

Wir blühten auf. Es wurde immer besser. Helen war ein kluger Kopf. Helen war Hyperkorrektheit und dreckiges Lachen. Unsere Vorstellungswelten verschmolzen und kollidierten.

Helen war besessen von der ganzen komplizierten Frage der Beziehungen zwischen Mann und Frau. Sie sezierte sie, verspottete sie, de- und rekonstruierte sie. Sie scherzte darüber und machte sich über meine melodramatische Einstellung zu diesem Thema lustig.

Sie schoß sich auf meine Mutter ein. Sie nannte sie »Geneva«. Wir brüteten Szenarien aus, in denen meine Mutter und verschiedene berühmt-berüchtigte Männer ihrer Zeit mitspielten. Wir lachten uns schlapp. Wir steckten Geneva mit Porfirio Rubirosa ins Bett und verhackstückten das frauenfeindliche Amerika. Geneva bekehrte Rock Hudson. Geneva wickelte JFK dermaßen um den Finger, daß er monogam wurde. Wir rissen Witze über Geneva und den gigantischen Pimmel meines Vaters. Wir fragten uns, warum – verdammt noch mal – ich keine Rothaarige geheiratet hatte.

Helen fand jenes Bild. Helen drängte mich, es mir genau anzusehen. Sie war die Anwältin meiner Mutter und ihr Agent provocateur.

Sie kannte mich. Sie zitierte einen toten Dramatiker und nannte mich eine Kugel mit nichts als einer Zukunft. Sie verstand meinen Mangel an Selbstmitleid. Sie wußte, warum ich alles verabscheute, was meinem Vorwärtsdrang im Weg stehen konnte. Sie wußte, daß Kugeln kein Gewissen haben. Sie sausen an den Dingen vorbei und verfehlen ihr Ziel ebensooft, wie sie es treffen.

Sie wollte, daß ich meine Mutter kennenlernte. Sie wollte, daß ich herausfand, wer sie war und warum sie starb.

15

Ich parkte vor dem Büro der Mordkommission. Ich trank in meinem Wagen Kaffee und zauderte ein wenig. Ich dachte an die Tatortfotos.
Ich würde sie tot sehen. Ich würde sie zum erstenmal wiedersehen, seit ich sie zum letztenmal lebend gesehen hatte. Ich hatte keine Fotos von ihr aufbewahrt. Alles, was ich von ihr hatte, waren geistige Bilder, bekleidet und unbekleidet.
Sie war groß. Ich war groß. Ich hatte ihre Züge, aber Augen-, Haut- und Haarfarbe meines Vaters. Ich wurde langsam grau und kahl. Sie starb mit einem dichten Schopf leuchtendroter Haare.
Ich ging zum Eingang und klingelte. Ein Lautsprecher über der Tür krächzte. Ich fragte nach Sergeant Stoner.
Klickend öffnete sich die Tür. Bill Stoner kam mir entgegen und stellte sich vor.
Er war etwa 1,80 groß und 80 Kilo schwer. Er hatte schütteres braunes Haar und einen dicken Schnauzbart. Er trug einen dunklen Anzug und ein gestreiftes Hemd mit Schlips.
Wir begrüßten uns per Handschlag und gingen nach hinten in die Abteilung für ungelöste Fälle. Stoner hielt eine Ausgabe meines Buches *White Jazz* hoch. Er fragte mich, wieso darin alle Cops Erpresser und Perverse seien. Ich sagte, gute Cops taugten nur für schlechte Romane. Er deutete auf das Umschlagfoto. Mein Bullterrier lag ausgestreckt auf meinem Schoß.
Er sagte, der Hund sehe aus wie ein gebleichtes Schwein. Ich sagte, sein Name sei Barko. Er sei ein verdammt schlaues Kerlchen. Er fehle mir. Meine Exfrau habe das Sorgerecht zugesprochen bekommen.
Stoner lachte. Wir setzten uns an zwei zusammengestellte Schreibtische. Er schob mir eine braune Aktenmappe herüber.

Er sagte, die Tatortfotos seien ziemlich drastisch. Er fragte mich, ob ich sie sehen wolle.
Ich sagte ja.
Wir waren allein im Büro. Wir begannen uns zu unterhalten.
Ich sagte, ich hätte in den 60ern und 70ern ein paarmal im County-Knast gesessen. Wir diskutierten die Vor- und Nachteile des Biscailuz Center und des Wayside Honor Rancho. Ich sagte, mir hätten besonders die gefüllten Paprika gefallen, die es immer zum Mittagessen gab. Stoner sagte, er kenne sie aus seiner Zeit in Wayside.
Er hatte die sanfte Stimme eines Mannes, der das Zuhören gelernt hat. Er lockerte das, was er sagte, mit kurzen Pausen auf. Er redete nie dazwischen. Er hielt stetigen Blickkontakt.
Er wußte, wie man Menschen aus der Reserve lockt. Er wußte, wie man jemandem Vertraulichkeiten aus der Nase zieht. Ich spürte, wie er mich lenkte. Ich wehrte mich nicht dagegen. Ich wußte, daß ihm meine exhibitionistische Ader nicht verborgen geblieben war.
Ich zauderte. Die braune Mappe machte mir angst. Ich wußte, daß Stoner mich an sie heranführte.
Wir plauderten. Wir erzählten uns Kriminalgeschichten aus L.A. Stoners Bemerkungen waren äußerst scharfsinnig und frei von typischer Polizeiideologie. Er bezeichnete das LAPD als Rassistenverein und erzählte seine Geschichten mit einem ausgeprägten Gespür für Sujet und Dramaturgie. Er fluchte genausoviel wie ich und bediente sich zur Überspitzung einer drastischen Sprache. Er schilderte mir den Fall Beckett und vermittelte mir eine lebhafte Vorstellung von Tracy Stewarts Todesangst.
Wir unterhielten uns zwei Stunden lang. Beinahe wie aufs Stichwort beendeten wir das Gespräch.
Stoner verließ den Raum. Ich ließ das Zaudern.
Die Akte enthielt Umschläge und Fernschreiben und einzelne auf lose Zettel gekritzelte Notizen. Sie enthielt ein »Blaues Buch« der Mordkommission. Das Buch war fünfzig Seiten stark. Es enthielt schreibmaschinengeschriebene Berichte in chronologischer Reihenfolge.

Den Tatortbericht. Das gerichtsmedizinische Gutachten. Berichte über entlastete Verdächtige. Drei Vernehmungsprotokolle im Wortlaut.

Das Blaue Buch war verstaubt und begann auseinanderzufallen. Zwei Namen waren auf den Umschlag getippt. Ich erkannte sie nicht wieder. Sergeant John G. Lawton und Sergeant Ward E. Hallinen.

Die Männer, die mich gefragt hatten, wen meine Mutter bumse. Einer von ihnen hatte mir vor einer Million Jahren einen Schokoriegel gekauft.

Die Akte war in einem miserablen Zustand. Sie quoll über vor losen Notizzetteln, die hineingeworfen und vergessen worden waren. Ich empfand diese Schlampigkeit als beleidigend und sinnbildhaft. Dies war die verlorene Seele meiner Mutter.

Ich schaffte erst mal Ordnung. Ich bildete eine Reihe säuberlicher Papierstapel. Ich legte den Umschlag mit der Aufschrift »Tatortfotos« zur Seite. Ich überflog die ersten paar Berichte im Blauen Buch, wobei mir hier und da eine Einzelheit auffiel.

Meine Adresse in El Monte war 756 Maple. Zwei Zeugen hatten meine Mutter in der Bar Desert Inn gesehen. Der Name machte mich stutzig. In den Zeitungen hatte bloß gestanden, sie sei in eine Cocktailbar gegangen. Nähere Angaben über den Ort hatte es nie gegeben.

Ich überflog ein paar weitere Berichte. Eine Zeugin aus dem Desert Inn bezeichnete den Begleiter meiner Mutter als Mexikaner. Das überraschte mich. Jean Ellroy war durch und durch konservativ und fast krankhaft auf Äußerlichkeiten bedacht. Ich konnte sie mir nicht mit einem Cholo in der Öffentlichkeit vorstellen.

Ich überflog den hinteren Teil und stieß auf zwei handgeschriebene Briefe. Zwei Frauen denunzierten ihre Exmänner. Sie schrieben an John Lawton, was sie sich zusammengereimt hatten.

Frau Nr. 1 schrieb 1968. Sie erklärte, ihr Ex habe mit Jean zusammen bei Packard-Bell gearbeitet. Er habe mit Jean und zwei anderen Frauen von Packard-Bell eine Affäre gehabt. Nach dem Mord habe er sich verdächtig benommen. Frau Nr. 1 hatte ihn gefragt, wo er in jener Nacht gewesen sei. Er hatte ihr eine runtergehauen und ihr befohlen, das Maul zu halten.

Frau Nr. 2 schrieb 1970. Sie sagte, ihr Ex habe einen Groll auf Jean Ellroy gehabt. Jean hatte sich geweigert, seinen Antrag auf Anerkennung einer Berufsverletzung zu bearbeiten. Daraufhin war er »total ausgerastet«. Frau Nr. 2 fügte noch ein PS hinzu: Ihr Ex habe einen Möbelladen abgefackelt. Das Geschäft hatte eine Eßecke wieder abholen lassen, die er gekauft, aber nicht bezahlt hatte, und da war er erneut »total ausgerastet«.

Aus beiden Briefen sprach Rachsucht. John Lawton hatte einen Notizzettel an Brief Nr. 2 geheftet. Darauf stand, beide Hinweise seien überprüft und für nicht stichhaltig befunden worden.

Ich las das Buch quer. Ich registrierte kleine Informationsfetzen.

Harvey Glatman war verhört und als Tatverdächtiger ausgeschlossen worden. Ich erinnerte mich an den Tag, als er in die Gaskammer kam. Eine Zeugin aus dem Desert Inn widersprach der anderen. Sie sagte, der Mann in Begleitung der Blonden und der Rothaarigen sei ein »dunkelhäutiger Weißer« gewesen, kein Mexikaner. Meine Mutter hatte ab 9/56 bei Airtek Dynamics gearbeitet. Damals dachte ich, sie sei noch bei Packard-Bell. Der Autopsiebericht vermerkte Sperma in der Scheide meiner Mutter. Von inneren Verletzungen oder vaginalen Abschürfungen war nicht die Rede. Es wurden keine Vermutungen darüber angestellt, ob von einvernehmlichem Sex oder einer Vergewaltigung auszugehen war. Meine Mutter hatte ihre Tage. Der Obduzent fand einen Tampon in ihrer Scheide.

Die Fakten brachen über mich herein. Ich wußte, daß ich die Flut eindämmen mußte. Ich holte meinen Stift und mein Notizbuch heraus und blätterte weiter bis zu den Vernehmungsprotokollen. Das erste haute mich glatt vom Stuhl.

Lavonne Chambers bediente in Stan's Drive-In – fünf Blocks vom Desert Inn entfernt. Sie hatte meine Mutter und ihren Begleiter in jener Nacht von Samstag auf Sonntag zweimal bedient. Sie sagte, der Mann sei Grieche oder Italiener gewesen. Er fuhr einen zweifarbigen '55er oder '56er Olds. Er tauchte etwa um 22:20 zusammen mit meiner Mutter auf. Sie aßen im Wagen. Sie unterhielten sich. Sie fuhren davon und kamen um 2:15 zurück.

Der Mann war still und mürrisch. Meine Mutter war »ziemlich beschwipst«. Sie »plapperte fröhlich«. Das Oberteil ihres Kleides war heruntergerutscht, und eine Brust war zur Hälfte entblößt. Sie sah »leicht zerzaust« aus. Der Mann »wirkte, als sei er von ihr gelangweilt«.

Das waren brandheiße neue Informationen. Damit fiel meine alte Theorie wie ein Kartenhaus zusammen.

Ich hatte geglaubt, meine Mutter hätte die Bar zusammen mit dem Dunkelhäutigen und der Blonden verlassen. Sie versuchten, sie zu einem flotten Dreier zu zwingen. Sie sträubte sich. Die Sache nahm ein böses Ende.

Er war »gelangweilt«. Sie war »zerzaust«. Er hatte sie wahrscheinlich gevögelt und wollte sie nun wieder loswerden. Sie wollte, daß er mehr Zeit für sie opferte.

Ich war früher öfter in Stan's Drive-In gegenüber der Hollywood High. Die Bedienungen trugen rotgoldene Uniformen. Der »Krazy Dog« war spitze. Die Burger und Brathähnchen waren berühmt.

Ich las das Protokoll dreimal. Ich notierte die wichtigsten Fakten. Ich nahm meinen Mut zusammen und öffnete den ersten Umschlag.

Er enthielt drei Fotos. Ich sah Ed und Leoda Wagner, zirka 1950. Ich sah meinen Vater im Alter von 45 oder 46. Auf den Fotos stand »Schwester & Schwager d. Opfers« und »Exmann d. Opfers«. Mein Vater sah gut aus und wirkte fit.

Auf dem dritten Foto stand »Opfer, August '57«.

Sie hatte ein weißes Kleid an, an das ich mich noch erinnerte. Sie hatte einen Drink und eine Zigarette in der Hand. Ihr Haar war hochgesteckt – wie immer. Hinter ihr tollten Menschen ausgelassen herum. Es war vermutlich auf einem Betriebsausflug entstanden.

Sie sah schlecht aus. Ihr Gesicht war abgeschlafft und aufgedunsen. Sie sah älter aus als 42 Jahre und 4 Monate. Sie sah aus wie eine Säuferin, die sich hinter einer bröckelnden Fassade versteckte. Dieses Bild hatte mit dem, das ich von ihr im Kopf hatte, nichts gemein.

Jenes Bild war reines Wunschdenken. Ich hatte meine Mutter als vitale Vierzigjährige in Erinnerung behalten. Die Falten in ihrem Gesicht waren ein Zeichen von Stärke – nicht von Ausschweifungen. Jenes Bild war reine ungestillte Sehnsucht. Die wenigen kostbaren Male, die ich in meiner Phantasie mit ihr geschlafen hatte, war ich jenem Bild erlegen.
Ich öffnete den zweiten Umschlag. Ich sah zwei Identi-Kit-Porträts des Dunkelhäutigen. Porträt Nr. 1 zeigte einen hageren Durchschnittstypen. Porträt Nr. 2 zeigte einen Sadisten mit ähnlichen Zügen.
Ich öffnete den dritten Umschlag. Er enthielt erkennungsdienstliche Fotos von 32 Männern. Die Männer waren registrierte Sexualstraftäter. Einige waren Weiße, andere Latinos. Sie ähnelten alle den Identi-Kit-Porträts.
Sie waren verhört und als Verdächtige ausgeschlossen worden. Sie hatten alle den typischen blitzlichtblinden Gesichtsausdruck schmieriger Perverser. Auf einem Schild, das sie um den Hals trugen, standen die Verhaftungsdaten und Strafgesetzbuchparagraphen ihrer Sexualdelikte. Die Daten reichten von '39 bis '57. Die Paragraphen reichten von Vergewaltigung mit und ohne Körperverletzung bis zu einem halben Dutzend sexueller Abartigkeiten. Die meisten von ihnen wirkten ungepflegt. Ein paar von ihnen krümmten sich zusammen, als seien sie gerade mit einem Telefonbuch geschlagen worden. Alle zusammen wirkten schlicht abstoßend. Wie ein Abstrich auf Geschlechtskrankheiten oder ein Wichsfleck an einer Scheißhauswand.
Ich öffnete den letzten Umschlag. Ich sah meine tote Mutter an der Arroyo High School.
Ihre Wangen waren aufgedunsen. Ihre Gesichtszüge waren verquollen. Sie sah aus wie eine schlafende Kranke.
Ich sah die um ihren Hals gezurrte Wäscheleine und den Strumpf. Ich sah die Insektenstiche auf ihren Armen. Ich sah das Kleid, das sie anhatte. Ich erkannte es wieder. Ich betrachtete die Schwarzweißfotos und erinnerte mich, daß es hell- und dunkelblau war. Das Kleid reichte eigentlich bis übers Knie. Jemand hatte es bis über die Hüften hochgezogen. Ich sah ihre Schamhaare. Ich

schaute schnell weg, so daß sie vor meinen Augen verschwammen.
Das letzte Bild war ein Autopsiefoto. Meine Mutter lag ausgestreckt auf einem Seziertisch. Ihr Kopf ruhte auf einem schwarzen Gummiblock.
Ich sah ihre entstellte Brustwarze und das getrocknete Blut auf ihren Lippen. Ich sah einen vernähten Unterbauchschnitt. Sie hatten sie wahrscheinlich noch am Tatort geöffnet. Sie hatten wahrscheinlich die Lebertemperatur gemessen, bevor sie ganz kalt war.
Ich sah mir sämtliche Tatortfotos genau an. Ich merkte mir Einzelheiten. Ich war vollkommen gefaßt. Ich legte alles wieder in die Mappe und gab sie Stoner zurück.
Er brachte mich hinaus zu meinem Wagen. Wir gaben einander die Hand und verabschiedeten uns. Stoner war zurückhaltend. Er wußte, daß ich irgendwo ganz weit weg war.

Am Abend ging ich früh ins Bett. Ich wachte lange vor Sonnenaufgang auf. Ich sah die Bilder, bevor ich die Augen öffnete.
Ich spürte, wie bei mir etwas »klick« machte. Es war wie ein »Oh« als Zeichen einer Erleuchtung.
Jetzt weißt du Bescheid.
Du dachtest, du wüßtest Bescheid. Du lagst falsch. Jetzt weißt du wirklich Bescheid. Jetzt läßt du dich von ihr an die Hand nehmen.
Sie fuhren zurück zu Stan's Drive-In. Es war 2:15 morgens. Er war ihrer überdrüssig. Sie hatten gerade gevögelt. Er wollte diese lästige Klette loswerden und sein Leben weiterleben. Zur Katastrophe kam es, weil sie MEHR wollte. Mehr Sex oder mehr männliche Aufmerksamkeit. Das Versprechen auf ein nächstes Mal mit Blumen und einem schickeren Lokal.
Ich glaubte an meine neue Theorie. Sie ließ eine große Liebe zu meiner Mutter in mir aufwallen.
Ich war ihr Sohn. Ich war ebenso süchtig nach MEHR wie sie. Die traditionelle Rollenverteilung der Geschlechter und meine Zeit meinten es gut mit mir. Ich konnte mit einer moralischen Unbeschwertheit saufen und huren, von der sie niemals zu träumen

gewagt hätte. Glück und die Vorsicht des Feiglings retteten mich. Ich sah den Weg, den sie genommen hatte, vor mir. Sie flößte mir den Selbsterhaltungstrieb ein, den sie selbst nie entwickelt hatte. Ihr Leid war größer als meins. Es definierte die Kluft zwischen uns.

Ich kehrte nach Connecticut zurück und schrieb meinen Artikel für *GQ*. Es war keine Katharsis. Nichts machte klick. Sie war immer an meiner Seite.
Es war eine unbeholfene Umarmung und eine Versöhnung. Es war ein beherzter Annäherungsversuch. Es war ein Blind Date, das Helen und Bill Stoner für mich arrangiert hatten.
Jetzt läßt du dich von ihr an die Hand nehmen.
Diese Vorstellung verwirrte mich. In blindem Vertrauen gelobte ich Hingabe.

16

Sie wies mir den Weg zu ihren Geheimnissen. Daß sie mich an die Hand nahm, war ein Hohn und eine Herausforderung. Sie forderte mich auf, herauszufinden, wie sie gelebt hatte und gestorben war.

Ich beschloß, meinen *GQ*-Artikel 50fach zu erweitern und ein Buch daraus zu machen. Mein Verleger fand die Idee gut. Bill Stoner trat im April in Ruhestand. Ich nahm Kontakt zu ihm auf und machte ihm ein Angebot. Ich sagte, ich wolle den Mord an meiner Mutter neu aufrollen. Ich würde ihm einen Anteil an meinem Vorschuß für das Buch zahlen und für alle Unkosten aufkommen. Wir würden ein Team bilden und versuchen, den Dunkelhäutigen zu finden – tot oder lebendig. Ich wußte, daß unsere Chancen verschwindend gering waren. Das war mir egal. Es kam mir in erster Linie auf die Rothaarige an.

Stoner willigte ein.

Der *GQ*-Artikel erschien im August. Es ging darin vor allem um meine Mutter und mich und unser gemeinsames Verlangen nach MEHR. Ich lieferte meinen Roman ab und mietete ein Apartment in Newport Beach, Kalifornien. Stoner sagte, die Sache könne ein Jahr oder länger dauern.

Am Labor Day flog ich nach L.A. Die Leute auf meinem Flug redeten pausenlos über O.J. Simpson.

Der Fall war drei Monate alt. Es war schon jetzt der größte Frauenmord aller Zeiten. Der Fall Schwarze Dahlie war aufsehenerregend und reinstes L.A gewesen. Der Fall Simpson stellte ihn schnell in den Schatten. Er war spektakulär. Er war ein episches Happening. Er war ein raffiniert inszenierter Medienzirkus, der auf der wackligen Annahme eines stümperhaften Meuchelmords basierte. Jeder wußte, daß O.J. es gewesen war. Experten zerre-

deten diesen Konsens und suchten wie verrückt nach Hintergründen und Präzedenzfällen. Die Schreiberlinge kamen der Wahrheit schon näher. Sie sahen den Fall O.J. als geballten Mikrokosmos. Kokain und Silikontitten. Fitneßcenter-Narzismus und das Aneinandergekettetsein durch fünfstellige monatliche Unterhaltszahlungen. Der Plebs auf den Rängen gab dem Verbrechen den Rahmen. Die Leute träumten von O.J.'s protzigem Lifestyle. Sie konnten ihn nicht haben. Sie mußten sich mit einem lausigen Moralstück begnügen, das ihnen weismachte, Lifestyle sei käuflich. O.J. und der Dunkelhäutige. Nicole und Geneva.
Meine Mutter lebte sehr zurückgezogen. Ich war ein Selbstdarsteller und ein ausgebuffter Opportunist. Ich buhlte ständig um Aufmerksamkeit. Mein Instinkt sagte mir, daß sie das nie getan hatte. Ich wollte sie der Welt ausliefern. Man könnte mich als Erinnerungsschänder bezeichnen und auf meine früheren Schandtaten verweisen.
Wer das täte, hätte recht. Und er hätte unrecht. Ich würde mich im Taumel meiner neuentdeckten Liebe schuldig bekennen.
Sie war tot. Sie spürte nichts mehr. Es war albern, darüber nachzudenken, ob sie es verstehen würde oder nicht. Ich hatte eine ausgeprägte exhibitionistische Ader. Sie war der Mittelpunkt meiner Geschichte.
Die Frage bereitete mir Kopfschmerzen. Einerseits achtete ich ihre Zurückgezogenheit, andererseits machte ich mich daran, sie zu zerstören. Ich sah nur einen Ausweg.
Ich mußte ihrem Geist gehorchen. Wenn ich sie verletzte, würde ich ihre Mißbilligung spüren.

Stoner holte mich vom Flughafen ab. Wir fuhren direkt zur Arroyo High School.
Es war mein zweiter Besuch. Ich war schon einmal mit einem Filmteam dortgewesen. In dem Interview hatte ich nur belangloses Zeug gelabert. Da kannte ich die Fotos noch nicht. Ich konnte nicht genau sagen, wo meine Mutter gelegen hatte.
Stoner parkte nahe der Stelle. Es war schwül. Er stellte die Klimaanlage an und kurbelte die Fenster hoch.

Er sagte, wir müßten über meine Mutter reden, und zwar offen und ehrlich. Ich erklärte, damit würde ich schon fertig. Er sagte, er wolle die Tat so rekonstruieren, wie sie sich seiner Meinung nach abgespielt hatte.

Ich erzählte ihm von meiner neuen Theorie. Stoner fand sie nicht überzeugend.

Er sagte, der Dunkelhäutige wollte Sex. Jean hatte ihre Tage und weigerte sich. Sie knutschten und fummelten. Der Dunkelhäutige wollte mehr. Jean wollte ihn abkühlen. Sie sagte: Laß uns noch mal zu Stan's Drive-In fahren.

Sie kehrten zu Stan's zurück. Wieder bediente sie Lavonne Chambers. Jean war halb betrunken und fröhlich. Der Dunkelhäutige hatte dicke Eier und eine Stinkwut. Er kannte da eine abgelegene Straße bei der Arroyo High School.

Als sie mit ihrem Imbiß fertig waren, schlug der Dunkelhäutige vor, ein wenig herumzufahren. Jean war einverstanden. Der Dunkelhäutige fuhr mit ihr auf direktem Wege hierher und wollte ficken. Jean sagte nein. Es kam zu einem Wortgefecht. Der Dunkelhäutige schlug Jean fünf- oder sechsmal auf den Kopf. Er benutzte seine Fäuste oder ein kleines metallenes Werkzeug, das er im Wagen hatte.

Jean verlor das Bewußtsein. Der Dunkelhäutige vergewaltigte sie. Das Fehlen vaginaler Abschürfungen erklärte sich durch Lubrikation. Sie hatten kurz vorher geknutscht und gefummelt. Jean war erregt. Sie war noch feucht. Der Dunkelhäutige konnte problemlos in sie eindringen. Die Vergewaltigung selbst wurde unbeholfen und überhastet ausgeführt. Der Gerichtsmediziner fand einen Tampon im hinteren Teil von Jeans Scheide. Der Penis des Dunkelhäutigen hatte ihn dort hineingestoßen.

Jean war immer noch bewußtlos. Der Dunkelhäutige spritzte ab und geriet in Panik. Er saß mit einer bewußtlosen Frau in seinem Wagen fest. Sie konnte ihn identifizieren und ihm eine Anzeige wegen Vergewaltigung anhängen. Er beschloß, sie umzubringen.

Er hatte eine Jalousieschnur im Wagen. Er legte sie um Jeans Hals und zog zu. Die Schnur riß. Er zog Jean den linken Strumpf aus

und erdrosselte sie damit. Er wuchtete ihre Leiche aus dem Wagen und lud sie im Efeu ab. Er suchte schleunigst das Weite.
Ich schloß die Augen und spulte die ganze Rekonstruktion noch einmal ab. Ich fügte ein paar pornographische Nahaufnahmen ein. Ich begann zu zittern. Stoner stellte die Klimaanlage ab.

17

Mein Apartment war möbliert. Die Sessel und die Couch waren mit einem chemischen Imprägniermittel gegen Flecken durchtränkt. Die Wohnungsvermittlung stellte Bettzeug und Kochgeschirr. Der Vormieter hatte mir Insektenspray und Old-Spice-Duftwasser hinterlassen.

Die Wohnungsleute installierten ein Telefon. Ich schloß einen Anrufbeantworter an. Gemessen an meinem derzeitigen Standard war die Wohnung ziemlich bescheiden. Wohn- und Schlafzimmer waren klein. Die Wände waren kahl und weiß. Ich mietete die Bude auf unbefristete Zeit mit einmonatiger Kündigungsfrist. Ich konnte jederzeit wieder abhauen.

Ich zog ein. Schon bald begann ich, Helen zu vermissen.

Die Wohnung schien wie geschaffen für meine Obsessionen. Sie war eng wie ein Schuhkarton und höhlenähnlich. Ich konnte die Vorhänge schließen. Ich konnte das Licht ausmachen und in der Dunkelheit Jagd auf die Rothaarige machen. Ich konnte einen CD-Player und ein paar Platten kaufen. Ich konnte Rachmaninoff und Prokofiew hören und an jenem Punkt abheben, an dem musikalische Trips dissonant werden.

Bills Haus war zwanzig Minuten entfernt. Bill besaß eine Reservisten-Dienstmarke und die Erlaubnis, weiter eine Dienstwaffe zu tragen. Er arbeitete auf Ad-hoc-Basis für die Staatsanwaltschaft. Die bastelte an ihrer Anklageschrift gegen Beckett sen. Bill hatte bei der Mordkommission weitreichende Vollmachten. Er konnte auf alle Aktene zugreifen. Unsere Ermittlungen waren von der Mordkommission abgesegnet worden. Bill würde die Leute von der »Ungelösten« auf dem laufenden halten. Er hatte die Jean-Ellroy-Akte als Dauerleihgabe bekommen. Er sagte, wir müßten jeden Schnipsel darin unter die Lupe nehmen.

Ich kaufte eine große Korkplatte und nagelte sie an meine Wohnzimmerwand. Ich borgte ein paar Fotos aus der Akte und machte eine Collage.
Ich pinnte zwei Fotos meiner Mutter vom August '57 an die Wand. Ich pinnte das bösartige Porträt des Dunkelhäutigen an die Wand. Ich malte ein Fragezeichen auf einen Post-it-Zettel und klebte ihn über die drei Bilder. Ich suchte fünf Libis von Perversen aus und arrangierte sie darunter.
Mein Schreibtisch stand gegenüber der Pinnwand. Ich konnte hochschauen und sehen, wie meine Mutter sich ins Verderben stürzte. Ich konnte das Resultat sehen. Ich konnte meine Erinnerung torpedieren, in der sie jünger und weicher war.

Bill rief an. Er sagte, ich solle ihn an der Sheriff's Academy treffen. Er wollte mir ein paar Beweisstücke zeigen.
Ich fuhr hin und traf ihn auf dem Parkplatz. Bill sagte, er habe Neuigkeiten.
Sergeant Jack Lawton war 1990 gestorben. Ward Hallinen lebte noch und wohnte unten in San Diego County. Er war jetzt 83. Bill hatte mit ihm gesprochen. Er erinnerte sich überhaupt nicht an den Fall Ellroy. Bill erklärte ihm die Lage. Hallinen war sehr aufgeschlossen und forderte Bill auf, ihm die Akte zu bringen. Vielleicht würde etwas darin seinem Gedächtnis auf die Sprünge helfen.
Wir gingen zur Asservatenkammer. Direkt daneben lag ein kleines Büro. Drei Mitarbeiter standen davor. Sie lagen sich wegen etwas in den Haaren. Ein Weißer sagte, O.J. sei es gewesen. Zwei Schwarze hielten dagegen. Bill zeigte seine Marke und unterschrieb einen Permiß.
Ein Mitarbeiter brachte uns nach hinten zum Lager. Es war irre heiß und ungefähr so groß wie zwei Football-Felder nebeneinander. Stabile Stahlregale standen Reihe an Reihe.
Die Halle war 9 Meter hoch. Die Regale reichten bis zur Decke. Vor mir lagen 20 bis 30 mit Plastikbündeln vollgestopfte Regalreihen.
Bill entfernte sich. Ich stand an einem Schreibtisch in der Nähe

der Tür. Der Mitarbeiter brachte mir ein Bündel. Es trug das Etikett Z-483-362.
Das Plastik war durchsichtig. Innen sah ich vier kleine Plastikbeutel. Ich öffnete den äußeren Beutel und legte die kleineren auf den Tisch.
Der kleinste Beutel enthielt winzige Staub- und Faserproben. Auf einem Schild stand der Herkunftsort: »1955er Oldsmobile/ MMT–879/26. 6. 58.« Der zweite Beutel enthielt drei kleine Umschläge. Sie waren zugeklebt. Sie waren mit dem Namen meiner Mutter und einem Z-Aktenzeichen beschriftet. Darunter war jeweils gesondert der Inhalt aufgeführt:
»Fingernägel d. Opfers. (Probe)«
»Haare d. Opfers (Probe)«
»Schamhaar d. Opfers (Probe)«.
Ich öffnete sie nicht. Ich öffnete den dritten Beutel und sah das Kleid und den Büstenhalter, die meine Mutter zum Zeitpunkt ihres Todes getragen hatte.
Das Kleid war hell- und dunkelblau. Der Büstenhalter war weiß und mit einem Mieder aus Spitze zusammengearbeitet. Ich hob die Sachen hoch und hielt sie mir ans Gesicht.
Ich konnte sie nicht riechen. Ich konnte ihren Körper nicht darin spüren. Ich wollte es. Ich wollte ihren Duft wiedererkennen und ihre Rundungen berühren.
Ich fuhr mir mit dem Kleid übers Gesicht. Durch die Hitze geriet ich ins Schwitzen. Ich machte das Futter ein wenig naß.
Ich legte das Kleid und den Büstenhalter hin. Ich öffnete den vierten Beutel. Ich sah die Schnur und den Nylonstrumpf.
Sie waren zusammengezwirbelt. Ich sah die Stelle, wo die Schnur am Hals meiner Mutter ausgefranst und gerissen war. Die beiden Schlingen waren unversehrt. Sie bildeten vollkommene Kreise von höchstens acht Zentimetern Durchmesser. Auf genau dieses Maß war die Kehle meiner Mutter zusammengeschnürt worden. Mit solcher Kraft war sie erdrosselt worden.
Ich hielt die Schlingen hoch. Ich schaute sie an und drehte sie in meinen Händen. Ich hielt mir den Strumpf vors Gesicht und versuchte, meine Mutter zu riechen.

18

Am Abend fuhr ich hinaus nach El Monte. Es war brütend heiß und feucht.

Im San Gabriel Valley war es immer heiß. Meine Mutter starb während einer frühsommerlichen Hitzewelle. Jetzt war es genauso heiß.

Ich ließ mich von einem alten Instinkt nach Hause leiten. Ich kurbelte die Fenster runter und ließ die heiße Luft in den Wagen. Ich fuhr an der Polizeiwache El Monte vorbei. Sie befand sich noch an derselben Stelle wie 1958. Das Gebäude sah anders aus. Vielleicht hatte es ein Lifting hinter sich. Mein Wagen kam mir vor wie eine gottverdammte Zeitmaschine.

Ich bog nordwärts in die Peck Road. Ich erinnerte mich an einen langen Spaziergang vom Kino nach Haus. Ich hatte *Die Zehn Gebote* bis zum Ende durchgestanden. Ich kam nach Hause und fand meine Mutter sternhagelvoll vor.

An der Ecke Peck/Bryant bog ich nach Westen ab. An der südwestlichen Ecke sah ich einen 7-Eleven. Die Kunden waren Latinos. Der Mann hinterm Tresen stammte aus Asien. Das weiße El Monte war längst Vergangenheit. Ich bog in die Maple ein und parkte gegenüber von unserem ehemaligen Haus.

Es war mein dritter Besuch in 36 Jahren. Die ersten beiden Male war ich von Medienleuten begleitet worden. Bei beiden Gelegenheiten redete ich viel leeres Zeug. Ich wies auf Anachronismen hin und schwadronierte darüber, was die Nachmieter Haus und Grundstück angetan hatten. Dies war mein erster Besuch bei Nacht. Die Dunkelheit verhüllte die Veränderungen und gab mir das Haus in seiner alten Form zurück. Ich erinnerte mich an die Nacht, als ich vom Schlafzimmer meiner Mutter aus ein Gewitter beobachtet hatte. Ich hatte mich auf ihrem Bett ausgestreckt und

das Licht gelöscht, um die Farben besser sehen zu können. Meine Mutter war irgendwohin ausgegangen. Sie hatte mich schon einmal in ihrem Schlafzimmer erwischt und ausgeschimpft. Jedesmal, wenn sie abends das Haus verließ, schlich ich mich in ihr Schlafzimmer und machte mich an ihrer Wäscheschublade zu schaffen.
Ich fuhr zurück zur Peck Road und hinunter nach Medina Court. Es war noch um ein Vielfaches heruntergekommener als '58. Innerhalb von drei Blocks beobachtete ich vier Drogendeals am Straßenrand. Ein paar Wochen, bevor sie starb, war meine Mutter mit mir durch Medina Court gefahren. Ich war ein kleiner Faulpelz. Sie wollte mir meine düstere Zukunft zeigen.
El Monte war jetzt eine Scheißstadt. El Monte war 1958 eine Scheißstadt. Eine Scheißstadt, die auf vornehm machte – charakteristisch für ihre Zeit. Drogen spielten sich im Verborgenen ab. Schußwaffen waren rar. El Monte hatte 1/10 der Einwohner und 1/30 der Kriminalitätsrate von heute.
Es war absurd, daß Jean Ellroy zum Opfer El Montes geworden war. El Monte hatte ihren Hang zu schäbigen Bars angesprochen. Sie dachte, sie hätte ein gutes Versteck gefunden. Es entsprach ihrem Sicherheitsbedürfnis. Und es bot eine Spielwiese fürs Wochenende. Heutzutage würde sie die Gefahr hier wittern. Sie würde sich von hier fernhalten. 1958 brachte sie die Gefahr selbst mit hierher.
Sie hatte sich diesen Ort ausgesucht. Sie machte ihn zu ihrer eigenen Welt. Er lag 14 Meilen von meinem fiktiven und realen L.A. entfernt.
El Monte machte mir angst. Es war die Brücke zwischen meiner realen und meiner fiktiven Welt. Es war eine klar umrissene Zone des Verlusts und des maßlosen, willkürlichen Horrors.
Ich fuhr in den Valley 11 721. Das Desert Inn hieß jetzt Valenzuela's Restaurant. Es war ein weißes Lehmziegelhaus mit einem Terrakottadach.
Ich parkte hinter dem Haus. An jenem Abend hatte meine Mutter ihren Buick auf dem gleichen Platz geparkt.
Ich betrat das Restaurant. Der Grundriß versetzte mir einen Schock.

Es war schmal und L-förmig. Gegenüber der Tür befand sich eine Getränkeausgabe. Es sah haargenauso aus, wie ich es mir 36 Jahre lang immer vorgestellt hatte.
Die Sitzecken. Die niedrige Decke. Der untere Teil des L zu meiner Rechten. Alles paßte zu meinem alten geistigen Bild.
Vielleicht hatte sie mich einmal hierher mitgenommen. Vielleicht hatte ich ein Foto gesehen. Vielleicht war ich nur in eine verrückte psychische Schablone hineinspaziert.
Ich stand in der Tür und sah mich um. Alle Bedienungen und Gäste waren Latinos. Ich bekam ein halbes Dutzend Was-willst-du-denn-hier-Blicke zugeworfen.
Ich ging zurück zu meinem Wagen. Ich fuhr den Valley hinauf bis zur Garvey. Ich fuhr über den Parkplatz an der Nordostecke.
Damals stand hier Stan's Drive-In. Jetzt stand hier ein verlassener Coffeeshop. Von Stan's bis zum Desert Inn waren es sechs Blocks. Vom Desert Inn bis zur Maple 756 waren es anderthalb Meilen. Von der Maple 756 bis zur Arroyo High School waren es anderthalb Meilen.
Alles lag ganz dicht beieinander.
Ich fuhr zur Arroyo High. Der Himmel war schwarz und dunstig. Die Berge zwei Meilen nördlich konnte ich schon nicht mehr sehen. Ich parkte in der Kings Row. Ich schaltete das Fernlicht ein und leuchtete den Tatort aus.
Ich versetzte mich in den Dunkelhäutigen. Ich transformierte mein Verlangen nach MEHR in sein Verlangen, meine Mutter zu vögeln. Ich legte meine ganze Besessenheit, meine Vergangenheit zu überwinden, in seine Besessenheit, den Widerstand meiner Mutter zu brechen. Es gelang mir, seine Entschlossenheit und das Blut in seinen Augen nachzuempfinden. Bei seiner Bereitschaft, im Streben nach Lust Schmerzen zuzufügen, mußte ich passen.
Ein trauriger Vorfall fiel mir wieder ein. Es war '71 oder '72.
Es war zwischen 2:00 und 3:00 Uhr morgens. Ich lag im Robert Burns Park, und die Wirkung der Wattetrips ließ nach. Ich glaubte, eine Frau schreien zu hören.
Ich war mir nicht ganz sicher. Ich war vollgepumpt mit Amphetamin. Ich hörte die Stimmen.

Der Schrei machte mir angst. Ich wußte, daß er aus den Apartments an der Westseite des Parks kam. Ich wollte weglaufen und mich verstecken. Ich wollte die Frau retten. Ich zögerte und lief dann auf das Geräusch zu.

Ich kletterte auf den Parkzaun. Ich machte einen Höllenlärm.

Ich schaute in ein hellerleuchtetes Schlafzimmerfenster. Ich sah eine Frau, die gerade einen Morgenmantel anzog. Sie blickte in meine Richtung. Sie machte das Licht aus und schrie. Der Schrei klang nicht wie der, den ich zu hören geglaubt hatte. Ich sprang zurück in den Park und rannte auf dem Beverly Boulevard davon.

Die Stimmen verfolgten mich. Sie sagten mir, ich solle zu der Frau gehen und ihr versichern, daß ich ihr nichts hatte tun wollen. Ich kam zu dem Schluß, daß der erste Schrei kein Schrei gewesen war. Es war eine Frau beim Sex.

Am nächsten Morgen betrank ich mich. Die Stimmen verstummten. Ich habe mich nie bei der Frau entschuldigt.

Der Zwischenfall ließ mir keine Ruhe. Ich hatte der Frau Angst eingejagt. Ich wußte, sie würde nie erfahren, daß ich es nur gut gemeint hatte.

Ich fuhr zurück nach Newport Beach. Ich hörte meinen Anrufbeantworter ab und fand eine Nachricht von Bill Stoner vor.

Er sagte, er habe wichtige Neuigkeiten. Er sagte, ich solle ihn anrufen, egal, wie spät es sei.

Ich rief ihn an. Bill sagte, er sei auf die alte Akte eines ungelösten Falls gestoßen, der ihn total umgehauen habe.

Der Mord geschah am 23. 1. 59. Das Opfer hieß Elspeth »Bobbie« Long. Sie wurde geschlagen. Sie wurde mit einem Nylonstrumpf erdrosselt. Sie wurde an einer Straße in La Puente abgeladen – vier Meilen von El Monte entfernt. Der Fall Long und der Fall Ellroy glichen sich aufs Haar.

19

Ein Nachtschwärmer gab die Meldung telefonisch durch. Der Wachhabende auf dem Revier San Dimas nahm sie um 2:35 morgens entgegen.
Der Mann sagte, er sei auf Waschbärenjagd gewesen. Er hatte Ecke Don Julian/8th eine Leiche am Straßenrand gesehen. Sein Name war Ray Blasingame. Er lebte und arbeitete in El Monte. Er rief von der Tankstelle Ecke Valley/3rd an.
Der Wachhabende funkte eine Streife an. Deputy Bill Freese und Deputy Jim Harris fuhren zur Ecke Valley/3rd. Sie folgten Ray Blasingame zum Fundort. Er fuhr einen Ford-Pickup mit vier Jagdhunden hintendrin.
Die Stelle war abgelegen. Die Straße war mit Splitt gepflastert. Daneben erstreckten sich ein ungepflasterter Seitenstreifen und ein Stacheldrahtzaun. Die Straße führte zu einem Wasserpumpwerk.
Es war kalt. Es war dunkel. Die Puente Hills lagen genau im Süden. Zum Valley Boulevard war es eine halbe Meile nach Norden.
Die Frau lag mit dem Gesicht nach oben. Sie war flach im Dreck zwischen Straße und Zaun ausgestreckt. Sie trug einen Pullover in Anthrazit und Schwarz, einen schwarzen Rock und vorn offene schwarze Schuhe. Ein roter Mantel bedeckte ihre Beine. An ihrer linken Schulter steckte eine Pferd-mit-Reiter-Brosche. Am Zaun lehnte eine schwarze Plastikhandtasche.
Sie war weiß. Sie war mittelgroß. Sie hatte kurzes blondes Haar. Sie war zwischen 45 und 50.
Ihr Gesicht war voller Blutergüsse. Ein Nylonstrumpf war um ihren Hals gebunden.
Harris funkte das Revier San Dimas an. Der Wachhabende rief die Mordkommission des Sheriffs an. Lieutenant Charles McGowan, Sergeant Harry Andre und Sergeant Claude Everley machten sich

auf den Weg. Zwei Minuten später trafen ein Lieutenant vom Streifendienst und ein Deputy von der Spurensicherung ein.
Andre hatte den Tatort im Fall Jean Ellroy gesehen. Er sagte zu Everly, dieser hier weise Ähnlichkeiten auf. Der Mörder von Jean Ellroy hatte der Toten ihren Mantel über die Beine geworfen. Der hier hatte das gleiche getan.
Ein Leichenwagen traf ein. Ein Wagen vom Erkennungsdienst traf ein. Ein Assistent der Gerichtsmedizin untersuchte den Leichnam. Ein Fotograf leuchtete den Tatort aus und fotografierte ihn. Der Gerichtsmediziner bemerkte erste Anzeichen von Leichenstarre. Kopf und Nacken der Toten waren steif. Everley schob ihre Oberbekleidung hoch und untersuchte ihre Unterwäsche. Sie trug einen roten Unterrock, einen roten BH und eine rote Miederhose. Ihre Beine waren unbekleidet.
Andre leerte die Handtasche. Er fand eine Brille, $1,32, eine Schachtel Camel-Zigaretten, eine Haarbürste, ein hellblaues Paar Handschuhe aus Wolle oder einem Woll-Baumwoll-Gemisch, eine Dose Aspirin, einen Schlüsselanhänger aus Plastik, einen Kugelschreiber, einen Taschenspiegel und eine braune Brieftasche mit einem vorn aufgeprägten silberweißen Pferd. Die Brieftasche enthielt Fotos der Toten, den Kontrollabschnitt einer Busfahrkarte, einen Ausriß aus einer Galopprennzeitung und Ausweise auf die Namen Elspeth Evelyn Long und Bobbie Long. Auf den Ausweisen standen Adressen in New Orleans, Miami und Phoenix, Arizona. Auf den Ausweisen stand der 10. 7. 06 beziehungsweise der 10. 7. 13 als Geburtsdatum des Opfers. Auf einem Versicherungsausweis stand eine Adresse in L.A.: 2231 1/2 West 52nd Street. Die Karte stammte vom 18. 2. 57.
Die Gerichtsmediziner transportierten die Leiche ab. Andre rief bei der Mordkommission an. Er wies den Wachhabenden an, ein paar Jungs zu der Adresse des Opfers zu schicken. Everley holte seine Taschenlampe und suchte die Umgebung ab. Er konnte keine Reifenspuren und keine weggeworfenen Waffen entdecken. Ray Blasingame ging nach Hause. Der Fotograf schoß noch ein paar Fotos. Die Sonne ging auf. Andre und Everley schritten die Straße bei vollem Tageslicht ab. Sie konnten nichts Neues finden.

Die Tote hatte in einem kleinen Mehrfamilienhaus gewohnt. Ihr Apartment lag im Erdgeschoß hinten. Ward Hallinen, Ray Hopkinson und Ned Lovretovich durchsuchten es.
Sie weckten den Hausmeister auf und zeigten ihm ihre Dienstmarken. Er ließ sie in die Wohnung und ging wieder ins Bett. Sie durchsuchten beide Zimmer. Sie fanden eine Schachtel mit Nylonstrümpfen und einen Haufen silberner Dollar- und Halbdollarmünzen. Sie fanden einen Stapel Zeitungsartikel über Pferderennen. Sie fanden eine Kamera, deren Zählwerk auf Bild Nr. 6 stand. Sie fanden ein Adreßbuch. Sie fanden einen Gehaltsscheck über $ 37,00. Er trug das Datum vom 21. 1. 59. Ausgestellt war er von Bill's Cafe – 1554 West Florence Avenue. Sie fanden einige Rennprogramme, Rennzeitungen und Briefe eines Tipsters.
Die Wohnung war sauber. Die Habseligkeiten des Opfers waren perfekt aufgeräumt. Es fehlte nicht ein einziger Strumpf.
Sie schnappten sich die Kamera und das Adreßbuch. Sie weckten den Hausmeister auf und sagten ihm, er solle die Wohnung abschließen und niemanden hereinlassen. Er sagte, sie sollten sich mit einer Frau namens Liola Taylor unterhalten. Sie wohne nebenan. Er selbst kenne Bobbie Long kaum. Liola kenne sie besser.
Sie fanden Liola Tayler und befragten sie. Sie sagte, Bobbie Long wohne seit ungefähr vier Jahren in der Wohnung nebenan. Sie arbeite in einem Restaurant in der Florence. Sie kenne einen Haufen Männer. Sie gehe nicht mit jedem ins Bett. Sie habe einfach gern Männer um sich. Sie sei mit einem reichen Mann zusammen. Sie habe gesagt, sie sei hinter seinem Geld her. Seinen Namen habe sie nie erwähnt. Auch von ihrer Familie habe sie nie gesprochen.
Hallinen, Hopkinson und Lovretovich fuhren zu Bill's Cafe. Sie sprachen mit dem Boß – William Shostal. Er sagte, Bobbie Long sei eine gute Kellnerin gewesen. Sie sei immer freundlich gewesen. Sie habe Pferderennen geliebt. Sie sei viel mit einer Kellnerin namens Betty Nolan zusammengewesen.
Shostal gab den Cops Bettys Adresse. Sie fuhren hin und befragten sie.
Sie sagte, sie habe Bobbie am Dienstag bei der Arbeit gesehen. Das war vor drei Tagen. Bobbie hatte gesagt, sie gehe am Don-

nerstag auf die Rennbahn. Das war gestern. Bobbie hatte einen Bekannten namens Roger. Bobbie hatte einen Bekannten, der in der Challenge Creamery arbeitete. Betty sagte, die Nachnamen der beiden kenne sie nicht. Betty sagte, sie wisse nichts von einem »reichen Mann«. Zwei Wochen zuvor hatte ein Mann Bobbie zur Arbeit gebracht. Er hatte glatt zurückgekämmte Haare und einen Schnurrbart. Er fuhr ein türkis-weißes Auto. Betty sagte, sie wisse nicht, wie er heiße. Sie habe ihn nie zuvor und auch danach nie wieder gesehen. Sie sagte, sie sollten sich an Fred Mezaway wenden – den Koch von Bill's Cafe. Fred habe Bobbie Mittwoch oder Donnerstag ihren Gehaltsscheck vorbeigebracht.

Hallinen rief Bill Shostal an und ließ sich Mezaways Adresse geben. Shostal meinte, er sei um diese Zeit vermutlich zu Hause. Hallinen, Hopkinson und Lovretovich fuhren zu der Adresse und befragten Mezaway.

Er sagte, er habe Bobbie ihren Scheck eigentlich am frühen Mittwoch abend vorbeibringen wollen. Er habe sich zu einem Kartenspiel überreden lassen und die Tour verschoben. Er lieferte den Scheck Donnerstag morgen ab. Bobbie meckerte ihn an. Was ihm überhaupt einfalle, Karten zu spielen.

Mezaway sagte, Bobbie sei mit wechselnden Männern ausgegangen. Mit Namen konnte er nicht dienen. Sie habe einem Buchmacher $300 geschuldet. Den Namen des Buchmachers kannte er nicht. Ihm war kein »reicher Mann«, kein Typ namens Roger, kein Typ mit glatt zurückgekämmten Haaren und auch kein Typ, der in der Challenge Creamery arbeitete, bekannt.

Die Cops fuhren zurück zu Bobbie Longs Apartment. Sie gingen Bobbies Adreßbuch durch und begannen, bei ihren Freundinnen anzurufen. Bei einer Reihe von Nummern ging niemand ans Telefon. Sie erreichten eine Frau namens Freda Fay Callis. Freda Fay sagte, sie habe Bobbie am Dienstag gesehen. Sie hatten sich getroffen und zusammen ihre Freundin Judy Sennett abgeholt. Sie brachten Bobbie zu der Praxis ihres Arztes. Bobbie hatte schlimme Kopfschmerzen. Sie war bei der Arbeit mit dem Kopf gegen einen Eisteespender gestoßen. Der Arzt röntgte Bobbies Kopf und nahm ihr Blut ab.

Die Frauen fuhren nach Rosemead raus. Sie setzten Judy bei ihrem Schwiegersohn ab. Freda Fay brachte Bobbie zurück nach L.A. und setzte sie bei ihrer Wohnung ab. Gestern rief Bobbie sie an. Sie sagte, laß uns zum Pferderennen gehen. Freda Fay sagte, sie sei pleite, und gab ihr einen Korb.
Freda Fay sagte, Bobbie habe von Pferderennen gar nicht genug kriegen können. Sie nahm immer den Bus raus nach Santa Anita. Manchmal lernte sie einen Fremden kennen und wurde von ihm nach Hause gebracht. Bobbie war kontaktfreudig. Sie war nicht mannstoll. Sie stand auf Männer, die Geld hatten. Freda Fay kannte keinen »reichen Mann« oder einen Mann namens Roger. Sie kannte auch Bobbies Buchmacher nicht. Sie kannte weder einen Typen mit glatt zurückgekämmten Haaren noch einen, der in der Challenge Creamery arbeitete.
Die Cops probierten noch ein paar weitere Nummern durch. Sie erreichten Bobbies Freundin Ethlyn Manlove. Sei sagte, Bobbie habe nie von ihrer Familie gesprochen. Bobbie hatte ihr erzählt, daß sie vor langer Zeit verheiratet gewesen sei. Sie hatte in New Orleans geheiratet und war in Miami geschieden worden. Ethlyn Manlove sagte, Bobbie sei mit wechselnden Männern ausgegangen. Mit Namen konnte sie nicht dienen. Sie kannte keinen »reichen Mann«. Sie kannte Bobbies Buchmacher nicht. Sie kannte weder einen Typen mit glatt zurückgekämmten Haaren noch einen, der in der Challenge Creamery arbeitete. Der Name Roger sagte ihr etwas. Roger sei möglicherweise der verheiratete Mann, der ein guter Freund von Bobbie gewesen war.
Es war 14:00. Die Abendzeitungen berichteten über den Fall Long. Ein Mann betrat die LAPD-Wache an der 77th Street. Er sagte, sein Name sei Warren William Wheelock. Er werde Roger genannt. Er habe von dem Mord an Bobbie Long gelesen. Er kenne Bobbie. Er dachte, die Cops wollten ihn vielleicht sprechen. Der Wachhabende rief bei der Mordkommission des Sheriffs an. Der Bereitschaftsleiter rief in Bobbie Longs Wohnung an und sprach mit Ray Hopkinson. Hopkinson rief in der 77th Street an und sprach mit Warren William Wheelock.
Wheelock sagte, er habe Bobbie im Mai '58 auf der Hollywood-

Park-Rennbahn kennengelernt. Er sagte, er habe sie Mittwoch morgen – vor zwei Tagen also – besucht. Er hatte Bobbie gefragt, ob sie mit nach San Diego kommen wolle. Er fahre mit seiner Frau hin. Bobbie gab ihm einen Korb. Sie sagte, sie wolle Donnerstag auf die Rennbahn gehen. Wheelock und seine Frau fuhren nach Dago. Sie besuchten seinen Schwager. Sie gingen zu den Jai-Alai-Spielen unten in T.J. Er hatte eine Eintrittskarte für das 7. Spiel – mit Datum der vergangenen Nacht.
Wheelock sagte, er kenne Bobbies Buchmacher nicht. Er kannte weder einen Typen mit glatt zurückgekämmten Haaren noch einen, der in der Challenge Creamery arbeitete. Hopkinson dankte ihm und sagte, sie würden in Verbindung bleiben. Hallinen, Hopkinson und Lovretovich fuhren zur Hall of Justice. Sie überprüften die Busfahrkarte aus Bobbie Longs Handtasche. Lovretovich rief beim Verkehrsverbund von L.A. an. Er schilderte die Situation und las die Nummer auf der Fahrkarte vor. Sein Ansprechpartner stellte ein paar Nachforschungen an und rief zurück. Er sagte, die Fahrkarte sei am Vortag, dem 22. 1. 59, ausgestellt worden. Sie war Ecke 6th/Main in Downtown gekauft worden. Der Abschnitt, den sie gefunden hatten, war nicht benutzt. Da hatte jemand einen Bus der Linie M zur Santa-Anita-Rennbahn genommen und war nicht mit dem Bus zurückgefahren.
Hallinen ging zur Leichenhalle hinunter. Don H. Mills, Deputy der Gerichtsmedizin, schilderte ihm das Obduktionsergebnis.
Bobbie Long starb durch plötzliches Ersticken. Sie hatte ein paar brutale Schläge auf den Kopf erhalten. Ihr Schädel war an vier Stellen gebrochen. Eine der Verletzungen war sichelförmig. Möglicherweise hatte der Täter mit einem Schraubenschlüssel auf sie eingeschlagen. Ihr sechster Halswirbel war gebrochen und die Wirbelsäule an dieser Stelle durchtrennt. Sie hatte halbverdaute Bohnen, Reis und Maismehl im Magen. Sie hatte Samen in der Scheide. Ihre äußeren Geschlechtsteile wiesen weder Blutergüsse noch Abschürfungen auf. Ihr Blutalkoholgehalt betrug 0%. Sie starb stocknüchtern.

Am Abend ging ein Fernschreiben raus.

MELDUNG NR. 76 23. 1. 59 AKTENZ. Z-524-820

BITTE UM INFORMATIONEN ZU EINEM MORDFALL DRINGEND

GEFUNDEN UNGEF. 2:30 MORGENS AM 23. 1. 59. OPFER: BOBBIE LONG, WEIBL., WEISS, 45–50, CA. 1,60 M, 60 KILO, BLAUE AUGEN, KURZES ASCHBLONDES HAAR. BEKLEIDET MIT BLUSE IN ANTHRAZIT UND SCHWARZ, SCHWARZEM FILZROCK, LANGEM, LEUCHTENDROTEN MANTEL MIT MODESCHMUCK-PFERDEBROSCHE AN DER LINKEN SCHULTER. MIEDERHOSE, BH UND UNTERROCK DES OPFERS EBENFALLS LEUCHTENDROT. TRUG VORN OFFENE, SCHWARZE SCHUHE UND HATTE EINE SCHWARZE HANDTASCHE BEI SICH. OPFER WURDE, VOLL BEKLEIDET UND MIT EINEM NYLONSTRUMPF ERDROSSELT, AUF DEM RÜCKEN LIEGEND AN EINER UNGEPFLASTERTEN ZUFAHRTSSTRASSE VON DER ECKE DON JULIAN ROAD/8TH AVE. ZU EINEM PUMPENHAUS GEFUNDEN. WURDE AUSSERDEM MIT EINEM GEGENSTAND AUF DEN KOPF GESCHLAGEN, DER SICHELFÖRMIGE ABDRÜCKE HINTERLIESS. HATTE GESCHLECHTSVERKEHR ODER WURDE VERGEWALTIGT. WAR AM 22. 1. 59 BEIM RENNEN IN SANTA ANITA. HANDTASCHE ENTHIELT BRILLE UND CAMEL-ZIGARETTEN SOWIE TYPISCH WEIBLICHE UTENSILIEN. WAGEN DES VERDÄCHTIGEN WEIST MÖGLICHERWEISE BLUTFLECKEN AUF. BITTE ÜBERPRÜFEN SIE IHRE VERNEHMUNGSKARTEN VOM NACHMITTAG UND ABEND DES 22. 1. 59 BIS 24:00.
AN TEMPLE STATION
AN SAN DIMAS STATION
AN ALLE POLICE DEPARTMENTS IM SAN GABRIEL VALLEY
AN ALLE EINHEITEN DER CALIFORNIA HIGHWAY POLICE IM SAN GABRIEL VALLEY
BETREFF: MCGOWAN, ANDRE, EVERLEY HQ DB MORDKOMMISSION
AKTENZ. Z-524-820

PETER J. PITCHESS, SHERIFF DC, GESDT. 18:00

Ward Hallinen traf sich auf der Dienststelle mit Harry Andre und Claude Everley. Sie besprachen den mittlerweile 14 Stunden alten Fall Long. Sie alle fanden, daß er dem Fall Jean Ellroy ähnelte.
Jean Ellroy war vermutlich vergewaltigt worden. Bobbie Long hatte sich höchstwahrscheinlich freiwillig auf Geschlechtsverkehr eingelassen. Ihre Unterwäsche war unversehrt. Dieser Umstand ließ darauf schließen, daß sie nicht zum Sex gezwungen worden war.
Beide Frauen hatten Kopfverletzungen erlitten. Die Fundorte lagen sechs Meilen auseinander. Santa Anita lag zwei Meilen nördlich der Arroyo High School. Beide Opfer waren geschiedene Frauen. Die Tatorte sahen fast identisch aus. Der Ellroy-Mörder hatte der Toten ihren Mantel über die Beine geworfen. Der Long-Mörder hatte dasselbe getan. Bobbie Long war blond. Jean Ellroy war mit einer blonden Frau zusammen gesehen worden. Jean Ellroy hatte bei Stan's Drive-In Chili gegessen. Bobbie Long hatte mexikanisch gegessen. Zwischen den beiden Morden lagen sieben Monate und ein Tag.
Der Ellroy-Mörder hatte eine Jalousieschnur *und* einen Nylonstrumpf verwendet. Der Long-Mörder hatte nur einen Nylonstrumpf verwendet. Nylonstrümpfe waren beliebte Strangulierwerkzeuge. Der Modus operandi deutete möglicherweise auf einen Zusammenhang zwischen den beiden Morden hin. Möglicherweise aber auch nicht.

Andre und Everley riefen jedes einzelne Police Department im San Gabriel Valley an. Sie schilderten ihren Fall. Sie baten Streifendienstleiter, Vernehmungskarten und Verkehrskontrollisten durchzugehen. Bobbie Long war vergangene Nacht mit einem Mann unterwegs gewesen. Sie wollten wissen, ob sie vielleicht irgendwo gesehen worden waren.
Sie entnahmen Bobbie Longs Brieftasche ein Foto der Toten. Sie klapperten die Restaurants und Bars in der Nähe des Fundorts ab und befragten die Gäste. Sie versuchten es in ein paar Lokalen entlang des Valley Boulevards. Sie versuchten es im French Basque, in Tina's Cafe, im Blue Room, im Caves Cafe, in Charley's Cafe und im Silver Dollar Cafe. Es kam nichts dabei raus.

Sie probierten es im Canyon Inn. Ihnen fiel ein Typ auf, der sich um einiges zu laut über ihren Fall ausließ. Sie stellten ihn zur Rede. Der Kerl war betrunken. Er wollte ein paar Frauen beeindrucken.

Andre und Everley machten Feierabend und gingen nach Hause. Ward Hallinen brachte Bobbie Longs Fotoapparat im kriminaltechnischen Labor vorbei und wies einen Techniker an, den Film zu entwickeln. Ned Lovretovich machte auf der Dienststelle Überstunden. Er war immer noch dabei, die Nummern aus Bobbie Longs Adreßbuch abzutelefonieren.

Er sprach mit Edith Boromeo. Sie sagte, sie kenne Bobbie seit über 20 Jahren. Sie hatten in New Orleans zusammen gekellnert. Bobbie war mit einem Wäschereiwagenfahrer verheiratet gewesen. Er hatte Bobbie regelmäßig verprügelt. An seinen Namen konnte sie sich nicht erinnern. Sie kannte weder Bobbies Buchmacher noch irgendeinen »reichen Mann«, noch einen Typen mit glatt zurückgekämmten Haaren, noch einen, der in der Challenge Creamery arbeitete.

Er sprach mit Mabel Brown. Sie sagte, sie habe früher mit Bobbie zusammen gekellnert. Bobbie hatte nie ein Blatt vor den Mund genommen und war immer reichlich impertinent gewesen. Sie war ziemlich oft mit Bobbie auf der Rennbahn. Bobbie verpraßte immer ihr ganzes Geld für Wetten und beteiligte sich nie an den Benzinkosten. Bobbie ließ sich ständig von fremden Männern im Auto mitnehmen. Sie kannte Bobbies Buchmacher nicht. Sie kannte keinen »reichen Mann«. Sie kannte keinen Typen mit glatt zurückgekämmten Haaren. Sie kannte keinen Typen, der in der Challenge Creamery arbeitete.

Er sprach mit Bill Kimbrough. Der Mann sagte, ihm gehöre ein Lebensmittelgeschäft in der Nähe von Bobbies Wohnung. Er habe Bobbie am Vortag an der Bushaltestelle gesehen. Sie war allein. Sie sagte, sie sei auf dem Weg zur Rennbahn.

Lovretovich fuhr noch mal zu Bobbies Wohnung. Er durchsuchte sie noch mal. Unter der Spüle fand er zwei Schnapsflaschen.

Der Fall Long war einen Tag alt. Alle dachten das gleiche.
Bobbie hatte auf der Rennbahn irgendeinen Irren kennengelernt. Er machte ihr in seiner Wohnung etwas zu essen oder ging mit ihr ins Restaurant. Er vögelte sie in seiner Wohnung oder vögelte sie in einem Motel oder vergewaltigte sie am Tatort und zwang sie, ihre Unterwäsche wieder anzuziehen. Sie mußten Leute in Santa Anita befragen. Sie mußten sämtliche Restaurants und Motels im San Gabriel Valley abklappern.
Andre und Everley fuhren zur Rennbahn hinaus. Sie wandten sich an den Gastronomiechef und zeigten ihm ihr Bobbie-Long-Foto. Der Mann meinte, sie komme ihm bekannt vor. Er hatte am Donnerstag eine Frau gesehen, die so ähnlich aussah. Sie küßte gerade einen Mann mit schütterem blonden Haar und einer Knollennase. Sie trug irgend etwas Dunkles. Einen Mantel hatte sie nicht an. Es gab fünf Garderoben auf dem Gelände. Vielleicht hatte sie dort ihren Mantel abgegeben. Santa Anita war groß und weitläufig. Der Mann von der Gastronomie führte Andre und Everley herum. Sie klapperten alle Garderoben, Bars, Wettschalter und Imbißstände ab. Sie zeigten Bobbie Longs Bild herum. Ein Dutzend Leute meinten, sie komme ihnen bekannt vor.
Andre rief auf der Dienststelle an. Blackie McGowan sagte, am frühen Morgen sei ein Hinweis eingegangen.
Jemand von der Bedon-Reinigung in Rosemead habe in einem Anzug einen Nylonstrumpf gefunden. Der Finder des Strumpfs hatte die Morgenzeitung gelesen. Er wußte, daß Bobbie Long erdrosselt worden war. Er dachte sich, irgendwo müsse der fehlende Strumpf ja sein. Er rief auf dem Revier Temple City an. Eine Streife holte den Strumpf ab und brachte ihn auf schnellstem Wege ins Labor. Ein Techniker untersuchte ihn und verglich ihn mit dem Strumpf, mit dem Bobbie Long erdrosselt worden war. Die Strümpfe paßten nicht zusammen.
Andre und Everley fuhren zur Dienststelle. Sie zogen ihren Zeichner, Jack Moffett, hinzu. Sie sagten ihm, er solle ein Bild von Bobby Long in ihrem schicken rot-schwarzen Ensemble malen. Sie sagten ihm, er solle es in Farbe malen und ein paar Hochglanzrepros davon machen lassen.

Moffett machte sich an die Arbeit. Andre telefonierte mit der Metro und forderte zwei Deputies an. Der diensthabende Sergeant schickte ihm Bill Vickers und Frank Godfrey rüber. Sie hatten schon im Fall Jean Ellroy Gäste in Bars und Restaurants befragt. Andre wies sie an, das gesamte San Gabriel Valley zu durchforsten. Klappert alle Restaurants ab, in denen es mexikanisches Essen gibt, und alle Motels. Fragt nach Pärchen, die sich Donnerstag abend ein Zimmer genommen haben. Laßt euch ihre Autokennzeichen geben, und setzt euch mit der Kfz-Behörde in Verbindung. Laßt euch die vollständigen Zulassungsdaten geben. Setzt euch mit den Leuten in Verbindung, die als Fahrzeughalter registriert sind, und findet heraus, mit wem sie das Zimmer bezogen haben. Motelportiers sind verpflichtet, beim Einchecken die Autonummern ihrer Gäste zu notieren. Besorgt euch diese Informationen und geht ihnen nach.

Vickers und Godfrey zogen los. Ward Hallinen machte sich auf den Weg nach El Monte. Er suchte Margie Trawick auf. Er zeigte ihr ein Foto von Elspeth »Bobbie« Long. Margie verneinte. Das war nicht die Frau, die sie mit Jean Ellroy zusammen gesehen hatte.

Claude Everley rief im Labor an. Er beauftragte einen Kriminaltechniker, Bobbie Longs Kleidung in Farbe zu fotografieren und ein paar Hochglanzabzüge zu machen. Der Mann sagte, er habe den Film aus Bettie Longs Kamera entwickelt. Es waren insgesamt sechs Bilder drauf. Sie zeigten Bobbie allein und Bobbie zusammen mit ein paar anderen Frauen. Auf einem Bild war eine Frau vor einem zweifarbigen '56er Olds zu sehen.

Everley erzählte Andre davon. Andre sagte, der Tatverdächtige im Fall Ellroy sei einen zweifarbigen Olds gefahren. Everley rief den Labormenschen noch mal an. Er wies ihn an, das Bild von dem Auto an die Pressestelle weiterzuleiten. Die Jungs sollten es in die Lokalzeitungen setzen lassen. Auf die Weise konnten sie das Auto vielleicht identifizieren.

Andre gefiel der Auto-Aspekt. Er glaubte, ein und derselbe Kerl habe Bobbie und die rothaarige Krankenschwester erdrosselt.

Vickers und Godfrey klapperten Motels und Restaurants ab. Andre und Everley befragten das ganze Wochenende über Rennbahnbesucher. Ned Lovretovich telefonierte die Leute aus Bobbie Longs Adreßbuch ab. Alle sagten das gleiche.

Bobbie liebte Pferderennen. Bobbie führte ein bescheidenes Leben. Bobbie verschmähte jegliche Form von Sex. Bobbie war zwei- bis viermal verheiratet. Niemand wußte, wo oder mit wem. Niemand kannte ihren Buchmacher. Niemand kannte den »reichen Mann« oder den Typen mit glatt zurückgekämmten Haaren oder den, der in der Challenge Creamery arbeitete.

Blackie McGowan setzte vier weitere Detectives auf den Fall an. Er wies sie an, von morgens bis abends Leute zu befragen. Das San Gabriel Valley war groß und voll von Bums-Motels.

Am Montag, den 26. 1. 59, ging ein Hinweis ein. Der Informant betrieb draußen in La Puente eine Mühle.

Er denunzierte einen Lastwagenfahrer. Der Kerl hatte geprahlt, er habe Ecke 8th/Don Julian eine Frau gebumst. Er sagte, er habe sie *richtig* durchgebumst – und zwar am frühen Freitag morgen.

Der Lastwagenfahrer war Mexikaner. Er kam aus Beaumont.

Harry Andre rief das Beaumont PD an und bat die Jungs, den Mann herbeizuschaffen. Das taten sie. Andre und Everley fuhren rauf nach Beaumont und nahmen ihn in die Mangel.

Er sagte, er habe die Frau am frühen *Donnerstag morgen* gebumst. Sie hieß Sally Ann. Er hatte sie in Tina's Cafe Ecke Simpson/Valley kennengelernt. Bevor sie miteinander vögelten, war er mit zu ihr gegangen. Sie wohnte in der 8th Avenue. Er hatte den Namen »Vasquez« am Briefkasten gesehen.

Der Mann blieb bei seiner Geschichte. Er sagte, sein Kumpel Pete könne sie bezeugen. Pete wohnte in La Puente.

Andre und Everley fuhren nach La Puente. Sie sprachen mit Pete. Sie fanden das Haus mit dem »Vasquez«-Briefkasten. Sie sprachen mit Sally Ann. Der Mexikaner schied als Täter aus.

Am Dienstag, den 27. 1. 59, ging ein Hinweis ein. Ein Mann namens Jess Dornan denunzierte seinen Nachbarn Sam Carnes.

Sam hatte sich in letzter Zeit sonderbar benommen. Sam trieb sich ständig bei Pferderennen rum. Sam hatte vor zwei Tagen die Polster seines Wagens verunstaltet. Vielleicht hatte er ein paar Blutflecken rausgeschnitten.
Andre verhörte Sam Carnes. Sam hatte für Donnerstag abend ein Alibi.
Vickers und Godfrey führten Befragungen durch. Andre und Hallinen führten Befragungen durch. Sergeant Jim Wahlke und Deputy Cal Bublitz führten Befragungen durch. Sie probierten es im El Gordo Restaurant, in Panchito's Restaurant, im The El Poche Restaurant, im Casa Del Rey Restaurant, in Morrow's Restaurant, im Tic-Toc Restaurant, im County Kitchen, im Utter Hut, in Stan's Drive-In, in Rich's Cafe, im Horseshoe Club, im Lucky X, in Belan's Restaurant, im Spic & Span Motel, im Rose Garden Motel, im End-of-the-Trail-Motel, im Fair Motel, im El Portal Motel, im 901 Motel, im Elmwood Motel, im Valley Motel, in den Shady Nook Cabins, im 9331 Motel, im Santa Anita Motel, im Flamingo Motel, im Derby Motel, im Bradson Motel, im El Sorrento Motel, im Duarte Motel, im Filly Motel, im Ambassador Motel, im Walnut Auto Court, im Welcome Motel, im Wonderland Motel, im Sunkist Motel, im Bright Spot Motel, im Home Motel, im Sun View Motel, im Mecca Motel, im El Barto Motel, im Scenic Motel, im La Bonita Motel, im Sunlite Motel, im El Monte Motel, im Troy Motel, im El Campo Motel, im Garvey Motel, im Victory Motel, im Rancho Descanso Motel, im Rainbow Motel, im Mountain View Motel, im Walnut Lane Motel, im Covina Motel, im La Siesta Motel, im Stan-Marr Motel und im Hialeah Motel.
Sie bekamen mal vage, mal gar keine Auskünfte. Sie überprüften 130 Kfz-Zulassungen. Sie überprüften verheiratete Paare und Paare für eine Nacht und ehebrecherische Paare und Prostituierte-plus-Freier-Paare. Manche konnten sie nicht ausfindig machen. Sie machten sich eine ellenlange Liste von Leuten, die noch zu überprüfen waren. Sie konnten mit keinem einzigen dringend Tatverdächtigen aufwarten.
Am Mittwoch, den 28. 1. 59, ging ein Hinweis ein. Eine Frau namens Viola Ramsey denunzierte ihren Ehemann.

Sein Name war James Orville Ramsey. Er hatte Mrs. Ramsey letzten Monat verlassen. Montag abend hatte er sie angerufen. Er hatte gesagt: »Wenn du mir Schwierigkeiten machst, versprech' ich dir, daß du bald mit deinem Arsch neben dieser Kellnerin in den Puente Hills liegst. Sag deinen Freunden, wenn sie drei oder vier Tage lang nichts von dir hören, dann sollen sie dich im Dreck neben dieser Kellnerin suchen.«

James Orville Ramsey war 33 Jahre alt. Er war Koch in einer Bratküche. Mrs. Ramsey sagte, er hasse Kellnerinnen. Er hielt sie für ordinär und nichtsnutzig. Er stand auf Pferderennen und mexikanisches Essen. Er war ein Säufer. Er hatte wegen Einbruchs und Autodiebstahls gesessen. Er stand auf ältere Frauen. Er hatte gedroht, Mrs. Ramsey umzubringen und »in ihr Blut zu spukken«.

Er fuhr einen zweitürigen '54er Chevy. So weit sie wußte, hatte er zuletzt in der Five-Points-Bowlingbahn gearbeitet. Er wohnte mit einem 19jährigen Mädchen namens Joan Baker zusammen. Sie kellnerte in Happy's Cafe. Mrs. Ramsey kellnerte in Jack's Bar in Monterey Park.

Claude Everley verhörte James Orville Ramsey. Der Hinweis erwies sich als rachsüchtiger Blödsinn.

Am Donnerstag, den 29. 1. 59, brachten die Lokalzeitungen das Foto von dem Auto. Sie druckten einen kurzen Bericht mit der Bitte um sachdienliche Hinweise und der Telefonnummer der Mordkommission. Der Fall Long war sechs Tage alt. Bisher gab es nicht einen einzigen Anhaltspunkt.

Andre und Everley gingen noch mal auf die Rennbahn. Eine Bedienung am Kaffeestand sagte, sie habe Bobbie Long vergangene Woche gesehen. Sie hatte sich vorgedrängelt. Sie war ziemlich impertinent.

Eine andere Bedienung erzählte dieselbe Geschichte. Bobbie hatte sich vorgedrängelt. Sie war impertinent. Sie weigerte sich, anzustehen wie alle anderen.

Ein Kassierer sagte, er habe Bobbie vergangene Woche gesehen. Sie hatte an seinem Schalter einen Wettschein eingelöst. Sie »verhielt sich eigenartig«.

Ein Wachmann sagte, er habe Bobbie vergangenen Donnerstag gesehen. Sie war allein.
Ein Barmann sagte, er habe Bobbie vergangene Woche bedient. Sie war »angetrunken«.
Ein Busfahrer sagte, er habe vergangene Woche eine Frau gesehen, die Bobbie Long ähnelte. Sie sei mit zwei Schwarzen in einen '53er Ford gestiegen. Der Wagen war taubenblau. Die Beifahrertür quietschte.

Die Jungs vom Labor waren fleißig. Sie hängten Bobbie Longs Mantel, Bluse und Rock auf Kleiderständer und fotografierten sie in Farbe. Ward Hallinen nahm zwei Dutzend Abzüge mit und fuhr ins San Gabriel Valley hinaus. Er gab welche auf den Sheriffs-Wachen von Temple City und San Dimas sowie den PDs von Baldwin Park, Arcadia und El Monte ab. Er sprach mit fünf Lieutenants der Kriminalpolizei. Er bat sie, in ihrem Zuständigkeitsbereich eigene Befragungen durchzuführen. Sie sagten, sie wollten versuchen, das nebenbei zu erledigen.
Donnerstag nachmittag kam Ethlyn Manlove auf die Dienststelle. Ray Hopkinson verhörte sie. Eine Stenotypistin nahm ihre Aussage zu Protokoll.
Sie sagte, Bobbie Long habe ihr wahres Alter verschwiegen. Sie sagte, Bobbie sei zweimal verheiratet gewesen. Bobbie habe einmal in New Orleans und einmal in Abilene, Kansas, geheiratet. Wie die Männer hießen, wußte sie nicht. Bobbie hatte zwei Brüder und eine Schwester. Wie die hießen, wußte sie nicht. Sie sagte, Bobbie habe kein Bedürfnis nach Liebe oder Sex gehabt. Bobbie liebte Geld. »Für Geld tat sie alles.«
Hopkinson fragte Miss Manlove, ob sie es für möglich halte, daß Bobbie sich für Geld verkauft hätte. Sie bejahte. Sie sagte, ein Schiffskapitän habe Bobbie während des II. Weltkriegs »ausgehalten«. Er bezahlte ihre Garderobe und ihre Wohnung. Er schickte ihr jeden Monat $250.
Miss Manlove meinte, Bobbie hätte sich auf keinen Fall mit Pfennigbeträgen abspeisen lassen. Für einmal Flachlegen hätte sie sicher $25 oder $50 verlangt. Vielleicht hatte sie sich irgendeinen

Kerl angelacht. Vielleicht wollte er nicht zahlen. Bobbie wurde fuchsteufelswild. Der Kerl hatte sie umgebracht, um ihr das Maul zu stopfen und sein Geld behalten zu können.
Hopkinson sagte, das sei möglich.

Am Freitag, den 30. 1. 59, meldete sich eine Frau telefonisch bei der Mordkommission. Sie sagte, sie sei Mrs. K.F. Lawter und habe das Foto in den Zeitungen gesehen. Die Frau sei ihre ehemalige Mieterin Gertrude Hoven. Gertrude habe früher in einem Haus gewohnt, das ihr gehöre.
Ward Hallinen rief Mrs. Lawter an. Sie sagte, Gertrude Hoven lebe inzwischen in San Francisco. Das Bild sei vor ihrem Haus im Crenshaw District aufgenommen worden. Der Oldsmobile gehöre Mrs. Henry S. Nevala. Sie wohne noch in dem Haus.
Hallinen rief Mrs. Nevala an. Sie sagte, sie erinnere sich, wie das Bild entstanden sei. Bobbie Long habe die Aufnahme gemacht. Das sei ganz schön impertinent gewesen. Bobbie hätte erst um Erlaubnis fragen müssen.
Sie unterhielten sich über Bobbie Long. Mrs. Nevala sagte, Bobbie habe ihre Wetten früher bei einem Buchmacher namens Eddie Vince abgeschlossen. Eddie hatte sein Geschäft von einem Restaurant Ecke 54th/Crenshaw aus betrieben. Er war vergangenes Jahr bei einem Autounfall ums Leben gekommen. Ein anderer Mann hatte sein Geschäft übernommen.
Der Fall Long war eine Woche alt. Er bestand aus nichts als losen Enden und Fehlinformationen.

Sie überprüften alle Männer aus den Motels und schlossen sie als Verdächtige aus. Sie gingen Meldungen über Erdrosselungen aus den letzten fünf Jahren durch, ohne daß etwas dabei herauskam.
Sie karrten einige der Triebtäter aus dem Fall Ellroy herbei und setzten sie noch einmal unter Druck. Sie nahmen 22 in jüngster Zeit aktenkundig gewordene Sexualstraftäter in die Mangel. Es kam rein gar nichts dabei heraus.
Andere Morde geschahen. Das Bobbie-Long-Team löste sich auf.

Die Männer bearbeiteten neue Fälle und gingen von Zeit zu Zeit einem neuen Bobbie-Long-Tip nach.
Auf einen Hinweis hin identifizierten sie den Typ aus der Challenge Creamery. Sein Name war Tom Moore. In der Nacht, in der Bobbie erdrosselt worden war, hatte er in der Challenge Creamery gearbeitet.
Am 14. 2. 59 bekamen sie einen Hinweis. Zwei Deputies aus East L.A. hatten einen Spinner namens Walter Eldon Bosch festgenommen. Er hatte sich in einem Motelzimmer verkrochen. Er vertrieb sich die Zeit mit Wichsen und schweinischen Telefonanrufen. Sie überprüften ihn und schlossen ihn als Verdächtigen aus.
Am 17. 2. 59 bekamen sie einen Hinweis. In Norwalk hatte eine Streife einen Kerl namens Eugene Thomas Friese festgenommen. Zwei Deputies hatten ihn dabei erwischt, wie er eine Frau in eine Gasse zerrte. Er hatte ein Vorstrafenregister wegen Vergewaltigungen, das bis 1951 zurückreichte. Er unterzog sich einem Lügendetektortest zum Fall Bobbie Long. Der Vernehmungsbeamte bezeichnete das Ergebnis als »nicht schlüssig«.
Am 29. 3. 59 bekamen sie einen Hinweis. Die Jungs aus Temple City telefonierten ihn durch. Eine Frau namens Evelyn Louise Haggin hatte gesagt, ein Mann namens William Clifford Epperly habe sie entführt, vergewaltigt und perverse Sexspielchen mit ihr getrieben. Harry Andre vernahm Evelyn Louise Haggin. Sie sagte, Epperly habe sie gewürgt, bis sie das Bewußtsein verloren habe. Ihr Hals wies keine Würgemale auf. Sie sagte, sie habe zwei- oder dreimal mit Epperly geschlafen, bevor er sie vergewaltigte. Andre sprach mit Epperly. Epperly sagte, er habe gerade eine einjährige Haftstrafe abgesessen – vom 20. 2. 58 bis zum 8. 2. 59. Andre verifizierte die Daten und entließ Epperly.
Sie fanden Eddie Vince' Partner und schlossen ihn als Verdächtigen aus. Sie verfolgten Bobbie Longs Spur zurück nach New Orleans und Miami, ohne auf konkrete Anhaltspunkte zu stoßen. Der Fall Long geriet immer mehr ins Stocken und landete schließlich auf dem Abstellgleis.
Am 15. 3. 60 bekamen sie einen Hinweis. Zwei Scheißkerle hatten ein Mädchen entführt. Sie hatten sie in ihren Truck gezerrt

und waren mit ihr hinaus in die Walachei gefahren. Sie vergewaltigten sie, mißbrauchten sie oral und zwangen sie, ihnen einen zu blasen. Dann ließen sie sie laufen. Sie erzählte ihren Eltern, was geschehen war. Die riefen auf dem Revier San Dimas an. Das Mädchen sprach mit zwei Detectives. Sie beschrieb ihre Vergewaltiger. Einer der beiden klang nach einem stadtbekannten Wichser namens Robert Elton Van Gaasbeck. Die Detectives fuhren mit dem Mädchen zu Van Gaasbecks Wohnung. Sie identifizierte Van Gaasbeck und seinen '59er Ford-Pickup. Van Gaasbeck verpfiff seinen Kumpel Max Gaylord Stout.

Harry Andre nahm Van Gaasbeck und Stout pro forma in die Mangel. Sie schieden in den Fällen Bobbie Long und Jean Ellroy als Täter aus.

Am 29. 6. 60 bekamen sie einen Hinweis. Ein Mexikaner hatte in einer Wohnwagensiedlung in Azusa versucht, eine Frau zu vergewaltigen. Der Name des Opfers war Clarisse Pearl Heggesvold. Der Mexikaner war in ihren Wohnwagen eingedrungen und hatte sie hinausgezerrt. Er zog sie hinter den Wohnwagen und riß ihr das Kleid und den Unterrock vom Leib. Er erklärte: »Jetzt besorgst du's mir!« Das Opfer fing an zu schreien. Ihre Nachbarin Sue Sepchenko kam herbeigerannt. Sie begann, mit einem Besenstiel auf den Mexikaner einzuschlagen. Der Mexikaner ließ Clarisse Pearl Heggesvold los und stürzte sich auf Sue Sepchenko. Clarisse Pearl Heggesvold sammelte mehrere Ziegelsteine auf und warf damit nach dem Wagen des Mexikaners – einem rot-weißen, zweitürigen '55er Buick, Kennzeichen MAG–780. Sie zerschmetterte die Windschutzscheibe und zwei Seitenscheiben. Der Mexikaner rannte zu seinem Wagen und ergriff die Flucht. Sue Sepchenko rief auf der Sheriffswache von San Dimas an. Sie meldete den Zwischenfall und gab das Kennzeichen des Täters durch. Eine Streife machte das Fahrzeug ausfindig und nahm den Halter fest: Charles Acosta Linares alias Rex.

Al Sholund bearbeitete den Hinweis. Er nahm Linares in die Mangel und schloß ihn schnell als Täter aus. Linares war fett und offenkundig psychisch gestört.

Am 27. 7. 60 bekamen sie einen Hinweis. Ein Kerl namens Raymond Todd Lenz war splitterfasernackt in ein Haus in La Puente eingebrochen. Er sah Donna Mae Hazleton und Richard Lambert Olearts auf dem Wohnzimmersofa schlafen. Donna Mae und Richard wachten auf. Lentz rannte hinaus. Richard rief auf der Wache in San Dimas an. Streifenpolizisten fanden Lentz und nahmen ihn fest. Lentz sagte, er habe mit Donna Maes Ex-Mann einen gehoben. Er wußte, daß Donna Mae seit ihrer Scheidung nichts anbrennen ließ. Er hatte gedacht, er könnte einfach zu ihr gehen und mit ihr vögeln. Seine eigene Frau war schwanger und konnte ihm keine Befriedigung verschaffen.

Claude Everley verhörte Lentz. Er schloß ihn in Rekordzeit als Täter aus.

Im Mai '62 wurde in Baldwin Park eine Frau erwürgt. Der Fall blieb ungelöst. Es sah aus, als habe der Täter Hals über Kopf die Flucht ergriffen und das Opfer am Tatort liegenlassen. Der Fall wies keine Ähnlichkeiten mit den Morden an Jean Ellroy und Bobbie Long auf.

Am 29. 7. 62 ereignete sich eine versuchte Vergewaltigung. Der Name des Opfers war Margaret Jane Telsted. Der Name des Vergewaltigers war Jim Boss Bennett. Sie waren sich in der Torch Bar in Glendora begegnet.

Bennett und Miss Telsted tranken zusammen ein paar Bier. Bennett lud Miss Telsted ein, mit zu ihm nach La Puente zu kommen. Sie fuhren in ihrem Auto hin. Sie tranken in der Küche ein Bier. Bennett bugsierte Miss Telsted ins Schlafzimmer und warf sie aufs Bett. Er erklärte: »Komm schon, du weißt doch genau, was ich will. Du warst schließlich verheiratet.« Miss Telsted sagte: »Ich bin kein Flittchen.« Bennett versetzte ihr einen heftigen Schlag auf die Brust und riß ihr die Capri-Hose, die Bluse und den Slip runter. Er entkleidete sich und entblößte sein Geschlechtsteil. Er sagte, er wolle Sex. Er warf Miss Telsted zu Boden. Er drückte ihre Beine auseinander und erreichte eine geringfügige Penetration. Miss Telsted wehrte sich. Bennett schlug ihren Kopf auf den Boden. Er erreichte keine vollständige Penetration.

Miss Telstedt lief in ein hinteres Schlafzimmer und sah auf dem

Bett einen schlafenden Mann. Sie lief in die Küche. Bennett versperrte ihr den Weg. Sie sagte, sie werde mit ihm schlafen, wenn er ihr vorher gestatte, sich anzuziehen und ihr Auto umzuparken. Sie sagte, ihr Ex-Mann könnte ihnen gefolgt sein. Sie wolle ihre Spuren verwischen.

Bennett war einverstanden. Miss Telstedt zog sich an und ging nach draußen. Bennett folgte ihr. Miss Telstedt sprang in ihren Wagen. Bennett versuchte, sie zu packen. Sein Hund kam aus dem Haus gelaufen und knurrte ihn an. Bennett wich zurück. Der Hund sprang ins Auto und setzte sich neben Miss Telstedt. Miss Telstedt fuhr zur Polizeiwache von West Covina und meldete den Vorfall. Sie nahm den Hund mit zu sich nach Hause.

Die Cops aus West Covina riefen beim Sheriff von San Dimas an und gaben die Anzeige weiter. Zwei Detectives schnappten sich Jim Boss Bennett. Sie brachten ihn aufs Revier San Dimas und nahmen ihn in die Mangel. Er bestritt Miss Telstedts Geschichte. Er sagte, er sei gar nicht richtig in sie eingedrungen. Die Detectives buchteten ihn ein. Sie nahmen ihn genauestens unter die Lupe. Er erinnerte sie an ein altes Identi-Kit-Porträt. Sie riefen in der Mordkommission des Sheriffs an und lieferten ihn als möglichen Mordverdächtigen ans Messer.

Ward Hallinen fuhr zum Revier San Dimas hinaus. Er postierte sich hinter einem Einwegspiegel und beobachtete Jim Boss Bennett. Bennett sah aus wie der Gesuchte im Mordfall Jean Ellroy. Er erkundigte sich bei der Zulassungsstelle und beim Zentralregister über Bennett.

Er erhielt prompt Antwort.

Bennett war nicht als Fahrzeughalter registriert. Bennett hatte ein zweiseitiges Vorstrafenregister.

Er war 44. Er war in Norman, Oklahoma, geboren. Er hatte mehrere Vorstrafen wegen tätlicher Angriffe, die bis ins Jahr 1942 zurückreichten. Am 16. 3. 57 und am 7. 7. 57 war er wegen Trunkenheit am Steuer festgenommen worden. Die zweite Festnahme ereignete sich im nahegelegenen Baldwin Park.

Bennett war in einem '47er Mercury unterwegs. Vor dem Jubilee Ballroom mähte er um ein Haar sechs Fußgänger um. Ein Streifenwagen nahm die Verfolgung auf. Er setzte den Wagen auf einen Erdwall. Er hielt an, torkelte aus dem Auto und fiel fast hin. Zwei Deputies schnappten ihn sich. Er widersetzte sich der Verhaftung und wurde ruhiggestellt.

Am 22. 2. 58 wurde Bennett wegen Körperverletzung festgenommen. Die Festnahme ereignete sich in der Veterans of Foreign Wars Hall im nahegelegenen Baldwin Park.

Bennett tanzte mit einer Frau namens Lola Reinhardt. Ohne ersichtlichen Grund begann er, Miss Reinhardt anzuschreien. Er erklärte, er wolle sofort gehen. Miss Reinhardt wollte noch nicht gehen. Bennett zerrte sie nach draußen und stieß sie in seinen Wagen.

Er ohrfeigte sie und brüllte sie an. Er sagte: »Entweder ich bring' dich um, oder du bringst mich um.« Ein Mann namens Lester Kendall näherte sich dem Wagen. Bennett legte seinen Arm um Miss Reinhardts Hals und versuchte sie zu erwürgen. Kendall packte Bennett. Miss Reinhardt befreite sich. Irgend jemand rief beim Sheriff von Temple City an. Ein Streifenwagen traf ein. Ein Deputy verhaftete Jim Boss Bennett.

Hallinen ließ die öffentlichen Versorgungsbetriebe ihre Kundenlisten durchgehen. Er bekam sechs ehemalige Adressen Jim Boss Bennetts heraus.

Er hatte in Baldwin Park, El Monte und La Puente gewohnt. Sein Lebenslauf wies zwischen den einzelnen Jobs gewaltige Lücken auf. Er hatte bei Hallfield's Ceramics gearbeitet. Er hatte bei United Electrodynamics gearbeitet. Er war Arbeiter und Treckerfahrer und Monteur gewesen. Er war mit einer Frau namens Jessie Stewart Bennett verheiratet. Mal lebten sie zusammen, mal nicht.

Hallinen verhörte Bennett. Er erwähnte weder Bobbie Long noch Jean Ellroy. Er brachte die VFW-Chose zur Sprache. Bennett bestritt Lola Reinhardts Aussage. Er sagte, ein Verrückter habe eine Cola-Flasche nach seinem Wagen geworfen. Ein anderer habe mit der Faust die Windschutzscheibe eingeschlagen. Bennetts Geschichte ergab keinen Sinn.

Hallinen entschloß sich zu einer Gegenüberstellung.

Er rief Margie Trawick an und sagte ihr, sie solle sich bereithalten.

Er machte Lavonne Chambers in Reno, Nevada, ausfindig. Sie war Kartengeberin in einem Kasino. Sie war bereit, nach L.A. zu fliegen. Hallinen sagte ihr, das Sheriff's Department übernehme sämtliche Kosten.
Er trieb vier County-Häftlinge auf, die dem Identi-Kit-Porträt ähnelten. Sie willigten ein, an der Gegenüberstellung teilzunehmen.
Lavonne kam nach L.A. Hallinen holte sie vom Flughafen ab und fuhr mit ihr aufs Revier Temple City. Margie Trawick traf ein.
Fünf Männer standen in einem Vernehmungszimmer. Jim Boss Bennett war der zweite von links.
Margie und Lavonne standen hinter einer Einwegglasscheibe. Sie sahen sich die fünf Männer getrennt an.
Margie sagte: »Nummer 2 sieht aus wie er. Hat das gleiche Gesicht wie der Mann, den ich damals gesehen hab'. Haare sehen ähnlich aus, bloß der Haaransatz und das Gesicht ist ein bißchen dünner. Kommt mir vor, als würde ich ihn kennen, wie der Mann von damals.«
Lavonne zeigte auf Mann Nr. 2. Sie sagte: »Für mich ist das der Mann, den ich mit der rothaarigen Frau gesehen hab'.«
Hallinen sprach einzeln mit Lavonne und Margie. Er fragte sie, ob sie sich absolut sicher seien. Sie wanden sich und zögerten und drucksten herum und sagten: Nicht absolut.
Hallinen dankte ihnen für ihre Aufrichtigkeit. Bennett war eine Mischung aus einem dringend Tatverdächtigen und einem Zweifelsfall. Er ähnelte dem Identi-Kit-Porträt. Er sah weder griechisch noch italienisch oder in irgendeiner Weise wie ein Latino aus. Er sah aus wie dürrer White Trash.
Sie konnten ihn nicht länger festhalten. Sie konnten ihn nicht wegen Mordes drankriegen. Der Vorwurf der versuchten Vergewaltigung stand auf tönernen Füßen. Das Opfer war eine notorische Barschlampe. Sie waren gezwungen, Jim Boss Bennett laufenzulassen.
Sie ließen ihn frei. Hallinnen behielt ihn trotzdem auf dem Kieker.
Er sprach mit Bennetts Frau und seinen Bekannten. Sie sagten, Jim sei ein Mistkerl – aber kein Unmensch. Er sagte ihnen nicht, daß Jim eines Sexualmords verdächtigt wurde.

Er hatte keine Beweise. Er hatte zwei wacklige Identifizierungen. Er buchtete Bennett wegen tätlichen Angriffs ein. Er wollte ihn in die Mangel nehmen und unter Druck setzen.
Bennett kam gegen Kaution frei. Hallinen beschloß, die ganze Geschichte zu vergessen. Einschüchterungstaktiken gingen für gewöhnlich nach hinten los. Schikane war nun mal Schikane. Dringend Tatverdächtige hatten sie verdient. Bennett gehörte nicht dazu. Auf Lavonne und Margie konnte man sich verlassen. Und Lavonne und Margie waren sich nicht sicher.
Es war der 1. 9. 62. Im Fall Long tat sich nichts. Der Fall Ellroy war vier Jahre, zwei Monate und zehn Tage alt.

20

Der Bobbie-Long-Exkurs brachte mich ziemlich aus dem Konzept. Ich beschäftigte mich vier Tage allein mit der Akte.

Ich pinnte drei Tatortfotos an meine Korkplatte. Ich pinnte ein Foto der lebenden Bobbie Long neben ein Foto meiner Mutter. Ich pinnte ein Foto von Jim Boss Bennett an. Ins Zentrum der Collage stellte ich drei Fotos der toten Jean Ellroy.

Der Effekt war eher abstumpfend als schockierend. Ich wollte die Opferrolle meiner Mutter aufweichen und ihren Tod objektivieren. Da ist das Blut auf ihren Lippen. Da sind ihre Schamhaare. Da sind die Schnur und der Strumpf um ihren Hals.

Ich starrte auf die Korkplatte. Ich kaufte noch eine und hängte sie daneben. Ich pinnte alle Tatortfotos der Fälle Long und Ellroy an, immer abwechselnd. Ich prägte mir die Ähnlichkeiten und die Abweichungen ein.

Zwei Drosselwerkzeuge bei Jean. Ein Drosselwerkzeug bei Bobbie. Die Handtasche am Stacheldrahtzaun. Das Efeudickicht und die ungepflasterte Straße am Wasserpumpwerk. Die beiden auf identische Weise abgelegten Mäntel.

Meine Mutter sah älter aus, als sie war. Bobbie Long sah jünger aus, als sie war. Jim Boss Bennett sah zu bäurisch aus, um der Dunkelhäutige zu sein.

Ich nahm mir die Akte Long vor. Ich nahm mir die Akte Ellroy vor. Ich las die Blauen Bücher der Fälle Long und Ellroy und sämtliche Berichte und Notizzettel in beiden Ordnern. Ich starrte auf meine Pinnwand. Ich wollte meine Mutter entsinnlichen und mich daran gewöhnen, sie tot zu sehen. Ich kombinierte die beiden Fälle und konstruierte aus einzelnen Informationsfetzen Chronologien und Handlungsfäden.

Meine Mutter verließ das Haus zwischen 20:00 und 20:30. »Zwischen 20:00 und 21:00« wurde sie in der Manger Bar gesehen. Sie war allein. Die Manger Bar lag in der Nähe von Desert Inn und Stan's Drive-In. Kurz nach 22:00 tauchten meine Mutter und der Dunkelhäutige bei Stan's auf. Lavonne Chambers bediente sie. Sie fuhren weg. Kurz nach 22:30 tauchten sie im Desert Inn auf. Die blonde Frau war bei ihnen. Michael Whittaker platzte in die Runde. Margie Travick beobachtete die Gruppe. Um 22:30 verließ sie das Desert Inn. Meine Mutter, der Dunkelhäutige, die Blonde und Mike Whittaker saßen immer noch zusammen. Meine Mutter, der Dunkelhäutige und die Blonde gingen etwa um Mitternacht. Etwa um 2:00 morgens sah eine Kellnerin namens Myrtle Mawby meine Mutter und den Dunkelhäutigen im Desert Inn. Sie verließen das Lokal. Etwa um 2:15 tauchten sie bei Stan's Drive-In auf. Wieder bediente sie Lavonne Chambers. Etwa um 2:40 fuhren sie weg. Um 10:10 wurde die Leiche meiner Mutter entdeckt. Ihr Wagen wurde hinter dem Desert Inn gefunden.

All das war durch Zeugenaussagen belegt. Die Lücken in der Chronologie bildeten Vakuen in der Theorie. Die Bobbie-Long-Chronologie war simpel. Bobbie fuhr zur Rennbahn in Santa Anita. Ihre Leiche wurde in La Puente gefunden – acht Meilen südöstlich.

Sie lernte auf der Rennbahn einen Mann kennen. Er lud sie zum Essen ein, vögelte sie und brachte sie um. Nichts davon war durch Zeugenaussagen belegt. Ich glaubte dennoch daran. Stoner glaubte daran. Wir konnten es nicht beweisen. '59 war die Polizei von dieser Annahme ausgegangen. Heute stand es unstrittig fest. Die letzte Nacht meiner Mutter ließ sich nicht exakt nachvollziehen.

Sie fuhr mit dem Wagen von zu Hause weg. Sie war allein in der Manger Bar. Sie traf irgendwo den Dunkelhäutigen. Sie stellte ihren Wagen irgendwo ab und stieg in seinen. Lavonne Chambers bediente sie in seinem Wagen. Sie verließen Stan's Drive-In. Sie fuhren zum Desert Inn. Sie lasen unterwegs die Blonde auf. Sie fuhren mit seinem Wagen zurück zu Stan's. Ihr Wagen wurde hinterm Desert Inn gefunden.

Sie konnte sich mit dem Dunkelhäutigen in seiner Wohnung getroffen haben. Sie konnten sich in einer Cocktailbar getroffen haben. Sie konnte ihren Wagen an einem der beiden Orte stehengelassen haben. Sie fuhren in seinem Wagen zu Stan's. Sie konnte ihren Wagen direkt danach abgeholt haben. Er konnte die Blonde abgeholt haben. Sie konnte die Blonde abgeholt haben. Sie konnten die Blonde vorm Desert Inn getroffen haben. Sie amüsierten sich im Desert Inn. Sie verließen das Lokal gemeinsam. Sie konnten alle zusammen noch irgendwohin gegangen sein. Die Blonde konnte allein ihrer Wege gegangen sein. Meine Mutter und der Dunkelhäutige konnten in seinem, aber auch in ihrem Wagen hinterm Desert Inn geknutscht und gefummelt haben. Sie konnten in seine Wohnung gegangen seien. Sie konnten vor dem Schlummertrunk um 2:00 auf dem Parkplatz des Desert Inn geknutscht und gefummelt haben. Sie konnte sich ihm in seinem Wagen, aber auch in ihrem Wagen verweigert haben. Sie konnte ihn in seiner Wohnung abgewiesen haben. Sie konnten zu der Blonden gefahren sein. Sie konnte ihn dort abgewiesen haben. Sie fuhren wieder zum Desert Inn. Sie konnten vorher in der Wohnung der Blonden oder der Wohnung des Dunkelhäutigen oder in einer anderen Cocktailbar oder in irgendeiner dunklen Straße im San Gabriel Valley gewesen sein. Meine Mutter konnte ihren Wagen bei der Blonden oder bei dem Dunkelhäutigen stehengelassen haben. Sie konnte ihn während einer der Lücken in der zeitlichen Rekonstruktion hier wie dort stehengelassen haben. Der Dunkelhäutige konnte den Wagen abgeholt haben, nachdem er sie umgebracht hatte. Er konnte ihn morgens um 3:00 oder 4:00 auf dem Parkplatz des Desert Inn abgestellt haben. Die Blonde konnte ihn abgestellt haben. Sie konnten mit zwei Wagen im Konvoi gefahren sein. Sie konnten sich im Wagen der Blonden, aber auch im Wagen des Dunkelhäutigen aus dem Staub gemacht haben.

Es ist 2:40 morgens. Meine Mutter und der Dunkelhäutige verlassen Stan's Drive-In. Ihr Wagen steht hinter dem Desert Inn oder irgendwo anders. Er ist gelangweilt und mürrisch. Sie ist angetrunken und redselig. Sie fahren zu ihm oder zu der Blonden oder zur Arroyo High School oder *sonstwohin.* Sie läßt ihn erneut

abblitzen oder sagt etwas Falsches oder guckt ihn schief an oder verärgert ihn durch eine kaum wahrnehmbare Geste.
Vielleicht ist es Vergewaltigung. Vielleicht ist es einvernehmlicher Sex. Vielleicht traf Stoners Rekonstruktion zu. Vielleicht traf meine Theorie des MEHR in diesem oder jenem Punkt zu. Vielleicht sträubte sich meine Mutter irgendwann an jenem Abend gegen einen flotten Dreier. Vielleicht wollte der Dunkelhäutige sie allein zum Sex zu zwingen. Vielleicht hatten Lavonne Chambers und Margie Trawick die Zeiten durcheinandergekriegt und damit jede Möglichkeit zunichte gemacht, den zeitlichen Ablauf genau zu rekonstruieren. Vielleicht hatte Myrtle Mawby sich in der Zeit geirrt. Vielleicht verließen meine Mutter und der Dunkelhäutige das Desert Inn zusammen mit der Blonden und kehrten nicht um 2:00 morgens zu dem Schlummertrunk zurück. Wir hatten einen Killer und ein Opfer. Wir hatten eine unidentifizierte Frau. Wir hatten drei Zeuginnen und einen betrunkenen Zeugen. Wir hatten eine siebenstündige Zeitspanne und eine geographisch lokalisierte Kette alltäglicher Ereignisse, die zu einem Mord führte. Wir konnten von den erwiesenen Tatsachen ausgehen und die Vorgeschichte auf unzählige verschiedene Weisen interpretieren.
Möglicherweise hatte sie den Dunkelhäutigen und die Blonde in jener Nacht kennengelernt. Möglicherweise hatte sie sie auf einer früheren Kneipentour kennengelernt. Möglicherweise hatte sie jeden einzeln kennengelernt. Möglicherweise hatte die Blonde sie mit dem Dunkelhäutigen verkuppelt. Möglicherweise war die Blonde eine alte Freundin. Möglicherweise hatte die Blonde sie gedrängt, nach El Monte rauszuziehen. Möglicherweise war der Dunkelhäutige ein alter Liebhaber, der noch immer was von ihr wollte.
Möglicherweise hatte er früher bei Packard-Bell oder Airtek gearbeitet. Möglicherweise war er eine alte Kneipenliebschaft auf der Durchreise. Möglicherweise hatte er sieben Monate, nachdem er meine Mutter umgebracht hatte, Bobbie Long getötet.
In der Maple 756 gab es kein Telefon. Die Polizei konnte die Ferngespräche meiner Mutter nicht überprüfen. Möglicherweise hatte sie an jenem Abend oder zu irgendeinem anderen Zeitpunkt in

den vier Monaten, die sie in El Monte wohnte, die Blonde oder den Dunkelhäutigen angerufen. Jedes Gespräch aus El Monte hinaus wäre auf ihrer Telefonrechnung aufgetaucht. Möglicherweise wohnte die Blonde in Baldwin Park oder West Covina. Möglicherweise wohnte der Dunkelhäutige in Temple City. Die Handtasche meiner Mutter wurde nie von der Polizei gefunden. In der Maple 756 wurde kein Adreßbuch gefunden. Das befand sich vermutlich in der Handtasche meiner Mutter. An jenem Abend hatte sie ihre Handtasche bei sich. Der Dunkelhäutige entledigte sich der Handtasche. Möglicherweise stand sein Name in dem Adreßbuch. Möglicherweise stand der Name der Blonden darin.

Es war 1958. Die meisten Leute hatten Telefon. Meine Mutter nicht. Sie versteckte sich in El Monte.

Ich studierte die Akte meiner Mutter. Ich studierte die Long-Akte. Ich stieß auf sonderbare Umstände und suchte zu meiner Bestürzung einen Punkt vergeblich.

Meine Mutter ließ einen halb ausgetrunkenen Drink in der Küche stehen. Vielleicht hatte die Blonde sie angerufen und vorgeschlagen, sich amüsieren zu gehen. Vielleicht war ihr in unserem beengten kleinen Haus die Decke auf den Kopf gefallen, und sie hatte die Flucht ergriffen. Vielleicht war Bobbie Long eine heimliche Säuferin. Ein Cop fand zwei Flaschen in ihrer Küche. Ich hatte immer geglaubt, meine Mutter hätte sich gegen den Mann gewehrt, der sie umbrachte. Ich hatte immer geglaubt, die Cops hätten blutige Hautfetzen unter ihren Nägeln gefunden. Im Autopsiebericht war nichts dergleichen vermerkt. Ich hatte sie zur Heldin hochstilisiert. Ich besetzte meine Mutter als rothaarige Tigerin und hielt 36 Jahre lang an dieser Vorstellung fest.

Jean und Bobbie. Bobbie und Jean.

Zwei Mordopfer. Fast identische Verbrechensschauplätze, ein paar Meilen voneinander entfernt. Ein klarer Konsens innerhalb der Mordkommission.

Die Jungs waren der Meinung, beide Frauen seien von ein und demselben Mann umgebracht worden.

Stoner tendierte zu dieser Auffassung. Ich tendierte zu dieser

Auffassung – mit einer Einschränkung. Ich hielt den Dunkelhäutigen nicht für einen Serienmörder.
Ich zwang mich, von diesem Urteil abzurücken. Ich wußte, daß meine Gründe für diese Einschränkung zum Teil ästhetischer Natur waren. Serienmörder fand ich langweilig und lästig. Sie kamen im richtigen Leben kaum vor und waren eine wahre Medienplage. Romane, Filme und Fernsehsendungen zelebrierten sie als Monster und verwursteten das Potential, das in ihnen steckte, als Grundlage für schlichtgestrickte Thriller. Serienmörder waren eigenständige kriminelle Elemente. Sie waren der perfekte Hintergrund für klischeehafte psychopathische Cops. Die meisten von ihnen litten unter schrecklichen Kindheitsträumen. Die Einzelheiten lieferten den Stoff für prima populärpsychologische Dramen und verliehen ihnen eine gewisse märtyrerhafte Aura. Serienmörder waren durchgeknallte Irre und im Innern gebrochene Kinder. Sie waren einen Moment lang furchteinflößend und hatten dann ausgedient wie eine leere Popcornschachtel. Ihre maßlose Triebhaftigkeit fesselte Leser und Zuschauer und hielt sie in ihrer makabren Verzückung auf Distanz. Serienmörder waren etwas Besonderes. Sie waren hip, lässig und cool. Sie schwafelten wilden nietzscheanischen Humbug. Sie hatten mehr Sex-Appeal als so ein dahergelaufener Schwachkopf, der aus sexuellem Verlangen und Panik und unter dem Einfluß der richtigen Dosis psychischen Drucks genau zweimal ausklinkt und zwei Frauen umbringt.
Auch ich schlug Kapital aus Serienmördern. Seit meinem drittletzten Roman hatte ich mich ihrer ganz bewußt nicht mehr bedient. Als Hintergrundmaterial waren sie gut. Von jedem anderen Standpunkt aus gesehen waren sie alberner literarischer Dreck. Ich glaubte nicht, daß meine Mutter und Bobbie Long von einem Serienmörder umgebracht worden waren. Ich war auch nicht davon überzeugt, daß beide Frauen von ein und demselben Mann ermordet worden waren. Der Dunkelhäutige ließ sich mit der Blonden und meiner Mutter in der Öffentlichkeit blicken. Er geriet offenbar im Laufe der Nacht immer mehr in Raserei. Er kannte die Arroyo High School. Er wohnte vermutlich im San

Gabriel Valley. Berechnende Psychopathen scheißen nicht dort, wo sie essen.

Die Blonde kannte den Dunkelhäutigen. Sie wußte, daß er meine Mutter umgebracht hatte. Wahrscheinlich zwang er sie zu schweigen. Bobbie Long war nicht die Blonde. Bobbie Long war bloß ein armseliges Opfer, das es früher oder später sowieso erwischt hätte. Sie war ordinär und geldgierig. Sie war eigensinnig. Sie hatte schlechte Erfahrungen mit Männern gemacht und ergötzte sich an ihren schäbigen kleinen Triumphen über das männliche Geschlecht. Sie hatte ein verdammtes Schandmaul.

Vielleicht lernte sie den Dunkelhäutigen auf der Rennbahn kennen. Er hatte im vorigen Jahr diese gottverdammte Krankenschwester umgebracht, und er hatte immer noch einen kleinen Sprung in der Schüssel. Er ging mit Bobbie Long irgendwo essen. Er lockte sie zu sich in die Wohnung und legte sie flach. Bobbie verlangte Entlohnung. Er wollte nicht zahlen. Die Schüssel zersprang in tausend Stücke.

Vielleicht hatte er von der Rothaarigen gelernt. Vielleicht hatte sie bei ihm etwas unwiderruflich ausgeklinkt. Vielleicht hatte sie bei ihm alle Dämme gebrochen und ihm gezeigt, daß sowohl Vergewaltigung als auch einvernehmlicher Sex ohne Erdrosselung nichts Halbes und nichts Ganzes waren. Vielleicht wurde er zum Serienmörder.

Vielleicht hatten Jean und Bobbie das gleiche bei ihm ausgelöst. Vielleicht brachte er diese beiden Frauen um und verkroch sich wieder in irgendein psychisches Schwarzes Loch. Erdrosselung mit einem Strumpf war ein verbreiteter Modus operandi. Der Dunkelhäutige hatte meine Mutter mit einer Jalousieschnur und einem Strumpf erdrosselt. Bobbie Long wurde mit nur einem Drosselwerkzeug getötet.

Vielleicht wurden sie von zwei verschiedenen Männern umgebracht.

Ich schob diese Frage erst mal beiseite. Stoner hatte mich davor gewarnt, mich auf irgendeine Theorie oder hypothetische Rekonstruktion zu versteifen.

Vier Tage verbrachte ich allein mit den Akten. Ich schloß mich ein und konzentrierte mich auf die Berichte und Notizzettel und die Bilder an meinen Pinnwänden. Stoner hatte sich Duplikate der beiden Blauen Bücher besorgt. Wir telefonierten drei- oder viermal am Tag miteinander und erörterten Beweismomente und logische Zusammenhänge. Wir waren uns einig, daß Jim Boss Bennett nicht der Dunkelhäutige war. Er war zu versoffen und eindeutig zu kaputt, um eine Frau über die Dauer eines langen Abends oder eines Tages auf der Rennbahn zu verführen. Jim Boss Bennett war ein harter Trinker. Er war hinter offenkundigen Säuferinnen her. Er fand sie in den miesesten Spelunken. Das Desert Inn war für seine Verhältnisse nobel. Er ging in Bier- und Weinbars, in denen Eastside Old Tap Lager und billiger Fusel auf Eis serviert wurden. Stoner meinte, er habe vermutlich schon seit langem Frauen vergewaltigt, mit denen er ausging. Er hatte Margaret Telsted nicht penetriert. Ein Dutzend anderer Frauen hatte er vermutlich penetriert. Wahrscheinlich versiebte er ein paar Vergewaltigungen aufgrund alkoholbedingter Impotenz und schlechter Strategie. Meine Mutter mochte ordinäre Männer. Aber sie hielt etwas auf sich. Jim Boss Bennett war zu verkommen und erbärmlich für sie. Sie stand auf männlichen Abschaum mit Moschusduft. Jim Boss Bennett hatte wenig Moschusduft, aber dafür viel Körpergeruch zu bieten. Er war nicht ihr Typ. Wir sprachen über die beiden Frauen, die ihre Exmänner denunziert hatten. Frau Nr. 1 hieß Marian Poirier. Ihr Schürzenjäger-Ex hieß Albert. Angeblich hatte er mit Jean Ellroy und zwei anderen Frauen bei Packard-Bell Electronics Affären gehabt.

Mrs. Poirier gab zu, daß sie keine Beweise hatte. Sie sagte, ihr Mann habe zwei weitere ermordete Frauen gekannt. Sie sagte, das »kann kein Zufall sein«. Die Namen der toten Frauen nannte sie nicht. Jack Lawton schrieb ihr einen Brief mit der Bitte, sie zu nennen. Mrs. Poirier antwortete und ignorierte Lawtons Bitte. Stoner schrieb die Frau ab. Er sagte, sie klinge nach einem Fall für den Psychiater.

Frau Nr. 2 hieß Shirley Ann Miller. Ihr Ex hieß Will Lenard Miller. Will hatte angeblich Jean Ellroy umgebracht. Will hatte angeblich eines Nachts im Schlaf gemurmelt: »Ich hätte sie nicht um-

bringen dürfen!« Will hatte angeblich ein paar Tage nach dem Mord seinen zweifarbigen Buick neu lackiert. Will hatte angeblich 1968 ein Möbelgeschäft abgefackelt.
Ich fand einen Haufen Notizen über Will Lenard Miller. Die meisten stammten aus dem Jahr 1970. Ein halbes dutzendmal stieß ich auf den Namen Charlie Guenther.
Guenther war Stoners ehemaliger Partner. Bill sagte, er wohne in der Nähe von Sacramento. Er meinte, wir sollten hinfliegen und ihm das Material über Miller vorlegen.
Wir sprachen über Bobbie Long und meine Mutter. Wir versuchten, zwischen den beiden eine Verbindung zu Lebzeiten zu konstruieren.
Sie arbeiteten ein paar Meilen voneinander entfernt. Sie waren aus zerrütteten Ehen geflohen. Sie waren verschwiegen und unabhängig. Sie waren unnahbar und nur oberflächlich extrovertiert.
Meine Mutter war eine Trinkerin. Bobbie war spielsüchtig. Mit Glücksspiel konnte meine Mutter nichts anfangen. Bobbie ließ Sex kalt.
Solange sie lebten, hatten sie sich nie kennengelernt. All unsere Verknüpfungen waren nichts als spekulative Fiktion.
Ich verbrachte einige Zeit mit Bobbie. Ich löschte das Wohnzimmerlicht und streckte mich mit Bildern von ihr und meiner Mutter auf dem Sofa aus. Ich lag dicht neben einem Lichtschalter. Ich konnte im Dunkeln nachdenken und zwischendurch das Licht anknipsen, um einen Blick auf Bobbie und Jean zu werfen.
Ich ärgerte mich über Bobbie. Ich wollte nicht, daß sie mich von meiner Mutter ablenkte. Ich hielt das Bild meiner Mutter in der Hand, um Bobbie in die Schranken zu weisen. Bobbie war ein sekundäres Opfer.
Bobbie drängelt sich am Kaffeestand vor. Bobbie verschuldet sich durch Glücksspiel und schnauzt einen Freund an, weil er Karten gespielt hat. Zocken war eine Obsession für Waschlappen. Der Kitzel lag im Risiko der Selbstvernichtung und dem Versuch, durch Geld etwas Besonderes zu werden. Sexbesessenheit war Liebe sechsten oder sechstausendsten Grades. Beide Leidenschaf-

ten brachten Verdruß. Beide Leidenschaften ruinierten einen. Beim Zocken drehte sich alles um Selbstverleugnung und Geld. Sex war eine stumpfsinnige Laune der Keimdrüsen und manchmal der Weg zu einer großen, bösen Liebe.

Jean und Bobbie waren traurig und einsam. Jean und Bobbie standen am gleichen tiefen Abgrund. Wenn man sich durch all die disparaten Informationspartikel in ihren Akten wühlte, konnte man zu dem Schluß kommen, daß sie ein und dieselbe Frau waren. Ich war anderer Meinung. Bobbie war darauf aus, das große Los zu ziehen. Jean war darauf aus, sich zu verstecken, neu anzufangen und sich möglicherweise etwas Verrücktem oder Neuem oder Besserem hinzugeben.

Bobbie Long galt nicht unser Hauptinteresse. Der Mord an ihr hatte möglicherweise oder wahrscheinlich etwas mit dem an Jean Ellroy zu tun, und er war möglicherweise oder wahrscheinlich ein Hinweis auf die krankende Psyche des Dunkelhäutigen. Im Fall Long gab es keine Augenzeugen. Bobbies Freunde waren 1959 Mitte 50 und heute vermutlich alle tot. Der Dunkelhäutige war vermutlich tot. Er hatte sich vermutlich ständig in Bars rumgetrieben und ein äußerst ungesundes Leben geführt. Er rauchte vermutlich. Er trank vermutlich Whisky oder hochprozentige Schnäpse. Möglicherweise war er 1982 an Krebs krepiert. Möglicherweise hing er im malerischen La Puente an einer Sauerstoffmaske.

Ich saß mit den beiden Identi-Kit-Porträts im Dunkeln. Von Zeit zu Zeit knipste ich das Licht an und betrachtete sie. Ich verletzte Stoners Regel und rekonstruierte den Dunkelhäutigen.

Bill sah ihn als redegewandten Verkäufer. Ich sah ihn als schmierigen Proleten. Er verdiente sich mit Gelegenheitsjobs ein paar Dollar dazu. Er erledigte mit seinem klapprigen '55er oder '56er Olds Wochenendjobs. Er hatte einen Werkzeugkasten auf dem Rücksitz. Darin befand sich ein Stück Jalousieschnur.

Er war 38 oder 39. Er stand auf Frauen, die älter waren als er. Einerseits waren sie kein unbeschriebenes Blatt mehr, andererseits fielen sie auf billige Romantik herein. Er haßte sie ebensosehr, wie er sie mochte. Er fragte sich nie, warum das so war.

Er lernte Frauen in Bars und Nachtclubs kennen. Im Lauf der Jahre verprügelte er die eine oder andere. Sie hatten Dinge gesagt oder getan, die ihn wütend machten. Ein paar Frauen nahm er auf die harte Tour. Er schüchterte sie ein und überredete sie, ihn ranzulassen, bevor er sie mit Gewalt flachlegte. Er war wählerisch. Er war vorsichtig. Er konnte seinen Charme spielen lassen.
Er wohnte im San Gabriel Valley. Die Nachtclubs gefielen ihm. Die Ausdehnung des Gebietes durch den Bauboom gefiel ihm. Er hing oft Tagträumen nach. Er malte sich aus, wie er Frauen wehtat. Er fragte sich nie, wieso er solch komplett verrückten Schwachsinn dachte.
Im Juni '58 brachte er diese Krankenschwester um. Die Blonde hielt dicht. Er lebte sechs Wochen, sechs Monate oder ein Jahr lang in Angst. Seine Angst ließ nach. Sporadisch stellte er Frauen nach, vögelte Frauen und verprügelte Frauen.
Er wurde älter. Sein Sextrieb wurde schwächer. Er hörte auf, Frauen nachzustellen, sie zu vögeln und zu verprügeln. Er dachte an die Krankenschwester, die er vor langer Zeit umgebracht hatte. Er verspürte keine Reue. Er brachte nie wieder eine Frau um. Er war kein besessener Psychopath. Die Dinge liefen nie wieder dermaßen aus dem Ruder wie in jener Nacht mit der Krankenschwester.
Oder:
Er riß Bobbie Long in Santa Anita auf. Die Krankenschwester war seit sieben Monaten tot. Er hatte in der Zwischenzeit ein paar Frauen aufgerissen. Er hatte ihnen nichts getan. Er hielt die Krankenschwester für einen reinen Unfall.
Er vögelte Bobbie Long. Sie sagte oder tat irgend etwas. Er erdrosselte sie und lud ihre Leiche irgendwo ab. Er lebte für eine verdammt lange Zeit in Angst. Er hatte Angst vor den Bullen und der Gaskammer und Angst vor sich selbst. Er lebte mit der Angst. Er wurde damit alt. Er brachte nie wieder eine Frau um.
Ich rief Stoner an und tischte ihm meine Rekonstruktionen auf. Die erste fand er plausibel, die zweite nicht. Er sagte, man bringt nicht zwei Frauen um und beläßt es dabei. Ich war anderer Meinung. Ich sagte Bill, er versteife sich zu sehr auf seine kriminali-

stischen Erfahrungsregeln. Ich sagte, das San Gabriel Valley sei eine Art Deus ex machina. Die Menschen, die dort hinströmten, strömten aus unbewußten Gründen dorthin, die die bewußte Anwendung von Logik untergruben und alles möglich machten. Die Gegend prägte das Verbrechen. Die Gegend war das Verbrechen. Wir hatten zwei Sexualmorde und ein oder zwei Sexualmörder, die sich nicht wie gewöhnliche Sexualmörder verhielten. Die Gegend erklärte alles. Die unbewußte Zuwanderung ins San Gabriel Valley erklärte jede absurde Tat und jeden Mord, der dort geschah. Unsere Aufgabe war es, innerhalb diese Stroms drei Menschen aufzuspüren.

Bill hörte sich meinen Sermon an und wurde konkret. Er sagte, wir müßten die Akte meiner Mutter durchforsten und anfangen, nach ehemaligen Zeugen zu fahnden. Wir müßten bei der Zulassungsstelle und der Kriminalaktenhaltung recherchieren. Wir müßten die Ermittlungen von 1958 kritisch beleuchten. Wir müßten den Lebensweg meiner Mutter von der Wiege bis zum Grab Schritt für Schritt nachvollziehen. Ermittlungen in Mordfällen nahmen meist einen seltsamen Verlauf. Wir müßten unsere Informationen im Griff behalten und ständig auf dem Sprung sein.

Ich sagte, ich sei jetzt bereit.

Bill sagte, ich solle das Licht löschen und mich wieder an die Arbeit machen.

21

Ward Hallinen war 83. Als ich ihn sah, erinnerte ich mich sofort wieder an ihn.
Er hatte mir auf der Wache El Monte einen Schokoriegel geschenkt. Er saß immer links von seinem Partner. Mein Vater bewunderte seine Anzüge.
Seine blauen Augen versetzten mich zurück in die Vergangenheit. Ich erinnerte mich nur an seine Augen, an sonst nichts. Er war gebrechlich geworden. Seine Haut war von rosaroten Ekzemen überzogen. 1958 war er 46 oder 47.
Er begrüßte uns vor seinem Haus. Es war eine Pseudoranch, umgeben von schattigen Bäumen. Ein hübsches Stück Land schloß sich daran an. Ich sah eine Scheune und zwei grasende Pferde. Stoner stellte mich vor. Wir gaben uns die Hand. Ich sagte sowas wie: »Wie geht es Ihnen, Mr. Hallinen?« Mein Gedächtnis lief auf Warp-Geschwindigkeit. Ich wollte auch sein Gedächtnis auf Touren bringen. Stoner hatte gesagt, er sei womöglich senil. Er erinnere sich womöglich gar nicht an den Fall Jean Ellroy.
Wir gingen ins Haus und setzten uns in die Küche. Stoner legte unsere Akte auf einen freien Stuhl. Ich sah Hallinen an. Er sah mich an. Ich erwähnte den Schokoriegel-Moment. Er sagte, er erinnere sich nicht daran.
Er entschuldigte sich für sein schlechtes Gedächtnis. Stoner scherzte über sein eigenes fortgeschrittenes Alter und das Nachlassen seiner geistigen Kräfte. Hallinen fragte ihn, wie alt er sei. Bill sagte: »Vierundfünfzig.« Hallinen lachte und schlug sich auf die Knie.
Stoner sprach ihn auf ein paar Ehemalige aus der Mordkommission des Sheriffs an. Hallinen sagte, Jack Lawton, Harry Andre und Claude Everley seien tot. Blackie McGowan sei tot. Captain

Etzel und Ray Hopkinson seien tot. Ned Lovretovich sei immer noch gesund und munter. Auch er sei schon vor langer Zeit in den Ruhestand getreten. Er wußte nicht mehr genau, wann. Er arbeitete für einen privaten Wachdienst und hatte begonnen, Pferde zu züchten. Er hatte sich sehr früh pensionieren lassen. Er hatte das County um einen hübschen Batzen Geld geschröpft.
Stoner lachte. Ich lachte. Hallinens Frau kam herein. Stoner und ich standen auf. Frances Traeger Hallinen sagte, wir sollten uns wieder setzen.
Sie wirkte fit und munter. Sie war die Tochter des alten Sheriff Traeger. Sie setzte sich und warf ein paar Namen in die Runde. Stoner warf ein paar Namen in die Runde. Hallinen warf den einen oder anderen in die Runde. Die Namen brachten sie auf kleine Geschichten. Ich machte eine kleine Nostalgietour durch die Polizeigeschichte mit.
Ein paar Namen erkannte ich wieder. Zig Deputies hatten Notizen in den Akten Ellroy und Long abgelegt. Ich versuchte mir Jim Wahlke und Blackie McGowan vorzustellen.
Frances Hallinen brachte das Gespräch auf den Fall Finch-Tregoff. Ich sagte, den hätte ich als Jugendlicher verfolgt. Ward Hallinen sagte, das sei sein allergrößter Fall gewesen. Ich erwähnte ein paar Einzelheiten. Er erinnerte sich nicht daran.
Frances Hallinen entschuldigte sich und ging hinaus. Bill öffnete die Akte. Ich deutete nach draußen auf die Pferde und leitete so zum Fall Bobbie Long und Santa Anita über. Hallinen schloß die Augen. Ich merkte, wie er verzweifelt versuchte, Erinnerungen wachzurufen. Er sagte, er wisse noch, wie er zur Rennbahn hinausgefahren sei. Auf Einzelheiten konnte er sich nicht mehr besinnen.
Bill zeigte ihm die Fotos von der Arroyo High. Gleichzeitig beschrieb ich ihm den Tatort. Hallinen starrte auf die Bilder. Er runzelte die Stirn und kämpfte mit sich. Er sagte, er *glaube* sich an den Fall zu erinnern. Er sagte, er *glaube*, er habe einen sehr konkreten Verdacht gehabt.
Ich erwähnte Jim Boss Bennett und die Gegenüberstellung von '62. Bill holte einen Stapel Libis von Jim Boss Bennett heraus.

Hallinen sagte, er erinnere sich nicht an die Gegenüberstellung. Gut drei Minuten lang starrte er auf die Libis.
Sein Gesicht verzerrte sich. Er hielt in der einen Hand die Bilder und verkrallte sich mit der anderen im Küchentisch. Er stemmte die Füße auf den Boden. Er kämpfte mit aller Macht gegen sein Unvermögen an.
Er lächelte und sagte, er könne den Mann nicht einordnen. Bill reichte ihm das Blaue Buch und bat ihn, die Berichte durchzublättern.
Hallinen las den Tatortbericht und den Autopsiebericht. Er las die Protokolle der Zeugenaussagen. Er las langsam. Er sagte, er erinnere sich an ein paar andere Fälle, die er mit Jack Lawton bearbeitet habe. Er sagte, der Name der Stenotypistin komme ihm bekannt vor. Er sagte, er erinnere sich an den ehemaligen Polizeichef von El Monte.
Er starrte auf die Tatortfotos. Er sagte, er wisse, daß er dort gewesen sei. Er sah mich mit einem Gesichtsausdruck an, der besagte: Das ist deine Mutter – wie kannst du dir diese Bilder nur ansehen?
Bill fragte ihn, ob er seine alten Notizbücher aufbewahrt habe. Hallinen erwiderte, er habe sie vor ein paar Jahren weggeworfen. Er sagte, es tue ihm leid. Er wollte helfen. Sein Gedächtnis ließ ihn nicht.
Ich gab Bill das Zeichen zum Aufbruch. Wir packten die Akte wieder zusammen und verabschiedeten uns. Hallinen entschuldigte sich noch einmal. Ich schwafelte irgendwas davon, daß die Zeit uns alle irgendwann einhole. Es klang gönnerhaft.
Hallinen sagte, es tue ihm leid, daß er das Schwein nicht geschnappt habe. Ich erwiderte, er habe es mit einem sehr raffinierten Opfer zu tun gehabt. Ich dankte ihm für seinen Einsatz und sein Entgegenkommen.

Bill und ich fuhren zurück nach Orange County. Während der ganzen Fahrt besprachen wir unser weiteres Vorgehen. Bill meinte, wir würden permanent mit Gedächtnisschwäche zu kämpfen haben. Wir würden mit Leuten reden, die 1958 mittleren

Alters waren. Wir würden uns durch Gedächtnislücken und zeitlich durcheinandergeratene Erinnerungen wühlen müssen. Alte Menschen dachten sich manchmal unbewußt Geschichten aus. Sie wollten einem eine Freude machen und einen beeindrucken. Sie wollten ihre geistige Vitalität unter Beweis stellen.

Ich erwähnte Hallinens Notizbücher. Bill sagte, unserer Akte mangele es an Hintergrundmaterial. Hallinen und Lawton hatten den ganzen Sommer über an dem Fall gearbeitet. Sie hatten bestimmt sechs Notizbücher vollgeschrieben. Wir mußten ihre ursprünglichen Ermittlungsergebnisse rekonstruieren. Vielleicht hatten sie den Dunkelhäutigen befragt, ihn aber nie als möglichen Täter in Betracht gezogen. Ich fragte Bill, ob Jack Lawton verheiratet gewesen sei. Bill sagte ja. Zwei seiner Söhne hatten eine Zeitlang als Deputies gearbeitet. Jack hatte früher mit seinem alten Partner Billy Farrington zusammengearbeitet. Billy müßte wissen, ob Jacks Frau noch lebte. Er könnte Kontakt mit ihr aufnehmen und sie fragen, ob sie Jacks Notizbücher aufbewahrt hatte. Ich sagte, auf die Notizbücher könnten wir nicht bauen. Bill pflichtete mir bei. Ich sagte, es hinge letztendlich alles von der Blonden ab. Sie kannte den Dunkelhäutigen. Sie wußte, daß er Jean Ellroy umgebracht hatte. Sie hatte sich nie gemeldet. Entweder fürchtete sie sich vor Racheakten, oder sie hatte etwas zu verbergen. Ich sagte, sie habe vermutlich trotzdem den Mund nicht halten können. Sie hatte Leuten erzählt, was passiert war. Sie hatte damit geprahlt, wie eng sie in einen Mord verstrickt war, oder sie hatte die Geschichte als warnendes Beispiel benutzt. Die Zeit verging. Ihre Angst ließ nach. Sie schüttete anderen ihr Herz aus. Zwei Menschen oder sechs Menschen oder ein Dutzend Menschen kannten die Geschichte oder Teile der Geschichte.

Bill meinte, wir müßten mit unserem Fall an die Öffentlichkeit gehen. Ich sagte, die Blonde habe es Leuten erzählt, die es anderen Leuten erzählten, die es ihrerseits weitererzählten. Bill meinte, ich sei doch der Publicity-Weltmeister vor dem Herrn. Ich sagte, wir sollten in meiner Wohnung eine gebührenfreie Hinweis-Hotline einrichten. Bill antwortete, er werde bei der Telefongesellschaft anrufen und die Sache anleiern.

Wir sprachen über den Fall Long. Bill sagte, wir müßten bei der Gerichtsmedizin anrufen und herausfinden, ob die Spermaproben, die man Bobbie Long und meiner Mutter entnommen hatte, aufbewahrt worden waren. Er kannte ein Labor, das für $2000 DNS-Tests machte. Dort konnte definitiv bestimmt werden, ob Bobbie Long und meine Mutter mit demselben Mann Verkehr gehabt hatten.

Ich fragte Bill, wie er die Bedeutung des Falls Long einschätzte. Er sagte, gering. Bobbie Long war von jemandem umgebracht worden, den sie zufällig aufgegabelt hatte. Meine Mutter hatte die Blonde und den Dunkelhäutigen vermutlich *gekannt.* Vermutlich kannte sie mindestens einen von beiden schon *vor* jener Nacht.

Ich erwähnte den Wagen des Dunkelhäutigen und die IBM-Lochkarten in der Akte. Es sah so aus, als habe die Polizei nur die Kfz-Zulassungen fürs San Gabriel Valley überprüft. Lavonne Chambers war sich sicher, einen '55er oder '56er Olds gesehen zu haben. Ich hätte eigentlich erwartet, daß die Polizei die Kfz-Zulassungen des ganzen verdammten Staates überprüfen würde. Bill sagte, die Sache mit den Lochkarten sei verwirrend. Ermittlungen in Mordfällen steckten immer voller merkwürdiger Widersprüche.

Ich sagte, es hinge letztendlich alles von der Blonden ab. Bill erwiderte: »Cherchez la femme.«

Am nächsten Morgen flogen wir nach Sacramento. Wir hatten an einer schlechten Nachricht zu kauen.

Bill hatte bei der Gerichtsmedizin angerufen. Dort hieß es, sie hätten unsere Spermaproben weggeworfen. Sie warfen regelmäßig alte Beweismittel weg. Sie brauchten Platz, um neue Beweismittel zu lagern.

Wir mieteten ein Auto und fuhren zu Charlie Guenther. Bill hatte Guenther am Abend zuvor angerufen und ihm unseren Besuch angekündigt. Er hatte ihm ein paar vorfühlende Fragen gestellt. Guenther hatte gesagt, der Fall komme ihm vage bekannt vor. Er meinte, vielleicht helfe die Akte seinem Gedächtnis auf die Sprünge.

Wir hatten die Akte dabei. Ich hatte 50 Fragen im Gepäck.
Guenther war nett. Er war 65, wirkte aber eher wie 40. Er sah gut aus. Er hatte grauweißes Haar und blaue Augen wie Ward Hallinen. Anstatt guten Tag zu sagen, ließ er eine Haßtirade auf O.J. Simpson los. Er sprang sofort auf unseren Fall an.
Bill schilderte ihm die wichtigsten Punkte. Guenther sagte, er erinnere sich wieder. Er wurde mit seinem Partner Duane Rasure auf die Sache angesetzt. Eine Frau hatte ihren Exmann denunziert. Sie überprüften den Kerl. Sie konnten ihm weder etwas nachweisen noch ihn entlasten.
Wir setzten uns an einen Couchtisch. Ich leerte den Will-Lenard-Miller-Umschlag aus. Er enthielt drei Fotos von Will Lenard Miller; Berichte vom Sheriff's Department von Orange County; Kopien von Will Lenard Millers Steuererklärungen der Jahre 1957, 1958 und 1959; Steuerbescheide von 1957, 1958 und 1959; die Rechnung einer Finanzierungsgesellschaft mit Datum vom 17. 5. 65; ein Fernschreiben des Sheriff's Department von Orange County an das El Monte PD mit Datum vom 4. 9. 70; eine Hausüberschreibungsvereinbarung, unterzeichnet von Will und Shirley Miller – mit Datum vom 9. 1. 57; eine Checkliste für die Ermittlungen, in Charlie Guenthers Handschrift; ein Blatt Papier mit einer Aufzählung von Will Lenard Millers Vorstrafen – darunter zwei von '67 und '69 wegen Scheckbetrugs und eine von '70 wegen Kreditkartenbetrugs; den Brief eines Rechtsanwalts mit Datum vom 3. 11. 64 – mit einer Auflistung von Verletzungen, die Will Lenard Miller angeblich am 26. 3. 62 bei der Arbeit in C.K. Adams Machine Shop erlitten hatte; einen Bewährungsstrafbescheid des Bezirksgerichts von Orange County mit Datum vom 22. 11. 67 und das Ergebnis eines Lügendetektortests an Will Lenard Miller – mit Datum vom 15. 9. 70.
Wir betrachteten die Papiere. Wir legten die Lohnsteuerformulare beiseite. Wir betrachteten die Bilder von Will Lenard Miller.
Er war dunkelhaarig und korpulent. Sein Gesicht war grob geschnitten. Er sah nicht aus wie der Dunkelhäutige.
Guenther sah sich seine Checkliste an. Er sagte, die Notizen beträfen nur das übliche Prozedere. Er sagte, bei der Wiederauf-

nahme eines alten Falls verfahre er immer gleich. Es klingelte nicht bei ihm. Die Liste war nur ein Spickzettel.

Wir lasen den Brief des Anwalts. Er spezifizierte Will Lenard Millers Beschwerde beim Arbeitgeber.

Miller war gestürzt und hatte sich am linken Knie verletzt. Daraufhin bekam er Schwindelanfälle und Blackouts. Er fiel hin und verletzte sich am Kopf. Seine körperlichen Verletzungen brachten sein psychisches Gleichgewicht durcheinander.

Ich erwähnte einen Bericht aus dem Blauen Buch. Shirley Miller hatte ausgesagt, meine Mutter habe sich geweigert, einen Antrag auf Anerkennung einer Berufsverletzung zu bearbeiten, den ihr Mann gestellt hatte. Sie hatte gesagt, er sei daraufhin »total ausgerastet«.

Guenther sagte, Miller sei ein verdammter Jammerlappen gewesen. Bill meinte, wie ein Latino sehe er jedenfalls nicht aus.

Wir nahmen uns den Bewährungsstrafbescheid vor. Will Lenard Miller hatte ein paar Schecks platzen lassen. Er mußte ein Bußgeld von $25 zahlen und bekam zwei Jahre auf Bewährung. Er mußte für den Schaden aufkommen. Er mußte einen Finanzierungsberater aufsuchen. Er mußte für jeden Einkauf im Wert von über $50 eine Erlaubnis einholen.

Wir waren uns einig.

Will Lenard Miller war ein ganz armes Schwein.

Wir sahen uns seine Steuererklärungen an. Sie bestätigten unsere Einschätzung.

Will Lenard Miller blieb nie lange bei einem Job. Innerhalb von drei Kalenderjahren hatte er bei neun verschiedenen Maschinenbaufirmen gearbeitet.

Wir lasen die Berichte des Sheriff's Department von Orange County. Wir versuchten uns ein Bild davon zu machen, was damals geschehen war.

Es war Ende August 1970. Die Polizei von Orange County fahndete nach Will Lenard Miller. Sie waren wegen Verletzung der Bewährungsauflagen hinter ihm her. Deputy J. A. Sidebotham sprach mit Shirley Ann Miller. Sie sagte, sie habe sich ein Jahr zuvor von Will Lenard Miller getrennt. Sie sagte, er habe 1968 ein

Möbelgeschäft niedergebrannt. Sie sagte, er habe 1958 eine Krankenschwester namens Jean Hilliker ermordet.
Jean arbeitete bei Airtek Dynamics. Sie hatte eine Affäre mit Will Lenard Miller gehabt. Sie wies einen Antrag ab, den Will Lenard Miller einreichte. Das machte Will Lenard Miller wütend. Zwei Wochen später wurde Jean Hilliker ermordet. Shirley Miller las davon in der Zeitung. Will Lenard Miller ähnelte einem Bild des Verdächtigen. In den Zeitungen stand, der mutmaßliche Täter sei einen Buick gefahren. Will Lenard Miller fuhr einen '52er oder '53er Buick. Er lackierte ihn ein paar Tage nach dem Mord um. Die McMahon Furniture Company kassierte ein paar Möbelstücke wieder ein, die Will Lenard Miller gekauft hatte. Ein paar Wochen später fackelte jemand ihr Lager ab. Shirley Miller las davon in der Zeitung. Sie zeigte Will Lenard Miller den Artikel. Will Lenard Miller sagte: »Das war ich.« Will Lenard Miller war geisteskrank, ein »Psychopath«.
Sidebotham rief beim El Monte PD an. Dort sagte man ihm, Jean Hilliker sei Jean Hilliker Ellroy. Das Sheriff's Department von L.A. bearbeitete den Fall. Das El Monte PD leistete Amtshilfe. Sidebotham schnappte Will Lenard Miller. Er verhaftete ihn wegen Verletzung der Bewährungsauflagen und buchtete ihn im Orange County Jail ein. Das El Monte PD wandte sich an die Mordkommission des Sheriffs. Deputy Charlie Guenther und Sergeant Duane Rasure erhielten die Anweisung, den Fall Jean Ellroy neu aufzurollen.
Guenther und Rasure verhörten Shirley Ann Miller. Sie erzählte ihnen die gleiche Geschichte, die sie bereits Deputy Sidebotham erzählt hatte. Guenther und Rasure befragten mehrere Airtek-Mitarbeiter. Das El Monte PD teilte ihnen zwei Cops zur Unterstützung zu. Sergeant Marv Martin und Detective D. A. Ness befragten weitere Airtek-Mitarbeiter. Guenther und Rasure und Martin und Ness befragten Will Lenard Miller. Will Lenard Miller sagte, er habe Jean Hilliker nicht umgebracht. Will Lenard Miller unterzog sich einem Lügendetektortest und bestand ihn.
Guenther sagte, jetzt falle ihm alles wieder ein. Er erinnerte sich an Will Lenard Miller. Sie hatten ihn im Orange County Jail in die

Mangel genommen. Er nahm Medikamente gegen irgendein Herzleiden. Er sah furchtbar aus. Sie wollten ihn zu dem Lügendetektortest mit nach L.A. nehmen. Der Staatsanwalt wollte ihn partout nicht rauslassen. Guenther sagte, der Untersuchungsbeamte in Orange County sei ihm nicht vertrauenswürdig erschienen. Er sagte, seiner Meinung nach habe der Test zu keinem schlüssigen Ergebnis geführt.
Wir nahmen uns das Protokoll des Lügendetektortests vor.

BETR.: WILL LENARD MILLER
Vorwurf: Mitschuld am Tod der JEAN ELLROY im Juni 1958, El Monte.

Gegenstand: Polygraphische Untersuchung des WILL LENARD MILLER

Von: FREDERICK C. MARTIN, Untersuchungsbeamter
Von: Staatsanwaltschaft

15. September 1970
Vor dem Test fand eine Befragung MILLERS statt. Nachdem die Umstände des Ablebens von JEAN ELLROY mit ihm erörtert worden waren, wurde ihm ein Foto vorgelegt, auf dem vier Männer und vier Frauen um einen Tisch sitzen. Er erklärte, keine der Personen auf dem Bild zu kennen – besonders ELLROY nicht. Außerdem erklärte er, er habe sie nie im Leben persönlich getroffen oder gesehen. Er erklärte, sie sei ihm nur deshalb ein Begriff, weil seine Frau in dem gleichen Werk arbeite, in dem ELLROY als Krankenschwester beschäftigt war, und daß seine Frau Medikamente von ELLROY erhalten habe. Er erklärte, das wisse er aus Gesprächen mit seiner Frau. Außerdem habe er ihren Namen auf der Medizinflasche gesehen.
Es wurde eine Reihe physischer und psychologischer Tests an MILLER durchgeführt, aus denen hervorging, daß MILLER sich in geeigneter Verfassung für die Untersuchung befand.
Die folgenden beweiserheblichen Fragen wurden im Verlauf der Untersuchung gestellt, die Antworten im Wortlaut festgehalten:

1. Haben Sie jemals eine der Frauen auf dem Bild, das ich Ihnen gezeigt habe, persönlich getroffen? ANTWORT: Nein.
2. Haben Sie JEAN ELLROY im Juni 1958 getötet? ANTWORT: Nein.
3. Haben Sie JEAN ELLROYs Leiche im Juni 1958 zu einer Freifläche in El Monte geschafft? ANTWORT: Nein.
4. Haben Sie JEAN ELLROY erschossen? ANTWORT: Nein.
Auf keine der obigen beweiserheblichen Fragen zeigte der Untersuchte eine Reaktion, die darauf hindeutete, daß er die Unwahrheit sagte. Frage Nr. 4 ist eine Kontrollfrage – dergleichen ist weder tatsächlich noch behauptetermaßen vorgefallen.

FREDERICK C. MARTIN,
Untersuchungsbeamter
Staatsanwaltschaft

pc
Diktiert am 16. 9. 70

Bill sagte, der Test komme ihm unvollständig vor. Guenther sagte, Miller sei nie ernsthaft als Tatverdächtiger in Betracht gezogen worden. Ich sagte, Shirley Miller habe die Fakten durcheinandergekriegt.
Sie arbeitete bei Airtek, nicht Will Lenard. Es gab keine Steuererklärungen von Airtek. Meine Mutter fuhr einen Buick, nicht der Dunkelhäutige. Daß Miller seinen Wagen neu lackiert hatte, hieß gar nichts.
Bill sagte, er werde Duane Rasure und die beiden Cops aus El Monte anrufen. Vielleicht wüßten sie mehr. Guenther sagte, wir müßten die Blonde finden. Ohne sie waren wir total angeschissen.

Wir flogen wieder nach Orange County. Am nächsten Morgen rief Bill mich an.
Er sagte, er habe mit Rasure und der Polizei von El Monte gesprochen. Rasure erinnerte sich an den Fall. Er sagte, er habe mit

vier oder fünf Airtek-Mitarbeitern geredet. Die Leute sagten, Will Lenard Miller habe tatsächlich bei Airtek gearbeitet. Sie konnten ihn jedoch in keinerlei Hinsicht mit Jean Ellroy in Verbindung bringen. Für Rasure war die Sache mit Miller eine Reinfall.
Marv Martin erinnerte sich an den Fall. Er sagte, er habe mit Ward Hallinen darüber gesprochen – damals in den 70ern. Ward kam hinaus zur Wache El Monte. Sie redeten über Will Lenard Miller. Hallinen konnte sich an keinen Miller erinnern. Martin zündete eine Granate. Er sagte, er glaube, Will Lenard Miller habe sich, direkt nachdem sie ihn verhört hatten, in seiner Zelle erhängt. D.A. Ness sagte, das sei Quatsch. Er sagte, Miller habe einen Herzinfarkt erlitten und sei in seiner Zelle gestorben.
Das Selbstmordgerücht haute mich um. Bill sagte, er glaube nicht daran. Sonst hätte jemand einen Vermerk in die Akte meiner Mutter gelegt. Er sagte, er habe gerade Louie Danoff auf der Dienststelle angerufen. Louie sagte, er würde beim Sheriff's Office von Orange County anrufen. Die Polizeidienststellen führten Buch über die Todesfälle unter Inhaftierten.
Ich sagte, die Wahrscheinlichkeit, daß Will Lenard Miller unser Mann war, sei verschwindend gering. Bill meinte, ich sei ein Optimist. Er sagte, wir sollten zur Dienststelle gehen und ein paar Zeugen durch den Computer jagen.

Ich nahm eine Liste mit. Bill zeigte mir drei Computerterminals. Eins war mit der kalifornischen Justizbehörde verbunden. Hier bekam man persönliche Daten, Decknamen und die Nummern der Vorstrafeneinträge im Zentralregister. Eins war mit der kalifornischen Kfz-Behörde verbunden. Hier bekam man Verkehrsvergehen, persönliche Daten, frühere Adressen und die aktuelle Adresse des Betreffenden. Im »Hauptbuch«-Computer waren Daten aus acht Westküstenstaaten gespeichert. Man gab den Namen des Betreffenden ein. Daraufhin spuckte der Computer eine Adresse und eine Telefonnummer aus.
Ich lernte Louie Danoff und John Yarbrough kennen. Sie arbeiteten in der Abteilung für ungelöste Fälle. Danoff sagte, Will Lenard Miller habe sich nicht im Orange County Jail umgebracht. Er habe ge-

rade mit seinem Kontaktmann in Orange County gesprochen. Der Mann habe sich umgehört und gesagt: nie und nimmer. Bill bat Yarbrough, Lavonne Chambers ausfindig zu machen. 1958 war sie 29. 1962 hatte sie in einem Kasino in Nevada gearbeitet.

Ich ging meine Zeugenliste durch.

Mr. und Mrs. George Krycki, Margie Trawick, Jim Boss Bennett, Michael Whittaker, Shirley Miller, Will Lenard Miller, Peter Tubiolo. Margie Trawick war am 14. 6. 22 geboren. Jim Boss Bennett war am 17. 12. 17 geboren. Michael Whittaker war 1958 vierundzwanzig. Ich wußte, daß wir über das Alter unsere Suche eingrenzen konnten.

Bill gab zuerst die Kryckis ein. Bei der Kfz- und der Justizbehörde tat sich gar nichts. Im Hauptbuch wurde er fündig. George und Anna May Krycki wohnten in Kanab, Utah. Der Computer druckte ihre Adresse und Telefonnummer aus.

Bill gab Jim Boss Bennett ein. Bei der Justizbehörde wurde er fündig. Auf dem Ausdruck stand, Jim Boss Bennetts Zentralregistereintrag sei gelöscht worden war. Bill sagte, Jim Boss Bennett sei vermutlich tot. Die Justizbehörde tilgte Tote von ihrem Zentralrechner. Er wollte sich vergewissern, daß Bennett wirklich tot war. Er sagte, er kenne jemanden, der die Sozialversicherungsunterlagen prüfen könnte.

Wir gaben Peter Tubiolo ein. Bei der Kfz-Behörde wurden wir fündig. Tubiolo war jetzt 72. Er wohnte in Covina.

Wir gaben Shirley Miller ein. Bei der Kfz-Behörde wurden wir fündig. Ihre Adresse stimmte mit einer in der Akte Will Lenard Miller überein. Darunter standen ein Sternchen und das Wort »verstorben«.

Wir gaben Will Lenard Miller ein. Bei der Justizbehörde fanden wir einen Eintrag mit dem Vermerk, daß seine Daten gelöscht worden seien. Bill sagte, das Arschloch sei tot.

Wir gaben Margie Trawick ein. Wir gingen dreimal leer aus. Mir fiel ein, daß Margie verheiratet gewesen und geschieden oder verwitwet war. Ihr Mädchenname war Phillips. Bill gab Margie Phillips und das uns bekannte Geburtsdatum ein. Bei der Kfz- und der Justizbehörde ging er leer aus. Das Hauptbuch spuckte

eine lange Liste aus. Margie Phillips war ein weitverbreiteter Name.
Wir gaben Michael Whittaker ein. Wir stießen bei der Kfz- und der Justizbehörde auf einen Michael *John* Whittaker. Wir erhielten eine Adresse von '86 in San Francisco. Auf dem Ausdruck von der Justizbehörde waren eine Zentralregisternummer und der 1. 1. 34 als Geburtsdatum angegeben.
Ich öffnete meinen Aktenkoffer und sah im Blauen Buch des Falls Ellroy nach. Whittakers zweiter Vorname war John.
Bill notierte die Zentralregisternummer und gab sie einer Sekretärin. Sie sagte, sie werde eine Kopie von Whittakers Vorstrafenregister und seine aktuelle Adresse anfordern.
John Yarbrough kam zu uns herein. Er reichte Bill einen Notizzettel. Er sagte, er habe jemanden beim Vegas PD angerufen. Der wiederum habe jemanden bei der Glücksspielkommission in Nevada angerufen. Sie hatten Lavonne Chambers' Beschäftigungsnachweise gefunden. Sie hatten bei der Kfz-Behörde von Nevada angerufen und einen Volltreffer gelandet.
Lavonne Chambers hieß jetzt Lavonne Parga. Sie hatte gerade ihren Führerschein verlängern lassen. Sie wohnte in Reno, Nevada.

22

Bill wollte Lavonne Chambers überrumpeln. Er wollte sie nicht anrufen und einen Gesprächstermin vereinbaren. Er wollte mit ihr sprechen, bevor sie Zeit hatte, nachzudenken und sich Antworten zurechtzulegen.
Wir flogen nach Reno. Wir nahmen uns zwei Zimmer in einem Best Western. An der Rezeption gab man uns einen Stadtplan. Wir mieteten einen Wagen und fuhren zu Lavonne Chambers letzter aktenkundiger Adresse.
Sie lag außerhalb der Stadtgrenze. Die Gegend war relativ ländlich und relativ heruntergekommen. Hier hatte jeder einen Truck oder ein Wohnmobil mit Allradantrieb. Die Fahrzeuge waren gut in Schuß. Die Häuser schlecht.
Wir klopften bei Lavonne Chambers. Ein Mann machte auf. Bill zeigte ihm seine Dienstmarke und erklärte unser Anliegen. Der Mann sagte, Lavonne Chambers sei seine Mutter. Sie liege im Washoe County Medical Center. Sie leide unter schweren Asthmaanfällen.
Der Mann erinnerte sich an den Mordfall. Er war damals noch ein kleines Kind. Er sagte, er werde seine Mutter anrufen und sie auf unseren Besuch vorbereiten.
Er beschrieb uns den Weg zum Krankenhaus. Wir brauchten keine zehn Minuten dorthin. Eine Schwester führte uns zu Lavonne Chambers' Zimmer.
Sie saß aufrecht im Bett. Sie hatte einen Sauerstoffschlauch in der Nase. Sie sah nicht krank aus. Sie sah robust und kräftig aus.
Sie wirkte überrascht.
Bill und ich stellten uns vor. Bill erwähnte seine Polizeizugehörigkeit. Ich sagte, ich sei der Sohn von Jean Ellroy. Lavonne Chambers starrte mich an. Ich schälte 36 Jahre von ihr ab und steckte sie

in einen rot-goldenen Stan's-Drive-In-Dreß. Ich bekam ein bißchen weiche Knie. Ich setzte mich unaufgefordert auf einen Stuhl. Bill nahm neben mir Platz. Das Bett stand direkt vor uns. Ich holte einen Notizblock und einen Stift heraus. Lavonne sagte, meine Mutter sei sehr hübsch gewesen. Ihre Stimme war fest. Sie keuchte nicht und rang nicht nach Luft.
Ich bedankte mich. Sie sagte, sie habe so ein verdammt schlechtes Gewissen. Die Bedienungen im Drive-In sollten eigentlich die Autokennzeichen notieren. Das erleichterte der Polizei die Ergreifung von Zechprellern. Ausgerechnet diese Autonummer hatte sie nicht aufgeschrieben. Meine Mutter und der Mann hatten einen anständigen Eindruck gemacht. Nie wieder hatte sie etwas so sehr bereut.
Ich fragte sie, wie gut sie sich an jenen Abend erinnere. Sie sagte, sie erinnere sich genau. Sie pflegte ihre Erinnerungen wieder und wieder abzuspielen, wie eine kaputte Schallplatte. Sie wollte sichergehen, daß sie nichts vergaß.
Bill stellte ihr ein paar Hintergrundfragen. Ich wußte, daß er sie testen wollte. Ihre Antworten deckten sich mit dem, was in der Akte stand.
Bill sagte: Lassen Sie es uns noch mal durchgehen. Lavonne war einverstanden. Als erstes beschrieb sie meine Mutter und den Dunkelhäutigen. Sie sagte, meine Mutter habe rote Haare gehabt. Sie sagte, sie habe meine Mutter und den Dunkelhäutigen zweimal bedient. Sie konnte ihre Besuche zeitlich nicht einordnen. Die Cops hätten angenommen, daß der Täter aus El Monte oder Umgebung stammte. Sie hatte jeden Abend, an dem sie im Drive-In arbeitete, nach ihm ausgespäht. Sie hatte noch jahrelang die Augen offengehalten.
Bill erwähnte den Mord an Bobbie Long. Lavonne sagte, davon wisse sie nichts. Ich sagte, Bobbie Long sei möglicherweise von demselben Mann getötet worden. Lavonne fragte mich, wann sie ermordet worden sei. Ich sagte, am 23. 1. 59. Lavonne sagte, sie habe den ganzen Sommer über immer wieder mit der Polizei gesprochen. Der Kontakt sei lange vor Januar '59 abgebrochen.
Bill erwähnte die Gegenüberstellung von '62. Lavonnes Erinne-

rungen widersprachen erwiesenen Tatsachen aus dem Blauen Buch. Sie sagte, ihr sei nur ein Mann gegenübergestellt worden. Sie sagte, sie sei die einzige Zeugin gewesen. Sie bestätigte ihre Aussage aus dem Blauen Buch: Sie sei nicht sicher, ob der Mann, der ihr damals vorgeführt worden war, derselbe war, den sie mit meiner Mutter gesehen hatte.

Bill zeigte ihr zwei Libis von Jim Boss Bennett. Sie konnte Jim Boss nirgends unterbringen. Ich zeigte ihr die beiden Identi-Kit-Porträts. Sie erkannte sie sofort wieder.

Bill sagte: Noch mal von vorn. Lavonne war einverstanden. Sie schilderte uns noch einmal die Ereignisse jener Nacht. Ich warf von Zeit zu Zeit eine Frage nach der räumlichen Anordnung ein. Ich wollte ganz genau wissen, wo sie jeweils gestanden hatte, als sie den Dunkelhäutigen sah. Lavonne sagte, die Kunden hätten üblicherweise ihre Lichthupe betätigt, wenn sie bezahlen wollten. Ich sah Autos und aufblitzende Scheinwerfer und eine mit Tabletts jonglierende Lavonne und zweisekündige Schattenrißprofile eines Mannes vor mir, der im Begriff stand, eine Frau zu ermorden.

Ich erwähnte den Wagen des Dunkelhäutigen. Bill unterbrach mich. Er fragte Lavonne, wie gut sie sich damals mit Autos ausgekannt habe. Die meisten Drive-In-Bedienungen wüßten ja sämtliche Marken und Modelle auswendig. Kannte sie sich auch so gut aus?

Lavonne sagte, von Autos habe sie keine Ahnung. Sie sei nicht in der Lage, die verschiedenen Marken und Modelle auseinanderzuhalten. Ich begriff, worauf Bill hinauswollte. Ich fragte Lavonne, wie sie den Wagentyp des Dunkelhäutigen erkannt habe.

Lavonne sagte, sie habe eine Nachrichtensendung im Radio gehört. Die tote Frau klang nach der Rothaarigen, die sie Samstag abend bedient hatte. Sie geriet in helle Aufregung. Sie versuchte, sich an das Auto zu erinnern, in dem die Rothaarige gesessen hatte. Sie sprach mit ihrem Chef. Er zeigte ihr verschiedene Autos. So grenzte sie das Modell nach und nach ein.

Bill und ich sahen uns an. Er gab mir das Zeichen zum Aufbruch. Er überreichte Lavonne eine Kopie des Blauen Buchs und bat sie,

ihre Aussage durchzulesen. Er sagte, wir würden später wiederkommen, um darüber zu sprechen.
Lavonne sagte, wir sollten nach dem Abendessen kommen. Sie riet uns, die Kasinos zu meiden. Der Gast hat immer die schlechteren Karten.

Wir aßen in einem Steakrestaurant im Reno Hilton zu Abend. Wir erörterten ausführlich die Autofrage.
Ich meinte, Lavonnes Identifizierung des Wagens sei möglicherweise keinen Pfifferling wert. Möglicherweise hatte ihr Chef sie durcheinandergebracht. Ihrer Aussage im Blauen Buch nach war sie sich völlig sicher gewesen. Der Dunkelhäutige sei einen '55er oder '56er Olds gefahren. Vielleicht hatte Lavonne sich geirrt. Vielleicht war die Identifizierung von Grund auf falsch. Vielleicht waren Hallinen und Lawton dahintergekommen. Vielleicht erklärte das die geringe Anzahl von Lochkarten in der Akte.
Bill sagte, das sei möglich. Immer wieder redeten Zeugen sich ein, daß bestimmte Dinge wahr wären, und ließen sich ums Verrecken nicht davon abbringen. Ich fragte ihn, ob wir an alte Zulassungsunterlagen rankämen. Er verneinte. Die Daten seien damals noch nicht computerisiert gewesen. Die alten Akten seien längst vernichtet worden.
Nach dem Essen gingen wir durchs Kasino. Ich verspürte plötzlich den unwiderstehlichen Drang, Craps zu spielen.
Bill erklärte mir die verschiedenen Setzmöglichkeiten. Die Kombinationen verwirrten mich. Ich sagte »Scheiß drauf« und setzte hundert Dollar auf Pass.
Der Shooter warf viermal hintereinander Pass. Ich gewann $1600.
Ich gab dem Croupier hundert Dollar und löste den Rest meiner Chips ein. Bill meinte, ich sollte meinen Namen in Bobbie Long jr. ändern.

Lavonne war noch wach und wartete auf uns. Sie sagte, sie habe ihre alte Aussage gelesen. Es habe keine neuen Erinnerungen wachgerufen.

Ich dankte ihr für ihre Bemühungen – damals und jetzt. Sie sagte, meine Mutter sei wirklich sehr hübsch gewesen.

Ich lernte einiges aus dem Abstecher nach Reno. Ich lernte, mit sanfter Stimme zu sprechen. Ich lernte, meine aggressive Körpersprache zu zügeln.

Stoner war mein Lehrer. Mir war klar, daß ich den Kriminalisten in mir genau nach seinem Muster formte. Er vermochte sein Ego zurückzustellen und die Menschen dazu zu bringen, sich ihm anzuvertrauen. Diese Fähigkeit wollte ich auch entwickeln, und zwar schnell. Ich wollte, daß alte Leute sich mir anvertrauten, bevor sie starben oder senil wurden.

Eine Reporterin von der *L.A. Weekly* rief mich an. Sie wollte einen Artikel über die Wiederaufnahme der Ermittlungen schreiben. Ich fragte sie, ob sie die Nummer einer gebührenfreien Hinweis-Hotline abdrucken würde. Sie bejahte.

Bills Ansprechpartner bei der Sozialversicherung erstattete Bericht. Er sagte, Jim Boss Bennett sei 1979 eines natürlichen Todes gestorben. Billy Farrington erstattete Bericht. Er sagte, Jack Lawtons Witwe lebe noch. Sie hatte versprochen, in ihrer Garage nach Jacks alten Notizbüchern zu suchen und sich zu melden, falls sie sie fand. Die Sekretärin von der Dienststelle meldete sich bei Stoner. Sie sagte, sie habe Michael Whittakers Vorstrafenregister erhalten. Es war zehn Seiten lang. Sie ratterte die einzelnen Delikte runter.

Sie waren erbärmlich und grauenhaft. Whittaker war inzwischen 60 Jahre alt. Er hing seit 30 Jahren an der Nadel. Er hatte im Desert Inn mit meiner Mutter getanzt.

Ich traf mich auf der Dienststelle mit Bill. Wir sprachen über Whittaker.

Bill sagte, er sei vermutlich oben in Frisco oder sitze irgendwo im Knast. Ich sagte, er sei vielleicht an AIDS oder allgemeinem Verschleiß gestorben. Bill wies die Sekretärin an, bei den Versorgungsbetrieben anzufragen. Er wollte Whittaker lokalisieren. Wir mußten ihn finden. Wir mußten Margie Trawick finden.

Ich hatte den Ausdruck aus dem Hauptbuch dabei. Ich sagte, ich

könne alle unsere Margie-Phillips-Nummern abtelefonieren. Bill sagte, wir sollten es zuerst bei ihrem Arbeitgeber versuchen.
Ich hatte die Firma und die Adresse im Kopf. Margie Trawick hatte bei Tubesales gearbeitet – 2211 Tubeway Avenue. Bill sah in einem Thomas Guide nach. Die Adresse war fünf Minuten entfernt.
Wir fuhren hinüber. Der Firmensitz bestand aus einer großen Lagerhalle und einem Bürogebäude. Wir fanden die Personalleiterin. Wir sprachen mit ihr. Sie guckte in ihre Akten. Sie sagte, Margie Trawick habe von '56 bis '71 dort gearbeitet. Sie sagte, sämtliche Personalakten seien streng vertraulich.
Wir ließen nicht locker. Die Frau seufzte und schrieb sich Bills Telefonnummer auf. Sie sagte, sie werde ein paar ehemalige Mitarbeiter anrufen und nach Margie fragen.
Bill und ich fuhren zurück zur Dienststelle. Wir gingen noch mal das Blaue Buch zum Fall Ellroy durch und fanden drei weitere Namen, mit denen wir den Computer füttern konnten.
Roy Dunn und Al Manganiello – zwei Barkeeper aus dem Desert Inn. Ruth Schienle – die Personalleiterin von Airtek.
Wir gaben die Namen in den Computer der Kfz-Behörde ein. Er lieferte uns vier Roy Dunns, keine Ruth Schienle und einen Al Manganiello in Covina. Wir gaben die Namen in den Computer der Justizbehörde ein. Wir gingen dreimal leer aus. Wir gaben Ruth Schienle in das Hauptbuch ein und landeten einen potentiellen Treffer in Washington State.
Bill rief bei Al Manganiello an. Kein Anschluß unter dieser Nummer. Ich rief bei Ruth Schienle an. Eine Frau nahm ab.
Sie war 28 und unverheiratet. Sie hatte keine Verwandten namens Ruth Schienle.
Bill und ich fuhren zurück nach Orange County. Wir trennten uns für den Rest des Tages. Ich nahm die Akte an mich. Ich wollte sie in- und auswendig kennen. Ich wollte Zusammenhänge herstellen, auf die kein anderer je gekommen war.
Am Abend rief Bill mich an. Er sagte, Margie Trawick sei 1972 gestorben. Sie hatte Krebs. Sie saß in einem Schönheitssalon auf einem Stuhl und klappte plötzlich mit einer Gehirnblutung zusammen.

Wir machten Michael Whittaker in San Francisco ausfindig. Wir spürten ihn in einer schäbigen Absteige im Mission District auf. Bill rief ihn an. Er sagte, er würde sich gern mit ihm über den Mord an Jean Ellroy unterhalten. Whittaker sagte: »Ich hab' doch bloß mit ihr getanzt!«

Wir fuhren im Taxi zu seinem Hotel. Whittaker war nicht da. Der Rezeptionist sagte, er sei vor wenigen Minuten mit seiner Frau abgeschwirrt. Wir warteten in der Lobby. Junkies und Nutten gingen ein und aus. Sie warfen uns seltsame Blicke zu. Sie saßen herum und quatschten. Wir kriegten einen Haufen O.J.-Simpson-Sprüche zu hören. Die Meinungen waren zweigeteilt: Die einen glaubten, O.J. sei reingelegt worden, die anderen, er habe allen Grund gehabt, die Schlampe kaltzumachen.

Wir warteten. Wir beobachteten einen Krawall in der Sozialwohnanlage auf der anderen Seite der Straße. Ein schwarzer Junge kam herbeigerannt und nebelte den Spielplatz mit irgendeinem Kampfgas ein.

Niemand wurde verletzt. Der Junge lief weg. Er wirkte wie ein Kind, das begeistert ein neues Spielzeug ausprobiert. Die Cops kamen und schnüffelten herum. Der Rezeptionist meinte, so etwas passiere hier jeden Tag. Manchmal schossen die kleinen Scheißkerle aufeinander.

Wir warteten sechs Stunden lang. Wir latschten zu einem Doughnut-Shop und holten uns Kaffee. Wir latschten zurück. Der Rezeptionist sagte, Mike und seine Frau seien soeben nach oben gehuscht.

Wir gingen hoch und klopften an die Tür. Ich war stinksauer und todmüde. Whittaker ließ uns rein.

Er war knochig und hatte einen Schmerbauch. Er hatte einen Pferdeschwanz wie ein Biker. Er wirkte nicht furchterregend. Er wirkte klapprig. Er wirkte wie ein Freak, der nach San Francisco gekommen war, um leichter an Stoff zu kommen und seine alten Tage auf Sozialhilfe zu verbringen.

Das Zimmer maß höchstens zehn Quadratmeter. Der Fußboden war mit Pillenfläschchen und Taschenbuchkrimis übersät. Whittakers Frau wog ungefähr zweieinhalb Zentner. Sie lag auf einer schmalen Bettcouch und streckte alle viere von sich. Es stank. Ich erspähte Wanzen auf dem Fußboden und eine Ameisenstraße entlang der Fußleiste. Bill zeigte auf die Bücher und meinte: »Vielleicht haben Sie hier zwei Fans.«

Ich lachte. Whittaker schmiß sich aufs Bett. Die Matratze hing durch bis auf den Boden.

Es gab keine Stühle. Es gab kein Bad. Das Waschbecken roch wie eine Pißrinne.

Bill und ich standen an der Tür. Ein Windzug fegte draußen über den Flur. Whittaker und seine Frau gaben sich unterwürfig. Sie begannen, sich für ihr ihren Lebensstil und die offen herumliegenden Pillenfläschchen zu rechtfertigen. Ich unterbrach sie. Ich wollte auf jene Nacht zu sprechen kommen und Whittakers Version hören. Das Protokoll seiner Aussage ergab keinen Sinn. Ich wollte seinen Schädel öffnen und in sein Gehirn gucken.

Bill merkte, daß ich ungeduldig wurde. Er bedeutete mir: Laß mich das machen. Ich trat zurück und stellte mich in den Türrahmen. Bill schwafelte irgendwas von wegen: »Ich bin nicht hier, um über Sie zu richten/Sie haben nichts zu befürchten.« Whittaker und seine Frau ließen sich prompt um den Finger wickeln. Bill sprach. Whittaker sprach. Seine Frau hörte zu und sah Bill an. Ich hörte zu und sah Whittaker an.

Er ratterte seine 44 Haftstrafen runter. Er hatte für jedes einzelne Drogendelikt im ganzen verdammten Strafgesetzbuch gesessen. Bill erinnerte ihn an den Juni '58. Bill ging mit ihm noch einmal ins Desert Inn jener Nacht. Whittaker sagte, er sei mit einem »fetten Hawaiianer« unterwegs gewesen, »der Karate konnte«. Der fette Hawaiianer habe »ein paar Typen zusammengeschlagen«. Es war reines Gewäsch.

Er konnte sich nicht an die Blonde oder den Dunkelhäutigen erinnern. Er konnte sich kaum an das Opfer erinnern. Er erzählte, wie er später in der Nacht wegen Trunkenheit verhaftet worden war. Er sagte, die Cops hätten ihn am Abend nach dem Mord verhört und zwei oder drei Tage später noch mal. Er sei momentan auf Methadon. Methadon ruiniere sein Gedächtnis. Er sei nur einmal in jener Okie-Bar gewesen und nie dorthin zurückgekehrt.

Der Laden sei wie ein Fluch für ihn gewesen. Er hatte damals einen Kumpel namens Spud. Der kannte die Sullivan-Brüder. Sie kamen aus der gleichen Stadt wie er – McKeesport, Pennsylvania. Sein eigener Bruder war an Leberzirrhose gestorben. Er hatte zwei Schwestern namens Ruthie und Joanne –

Ich gab Bill das Zeichen zum Aufbruch. Er nickte und bedeutete Whittaker: Laß es gut sein.

Whittaker hörte auf zu reden. Bill sagte, wir müßten zum Flughafen. Er zeigte auf mich und sagte, ich sei der Sohn der Ermordeten. Whittaker staunte Bauklötze. Seine Frau kriegte sich kaum wieder ein. Ich taute ein wenig auf und gab ihnen hundert Dollar. Es war Geld vom Spieltisch.

Billy Farrington erstattete Bericht. Er sagte, Dorothy Lawton habe Jacks Notizbücher nicht finden können. Er sagte, er werde sich mit Jacks Söhnen in Verbindung setzen und eruieren, ob sie sie hatten.

Ich ließ mir eine 1-800-Nummer auf meine normale Telefonleitung legen. Ich änderte die Ansage auf meinem Anrufbeantworter. Sie lautete jetzt: »Falls Sie Informationen zum Mord an Jean Ellroy vom 22. Juni 1958 haben, hinterlassen Sie bitte eine Nachricht nach dem Piepton.« Ich hatte zwei Telefonnummern, aber nur einen Anrufbeantworter. Jeder, der anrief, hörte die Mordansage.

Ein Producer der Sendung *Day One* rief an. Er sagte, er habe meinen Artikel in *GQ* gelesen. Er habe mit ein paar Leuten bei *GQ* gesprochen und von der Wiederaufnahme der Ermittlungen gehört. Er wollte gern einen Bericht darüber drehen. Er würde zur Hauptsendezeit landesweit im Fernsehen laufen.

Ich war einverstanden. Ich fragte ihn, ob er unsere Hotline-Nummer nennen würde. Er bejahte.

Mir wurde langsam unwohl bei der Sache. Die Rothaarige geriet immer mehr ins Rampenlicht einer neuen, breiten Öffentlichkeit. Sie hatte sich in ihr Schneckenhaus zurückgezogen und jede Art von öffentlicher Zurschaustellung vermieden. Aber Publicity war unser direktester Draht zur Blonden. Nur so konnte ich meinen Schritt in die Öffentlichkeit rechtfertigen.

Bill und ich verbrachten vier Tage mit der Reporterin von der *L.A. Weekly*. Wir verbrachten eine ganze Woche mit dem Team von *Day One*. Wir führten sie zur Arroyo High und zu Valenzuela's Restaurant und zu dem alten, steinernen Häuschen in der Maple. Wir aßen eine Menge schlechtes mexikanisches Essen. Die Leute bei Valenzuela's fragten sich, wer zum Teufel wir waren und wieso wir jedesmal mit einem Kamerateam und dieser alten Akte und all diesen blutrünstigen Schwarzweißbildern dort auftauchten. Sie sprachen kein Englisch. Wir sprachen kein Spanisch. Wir gaben übertrieben hohe Trinkgelder und machten Valenzuela's zu unserem örtlichen Hauptquartier. Bill und ich nannten es das Desert Inn. Das war sein richtiger Name. Ich begann den Laden zu lieben. Jener erste nächtliche Besuch hatte mich erschreckt. Meine folgenden Besuche hinterließen ein angenehmes und schönes Gefühl. Meine Mutter hatte an diesem Ort getanzt. Nun tanzte ich mit ihr. Der Sinn dieses Tanzes war, mit ihr ins reine zu kommen. Wir lernten den Mann kennen, dem unser ehemaliges Haus gehörte. Er hieß Geno Guevara. Er hatte das Haus '77 von einem Prediger gekauft. Die Kryckis wohnten damals schon lange nicht mehr dort.

Geno liebte die Medienleute. Er ließ sie in seinem Garten herumtrampeln und Fotos machen. Ich verbrachte einige Zeit im Haus. Das Innere war verändert und vergrößert worden. Ich schloß die Augen und riß die Umbauten wieder heraus. Ich stand in meinem und dem Zimmer meiner Mutter von damals. Ich spürte sie. Ich roch sie. Ich roch Early-Times-Bourbon. Das Badezimmer war noch im selben Zustand wie 1958. Ich sah sie nackt. Ich sah, wie sie sich zwischen den Beinen abtrocknete.

Die Arroyo High wurde zu einer öffentlichen Schaubühne. Das *Day One*-Team filmte Bill und mich dort. Die Fotografin von der *L.A. Weekly* schoß eigene Tatortfotos. Schulkinder schwirrten herum. Sie wollten wissen, was hinter dem ganzen Trubel steckte. Sie lachten und versuchten, sich ins Bild zu drängen. Wir waren im Laufe von zwei Medienwochen fünf- oder sechsmal an der Arroyo High. Die Besuche kamen mir vor wie Entweihungen. Ich wollte nicht, daß der Ort seine Magie verlor. Ich

wollte die King's Row nicht in eine öffentliche Durchgangsstraße und eine alltägliche Station am Publicity-Gleis meines Lebens verwandeln.
El Monte wurde mir langsam zu vertraut. Die Metamorphose war vorhersehbar und äußerst beunruhigend. Ich wollte, daß El Monte seinen elliptischen Charakter behielt. Ich wollte, daß es sich vor mir verbarg und mich lehrte, wie sie sich verborgen hatte. Ich wollte meine alten Ängste zurückgewinnen und aus ihnen lernen. Ich wollte mich in den wenigen Quadratmeilen El Montes verlieren. Ich wollte rekonstruieren, was jemanden in dieser Isolation dazu trieb, auf Männerfang zu gehen.
Bill und ich schlossen unseren ersten Mediendurchgang ab. Wir fanden Peter Tubiolo, Roy Dunn und Ellis Outlaws Tochter Jana. Sie versetzten uns zurück ins El Monte von 1958.
Peter Tubiolo war inzwischen 72. Damals war er genau halb so alt wie heute. Er erinnerte sich an mich. Er erinnerte sich an meine Mutter. Er war damals wie heute korpulent und freundlich. Ich hätte ihn bei einer Gegenüberstellung unter 50 anderen erkannt. Er hatte sich kaum verändert.
Er war herzlich. Er war entgegenkommend. Er sagte, er habe nie etwas mit meiner Mutter gehabt. Er habe nie verstanden, wo die Cops diese verrückte Idee herhatten.
Sie hatten sie von mir. Es stimmte. Ich hatte gesehen, wie er meine Mutter mit seinem blau-weißen Nash abholte. Ich erwähnte den Nash. Tubiolo sagte, er habe den Wagen geliebt. Ich widersprach seiner Behauptung nicht, er habe nichts mit meiner Mutter gehabt. Die Cops hatten ihn damals als Täter ausgeschlossen. Seine Erscheinung und sein argloses Auftreten schlossen ihn jetzt als Täter aus. Er war Witwer. Er hatte keine Kinder. Er machte einen wohlhabenden Eindruck und wirkte glücklich. Er hatte die Anne Le Gore School '59 verlassen. Er wurde ein großes Tier im County. Er lebte ein sorgenfreies Leben. Er hatte vermutlich noch einige gute Jahre vor sich.
Er sagte, er sei nie im Desert Inn oder Stan's Drive-In gewesen. Er sagte, ich sei als Kind ziemlich reizbar gewesen. Er sagte, die mexikanischen Kids aus Medina Court hätten damals eine Ma-

sche gehabt. Sie schmissen ihre Schuhe weg und kamen barfuß in die Schule. Die Kinder mußten in der Schule Schuhe tragen. Das war strikte Vorschrift. Tubiolo mußte ständig Kinder, die barfuß zur Schule kamen, nach Hause schicken. Meine Freunde Reyes und Danny verfuhren auch nach dieser Masche. Ich rauchte mit ihnen einen Joint. Mann, das war der helle Waaaaahnsinn. Ich ging mit ihnen in *Die zehn Gebote*. Ich machte mich über den ganzen biblischen Kokolores lustig. Reyes und Danny stopften mir das Maul. Sie waren katholisch. Meine Mutter haßte Katholiken. Sie sagte, die seien vom Papst ferngesteuert. Der Dunkelhäutige war ein Lateinamerikaner oder Südeuropäer. Er war vermutlich Katholik. Alle meine Sinne kehrten zurück zu jener Nacht.

Roy Dunn und Jana Outlaw holten uns zurück ins Desert Inn. Wir befragten sie bei ihnen zu Hause. Dunn wohnte in Duarte. Jana Outlaw wohnte in El Monte. Sie gehörten zu den Menschen, die ihr ganzes Leben nicht aus dem San Gabriel Valley herauskamen.

Dunn erinnerte sich an den Fall. Jana nicht. Sie war damals neun. Dunn hatte früher oft mit Harry Andre zusammen einen getrunken. Harrys Stammkneipe war die Playroom Bar. Dunn arbeitete im Playroom und im Desert Inn. Ellis Outlaw zahlte gut. Ellis war 1969 beim Essen erstickt. Er war vorher schon halbtot vom Saufen. Myrtle Mawby lebte nicht mehr. Ellis' Frau lebte nicht mehr. Das Desert Inn hielt sich zehn Jahre lang. In dem Laden war immer was los. Spade Cooley trat dort auf – Jahre, bevor er seine Frau erschlug. Ellis engagierte farbige Entertainer. Joe Liggins und irgendwelche Ink-Spot-Klone traten dort auf. Das Desert Inn war ein Wettlokal. Nach Ladenschluß holte Ellis die Spielkarten raus und schenkte Alkohol aus. Nutten schafften in der Bar an. Die Küche war gut. Den Cops von El Monte gewährte Ellis einen ansehnlichen Rabatt. Er verkaufte das Desert Inn an einen Mann namens Doug Schoenberger. Doug benannte es in The Place um. Unter seiner Ägide florierten Glücksspiel, Wettgeschäft und Prostitution. Doug war mit einem ehemaligen Cop aus El Monte befreundet, Keith Tedrow. Keith hatte den Tatort im Fall Jean Ellroy gesehen. Er verbreitete ein blödsinniges

Gerücht über Jean Ellroys Leiche. Er behauptete, der Mörder habe ihr eine Brustwarze abgebissen. Keith quittierte den Dienst beim El Monte PD. Er ging zum Baldwin Park PD. '71 wurde er ermordet. Er saß in seinem parkenden Wagen. Eine Frau erschoß ihn. Sie plädierte auf Unzurechnungsfähigkeit und wurde freigesprochen. Anscheinend wollte Keith sie dazu zwingen, ihm einen zu blasen. Doug Schoenberger verkaufte das Place und zog nach Arizona. Mitte der 80er wurde er ermordet. Der Fall wurde nie aufgeklärt. Dougs Sohn war der Hauptverdächtige.

Roy und Jana kannten das Desert Inn in- und auswendig. Präzise Auskünfte konnten sie uns trotzdem nicht geben.

Wir brauchten Namen.

Wir brauchten die Namen von ehemaligen Desert-Inn-Stammgästen und Leuten, die seinerzeit im ganzen Tal von Kneipe zu Kneipe gezogen waren. Wir mußten herausfinden, wen sie 1958 gekannt hatten. Wir mußten ein Geflecht von Freundschaften und Bekanntschaften rekonstruieren. Wir mußten Namen finden, die sich den körperlichen Merkmalen der Blonden und des Dunkelhäutigen zuordnen ließen. Wir mußten einen Kreis von Namen bilden, der immer größer wurde. Wir mußten innerhalb eines weiten räumlichen und lange zurückliegenden zeitlichen Rahmens zwei Namen finden.

Roy und Jana nannten uns drei Namen:

Eine ehemalige Desert-Inn-Kellnerin, die mittlerweile in einer hiesigen Moose Lodge arbeitete. Eine ehemalige Bedienung von Stan's. Einen ehemaligen Barkeeper aus dem Desert Inn.

Wir fanden die Kellnerin und die Drive-In-Bedienung. Sie hatten keinen blassen Schimmer vom Fall Jean Ellroy und konnten mit keinen Namen dienen. Roy und Jana hatten die Zeit und die Lokale durcheinandergekriegt. Die Bedienung hatte in Simon's Drive-In gearbeitet. Die Kellnerin hatte im Place gearbeitet und nicht im Desert Inn. Sie kannte ein viel jüngeres Publikum.

Bill und ich erörterten das Desert Inn unter Berücksichtigung des zeitlichen Umfelds Ende Juni '58.

Ellis Outlaw stand eine Haftstraße wegen Trunkenheit am Steuer bevor. Seine Kunden waren Hinterwäldler und illegale Glücksspieler. Seine Kunden waren Provinzganoven und solche, die in die Peripherie gezogen waren, weil sie Dreck am Stecken hatten. Margie Trawick hatte die Blonde und den Dunkelhäutigen nur einmal gesehen. Myrtle Mawby hatte sie nur einmal gesehen. Margie arbeitete nicht jeden Tag. Myrtle arbeitete nicht jeden Tag. Der Dunkelhäutige war vermutlich ein Einheimischer. Das Desert Inn war *der* Nachtklub am Ort. Es war möglich, daß der Dunkelhäutige vor jener Nacht schon einmal dort gewesen war und sich sein Gesicht in zig Gedächtnisse eingebrannt hatte. Hallinen und Lawton hatten den ganzen Sommer über im Desert Inn ihre Zelte aufgeschlagen. Sie hatten Namen notiert und sie in ihren persönlichen Notizbüchern hinterlassen. Vielleicht hatte der eine oder andere sie angelogen. Vielleicht hatte der eine oder andere Bescheid gewußt. Vielleicht hatte die Blonde Ellis Outlaw Geld geschuldet. Vielleicht hatte der Dunkelhäutige dem einen oder anderen erzählt, die Krankenschwester mache alle Männer scharf und lasse sie dann nicht ran. Vielleicht hatte der eine oder andere gedacht, die Fotze habe es nicht besser verdient. Vielleicht hatte der eine oder andere die Cops belogen.

Bill und ich waren einer Meinung.

Unser Verbrechen hatte sich in einem sehr beschränkten Rahmen abgespielt. Die Blonde und der Dunkelhäutige hatten Glück gehabt und waren durch den Rost gefallen.

Wir mußten zwei Namen herausbekommen und sie mit einer Person in Verbindung bringen, die sich jedem Zugriff entzog.

23

Kanab, Utah, lag kurz vor der Grenze zu Arizona. Die Hauptstraße war drei Blocks lang. Die Einheimischen trugen Cowboystiefel und Nylonparkas. Es war 10 Grad kälter als in Südkalifornien.
Die Fahrt führte uns durch Las Vegas und ein paar hübsche Hügellandschaften. Wir nahmen uns zwei Zimmer in einem Best Western und hauten uns früh in die Falle. Wir waren am nächsten Morgen mit George und Anna May Krycki verabredet.
Bill hatte zwei Tage vorher mit Mrs. Krycki telefoniert. Ich hörte von einem Nebenanschluß im Schlafzimmer mit. Mrs. Krycki hatte 1958 eine schrille Stimme gehabt. Sie klang heute noch genauso schrill. Mein Vater hatte sich immer darüber lustig gemacht, wie sie mit ihren Händen herumfuchtelte.
Sie fand es unglaublich, daß die Cops so einen uralten Fall wieder aufwärmen wollten. Sie nannte mich »Leroy Ellroy«. Sie sagte, ich sei motorisch total gestört gewesen. Ihr Mann habe versucht, Leroy Ellroy beizubringen, wie man mit einem Besen umgeht. Leroy Ellroy habe einfach nichts kapiert.
Mrs. Krycki war bereit, sich befragen zu lassen. Bill sagte, er werde seinen Partner mitbringen. Daß Leroy Ellroy sein Partner war, sagte er nicht.
Zwei volle Tage lang zog Bill mich auf. Er nannte mich Leroy. Er fragte ständig: »Wo hast du deinen Besen?« Mrs. Krycki hatte den Cops erzählt, Jean Ellroy habe keinen Alkohol angerührt. Eines Abends war ich nach Hause gekommen und hatte meine Mutter und Mrs. Krycki sternhagelvoll vorgefunden.
Das Haus der Kryckis in Kanab sah genauso aus wie ihr Haus in El Monte. Es war klein, einfach und gepflegt. Mr. Krycki fegte gerade die Auffahrt. An seine Körperhaltung erinnerte ich mich bes-

ser als an sein Gesicht. Bill sagte, er beherrsche den Umgang mit dem Besen virtuos.

Wir stiegen aus. Mr. Krycki legte seinen Besen beiseite und stellte sich vor. Mrs. Krycki kam heraus. Sie hatte sich genausowenig verändert wie Peter Tubiolo. Sie machte einen kräftigen und gesunden Eindruck. Sie kam auf uns zu und trat uns fast auf die Füße. Sie ratterte ein paar Begrüßungen runter und gestikulierte auf die gleiche Weise herum, über die mein Vater sich immer lustig gemacht hatte.

Sie ging mit uns ins Haus. Mr. Krycki blieb draußen bei seinem Besen. Wir nahmen im Wohnzimmer Platz. Die Möbel waren gräßlich bezogen und paßten nicht zueinander. Karos, Streifen, geometrische und Paisley-Muster bissen sich. Alles zusammen machte einen ganz nervös.

Bill nannte seinen Namen und zeigte seine Dienstmarke. Ich nannte meinen Namen. Ich wartete eine Sekunde und sagte, ich sei Jean Ellroys Sohn.

Mrs. Krycki fuchtelte ein bißchen herum und setzte sich dann auf ihre Hände. Sie sagte, ich sei ja so groß geworden. Sie sagte, ich sei der gestörteste Junge gewesen, den sie je erlebt habe. Ich hätte noch nicht mal mit einem Besen umgehen können. Ihr Mann habe weiß Gott alles versucht, es mir beizubringen. Ich sagte, Fegen sei noch nie meine Stärke gewesen. Mrs. Krycki lachte nicht. Bill sagte, wir wollten gern über Jean Ellroy und ihren Tod sprechen. Er sagte Mrs. Krycki, sie solle ganz offen zu uns sein.

Mrs. Krycki begann zu erzählen. Bill bedeutete mir, ich solle sie reden lassen.

Sie sagte, der Zustrom mexikanischer Einwanderer habe sie und George aus El Monte vertrieben. Die Mexikaner machten das San Gabriel Valley kaputt. Ihr Sohn, Gaylord, lebte jetzt in Fontana. Er war 49. Er hatte vier Töchter. Jean hatte rote Haare. Sie machte Popcorn und aß es mit einem Löffel. Jean hatte sich auf eine Zeitungsannonce gemeldet und das kleine Hinterhaus gemietet. Jean hatte gesagt: »Ich glaube, hier bin ich sicher.« Sie nahm an, daß Jean sich in El Monte versteckte.

Mrs. Krycki hörte auf zu erzählen. Bill bat sie, ihre letzte Bemerkung zu erläutern. Mrs. Krycki sagte, Jean sei eine kultivierte und gebildete Frau gewesen. Sie sei zu klug für El Monte gewesen. Ich fragte sie, wie sie darauf komme. Mrs. Krycki sagte, Jean habe Romane in Reader's-Digest-Kurzfassungen gelesen. Sie sei in El Monte eine Außenseiterin gewesen. Sie gehörte nicht dorthin. Sie war aus irgendeinem geheimnisvollen Grund nach El Monte gekommen. Bill fragte sie, worüber Jean gesprochen habe. Mrs. Krycki sagte, sie habe von ihren Erlebnissen auf der Schwesternschule erzählt. Ich bat sie, diese Erlebnisse zu schildern. Sie sagte, das sei alles, woran sie sich erinnere.

Ich fragte Mrs. Krycki, wie es bei meiner Mutter mit Männern ausgesehen habe. Sie sagte, Jean sei fast jeden Samstagabend ausgegangen. Sie brachte nie Männer mit nach Hause. Sie gab nie mit Männern an. Sie sprach überhaupt nie über Männer. Ich fragte Mrs. Krycki, wie es bei meiner Mutter mit Alkohol ausgesehen habe. Sie widersprach all ihren früheren Aussagen.

George hatte eines Tages bemerkt, daß ihr Atem nach Alkohol roch. Er fand draußen in den Büschen zwei leere Flaschen. Jean brachte Flaschen in braunen Papiertüten mit nach Hause. Jean sah fast immer müde aus. Sie hatten den Verdacht, daß Jean eine ziemlich starke Trinkerin war.

Mrs. Krycki hörte auf zu erzählen. Ich sah ihr direkt in die Augen und nickte. Sie plapperte drauflos, wie ihr der Schnabel gewachsen war.

Jean hatte eine entstellte Brustwarze. Sie hatte Jeans Leiche im Leichenschauhaus gesehen. Sie lag unter einem Leintuch. Ihre Füße guckten raus. Sie erkannte sie. Jean war immer barfuß im Garten herumgelaufen. Die Cops trieben ihre Telefonrechnung in die Höhe. Sie boten ihr nie an, ihre Gespräche zu bezahlen.

Mrs. Krycki hörte auf zu erzählen. Bill manövrierte sie sacht durch den 21. und 22. 6. 58. Ihre Schilderung entsprach den Berichten im Blauen Buch.

Mr. Krycki kam herein. Bill bat ihn, jene zwei Tage zu rekapitulieren. Mr. Krycki erzählte im wesentlichen die gleiche Geschichte. Ich bat ihn, meine Mutter zu beschreiben. Er sagte, sie sei eine gutaussehende Frau gewesen. Man habe ihr angesehen,

daß sie nicht aus El Monte kam. Anna May habe sie besser gekannt als er.
Mr. Krycki war sichtlich verlegen. Bill lächelte und sagte zu ihm, uns seien gerade die Fragen ausgegangen. Mr. Krycki lächelte und ging hinaus.
Mrs. Krycki sagte, es gebe da etwas, das sie den Cops nie erzählt habe.
Ich nickte. Bill nickte. Mrs. Krycki begann zu erzählen.
Es geschah um '52 herum. Sie wohnte in der Ferris Road in El Monte. Gaylord war sechs oder sieben. Sie lebte von ihrem ersten Mann getrennt.
Sie kaufte immer in einem Supermarkt in der Nähe ein. Er gehörte einer Familie namens LoPresti. So ein kleiner Angestellter spielte den Amor. Er sagte, sein Onkel John würde ja so furchtbar gern mal mit ihr ausgehen. John LoPresti war damals so um die 30. Er war groß. Er hatte dunkle Haare und einen dunklen Teint. Sie ließ sich von ihm ausführen. Er ging mit ihr in den Coconino Club. Sie tanzten. Er war ein guter Tänzer. Er war »gewandt und berechnend«.
Sie verließen das Coconino. Sie fuhren in die Puente Hills hinaus. LoPresti fuhr rechts ran und wurde reichlich zudringlich. Sie sagte ihm, er solle aufhören. Er haute ihr eine runter. Sie sprang aus dem Wagen. Er packte sie und stieß sie auf den Rücksitz.
Er zerrte an ihren Kleidern. Sie wehrte sich. Er ejakulierte und wischte sich mit einem Taschentuch die Hose ab. Er sagte: »Du hast Pfeffer« und »Du brauchst dir keine Sorgen zu machen«. Er brachte sie nach Hause. Er rührte sie nicht mehr an. Sie rief nicht die Polizei. Sie stritt gerade mit ihrem Ex um das Sorgerecht. Sie wollte keinen Staub aufwirbeln und ihren Ruf nicht beschmutzen. Sie sah LoPresti noch zweimal.
Sie ging spazieren. Er fuhr vorbei und winkte. Er fragte, ob er sie irgendwohin mitnehmen könne. Sie ignorierte ihn.
Zwei Jahre später sah sie ihn wieder. Sie war mit George im Coconino. LoPresti forderte sie zum Tanz auf. Sie ignorierte ihn. Sie warnte Jean Ellroy vor ihm – kurz bevor sie an jenem Samstagabend ausging.

Die Geschichte klang häßlich und glaubhaft. Der Schluß wirkte erfunden. Er klang ausgedacht und an den Haaren herbeigezogen. LoPresti war ein Einheimischer. LoPresti war Italiener. LoPresti war ein Aufreißertyp. Ich schloß die Augen und spulte die Szene in den Puente Hills noch einmal ab. Ich dachte mir einen Oldtimer und zeitgenössische Kleidung hinzu. Ich gab John LoPresti das Gesicht des Dunkelhäutigen.
Wir hatten einen echten Verdächtigen.

Wir fuhren nach Orange County zurück. Wir sprachen ununterbrochen über John LoPresti. 1952 war John als Sittenstrolch noch ungeschickt. Er hatte sechs Jahre, um seine Masche zu verfeinern und noch mehr durchzudrehen. Bill und ich waren uns einig. LoPresti war unser erster heißer Verdächtiger.
Die Fahrt dauerte 13 Stunden. Wir waren gegen Mitternacht zurück. Wir schliefen uns aus und fuhren nach El Monte.
Wir gingen ins El Monte Museum. Wir schlugen im Telefonbuch von 1958 nach. In den Gelben Seiten waren acht Supermärkte aufgeführt.
Jay's in der Tyler. Jay's in der Central. Der Bell Market in der Peck Road. Crawford's Giant Country Store am Valley. Earp's Market und die Foodlane in der Durfee. Der Tyler Circle in der Tyler. Fran's Meats in der Garvey.
Kein LoPresti-Market. Keine italienischen Spezialitätengeschäfte. Wir schlugen im regulären Telefonbuch nach. Hinter den meisten Einträgen war in Klammern der Beruf und der Vorname der Ehefrau des Betreffenden angegeben. Wir schlugen den Buchstaben L auf und landeten zwei Treffer.
LoPresti, John (Nancy) (Maschinenschlosser) – 10806 Frankmont.
LoPresti, Thomas (Rose) (Vertreter) – 3419 Maxson.
Die Frankmont lag in der Nähe der Maple 756. Die Maxson lag in der Nähe von Stan's Drive-In und dem Desert Inn.
Wir fuhren zur Dienststelle. Wir gaben alle vier LoPrestis in die Computer von Kfz- und Justizbehörde ein. Bei Thomas und Rose gingen wir leer aus. Bei John und Nancy hatten wir Glück. Nancy hatte einen gültigen kalifornischen Führerschein. Auf dem

Ausdruck stand eine aktuelle Adresse und ihre alte Adresse in der Frankmont. Sie war am 16. 8. 14 geboren. John wohnte in Duarte. Ich zeigte auf ein paar eigenartige Zahlen hinter seiner Adresse. Bill sagte, sie deuteten auf eine Wohnwagensiedlung hin. John war 69. Er hatte blaue Augen. Er war 1,85 groß und wog 97 Kilo.
Ich deutete auf seine Größe und sein Gewicht. Bill deutete auf sein Alter und seine Augenfarbe. Die Beschreibung des Dunkelhäutigen paßte nicht auf diesen Schwanzlutscher.

Duarte lag drei Meilen nördlich von El Monte. Die Wohnwagensiedlung war potthäßlich. Die Wohnwagen waren alt und verwittert. Sie standen dicht an dicht.
Wir fanden Nr. 16 und klingelten. Ein alter Mann öffnete die Tür. Er entsprach der Personenbeschreibung aus dem Führerschein. Er hatte blaue Augen und grobe Gesichtszüge. Sein Gesicht entlastete ihn.
Bill zeigte ihm seine Marke und fragte ihn nach seinem Namen. Der Mann sagte: John LoPresti. Bill sagte, wir hätten ein paar Fragen zu einem alten Mordfall. John sagte: Kommen Sie rein. Er fuhr nicht zusammen, zuckte nicht mit der Wimper, fing nicht an zu zittern und ließ sich nicht anmerken, ob er schuldig oder unschuldig war.
Wir betraten seinen Wohnwagen. Das Innere war höchstens 1,80 Meter breit. Die Wände waren mit *Playboy*-Postern geschmückt. Sie waren hübsch gerahmt und mit glänzendem Schellack laminiert.
John nahm in einem alten Liegesessel Platz. Bill und ich setzten uns aufs Bett. Bill skizzierte den Fall Jean Ellroy. John sagte, er erinnere sich nicht daran.
Bill sagte, wir versuchten, Leute aufzuspüren, die damals in El Monte gewohnt hätten. Wir wollten ein Gefühl dafür bekommen, was Ende der 50er in El Monte so los war. Wir wüßten, daß er damals in der Frankmont gewohnt habe.
John sagte, daß sei er nicht gewesen. Das war sein verstorbener Onkel John mit seiner Tante Nancy. Er wohnte damals in La Puente. In El Monte ging er immer tanzen. Sein Onkel Tom hatte in El Monte einen Supermarkt. In El Monte ging die Post ab.
Ich fragte ihn, welches seine Stammlokale gewesen seien. John

sagte, das Coconino und das Desert Inn. Manchmal sei er in den Playroom gegangen. Der lag hinter Stan's Drive-In. Dort bekam man für 25 Cent ein Gläschen Whiskey.
Bill fragte ihn, ob er jemals verhaftet worden sei. John sagte, ja, wegen Trunkenheit am Steuer. Ich zeigte mich skeptisch. Ich sagte: Und weswegen noch? John sagte, 1946 sei er einmal eingebuchtet worden. Jemand hatte behauptet, er habe eine fiese Schweinerei abgezogen.
Ich sagte: Was für eine Schweinerei? Er sagte, irgendwer habe ein unanständiges Buch unter der Tür einer Frau durchgeschoben. Er habe die Schuld dafür bekommen.
Bill sagte, wir bräuchten Namen. Wir seien auf der Suche nach den damaligen Gästen des Desert Inn. Wir wollten jeden Nachtschwärmer aufspüren, der je Five Points unsicher gemacht habe. John steckte sich eine Zigarette an. Er sagte, er gehe morgen ins Krankenhaus, um sich am offenen Herzen operieren zu lassen. Er habe keine Lust, sich jetzt noch mit so was zu befassen.
Ich sagte: Gib uns ein paar Namen. John nannte acht bis zehn Vornamen. Ich sagte: Gib uns ganze Namen. John sagte: »Al Manganiello.« Bill sagte, den suchten wir bereits. John sagte, er arbeite im Glendora Country Club.
Ich versuchte, weitere Namen aus ihm herauszubekommen. Bill versuchte, weitere Namen aus ihm herauszubekommen. Wir zählten sämtliche Nachtklubs von El Monte auf und forderten ihn auf, einzelne Namen bestimmten Lokalen zuzuordnen. John kam nicht mit einem einzigen Namen rüber.
Ich wollte ihn verarschen.
Ich sagte: Wir haben gehört, du warst ein richtiger Ladykiller. John sagte, das sei richtig. Ich sagte: Wir haben gehört, du warst den Frauen wirklich *ganz besonders* zugetan. John sagte: O ja. Ich sagte: Wir haben gehört, du hast sie reihenweise flachgelegt. John sagte, er könne sich nicht beklagen. Bill sagte: Wir haben gehört, du hast dich an einer Frau namens Anna May Krycki vergangen und zu früh abgespritzt.
Er fuhr zusammen, fing an zu zittern und zu stottern und beteuerte seine Unschuld. Wir dankten ihm und gingen.

24

Wir arbeiteten an dem Fall. Wir stocherten in schadhaften Erinnerungsspeichern herum. Wir sammelten Informationen. Wir eruierten Namen.

Wir förderten Vornamen und Nachnamen und Spitznamen und vollständige Namen und passende und nicht passende Beschreibungen zutage. Wir bekamen Namen aus der Akte. Wir bekamen Namen von alten Cops. Wir bekamen Namen von alten Kneipenhockern und Leuten, die ihr Leben lang nicht aus El Monte herausgekommen waren. Wir arbeiteten acht Monate lang an dem Fall. Wir säten Namen und ernteten Namen. Wir brachten keinen immer größer werdenden Kreis von Namen zustande. Wir hatten es mit einem ausgedehnten Ort und einem großen Abschnitt verlorener Zeit zu tun.

Wir gaben nicht auf.

Wir fanden den ehemaligen Deputy Bill Vickers. Er erinnerte sich an die beiden Befragungsaktionen. Sie waren überzeugt gewesen, daß sie es mit einem Doppelmörder zu tun hatten. Sie hatten angenommen, daß die Krankenschwester und die Galopprennlady von ein und demselben Mann erdrosselt worden waren. Wir fragten ihn nach Namen. Er wußte keine.

Wir fanden Al Manganiello. Er nannte uns dieselben Namen wie Roy Dunn und Jana Outlaw. Er erzählte uns von einer ehemaligen Drive-In-Bedienung aus Pico Rivera. Wir fanden sie. Sie war senil. Sie erinnerte sich nicht an die späten 50er.

Wir fanden die Söhne von Jack Lawton. Sie sagten, sie würden nach Jacks Notizbüchern suchen. Sie suchten. Sie fanden sie nicht. Sie nahmen an, ihr Dad habe sie weggeworfen.

Wir fanden den ehemaligen LASD-Captain Vic Cavallero. Er erinnerte sich an den Tatort im Fall Ellroy. Er erinnerte sich weder an die Ermittlungen noch an den Mord an Bobbie Long. Er sagte, er habe Ende der 50er einen Typen hinter Gitter gebracht. Der Typ arbeitete beim LAPD. Er war mit einem Affenzahn die Garvey runtergerast. Er hatte eine Frau bei sich. Sie arbeitete als Bedienung bei Stan's Drive-In. Sie sagte, der Cop habe sie verprügelt. Sie weigerte sich, Anzeige zu erstatten. Der Cop war fett und blond. Cavallero sagte, er sei das totale Arschloch gewesen. An seinen Namen konnte er sich nicht erinnern.

Wir fanden Dave Wire, Ex-Cop aus El Monte. Wir fragten ihn nach Namen. Er sagte, er habe jemanden in Verdacht gehabt. Der Mann hieß Bert Beria. Er war mittlerweile tot. Er war ein Ex-Reserve-Cop aus El Monte. Bert war ein Säufer. Bert hatte nicht alle Tassen im Schrank. Bert verprügelte seine Frau und raste mit seinem Polizeiwagen den San Berdoo Freeway rauf und runter. Bert ähnelte diesen alten Identi-Kit-Bildern. Bert ging zum Saufen immer ins Desert Inn. Bert hätte sogar eine Hausschildkröte vergewaltigt. Wire sagte, wir sollten uns mit Bert befassen. Wire sagte, wir sollten mit Keith Tedrows Exfrau Sherry sprechen. Sherry kenne sich aus in der Kneipenszene von El Monte.

Wir fanden Sherry Tedrow. Sie nannte uns drei Namen. Wir versuchten, zwei Desert-Inn-Kellnerinnen und einen Fettsack namens Joe Candy ausfindig zu machen. Joe war der Finanzier von Doug Schoenberger. Joe hatte ihm das Geld zum Kauf des Desert Inn geliehen.

Wir gaben die Namen in die Computer ein. Joe Candy und Kellnerin Nr. 1 waren tot. Kellnerin Nr. 2 fanden wir. Sie hatte im Place gearbeitet – nicht im Desert Inn. Sie hatte keinen Schimmer, was Ende der 50er in El Monte los gewesen war.

Wir sprachen mit Wayne Clayton, dem Polizeichef von El Monte. Er zeigte uns ein Foto von Bert Beria aus dem Jahr 1960. Er sah nicht aus wie der Dunkelhäutige. Er war zu alt und hatte zuwenig Haare auf dem Kopf. Clayton sagte, er habe zwei Detectives dazu eingeteilt, dem alten Bert auf den Zahn zu fühlen. Er stellte uns Sergeant Tom Armstrong und Agent John Eckler vor. Wir schilderten ihnen unseren Fall und übergaben ihnen Fotokopien des Blauen Buchs. Sie sahen in ihren Akten nach. Sie dachten, sie

würden vielleicht eine vom El Monte PD separat geführte Akte über Jean Ellroy finden.
Sie fanden ein Aktenzeichen. Sie fanden heraus, daß die Akte vor 20 Jahren vernichtet worden war.
Armstrong und Eckler befragten Bert Berias Witwe und seinen Bruder. Sie klassifizierten Bert als Misanthropen und Arschloch in jeder Hinsicht. Sie glaubten nicht, daß er Jean Ellroy umgebracht hatte.
Wir fanden die Tochter von Margie Trawick. Sie erinnerte sich an den Fall. Sie war damals 14. Wir fragten sie nach Namen. Sie wußte keine.
Wir fanden einen Deputy, der sich perfekt mit Computern auskannte. Er hatte ein 50-Staaten-Hauptbuch zu Hause auf seinem Rechner. Er gab Ruth Schienle ein. Der Computer spuckte eine ellenlange Liste aus. Bill und ich riefen 19 Ruth Schienles an. Keine davon war unsere Ruth Schienle. Frauen waren schwer aufzuspüren. Sie heirateten und ließen sich scheiden. Sie verloren sich im Nebel von Namensänderungen.
Wir wandten uns wieder dem Blauen Buch zu. Wir hielten vier Namen fest. Wir notierten »Tom Baker«, »Tom Downey« und »Salvador Quiroz Serena«. Sie waren alle entlastet worden. Serena hatte bei Airtek gearbeitet. Er hatte gesagt, er hätte meine Mutter »haben können«. Wir stießen auf den Namen »Grant Surface«. Er hatte sich am 25. 6. und 1. 7. 59 einem Lügendetektortest unterzogen. Die Ergebnisse waren »nicht schlüssig«. »Psychologische Schwierigkeiten« hatten die Tests verhunzt. Wir gaben Baker, Downey, Serena und Surface in das 50-Staaten-Hauptbuch und die Computer von Kfz- und Justizbehörde ein. Bei Surface und Serena gingen wir leer aus. Bakers und Downeys gab es wie Sand am Meer. Wir riefen alle Bakers und Downeys an. Unser Baker und unser Downey waren nicht dabei.
Bill rief Rick Jackson von der Mordkommission des LAPD an. Jackson ging Mordfälle durch, bei denen das Opfer erst vergewaltigt und dann erdrosselt oder erst niedergeknüppelt und dann erdrosselt worden war. Er stieß auf zwei LAPD-Fälle. Sie waren aufgeklärt, und die Täter waren verurteilt worden.

Opfer Nr. 1 hieß Edith Lucille O'Brien. Sie wurde am 18. 2. 59 umgebracht. Sie war 43 Jahre alt. Sie wurde niedergeknüppelt und oben auf einem Hügel in Tujunga abgeladen. Sie hatte ihre lange Hose falschrum an. Ihr BH war hochgeschoben. Es sah aus wie ein Mord im Sexrausch.
Edith O'Brien war in den Bars von Burbank und Glendale auf Männerjagd gegangen. Sie wollte Sex. Zuletzt wurde sie in der Bamboo Hut in der San Fernando Road gesehen. Sie verließ den Schuppen in Begleitung eines Mannes. Der Mann hatte einen 53er Olds. Der Mann kam allein in die Bamboo Hut zurück. Der Mann sprach mit einem anderen Mann. Er sagte, Edith sitze draußen in seinem Auto. Sie habe Spaghetti auf den Vordersitz gekippt. Die Männer steckten die Köpfe zusammen und flüsterten. Der Mann mit dem Wagen blieb in der Bar. Der andere Mann ging hinaus.
Der Gerichtsmediziner sagte, der Mörder habe dem Opfer die Handgelenke gefesselt. Er habe sie vermutlich mit einem Schraubenschlüssel traktiert. Das LAPD nahm einen Typen namens Walter Edward Briley fest. Er wurde vor Gericht gestellt und verurteilt. Er war 21. Er war groß und korpulent. Er bekam lebenslänglich. 1978 wurde er auf Bewährung freigelassen.
Ein Mann namens Donald Kinman hatte zwei Frauen vergewaltigt und erdrosselt. Die Opfer hießen Ferne Wessel und Mary Louise Tardy. Die eine starb am 5. 4. 58, die andere am 22. 1. 59. Kinman hatte Opfer Nr. 1 in einer Bar kennengelernt. Er nahm sich ein Hotelzimmer und brachte sie dort um. Auch Opfer Nr. 2 hatte er in einer Bar kennengelernt. Er tötete sie in einem Wohnwagen in der Wohnwagensiedlung seines Vaters. Er hinterließ an beiden Tatorten Fingerabdrücke. Er stellte sich und gestand. Kinman war untersetzt und hatte lockiges Haar. Kinman wurde wegen zweifachen Mordes verknackt. Kinman kam für 21 Jahre ins Gefängnis.
Kinman ließ mich aufhorchen. Ein Mann, der zweimal tötet und es dann läßt. Er war labiler als der Dunkelhäutige. Er war durch und durch selbstzerstörerisch veranlagt. Für mich war Alkohol sein Auslöser. Zweimal kreuzten genau der richtige Spritlevel und

genau die richtige Frau seinen Weg. Er sagte: »Ich weiß nicht, was über mich gekommen ist, aber ich hatte einfach das Gefühl, ich müßte es tun.«
Bill und ich debattierten darüber, ob der Dunkelhäutige ein Serienmörder war. Bill war pro. Ich war kontra. Wir kauten die Sache x-mal durch. Bill meinte, wir sollten uns an einen Polizeipsychologen wenden.
Carlos Avila arbeite für die kalifornische Justizbehörde. Er leite Seminare im Erstellen von Täterprofilen. Er arbeite seit neun Jahren bei der Mordkommission des Sheriffs und sei mit unserem geographischen Hintergrund vertraut. Wir sollten ihn beauftragen, ein Täterprofil zu den Fällen Ellroy und Long zu erstellen.
Bill rief Carlos Avila an. Wir liehen ihm unsere Akten. Er studierte sie und verfaßte ein Gutachten.

OBJEKT: UNBEKANNT;
GENEVA »JEAN« HILLIKER ELLROY; OPFER (VERSTORBEN);
ALIAS JEAN ELLROY;
22. JUNI 1958;
ELSPETH »BOBBIE« LONG, OPFER (VERSTORBEN);
23. JANUAR 1959;
LOS ANGELES SHERIFF'S DEPARTMENT;
LOS ANGELES, KALIFORNIEN;
MORDKOMMISSION (KRIMINALISTISCHE ANALYSE)

Die folgende kriminalistische Analyse wurde erstellt von Carlos Avila, Criminal Investigative Profiler und Gutachter, unter Mitarbeit von Special Agent Sharon Pagaling, California Department of Justice, Abteilung für Ermittlungen. Diese Analyse basiert auf einer gründlichen Auswertung der von William Stoner, Sergeant des Sheriff's Department von Los Angeles County im Ruhestand, und James Ellroy, Sohn des Opfers Jean Ellroy, eingereichten Unterlagen. Die Schlußfolgerungen resultieren aus dem Wissen, das die Genannten aus persönlicher kriminalistischer Erfahrung, Vorbildung sowie den von ihnen angestellten Nachforschungen gewonnen haben.

Die vorliegende Analyse kann kein Ersatz für eine gründliche, methodische Untersuchung sein und sollte nicht als abschließend angesehen werden. Die hier getroffenen Aussagen basieren auf der Revision, Analyse und Untersuchung von Kriminalfällen, die den von Sergeant (i. R.) Stoner, Los Angeles County Sheriff's Department, vorgelegten ähneln.
Bei dieser Analyse wurden zwei Einzeldelikte untersucht. Aufgrund einer Auswertung der vorliegenden Unterlagen und einer Erörterung der beiden genannten Fälle wird sich diese Analyse mit der Beschreibung einer einzelnen Persönlichkeit befassen, die unserer Ansicht nach sowohl für den Tod des Opfers Ellroy als auch für den des Opfers Long verantwortlich ist.

VIKTIMOLOGIE
Die Untersuchung des Milieus, aus dem die Opfer stammen, ist ein wichtiger Aspekt der kriminalistischen Analyse. Unter Berücksichtigung ihres Lebensstils, ihres Verhaltens, ihrer persönlichen Vorgeschichte und ihrer sozialen/sexuellen Gepflogenheiten wurde ihre Disposition analysiert, Opfer eines Verbrechens zu werden. Insbesondere wurde untersucht, wie groß das Risiko für sie war, Opfer eines Gewaltverbrechens zu werden.
Das Opfer Jean Ellroy war eine dreiundvierzigjährige Weiße, einen Meter vierundsechzig groß, Gewicht ungefähr sechzig Kilogramm, rote Haare. Sie war geschieden und hatte 1958 mit ihrem minderjährigen Sohn ein gepflegtes Haus in El Monte, Kalifornien, zur Miete bezogen. Seit 1956 war sie in Los Angeles als Betriebskrankenschwester tätig. Das Opfer Ellroy war eine attraktive Frau und ging am Wochenende, wenn ihr Sohn seinen Vater besuchte, gern in nahegelegene Nachtclubs. Ellroys Hauswirte beschrieben sie als eine ruhige Mieterin, die offenbar gern mit ihrem Sohn allein lebte. Es hieß, sie sei in bezug auf ihr Privatleben verschlossen gewesen und habe kaum enge Freunde gehabt. Ihre Hauswirte berichteten nach ihrem Tod, sie hätten in den Büschen nahe dem Haus des Opfers und in der Mülltonne leere Schnapsflaschen gefunden.
Ellroys Hauswirte sagten aus, sie hätten am Samstag, dem 21. Juni

1958, um etwa 20 Uhr gesehen, wie sie am Steuer ihres Wagens das Anwesen verließ. Zeugenaussagen zufolge wurde Ellroy später am selben Abend, etwa um 22 Uhr, in Begleitung eines nichtidentifizierten Mannes in einem Drive-In-Restaurant, etwa um 22 Uhr 45 tanzend in einem Nachtclub und schließlich am folgenden Morgen um etwa 2 Uhr 15 noch einmal in dem Drive-In-Restaurant gesehen. Am 22. Juni 1958 etwa um 10 Uhr wurde ihre Leiche bei einer nahegelegenen High School entdeckt. In der Gegend, in der das Opfer zuletzt gesehen wurde, herrschte Berichten zufolge eine »niedrige Kriminalitätsrate«, und bis dahin waren dort keine Entführungen, Fälle von sexueller Nötigung oder ähnliche Delikte gemeldet worden.
Ellroys Risikopotential, Opfer eines Gewaltverbrechens zu werden, erhöhte sich aufgrund ihrer Gepflogenheit, Nachtclubs zu frequentieren, Umgang mit Menschen zu pflegen, die sie nicht gut kannte, und alkoholische Getränke zu sich zu nehmen. Am Tag ihres Todes erhöhte sich ihr Risikopotential zusätzlich durch ihre persönliche Lage: als Frau mit einem Mann allein in einem Auto.
Das Opfer Bobbie Elspeth Long war eine zweiundfünfzigjährige Weiße, einen Meter dreiundsechzig groß, Gewicht etwa sechzig Kilogramm, aschblonde Haare. Sie war geschieden und wohnte allein in einem gepflegten Zwei-Zimmer-Apartment in Los Angeles, das sie vier Jahre zuvor zur Miete bezogen hatte. Long war als Kellnerin in einem nahegelegenen Restaurant beschäftigt, wo sie die Abendschicht verrichtete. Verschiedene Personen, die Long gekannt hatten, sagten aus, sie habe gern auf Pferde gewettet und Schulden bei einem Buchmacher gehabt. Sie wurde als verschwiegen in bezug auf ihr Privatleben und ihre Familiengeschichte bezeichnet. Long machte meistens falsche Altersangaben, und nach ihrem Tod wurde festgestellt, daß sie acht Jahre älter war, als sie oft behauptet hatte. Zeugenaussagen zufolge befand sich Long gern in Begleitung verschiedener Männer, doch es hieß, sie hätte sich nur dann auf sexuelle Kontakte eingelassen, wenn sie glaubte, daß diese sich auf die eine oder andere Weise finanziell für sie lohnen würden. Bei einer Durchsuchung von

Longs Apartment nach ihrem Tod wurden versteckte Schnapsflaschen entdeckt. Long wurde als extrovertiert und selbstsicher beschrieben.
Longs Leiche wurde am Freitag, dem 23. Januar 1959, um etwa 2 Uhr 30 neben einer Straße in La Puente entdeckt. Am Tag zuvor hatte Long einen Bus zur Rennbahn in Santa Anita genommen, wo sie von Zeugen den ganzen Tag über beim Wetten auf verschiedene Rennen gesehen wurde. Personen, die Long gekannt hatten, hielten es für durchaus wahrscheinlich, daß sie sich von einem Fremden, den sie auf der Rennbahn kennengelernt hatte, nach Hause hätte bringen lassen, sofern er ihr halbwegs vertrauenswürdig erschien.
In der Gegend, in der Long zuletzt gesehen wurde, herrschte Berichten zufolge eine »niedrige Kriminalitätsrate«, und bis dahin waren dort keine Entführungen, Fälle von sexueller Nötigung oder ähnliche Delikte gemeldet worden.
Longs Risikopotential, Opfer eines Gewaltverbrechens zu werden, erhöhte sich durch ihre selbstsichere Persönlichkeit, ihre Glücksspielleidenschaft, die daraus entstandene Verschuldung und ihre Bereitschaft, sich von Fremden im Auto mitnehmen zu lassen.
Insgesamt gehen wir aufgrund obiger Umstände in beiden Fällen davon aus, daß der Täter bis zu einem gewissen Grad mit den Opfern bekannt war und daß sich die Opfer anfangs für eine unbestimmte Zeitdauer freiwillig in seiner Begleitung befanden.

MEDIZINISCHER UNTERSUCHUNGSBERICHT
Die medizinischen Untersuchungsberichte beinhalten bereits eine Beurteilung der von den Opfern erlittenen Verletzungen, und es besteht kein Anlaß, diese Ergebnisse hier zu wiederholen. Dennoch werden hier ein paar Punkte angeführt, die bei der abschließenden Analyse dieser Delikte in Betracht gezogen werden sollten.
Der Pathologe gab als Todesursache im Fall Ellroy Asphyxie durch Strangulation mit einem Drosselwerkzeug an. Außerdem wies sie tiefe Rißquetschwunden der Kopfhaut und eine geringfügige Schürfung des Oberlides am rechten Auge auf, und ihr Abstrich

auf Spermien fiel positiv aus. Laut Bericht befand sich die Tote in der abklingenden Phase der Menstruation. Die durchgeführten toxikologischen Tests ergaben, daß sie einen Blutalkoholgehalt von 0,8 Promille hatte.
Auch beim Opfer Long war die Todesursache Asphyxie durch Strangulation mit einem Drosselwerkzeug. Das Opfer Long wies jedoch eine Schädelfraktur mit Hirnquetschungen infolge massiver Rißquetschwunden auf, hervorgerufen durch stumpfe Gewalt. Diese Rißquetschwunden hatten einen annähernd sichelförmigen Umriß mit wie eingeschnitten wirkenden Rändern. Ferner wies das Opfer einen kompletten Abriß der Halswirbelsäule in Höhe des 6. Zwischenwirbels auf.
Beide Opfer wurden mit einem Nylonstrumpf erdrosselt. Um den Hals des Opfers Ellroy war zusätzlich eine Schnur von der Art einer »Wäscheleine« festgezurrt. Die Vagina des Opfers Long enthielt ebenfalls Spermien. Ihr Blutalkoholgehalt betrug null Promille.

TATORTANALYSE

Obwohl hier nicht versucht werden soll, den chronologischen Ablauf dieser Verbrechen präzise zu rekonstruieren, sollen gewisse Betrachtungen betreffend der Tatorte und deren Implikationen in bezug auf den Täter dargestellt werden. Bei getrennter Betrachtung werfen die beiden Tatorte keine allzu ergiebigen forensischen Spuren ab. Um so größere Bedeutung kommt bei der Analyse dem Verhalten des Täters am Tatort zu.
Das Opfer Ellroy wurde am 22. Juni 1958 etwa zwischen 2 Uhr 15 und 2 Uhr 30 zum letztenmal gesehen, in Begleitung eines Mannes, mit dem sie früher am Abend bereits zusammengewesen war.
Am selben Tag um 10 Uhr wurde sie auf der efeubewachsenen Grünfläche einer High School in El Monte liegend aufgefunden. Die Tote war bekleidet, jedoch fehlte ihre Unterhose, und ihr Büstenhalter war geöffnet und bis zu ihrem Hals hochgeschoben. Der Strumpf an ihrem linken Bein war bis zum Knöchel hinabgerutscht, und der andere war zusammen mit einem Stück Schnur

um ihren Hals geschlungen. Der Mantel des Opfers war über den unteren Teil ihres Körpers gelegt worden.
Es scheint, daß Ellroy einvernehmlichen Geschlechtsverkehr gehabt hat, obgleich sie gerade menstruierte. Bei der Autopsie wurde in der Vagina des Opfers ein Tampon gefunden.
Kurz nach Vollzug des Geschlechtsverkehrs schlug der Täter mit einem stumpfen Gegenstand, der gerade greifbar war, auf das Opfer ein und schlang ihm danach die Schnur und seinen Strumpf um den Hals. Das offenkundige Fehlen von Abwehrverletzungen läßt es unwahrscheinlich erscheinen, daß eingangs überhaupt ein Kampf stattfand. Zeugenaussagen zufolge schien sich das Opfer in der Gegenwart des Täters wohl zu fühlen und sah sich aller Wahrscheinlichkeit nach zu keiner Zeit durch den Täter physisch bedroht. Nach dem Verlassen von Stan's Drive-In fuhr der Täter aller Wahrscheinlichkeit nach direkt zu der Stelle, an der das Opfer gefunden wurde. Der Täter kannte die Stelle, und er wählte sie, weil sie von außen schwer einzusehen war, schon vorher als »Turteltreffpunkt« gedient hatte und sein Fahrzeug nicht unbedingt auffallen würde. Es ist davon auszugehen, daß der Geschlechtsakt im Fahrzeug des Täters erfolgte und somit die Unterhose des Opfers im Fahrzeug blieb, weil das Opfer nicht mehr die Möglichkeit hatte, sie wieder anzuziehen. Welche Umstände auch immer den Zorn des Täters auslösten, sie traten erst ein, nachdem das Opfer den Tampon wieder eingeführt hatte.
Nach der Erdrosselung des Opfers entfernte der Täter es aus dem Fahrzeug und legte die Leiche auf dem Efeu ab. Dabei riß die Perlenhalskette des Opfers und fiel auf die Straße. Die letzte Handlung des Täters bestand darin, der Toten ihren Mantel über den unteren Teil des Körpers zu legen.
Bezüglich des Todes des Opfers Bobbie Long kann aufgrund des Fehlens jeglicher Zeugenaussagen die genaue Chronologie der Geschehnisse, die zum Tod dieses Opfers geführt haben, weder mit Bestimmtheit noch in allen Einzelheiten nachvollzogen werden; daher soll hier nicht versucht werden, das Verbrechen zu rekonstruieren. Es gibt jedoch gewisse Faktoren den Tatort betreffend, die auf bestimmte Handlungen schließen lassen.

Eine in der Handtasche des Opfers gefunde Bus-Rückfahrkarte erhärtet Zeugenaussagen, nach denen das Opfer am 22. Januar 1959 die Pferderennen auf der Rennbahn in Santa Anita besuchen wollte.
Wenn man davon ausgeht, daß das Opfer zum Pferderennen fuhr, so ist es möglich, daß sie den Täter an jenem Tag beim Rennen kennenlernte oder ihn sogar schon vorher kannte und sich von ihm im Auto mitnehmen ließ. Da das Opfer sich bereits in der Vergangenheit von Männern im Auto mitnehmen ließ, die es nicht gut kannte, scheint es sich um seine persönliche Sicherheit keine Sorgen gemacht zu haben.
Long war verschlossen in bezug auf ihr Privatleben, doch das wenige, was darüber bekannt war, deutet darauf hin, daß sie nicht zögerte, alles anzunehmen, was ein Mann ihr zu bieten hatte.
Wie der Autopsiebericht bezeugt, hat das Opfer offenbar zu irgendeinem früheren Zeitpunkt des Abends eine mexikanische Mahlzeit zu sich genommen. Das Opfer hat offenbar einvernehmlichen Verkehr mit dem Täter gehabt. Es war vollständig bekleidet, mit Ausnahme der Strümpfe, und seine Kleidung war unversehrt.
Das Opfer wurde auf dem grasbewachsenen Seitenstreifen einer ungepflasterten Zufahrtsstraße liegend gefunden, eine Zehntelmeile von einer Haupstraße in La Puente entfernt. Es lag auf dem Rücken, und der untere Teil seines Körpers war mit einem Mantel bedeckt (ähnlich wie beim Opfer Ellroy). Es hat den Anschein, als sei es ebenfalls nach Eintreten des Todes dort abgelegt worden.
Die Umstände, die zum Tod des Opfers Long führten, ähneln stark denen im Fall Ellroy. Nach einvernehmlichem Verkehr, der möglicherweise ebenfalls im Fahrzeug des Täters stattfand, wurde Long unerwartet mehrmals mit einem stumpfen Gegenstand auf den Kopf geschlagen, einem Gegenstand, den der Täter gerade greifbar hatte. Nachdem der Täter dem Opfer die Schläge zugefügt hatte, legte er ihm wahrscheinlich einen seiner Strümpfe um den Hals und erdrosselte es.
Dann entfernte der Täter das Opfer aus seinem Fahrzeug und legte es zusammen mit seiner Handtasche auf dem Seitenstrei-

fen ab. Wieder bestand die letzte Handlung des Täters darin, dem Opfer seinen Mantel über den unteren Teil des Körpers zu legen. Ganz ähnlich wurde mit dem Opfer Ellroy verfahren.
Die Entfernung zwischen dem Ort, an der die Leiche des Opfers Ellroy gefunden wurde, und dem, an der das Opfer Long gefunden wurde, beträgt etwa viereinhalb Meilen. Die Leiche des Opfers Ellroy wurde etwa anderthalb Meilen von der Gegend entfernt gefunden, in der sie vor ihrem Tod beim Tanzen und Essen gesehen wurde. Diese Gegend liegt weniger als eine Meile von dem Ort entfernt, an dem die Leiche des Opfers Long gefunden wurde.
In beiden Todesfällen scheint Raub als Motiv auszuscheiden. Wir gehen davon aus, daß der Täter im Fall Ellroy schlicht vergaß, sich der Handtasche des Opfers zu entledigen, bevor er den Tatort verließ. Der Geschlechtsakt, die Anwendung stumpfer Gewalt, gefolgt von der Erdrosselung mit einem Strumpf des jeweiligen Opfers, scheinen die persönliche Handschrift oder die Visitenkarte des Täters zu sein.

PERSÖNLICHKEIT DES TÄTERS
Statistisch gesehen sind Gewaltverbrechen von Natur aus eine rasseninterne Angelegenheit, weiß gegen weiß, schwarz gegen schwarz. Aus diesem Grund, und da wir keinen materiellen Beweis für das Gegenteil haben, nehmen wir an, daß dieser Täter ein Weißer ist.
In Zusammenhang mit dem Alter des Täters werden eine Reihe von Fakten untersucht, die für die Tat relevant sind. Das Alter des Opfers, der Grad, in dem der Täter die Situation im Griff hatte oder nicht, die Schwere der zugefügten Verletzungen, mitgenommene oder zurückgelassene Beweismittel sowie, soweit vorhanden, die sexuelle Interaktion zwischen ihm und dem Opfer werden zu wichtigen Faktoren. Ausgehend von diesen Faktoren nehmen wir an, daß dieser Täter Ende Dreißig war. Das Alter gehört jedoch zu den Kategorien, die am schwierigsten zu bestimmen sind, da das tatsächliche und das emotionale Alter häufig relativ stark voneinander abweichen. Da wir das Alter nur auf der Grundlage des Verhal-

tens, das ein direktes Resultat emotionaler und geistiger Reife ist, bestimmen, sollte kein Verdächtiger allein aufgrund seines Alters als Täter ausgeschlossen werden.

Der Täter ist aller Wahrscheinlichkeit nach fähig, Beziehungen zu Frauen zu unterhalten. Dennoch nehmen wir an, daß er unverheiratet ist, und wenn er verheiratet war, so dürfte die Beziehung konfliktreich und möglicherweise durch Wutausbrüche bis hin zu häuslicher Gewalt gestört gewesen sein. Es ist denkbar, daß der Täter in einem eheähnlichen Verhältnis mit einer Frau zusammenlebte, doch auch dann hätte er weiterhin sexuelle Kontakte mit anderen Frauen gehabt.

Wir nehmen an, daß der Täter durchschnittlich bis überdurchschnittlich intelligent ist, die High School abgeschlossen hat und die Befähigung zu einer Arbeit hat, die eine College-Qualifikation verlangt. Er ist höchstwahrscheinlich berufstätig, und seine berufliche Laufbahn entspricht seinem Bildungsstand.

Der Täter ist aller Wahrscheinlichkeit nach mit der Gegend, in der die Leichen der Opfer gefunden wurden, ausreichend vertraut, um zu wissen, daß sie »einigermaßen sichere« Orte zur Ablage der Leichen waren. Bei der Analyse ähnlicher Fälle haben wir die Erfahrung gemacht, daß Täter wie dieser Leichen an einem Ort ablegen, zu dem sie eine gewisse Beziehung und/oder von dem sie eine gewisse Kenntnis haben. Daraus folgt, daß der Täter in der Gegend, in der die Opfer gefunden wurden, gewohnt oder gearbeitet oder sich häufig dort aufgehalten hat. Wenn ihn jemand gesehen hätte, wäre er in der Lage gewesen, eine plausible Erklärung dafür abzugeben, warum er sich in dieser Gegend aufhielt.

Es ist davon auszugehen, daß der Täter auf seine Erscheinung und Kleidung achtet und in guter körperlicher Verfassung ist. Da Tatorte im allgemeinen die Persönlichkeit und den Lebensstil des Täters widerspiegeln, nehmen wir an, daß der Täter ein ordentlicher Mensch ist und eine gepflegte Erscheinung hat. Er hat kaum enge Freunde, aber zahlreiche Bekannte. Er handelt oft impulsiv und ist immer auf den eigenen Vorteil bedacht. Er ist eher ein »einsamer Wolf« als ein Außenseiter.

Der Täter wird seinesgleichen selbstsicher, aber nicht als »Macho«

erscheinen. In seinem Umgang mit Frauen wird er dominieren wollen und darauf aus sein, die Oberhand zu behalten. Möglicherweise versucht der Täter, sich selbst als passiv darzustellen. Er wird bemüht sein, nicht den Eindruck zu erwecken, als sei er jähzornig oder gewalttätig veranlagt. Gelegentliche Wutanfälle wechseln sich ab mit einer Gleichgültigkeit anderen gegenüber. Es ist davon auszugehen, daß er im Umgang mit Menschen Aggressivität an den Tag gelegt hat.
Der Täter konsumiert alkoholische Getränke und möglicherweise Drogen, jedoch nicht bis zum Vollrausch. Es gibt keinen Hinweis auf exzessiven Alkohol- oder Drogenkonsum zum Zeitpunkt der Verbrechen, allerdings könnte er eine dieser Substanzen oder beide dazu verwendet haben, seine Hemmschwelle zu senken.
Der Täter besitzt vermutlich ein wohlgepflegtes Fahrzeug, das den finanziellen Verhältnissen der Personen entspricht, mit denen die Opfer bis dahin ausgegangen sind. Der Täter fährt gern Auto und ist bereit, auch Orte außerhalb der näheren Umgebung seiner Wohnung anzufahren, um sich zu amüsieren.
Wir nehmen nicht an, daß der Täter eine bewegte kriminelle Vergangenheit hat. Es ist jedoch möglich, daß er bereits wegen Ruhestörung oder Gewaltanwendung verhaftet worden ist.
Es ist anzunehmen, daß die vom Täter gewählten Waffen Gegenstände waren, die er bereits griffbereit hatte: ein sichelförmiges Werkzeug, das er höchstwahrscheinlich in seinem Wagen mit sich führte; ein Stück Schnur und die Nylonstrümpfe der Opfer. Dies zeigt unserer Ansicht nach in Verbindung mit der Tatsache, daß der Täter beide Opfer wiederholt auf den Kopf schlug, um sie gefügig zu machen, daß die Morde vermutlich bis kurz vor dem Zeitpunkt, zu dem sie begangen wurden, nicht geplant waren.

VERHALTEN NACH DER TAT

In Anbetracht der Zeit, die seit der Begehung dieser Verbrechen vergangen ist, kommt dem Verhalten nach der Tat, das oft der erhellendste Aspekt der Analyse ist, in diesem Fall eine geringere Bedeutung zu. Der Gegenstand dieses Teils ist eine Analyse des

Verhaltens, das vermutlich direkt auf die Begehung dieser Verbrechen folgte.

Der Täter hat sich wahrscheinlich direkt im Anschluß an die Taten nach Hause oder an irgendeinen anderen sicheren Ort be geben. Seine Kleidung und sein Fahrzeug waren höchstwahrscheinlich durch die den beiden Opfern zugefügten Schläge und das Menstruationsblut des Opfers Ellroy beschmutzt.

Da er in beiden Fällen davon ausging, daß er bei der Tat nicht beobachtet wurde, ist der Täter vermutlich nicht lange sonderlich unruhig oder nervös gewesen. Vielleicht hat er, um allein zu sein, eine kurze Krankheit vorgetäuscht und sich am nächsten Tag krank gemeldet, falls er zur Arbeit hätte erscheinen müssen. Abgesehen von diesem kurzzeitigen Zurückziehen ist davon auszugehen, daß sich die alltäglichen Gewohnheiten Ihres Täters nicht merklich verändert haben.

Er hat vermutlich die Lokale gemieden, in denen er mit beiden Opfern kurz vor ihrem Tod gesehen wurde. Zu diesen Lokalen gehören das Desert Inn, Stan's Drive-In und das mexikanische Restaurant, das er und das Opfer Long in der Nacht ihres Todes besuchten.

Er hat möglicherweise Interesse an Berichten über die Morde in den Fernsehnachrichten gezeigt, sich aber nicht in die Ermittlungen der Polizei eingemischt. Es ist unwahrscheinlich, daß er Theorien über das Geschehene zum besten gab. Er hat vermutlich behauptet, nur aus zweiter Hand, durch Freunde oder die Medien, von den Verbrechen zu wissen.

Sobald die Ermittlungen begannen, im Sande zu verlaufen, fühlte sich der Täter vermutlich darin bestätigt, daß er weder mit den Opfern gesehen worden war noch als tatverdächtig galt. Es ist davon auszugehen, daß er für das, was er getan hat, weder Schuld noch Reue empfand. Diese Frauen galten als »wertlos«, und er redete sich ein, daß sie ihn in gewisser Weise zu der Tat getrieben hatten. Er sorgte sich ausschließlich um sich selbst und darum, welche Auswirkungen die Verbrechen auf sein Leben haben könnten. Mittlerweile hatte er die Einzelheiten dieser Ereignisse vermutlich größtenteils schon wieder vergessen.

Sofern der Täter nicht festgenommen und für längere Zeit inhaftiert wurde, gehen wir davon aus, daß der Täter weiter gemordet hat, wenn nicht in diesem Staat, dann in anderen.

Carlos Avila
Criminal Investigative Profiler/Gutachter

Avila glaubte, daß wir es mit einem Serienmörder zu tun hatten. Er glaubte, daß meine Mutter freiwillig mit dem Dunkelhäutigen gevögelt hatte. Er drückte sich allerdings ein klein bißchen schwammig aus:
»*Es scheint*, daß Ellroy einvernehmlichen Geschlechtsverkehr gehabt hat.«
»Welche Umstände auch immer den Zorn des Täters auslösten, sie traten ein, nachdem das Opfer den Tampon wieder eingeführt hatte.«
Bill und ich erörterten das Profil im allgemeinen und im besonderen den Punkt, ob es sich um einvernehmlichen Sex oder um Vergewaltigung handelte. Mit Avilas Interpretation der Psychologie des Täters waren wir einverstanden. Bill schloß sich seiner Folgerung an, daß es sich um einen Serienmörder handelte. Ich bezweifelte das. Nur einen Punkt räumte ich ein. Meine Mutter war vielleicht das erste Opfer in einer Reihe von Serienmorden. Carlos Avila war ein renommierter kriminologischer Experte. Ich nicht. Ich beurteilte seine Schlußfolgerung skeptisch, weil sie auf der Kenntnis ähnlicher Kriminalfälle und ihres gemeinsamen pathologischen Hintergrundes basierte. Ich mißtraute der starren Logik und dem wirklichkeitsfremden Wissen, das ihn zu dieser Schlußfolgerung veranlaßt hatte. Seine Schlußfolgerung unterminierte meine grundlegende Theorie des Mordens: Kriminelle Energie, die aus lange unterdrückten Ängsten herrührt, tritt durch die einzigartige Chemie zwischen Mörder und Opfer für einen Moment über die Schwelle des Bewußtseins. Zwei Zustände von Unbewußtsein fügen sich ineinander und verursachen eine Initialzündung. Der Mörder durchschaut die Situation. Der Mörder schreitet zur Tat – »Ich hatte einfach das Gefühl, ich müßte es tun«. Der

Mörder bezieht sein Wissen vom Opfer. Weibliche Opfer morsen sexuelle Signale. Sieh dir diesen abgeblätterten Nagellack an. Sieh dir an, wie schmutzig Sex ist – zwei Sekunden, nachdem du gekommen bist. Sexuelle Morsezeichen sind purer frauenfeindlicher Subtext. Alle Männer hassen alle Frauen aus triftigen Gründen, die sie Tag für Tag in Witzen und Hänseleien austauschen. Jetzt weißt du Bescheid. Du weißt, daß die halbe Welt dir verzeihen wird, was du gleich tun wirst. Sieh dir an, was für Tränensäcke die Rothaarige hat. Sieh dir ihre Schwangerschaftsstreifen an. Jetzt steckt sie sich diesen Fotzenstöpsel wieder rein. Jetzt saut sie deine Sitzbezüge mit Blut voll –

Sie war es, die er in jener Nacht tötete. Es hätte keine andere sein können. Er war in jener Nacht nicht auf der Suche nach einer Frau zum Töten gewesen. Und sie hätte keinen anderen Mann zu jener Initialzündung treiben können. Ihre Chemie war zwingend und funktionierte ausschließlich zwischen ihnen beiden.

Bill glaubte, es sei Vergewaltigung gewesen. Ich glaubte, es sei Vergewaltigung gewesen. Bill sagte, wir dürften uns nicht auf irgend etwas versteifen. Für kurze Zeit glaubte auch ich an die Serienmördertheorie. Ich fragte Bill, ob wir in ganz Kalifornien oder im ganzen Land Unterlagen sichten und Erdrosselungsfälle bis zurück zu unserem Zeitrahmen katalogisieren könnten. Er sagte, die meisten Daten seien nicht computerisiert. Eine Menge konventionell geführter Akten sei bereits vernichtet worden. Es gab keine Möglichkeit des systematischen Zugriffs auf die Daten. Auf dem großen FBI-Computer waren derart alte Daten nicht gespeichert. Publicity war immer noch unsere größte Chance. Mitte Februar sollte der Artikel in der *L.A. Weekly* erscheinen. Im April sollte der *Day One*-Bericht ausgestrahlt werden. Vielleicht würde der eine oder andere ehemalige Cop den Artikel lesen oder die Sendung sehen. Vielleicht würde uns einer anrufen und sagen: »Ich hatte mal einen ähnlichen Fall ...«

Wir legten das Profil beiseite. Wir machten uns auf die Jagd nach weiteren Namen.

Wir fanden einen alten Arzt. Er hatte eine Praxis in der Nähe des Desert Inn. Er nannte uns den Namen Harry Bullard. Harry

hatte das Coconino gehört. Er erwähnte die Pitkin-Brüder. Ihnen hatten ein paar Tankstellen in der Nähe von Five Points gehört. Wir fanden die Pitkin-Brüder. Sie nannten uns keine Namen. Sie sagten uns, Harry Bullard sei tot.
Wir wollten einen Erdrutsch von Namen auslösen. Wir waren ausgehungert nach Namen und fest entschlossen, weiterer Namen habhaft zu werden. Die Ermittlungen waren mittlerweile dreieinhalb Monate alt.

Helen kam über Weihnachten nach Orange County. Wir verbrachten den Heiligabend mit Bill und Ann Stoner. Bill und ich erörterten unter dem Weihnachtsbaum den Fall. Ich hatte keinen Sinn für das ganze Feiertagsgetue. Helen kannte den Fall in- und auswendig. Seit über drei Monaten hatten wir jeden Abend darüber gesprochen. Sie hatte mich ausgesandt, einem rothaarigen Phantom nachzujagen. Sie betrachtete das Phantom nicht als Rivalin oder als Bedrohung. Sie verfolgte seine Entwicklung in meinen Gedanken und führte mit Bill und mir kriminalistische Fachgespräche. Helen betrieb Genevas Dekonstruktion. Sie warnte mich davor, über sie zu richten oder sie zu verherrlichen. Helen mokierte sich über Genevas Gelüste. Helen steckte Geneva mit schmierigen Politikern ins Bett und lachte sich schlapp. Bill Clinton ließ Hillary wegen Geneva sitzen und vergeigte die '96er Wahl. Hillary zog nach El Monte und begann, Jim Boss Bennett zu vögeln. Der Dunkelhäutige war ein engagierter Abtreibungsgegner. Die Blonde hatte ein uneheliches Kind von Newt Gingrich.
Bill verbrachte eine Woche mit seiner Familie. Ich verbrachte eine Woche mit Helen. Wir legten den Fall zeitweilig auf Eis. Ich bekam Mordentzugserscheinungen. Ich sprach mit dem Chef der Mordkommission des Sheriffs und begleitete seine Jungs auf ein paar Einsätzen.
Ich trug einen Pieper. Ich wurde angepiept und zu zwei Tatorten dirigiert. Ich erwischte zwei Gang-Schießereien. Ich sah Blutflekken und Einschußlöcher und trauernde Familien. Ich wollte einen Zeitschriftenartikel schreiben. Ich wollte diesen neuen mechanistischen Horror auf meinen alten Sexhorror prallen lassen. Meine

Gedanken fügten sich nicht zusammen. Ich erwischte zwei männliche Opfer. Ich starrte auf verspritzte Hirnflüssigkeit und sah meine Mutter in der King's Row. Ich starrte auf den Bruder eines toten Vergewaltigers und sah meinen gelassenen und zufriedenen Vater auf dem Revier El Monte. Damals bestand die Mordkommission des Sheriffs aus 14 Mann. Das heutige Dezernat war eine ausgewachsene Division. 1958 gab es in L.A. County 43 Morde. Dieses Jahr gab es in L.A. County 500 Morde. Die Mordkommission des Sheriffs war eine Spitzeneinheit. Die Jungs nannten sich Bulldogs. Der Mannschaftsraum der Mordkommission war eine wahre Bulldog-Menagerie. Alles war mit Bulldog-Insignien gepflastert. Der Raum ertrank in Nippes mit Bulldog-Abzeichen. An der Stirnwand hing eine Gedenktafel mit dem Namen jedes Detectives, der jemals zu der Einheit gehört hatte.

Die Bulldogs von heute waren eine gemischtrassige und -geschlechtliche Truppe. Sie hatten es mit High-Tech-Morden, öffentlicher Rechenschaftspflicht, Rassenpolarisierung, Überbevölkerung und einer Gerichtsbarkeit zu tun, die sich auf dem absteigenden Ast befand. Die Bulldogs von früher waren weiße Männer mit einer Pulle im Schreibtisch gewesen. Sie waren in einer günstigen Position. Sie hatten es mit Low-Tech-Morden in einer nach Rassen und Klassen geteilten Gesellschaft zu tun. Jeder achtete oder fürchtete sie. Sie konnten ungestraft Verdächtige schikanieren. Sie konnten ein zweigeteiltes Weltbild pflegen, ohne eine Überschneidung zwischen den beiden Welten fürchten zu müssen. Sie konnten Mordfällen in Niggertown oder Cholo-El-Monte nachgehen und abends in die geborgene Welt heimkehren, in der sie ihre Familien eingelagert hatten. Es waren intelligente Männer und getriebene Männer und Männer, die anfällig für die fleischlichen Versuchungen ihres Berufslebens waren. Es waren intelligente Männer. Es waren keine hellseherischen Denker oder Unheilspropheten. Sie konnten nicht vorhersehen, daß ihre Arbeitswelt eines Tages ihre geborgene Welt schlucken würde. 1958 gab es 14 Bulldogs. Heute waren es 140. Die Zunahme besagte, daß man nirgends mehr sicher war. Die Zunahme brachte meine alten Schreckgespenster in einen Zusammenhang. Sie implizierte, daß sie noch immer einen gewissen Einfluß hatten. Meine alten Schreckgespenster lebten in Prä-Tech-Erinnerungen fort. Die Blonde hatte es herumerzählt. Kneipengeflüster machte immer noch die Runde. Erinnerungen bedeuteten Namen.

Die Ferien gingen zu Ende. Helen flog nach Hause. Bill und ich machten uns wieder an die Arbeit.

Chief Clayton nannte uns ein paar Namen. Der Direktor des Museums von El Monte nannte uns ein paar Namen. Wir überprüften sie. Es kam nichts dabei heraus. Wir besuchten zwei Bars in El Monte, die es schon 1958 gegeben hatte. Damals waren es Redneck-Schuppen. Heute waren es Latino-Schuppen. Sie hatten mehrmals den Besitzer gewechselt. Wir versuchten, die Eigentümer bis 1958 zurückzuverfolgen. Wir scheiterten an fehlenden Unterlagen. Wir scheiterten an fehlenden Namen.

Unsere Jagd nach Namen führte uns quer durchs San Gabriel Valley. Menschen, die einmal ins San Gabriel Valley gezogen waren, blieben meist für den Rest ihres Lebens dort. Manchmal zogen sie in Pißkäffer wie Colton oder Fontana. Immer mußte ich fahren. Autobahnfahrten hatten Bill dazu gebracht, sich zur Ruhe zu setzen. Ich hatte ihn dazu gebracht, wieder zu arbeiten. Das bedeutete, daß ich den Chauffeur spielen mußte. Das bedeutete, daß ich mir wüste Beleidigungen wegen meiner lausigen Fahrkünste anhören mußte.

Wir fuhren. Wir unterhielten uns. Ausgehend von unserem Fall kauten wir die gesamte Welt des Verbrechens durch. Wir fuhren über Autobahnen und Schnellstraßen. Bill zeigte mir Leichenfundorte und erzählte von seinen alten Fällen. Ich erzählte von meinen erbärmlichen kriminellen Heldentaten. Bill erzählte mit pikaresker Inbrunst von seinen Jahren im Streifendienst. Wir huldigten beide dem Testosteron-Überschuß. Wir schwelgten beide in Erzählungen von fehlgeleiteter männlicher Energie. Wir wußten beide, woran wir mit ihr waren. Wir wußten beide, daß sie meine Mutter umgebracht hatte. Bill sah den Tod meiner Mutter im größeren Zusammenhang. Ich liebte ihn dafür.

Den ganzen Januar über goß es wie aus Kübeln. Wir saßen im

Stoßverkehr und auf überfluteten Autobahnen fest. Wir gingen in den Pacific Dining Car und aßen fette Steaks. Wir unterhielten uns. Ich begriff langsam, wie sehr wir beide Faulheit und Unordnung haßten. Mir ging das schon seit gut 20 Jahren so. Bill ging es so, seit er kein Cop mehr war. Faulheit und Unordnung konnten sinnlich und verführerisch sein. Das wußten wir beide. Wir beide verstanden den Kick. Er hatte seine Wurzeln in Testosteron. Man mußte sich im Griff haben. Man mußte hart bleiben. Sonst wuchs es einem über den Kopf und zwang einen zur Kapitulation. Billige Sinnenfreuden waren eine verwerfliche Versuchung. Alkohol und Drogen und wahlloser Sex gaben einem eine Billigversion der Macht zurück, auf die man eigentlich verzichten wollte. Sie nahmen einem den Willen, ein anständiges Leben zu führen. Sie nährten den Boden für Kriminalität. Sie richteten Gesellschaftsverträge zugrunde. Das hatte die Verlorene-Zeit/Wiedergewonnene-Zeit-Dynamik mich gelehrt. Experten machten Armut und Rassismus für die Kriminalität verantwortlich. Sie hatten recht. Ich sah Kriminalität als eine damit einhergehende moralische Seuche mit allzu verständlichen Ursachen. Kriminalität war fehlgeleitete männliche Energie. Kriminalität war eine Massensehnsucht nach ekstatischer Selbstaufgabe. Kriminalität war romantische Sehnsucht auf Abwegen. Kriminalität war die Faulheit und Unordnung aus individueller Nachlässigkeit in epidemischer Gradation. Willensfreiheit existierte. Menschen waren etwas Besseres als Laborratten, die bloß auf äußere Reize reagierten. Die Welt war total im Arsch. Auf die eine oder andere Art waren wir alle dafür verantwortlich.

Ich wußte das. Bill wußte es. Er begegnete diesem Wissen mit einer größeren Nachsicht als ich. Ich ging hart mit mir ins Gericht und beurteilte andere nach denselben strengen Kriterien. Bill glaubte eher an mildernde Umstände als ich. Er wollte, daß ich meiner Mutter mildernde Umstände zugestand.

Er fand, daß ich ungerecht gegen sie war. Ihm gefiel meine Offenheit ihm als Partner gegenüber, aber ihm mißfiel mein Mangel an Gefühlsregungen als Sohn meiner Mutter gegenüber. Ich sagte ihm, ich versuchte, ihre Präsenz im Zaum zu halten. Ich führte ein Zwiegespräch mit ihr. Es lief größtenteils in meinem Innern ab. Nach außen hin kam ich über Kritik und pseudoobjektive Beurteilungen nicht hinaus. Sie hatte sich ganz in mich hinein geflüchtet. Sie verwirrte mich, und sie becircte mich. Wenn ich mich öffentlich mit ihr auseinandersetzte, zog ich mir einen weißen Kittel an und spielte den Physikus. Ich gab harsche Kommentare von mir, um harsche Reaktionen zu provozieren. Unsere Beziehung hatte zwei Gesichter. Sie war wie eine verbotene Liebe zwischen zwei Welten.

Ich wußte, daß Bill dabei war, sich in sie zu verlieben. Es war kein heftiger Flirt wie der mit Phyllis »Bunny« Krauch. Es war keine Auferstehungsphantasie. Es ging nicht so weit wie seine Sehnsucht, Tracy Stewart und Karen Reilly aus ihrer Opferrolle exhumiert zu sehen. Er verknallte sich in die unbeschriebenen Seiten der Rothaarigen. Das Geheimnis ihres Charakters zu lüften war ihm genauso wichtig, wie ihren Mörder zu finden.

Wir fuhren. Wir unterhielten uns. Wir jagten Namen nach. Wir machten anthropologische Exkurse. Wir versuchten es beim Autohändler gegenüber vom ehemaligen Desert Inn. Wir notierten ein paar Namen und versuchten zurückzuverfolgen, wem der Laden '58 gehört hatte. Der Sohn des ehemaligen Besitzers verkaufte Toyotas. Er nannte uns vier Namen. Zwei stöberten wir auf dem Friedhof auf, zwei als Autohändler in Azusa und Covina. Bill hatte so eine Ahnung, daß der Dunkelhäutige ein Autoverkäufer war. Volle zehn Tage lang gingen wir dieser Ahnung nach. Wir sprachen mit Heerscharen von ehemaligen Autoverkäufern. Sie waren allesamt Valley-Fossile.

Keiner von ihnen erinnerte sich an unseren Fall. Keiner von ihnen erinnerte sich an einen heißen Schuppen namens Desert Inn. Keiner von ihnen hatte jemals bei Stan's Drive-In gegessen. Sie sahen nicht nach einem gesunden Lebenswandel aus. Die meisten von ihnen sahen total versoffen aus. Sie alle behaupteten, sie wüßten nichts von der ausschweifenden Kneipenszene El Montes.

Wir fuhren. Wir unterhielten uns. Wir jagten Namen nach. Wir verließen nur selten das San Gabriel Valley. Jede neue Spur und jeder neue Exkurs führten uns auf direktem Weg zurück. Bald kannte ich sämtliche Autobahnen von Duarte nach Rosemead,

Covina und hoch nach Glendora. Ich kannte die Schnellstraßen in und um El Monte. Wir fuhren jedesmal durch El Monte. Es war der kürzeste Weg zum Freeway 10 Richtung Osten und zum Freeway 605 Richtung Süden. El Monte hing mir bald zum Hals raus. Aus dem Desert Inn wurde Valenzuela's. Das Essen war schlecht. Der Service durchschnittlich. Es war eine Spachtelhalle mit einer Mariachi-Band. Die Gewöhnung machte mir den Laden kaputt. Er verlor seine Schockwirkung und seinen Charme. Er war nicht mehr dazu da, mich auf mentale Rendezvous mit meiner Mutter zu geleiten. Es blieb nur ein magnetisches Feld in El Monte übrig: die King's Row bei Nacht.

Manchmal wurde ich ausgesperrt. Ich fuhr gegen Mitternacht hin und fand das Tor verschlossen. Die King's Row war eine High-School-Zufahrtsstraße. Sie war nicht dazu da, mir immer neues Grauen einzuflößen.

Manchmal war das Tor nicht verschlossen. Dann fuhr ich hinein und parkte ohne Licht. Ich saß da. Ich bekam Angst. Ich stellte mir alle möglichen 1995er Greuel vor und wartete regungslos darauf, daß sie mich erwischten. Ich wollte mich in ihrem Namen körperlicher Gefahr aussetzen. Ich wollte die Angst spüren, die sie an diesem Ort ausgestanden hatte. Ich wollte, daß ihre Angst mit meiner verschmolz und mutierte. Ich wollte durch die Angst zu einem gesteigerten Bewußtsein gelangen und mit neuen Geistesblitzen daraus hervorgehen.

Meine Angst erreichte immer einen bestimmten Punkt und ließ dann nach. Es gelang mir nie, mich ganz in jene Nacht zurückzuversetzen.

Die *L.A. Weekly* erschien. Der Ellroy/Stoner-Artikel war sehr schön geworden. Er schilderte die Fälle Ellroy und Long äußerst ausführlich. Die Blonde wurde besonders hervorgehoben. Die Tatsache, daß meine Mutter mit zwei Strangulierwerkzeugen erdrosselt worden war, wurde unterschlagen. Es wurde behauptet, daß sie lediglich mit einem Seidenstrumpf erdrosselt worden sei. Diese Unterschlagung war entscheidend. Sie würde uns helfen, falsche Geständnisse von echten zu unterscheiden. Die wahren

Umstände waren bereits in *GQ* und alten Zeitungsberichten veröffentlicht worden. Die Unterschlagung in der *L.A. Weekly* war eine gute Idee.
Fett und schwarz war unsere Hotline-Nummer abgedruckt.
Anrufe gingen ein. Ich ließ meinen Anrufbeantworter rund um die Uhr eingeschaltet. Ich hörte ihn regelmäßig ab und notierte zu jedem Anruf die genaue Zeit, zu der er eingegangen war. Bill sagte, auf Telefonrechnungen für 1-800-Nummern sei jeder einzelne Anrufer verzeichnet. Wir konnten aufschreiben, zu welcher Zeit verdächtige Anrufe eingegangen waren, und die Anrufer mit Hilfe unserer monatlichen Rechnungen aufspüren.
Am ersten Tag riefen zweiundvierzig Leute an und legten gleich wieder auf. Zwei Spiritisten riefen an und boten ihre Dienste feil. Ein Mann rief an und sagte, er könne eine Séance abhalten und gegen ein geringes Honorar den Geist meiner Mutter herbeirufen. Ein Saftsack aus dem Filmgeschäft rief an und sagte, er sehe mein Leben als großen Spielfilm. Eine Frau rief an und sagte, ihr Vater habe meine Mutter umgebracht. Vier Leute riefen an und sagten, O.J. Simpson sei es gewesen. Ein alter Kumpel von mir rief an und haute mich um Geld an.
Am nächsten Tag riefen neunundzwanzig Leute an und legten gleich wieder auf. Vier Spiritisten riefen an. Zwei Leute riefen an und beschuldigten O.J. Neun Leute riefen an und wünschten mir viel Glück. Eine Frau rief an und sagte, meine Bücher seien sexy, wir sollten uns mal treffen. Ein Mann rief an und sagte, meine Bücher seien rassistisch und schwulenfeindlich. Drei Frauen riefen an und sagten, ihr Vater könnte meine Mutter getötet haben. Zwei von ihnen sagten, ihr Vater habe sie sexuell belästigt.
Die Anrufe setzten sich fort.
Wir erhielten weitere Anrufe von Leuten, die gleich wieder auflegten, und weitere Anrufe von Leuten, die O.J. beschuldigten. Wir erhielten weitere Anrufe von Spiritisten und weitere Anrufe von Leuten, die uns viel Glück wünschten. Wir erhielten zwei Anrufe von Frauen mit verdrängten Kindheitserinnerungen. Sie sagten, ihr Vater hätte sie mißbraucht. Sie sagten, ihr Vater könnte meine Mutter umgebracht haben. Wir erhielten drei Anrufe von

ein und derselben Frau. Sie sagte, ihr Vater habe meine Mutter *und* die Schwarze Dahlie umgebracht.

Niemand rief an und sagte, er kenne die Blonde. Niemand rief an und sagte, er habe meine Mutter gekannt. Kein ehemaliger Cop rief an und sagte: Ich habe diesen dunkelhäutigen Wichser hinter Gitter gebracht.

Die Zahl der Anrufe nahm von Tag zu Tag ab. Ich strich unsere Liste zurückzurufender Leute zusammen. Ich strich die Spinner, die Spiritisten und die Frau mit dem Schwarze-Dahlie-Tick. Bill rief die anderen Frauen, die ihre Väter beschuldigten, zurück und stellte ihnen ein paar Fangfragen.

Ihre Antworten entlasteten ihre Väter. Ihre Väter waren zu jung. Ihre Väter saßen 1958 im Gefängnis. Ihre Väter sahen nicht aus wie der Dunkelhäutige.

Die Frauen wollten mit jemandem reden. Bill sagte, er werde ihnen zuhören. Sechs Frauen erzählten die gleiche Geschichte. Ihre Väter hatten ihre Mütter geschlagen. Ihre Väter hatten sie sexuell belästigt. Ihre Väter hatten das Geld für die Miete verpraßt. Ihre Ihre Väter hatten sich an minderjährige Mädchen rangemacht. Ihre Väter waren tot oder vom Alkohol zerstört.

Die Väter entsprachen alle demselben Typ. Die Frauen entsprachen alle demselben Typ. Sie waren mittleren Alters und in psychotherapeutischer Behandlung. Sie charakterisierten sich selbst in psychologischen Fachbegriffen. Sie gingen in der Psychotherapie auf, redeten pausenlos über Psychotherapie und bedienten sich psychotherapeutischer Fachausdrücke, um ihrem aufrichtigen Glauben Ausdruck zu verleihen, daß ihr Vater wirklich meine Mutter umgebracht haben könne. Bill schnitt drei der Gespräche mit. Ich hörte sie mir an. Ich nahm den Frauen jeden konkreten Vorwurf des sexuellen Mißbrauchs ab. Die Frauen waren verraten und verkauft worden. Sie wußten, daß ihre Väter im Grunde ihres Herzens Vergewaltiger und Mörder waren. Sie glaubten, daß die Therapie ihnen übernatürliche Einsichten verschafft hatte. Sie waren Opfer. Sie betrachteten die Welt in Täter/Opfer-Kategorien. Sie sahen mich als Opfer. Sie wollten kaputte Täter/Opfer-Familien gründen. Sie wollten mich zu ihrem Bruder und meine

Mutter und ihre Väter zu unseren Eltern erklären. Sie glaubten, daß die traumatische Kraft, die ihre Einsichten geformt hatte, die Gesetze gewöhnlicher Logik aufhob. Es spielte keine Rolle, daß ihr Vater nicht wie der Dunkelhäutige aussah. Der Dunkelhäutige konnte meine Mutter am Desert Inn abgesetzt haben. Ihr Vater konnte sie auf dem Parkplatz überfallen haben. Ihr Schmerz war allumfassend. Sie wollten ihn publik machen. Sie legten Zeugnis davon ab, wie in unserer Zeit Kindheiten zerstört wurden. Sie wollten meine Geschichte mit einbeziehen. Sie befanden sich auf einer Rekrutierungsmission.

Sie bewegten mich und machten mir angst. Ich hörte mir die Bänder noch mal an und kam der Quelle meiner Ängste auf die Spur. Die Frauen klangen selbstgefällig. Sie verschanzten sich hinter ihrer Opferrolle und gefielen sich darin.

Die Hotline-Anrufe ebbten ab. Der Producer von *Day One* rief an. Er sagte, sie könnten unsere 1-800-Nummer nicht durchgeben. Das verstieße gegen ihre Grundsätze. Am Ende unseres Berichts würde der Moderator ein paar Worte sagen. Er würde potentielle Informanten an die Mordkommission des Sheriffs verweisen. Die Telefonnummer der Mordkommission würde er nicht nennen.

Ich war stinksauer. Bill war stinksauer. Die Grundsätze des Senders verbauten uns die Chance, aus allen Teilen des Landes Informationen zu erhalten. Die Nummer der Mordkommission des Sheriffs war nicht gebührenfrei. Zwielichtige Typen würden eine 1-800-Nummer anrufen. Zwielichtige Typen würden nicht bei der Bullerei anrufen. Arme Leute und heruntergekommene Leute würden eine 1-800-Nummer anrufen. Arme Leute und heruntergekommene Leute führen keine Ferngespräche.

Bill hatte 500 Hotline-Anrufe vorhergesagt. Er sagte 10 Anrufe bei der Mordkommission voraus.

Ich verbrachte eine Woche allein mit der Jean-Ellroy-Akte. Ich las alle Berichte und alle Notizzettel hunderttausendmal. Ich schoß mich auf ein winziges Detail ein.

Airtek Dynamics gehörte zur Pachmyer-Gruppe. Pachmyer klang so ähnlich wie Packard Bell. Ich hatte geglaubt, daß meine Mutter bis Juni '58 bei Packard Bell gearbeitet hatte. Das Blaue

Buch behauptete das Gegenteil. Vielleicht hatte ich mir das mit Packard-Bell vor 40 Jahren zusammengeträumt. Vielleicht war es eine legasthenische Gedächtnisverirrung.
Bill und ich erörterten den Punkt. Er sagte, wir sollten uns mit meinen Verwandten in Wisconsin in Verbindung setzen. Vielleicht waren Uncle Ed und Tante Leoda noch am Leben. Sie konnten die Sache sicher aufklären. Vielleicht wußten sie ein paar Namen. Vielleicht hatten sie die Kondolenzliste von der Beerdigung meiner Mutter. Vielleicht standen da ein paar Namen drin. Ich sagte, ich hätte '78 mit den Wagners gesprochen. Ich hatte Leoda angerufen und mich für all die Male entschuldigt, die ich sie übers Ohr gehauen hatte. Wir stritten uns. Sie sagte, meine Cousinen Jeannie und Janet seien verheiratet, und wieso ich nicht? Sie wollte mich bevormunden. Sie sagte, Caddie-Arbeit – das klinge nicht sehr anspruchsvoll.
Von da an waren die Wagners für mich gestorben. Ich wollte nie wieder etwas mit ihnen zu tun haben. Ich sagte Bill, ich wolle sie auch jetzt nicht anrufen. Er sagte: Du hast Schiß. Du willst Lee Ellroy für keine zwei Sekunden wiederauferstehen lassen. Ich sagte: Stimmt.
Wir jagten Namen nach. Wir fanden eine 90jährige Frau. Sie war munter und bei klarem Verstand. Sie kannte El Monte. Sie nannte uns ein paar Namen. Wir gingen ihnen bis zum Friedhof nach. Ich verbrachte zwei Wochen allein mit den Akten Ellroy und Long. Ich machte eine Liste jeder einzelnen Notiz auf jedem einzelnen Stück Papier. Meine Liste war 61 Seiten lang. Ich kopierte sie und gab sie Bill.
Ich fand eine weitere zerknüllte Notiz, die wir beide übersehen hatten. Es war ein Vermerk von einer Befragungsaktion. Ich erkannte die Handschrift Bill Vickers'. Vickers hatte im Mama Mia Restaurant mit einer Kellnerin gesprochen. Sie hatte meine Mutter Samstag abend »gegen 20:00 Uhr« im Restaurant gesehen. Sie war allein. Sie stand in der Tür und schaute umher, »als suche sie jemanden«.
Ich ging meine Liste durch. Ich fand eine zweite Notiz, die dazu paßte. Darauf stand, daß Vickers die Kellnerin aus dem Mama

Mia angerufen hatte. Sie sprach von einer rothaarigen Frau. Vikkers sagte, er werde mit einem Foto des Opfers vorbeikommen. Die Notiz, die ich gerade gefunden hatte, war danach entstanden. Die Kellnerin warf einen Blick auf das Foto. Sie sagte, die Rothaarige sei meine Mutter gewesen.

Das war ein wichtiger Anhaltspunkt für die Rekonstruktion.

Meine Mutter »suchte jemanden«. Bill und ich sponnen die zwei Worte aus. Sie suchte die Blonde und/oder den Dunkelhäutigen. Mindestens eine Beziehung hatte schon vor jener Nacht bestanden.

Die *Day One*-Sendung lief im Fernsehen. Der Ellroy-Stoner-Teil hatte Biß und brachte die Geschichte auf den Punkt. Der Regisseur hatte sie auf zehn Sendeminuten komprimiert. Er hatte die Blonde untergebracht. Er zeigte die Identi-Kit-Porträts des Dunkelhäutigen. Diane Sawyer wies potentielle Informanten an, bei der Mordkommission des Sheriffs anzurufen.

Die Frau mit dem Schwarze-Dahlie-Tick rief an. Vier weitere Frauen riefen an und sagten, ihr Vater könnte meine Mutter umgebracht haben. Ein Mann rief an und denunzierte seinen Vater. Ein Mann rief an und denunzierte seinen Schwiegervater. Wir riefen die Anrufer zurück. Ihre Hinweise erwiesen sich als hundertprozentiger Bockmist.

Ich verbrachte eine weitere Woche mit den Akten Ellroy und Long. Ich entdeckte keine neuen Zusammenhänge. Bill räumte seinen Schreibtisch auf der Dienststelle aus. Er fand einen Umschlag mit der Aufschrift Z-483-362.

Er enthielt:

Die Visitenkarte eines John Howell aus Van Nuys, Kalifornien.

Jean Ellroys Abzahlungsbelege für das Auto. Ihre letzte Ratenzahlung datierte vom 5. 6. 1958. Die monatliche Rate betrug $85,58.

Ein gesperrter Scheck über $15. Der Scheck datierte vom 15. 4. 58. Jean Ellroy hatte den Scheck an ihrem 43. Geburtstag ausgeschrieben. Ein Mann namens Charles Bellavia hatte ihn eingereicht.

Ein Blatt Papier mit dem Rest einer Notizblockgummierung und

einem Vermerk am Rand. Der Vermerk lautete: »Nikola Zaha. Liebhaber d. Opfers? Whittier.«
Wir gaben die Namen in die Computer von Kfz- und Justizbehörde ein. Bei letzterer tat sich gar nichts. Bei der Kfz-Behörde fanden wir keinen Zaha. Dafür fanden wir John Howell und Charles Bellavia. Sie waren inzwischen alte Männer. Bellavia wohnte in West-L.A. Howell lebte in Van Nuys. Bellavia war ein seltener Name. Wir nahmen an, daß wir den richtigen Mann hatten. Wir wußten, daß wir den richtigen John Howell hatten. Seine gegenwärtige Adresse hatte fast dieselbe Postleitzahl wie die Adresse auf seiner Visitenkarte.
Wir befragten das Hauptbuch nach Zahas. Wir fanden zwei in Whittier. Zaha war ein seltener Name. Whittier grenzte an das San Gabriel Valley. Die beiden Zahas waren vermutlich mit unserem Zaha verwandt.
Ich erinnerte mich an Hank Hart, den ehemaligen Liebhaber meiner Mutter. Ich hatte die beiden zusammen im Bett überrascht. Hank Hart fehlte ein Daumen. Ich hatte meine Mutter noch mit einem anderen Mann im Bett überrascht. Ich wußte nicht, wie er hieß. Den Namen Nikola Zaha hatte ich noch nie gehört.
Nikola Zaha war möglicherweise ein entscheidender Zeuge. Er konnte möglicherweise erklären, warum meine Mutter so überstürzt nach El Monte gezogen war.
Bill und ich fuhren nach Van Nuys hinaus. Wir fanden John Howells Haus. Die Tür stand sperrangelweit offen. Wir fanden Howell und seine Frau in der Küche. Eine Krankenschwester bereitete ihnen gerade ihr Mittagessen.
Mr. Howell hing an einem Atemgerät. Mrs. Howell saß in einem Rollstuhl. Die beiden waren alt und gebrechlich. Sie sahen aus, als würden sie nicht mehr lange leben.
Wir sprachen behutsam mit ihnen. Die Krankenschwester beachtete uns nicht. Wir erläuterten die Situation und baten sie, ein ganzes Stück zurückzudenken. Mrs. Howell stellte den ersten Zusammenhang her. Sie sagte, ihre Mutter sei früher mein Babysitter gewesen. Ihre Mutter war vor fünfzehn Jahren gestorben.

Sie war 88. Ich versuchte krampfhaft, mich an den Namen der Frau zu erinnern – mit Erfolg.
Ethel Ings. Verheiratet mit Tom Ings. Walisische Einwanderer. Ethel hatte meine Mutter vergöttert. Ethel und Tom waren im Juni '58 in Europa. Meine Mutter hatte sie zur *Queen Mary* gebracht. Mein Vater hatte Ethel angerufen und ihr mitgeteilt, daß meine Mutter tot war. Ethel war schwer getroffen.
Mr. Howell sagte, er erinnere sich an mich. Mein Name sei Lee – nicht James. Die Cops hatten im Haus meiner Mutter seine Visitenkarte gefunden. Sie hatten ihn verhört. Sie waren ganz schön grob geworden.
Die Krankenschwester zeigte auf ihre Armbanduhr und hielt zwei Finger hoch. Bill lehnte sich zu mir herüber. Er sagte: »Namen.« Ich erblickte auf dem Küchentisch ein Adreßbuch. Ich fragte Mr. Howell, ob ich einen Blick hineinwerfen dürfe. Er nickte. Ich blätterte das Buch durch. Ich erkannte einen Namen.
Eula Lee Lloyd. Unsere Nachbarin – um '54 herum. Eula Lee war mit einem Mann namens Harry Lloyd verheiratet. Sie lebte inzwischen in North Hollywood. Ich prägte mir ihre Adresse und Telefonnummer ein.
Die Krankenschwester tippte auf ihre Uhr. Mrs. Howell zitterte. Mr. Howell rang nach Luft. Bill und ich verabschiedeten uns. Die Krankenschwester begleitete uns hinaus und knallte die Tür hinter uns zu.

Ich bekam eine Ahnung davon, wie wenig ich meinem eigenen Gedächtnis trauen konnte. Eula Lee Lloyd war mir vollkommen entfallen. Ethel und Tom Ings waren mir vollkommen entfallen. Die Ermittlungen waren neun Monate alt. Meine Gedächtnislükken behinderten möglicherweise unsere Arbeit. Ich grub eine Erinnerung wieder aus. Ich hatte Ethel, Tom und meine Mutter zum Schiff begleitet. Das war Ende Mai oder Anfang Juni '58. Ich hatte gedacht, ich hätte jene Zeit haarklein rekonstruiert. Ich hatte gedacht, ich hätte jede Einzelheit unter die Lupe genommen. Die Howells hatten mich eines Besseren belehrt. Vielleicht hatte meine Mutter irgend etwas gesagt. Vielleicht hatte meine Mutter irgend etwas getan. Vielleicht hatte sie von jemandem gesprochen. Die Cops hatten mich wieder und wieder befragt. Sie wollten meiner frischen Erinnerungen habhaft werden. Ich mußte meiner alten Erinnerungen habhaft werden. Ich mußte mich selbst zweiteilen. Der 47jährige Mann mußte den 10jährigen Jungen verhören. Sie war immer um mich gewesen. Ich mußte noch einmal mit ihr zusammenleben. Ich mußte mich geistig extrem unter Druck setzen und mich mit unserer gemeinsamen Vergangenheit auseinandersetzen. Ich mußte meine Mutter in fiktive Kulissen setzen und versuchen, auf symbolischem Wege nach realen Erinnerungen zu schürfen. Ich mußte meine inzestuösen Phantasien noch einmal durchleben, sie in einen Zusammenhang bringen und sie entgegen dem Schamgefühl und dem Gefühl für gewisse Grenzen, die sie immer in Schranken gehalten hatten, weiter ausschmücken. Ich mußte mit meiner Mutter zusammenleben. Ich mußte mich im Dunkeln mit ihr hinlegen und zur Sache kommen –

Ich war noch nicht so weit. Ich mußte zuerst noch einen Zeitabschnitt klären. Ich mußte Lloyd, Bellavia und Zaha aufspüren und abwarten, wohin sie mich führten. Ich wollte meiner Mutter mit Erinnerungen gewappnet gegenübertreten. Der Beckett-Prozeß stand bevor. Bill würde jeden Tag von morgens bis abends am Tisch des Staatsanwalts sitzen. Ich wollte beim Prozeß dabeisein. Ich wollte Daddy Beckett in die Augen sehen und seine nichtswürdige Seele verhexen. Ich wollte sehen, wie Tracy Stewart ihre ganz und gar verspätete und unbefriedigende Rache bekam. Bill sagte, der Prozeß werde wahrscheinlich zwei Wochen dauern. Er werde vermutlich Ende Juli oder Anfang August zu Ende sein. Danach konnte ich es mir mit der Rothaarigen gemütlich machen.

Wir hatten drei heiße Namen. Wir jagten ihnen rund um die Uhr nach.

Wir riefen bei Eula Lee Lloyd an, und niemand hob ab. Wir klopften an ihre Tür, und niemand machte auf. Wir riefen drei Tage hintereinander bei ihr an und klopften an ihre Tür, und nie-

mand ging ran oder machte auf. Wir sprachen mit der Hauswirtin. Sie sagte, Eula Lee habe sich irgendwo mit einer kranken Schwester verkrochen. Wir erklärten ihr die Situation. Sie sagte, sie werde früher oder später mit Eula Lee sprechen. Sie werde ihr sagen, daß wir mit ihr ein Schwätzchen halten wollten. Bill gab ihr seine Telefonnummer. Sie sagte, sie werde sich melden.
Wir klopften bei Charles Bellavia an die Tür. Seine Frau machte auf. Sie sagte, Charles sei gerade einkaufen. Charles sei herzkrank. Er mache jeden Tag einen kleinen Spaziergang. Bill zeigte ihr den gesperrten Scheck. Er sagte, die Frau, die den Scheck ausgeschrieben habe, sei zwei Wochen später ermordet worden. Er fragte sie, wieso Charles Bellavia den Scheck eingereicht habe. Sie sagte, es sei nicht Charles' Unterschrift. Ich glaubte ihr nicht. Bill glaubte ihr nicht. Sie sagte, wir sollten verschwinden. Wir versuchten es mit Süßholzraspeln. Sie fiel nicht drauf rein. Bill berührte mich am Arm, um mir zu bedeuten, wir sollten es gut sein lassen.
Wir ließen es gut sein. Bill sagte, er werde den Scheck dem El Monte PD übergeben. Tom Armstrong und John Eckler konnten den alten Bellavia zur Rede stellen.
Wir machten Jagd auf Nikola Zaha.
Wir fuhren nach Whittier hinaus und probierten es bei der ersten unserer beiden Zaha-Adressen. Ein junges Mädchen war allein zu Hause. Sie sagte, Nikola sei ihr Großvater. Er sei vor langer Zeit gestorben. Die andere Zaha am Ort sei die geschiedene Frau ihres Onkels.
Wir fuhren zu der anderen Zaha-Adresse und klopften an die Tür. Niemand machte auf. Wir fuhren zum Revier El Monte und gaben den Scheck bei Armstrong und Eckler ab.
Wir fuhren zurück nach Orange County und machten Feierabend. Ich fuhr zu einem Baumarkt und kaufte eine weitere Korkplatte. Ich brachte sie in meinem Schlafzimmer an.
Ich zeichnete mir ein Zeitdiagramm von Samstag abend bis Sonntag morgen. Es reichte von 20:00 in der Maple 756 bis um 10:10 an der Arroyo High. Ich trug ein, wo meine Mutter sich Stunde für Stunde in der Gegend um Five Points aufgehalten hatte. Ich markierte ungeklärte Zeitabschnitte mit Fragezeichen. Ich setzte die Todeszeit auf

3:15 an. Ich pinnte das Diagramm an die Korkplatte. Ich pinnte ein drastisches Tatortfoto neben den 3:20-Punkt.
Gut zwei Stunden starrte ich auf das Diagramm. Bill rief an. Er sagte, er habe mit dem Sohn und der Ex-Schwiegertochter Nikola Zahas gesprochen. Sie hatten gesagt, Zaha sei '63 gestorben. Er war Anfang 40. Er hatte einen Herzinfarkt. Er war ein harter Säufer und ein Schürzenjäger. Er war Ingenieur. Er hatte in einer Reihe von Fabriken nahe der Innenstadt von L.A. gearbeitet. Möglicherweise hatte er auch bei Airtek Dynamics gearbeitet. Der Sohn und seine Ex hatten den Namen Jean Ellroy noch nie gehört. Der Sohn sagte, sein Dad sei ein diskreter Schürzenjäger gewesen. Bill bekam zwei Beschreibungen von Zaha. Er sah wie das genaue Gegenteil des Dunkelhäutigen aus.
Bill sagte gute Nacht. Ich legte auf und starrte auf mein Diagramm.

Armstrong und Eckler erstatteten Bericht. Sie sagten, sie hätten mit Charles Bellavia gesprochen. Er hatte behauptet, die Unterschrift auf dem Scheck stamme nicht von ihm. Es klang nicht überzeugend. Er sagte, er habe '58 einen Catering-Service besessen. Er habe Fabriken in der Innenstadt von L.A. beliefert. Armstrong hatte eine Theorie. Er glaubte, daß Jean Ellroy sich was zu futtern bestellt hatte. Sie hatte dem Fahrer einen Scheck gegeben und zehn oder zwölf Dollar in bar zurückgekriegt. Bellavia hatte behauptet, er habe Jean Ellroy nicht gekannt. Es klang überzeugend. Der Fahrer hatte Bellavia den Scheck gegeben. Er hatte ihn eingereicht und wollte ihn seinem Geschäftskonto gutschreiben lassen.
Eula Lee Lloyds Hauswirtin erstattete Bericht. Sie sagte, sie habe mit Eula Lee gesprochen. Eula Lee erinnerte sich an Jean Ellroy und ihre Ermordung. Sie sagte, sie habe uns nichts zu sagen. Ihre Schwester sei krank. Sie müsse sich um sie kümmern. Sie habe keine Zeit, über alte Mordfälle zu reden.
Bill nahm mit dem Beckett-Ankläger die Arbeit am Ermittlungsverfahren auf. Ich verkroch mich mit der Jean-Ellroy-Akte. Gelegentlich klingelte es auf der 1–800-Leitung. Ich erhielt O.J.-Anrufe und Anrufe von Spiritisten. Innerhalb eines Zeitraums von zwei Wochen riefen vier Journalisten an. Sie wollten über die Ell-

roy/Stoner-Nachforschungen schreiben. Sie alle versprachen, unsere 1–800-Nummer zu nennen. Ich verabredete mich mit Reportern von der *L.A. Times*, dem *San Gabriel Valley Tribune*, der Zeitschrift *Orange Coast* und *La Opinión.*

Wir bekamen einen heißen Tip. Eine Frau hatte verspätet die *L.A. Weekly* gelesen und uns angerufen. Ihr Name war Peggy Forrest. Sie war 1956 nach El Monte gezogen. Sie war keine Spiritistin. Sie glaubte nicht, daß ihr Vater meine Mutter umgebracht hatte. Sie wohnte – damals wie heute – eine Meile von der Kreuzung Bryant/Maple entfernt.

Sie hatte eine höchst interessante Nachricht aufs Band gesprochen. Bill rief sie zurück und vereinbarte einen Gesprächstermin. Wir fuhren zu ihr hinaus. Sie wohnte im Embree Drive, einer Seitenstraße der Peck Road. Es war genau nördlich von unserem alten Haus.

Peggy Forrest war schlank und ging auf die 70 zu. Sie ließ uns in ihrem Garten Platz nehmen und erzählte uns ihre Geschichte.

Sie hatten die Krankenschwester an einem Sonntagmorgen gefunden. Sie hörte im Radio davon. Willie Stopplemoor klopfte an ihre Tür. Sie wollte mit ihr darüber reden. »Willie« stand für »Wilma«. Willie war mit Ernie Stopplemoor verheiratet. Sie hatten zwei Söhne namens Gailard und Jerry. Gailard ging auf die Arroyo High. Ernie und Wilma waren zwischen 35 und 40. Sie kamen aus Iowa. Sie wohnten in der Elrovia. Die Elrovia lag in der Nähe der Peck Road.

Willie war ganz aufgewühlt. Sie sagte, die Cops suchten Clyde »Stubby« Green. Sie hatten Stubbys Mantel auf der Leiche der Krankenschwester gefunden. Die Krankenschwester hatte Stubby Drogen verkauft.

Stubby Green wohnte gegenüber von Peggy Forrest. Er arbeitete zusammen mit Ernie Stopplemoor in einer Maschinenfabrik. Stubby war 1,80 groß und untersetzt. Er hatte einen Stoppelschnitt. Er war damals um die 30. Stubby war mit Rita Green verheiratet. Sie kamen aus Vermont oder New Hampshire. Rita war blond. Sie trug einen Pferdeschwanz. Stubby und Rita hingen viel in Kneipen herum. Stubby war eine »lokale Legende« und ein »stadtbekannter Schlemihl«. Stubby und Rita hatten ei-

nen Sohn namens Gary und eine Tochter namens Candy. Sie gingen beide auf die Cherrylee Elementary School. Sie waren 1958 ungefähr sechs oder sieben Jahre alt. Peggy hatte Stubby eines Morgens in sein Haus schleichen sehen. Er hatte ein paar Anzüge und Sakkos über dem Arm. Es sah irgendwie nicht koscher aus. Willie Stopplemoor erwähnte Stubby und die Krankenschwester nie wieder. Peggy vergaß das Ganze. Der Clou an der Geschichte war folgender:
Wenige Wochen nach dem Mord machten sich die Greens mit unbekanntem Ziel aus dem Staub. Sie nahmen ihre Kinder von der Schule. Sie tilgten ihre Hypothek und verscheuerten ihr Haus. Sie kehrten nie wieder nach El Monte zurück. Die Stopplemoors taten es ihnen nach. Sie machten sich urplötzlich vom Acker. Sie hatten keiner Menschenseele erzählt, daß sie umziehen wollten. Sie verschwanden schlicht von der Bildfläche.
Ich bat Peggie, Ernie Stopplemoor zu beschreiben. Sie sagte, er sei sehr groß und schlaksig. Willie Stopplemoor war massig und hatte grobe Gesichtszüge. Bill fragte nach der Maschinenfabrik. Peggy sagte, sie könne nicht sagen, wie sie hieß. Sie lag irgendwo im San Gabriel Valley.
Ich fragte sie nach Namen. Ich fragte sie, ob sie die Green-Episode mit irgendwelchen Namen verbinden könne. Sie sagte, ihr Vater habe ihr erzählt, Bill Young und Margaret McGaughey hätten die tote Krankenschwester gekannt.
Bill ging Peggy Forrests Geschichte noch einmal mit ihr durch. Sie erzählte sie noch einmal haargenau gleich. Ich notierte mir alle Namen mit Alter und äußerer Beschreibung. Ich machte eine Dringlichkeitsliste und unterstrich vier Punkte:
El Monte Museum – '58er Telefonbücher checken.
'59er checken – prüfen, ob die Greens & Stopplemoors El Monte wirklich verlassen haben.
Schulunterlagen checken – Kinder der Greens & Stopplemoors.
Die Greens & Stopplemoors in die Computer eingeben und Aufenthaltsorte feststellen.
Ich hatte so ein Gefühl. Mir gefiel der Nachbarschaftsaspekt.

Ich zeigte Bill meine Liste. Er lobte mich. Wir besprachen die Green/Stopplemoor-Geschichte. Ich sagte, das mit dem Mantel sei Blödsinn. Die Cops hatten den Mantel meiner Mutter auf ihrem Leichnam gefunden. Bill sagte, das mit den Drogen sei Blödsinn. Jean hatte vermutlich keinen Zugang zu verkäuflichen Narkotika. Ich sagte, mir gefalle der geographische Gesichtspunkt. Die Elrovia war einen Block von der Maple entfernt. Ich begann zu spekulieren. Bill sagte mir, ich solle das lassen. Wir bräuchten zuerst mehr Fakten.

Wir steuerten das El Monte Museum an. Wir sahen in den Telefonbüchern nach. Im '58er fanden wir einen Clyde Greene in der Embree. Der Name seiner Frau war als Lorraine angegeben, nicht Rita. Wir sahen in den Büchern von '59, '60 und '61 nach. Es standen kein Clyde und keine Lorraine drin. In allen vieren fanden wir die Stopplemoors in der Elrovia.

Bill rief Tom Armstrong an. Er erzählte ihm die Geschichte und gab ihm die Namen und das ungefähre Alter der beiden Greene- und der beiden Stopplemoor-Kinder durch. Die Stopplemoors waren vermutlich in der Nähe von El Monte geblieben. Die Greens hatten sich möglicherweise blitzartig verdünnisiert. Armstrong sagte, er werde die entsprechenden Schulunterlagen überprüfen. Er wolle herausfinden, ob die Greenes und die Stopplemoors ihre Kinder von der Schule genommen hatten.

Bill rief Chief Clayton und Dave Wire an. Er fragte sie nach Ernie Stopplemoor und Clyde »Stubby« Greene – der »Legende«. Die Namen sagten ihnen nichts. Clayton und Wire versprachen, ein paar ehemalige Cops anzurufen und sich dann zurückzumelden. Sie riefen ein paar ehemalige Cops an. Sie meldeten sich zurück. Niemand konnte sich an Ernie Stopplemoor oder Clyde »Stubby« Greene erinnern.

Wir gaben die Greenes, die Stopplemoors und ihre Kinder in die Computer von Kfz- und Justizbehörde und das 50-Staaten-Hauptbuch ein. Wir gaben den Namen Rita Greene und den Namen Lorraine Greene ein. Wir fanden alles in allem ganz schön wenige Greenes. Wir riefen sie alle an. Keiner von ihnen benahm sich verdächtig. Keiner von ihnen sagte, er habe früher in El Monte

gewohnt. Keiner der Clydes hatte den Spitznamen »Stubby«. Keiner der Garys oder Candys hatte einen Daddy namens Clyde oder eine Mama namens Lorraine oder Rita.
Wir fanden drei Stopplemoors in Iowa. Sie waren Blutsverwandte des alten Ernie. Sie sagten, Ernie und Wilma seien tot. Ihr Sohn Jerry sei tot. Ihr Sohn Gailard lebe in Nordkalifornien.
Bill ließ sich Gailards Nummer geben und rief ihn an. Gailard konnte sich nicht an die Familie Greene oder an den Mord an Jean Ellroy oder an irgend etwas anderes als aufgemotzte Autos und scharfe Puppen im Zusammenhang mit El Monte erinnern. Er machte keinen verdächtigen Eindruck. Er machte einen umnachteten Eindruck.
Armstrong besorgte uns die Schulunterlagen. Aus ihnen ging hervor, daß die Stopplemoors in El Monte geblieben waren. Aus ihnen ging hervor, daß die Greenes ihre Kinder im Oktober '58 von der Schule genommen hatten. Stubby hatte sich nicht im Juli aus dem Staub gemacht. Da hatte Peggy Forrest sich geirrt.
Wir versuchten, Bill Young und Margaret McGaughey ausfindig zu machen. Wir hatten keinen Erfolg. Wir legten den ganzen Exkurs ad acta.
Wir trafen uns mit der Reporterin von der *L.A. Times*. Wir zeigten ihr die Akte. Wir zeigten ihr El Monte. Wir führten sie ins Valenzuela's, zur Arroyo High und zur Maple 756. Sie sagte, sie komme im Moment nicht dazu, den Artikel zu schreiben. Möglicherweise werde sie es nicht vorm Labor Day schaffen.
Bill nahm seine Prozeßvorbereitungen wieder auf. Ich machte mich wieder an die Akte. Die Akte war eine Zufahrtsstraße zu meiner Mutter. Bald würde ich mich mit ihr verkriechen. Die Akte bereitete mich darauf vor. Ich wollte ihr mit erwiesenen Tatsachen und Gerüchten gegenübertreten, die im Einklang mit meiner Phantasie standen. Die Akte roch nach altem Papier. Ich konnte diesen Geruch in verschüttetes Parfüm, in Sex und in sie verwandeln.
Ich verkroch mich mit der Akte. Mein Apartment war nicht klimatisiert und sommerlich heiß. Ich starrte auf meine Pinnwände. Ich ließ mir meine Mahlzeiten bringen. Ich telefonierte jeden

Abend mit Helen und Bill und sonst niemandem. Ich ließ den Anrufbeantworter an. Eine Reihe von Hellsehern und Seelenheilern rief an und meinte, sie könnten mir helfen. Ich löschte die Nachrichten. Ich brütete ein paar bekloppte Pläne aus und telefonierte sie Bill durch. Ich sagte, wir könnten eine große Anzeige in die Zeitung setzen und um Informationen über die Blonde und den Dunkelhäutigen bitten. Bill sagte, das würde bloß noch mehr Spinner, Spiritisten und Mystiker auf den Plan rufen. Ich sagte, wir könnten eine dicke Belohnung für diese Informationen aussetzen. Das würde die Kneipenhocker mobilisieren, die von der Blonden die Wahrheit erfahren hatten. Bill sagte, es würde jeden geldgierigen Schwanzlutscher im ganzen County mobilisieren. Ich sagte, wir könnten alle Telefonbücher von '58 durchgehen. Wir könnten die Bücher von El Monte, Baldwin Park, Rosemead, Duarte, La Puente, Arcadia, Temple City und San Gabriel durchgehen, jeden griechisch, italienisch oder spanisch klingenden männlichen Namen rausschreiben, ihn durch die Computer der Kfz- und Justizbehörde jagen und dann weitersehen. Bill sagte, das sei eine Gurkenidee. Es würde ein Jahr dauern und zu nichts als Blödsinn und katastrophalem Ärger führen.
Er sagte, ich solle die Akte lesen. Er sagte, ich solle über meine Mutter nachdenken. Ich sagte, das täte ich ja. Ich verriet ihm nicht, daß ein Teil von mir davonlief, so wie sie früher davongelaufen war. Ich verriet ihm nicht, daß meine verrückten Vorschläge eine Art letzter verzweifelter Versuch waren, ihr aus dem Weg zu gehen.
Die Wiederaufnahme der Ermittlungen im Fall Jean Ellroy lag zehn Monate zurück.

25

Daddy Beckett sah aus wie der Weihnachtsmann. 1981 war er ein übler Schläger gewesen. Jetzt war er ein ganz normaler weißbärtiger Opa. Er war herzkrank. Er war ein wiedergeborener Christ.

Der Prozeß fand vor der Kammer 107 des Obersten Bezirksgerichts von L.A. County statt. Richter Michael Cowles hatte den Vorsitz. Der stellvertretende Staatsanwalt Dale Davidson vertrat das County. Ein Rechtsanwalt namens Dale Rubin vertrat Daddy. Der Gerichtssaal war holzgetäfelt und angenehm klimatisiert. Die Akustik war gut. Die Zuschauerbänke waren hart und unbequem.

Vier Türen weiter stand O.J. Simpson vor Gericht. Tag für Tag herrschte in der Eingangshalle von 8:00 morgens bis Feierabend Hochbetrieb. Wir mußten in den neunten Stock. Alle Fahrstühle waren vollbesetzt. Das Gerichtsgebäude war ein Multiplex-Entertainment-Center. Geboten wurden eine große Oper und ein paar Kleinkunstpossen. Medienteams, Demonstranten und T-Shirt-Verkäufer standen rund ums Gebäude. Die Pro-O.J.-Demonstranten waren schwarz. Die Anti-O.J.-Demonstranten waren weiß. Die T-Shirt-Leute waren gemischtrassig. Auf dem Parkplatz drängten sich Übertragungswagen und Sonnenreflektoren auf Stativen. Es waren Schulferien. Viele Leute brachten ihre Kinder mit.

Für die Beckett-Verhandlung interessierte sich kein Schwein. Scheiß auf Daddy Beckett. Daddy riß niemanden vom Hocker. Er war ein Scheißkerl mit Speckfalten und einem billigen Toupet. Vier Türen weiter spielte die Musik. O.J. Simpson verkörperte das gesamte Rat Pack in der Blüte seiner Jahre. Scheiß auf Tracy Stewart. Nicole Simpson hatte die dickeren Titten.

Daddy Beckett saß neben Dale Rubin. Bill Stoner saß neben Dale Davidson. Die Geschworenen saßen entlang der rechten Wand und sahen sich das Geschehen von der Seite an. Der Richter saß auf einem hohen Podest und sah sich das Geschehen von vorn an. Ich saß an der Rückwand.

Jeden Tag saß ich dort. Vor mir saßen die Eltern von Tracy Stewart. Wir redeten nicht ein einziges Mal miteinander.

Charlie Guenther kam zur Verhandlung nach L.A. Gary White flog aus Aspen ein. Bill hielt sich immer in der Nähe der Stewarts. Er wollte ihnen während der Verhandlung zur Seite stehen und ihnen helfen, an die Überreste ihrer Tochter zu kommen. Daddy Beckett hatte gesagt, er wisse noch, wo sie die Leiche abgeladen hätten. Er hatte der Polizei von Fort Lauderdale versprochen, er werde den Stewarts einen anonymen Brief schicken und die Stelle preisgeben. Das hatte er bisher nicht getan. Er hätte ja auch nichts davon. Rechtlich gesehen könnte die Sache sogar ins Auge gehen. Die Stewarts wollten ihre Tochter begraben. Sie wußten vermutlich, daß die ganze Idee des »Schlußstrichs« Blödsinn war. Ihre Tochter war eines Tages verschwunden. Sie wollten vermutlich eine Wiedervereinigung zelebrieren und ihrem Leben mit einem bißchen Dreck und einem Stein ein Denkmal setzen.

Bill war der Ansicht, sie würden die Leiche nie finden. Sein einziger Hoffnungsstrahl war ein möglicher Schwindel. Robbie Beckett hatte gesagt, sie seien mit Tracy in Richtung Süden gefahren und hätten sie bei einem Zaun abgeladen. Niemand hatte ihre Leiche gefunden. Die Leiche hätte gefunden werden müssen. Vielleicht war die Leiche gefunden und falsch identifiziert worden. Vielleicht war die Leiche unter irgendeinem anderen Namen beerdigt worden. Daddy hatte Robbie ein paar Tage nach dem Mord angewiesen, den Van auszuräumen. Das war unlogisch. Dieser Schritt stand im Widerspruch zu Robbies Schilderung des Mords. Sie hatten Tracy einen Schlag mit einem Totschläger versetzt. Daddy hatte sie erdrosselt. Sie hatten keine größere Schweinerei angerichtet.

Die Leiche hätte gefunden werden müssen.

Vielleicht hatten sie Tracy im Van zerstückelt. Vielleicht hatten sie die Leichenteile an verschiedenen Stellen abgeladen.

Bill war der Ansicht, sie würden es nie erfahren. Robbie würde an seiner Geschichte festhalten. Daddy würde den Brief nicht abschicken. Die Sache mit dem Schlußstrich war Blödsinn. Sie würden Daddy schuldig sprechen. Der Richter würde nicht die Todesstrafe verhängen. Sie brauchten eine Leiche. Sie mußten beweisen, daß Daddy Tracy vergewaltigt hatte. Robbie hatte gesagt, Daddy habe Tracy vergewaltigt. Das reichte als Beweis nicht aus. Robbie hatte gesagt, er habe Tracy nicht vergewaltigt. Bill glaubte ihm nicht.

Charlie Guenther sagte aus. Er schilderte die Vermißtensache Tracy Stewart. Er schilderte Gary Whites Arbeit beim Aspen PD. Er konsultierte ein Notizbuch und machte präzise Zeit- und Ortsangaben. Daddy Beckett sah ihm zu. Dale Rubin zweifelte ein paar Daten und Orte an. Guenther schaute in seine Notizen und bekräftigte seine Angaben. Daddy sah zu. Daddy trug ein langärmliges Sporthemd und lange, weite Hosen. Seine Klamotten paßten gut zu seinem weißen Haar und seiner Brille. Seine Zellengenossen nannten ihn vermutlich »Pops«.

Gloria Stewart sagte aus. Sie schilderte Tracys Leben und die Ereignisse, die ihrem Verschwinden vorangegangen waren. Tracy war ein schüchternes und ängstliches Mädchen. Tracy hatte Probleme in der High School und brach sie vorzeitig ab. Tracy hatte kaum je eine Verabredung mit einem Jungen. Tracy machte Besorgungen für ihre Eltern und ging für sie ans Telefon. Tracy war oft zu Hause.

Dale Davidson ging behutsam vor. Er formulierte seine Fragen rücksichtsvoll. Dale Rubin befragte die Zeugin. Er deutete an, daß Tracys Elternhaus klösterlich und verklemmt gewesen sei. Er wirkte fahrig und von seiner eigenen Argumentation nicht überzeugt. Ich beobachtete die Geschworenen. Ich versetzte mich in sie hinein. Ich wußte, daß sie diese Andeutungen unverschämt fanden. Tracy war ermordet worden. Ihr Elternhaus war nicht von Bedeutung.

Davidson war behutsam. Rubin war geradezu höflich. Gloria Stewart war außer sich.

Sie zitterte. Sie weinte. Sie sah Daddy Beckett an. Sie schluchzte

und hustete und verhaspelte sich. Ihre Aussage verhieß: Es gibt keinen Schlußstrich. Ihr Haß füllte den Raum. Sie war bei Robbies Verhandlung zugegen gewesen. Sie hatte gesehen, wie er verurteilt wurde. In ihrem Haß war das nur ein vorübergehender Moment. Dies war noch so ein Moment. Es war nichts im Vergleich zu der geballten Energie des Hasses, den sie tagein, tagaus nährte. Sie verließ den Zeugenstand. Sie ging extra am Tisch der Verteidigung vorbei und betrachtete Daddy Beckett aus der Nähe. Sie zitterte. Sie ging zu ihrer Bank und setzte sich. Ihr Mann legte den Arm um sie.
Ich hatte nie einen solchen Haß verspürt. Ich hatte nie eine Zielscheibe aus Fleisch und Blut.

Der Beckett-Prozeß wurde fortgesetzt. Vier Türen weiter wurde der Simpson-Prozeß fortgesetzt. Jeden Tag sah ich Johnnie Cochran. Er war ein perfekt frisierter und gekleideter kleiner Mann. Seine Anzüge saßen besser als die von Dale Davidson und Dale Rubin.
Sharon Hatch sagte aus. Sie war '81 Daddy Becketts Braut gewesen. Sie sagte, sie habe mit Daddy Schluß gemacht. Daddy sei ausgeflippt. Er habe sie und ihre Kinder bedroht. Sharon Hatch sah Dale Davidson an. Daddy sah Sharon Hatch an. Sie sagte, Daddy habe sie nie geschlagen. Er habe sie nie bedroht, bevor sie mit ihm Schluß machte. Ich begriff, worauf Davidson hinauswollte. Er versuchte, einen Unterschied zwischen Daddys Psyche vor und nach der Trennung herauszuarbeiten. Vorher war Daddy die Ruhe selbst gewesen. Hinterher drehte Daddy durch. Ich stand dem Vorher/Nachher-Dreh skeptisch gegenüber. Es war ein verschlüsselter Kausalvorwurf gegen eine unschuldige Frau. Möglicherweise packte dieser Dreh die Männer auf der Geschworenenbank ordentlich bei den Eiern. Möglicherweise bekamen sie Mitleid mit Daddy. Dem armen Kerl war von einer kaltherzigen Fotze übel mitgespielt worden. Ich sah Sharon Hatch an. Ich versuchte, ihre Gedanken zu lesen. Sie schien einigermaßen helle zu sein. Sie wußte vermutlich, daß Daddy schon lange vor ihrer Trennung eine Schraube locker hatte. Er war ein brutaler Geld-

eintreiber. Er war ein Waffennarr. Seine galante Art Frauen gegenüber war ein Symptom für seinen Frauenhaß. Er war ein Triebtäter im Winterschlaf. Er wußte schon immer, daß er Frauen vergewaltigen und töten wollte. Die Trennung lieferte ihm einen Rechtfertigungsgrund. Dieser basierte zu einem Drittel auf Wut und zu zwei Dritteln auf Selbstmitleid. Sein Haß auf das gesamte weibliche Geschlecht ließ sich nicht auf den Moment zurückführen, in dem Sharon Hatch sagte: »Zisch ab, Süßer.« Daddy Bekkett arbeitete längst auf seine Initialzündung hin. Er ähnelte dem Dunkelhäutigen im Frühjahr '58. Ein Funken von Empathie für den Dunkelhäutigen durchfuhr mich. Ein Riesenhaß auf Daddy Beckett durchfuhr mich. Meine Mutter war 43 Jahre alt. Sie hatte eine spitze Zunge. Sie konnte schwachen Männern den Kopf zurechtrücken. Tracy Stewart war vollkommen hilflos. In Daddy Becketts Schlafzimmer schnappte die Falle zu. Sie war ein Lamm auf seiner Schlachtbank.

Dale Davidson und Sharon Hatch ergänzten sich gut. Sie stellten Daddy als angeknackste Sicherung kurz vorm Durchbrennen dar. Dale Rubin legte den einen oder anderen Einspruch ein. Richter Cowles gab manchen statt, manche wies er ab. Die Einsprüche bezogen sich auf juristische Spitzfindigkeiten und rauschten an mir vorbei. Es war 1981, und ich war an der South Bay. Ich war eine Handbreit von jener Nacht 23 Jahre davor entfernt.

Es gab eine Verhandlungspause. Daddy ging in seine Arrestzelle außerhalb des Gerichtssaals. Zwei Zivilcops brachten Robbie herein. Er trug Handschellen und Fußketten. Er trug Gefängnisdrillich. Die Cops setzten ihn in den Zeugenstand und nahmen ihm Handschellen und Ketten ab. Er entdeckte Bill Stoner und Dale Davidson und winkte. Sie gingen zu ihm. Alle fingen an zu lächeln und sich zu unterhalten.

Robbie war ein klassischer Macho-Prolet. Er war groß und breitschultrig. Der Fettanteil seines Körpers betrug etwa 0,05%. Er hatte lange braune Haare und einen langen, herabhängenden Schnauzbart. Er sah aus, als könne er 150 Kilo stemmen und hundert Yards in 9,6 Sekunden laufen.

Das Gericht trat wieder zusammen. Die Zivilcops setzten sich in die Nähe der Geschworenenbank. Ein Wachmann brachte Daddy herein. Er setzte sich neben Dale Rubin.
Robbie sah Daddy an. Daddy sah Robbie an. Sie musterten einander und schauten dann weg.
Der Gerichtsbeamte vereidigte Robbie. Dale Davidson trat vor den Zeugenstand. Er stellte Robbie ein paar einleitende Fragen. Robbie trumpfte groß auf. Er war hier, um einem vatermörderischen Groll Luft zu machen. Er machte bewußt grammatikalische Fehler. Er wollte damit sagen: Ich weiß, daß das falsch ist, aber es ist mir scheißegal. Die Implikation war: Ich bin wie ich bin, und dazu hat mein Vater mich gemacht.
Daddy beobachtete Robbie. Die Stewarts beobachteten Robbie. Davidson führte Robbie zurück nach Redondo Beach, in Tracys Haus und in Daddys Apartment. Dale Rubin legte den einen oder anderen Einspruch ein. Der Richter gab manchen statt, manche wies er ab. Rubin wirkte irritiert. Er konnte Robbie nicht bremsen. Robbie begann, Daddy direkt anzusehen.
Davidson ging langsam und bedächtig vor. Er führte Robbie direkt auf *den* Moment zu. Robbie begann zu stottern und zu heulen. Er brachte Tracy ins Schlafzimmer. Er lieferte sie bei Daddy ab. Daddy begann, sie zu begrapschen –
Robbie verlor die Fassung. Seine Stimme versagte, und er verhaspelte sich. Dale Davidson hielt inne. Er hielt seine Fragen einen perfekt kalkulierten Moment zurück. Er fragte Robbie, ob er wieder sprechen könne. Robbie wischte sich das Gesicht ab und nickte. Davidson gab ihm etwas Wasser und sagte ihm, er solle bitte fortfahren. Robbie arbeitete sich wie ein Schauspieler weiter durch seine Geschichte.
Er betrank sich. Daddy vergewaltigte Tracy. Daddy sagte: Wir müssen sie umbringen. Sie führten sie nach unten. Er versetzte ihr einen Schlag mit dem Totschläger –
Robbies Stimme versagte wieder. Sie versagte wie aufs Stichwort. Niemand hatte ihm das Stichwort gegeben. Er steigerte sich in seine Heulerei hinein und schluchzte bitterlich. Er weinte um sein eigenes verpfuschtes Leben. Er hatte in jener Nacht nicht vorge-

habt, ein Mädchen umzubringen. Sein Vater hatte ihn gezwungen. Er weinte nicht um das Mädchen, das er umgebracht hatte. Er weinte um das, was er verwirkt hatte.

Robbie war klasse. Robbie verstand etwas von Method Acting. Er holte das gute alte Selbstmitleid aus dem Schrank, quetschte sich ein paar Tränen ab und spielte virtuos die alte Bußgänger-Leier. Er war ein schlechter Mensch – aber nicht so ein schlechter Mensch wie sein Vater. Sein mieser Charakter und seine wunderschön gespielte Reue verliehen ihm auf der Stelle Charisma und Glaubwürdigkeit. Ich machte eine Zeitreise zurück zum 9. 8. 81. Ein Mann mußte eine Frau töten. Ein Junge mußte seinen Vater zufriedenstellen. Daddy tötete Frauen nur in Gegenwart anderer Männer. Daddy brauchte Robbie. Daddy konnte Tracy nicht ohne ihn töten. Robbie wußte, was Daddy von ihm wollte. Hast du sie auch vergewaltigt? Hast du sie vergewaltigt, weil Daddy sie vergewaltigt hatte und du ihn haßtest und es nicht ertragen konntest, daß er mehr Spaß hatte als du? Hast du sie vergewaltigt, weil du wußtest, daß Daddy sie umbringen würde, und was ist da schon eine Vergewaltigung mehr? Hast du ein paar Mülltüten ausgebreitet und sie im Laderaum des Vans zerstückelt?

Davidson führte Robbie durch den Rest der Nacht und seine ersten Bemühungen, wieder Klarschiff zu machen. Robbie blieb bei seiner oft erzählten und protokollierten Geschichte. Davidson dankte ihm und überließ ihn Dale Rubin. Da kam Robbie erst richtig in Fahrt. Jetzt hieß es Robbie vs. Daddy – ohne eine entbehrliche Fotze, die bloß vom Thema ablenkte.

Rubin versuchte, Robbies Glaubwürdigkeit zu erschüttern. Er sagte: Hast du Tracy nicht für dich selbst mit nach Hause genommen? Robbie verneinte. Rubin formulierte die Frage mehrmals um. Robbie verneinte immer wieder. Robbie hob mit jedem Nein die Stimme. Robbie war jetzt der Stolz selbst. Er saß mit geschwellter Brust auf seinem Stuhl. Er formulierte die Neins mit übertriebener Modulation und ließ den Kopf auf und ab hüpfen, als habe er es mit einem gottverdammten Schwachsinnigen zu tun. Rubin fragte Robbie, ob er sich damals hin und wieder geprügelt habe. Robbie sagte, er sei eben ein temperamentvoller

Typ. Er habe gern auf die Kacke gehauen. Das habe er von seinem Vater gelernt. All seine schlechten Angewohnheiten habe er von seinem Vater. Rubin fragte Robbie, ob er seine Freundinnen geschlagen habe. Robbie verneinte. Rubin äußerte Zweifel. Robbie sagte Rubin, er solle verdammt noch mal glauben, was er wolle. Robbie ließ den Kopf bei jedem Nein heftiger auf und ab hüpfen. Rubin blieb hartnäckig. Robbie blieb mit viel größerem Flair hartnäckig. Er hatte mindestens zehn Varianten des Wortes »Nein« auf Lager. Er starrte Daddy Beckett an. Er lächelte Dale Rubin an. Das Lächeln besagte: Du kannst nicht gewinnen, weil ich nichts zu verlieren habe.

Daddy Beckett starrte auf seine Hände. Ein paarmal blickte er auf und sah Robbie herausfordernd direkt in die Augen. Er war immer der erste, der den Blick senkte. Er senkte ihn nicht aus Angst oder Scham. Er senkte ihn, weil er müde war. Er hatte ein krankes Herz. Er war zu alt, um mit Jungspunden aus dem Knast psychologische Spielchen zu spielen.

Robbie verbrachte anderthalb Tage im Zeugenstand. Er wurde verhört und kreuzverhört und verhätschelt und gequält. Er hielt durch. Er geriet nie ins Wanken. Er wirkte immer offen und unverstellt. Es war ein vatermörderisches Happening. Robbie machte seine Sache bravourös. Robbie zog eine Riesenshow ab. Vermutlich überschätzte Robbie die Wirkung auf seinen Vater. Daddy Beckett gähnte viel.

Davidson sprach Robbie auf den Fall Sue Hamway an. Robbie sagte dem Gericht, was er wußte. Davidson sprach Robbie auf Paul Serio an. Robbie stellte ihn als Stricher und Daddy Becketts Handlanger dar. Rubin sprach Robbie auf Serio an. Robbie persiflierte die Körpersprache des Strichers und ließ sie in sein Kopfnicken einfließen. Rubin konnte Robbie nicht erschüttern. Sein Haß erfüllte den Saal. Es war ein typisch kindlicher Haß, der mit der Zeit reflektiert worden war. Robbie spielte die Hauptrolle in seiner eigenen Lebensgeschichte. Tracy Stewart war die Unschuld vom Lande. Robbie empfand nichts für sie. Sie war bloß eine Schlampe, die zwei Männern in die Quere gekommen war und alles kaputtgemacht hatte.

Robbie schloß seine Aussage ab. Der Richter vertagte die Verhandlung. Ich hätte beinahe applaudiert.

Daddys erste Exfrau sagte aus. Sie sagte, Daddy sei ein gräßlicher Daddy gewesen. Er sei mit Robbie, David und Debbie ziemlich brutal umgesprungen. David Beckett sagte aus. Er zeigte vor dem versammelten Gericht auf Daddy und bezeichnete ihn als »Stück Scheiße«. Dale Rubin nahm David ins Kreuzverhör. Er fragte: Sind Sie nicht wegen sexueller Belästigung von Kindern vorbestraft? David bejahte. Er zeigte auf Daddy und sagte, das habe er von ihm gelernt. Er ging nicht weiter ins Detail. Debbie Beckett konnte nicht aussagen. Sie war an AIDS gestorben, das sie sich vermutlich von einer Drogenspritze geholt hatte.

Paul Serio sagte aus. Er schilderte seine Rolle beim Mord an Susan Hamway. Er gab Daddy die alleinige Schuld. Er habe nicht gewußt, daß es um einen Auftragsmord ging. Er habe geglaubt, sie sollten bloß Schulden eintreiben. Daddy habe Sue Hamway allein kaltgemacht. Daddy habe einen Dildo herausgeholt und gesagt: Komm, wir lassen es aussehen wie eine Sexgeschichte.

Serio äußerte gewisses Bedauern über Sue Hamways Baby. Das Baby war verhungert, während Sue Hamway verweste.

Bill Stoner sagte aus. Er schilderte die Ermittlungen im Fall Bekkett von Anfang an. Er war ruhig und strahlte Kompetenz aus. Er setzte ein Gegengewicht zu Robbies Theatralik. Er war ein unabhängiger Buchprüfer, der herbeigerufen wurde, um die Kosten aufzugliedern und zusammenzurechnen. Dale Rubin versuchte ihn durcheinanderzubringen. Dale Rubin scheiterte.

Die Verteidigung rief drei Zeugen auf. Zwei von Robbies alten Kumpeln sagten aus. Sie sagten, Robbie habe wiederholt grundlos auf wildfremde Leute eingeprügelt. Rubin hatte seine Zeugen gut im Griff. Sie zeichneten ein hübsches Bild. Robbie war bereits vor Tracy aufbrausend und unberechenbar gewalttätig gewesen. Die Enthüllung verpuffte. Robbies Präventivschlag hatte sie wirkungslos gemacht. Robbie hatte dasselbe Bild gezeichnet. Nur hatte er es dramatischer gezeichnet und in der ersten Person.

Rubin rief seinen letzten Zeugen auf. Ein weiterer alter Kumpel sagte aus. Er sagte aus, Robbie habe gesagt, er hätte Tracy Stewart vergewaltigt. Ich glaubte ihm. Ich hatte keine Ahnung, was die Geschworenen dachten. Ich nahm an, ihre Reaktion war: Na und? Robbie sitzt doch schon im Knast. Sie können Robbies Glaubwürdigkeit nicht erschüttern. Er hat Ihnen mit seiner Selbstopferung den Rang abgelaufen. Wir sind müde. Wir wollen nach Hause. Danke für die Unterhaltung. Wir haben schon einen ganz steifen Hals. Es hat Spaß gemacht. Es war cooler und weniger in die Länge gezogen als der Simpson-Mist. Uns wurden Sex und Familienstreitigkeiten geboten. Wir sind um den wissenschaftlichen Scheiß und die verlogenen Rassenphrasen herumgekommen. Die Kleinkunstposse hat der großen Oper die Schau gestohlen.

Der Prozeß war fast vorüber. Bill prophezeite einen schnellen Schuldspruch. Gloria Stewart würde sich vor Gericht hinstellen und Daddy Beckett gegenübertreten können. Sie würde ihn beschimpfen können. Sie würde um Tracys Leiche flehen können. Die Gegenüberstellung mit dem Opfer war eine juristische Novität. Damit sollten die Rechte des Opfers gewahrt und die psychische Verarbeitung gefördert werden. Ich sagte Bill, ich wolle die Schlußplädoyers und die Gegenüberstellung mit Stewart nicht sehen. Daddy würde gähnen. Gloria würde ihren Text aufsagen und weitertrauern. Das Gegenüberstellungsgesetz war von fernsehsüchtigen Schwachköpfen verabschiedet worden. Ich wollte Glorias Vorsprechen nicht sehen. Ich wollte sie nicht als berufsmäßiges Opfer sehen. Bill hatte uns einander nicht vorgestellt. Er hatte ihr nicht gesagt, wer ich war oder wen ich im Juni '58 verloren hatte. Er wußte, daß wir uns nichts zu sagen hätten. Er wußte, daß ich nie so gelitten hatte wie sie.

Der Beckett-Prozeß dauerte zwei Wochen. Bill und ich fuhren Tag für Tag mit zwei Autos hin. An den meisten Abenden ging Bill mit Dale Davidson und Charlie Guenther aus. Manchmal trafen sie sich mit Phil Vanatter. Vanatter war mittlerweile berühmt. Er bearbeitete den Mordfall des Jahrhunderts. Das Beckett-Team ging aus, um das Ende der Verhandlung zu feiern. Vanatter schloß sich an. Bill lud mich ein, mitzukommen. Ich nahm eine Auszeit. Ich war weder ein Cop noch ein stellvertretender Staatsanwalt. Ich wollte nicht mit Profis fachsimpeln. Ich wollte nicht darüber jammern oder diskutieren, was für eine Farce der Fall Simpson war. Die Wut des weißen Mannes war nicht mein Ding. Das LAPD schikanierte seit über fünfzig Jahren blind jeden, der einen schwarzen Arsch hatte. Mark Fuhrmann war Jack Webb mit Reißzähnen. Der genetische Fingerabdruck war unfehlbar und verwirrend. Rassistische Verschwörungen besaßen größeres dramatisches Gewicht. Bill wußte das. Er war zu nett, um Phil Vanatter das unter die Nase zu reiben. Marcia Clark brauchte einen schwarzen Robbie Beckett. Ein schwarzer Robbie Beckett konnte O.J. aus dem Wir-Gefühl seiner Rasse heraus anklagen. Rechtsprechung war Politik und Theater. O.J. Simpson war nicht Emmett Till oder die Scottsboro Boys. Opfer ließen sich zu allen möglichen Zwecken ausschlachten. Ich war nicht Gloria Stewart. Ich fuhr hinaus nach West L.A. Ich wollte eine Telefonzelle suchen, von der aus ich ungestört Helen anrufen konnte. Ich wollte über Tracy und Geneva reden.

Mir fielen die Telefonkabinen im Mondrian Hotel ein. Es war gerade Rush-hour. Der Sunset Boulevard war wahrscheinlich verstopft. Ich nahm die Sweetzer in Richtung Norden. Ich überquerte den Santa Monica Boulevard und merkte, wo ich mich befand.

Ich fuhr gerade durch eine Mordzone.

Karyn Kupcinet starb in der North Sweetzer 12 soundso. Das war Ende 11/63. Jack Kennedy war vier oder fünf Tage tot. Jemand hatte Karyn in ihrer Wohnung erdrosselt. Sie war nackt. Ihr Wohnzimmer war verwüstet. Sie lag mit dem Gesicht nach unten auf dem Sofa. Die Mordkommission des Sheriffs übernahm den Fall. Ward Hallinen bearbeitete ihn. Sie nahmen Karyns Schauspielerfreund und einen von Karyns durchgeknallten Nachbarn ins Visier. Karyns Vater war Irv Kupcinet. Er war ein bekannter Talk-Show-Moderator und Kolumnist in Chicago. Karyn war nach L.A. gezogen, um als Schauspielerin die Kurve zu kriegen. Ihr Dad hielt sie finanziell über Wasser. Sie kam auf keinen grünen Zweig. Ihr Freund und seine Freunde schon. Karyn hatte ein paar Pfund zuviel auf den Rippen. Sie schluckte Diätpillen, um abzunehmen und weil sie so schön high machten. Charlie Guenther glaubte, ihr Tod sei ein Unfall gewesen. Sie fanden ein Buch auf dem Couchtisch neben ihrer Leiche. Es handelte vom Nackttanzen. Wenn man wie eine Waldnymphe tanzte, konnte man seine Hemmungen überwinden. Guenther nahm an, sie sei zugedröhnt gewesen. Sie tanzte splitternackt. Sie fiel hin und brach sich am Couchtisch das Genick. Sie schleppte sich aufs Sofa und starb. Bill glaubte, sie sei ermordet worden. Es konnte der Freund oder der durchgeknallte Nachbar oder irgendein Spinner gewesen sein, den sie in einer Bar aufgerissen hatte. '63 waren massenhaft Hinweise eingegangen. Es gingen immer noch Hinweise ein. Kürzlich hatte ein Typ vom FBI einen Hinweis durchgegeben. Er sagte, er habe ihn vom Band einer Abhöraktion. Ein Mafiatyp hatte gesagt, er wisse, wie die Sache gelaufen sei. Karyn hatte einem Kerl einen geblasen und war an seinem Schwanz erstickt. An der Ecke Sweetzer/Fountain bog ich nach Westen ab. Ich sah das El-Mirador-Gebäude. Judy Dull hatte hier gewohnt. Sie war 19. Sie hatte bereits eine kaputte Ehe hinter sich und ein Kind. Sie stand Modell für Aktfotos. Harvey Glatman entdeckte sie. Glatman war ein Verdächtiger im Fall Ellroy. Jack Lawton schloß ihn im Fall Ellroy als Täter aus und überführte ihn im Fall Dull.

Ich nahm den La Cienega in Richtung Norden. Da stand das Mietshaus, in dem Georgette Bauerdorf gewohnt hatte. Georgette Bauerdorf wurde am 12. 10. 44 ermordet. Ein Mann brach in ihre Wohnung ein. Er stopfte ihr eine Mullbinde in den Mund und vergewaltigte sie. Sie erstickte an der Mullbinde. Der Täter wurde nie gefaßt. Ray Hopkinson bearbeitete den Fall. Georgette war 19 – wie Judy Dull. Georgette hatte Geld – wie Karyn Kupcinet. Georgette arbeitete ehrenamtlich bei der Armeewohlfahrt. Ihre Familie lebte in New York. Ihre Freunde sagten, sie sei ein Nervenbündel gewesen und habe zuviel geraucht. Sie lebte ganz allein. Sie fuhr gern ziellos durch L.A.

Karyn war drogensüchtig und versteckte sich hinter dem Geld ihres Vaters. Judy lief vor zu viel zu schnell gelebtem Leben davon.

Georgette fiel die Decke auf den Kopf, und sie flüchtete sich zu den Jungs von der Armeewohlfahrt. Tracy versteckte sich zu Hause. Robbie holte sie dort ab. Jean suchte sich die falsche Stadt als Versteck aus.
Ich sah ihre Gesichter. Ich setzte sie zu einem Gruppenfoto zusammen. Ich machte meine Mutter zu ihrer Mutter. Ich stellte sie in die Mitte des Bildes.
Sag mir, warum.
Sag mir, warum du es warst und nicht jemand anders.
Nimm mich mit in die Vergangenheit und zeig mir, wie du da hineingeraten bist.

26 Meine Mutter hatte gesagt, sie habe gesehen, wie das FBI John Dillinger abknallte. Sie war damals Schwesternschülerin in Chicago. Dillinger wurde am 22. 7. 34 erschossen. Geneva Hilliker war damals 19. Mein Vater hatte gesagt, er sei Trainer von Babe Ruth gewesen. Er hatte einen Schaukasten voller Medaillen, die er nicht wirklich gewonnen hatte. Ihre Geschichten waren immer glaubhafter als seine gewesen. Er war nachhaltiger als sie bestrebt zu beeindrucken. Sie log, um zu kriegen, was sie wollte. Sie kannte die Grenzen der Wahrscheinlichkeit. Vielleicht war sie drei Blocks vom Biograph-Kino entfernt gewesen. Vielleicht hatte sie Schüsse gehört. Vielleicht hatte sie den Sprung vom Hören zum Sehen durch pure Einbildung gemacht. Vielleicht hatte sie sich die Einzelheiten bei ein paar Bourbon-Highballs ausgemalt und sich eingeredet, sie seien wahr. Vielleicht hatte sie mir die Geschichte in gutem Glauben erzählt. Sie war damals 19. Vielleicht wollte sie damit sagen: Sieh nur, was für ein aufgewecktes, hoffnungsvolles junges Ding ich war.

Mein Vater war ein Lügner. Meine Mutter war eine Schwindlerin. Ich hatte sie sechs Jahre zusammen und vier Jahre getrennt erlebt. Ich verbrachte weitere sieben Jahre mit meinem Vater. Immer wieder fing er von meiner Mutter an, nur um vernichtend über sie herzuziehen. Seine Tiraden waren selbstgefällig und gehässig. Seine Tiraden waren suspekt. Die letzten sieben Jahre seines Lebens verleumdete er meine Mutter bei jeder Gelegenheit.

Ich hielt Kontakt zu meiner Tante Leoda. Sie erzählte mir von Geneva. Sie glorifizierte sie. Sie sang Lobeshymnen auf Geneva. Sie gingen mir zum einen Ohr hinein und zum anderen wieder hinaus. Ich haßte Leoda. Ich war der Gauner und sie die leichtgläubige Närrin mit der Knete.

Ich mußte auf Lügen aufbauen. Ich konnte sie nicht ignorieren. Ich wollte mir aus widersprüchlichen Gesichtspunkten ein Bild zimmern. Ich hatte mein eigenes Gedächtnis. Es funktionierte einwandfrei. Nach dem Beckett-Prozeß stellte ich es auf die Probe. Ich erinnerte mich an die Namen ehemaliger Mitschüler. Ich erinnerte mich an jeden Park und jeden Knast, in dem ich je übernachtet hatte. Ich hatte die Zeit, die ich mit meiner Mutter zusammengelebt hatte, Jahr für Jahr im Kopf. Ich erinnerte mich an die Namen ehemaliger Dealer und all meiner Lehrer von der Junior High. Mein Verstand war scharf. Mein Gedächtnis war gut. Ich konnte versagenden Synapsen Phantastereien entgegensetzen. Ich konnte alternative Szenarien in meinem Kopf ablaufen lassen. Was, wenn sie dies getan hätte. Vielleicht hat sie das getan. Möglicherweise hat sie soundso reagiert. Der kritische Punkt war die volle Wahrheit. Die war möglicherweise rationiert. Ich hatte meine Erinnerungen nicht verdrängt. Aber möglicherweise mangelte es ihnen an Beständigkeit.
Ich hatte keine Familienfotos. Ich hatte keine Fotos von ihr mit 10, 20 und 30. Ich hatte Fotos von ihr mit 42, als es bereits mit ihr bergab ging, und Fotos von ihrer Leiche. Ich wußte nur wenig über unsere Vorfahren. Sie hatte nie von ihren Eltern oder ihren Lieblingstanten und -onkeln gesprochen.
Ich hatte meinen Kopf im Griff. Ich konnte mich auf Gedanken besinnen, die ich vor Urzeiten gehabt hatte. Ich konnte mein Gedächtnis Schicht für Schicht abtragen und meine früheren Gedanken über sie noch einmal abspielen. Vielleicht half mir meine Phantasie dabei. Vielleicht war sie eher hinderlich. Vielleicht setzte sie an anstößigen Stellen aus. Ich mußte alle Hemmungen ablegen. Das schuldete ich ihr. Ich mußte endlich zur Sache kommen.
Bill war in L.A. Er wartete auf das Beckett-Urteil. Ich sagte ihm, ich wolle mich eine Zeitlang verkrümeln. Er sagte, das verstünde er. Er dachte nur noch an Tracy Stewart.
Ich hatte die Probe bestanden und war bereit. Ich zog das Telefon aus der Dose und machte das Licht aus. Ich streckte mich auf dem Bett aus und schloß die Augen.

Sie kam aus Tunnel City, Wisconsin. Tunnel City war nicht viel mehr als eine Bahnstation. Sie zog nach Chicago. Sie zog nach San Diego. Mein Vater meinte, er habe sie im Del Coronado Hotel kennengelernt. Er meinte, das sei 1939 gewesen. Er meinte, sie hätten zusammen den zweiten Kampf zwischen Louis und Schmeling gehört. Der Kampf fand '38 statt. Damals war sie 23. Er war 40. Er war immer piekfein gekleidet. Solange ich ihn kannte, trug er immer Anzüge aus der Vorkriegszeit. 1960 wirkten sie deplaciert. Je mehr unser Lebensstandard fiel, desto zerlumpter sahen sie aus. '38 waren sie up-to-date. Er sah gut aus. Sie verlor ihr Herz. Er hatte sich eine scharfe Kindfrau geangelt, von der er glaubte, daß sie ihm immer zu Willen sein würde. Er ging mit ihr wahrscheinlich zu den Stierkämpfen in T.J. Er sprach fließend Spanisch. Er bestellte im Restaurant immer auf spanisch für sie. Er fuhr mit ihr nach Mexiko, um ihr den Hof zu machen und sie unter der Fuchtel zu haben. Sie fuhren runter nach Ensenada. 1956 fuhr sie mit mir nach Ensenada. Sie trug ein weißes, schulterfreies Kleid. Ich sah ihr dabei zu, wie sie sich die Unterarme rasierte. Ich wollte sie dort küssen. Er füllte sie mit Margaritas ab. Sie war noch keine Trinkerin. Er streute Salz und preßte Limonensaft auf ihre Hand und leckte sie ab. Er war extrem aufmerksam. Sie hatte ihn noch nicht durchschaut. Sie tat es mit der Zeit. Ich hatte eine Verlorene-Zeit/Wiedergewonnene-Zeit-Dynamik entwickelt. Sie betrachtete ihre verlorene Zeit als unwiderbringlich. Sie hängte ihren Verlust meinem Vater an. Sie schraubte ihre Ansprüche zurück. Bourbon-Highballs ließen proletenhafte Beischläfer manipulierbar und verführerisch erscheinen. Sie fragte sich nie, warum sie sich nach schwachen und primitiven Männern sehnte.

Sie hatte eine phantastische Körperhaltung. Sie wirkte größer, als es in ihrem Autopsiebericht stand. Sie hatte große Hände und Füße. Sie hatte zarte Schultern. Ich wollte sie auf den Hals küssen und ihr Parfüm riechen und von hinten ihre Brüste mit den Händen umschließen. Sie benutzte das Parfüm Tweed. Sie hatte in El Monte immer eine Flasche auf ihrem Nachttisch stehen. Einmal habe ich etwas davon auf ein Taschentuch geträufelt und es mit in die Schule genommen.

Sie hatte lange Beine. Sie hatte Schwangerschaftsstreifen auf dem Bauch. Die Autopsiefotos waren so entsetzlich wie aufschlußreich. Ihre Brüste waren kleiner, als ich sie in Erinnerung hatte. Sie war am ganzen Oberkörper schlank und von den Hüften abwärts dick. Ich hatte mir ihren Körper schon früh eingeprägt. Ich überarbeitete ihre Maße. Ich veränderte ihre Figur, so daß sie meiner Vorliebe für sinnlich gebaute Frauen entsprach. Ich wuchs mit dieser Vision meiner nackten Mutter auf und akzeptierte sie als eine Tatsache. In Wahrheit war meine Mutter mit Fleisch und Knochen eine ganz andere Frau.
Meine Eltern heirateten. Sie zogen nach L.A. Er meinte, sie hätten in der 8th Ecke New Hampshire gewohnt. Sie bekam einen Job als Krankenschwester. Er ging nach Hollywood. Sie zogen in den North Doheny Drive 459. Das war Beverly Hills. Die Adresse machte mehr her als die Wohnung. Meine Mutter meinte, es sei bloß ein kleines Apartment gewesen. Mein Vater ergatterte einen Job bei Rita Hayworth. Im März '48 wurde ich geboren. Mein Vater regelte Ritas Hochzeit mit Aly Khan. Der Hayworth-Kram war wahr. Ich fand den Namen meines Vaters in zwei Hayworth-Biographien.
Wir zogen in den Alden Drive 9031. Das war schon West Hollywood. Wir wohnten in einem Gebäude im spanischen Stil. Eula Lee Lloyd und ihr Mann wohnten auch dort. Eine alte Jungfer wohnte dort. Sie vergötterte meine Mutter. Mein Vater meinte, sie sei eine Lesbe. Er sah überall Lesben. Er meinte, die Lesben hätten ein Kopfgeld auf Rita Hayworth ausgesetzt. Angeblich bin ich Rita Hayworth mal an einem Hot-dog-Stand begegnet. Das war '50 oder '51. Angeblich habe ich sie von oben bis unten mit Traubensaft bekleckert. Angeblich war Rita Hayworth eine Nymphomanin. Mein Vater sah überall Nymphomaninnen. Er meinte, alle großen Schauspieler seien schwul. Er sah überall Schwule. Rita feuerte meinen Vater. Er begann, den ganzen Tag über zu schlafen. Er schlief auf dem Sofa wie Dagwood Bumstead. Meine Mutter sagte ihm, er solle sich einen Job besorgen. Er sagte, er habe Beziehungen. Er warte auf die richtige Gelegenheit. Meine Mutter stammte aus dem ländlichen Wisconsin. Sie

verstand nichts von Beziehungen. Sie zog einen Schlußstrich unter ihre Ehe.

Meine Erinnerungen folgten einer geraden chronologischen Linie. Meine Phantasien liefen als Anhängsel und Alternativeinstellungen nebenher. Ich hatte erwartet, daß ich kreuz und quer durch die Erinnerungslandschaft streifen würde. Ich hatte erwartet, daß ich über reale Details stolpern würde. Ich war auf dem Weg zur Erinnerung. Ich hatte Tweed-Parfüm und ein paar historische Momentaufnahmen heraufbeschworen. Ich folgte einem mir vertrauten linearen Algorithmus.

Ich schaltete ein paar Gänge runter. Die Rothaarige zog sich aus. Sie hatte ihren realen Körper und ihr 42jähriges Gesicht. Ich konnte es nicht weitertreiben.

Ich schreckte nicht davor zurück. Ich wollte es einfach nicht. Es schien unnötig.

Ich ließ meine Gedanken schweifen. Ich dachte an Tracy Stewart. Ich hatte Daddy Becketts ehemalige Wohnung gesehen. Ich war mit Bill und Dale Davidson dort. Ich sah die entscheidenden Orte des Geschehens. Ich sah das Wohnzimmer und das Schlafzimmer und die Stufen hinunter zum Van. Ich ging mit Robby und Tracy diese Stufen hinauf. Ich schaltete von meiner nackten Mutter innerhalb weniger Herzschläge auf Robbie und Tracy um. Robbie brachte Tracy ins Schlafzimmer. Robbie lieferte sie bei Daddy ab. An dem Punkt hielt ich inne. Ich schreckte nicht zurück. Ich wußte, daß ich es mir aufs Grauenhafteste ausmalen könnte. Ich glaubte nicht, daß ich daraus etwas lernen könnte.

Ich ließ meine Gedanken schweifen. Ich setzte '55 wieder ein. Ich hatte einen chronologischen Ablaufplan. Ich entschloß mich, die Zügel schießen zu lassen.

Mein Vater war fort. Nun gab es nur noch mich und sie und sonst niemanden. Ich sah sie in weißem Seersucker. Ich sah sie in einem dunkelblauen Kleid. Ich steckte sie mit ein paar Potenzprotzen vom Fließband ins Bett. Ich verpaßte den Kerlen Elvis-Tollen und Narben. Sie sahen aus wie Steve Cochran in *Hölle 36*. Ich übertrieb absichtlich. Ich dachte, daß häßliche Einzelheiten häßliche Erinnerungen wachrufen könnten. Ich wollte das Geschlechtsleben meiner Mutter von meinem Vater bis hin zu dem Dunkelhäutigen nachzeichnen. Mein Vater war eine Flasche. Er hatte den Körper eines Schlägers und das Herz eines Waschlappens. Meine Mutter warf ihn aus ihrem Leben und wurde zur Minimalistin. Alle Männer waren Flaschen, und manche Männer waren attraktive Flaschen. Gegen ihre Schwäche war nichts zu machen. Man konnte nur über sie hinwegsehen und sie bis zur Unkenntlichkeit schönreden. Man konnte Männer in begrenzter Dosierung in sein Leben lassen. Ich hatte keinen Massenansturm von Männern auf unser Haus beobachtet. Zweimal erwischte ich sie in flagranti. Mein Vater meinte, sie sei ein Flittchen. Ich glaubte ihm. Ich spürte ihre sexuelle Triebhaftigkeit. Ich filterte dieses Bewußtsein durch mein eigenes Verlangen nach ihr. 15 Jahre lang hatte sie mit meinem Vater zusammengelebt. Sie war einer hübschen Larve verfallen. Doch dann gingen ihr die Augen auf. Die Ernüchterung war zugleich Erleuchtung. Sie ging mit einer desillusionierten und gänzlich männlichen Einstellung an Männer heran. Männer ließen sich in Schach halten – mit Hilfe von Sex und Schnaps. Sie spülte 15 Jahre das Klo hinunter. Sie wußte, daß sie mitschuldig war. Sie verachtete ihre eigene Dummheit und Schwäche. Sie betrachtete primitive Männer als ihren Trostpreis. Sie betrachtete mich als ihre Buße. Sie schickte mich in die Kirche und zwang mich zum Pauken. Sie predigte Fleiß und Disziplin. Sie wollte, daß ich nicht so würde wie mein Vater. Sie überschüttete mich nicht mit Liebe und machte keine '50er-Jahre-Bilderbuchschwuchtel aus mir. Sie lebte in zwei Welten. Ich markierte die Trennlinie. Sie hielt ihr dualistisches System für tragfähig. Sie verrechnete sich. Sie wußte nicht, daß Verdrängung kein Weg ist. Auf der einen Seite hatte sie Alkohol und Männer. Auf der anderen Seite hatte sie ihren kleinen Jungen. Sie zerriß sich förmlich. Sie sah, wie die Grenze zwischen ihren beiden Welten unscharf wurde. Mein Vater rieb mir ihre Spelunkenwelt unter die Nase. Er war der bessere Propagandist. Jedes Wochenende lehrte er mich, sie zu hassen. Jeden Wochentag verspottete sie ihn. Sie trichterte mir ihre Verachtung mit geringerer Bösartigkeit ein als er seinen Haß. Sie predigte Tüchtigkeit und Zielstrebigkeit. Sie war eine Säuferin

und ein Flittchen und daher eine Scheinheilige. Die Welt, die sie um mich aufbaute, existierte nicht. Meine Röntgenaugen gaben mir Einblick in ihre geheime Welt.
Ich erwischte sie mit einem Mann im Bett. Sie zog ein Bettuch über ihre Brüste. Ich erwischte sie mit Hank Hart im Bett. Sie waren nackt. Ich sah eine Flasche und einen Aschenbecher auf dem Nachttisch. Sie zog mit mir nach El Monte. Ich sah ein Flittchen auf der Flucht. Möglicherweise war sie geflohen, um einen Abstand zwischen ihren beiden Welten zu schaffen. Sie sagte, wir zögen um meinetwillen um. Ich tat das als Lüge ab. Angenommen, ich irrte mich. Angenommen, sie floh für uns beide. Sie floh überhastet und mißdeutete El Monte. Sie sah es als Pufferzone. Es schien ein geeigneter Ort für Wochenendvergnügungen zu sein. Es schien ein geeigneter Ort zu sein, um einen kleinen Jungen großzuziehen.
Sie versuchte mir gewisse Dinge beizubringen. Ich lernte sie mit Verspätung. Ich wurde disziplinierter und pingeliger und fleißiger und zielstrebiger, als sie es sich je hätte erhoffen können. Mein Erfolg übertraf all ihre Träume. Ich konnte ihr kein Haus und keinen Cadillac mehr kaufen, um ihr in bester Neureichenmanier meine Dankbarkeit zu zeigen.
Wir reisten durch die Zeit. Wir bereisten unsere zehn gemeinsamen Jahre. Wir sprangen willkürlich vor und zurück. Kontrapunktisch liefen alte Erinnerungen ab. Jede Vision von Jean, der lasterhaften Rothaarigen, rief ein entgegengesetztes Bild hervor. Hier ist Jean betrunken. Dort ist Jean mit ihrem undankbaren Sohn. Er ist vom Baum gefallen. Sie zieht ihm Splitter aus dem Arm. Sie betupft seine Wunden mit Hamamelis. Sie hält eine Pinzette unter eine Lupe.
Wir reisten durch die Zeit. Ich verlor in der Dunkelheit das Gefühl für die reale Zeit. Jenes Gleichgewicht der Gegenpole war stabil. Mir gingen die Erinnerungen aus, und ich öffnete die Augen.
Ich sah mein Diagramm an der Wand. Ich spürte den Schweiß auf meinem Kissen.
Ich schaltete meine Zeitmaschine ab. Ich wollte sie nirgendwo an

ders mehr mit hinnehmen. Ich wollte sie weder in fiktive Szenarien versetzen noch meine Enthüllungen für abgeschlossen erklären und als Abriß ihres Lebens hinstellen. Ich wollte sie nicht als kompliziert und undurchschaubar abtun. Ich wollte sie nicht übers Ohr hauen.
Ich war hungrig und nervös. Ich brauchte frische Luft und lebendige Menschen um mich.

Ich fuhr zu einem Einkaufszentrum. Ich ging zu einem Schlemmermarkt und holte mir ein Sandwich. Es herrschte ein irrer Betrieb. Ich beobachtete Menschen. Ich beobachtete Pärchen. Ich hielt Ausschau, ob gerade jemand verführt wurde. Robbie hatte Tracy in der Öffentlichkeit umworben. Der Dunkelhäutige hatte Jean zu Stan's Drive-In ausgeführt. Harvey hatte an Judys Tür geklopft und ihr das Gefühl gegeben, sie habe nichts zu befürchten.
Ich sah nichts Verdächtiges.
Ich hörte auf, die Leute zu beobachten. Ich saß nur da. Menschen kreuzten meine Blickrichtung. Ich war aufgekratzt. Ich war in einer Art Sauerstoffrausch.
Langsam dämmerte es mir.
Der Dunkelhäutige war unwichtig. Entweder war er tot, oder er war es nicht. Entweder fanden wir ihn, oder wir fanden ihn nicht. Wir würden nie aufhören zu suchen. Er war nur ein Wegweiser. Er zwang mich, über mich hinauszuwachsen und meiner Mutter Gerechtigkeit widerfahren zu lassen.
Sie war nichts Geringeres als meine Erlösung.

27

Die Geschworenen verkündeten ihr Urteil. Tracy Stewart brachte Daddy Beckett zu Fall. Bill sagte, er werde lebenslänglich ohne Bewährung bekommen. Gloria Stewart bekam ihre Gegenüberstellung. Sie flehte um den Leichnam ihrer Tochter und überschüttete Daddy mit übelsten Schimpfwörtern. Ich sagte, es gebe keine Leiche und keinen Schlußstrich. Daddy bekam lebenslänglich. Gloria bekam lebenslänglich mit Daddy und Robbie.

Bill schmiß eine Gartenparty. Er bezeichnete sie als vorgezogene Labor-Day-Party. In Wirklichkeit war es eine Abschiedsparty für Daddy Beckett.

Ich ging hin. Dale Davidson und seine Frau waren auch da. Vivian Davidson war stellvertretende Staatsanwältin. Sie kannte den Fall Beckett in- und auswendig. Es kamen noch ein paar andere Staatsanwälte. Gary White und seine Freundin kreuzten auf. Bills Vater erschien. Bills Nachbarn schauten vorbei. Alle aßen Hot Dogs und Burger und unterhielten sich über Mord und Totschlag. Die Cops und die Staatsanwälte waren erleichtert, daß die Beckett-Schweinerei vorbei war. Die Nichtcops und Nichtstaatsanwälte glaubten, nun könne man einen Schlußstrich ziehen. Ich dachte: Wenn ich den Trottel finde, der sich die Sache mit dem Schlußstrich ausgedacht hat, schiebe ich ihm eine fette Schlußstrich-Medaille in den Arsch. Alle redeten über O.J. Alle spekulierten über das zu erwartende Urteil und seine zu erwartenden Auswirkungen. Ich redete nicht viel. Ich feierte meine eigene Party mit der Rothaarigen. Sie war ausgelassen. Sie stibitzte Fritten von meinem Teller. Wir erzählten uns Insiderwitze.

Ich sah Bill dabei zu, wie er Fleischklopse wendete und sich mit seinen Freunden unterhielt. Ich wußte, daß er erleichtert war. Ich wußte, daß seine Erleichterung auf den Tag zurückging, an dem Daddy Beckett verhaftet wurde. Er hatte Daddy die Chance genommen, weitere Frauen zu töten. Das war theoretisch eine saubere Lösung. Aber der Schuldspruch war ein zweischneidiges Schwert. Daddy war alt und gebrechlich. Die Zeit des Mordens und Vergewaltigens lag hinter ihm. Robbie hingegen war im besten Alter zum Vergewaltigen, Morden und Verprügeln von Frauen. Er hatte gerade einen phantastischen Auftritt hingelegt. Er hatte damit die Urteilsfindung im Fall *L.A. County vs. Robert Wayne Beckett sen.* sehr erleichtert. Er hatte sich damit Freunde bei der Polizei gemacht. In ihrem Namen beging er Vatermord. Das machte sich gut in seinen Haftpapieren. Sicher begünstigte es eine vorzeitige Entlassung.

Bill befand sich immer noch auf dem Verkippungs-Expressway. Auch er hatte eine lebenslängliche Strafe zu verbüßen. Er hatte sich Mord ausgesucht. Ich war ausgesucht worden. Er landete bei Mord, weil er es für seine moralische Verpflichtung hielt. Ich landete bei Mord, weil ich ein Voyeur war. Er wurde zum Voyeur. Er mußte hinschauen. Er mußte Bescheid wissen. Er erlag der ständigen Versuchung. Meine Versuchung begann und endete mit meiner Mutter. Bill und ich waren mit angeklagt. Wir standen vor dem Tribunal für Mordopfervorlieben. Wir hatten eine Vorliebe für weibliche Opfer. Warum sollte man das eigene Verlangen sublimieren, wenn man es dazu benutzen konnte, sich neue Einsichten zu verschaffen? Die meisten Frauen wurden wegen Sex umgebracht. Damit rechtfertigten wir unseren Voyeurismus. Bill war ein kriminalistischer Fachmann. Er wußte, wie man sucht und stöbert und Abstand zu seinen Ergebnissen gewinnt und professionell Contenance wahrt. Solchen Restriktionen unterlag ich nicht. Ich brauchte keine gerichtstauglichen Beweise zu liefern. Ich brauchte keine in sich stimmigen und einleuchtenden Motive nachzuweisen. Ich konnte in der Erotik meiner Mutter und der anderer toter Frauen schwelgen. Ich konnte sie klassifizieren und als Schicksalsschwestern verehren. Ich konnte suchen und stöbern und vergleichen und analysieren und mir ein eigenes Geflecht erotischer und nichterotischer Bezüge herstellen. Ich

konnte sie auf das gesamte weibliche Geschlecht ausdehnen und eine breite Skala von Umständen auf das Leben und den Tod meiner Mutter zurückführen. Ich jagte nicht irgendwelchen akut Verdächtigen hinterher. Ich war nicht auf der Suche nach Fakten, um irgendeine vorgefertigte Hypothese zu stützen. Ich war auf der Suche nach Erkenntnis. Ich suchte in meiner Mutter die Wahrheit. Sie hatte mir in einem dunklen Schlafzimmer einen Teil dieser Wahrheit offenbart. Ich wollte mich revanchieren. Ich wollte in ihrem Namen ermordete Frauen ehren. Das hörte sich äußerst großspurig und selbstgefällig an. Es bedeutete, daß ich das Leben auf dem Verkippungs-Expressway vor mir hatte. Es führte mir jenen Moment im Schlemmermarkt noch einmal glasklar vor Augen. Es zeigte mir in diesem Augenblick genau einen Weg auf.
Ich mußte über ihr Leben ebensogut Bescheid wissen wie über ihren Tod.

Ich hielt diesen Gedanken fest und behielt ihn für mich. Wir machten uns wieder an die Arbeit.
Wir trafen uns mit den Reportern von *La Opinión*, der *Orange Coast* und dem *San Gabriel Valley Tribune*. Wir zeigten ihnen El Monte. Der *L.A. Times*-Artikel erschien. Wir erhielten insgesamt 60 Anrufe – von Leuten, die gleich wieder auflegten, von Spiritisten, von O.J.-Scherzkeksen und von Leuten, die uns Glück wünschten. Zwei Frauen riefen an und sagten, ihr Vater könnte meine Mutter umgebracht haben. Wir riefen sie zurück. Wir hörten uns weitere Geschichten über Kindesmißhandlung an. Die beiden Väter schieden als Täter aus.
Eine junge Frau rief an. Sie denunzierte eine alte Frau. Sie sagte, die alte Frau lebe in El Monte. Die alte Frau habe um 1950 bei Packard-Bell gearbeitet. Sie war blond. Sie trug einen Pferdeschwanz.
Wir fanden die alte Frau. Sie benahm sich nicht verdächtig. Sie erinnerte sich nicht an meine Mutter. Sie konnte meine Mutter nicht bei Packard-Bell Electronics unterbringen.
Der *La Opinión*-Artikel erschien. Wir erhielten keinen einzigen Anruf. *La Opinión* war eine spanischsprachige Zeitung. Die Sa-

che mit *La Opinión* war von vornherein so gut wie aussichtslos gewesen.
Der *San Gabriel Valley Tribune*-Artikel erschien. Wir erhielten insgesamt 41 Anrufe – von Leuten, die gleich wieder auflegten, von Spiritisten und von O.J.-Simpson-Scherzkeksen. Ein Mann rief an. Er sagte, er stamme aus El Monte. Ende der 50er habe er einen dunkelhäutigen Typen gekannt. Der dunkelhäutige Typ hing immer an einer Tankstelle in der Peck Road herum. An seinen Namen erinnerte er sich nicht. Die Tankstelle gab es schon lange nicht mehr. Er kannte massenhaft Typen aus dem El Monte von '58.
Wir trafen uns mit dem Mann. Er nannte uns ein paar Namen. Wir legten sie Dave Wire und Chief Clayton vor. Sie erinnerten sich an ein paar von den Typen. Sie sahen nicht wie *der* Dunkelhäutige aus. Wir gaben die Typen in unsere drei Computer ein. Sowohl innerhalb Kaliforniens als auch landesweit gingen wir leer aus.
Ein Associated-Press-Reporter rief mich an. Er wollte einen Artikel über die Ellroy/Stoner-Ermittlungen schreiben. Er würde überall in den Staaten veröffentlicht werden. Er würde unsere 1-800-Nummer erwähnen. Ich sagte: Dann mal los.
Wir fuhren mit ihm nach El Monte. Er schrieb seinen Artikel. Er erschien in einer Vielzahl von Zeitungen. Redakteure hatten ihn verhunzt. Die meisten hatten die 1-800-Nummer herausgestrichen. Wir erhielten nur sehr wenige Anrufe.
Drei Spiritisten riefen an. Die Frau mit dem Schwarze-Dahlie-Tick rief an. Niemand rief an und sagte, er kenne die Blonde. Niemand rief an und sagte, er kenne meine Mutter.
Wir gaben noch mal die entscheidenden Namen in die Computer ein. Wir wollten auf Nummer Sicher gehen. Wir dachten, wir würden vielleicht auf neue Einträge stoßen. Fehlanzeige. Ruth Schienle und Stubby Green waren tot oder wie vom Erdboden verschluckt. Salvador Quiroz Serena war vielleicht wieder in Mexiko. Auch Grant Surface konnten wir nicht finden. Er hatte sich 1959 zwei Lügendetektortests unterzogen. Er hatte weder bestanden, noch war er durchgefallen. Wir wollten diese unklaren Ergebnisse hinterfragen.

Einer Eingebung folgend rief Bill Duance Rasure an. Rasure kramte seine Aufzeichnungen über Will Lenard Miller heraus und schickte sie uns per FedEx. Wir lasen die Aufzeichnungen. Wir stießen auf sechs Airtek-Namen. Zwei der Leute lebten noch. Sie erinnerten sich an meine Mutter. Sie sagten, bevor sie zu Airtek kam, habe sie bei Packard-Bell gearbeitet. Der Name Nikola Zaha sagte ihnen nichts. Sie konnten nicht sagen, wer die ehemaligen Liebhaber meiner Mutter waren. Sie nannten uns weitere Airtek-Namen. Sie sagten, Ruth Schienle habe sich scheiden lassen und einen Mann namens Rolf Wire geheiratet. Rolf Wire war ihres Wissens tot. Wir gaben Rolf und Ruth Wire in unsere drei Computer ein – Fehlanzeige. Wir gaben die neuen Airtek-Namen ein. Fehlanzeige. Wir fuhren raus zum Firmensitz der Pachmyer Group. Bill sagte, sie würden uns keinen Einblick in ihre Personalakten gewähren. Ich sagte: Fragen kostet nichts. Ich war nicht auf der Suche nach dem Dunkelhäutigen. Ich war auf der Suche nach meiner Mutter.
Die Leute bei Pachmyer waren sehr freundlich. Sie sagten, Airtek sei '59 oder '60 eingegangen. Alle Airtek-Unterlagen seien vernichtet worden.
Ich nahm diese Enttäuschung unprofessionell schwer. Meine Mutter hatte ab 9/56 bei Airtek gearbeitet. Ich wollte wissen, was für ein Mensch sie damals war.
Die Wiederaufnahme der Ermittlungen im Fall Ellroy lag 13 Monate zurück.

O.J. Simpson wurde freigesprochen. L.A. spielte verrückt. Die Medien nahmen die Worte »zu erwartende Auswirkungen« zum Anlaß, total überzuschnappen. Jeder Mord hatte seine Auswirkungen. Da brauchte man nur Gloria Stewart oder Irv Kupcinet zu fragen. Der Fall Simpson würde nur bei den Angehörigen bleibende Schäden hinterlassen. L.A. würde darüber hinwegkommen. Früher oder später würde ein noch berühmterer Mann eine noch schönere Frau umbringen. Der Fall würde einen noch groteskeren Lebensstil mit noch mehr Sex-Appeal als Mikrokosmos ins Licht der Öffentlichkeit rücken. Die Medien würden da wei-

termachen, wo sie mit O.J. angelangt waren, und den Fall zu einem noch größeren Ereignis aufbauschen.
Ich wollte nach Hause. Ich wollte Helen sehen. Ich wollte diese Memoiren schreiben. Tote Frauen hielten mich zurück. Sie waren in L.A. gestorben und flüsterten mir zu, ich solle noch eine Weile bleiben. Ich hatte genug von kriminalistischer Arbeit. Ich war zermürbt von ergebnislosen Computeranfragen und Fehlinformationen. Ich trug die Rothaarige in mir. Ich konnte sie einfach mitnehmen. Bill konnte auch ohne mich Spuren verfolgen und in ihrem Intimleben herumstochern. Ich blieb nur noch ein bißchen, um ein paar brandneue Phantome aufzutun.
Ich ging viermal allein auf die Dienststelle. Ich zog mir alte Blaue Bücher heraus. Ich las abgeschlossene Fälle von A bis Z. Ich hatte keine Tatortfotos. Ich schoß mir welche in meiner Phantasie. Ich las Tatortberichte und Autopsieberichte und Hintergrundberichte und ließ vor meinem inneren Auge meine persönliche Geschichte vivisezierter Frauen ablaufen. Ich suchte. Ich stöberte. Ich schwelgte. Ich verglich und analysierte nicht in der Weise, wie ich es erwartet hatte. Die Frauen ließen sich nicht unter einen Hut bringen. Sie brachten mich nicht zu meiner Mutter zurück. Sie offenbarten mir nichts. Ich konnte sie nicht beschützen. Ich konnte ihren Tod nicht rächen. Ich konnte sie nicht im Namen meiner Mutter ehren, weil ich eigentlich überhaupt nicht wußte, wer sie waren. Ich wußte nicht, wer *sie* war. Ich hatte ein paar dunkle Ahnungen und einen verdammt großen Wissensdurst.
Ich begann, mich wie ein Grabschänder zu fühlen. Ich wußte, daß der Tod mich zermürbt hatte. Ich wollte noch ein paar Hinweise auf die Rothaarige auftun. Ich wollte weitere Informationen sammeln und horten und mit nach Hause nehmen. Ich ersann ein paar letzte Gründe, um noch in L.A. zu bleiben. Ich brütete Zeitungsanzeigen aus und Infomercials und Online-Kampagnen. Bill meinte, das sei alles Käse. Er sagte, wir sollten uns an die Wagners in Wisconsin wenden. Er sagte, ich hätte Schiß. Er ging nicht weiter ins Detail. Das brauchte er auch nicht. Er wußte, daß meine Mutter mich zu einem ganz besonderen Menschen gemacht hatte. Er wußte, daß ich sie ganz für mich haben wollte. Auch die Wagners

hatten einen Anspruch auf sie. Vielleicht würden sie mir meinen streitig machen. Vielleicht würden sie mich willkommen heißen und versuchen, mich in einen braven Langweiler mit einer Großfamilie zu verwandeln. Sie hatten einen Anspruch auf meine Mutter. Ich wollte meinen Anspruch mit niemandem teilen. Ich wollte den Zauber zwischen ihr und mir und dem, was sie aus mir gemacht hatte, nicht zerstören.
Bill hatte recht. Ich wußte, daß es war Zeit war heimzukehren.

Ich packte meine Pinnwände und Diagramme ein und schickte sie nach Osten. Bill ließ unsere Hinweis-Hotline zu einem Auftragsdienst umleiten. Ich nahm die Akte mit nach Hause.
Bill arbeitete weiter an dem Fall. Er verlor einen Partner und gewann einen neuen. Joe Walker war Kriminalpsychologe. Er gehörte dem L.A. Sheriff's Department an. Er kannte das Computernetzwerk von Polizei und Justiz aus dem Effeff. Er hatte sich an dem Fall Karen Reilly festgebissen. Er war überzeugt, ein schwarzer Serienmörder habe Karen Reilly ermordet. Er wollte am Fall Jean Ellroy mitarbeiten. Bill gab ihm sein Okay.
Bill fehlte mir. Er war mein engster Freund geworden. Er hatte 14 Monate lang auf mich aufgepaßt. Passenderweise entließ er mich genau in dem Moment, als der tote Punkt erreicht war. Er schickte mich mit meiner Mutter und meinem ungeklärten Anspruch fort.
Zu Hause nagelte ich die Korkplatten nicht wieder an die Wand. Das war nicht nötig. Sie war immer bei mir.
Der *Orange Coast*-Artikel erschien. Die *Orange Coast* war ein Käseblatt fürs Orange County. Der Artikel war gut. Sie hatten unsere 1-800-Nummer abgedruckt. Wir erhielten fünf Anrufe. Zwei Spiritisten riefen an. Drei Leute riefen an und wünschten uns Glück.
Die Ferien gingen zu Ende. Eine Fernsehproducerin rief mich an. Sie arbeitete für die Sendung *Unsolved Mysteries*. Sie wußte alles über die Ellroy/Stoner-Ermittlungen. Sie wollte einen Beitrag über den Fall Jean Ellroy drehen. Sie würden jene Samstagnacht nachstellen und die Zuschauer um sachdienliche Hinweise bitten. Die

Sendung klärte Verbrechen auf. Alte Leute sahen sie sich an. Ehemalige Cops sahen sie sich an. Die Sendung hatte ihre eigene Hinweis-Hotline, und die Telefone waren rund um die Uhr besetzt. Die Folgen wurden im Sommer wiederholt. Alle eingegangenen Hinweise gingen per FedEx an die Angehörigen des Opfers und den Detective, der die Ermittlungen leitete.
Ich sagte ja. Die Producerin meinte, sie wollten an den Originalschauplätzen drehen. Ich sagte, ich würde nach L.A. kommen. Ich rief Bill an und berichtete ihm die Neuigkeiten. Er sagte, das sei ja großartig. Ich sagte, wir müßten unseren Beitrag möglichst vollstopfen. Wir müßten ihn mit Einzelheiten aus dem Leben meiner Mutter anreichern. Ich wollte, daß Leute anriefen und sagten: »Die Frau hab' ich gekannt.«

Vielleicht würden die Wagners die Sendung sehen. Vielleicht würde ihnen die Darstellung meiner Mutter mißfallen. Sie hatte ihren Sohn in die Kirche geschickt, und nun schlug er Kapital aus ihrem Tod. Er verwandelte sie in eine ordinäre Femme fatale. Als Junge war er schon ein Gauner gewesen. Jetzt war er ein Seelenmörder. Er verleumdete seine Mutter. Er schummelte beim Kassensturz ihres Lebens und präsentierte der Welt eine frisierte Bilanz. Er meldete seine Besitzansprüche auf der Basis verdrehter Erinnerungen und der Lügen seines nichtsnutzigen Vaters an. Er hatte seine Mutter auf ungeheuerliche Weise für immer und ewig in ein schiefes Licht gerückt.
Ich besann mich wieder auf das dunkle Schlafzimmer und die Erleuchtung im Schlemmermarkt. Das neue Gleichgewicht der Erinnerungen. Bills Unterstellung. Das exklusive Band, das ich nicht lösen wollte. Vielleicht würden die Wagners die Sendung sehen. Sie hatten das Buch, das ich meiner Mutter gewidmet hatte, entweder nie zu Gesicht bekommen oder nie darauf reagiert. Sie waren Langweiler aus dem Mittelwesten. Sie verfolgten nicht, was in den Medien passierte. Vielleicht hatten sie in Zeitungen und Zeitschriften über mich hinweggelesen. Leoda hatte mich immer unterschätzt. Dafür haßte ich sie. Ich wollte ihr das wahre Wesen meiner Mutter unter die Nase reiben und sagen: Da siehst

du, wie sie wirklich war, und da siehst du, wie sehr ich sie trotzdem verehre. Sie könnte mir mit ein paar strengen Worten den Wind aus den Segeln nehmen. Sie könnte sagen: Du hast nicht mit uns gesprochen. Du hast den Weg deiner Mutter nicht bis nach Tunnel City, Wisconsin, zurückverfolgt. Deine Darstellung von ihr beruht auf Halbwissen.
Ich wollte noch nicht zurück. Ich wollte das Band nicht lösen. Ich wollte nicht an seinem erotischen Kern rühren, der nach wie vor seinen besonderen Charakter ausmachte. Die Toten gehören den Lebenden, die den obsessivsten Anspruch auf sie erheben. Sie gehörte mir ganz allein.

Sie filmten unseren Beitrag in vier Tagen. Sie filmten Bill und mich am Bahnhof von El Monte. Ich spielte die Szene in der Asservatenkammer nach. Ich öffnete einen Plastikbeutel und zog einen Seidenstrumpf heraus.
Es war nicht *der* Strumpf. Jemand hatte einen alten Strumpf zusammengezwirbelt und verknotet. Ich zog keine Attrappe der Jalousieschnur hervor. Wir verschwiegen, daß es sich um zwei Strangulierwerkzeuge gehandelt hatte.
Der Regisseur lobte meine schauspielerische Leistung. Wir hatten die Szene schnell im Kasten.
Das Team war klasse. Die Fernsehleute waren immer zum Scherzen aufgelegt. Die Dreharbeiten waren wie eine Party zu Ehren Jean Ellroys.
Ich lernte den Darsteller kennen, der den Dunkelhäutigen spielte. Er nannte mich Klein Jimmy. Ich nannte ihn Scheißkerl. Er sah schlank und bösartig aus. Er ähnelte den Identi-Kit-Porträts. Ich lernte die Darstellerin kennen, die meine Mutter spielte. Ich nannte sie Mom. Sie nannte mich Sohnemann. Sie hatte rote Haare. Sie sah mehr nach Hollywood aus als nach tiefstem Wisconsin. Ich zog sie auf. Ich sagte: »Reiß bloß keine Männer auf, wenn ich am Wochenende weg bin.« Sie sagte: »Halt die Klappe, Jimmy – gönn mir doch auch mal was!« Mom und der Dunkelhäutige hatten Spaß miteinander. Es lief prima. Bill kam jeden Tag vorbei. Er amüsierte sich königlich.

Sie drehten die Desert-Inn-Sequenz in einer schmierigen Cocktailbar in Downey. Der Set wirkte anachronistisch. Ich lernte die Darstellerin kennen, die die Blonde spielte. Sie war die schmuddelige Barsirene par excellence. Der Dunkelhäutige war todschick angezogen. Er trug eine Kombination aus Rohseide. Meine Mutter trug eine Kopie des Kleides, in dem sie gefunden wurde.
Sie filmten das magische Dreieck. Der Dunkelhäutige sah fies aus. Meine Mutter sah zu gesund aus. Die Blonde traf genau den richtigen schmuddeligen Ton. Ich wollte ein kleines Noir-Gemälde. Sie filmten eine wahrheitsgetreue Aufmacherszene.
Wir zogen um zu Harvey's Broiler, ein Stück die Straße hinunter. Dort standen 20 Oldtimer Schlange. Harvey's Broiler war Stan's Drive-In. Eine Kleindarstellerin sollte mit Tabletts jonglieren und Lavonne Chambers spielen.
Der Dunkelhäutige und meine Mutter stiegen in einen '55er Olds. Lavonne brachte ihnen die Speisekarte. Sie waren mit Mikrofonen ausgestattet und bereit loszulegen. Die Producerin gab mir einen Kopfhörer. Ich hörte ihren Dialog und ein wenig nebensächliches Geplauder mit. Der Dunkelhäutige versuchte ganz real, meine Mom rumzukriegen.
Sie drehten den Mord am Originalschauplatz. Das Team okkupierte die Arroyo High School. Sie fuhren Kamera-Laster, Tontechnik-Laster, einen Catering-Laster und einen Garderoben-Van auf. Ein paar Ortsansässige schlenderten vorbei. Einmal zählte ich 32 Menschen.
Sie bauten Scheinwerfer auf. Die King's Row bekam etwas Psychedelisches. Der '55er Olds fuhr vor. Ein keusches Mordvorspiel und ein simulierter Mord spielten sich ab. Ich schaute mir das Vorspiel, den Mord und das Abladen der Leiche 25mal an. Es machte mir nichts aus. Ich war mittlerweile ein Profi, was Mord anging. Ich stand irgendwo zwischen dem Sohn eines Opfers und einem Detective der Mordkommission.
Sie drehten zwei Szenen in unserem ehemaligen Haus. Sie zahlten Geno Guevara ein Drehort-Honorar. Ich lernte den Darsteller kennen, der mich als Kind spielte. Er sah aus wie ich mit zehn. Er trug Sachen wie ich am 22. 6. 58.

Das El Monte PD sperrte die Ecke Bryant/Maple ab. Die Crew stellte drei Oldtimer auf die Straße. Chief Clayton erschien. Zuschauer versammelten sich. Ein Taxi von 1950 tauchte wie aus dem Nichts auf. Der Regisseur probte die Szene mit dem kleinen Ellroy und dem Cop, der ihm die Nachricht überbrachte.
Sie drehten erstmal die Ankunftsszene. Das Taxi fuhr vor. Der Junge stieg aus. Der Cop sagte ihm, seine Mutter sei tot. Dreißig bis vierzig Leute schauten zu.
Sie wiederholten die Szene x-mal. Es sprach sich herum, daß ich vor einem halben Leben der Junge im Taxi gewesen war. Ein paar Leute zeigten auf mich. Ein paar Leute winkten.
Sie drehten eine Szene in unserer ehemaligen Küche. Die Küche war im Stil der 50er ausgestattet. Meine Mutter trug weiße Schwesterntracht. Ich trug das gleiche wie bei der Ankunftsszene. Meine Mutter rief mich in die Küche und sagte mir, ich solle mein Abendbrot essen. Ich schmiß mich auf einen Stuhl und rührte das Essen nicht an. Es war ein deftiges Schnellgericht. Bill sagte, sie hätten filmen sollte, wie ich meiner Mutter in den Ausschnitt schielte.
Wir machten Mittagspause. Ein Catering-Laster fuhr vor. Ein Grip baute in Geno Guevaras Vordergarten ein Büffet für 20 Leute auf. Die Schlange reichte bis auf die Straße. Ein paar Provinzler schnappten sich Teller und stellten sich einfach dazu.
Ich setzte mich neben einen Wildfremden. Ich sandte der Rothaarigen ein Gebet. Ich sagte: Dies ist für dich.

28

Die Party ging zu Ende. Ich flog nach Hause. Unser Beitrag sollte am 22. 3. 96 gesendet werden.
Bill und ich hatten unsere Interviews mit Informationen vollgestopft. Wir hoben Airtek hervor. Wir hoben den Mädchennamen meiner Mutter und »Jean« als Kurzform von »Geneva« hervor. Wir waren mittlerweile Profis. Wir redeten in Clips. Wir hatten die Chance, Millionen Menschen anzusprechen. Wir wollten sie mit absolut präzisen und verständlich dargelegten Einzelheiten anregen und aufrütteln.
Sie war dort draußen. Ich spürte ihre Gegenwart. Ich verbrachte einen Monat in gelassener Erwartung. Ich ließ die Blonde und den Dunkelhäutigen links liegen. Sie war dort draußen. Menschen würden anrufen und sagen, sie hätten sie gekannt.
Bill war zurück in Orange County. Er war mit Joe Walker bei der Arbeit. Sie rüsteten sich für den Sturm von Namen. Die Sendung würde uns mit Unmengen von Namen überschwemmen. Namen aus der Gegend. Namen aus dem ganzen Land. Namen von Informanten und möglichen Namen der Blonden und des Dunkelhäutigen. Namen, die verifiziert und auf Vorstrafen geprüft werden wollten. Namen, die kontaktiert und ad acta gelegt und unter die Lupe genommen und mit anderen Namen verglichen und als Hinweise von Verrückten abgetan werden wollten.
Namen.
Ihre ehemaligen Liebhaber. Ihre ehemaligen Kollegen. Ihre ehemaligen Vertrauten. Menschen, die einen flüchtigen Eindruck davon bekommen hatten, nach welchem Muster sie floh.
Namen.
Bill war bereit. Er sicherte sich die Unterstützung von Joe Walker. Amtliche Unterlagen überprüfen. Papiernen Fährten folgen und

Datenbanken plündern. Uns von Tunnel City nach El Monte bringen.
Joe sagte, er werde sich Heirats- und Scheidungsregister vornehmen. Bill sagte, er werde sich Telefonbücher vornehmen. Er sagte, wir sollten nach Wisconsin fliegen. Ich sagte: Noch nicht. Er wollte meinen Anspruch auf sie umschiffen. Ich wollte unsere neuen Namen plündern und ihn untermauern.

Ich sah mir die Sendung zu Hause an. Bill sah sie sich von der Telefonzentrale des Studios aus an. Louie Danoff gesellte sich dazu. Ein paar Cops von anderen Beiträgen gesellten sich dazu.
Die Kulisse war ziemlich spacig. Ein Dutzend Telefonistinnen nahm Anrufe entgegen und tippte die Hinweise simultan in Computerterminals ein. Die Cops konnten die Informationen vom Bildschirm ablesen und gleichzeitig über Kopfhörer die interessantesten Anrufe mithören. Informanten griffen schnell zum Telefon. Sie sahen die Sendung. Sie erkannten Verdächtige. Sie erkannten verschütt gegangene Angehörige oder alte Bekannte. Sie riefen an, weil ein Beitrag ihnen zu Herzen gegangen war. Sie riefen an, weil ein Beitrag ihnen keine Ruhe ließ.
Ich sah die Show zusammen mit Helen. Der Beitrag über Jean Ellroy war grandios. Es war die beste Show seit Robbie Beckett live. Robert Stack war der Erzähler. Als ich ihn sah, mußte ich laut lachen. Ich hatte ein paarmal im Bel-Air Country Club den Caddie für ihn gemacht. Die nachgestellten Szenen waren sehr plastisch. Der Regisseur hatte alles sehr stimmig hingekriegt. Er wußte, was er seinen Zuschauern zumuten konnte. Der Mord war schaurig – mehr nicht. Die Darstellung würde weder bei älteren Leute Anstoß erregen noch potentielle Informanten unnötig schockieren. Ich war gut. Bill war gut. Robert Stack hob den Airtek-Zusammenhang hervor. Die richtigen Informationen gingen über den Äther. Das richtige Bild meiner Mutter und des Dunkelhäutigen ging über den Äther. Die Story wurde verständlich und korrekt wiedergegeben. Die Telefone liefen heiß.
Ein Mann aus Oklahoma City, Oklahoma, rief an. Er sagte, der Dunkelhäutige sehe aus wie ein Typ namens Bob Sones. Bob

hatte seine Frau, Sherry, umgebracht und dann Selbstmord begangen. Das war Ende '58. Das Verbrechen geschah in North Hollywood. Ein Mann aus Centralia, Washington, rief an. Er sagte, sein Vater sei der Dunkelhäutige. Sein Vater war zwei Meter groß und wog 110 Kilo. Sein Vater trug ständig einen Revolver und einen Haufen Munition bei sich. Ein Mann aus Savage, Minnesota, rief an. Er sagte, der Dunkelhäutige sehe aus wie sein Vater. Sein Vater hatte zu der Zeit in El Monte gewohnt. Sein Vater war gewalttätig. Sein Vater hatte gesessen. Sein Vater war ein Spieler und ein Schürzenjäger. Ein Mann aus Dallas, Texas, rief an. Er sagte, der Dunkelhäutige komme ihm bekannt vor. Er sehe aus wie jemand, der vor langer Zeit sein Nachbar gewesen sei. Der Mann hatte ein blonde Frau. Er fuhr einen blauweißen Buick. Ein Mann aus Rochester, New York, rief an. Er sagte, sein Großvater sei der Dunkelhäutige. Opa lebte in einem Pflegeheim. Der Mann gab Adresse und Telefonnummer durch. Eine Frau aus Sacramento, Kalifornien, rief an. Sie sagte, der Dunkelhäutige sehe aus wie ein ortsansässiger Arzt. Der Arzt lebte mit seiner Mutter zusammen. Der Arzt haßte Frauen. Der Arzt war Vegetarier. Eine Frau aus Lakeport, Kalifornien, rief an. Sie sagte, der Dunkelhäutige sehe aus wie ihr Exmann. Ihr Ex war ein Schürzenjäger. Sie wußte nicht, wo er sich jetzt aufhielt. Eine Frau aus Fort Lauderdale, Florida, rief an. Sie sagte, ihre Schwester sei ermordet worden. Sie sagte, sie lese eine Menge Kriminalromane. Eine Frau aus Covina, Kalifornien, rief an. Sie sagte, ihre Schwester sei in El Monte vergewaltigt und erdrosselt worden. Das war 1992. Ein Mann aus Huntington Beach, Kalifornien, rief an. Er sagte, er wolle mit Bill Stoner sprechen. Er wurde zu Bill durchgestellt. Der Mann legte auf. Eine Frau aus Paso Robles, Kalifornien, rief an. Sie sagte, der Dunkelhäutige komme ihr bekannt vor. Sie hatte 1957 einen Mann kennengelernt, der so aussah. Er wollte Sex. Sie sagte nein. Er sagte, er wolle sie am liebsten umbringen. Er wohnte damals in Alhambra. Ein Mann aus Los Angeles, Kalifornien, rief an. Er sagte, seine Großmutter habe Jean Ellroy gekannt. Sie waren befreundet. Seine Großmutter wohnte in Orange County.

Die Telefonistin winkte Bill herbei. Bill sah auf ihren Monitor. Die

Telefonistin sagte dem Mann, er möge bitte dranbleiben. Der Mann legte auf.
Die Frau mit dem Schwarze-Dahlie-Tick rief an. Sie sagte, ihr Vater habe sowohl Jean Ellroy als auch die Schwarze Dahlie umgebracht. Eine Frau aus Los Angeles, Kalifornien, rief an. Sie sagte, der Dunkelhäutige sehe aus wie ihr Vater. Ihr Vater war im August '58 gestorben. Eine Frau aus Sacramento, Kalifornien, rief an. Sie sagte, die Blonde komme ihr bekannt vor. Sie hatte Ende der 50er ein Ehepaar gekannt. Der Mann war Italiener. Die Frau war blond. Er arbeitete auf einem Raketenstützpunkt. Sie arbeitete in einer Tanzschule. Er hieß Wally. Sie hieß Nita. Eine Frau aus Phoenix, Arizona, rief an. Sie sagte, der Dunkelhäutige sehe aus wie ihr verstorbener Onkel. Er hatte 1958 in L.A. gewohnt. Eine Frau aus Pinetop, Arizona, rief an. Sie sagte, der Dunkelhäutige sehe aus wie ein dunkelhäutiger Junge, den sie kannte. Der dunkelhäutige Junge war 1958 sechzehn. Eine Frau aus Saginaw, Michigan, rief an. Sie sagte, der Dunkelhäutige sehe aus wie ihr Exmann. Ihr Ex war verschwunden. Sie wußte nicht, wo er steckte. Eine Frau aus Tucson, Arizona, rief an. Sie sagte, sie sei Psychologin. Sie sagte, James Ellroy habe eine große Wut in sich. Er durchlebe den Tod seiner Mutter noch einmal, um sich selbst zu strafen. Er sei nicht für sie dagewesen. Er habe Schuldgefühle. Er brauche psychiatrische Behandlung. Eine Frau aus Cartwright, Oklahoma, rief an. Sie sagte, der Dunkelhäutige sehe aus wie der Exmann ihrer Mutter. Er hatte sie vergewaltigt und versucht, ihre Mutter umzubringen. Er war ein Teufel. Er war Lastwagenfahrer. Er fuhr Buick. Er machte sich an andere Frauen ran und verhöhnte ihre Mutter. Sie wußte nicht, ob er noch lebte. Eine Frau aus Benwood, West Virginia, rief an. Sie sagte, als sie sechs Jahre alt gewesen sei, habe in Los Angeles ein Mann ihr und ihrem Bruder nachgestellt. Der Mann hatte dunkle Haare und perfekte Zähne. Er fuhr einen Truck. Er zog sie aus, befummelte sie und küßte sie. Mehrere Jahre später sah sie ihn in einer Gameshow im Fernsehen. Vielleicht war es die Groucho Marx Show. Eine Frau aus Westminster, Maryland, rief an. Sie sagte, der Dunkelhaarige sehe aus wie ein Mann namens Larry. Larry war heute 40. Viel-

leicht war der Dunkelhäutige sein Vater. Ein Mann aus New Boston, Texas, rief an. Er sagte, der Onkel seiner Frau sei 1958 nach Texas gezogen. Er sah aus wie der Dunkelhäutige. Er war ein Kinderschänder. Er war vor zehn Jahren gestorben. Er war in Comway, Arkansas, begraben.

Wir gingen total baden. Wir ernteten bloß Geschwafel und schwammige Andeutungen. Es war eine Familiensendung. Wir ernteten ein paar Geschichten über zerrüttete Familien. Keine Airtek-Mitarbeiter riefen an. Keine ehemaligen Cops riefen an. Keine ehemaligen Liebhaber, Kollegen oder Vertrauten riefen an. Die Wagners riefen nicht an. Der eine interessante Anrufer legte wieder auf. Ich fühlte mich wie ein Trottel, der auf eine Frau reingefallen war. Ich war versetzt, betrogen und sitzengelassen worden. Ich sitz' neben dem Telefon und warte. Ich warte auf den Anruf einer bestimmten Frau oder überhaupt irgendeiner Frau. Die Producerin meinte, wir würden noch mehr Anrufe bekommen. Bill hatte sämtliche Hinweiszettel und Rufnummern. Er ging dem Bob-und-Sherry-Sones-Tip nach. Der Fall war nicht aktenkundig. Er rief die Frau aus Paso Robles an. Sie unterhielten sich über den dunkelhäutigen Typen aus Alhambra. Er war zu jung. Er konnte nicht der Dunkelhäutige sein. Der Hinweis war eine Niete. All unsere Hinweise waren Nieten.
Weitere Hinweise gingen ein. Bill und ich bekamen Hinweiszettel per FedEx zugesandt.
Ein Mann aus Alexandria, Virginia, hatte angerufen. Er hatte gesagt, der Dunkelhäutige sehe aus wie sein Bruder. Sein Bruder war 1,88 groß und schlaksig. Er hatte im Zuchthaus von Chino gesessen. Ein Mann aus Española, New Mexico, hatte angerufen. Er hatte gesagt, er habe 1961 in El Monte gewohnt. Der Dunkelhäutige kam ihm sehr bekannt vor. Eine Frau aus Jackson, Mississippi, hatte angerufen. Sie hatte gesagt, ihr Vater habe 1958 jemanden umgebracht. Er hatte in Alcatraz gesessen. Er hatte Tätowierungen auf dem rechten Unterarm, und sein rechter Zeigefinger fehlte. Er hatte versucht, ihre Mutter umzubringen. Er fuhr einen blauen Chevy. Die Frau mit dem Schwarze-Dahlie-

Tick hatte angerufen. Sie hatte gesagt, ihr Vater habe sowohl meine Mutter als auch die Schwarze Dahlie umgebracht. Eine Frau aus Virginia Beach, Virginia, hatte angerufen. Sie hatte gesagt, sie kenne den Dunkelhäutigen. Er arbeite im Lynn-Haven-Einkaufszentrum in Lynn Haven, Virginia.
Eine Frau aus La Puente hatte angerufen. Ihr Name war Barbara Grover. Sie hatte gesagt, sie sei die ehemalige Schwägerin von Ellis Outlaw. Ellis war mit Alberta Low Outlaw verheiratet gewesen. Ellis und Alberta waren tot. Barbara Grover war mit Albertas Bruder Reuben verheiratet gewesen. Er sah aus wie der Dunkelhäutige. Er war ein perverser Säufer. Das Desert Inn war seine Stammkneipe. Er war 1974 in L.A. ermordet worden.
Bill rief Barbara Grover an. Sie sagte, Reuben sei immer zu Stan's Drive-In gegangen. Er sei mal am Schläfenbein operiert worden. Daraufhin habe er einen so schmalen Kiefer bekommen wie dieser Dunkelhäutige.
Bill traf sich mit Barbara Grover. Sie sagte, sie habe Reuben Low 1951 kennengelernt. Er war 24. Sie war 16. Er hatte was mit ihrer Mutter. Er gab ihrer Mutter den Laufpaß. Er fing etwas mit ihr an. Sie heirateten am 10. 5. 53. Ihre Mutter wohnte bei ihnen. Reuben ging mit ihrer Mutter ins Bett. Reuben mißhandelte die beiden. Reuben kaufte Autos und dachte nicht dran, sie abzuzahlen. Reuben war ein brutaler Kerl. Einmal hatte er versucht, sie mit einer Bierflasche umzubringen. Er stand auf Waffen und Autos. Er war ein Schürzenjäger. Er hatte ziemlich abartige sexuelle Vorlieben. Er kam ständig mit einem zerkratzten Gesicht nach Hause. Er haßte es zu arbeiten. Von Zeit zu Zeit wartete er Verkaufsautomaten. Bei einem Arbeitsunfall verlor er die Spitze seines rechten Zeigefingers. Anfang der 60er verließ sie Reuben. 10 oder 12 Jahre später wurde er ermordet. Er lebte in South L.A. Er war auf dem Heimweg von einem Schnapsladen. Zwei junge Schwarze raubten ihn aus und erstachen ihn.
Reuben hatte nie gesagt, er habe eine Frau umgebracht. Auch die Outlaws hatten nie so etwas behauptet. Vielleicht hatte er Jean Ellroy umgebracht. Vielleicht hatten die Outlaws davon gewußt. Vielleicht hatten sie ihn gedeckt.

Barbara Grover zeigte Bill ein Foto. Der junge Reuben Low sah aus wie der Dunkelhäutige in jung. Er sah aus wie ein Hinterwäldler. Er sah nicht aus wie ein Südländer. Seine fehlende Fingerspitze fiel auf.

Bill rief bei der Mordkommission des LAPD an. Ein Freund von ihm zog die Akte Reuben Low. Der Todestag war der 27. 1. 74. Die Täter waren gefaßt und verurteilt worden.

Bill und ich sprachen über Reuben Low. Ich sagte, Margie Trawick habe ihn bestimmt gekannt. Er war Stammgast im Desert Inn. Er war verstümmelt. Bill sagte, Hallinen und Lawton hätten ihn bestimmt geschnappt. Sie hätten ihn vermutlich in die Mangel genommen und als Täter ausgeschlossen.

Wir strichen ihn von unserer Verdächtigenliste. Er war der einzige Scheißkerl auf unserer Verdächtigenliste.

Ein weiterer Tip wurde uns per FedEx zugestellt. Ein Mann aus Somerset, Kalifornien, hatte angerufen. Sein Name war Dan Jones. Er hatte gesagt, er habe 1957 bei Airtek gearbeitet. Er kannte meine Mutter. Er mochte sie. Er hatte ein Bild von ihr.

Bill rief Dan Jones an. Er sagte, Jean habe sich bei Airtek »Hilliker« genannt. Er sagte, er habe Airtek Anfang '58 verlassen. Er hatte nie mit der Polizei gesprochen. Er hatte keine Ahnung, mit wem Jean etwas gehabt haben könnte.

Er nannte Bill ein paar Airtek-Namen. Bill überprüfte sie innerhalb Kaliforniens. Er fand elf Airtek-Mitarbeiter in Südkalifornien.

Dan Jones schickte mir vier Farbfotos. Ich machte eine Zeitreise zurück ins Jahr 1957.

Die Airtek-Weihnachtsfeier.

Alle waren am Saufen. Alle waren am Rauchen. Alle hatten eine Mordsgaudi. Auf einem Foto war meine Mutter zu sehen.

Sie stand an der Bar. Sie trug weiße Schwesterntracht und eine hüftlange Windjacke. Ich konnte ihr Gesicht nicht sehen. Ich erkannte ihre Beine und Hände. Sie hatte einen Drink und eine Zigarette in der Hand. Ein Mann beugte sich zu ihr herüber, um sie zu küssen. Seine linke Hand schwebte in der Nähe ihrer rechten Brust.

Bill befragte die Airtek-Mitarbeiter. Die meisten von ihnen erinnerten sich an meine Mutter. Bill brachte die Befragungen zu Papier und schickte mir die Niederschriften. Die Details hauten mich komplett von den Socken.

Airtek war das reinste Freudenhaus. Bei Airtek wurde hart gearbeitet und doppelt so hart sich verlustiert. Die Leute kamen zu Airtek. Sie steckten sich mit dem Airtek-Virus an und gaben ihren Ehefrauen und -männern den Laufpaß. Der Airtek-Virus war das Allerschärfste. Es war das Boogie-Woogie-Fieber. Bei Airtek gab es einen Swinger-Club. Jean verließ Packard-Bell und kam zu Airtek. Ruth Schienle und Margie Stipp stießen hinzu. Margie war inzwischen tot. Ruth war verschwunden. Jean war eine schöne Frau. Sie trank zuviel. Sie wußte es. Sie trank auch nach Airtek-Maßstäben zuviel. Die Airtek-Maßstäbe waren alles andere als streng. Sie zechte in Julie's Restaurant in der Nähe des Coliseums. Sie zog die Mittagspause in die Länge, um noch ein paar Drinks zu nehmen. Nick Zaha arbeitete bei Airtek. Er hatte was mit Jean. Die Airtek-Männer tranken gern einen über den Durst. Jean gab ihnen B-1-Spritzen gegen den Kater. Die Airtek-Jungs veranstalteten eine Totenfeier für Jean. Sie spielten immer und immer wieder das Johnny-Mathis-Stück »Chances Are«. Jean betrank sich auf einer Airtek-Feier und ließ sich von einem Gabelstapler bis zur Decke des Hauptlagerhauses hochheben. Jean erzählte einem Typen bei Airtek, sie habe Ärger mit einem anderen Typen. Seinen Namen erwähnte sie nicht. Eine Woche später wurde sie umgebracht. Will Miller arbeitete bei Airtek. Er war ein äußerst netter Typ. Ein Airtek-Mann ging zwei Wochen vor dem Mord nach Europa. Jean bat ihn, ihr eine Flasche Chanel No. 5 zu schicken. Jean war nett. Jean arbeitete hart. Nach drei Bourbon-Highballs begannen Jeans rote Haare zu funkeln.

Jetzt funkelte sie wieder. Ich wollte mehr. Wir saßen zusammen in einem parkenden Auto. Sie war gegen ihren Willen dort. Es gelang mir nicht, sie zu mehr zu überreden oder animieren. Andere Menschen mußten es mir besorgen.

Ich wußte nicht, wie ich zu mehr kommen sollte. Bill nahm die Sache in die Hand und zeigte es mir.

Joe Walker gab den Namen Hilliker in den Computer ein und beschränkte die Suche auf Wisconsin. Er stieß auf einen Leigh Hilliker in Tomah. Tomah lag in der Nähe von Tunnel City. Bill rief Leigh Hilliker an. Er war 84 Jahre alt. Er war ein Cousin ersten Grades meiner Mutter. Er sagte, Leoda Wagner sei tot. Ed Wagner lag in Cross Plains, Wisconsin, im Krankenhaus. Jeannie Wagner hieß inzwischen Jeannie Wagner Beck. Sie wohnte in Avalanche, Wisconsin. Sie hatte einen Mann und drei Kinder. Janet Wagner hieß inzwischen Janet Wagner Klock. Sie wohnte in Cross Plains. Sie hatte einen Mann und vier Kinder. Leigh Hilliker kannte die Ellroy/Stoner-Geschichte. Er hatte letztes Jahr die *Day One*-Sendung gesehen. Bill fragte ihn, ob die Wagners Bescheid wüßten. Er sagte, er habe keine Ahnung. Er hatte ihre Adressen und Telefonnummern. Er hatte keinen Kontakt mehr zu ihnen. Er hatte sie nicht angerufen und ihnen von der Sendung erzählt.
Bill ließ sich Janet Klocks Telefonnummer und Ed Wagners Durchwahl im Krankenhaus geben. Er rief sie an. Er erzählte ihnen von unseren Ermittlungen. Sie waren total perplex und freuten sich riesig. Sie hatten angenommen, ich wäre vor 15 Jahren in irgendeiner Gosse von L.A. verreckt.
Onkel Ed war 80. Er hatte ein schwaches Herz. Leoda war vor sieben Jahren gestorben. Sie hatte Krebs. Janet war 42. Sie war Stadtverwalterin von Cross Plains, Wisconsin. Sie sagte, sie habe ein paar wunderschöne Fotos. Sie hatte sie von ihrer Mutter bekommen. Tante Jean war ja so hübsch. Sie sagte, die Bilder reichten zurück bis in ihre Kindheit.
Sie sagte, Tante Jean sei früher schon einmal verheiratet gewesen. Es war eine sehr kurze Ehe. Sie war mit einem jungen Mann namens Spalding verheiratet gewesen. Er war ein Erbe des Spaldingschen Sportartikelvermögens.
Bill rief mich an und eröffnete mir die Neuigkeiten. Ich war überwältigt. Bill sagte, wir sollten nach Wisconsin fliegen. Er meinte, wir müßten die familiäre Seite des Falls näher beleuchten. Ich willigte ein. Der Familienaspekt spielte bei meiner Entscheidung keine Rolle. Die Fotos und die Spalding-Geschichte überzeugten mich. Das war mehr. Das war sie.

29

Ed Wagner starb. Wir verschoben unsere Reise nach Wisconsin.

Ed war alt und krank. Er war nicht todkrank. Er starb unerwartet. Die Wagner-Schwestern begruben ihn neben Leoda. Der Friedhof war hundert Meter von Janets Hintertür entfernt.

Ich hatte ihn kaum gekannt. Ich hatte ihn insgesamt ein dutzendmal gesehen. Ich übernahm die ablehnende Haltung meines Vaters gegen ihn. Er war ein Kraut und ein Deserteur. Meine Abneigung war unbegründet. Ed hatte mich immer gut behandelt. Er hatte sich gefreut, zu hören, daß ich lebte und Erfolg hatte. Ich hatte ihn nie angerufen. Ich wollte ihn sehen. Ich schuldete ihm Entschuldigungen. Ich wollte sie persönlich überbringen.

Ich rief die Wagner-Schwestern an. Wir machten Reisepläne, noch bevor ihr Vater starb. Anfangs waren wir nervös. Mit der Zeit wurden wir lockerer. Janet sagte, Leoda wäre sehr stolz auf mich gewesen. Ich war anderer Meinung. Ich wollte Leodas Einstellung zu ihrer Schwester untergraben. Janet sagte, Leoda habe kein böses Wort über ihre Schwester geduldet. Ed war da unvoreingenommener. Er hatte ein ausgewogenes Bild von ihr. Jean trank zuviel. Sie hatte Probleme. Sie sprach nie über ihre Probleme.

Ich nahm kein Blatt vor den Mund. Meine Cousinen auch nicht. Schonungslos beschrieb ich das Leben und den Tod meiner Mutter. Sie sagten, ich hätte Leoda das Herz gebrochen. Ich erwiderte, ich hätte vor 18 Jahren versucht, wieder mit ihr ins reine zu kommen. Ich hatte taktlos Kritik an meiner Mutter geübt. Leoda war schockiert. Ich vermasselte meine Chance zur Versöhnung.

Jeannie war 49. Sie leitete einen landwirtschaftlichen Betrieb. Ihr Mann war College-Professor. Sie hatten zwei Söhne und eine

Tochter. Janet hatte einen Zimmermann geheiratet. Sie hatten drei Söhne und eine Tochter. Das letzte Mal hatte ich sie Weihnachten '66 gesehen. Leoda hatte mir einen Flug nach Wisconsin spendiert. Die gutgläubige Närrin hatte den Gauner noch nicht durchschaut. Leoda durchschaute mich eines Tages doch. Sie klärte ihre Töchter auf. Leoda nahm mir das alles furchtbar übel. Ihre Töchter nicht. Sie freuten sich, von mir zu hören. Jeannie war eher reserviert. Janet war begeistert. Sie sagte, sie wisse nicht viel über die Ehe der Spaldings. Sie wußte, daß die Ehe schnell den Bach runtergegangen war. Sie wußte nicht, wo sie geheiratet hatten oder unter welchen Umständen die Ehe annulliert oder geschieden wurde. Sie wußte nicht, wie Spalding mit Vornamen hieß. Janet war im Juni '58 vier Jahre alt. Jeannie war fast zwölf. Leoda hatte gesagt, Tante Jean sei einkaufen gegangen und entführt worden. Die Polizei habe am nächsten Morgen ihre Leiche gefunden. Leoda zensierte den Tod meiner Mutter genauso, wie sie ihr Leben bereinigt hatte.
Janet schickte mir eine Kopie des Stammbaums der Familie Hilliker. Er barg einige Überraschungen. Ich hatte geglaubt, meine Großeltern seien deutsche Immigranten gewesen. Ich weiß nicht, wo ich das herhatte. Meine Vorfahren hatten englische Namen. Der Name meiner Großmutter war Jessie Woodard Hilliker. Sie hatte eine Zwillingsschwester namens Geneva. In dem Stammbaum wurden Hillikers, Woodards, Smiths, Pierces und Linscotts aufgeführt. Sie waren seit 150 Jahren in Amerika ansässig.
Ed und Leoda waren tot. Sie konnten mir meinen Anspruch nicht mehr streitig machen. Ich hätte Leodas Anspruch auf taktvolle Art angefochten. Meine Cousinen kannten meine Mutter kaum. Ich konnte ihnen etwas von ihr abgeben. Ich konnte meine Mutter bis zu einem gewissen Grad mit ihnen teilen. Ich konnte ihr dunkles Herz für mich behalten.

Cross Plains war ein Vorort von Madison. Bill und ich landeten auf dem Flughafen von Madison.
Janet holte uns ab. Sie brachte ihren Mann, ihren jüngsten Sohn und ihre Tochter mit. Ich erkannte sie nicht wieder. Sie war '66

zwölf Jahre alt gewesen. Ich konnte keine Hillikersche Familienähnlichkeit feststellen.
Brian Klock war 47. Wir hatten am gleichen Tag Geburtstag. Janet sagte, Leoda habe an Brians Geburtstag für mich gebetet. Es war mein Geburtstag. Sie hatte ihn nie vergessen. Brian war klein und untersetzt. Alle Klocks waren klein und untersetzt. Mindy Klock war 16. Sie konnte Klavier spielen. Sie sagte, sie würde mir etwas von Beethoven vorspielen. Casey Klock war 12. Er sah aus, als sei er ein ziemlicher Rabauke. Die männlichen Klocks hatten schöne Haare. Ich hielt mit meinem Neid nicht hinterm Berg. Brian und Casey lachten. Bill fand sofort Anschluß. Er war der umgänglichste Mensch, der mir je begegnet war.
Die Klocks fuhren uns zu einem Holiday Inn. Wir luden sie im Hotelrestaurant zum Essen ein. Das Gespräch plätscherte angenehm dahin. Bill schilderte unsere Ermittlungen. Mindy fragte mich, ob ich irgendwelche Filmstars kennen würde. Sie zählte ihre derzeitigen Idole auf. Ich sagte, die seien homosexuell. Sie glaubte mir nicht. Ich erzählte ein bißchen Hollywood-Klatsch. Janet und Brian lachten. Bill lachte und sagte, ich erzählte nur Blödsinn. Casey bohrte in der Nase und spielte mit seinem Essen herum.
Wir amüsierten uns prächtig. Janet informierte uns, was am nächsten Tag anlag. Wir würden nach Tunnel City und nach Tomah fahren. Wir würden unterwegs Jeannie abholen. Ich erwähnte die Fotos. Sie sagte, sie habe sie zu Hause. Wir könnten sie uns morgen gleich als erstes ansehen.
Wir ließen uns Zeit beim Dinner. Das Essen war seltsam. Jedes Gericht wurde mit geschmolzenem Käse und Wurst serviert. Ich hielt das für eine regionale Geschmacksverirrung. Die Klocks hatten einen regionalen Akzent. Sie hoben bei jedem Wort am Ende die Stimme. Ed und Leoda hatten auch so geredet. Ich hatte ihre Stimmen noch schwach im Ohr. An die Stimme meiner Mutter konnte ich mich nicht erinnern.
Wir unterhielten uns über sie. Janet und Brian sprachen ganz ehrfürchtig von ihr. Ich sagte ihnen, sie sollten nicht so verkrampft sein.

Die Fotos waren alt. Sie klebten in Fotoalben oder wurden aus Umschlägen gezogen. Ich betrachtete sie an Janets Küchentisch. Vom Küchenfenster aus konnte man auf das Wagnersche Familiengrab sehen.
Die meisten Fotos waren schwarzweiß und sepiabraun eingefärbt. Es gab ein paar Farbfotos aus den späten 40ern. Zuerst sah ich mir meine Vorfahren an. Ich bekam einen ersten Eindruck von Tunnel City, Wisconsin. Auf jeder Außenaufnahme sah ich Eisenbahngleise.
Meine Urgroßeltern. Ein strenges viktorianisches Paar. Sie posierten steif und mit ernstem Gesicht. Spontane Schnappschüsse wurden damals nicht gemacht. Ich sah das Hilliker/Woodard-Hochzeitsfoto. Earle wirkte wie ein entschlossener junger Mann. Jessie war zierlich und hübsch. Sie hatte etwas von meinem Gesicht, etwas vom Gesicht meiner Mutter und ein paar Züge, die wir nicht geerbt hatten. Sie trug eine Brille. Sie hatte unsere kleinen Augen. Sie hatte meiner Mutter zarte Schultern und eine weiße Pfirsichhaut vererbt.
Ich sah meine Mutter. Ich verfolgte ihren Weg von der frühesten Kindheit bis zum Alter von zehn Jahren. Ich sah sie mit Leoda. Leoda starrte ihre große Schwester an. Aus jedem Foto sprach ihre Unterwürfigkeit. Geneva trug eine Brille. Sie hatte hellrote Haare. Sie lächelte. Sie sah glücklich aus. Bei Innenaufnahmen waren die Hintergründe karg. Sie wuchs in einem Haus ohne Firlefanz auf. Bei Außenaufnahmen waren die Hintergründe schön und rauh. Der Westen von Wisconsin war entweder sattgrün und in voller Blüte oder verschneit, kahl und voller toter Bäume.
Ich machte einen Sprung von zehn Jahren. Ich mußte. Es gab keine Bilder von meiner Mutter als Teenager. Ich sah Geneva mit 20. Ihr Haar war dunkler. Sie besaß eine strenge und unbeugsame Schönheit.
Sie trug ihr Haar in einem Knoten. Sie scheitelte es in der Mitte. Es war eine altmodische Frisur. Sie trug sie mit majestätischem Selbstbewußtsein. Sie wußte, was ihr am besten stand. Sie hatte ihr Image perfekt im Griff.

Sie wirkte stolz. Sie wirkte entschlossen. Sie wirkte, als habe sie etwas im Sinn.
Ich übersprang wieder ein paar Jahre. Ich betrachtete drei Farbfotos vom August '47. Meine Mutter war im zweiten Monat schwanger. Sie stand neben Leoda. Von einem Foto fehlte ein Stück. Vermutlich hatte Leoda meinen Vater herausgeschnitten. Meine Mutter war 32. Ihre Züge waren resoluter geworden. Sie trug immer noch diesen Knoten. Wer wird denn übermütig werden und am eigenen Markenzeichen herumpfuschen? Sie lächelte. Sie war nicht in sich gekehrt. Ihr Stolz war nicht mehr so verbissen.
Ich betrachtete ein Schwarzweißfoto. Mein Vater hatte das Datum auf die Rückseite geschrieben. Ich erkannte seine Schrift. Unter dem Datum hatte er einen kleinen Spruch notiert:
»Perfekt. Und wer bin ich, die Lilie zu vergolden?«
August '46. Beverly Hills. Es konnte nur dort sein. Ein Swimmingpool. Ein paar Umkleidezelte im Stile französischer Chateaus. Eine Szene von einer Filmbranchenparty. Meine Mutter saß in einem Liegestuhl. Sie trug ein Sommerkleid. Sie lächelte. Sie sah froh und zufrieden aus.
Damals war sie mit meinem Vater zusammen. Er hatte einen Job bei Rita Hayworth.
Ich betrachtete ein paar weitere Schwarzweißfotos. Sie waren Mitte der 40er entstanden. Ich erkannte den Hintergrund sofort. Es war vor der North Doheny 459. Meine Mutter trug ein helles Kleid und hohe Pumps. Das Kleid stand ihr großartig. Es sah nach Haute Couture für den kleinen Geldbeutel aus. Sie wirkte absolut souverän. Sie trug die Haare anders. Ihr Knoten war geflochten und an den Seiten hochgesteckt. Ihren Gesichtsausdruck konnte ich nicht deuten.
Ich kam zu den verblüffendsten Bildern. Es waren gestellte Fotos, auf Porträtformat vergrößert.
Meine Mutter saß auf oder stand vor einem groben Bretterzaun. Sie war 24 oder 25 Jahre alt. Sie trug ein Karohemd, eine Windjacke, Reiterhosen und Schnürstiefel, die bis zu den Knien reichten. Sie trug einen Ehering. Die Bilder sahen aus wie Flitterwochenfotos ohne den Ehemann. Mein Vater oder dieser Spalding

standen irgendwo außerhalb des Bildes. Dies war Geneva Hilliker. Dies war meine Mutter ohne den Nachnamen eines Mannes. Sie war zu stolz, um sich bei Männern anzubiedern. Die Männer kamen zu ihr. Sie steckte sich die Haare hoch und verwandelte Tüchtigkeit und Geradlinigkeit in Schönheit. Sie war mit einem Mann dort. Sie posierte allein. Sie bot allen vergangenen und gegenwärtigen Ansprüchen die Stirn.

Nach Tunnel City und Tomah fuhr man drei Stunden in Richtung Nordwesten. Wir nahmen Brian Klocks Van. Brian und Janet saßen vorn. Bill und ich saßen hinten.

Wir benutzten Nebenstraßen. Wisconsin zog in fünf Grundfarben vorbei. Die Hügel waren grün. Der Himmel war blau. Die Scheunen und Silos waren rot, weiß und silber.

Die Landschaft war hübsch. Ich hatte keinen Sinn dafür. Ich balancierte einen Stapel Fotos auf dem Schoß. Ich sah sie mir an. Ich betrachtete sie aus verschiedenen Blickwinkeln. Hin und wieder hielt ich sie ins Licht. Bill fragte mich, ob alles in Ordnung sei. Ich sagte: Ich weiß nicht.

Wir holten Jeannie ab. Ich erkannte sie wieder. Sie hatte meine braunen Knopfaugen. Die Knöpfe hatten wir von Jessie Hilliker und das Braun von unseren Vätern geerbt.

Jeannie fühlte sich durch die Ellroy-Geschichte belästigt. Vor drei Wochen war ihr Vater gestorben. Bill und ich standen für eine Dramatik, mit der sie nichts zu tun haben wollte. Sie war distanziert. Sie war nicht unhöflich oder abweisend. Bill fragte sie nach dem Mord. Sie wiederholte Leodas Geschichte Wort für Wort. Ihre Eltern hatten nie über den Mord gesprochen. Er war für Leoda tabu. Sie verschwieg die Wahrheit über den Tod ihrer Schwester und dichtete ihr Leben dementsprechend um.

Wir fuhren durch Wisconsins tiefste Provinz. Ich unterhielt mich mit Jeannie und betrachtete die Bilder. Jeannie taute ein bißchen auf. Sie kam in Ausflugsstimmung. Ich hielt verschiedene Fotos an mein Fenster und stellte ein paar Vergleiche an.

Wir kamen an einer Militärbasis vorbei. Ich sah ein Schild nach Tunnel City. Janet sagte, der Friedhof liege gleich an der Auto-

bahn. Sie war schon einmal hiergewesen. Sie kannte die entscheidenen Schauplätze der Hillikerschen Familiengeschichte.
Wir hielten am Friedhof. Er war 30 mal 30 Meter groß und ungepflegt. Ich schaute mir die Grabsteine an. Ich erkannte Namen aus meinem Stammbaum wieder. Ich sah Hillikers, Woodards, Linscotts, Smiths und Pierces. Ihre Geburtsdaten reichten zurück bis 1840. Earle und Jessie hatten eine gemeinsame Grabstätte. Er starb mit 49. Sie starb mit 59. Sie starben jung. Ihre Gräber waren sehr vernachlässigt.
Wir fuhren nach Tunnel City hinein. Ich sah die Eisenbahngleise und den Eisenbahntunnel. Tunnel City war vier Straßen breit und eine Drittelmeile lang. Es war an einem Hang erbaut. Die Häuser bestanden aus Backstein und alten Schindeln. Einige waren gut in Schuß. Andere nicht. Einige Leute mähten ihren Rasen. Andere benutzten ihren Rasen als Halde für Schrottautos und Schnellboote. Es gab kein Stadtzentrum. Es gab ein Postamt und eine Methodistenkirche. Meine Mutter war in diese Kirche gegangen. Jetzt war sie mit Brettern vernagelt. Der Bahnhof war stillgelegt. Janet zeigte uns das ehemalige Haus der Hillikers. Es sah aus wie ein überirdischer Luftschutzbunker. Es war aus rotem Backstein erbaut und hatte eine Grundfläche von 8 mal 8 Metern.
Ich guckte mir die Stadt an. Ich guckte mir die Fotos an.
Wir fuhren nach Tomah. Wir kamen an einem Schild zu Hilliker's Tree Farm vorbei. Janet sagte, sie gehöre Leighs Kindern. Wir waren in Tomah. Janet sagte, die Schwestern seien 1930 hierhergezogen. Tomah war eine Stadt wie aus einer Zeitreise. Sie war eine Kulisse für einen Vorkriegsfilm. Lediglich die Pizza-Hut- und Kinko's-Schilder verrieten die wahre Epoche. Die Hauptstraße hieß Superior Avenue. Sie wurde von Wohnstraßen gekreuzt. Die Grundstücke waren groß. Die Häuser waren alle mit weißen Schindeln verkleidet. Das Haus der Hillikers lag zwei Blocks von der Avenue entfernt. Es war ausgebaut und renoviert worden und wirkte nun anachronistisch. Meine Mutter hatte in diesem Haus gewohnt. Diese hübsche kleine Stadt hatte ihre strenge Schönheit hervorgebracht.
Wir parkten und schauten uns das Haus an. Ich betrachtete die

Bilder. Auch Bill sah sie sich an. Er sagte, Geneva sei das bestaussehende Mädchen in Tomah, Wisconsin, gewesen. Ich sagte, sie habe es gar nicht abwarten können, die Stadt für immer hinter sich zu lassen.

Wir fuhren zurück nach Avalanche. Wir aßen bei Jeannie zu Abend. Ich lernte Jeannies Mann Terry und ihre beiden Söhne kennen. Ihre Tochter war auf dem College.

Terry hatte lange Haare und einen Bart. Er sah aus wie der Unabomber. Die Jungs waren 17 und 12. Sie wollten ein paar Cop-Stories hören. Bill erzählte und erzählte und nahm den Geselligkeitsdruck von mir. Ich glitt in die Rolle des Zuschauers. Die Fotos lagen im Wagen. Ich widerstand dem Drang, auf die gesellige Runde zu pfeifen und mich mit ihnen zu verkriechen.

Jeannie taute noch ein bißchen mehr auf. Bill und ich waren in ihr Leben hineingeplatzt. Wir lenkten sie ab. Wir verstanden uns mit ihrem Mann und ihren Kindern. Wir fanden langsam ein offenes Ohr bei ihr.

Die Runde löste sich um 23:00 auf. Ich war todmüde und aufgekratzt zugleich. Bill war erledigt. Ich wußte, daß auch er völlig überdreht war.

Die Klocks fuhren uns zurück ins Holiday Inn. Wir tranken noch einen nächtlichen Kaffee und fingen an rumzuspinnen. Ich sagte, wir müßten noch mal nach Chicago und Wisconsin. Wir müßten Genevas Schwesternschule aufsuchen und nach Tomah fahren. Wir müßten ehemalige Mitschüler und alte Freunde und überlebende Hillikers finden. Bill stimmte mir zu. Er sagte, er sollte die Reise besser allein machen. Womöglich bekämen die Leute in Gegenwart von Genevas Sohn den Mund nicht auf. Er wollte, daß sie frei von der Leber weg erzählten.

Ich gab ihm recht. Bill sagte, er werde alles arrangieren und noch mal nach Osten fliegen.

Ich wußte, daß ich nicht würde schlafen können. Ich hatte die Bilder auf meinem Zimmer. Meine Gedanken schweiften ab. Bill fragte mich, woran ich dächte.

Ich sagte: Jetzt hasse ich den Dunkelhäutigen.

Ich fuhr nach Hause. Bill fuhr nach Hause. Er arrangierte Gesprächstermine in Tomah und Chicago. Joe Walker fand die Scheidungsakte meiner Eltern. Er fand ihre Heiratsurkunde und ein paar alte Telefonbucheinträge. Er wartete mit ein paar großen Überraschungen auf. Bill flog nach Osten. Er sichtete Zeitungsarchive. Er sprach mit Leigh Hilliker und seiner Frau und drei 80jährigen Frauen. Er sprach mit dem Leiter des West Suburban College of Nursing. Er notierte sich alles haarklein. Er flog heim. Er machte Genevas Zimmergenossin von der Schwesternschule ausfindig. Er schickte mir seine Unterlagen. Joe Walker schickte mir seine. Ich las sie. Ich las sie mit den Bildern vor der Nase. Janet fand weitere Bilder. Ich sah Geneva mit Sonnenbrille, Hemd und langer Hose. Ich sah sie wieder in Stiefeln und Reiterhosen. Die Ermittlungsergebnisse trugen Früchte. Die Unterlagen und die Fotos fügten sich zu einem Leben in Ellipsen.

30

Gibb Hilliker war ein Farmer und Steinmetz. Er heiratete Ida Linscott und bekam vier Söhne und zwei Töchter. Sie nannten ihre Söhne Vernon, Earle, Hugh und Belden. Sie nannten ihre Töchter Blanche und Norma. Ida brachte ihre Kinder zwischen 1888 und 1905 zur Welt.

Sie lebten in Tunnel City, Wisconsin. Zwei Eisenbahnlinien führten durch den Ort. Er gehörte zu Monroe County. Die Stadt lebte von der Holzfällerei und vom Pelztierfang. Taubenschießen war sehr populär. Es war ein Sport und ein Beruf. Vogelfleisch war damals beliebt. Monroe County war voll von eßbaren Wildvögeln. Monroe County war voll von hitzköpfigen Indianern. Sich volllaufen zu lassen und Radau zu schlagen war ihre Lieblingsbeschäftigung.

Auch Earle Hilliker liebte es, sich vollaufen zu lassen und Radau zu schlagen. Earle war ein Sturkopf. Earle war ein Choleriker. Er ging nach Minnesota und bekam einen Job auf einer Farm. Er lernte ein Mädchen namens Jessie Woodard kennen. Er heiratete sie. Es ging das Gerücht, sie seien blutsverwandt. Es wollte nicht verstummen. Earle ging mit Jessie zurück nach Tunnel City. 1915 bekamen sie eine Tochter. Sie nannten sie Geneva Odelia Hilliker. Earle wurde zum State Conservation Warden von Monroe County, Wisconsin, ernannt. Das war 1917. Er war Förster. Er schnappte Wilderer und gab ihnen Saures. Er heuerte Indianer zum Löschen von Waldbränden an. Sie nahmen sein Geld und kauften Fusel. Sie legten neue Brände, um neues Geld zu verdienen. Earle prügelte sich gern. Er nahm es jederzeit mit zwei Weißen auf. Vor den Indianern nahm er sich in acht. Sie kämpften mit unsauberen Tricks. Sie hielten zusammen. Sie waren nachtragend und fielen einen von hinten an.

Earle und Jessie bekamen eine weitere Tochter. Leoda Hilliker wurde 1919 geboren.
Jessie zog die Kinder groß. Sie war sanft und milde. Geneva war ein kluges Kind. Aus ihr wurde ein kluger und grüblerischer Teenager. Sie war ruhig und selbstbewußt. Sie hatte dieses gewisse kleinstädtische Etwas.
Sie war gut in der Schule. Sie war herausragend beim Sport. Sie war reifer als andere Kinder ihres Alters.
1930. Die Hillikers zogen nach Tomah.
Earle soff wie ein Loch. Er verpraßte sein Geld und zahlte seine Rechnungen unpünktlich. Die Depression war in vollem Gange. Vernon Hilliker, der Milchbauer war, ging Pleite und verlor seinen Hof. Earle stellte ihn ein. Er machte ihn zum Förster und übergab ihm die Leitung des County-Büros. Vernon machte die ganze Arbeit. Earle verbrachte die Tage mit Trinken und Kartenspielen. Vernon sagte Earl, er solle sich lieber vorsehen. Earle hörte nicht auf ihn. Der Chef der Forstverwaltung besuchte Tomah. Er fand Earle betrunken vor. Er degradierte ihn und versetzte ihn zum Forstamt von Bowler. Er gab Vernon Earles Job. Earle nahm seinem Bruder die Sache übel. Er brach jeden Kontakt zu Vernon und Vernons Familie ab. Earle zog nach Bowler. Jessie weigerte sich, mit ihm zu gehen. Sie blieb in Tomah. Ihre Töchter blieben bei ihr. Geneva freundete sich mit Earles Schwester Norma an.
Norma war neun Jahre älter als Geneva. Sie war die schönste Frau von ganz Tomah. Geneva war das schönste Mädchen. Norma war mit »Pete« Pedersen verheiratet. Pete gehörte der einzige Drugstore von Tomah. Er war 15 Jahre älter als Norma. Er baute ihr einen Schönheitssalon. Norma betrieb ihn nur aus Jux und Dollerei. Norma und Pete hatten Geld. Sie steckten Earle und Jessie hin und wieder etwas zu. Norma genoß am Ort einen besonderen Ruf. Sie hatte angeblich eine Affäre mit einem Methodisten-Pfarrer gehabt. Er hatte angeblich Tomah verlassen und Selbstmord begangen. Norma und Geneva benahmen sich wie Schwestern oder beste Freundinnen und nicht wie Tante und Nichte. Sie waren ein Herz und eine Seele.
Geneva war jetzt eine souveräne junge Frau. Sie ging auf Dorffe-

sten tanzen. Earle kam aus Bowler nach Tomah und spielte den Anstandswauwau. Er konnte es nicht leiden, wenn andere Männer um seine Tochter herumscharwenzelten.
Im Juni '34 machte Geneva ihren High-School-Abschluß. Sie wollte Krankenschwester werden. Sie suchte sich eine Schwesternschule in der Nähe von Chicago aus. Norma sagte, sie werde ihr das Schulgeld und alle Unkosten zahlen. Geneva bewarb sich beim West Suburban College. Sie wurde genommen. Sie ging fort von ihrer Mutter und ihrer kleinen Schwester in Tomah. Sie ging fort von ihrem versoffenen Vater in Bowler. Sie kehrte nur zu kurzen Besuchen zurück.
Sie zog nach Oak Park, Illinois. Sie verkürzte ihren Namen zu Jean. Sie bekam ein Zimmer im Studentenwohnheim. Sie teilte es sich mit einem Mädchen namens Mary Evans. Nach sechs Monaten bezogen sie zwei benachbarte Zimmer. Zwei Jahre lang teilten sie sich ein Bad. Sie wurden gute Freundinnen. Mary hatte eine Affäre mit einem Arzt. Jean gefiel Marys wilde Seite. Mary gefiel Jeans wilde Seite. Jean ging mit Jungs aus und blieb abends länger weg, als erlaubt war. Es war, als wäre sie, nachdem sie dem Kleinstadtleben ade gesagt hatte, ein bißchen verrückt geworden. Mary und Jean ersannen einen Weg, um die Sperrstunde zu umgehen. Sie manipulierten das Schloß der Feuerleiter vor ihrem Fenster. So konnten sie sich ungesehen aus dem Studentenwohnheim abseilen und heimlich wieder einsteigen. Mary konnte sich mit ihrem Arzt treffen. Jean konnte sich mit Männern treffen und einen losmachen. Jean war meistens still und zurückhaltend. Sie las viel. Sie saß gern herum und träumte. Jean hatte noch eine andere Seite. Mary sah mit an, wie diese sich entfaltete. Das war Jean entfesselt. Jean begann, ziemlich heftig zu trinken. Jean war *immer* am Trinken. Jean ging einen trinken und kam erst nach der Sperrstunde zurück. Sie saß stundenlang auf dem Klo und pinkelte. Eines Nachts kam sie nach Hause und nahm das Klo in Beschlag. Sie zündete sich eine Zigarette an und warf das Streichholz in die Schüssel. Ein Knäuel Klopapier fing Feuer und versengte ihr den Hintern. Jean kriegte sich vor Lachen gar nicht mehr ein.
Jean brütete gern vor sich hin. Jean behielt ihre Gedanken und

Pläne für sich. Sie sprach nie von ihren Eltern. Sie bekam Besuch von ihrer Tante Norma. Nie von ihren Eltern. Mary fand das eigenartig. Jean mochte Menschen, die älter waren als sie. Sie stand auf Männer, die älter waren als sie. Sie hatte gern Frauen, die älter waren als sie, zur Freundin. Jean freundete sich eng mit einer Krankenschwester namens Jean Atchinson an. Jean Atchinson war zehn Jahre älter als Jean. Jean Atchinson ging nie mit Männern aus. Jean Atchinson hatte nur noch Augen für Jean Hilliker. Sie folgte ihr überallhin. Alle Welt sprach davon. Alle Welt hielt sie für ein lesbisches Paar. Mary hielt Jean Atchinson für eine Lesbe. Jean Hilliker stand zu sehr auf Männer, um lesbisch zu sein.

Jean verliebte sich in einen Mann namens Dan Coffey. Dan war 25. Jean war 20. Dan war Diabetiker und schwerer Alkoholiker. Jean machte sich Sorgen um ihn. Sie tranken fast jede Nacht zusammen. Volle anderthalb Jahre lang sahen sie sich jeden Abend. Jean vertraute sich Mary an. Jean sagte, sie trinke zuviel.

Jean hatte die Sache im Griff. Sie war eine gute Schwesternschülerin. Sie lernte schnell. Sie war pflichtbewußt und liebenswürdig zu ihren Patienten. Sie konnte bis spät in die Nacht ausbleiben und trotzdem am nächsten Tag ihren Dienst verrichten. Jean war qualifiziert, tüchtig und besonnen.

Dan Coffey verließ sie. Das war ein schwerer Schlag für Jean. Sie brütete vor sich hin und begann, Männer aufzureißen. Sie stand auf rauhe Jungs. Manche von ihnen sahen aus wie Gangster oder üble Schläger.

Im Mai '37 machte Jean ihren Abschluß. Nun war sie staatlich geprüfte Krankenschwester. Sie bekam eine Ganztagsstelle am West Suburban. Sie zog aus dem Wohnheim aus. Jean Atchinson fand eine Wohnung in Oak Park. Sie fragte Jean und Mary Evans, ob sie mit ihr zusammenziehen wollten. Mary hatte ein eigenes Zimmer. Jean teilte sich eins mit Jean Atchinson. Sie schliefen im selben Bett. Marys Freund verschaffte Jean einen Aufpasserjob. Sie sollte ein älteres Säuferehepaar mit dem Auto nach New York bringen. Die Frau hatte Krebs im Endstadium. Ihr Mann wollte einmal mit ihr nach Europa, bevor sie den Löffel abgab. Jean sollte dafür sorgen, daß sie nüchtern blieben, und sie zum Schiff bringen.

Der Job war nervtötend. Bei jeder Rast gingen die Säufer stiften. Jean fand Schnapsflaschen in ihrem Gepäck und leerte sie aus. Das Säuferpärchen organisierte Nachschub. Jean kapitulierte. Sie sorgte dafür, daß die beiden sich bis zur Besinnungslosigkeit vollaufen ließen und sie in Ruhe Auto fahren konnte. Sie erreichte Manhattan. Sie lud das Säuferpärchen am Pier ab. Der Mann sagte, er habe auf seinen Namen eine Hotelsuite gebucht. Sie könne sich dort ausruhen, bevor sie nach Chicago zurückfahre.

Jean machte das Hotel ausfindig und checkte ein. Sie lernte dort einen Künstler kennen. Er machte eine Aktzeichnung von Jean in Kohle. Sie verbrachten ein paar stürmische Tage zusammen. Jean rief Jean Atchinson und Mary Evans an und sagte ihnen, sie sollten zum Big Apple kommen. Sie könnten in ihrer Suite wohnen, bis man sie rauswarf. Jean Atchinson und Mary taten eine weitere Krankenschwester namens Nancy Kirkland auf. Nancy hatte ein Auto. Sie fuhren nach New York und ließen mit Jean zusammen die Sau raus. Vier oder fünf Tage lang ging es rund.

Die Mädels fuhren zurück nach Chicago. Mary zog aus der Wohnung aus. Ihr Freund hatte ihr eine eigene Wohnung besorgt. Jean Atchinson entdeckte eine Anzeige für einen Schönheitswettbewerb. Gesponsert wurde er von Elmo Beauty Products. Sie waren auf der Suche nach vier Frauen. Sie wollten die »bezauberndste« Blondine, Brünette, Grauhaarige und Rothaarige küren. Sie wollten eine Party für sie schmeißen und sie nach Hollywood schicken. Jean Atchinson sandte eine Bewerbung und ein Bild von Jean Hilliker ein. Sie sagte Jean nichts davon. Sie wußte, daß Jean nicht damit einverstanden gewesen wäre.

Jean gewann den Wettbewerb. Nun war sie Amerikas bezauberndste Rothaarige. Sie war wütend auf Jean Atchinson. Ihr Zorn verebbte. Am 12. 12. 38 flog sie nach L.A. Sie lernte die anderen bezauberndsten Frauen kennen. Sie verbrachten eine Woche in L.A. Sie wohnten im Ambassador Hotel. Sie bekamen jede $1000. Sie guckten sich die Sehenswürdigkeiten an. Talentscouts nahmen sie unter die Lupe. Von Jean wurden Probeaufnahmen gemacht. Die Zeitung von Tomah brachte einen Artikel über die

bezauberndste Rothaarige. Sie sei »eine stille, bescheidene, äußerst attraktive junge Dame«.
Jean kehrte nach Chicago zurück. Die Reise hatte Spaß gemacht. Sie hatte etwas Geld verdient. Kalifornien gefiel ihr. Die Probeaufnahmen hatten Spaß gemacht. Mehr nicht. Sie wollte kein Filmstar werden.

Es war 1939. Jean wurde im April 24. Tante Norma gab ihrem Mann den Laufpaß. Sie ließ sich mit einem anderen Pastor aus dem Ort ein. Sie gingen für immer aus Tomah fort. Norma verlor Jean aus den Augen. Sie sahen sich nie wieder. Jean verlor Mary Evans aus den Augen. Sie sahen sich nie wieder. Am 7. 6. 39 heiratete Leoda Hilliker Ed Wagner. Jean fuhr zur Hochzeit nach Madison, Wisconsin. Jean hatte damals einen oder mehrere Liebhaber. Sie wurde schwanger. Sie rief Marys Freund an und bat ihn, das Kind abzutreiben. Er weigerte sich. Jean trieb auf eigene Faust ab. Sie tötete den Fötus und bekam Blutungen. Sie rief Marys Freund an. Er behandelte sie. Er meldete die Abtreibung nicht.
Jean zog nach Los Angeles. Vielleicht hatte sie diesen Spalding dort kennengelernt. Sie wurden irgendwo getraut. Jedenfalls nicht in Chicago. Und auch nicht in L.A. County, Orange County, San Diego County, Ventura County, Las Vegas oder Reno. Dort hatte Bill Stoner überall die Heiratsregister überprüft. Janet Klock fand ein paar alte Aufzeichnungen. Sie bezogen sich auf die Zaun-Fotos. Die Aufzeichnungen stammten von meiner Mutter. Sie schrieb, die Fotos seien in der Nähe des Mount Charleston, Nevada, aufgenommen worden. Meine Mutter sprach von »wir«. Sie trug einen Ehering. Die Fotos wirkten, als seien sie in den Flitterwochen entstanden. Die Ehe zwischen Hilliker und Spalding ließ sich nicht belegen. Leoda hatte diesen Spalding nie kennengelernt. Jeans Freundinnen hatten diesen Spalding nie kennengelernt. Niemand kannte seinen Vornamen. Zwei Männer kamen als Erben des Spaldingschen Sportartikelvermögens in Frage. Einer davon starb im Ersten Weltkrieg. Der überlebende Sohn hieß Keith Spalding. Bill Stoner konnte ihn nicht mit meiner Mutter in

Verbindung bringen. Vielleicht hatte sie ihn geheiratet. Vielleicht hatte sie einen Spalding geheiratet, der nicht mit *den* Spaldings verwandt war. Die Ehe war kurz. Fünf Zeugen bestätigten dies als Tatsache oder als Gerücht. Im '39er Telefonbuch von L.A. fand Bill eine Geneva Spalding. Ihr Beruf war als »Hausmädchen« angegeben. Ihre Adresse lautete 852 Bedford, West Los Angeles. Die Telefonbücher von '39 waren '40 erschienen. Sie hatte Zeit gehabt, Mr. Spalding zu heiraten und sich wieder von ihm scheiden zu lassen. Sie hatte Zeit gehabt, Arbeit und eine eigene Wohnung zu finden.

1940 starb Earle Hilliker. Eine Lungenentzündung raffte ihn dahin. Jean Hilliker stand im '41er Telefonbuch von L.A. Sie war Stenotypistin. Sie wohnte in der South Harvard 854. Sie war nach Osten gezogen, in den Wilshire District. Sie bereitete sich vermutlich auf ihre Schwesternprüfung vor.

Und auf ein Rendezvous mit meinem Vater.

Mein Vater war nach dem Ersten Weltkrieg nach San Diego gezogen. Das hatte er mir erzählt. Er war ein Lügner. Alles, was er gesagt hatte, war suspekt. Bill Stoner schaute in alten Telefonbüchern von San Diego nach. Er fand meinen Vater in dem von '26. Er war als Buchprüfer aufgeführt. Bis 1929 hatte er den gleichen Job. '30 war er Handelsvertreter. '31 war er Hoteldirektor. Die nächsten vier Jahre arbeitete er im U.S. Grant Hotel. Er war Hausdetektiv und Assistent des Wirtschaftsprüfers. '35 wechselte er den Job. Er wurde Handelsvertreter. Er arbeitete für A.M. Fidelity. In den Büchern von '36 und '37 tauchte er nicht auf. Im '37er Telefonbuch von L.A. tauchte er wieder auf. Sein Beruf war nicht vermerkt. Er wohnte in der Leeward 2819. '38 und '39 stand er unter derselben Adresse im Telefonbuch. Die Leeward lag in Central L.A. – vier Meilen östlich von Geneva Spaldings '39er Adresse. Im Telefonbuch von '40 stand mein Vater unter 2845 West 27th. Im Telefonbuch von '41 stand er unter 408 South Burlington. Die Adresse war anderthalb Meilen von Jean Hillikers '41er Adresse entfernt.

Am 22. 12. 34 heiratete mein Vater in San Diego eine Frau. Ihr Name war Mildred Jean Feese. Sie kam aus Nebraska. Am 5. 6. 41

verließ mein Vater sie. Am 11. 9. 44 reichte sie die Scheidung ein. Sie sagte aus, mein Vater habe sie »grausam und unmenschlich behandelt und ihr damit schweres psychisches Leid zugefügt, was bei der Klägerin zu extremer nervlicher Labilität, körperlicher Pein und physischen Erkrankungen führte«.
Mein Vater erhielt eine Vorladung. Er erschien nicht vor Gericht. Am 20. 11. 44 wurde eine einstweilige Verfügung erlassen. Am 27. 11. 45 wurde die Ehe rechtskräftig geschieden. Es waren keine Kinder daraus hervorgegangen. Im Endurteil war nirgends von Unterhaltszahlungen die Rede.
Mein Vater stand im Telefonbuch von '41. Er verließ seine Frau am 5. 6. 41. Mildred Jean Ellroy stand im Telefonbuch von '42. Sie wohnte in der South Catalina 6901/2. Jean Hilliker stand im Buch von '42. Sie war als Krankenschwester aufgeführt. Sie wohnte in der South New Hampshire 5481/4. Das war drei Blocks von der South Catalina 6901/2 entfernt. Mein Vater hatte gesagt, er habe mit meiner Mutter in der 8th, Ecke New Hampshire, gewohnt. Er hatte gesagt, dort hätten sie gewohnt, als Pearl Harbour bombardiert wurde. Auf sein Gedächtnis war kein Verlaß. Sie wohnten drei Blocks nördlich, in der 5th, Ecke New Hampshire.
Bill und ich rekonstruierten, wie sich vermutlich alles zugetragen hatte.
1941 lernte mein Vater die Rothaarige kennen. Er traf sie in L.A. Er verließ seine Frau. Er nahm sich mit Jean Hilliker eine Wohnung. Er lief vor einer Frau davon. Er flüchtete sich zu einer Frau. Die sitzengelassene Frau gab die gemeinsame Wohnung auf. Sie zog in ein Apartment, das drei Blocks vom Liebesnest ihres Mannes entfernt lag. Dieser Umstand war entweder Zufall oder Trotz zuzuschreiben.
Vielleicht stellte sie meinem Vater nach.
Vielleicht zog sie in seine Nähe, um sich zu quälen.
Vielleicht zog sie dorthin, um die Rothaarige vor Augen zu haben und sich an ihrem Unglück zu weiden. Sie wußte, was mein Vater für einer war. Sie wußte, was der Rothaarigen bevorstand.
Bis Ende des Krieges waren in L.A. keine Telefonbücher mehr erschienen. Die Bücher von '46 und '47 fehlten. Die Bücher für Be-

verly Hills fehlten. Den Umzug in den North Doheney 459 konnten wir nicht nachverfolgen.
Sie hatten irgendwo ihr Liebesnest. Die Spalding-Ehe wurde '39 oder '40 geschieden. Die Ehe meines Vaters wurde Ende '45 geschieden. Nun konnten sie heiraten.
Sie wurden am 29. 8. 47 in Ventura County getraut. Meine Mutter war 32. Sie war im dritten Monat schwanger. In der Heiratsurkunde war eine gemeinsame Adresse angegeben. Sie lautete 459 North Doheny. In der Heiratsurkunde war vermerkt, daß es für beide Parteien die zweite Ehe sei.
Im März '48 wurde ich geboren. 1950 starb Jessie Hilliker. Sie hatte einen Schlaganfall und kippte tot um. Meine Eltern zogen in den Alden Drive 9031. Die Ehe scheiterte. Am 3. 1. 55 reichte meine Mutter die Scheidung ein.
Als Grund führte sie »extreme Grausamkeit« an. Als gemeinsame Güter gab sie Möbel und ein Auto an. Sie äußerte den Wunsch, das Sorgerecht für mich zu erhalten.
Mein Vater akzeptierte ihre Bedingungen. Am 3. 2. 55 unterzeichnete er eine Trennungsvereinbarung. Sie bekam das Auto und die Möbel. Sie bekam mich während der Schulmonate und für einen Teil des Sommers. Er bekam zwei Besuche pro Woche und den Rest des Sommers. Er mußte ihre Anwaltskosten übernehmen und $50 Alimente pro Monat zahlen.
Die Verhandlung wurde auf den 28. 2. 55 angesetzt. Mein Vater wurde vorgeladen. Er erschien nicht. Der Anwalt meiner Mutter beantragte eine einstweilige Verfügung. Mein Vater erzählte mir, sie bumse ihren Anwalt.
Am 30. 3. 55 wurde die einstweilige Verfügung erlassen. Die Scheidung wurde ein Jahr später rechtskräftig. Meine Mutter zeigte meinen Vater wegen Hausfriedensbruchs an. Er wurde für den 11. 1. 56 vorgeladen. In der Anzeige waren ihre Anschuldigungen einzeln aufgeführt.
Sie sagte, mein Vater habe mich an Thanksgiving abends nach Hause gebracht. Er stand vor der Haustür. Er lauschte. Am 27. 11. 55 brach er in ihre Wohnung ein. Er durchwühlte ihre Kleiderschränke und ihre Schreibtischschubladen. Er rückte ihr in Ralph's Mar-

ket an der 3rd, Ecke San Vicente, auf den Leib. Er beschimpfte sie lauthals, während sie versuchte einzukaufen. Der Vorfall ereignete sich Ende November '55.
Mein Vater nahm sich einen Anwalt. Der setzte einen Schriftsatz auf, in dem er zur Anzeige meiner Mutter Stellung nahm. Er schrieb, die Lebensweise meiner Mutter sei meiner charakterlichen und sozialen Entwicklung abträglich. Mein Vater fürchte um meine Gesundheit und meine Sicherheit.
Meine Eltern bekamen einen Termin bei einem Richter. Er übergab den Fall einer Gerichtsassessorin. Er beauftragte sie, den Anschuldigungen nachzugehen.
Sie vernahm meinen Vater. Er sagte, fünf Tage die Woche sei Jean eine gute Mutter. Sie trinke jeden Abend eine Zweidrittelflasche Wein und schlage am Wochenende »völlig über die Stränge«. Er sagte, sie sei sexbesessen. Ihre Sauferei und ihre Sexbesessenheit gingen Hand in Hand. Er sagte, er habe an jenem Abend nicht gelauscht. Er habe seinen Sohn um 17:15 nach Hause zurückgebracht. Jean öffnete die Tür. Ihr Haar war zerzaust. Sie hatte eine Fahne. Dieser Hank Hart saß am Küchentisch. Er war im Unterhemd. Eine Flasche Sekt, drei Dosen Bier, eine Flasche Wein und eine Pulle Whisky standen offen herum.
Er verließ das Apartment. Er beschloß, ein paar Freunde in der Nachbarschaft zu besuchen. Er ging später noch mal an der Wohnung vorbei. Er hörte seinen Sohn schreien. Er hörte auch noch »anderen Lärm«. Er ging zum Küchenfenster und schaute hinein. Er sah, wie sein Sohn ins Badezimmer ging und ein Bad nahm. Er sah, wie sich Jean und Hank Hart auf die Wohnzimmercouch legten. Sie fingen an zu knutschen. Hart schob seine Hand unter Jeans Kleid. Sein Sohn kam ins Wohnzimmer. Er trug einen Schlafanzug. Er sah fern. Hank Hart hänselte ihn. Der Junge ging ins Bett. Hank Hart zog sich die Hose aus. Jean hob ihren Rock. Sie hatten auf dem Sofa Geschlechtsverkehr.
Mein Vater sagte, dann sei er nach Hause gegangen. Er habe meine Mutter angerufen. Er habe sie gefragt, ob sie denn keinen Funken Scham im Leibe habe. Jean sagte, sie tue, was ihr passe. Er habe Jean in Ralph's Market nicht drangsaliert. Ein paar Tage nach

Thanksgiving habe er seinen Sohn nach Hause gebracht. Jean war nicht da. Sein Sohn zeigte ihm, wie man in die Wohnung eindringen konnte. Er öffnete ein paar Fenster. Er drang in die Wohnung ein. Er habe weder Jeans Kleiderschränke durchwühlt noch ihre Schreibtischschubladen geöffnet. Er habe Jean niemals unflätig beschimpft. Sie habe ihn angerufen und ihn unflätig beschimpft.
Die Untersuchungsbeamtin sprach mit Ethel Ings. Sie sagte, Jean sei eine fabelhafte Mutter. Jean zahlte ihr 75 Cents pro Stunde. Sie paßte auf Jeans Sohn auf. Jean ließ ihren Sohn nie allein zu Hause. Er ging jeden Sonntag in eine evangelisch-lutherische Kirche. Jean wurde ihm gegenüber nie laut. Sie nahm nie schmutzige Wörter in den Mund.
Die Untersuchungsbeamtin sprach mit der Leiterin der Children's Paradise School. Sie sagte, Jean sei eine fabelhafte Mutter. Der Vater verhätschele den Jungen und sorge nicht dafür, daß er lerne. Der Vater benutze den Jungen. Er benutze ihn, um seiner Mutter eins auszuwischen. Er rief ihn jeden Abend an und fragte ihn nach seiner Mutter aus. Er brachte ihm bei, nur mit »Ja« oder »Nein« zu antworten, wenn seine Mutter in der Nähe war.
Die Untersuchungsbeamtin sprach mit Eula Lee Lloyd. Sie sagte, Jean sei eine fabelhafte Mutter. Mr. Ellroy sei kein guter Vater. Sie habe Mr. Ellroy kürzlich ein paarmal gesehen. Er hockte vor Jeans Apartment im Gebüsch. Er schaute in die Fenster.
Die Untersuchungsbeamtin sprach mit meiner Mutter. Sie widersprach der Darstellung meines Vater. Sie bestritt seinen Vorwurf, sie sei eine sexbesessene Quartalssäuferin. Sie sagte, ihr Exmann habe ihren Sohn wiederholt belogen. Er habe ihm erzählt, er besitze einen Laden in Norwalk. Er habe ihm erzählt, er würde ein Haus mit Swimmingpool kaufen. Er wolle den Jungen ganz für sich haben. Ihr Exmann habe sie wüst beschimpft, und zwar in Gegenwart ihres Sohnes. Ihr Exmann sei latent homosexuell. Dafür habe sie medizinische Beweise.
Die Untersuchungsbeamtin stellte sich auf die Seite meiner Mutter. Sie führte die guten Arbeitszeugnisse meiner Mutter ins Feld. Sie sagte, meine Mutter habe offenbar einen tadellosen Charakter. Sie verhalte sich nicht wie eine Trinkerin oder eine Schlampe. Der

Richter stellte sich auf die Seite meiner Mutter. Er erließ eine richterliche Anordnung. Er forderte die Klägerin und den Beklagten auf, sich nicht gegenseitig zu schikanieren oder zu belästigen. Er forderte meinen Vater auf, nicht in die Wohnung meiner Mutter einzudringen. Er forderte ihn auf, nicht davor herumzulungern. Er forderte ihn auf, mich abzuholen, mich wieder abzuliefern und sich ansonsten verdammt noch mal von der Wohnung fernzuhalten.

Die Anordnung datierte vom 29. 2. 56. Meine Mutter war zwei Jahre und vier Monate von jener Samstagnacht entfernt. Die Aufzeichnungen und Unterlagen waren Dokumente eines Lebens in gescheiterten Beziehungen. Ich konnte die Ermittlungen als erfolgreich bezeichnen. Eines hatte ich zweifelsfrei herausgefunden. Ich wußte nicht, wer meine Mutter getötet hatte. Aber ich wußte, wie sie in die King's Row geraten war.

31

Es war nicht genug. Es war ein kurzes Innehalten und ein zündender Funke. Ich mußte noch mehr wissen. Ich mußte meine Schuld tilgen und mich mit meinem Anspruch auseinandersetzen. Mein Wille, zu suchen und mehr zu erfahren, war immer noch stark und hatte immer noch etwas Perverses. Ich war mein Vater, der vor dem Schlafzimmerfenster meiner Mutter im Gebüsch hockte.

Ich wollte nicht, daß es zu Ende ging. Ich ließ nicht zu, daß es zu Ende ging. Ich wollte sie nicht noch einmal verlieren.

Die King's Row war nur ein Fenster zur Vergangenheit. Der Dunkelhäutige war nur ein Zeuge mit ein paar Erinnerungen. Ich war ein Kriminalist ohne Lizenz, der sich nicht an die Regeln der Beweisführung zu halten brauchte. Ich konnte Vermutungen und Gerüchte als Tatsachen betrachten. Ich konnte im Geiste so schnell oder langsam durch ihr Leben reisen, wie es mir paßte. Ich konnte in Tunnel City verweilen, in El Monte oder an jedem Punkt dazwischen. Ich konnte über meine Suche alt werden. Ich konnte Angst vor meinem eigenen Tod haben. Ich konnte mir ihre Sonntage in der Kirche an den Eisenbahngleisen ausmalen. Dort wurde das Wiedersehen im Himmel gepredigt. Ich konnte glauben lernen. Ich konnte meine Suche mit Gottes Segen als abgeschlossen betrachten und auf den Moment warten, da wir uns auf einer Wolke in die Augen sehen würden.

So wird es nicht kommen. Sie ging fort von dieser Kirche. Sie war nicht freiwillig dort. Sie saß in ihrer Bank und träumte. Ich kenne sie gut genug, um mir dessen sicher zu sein. Ich kenne mich selbst gut genug, um sicher zu sein, daß ich nie aufhören werde zu suchen.

Ich werde es nicht enden lassen. Ich werde ihr nie wieder die Treue brechen oder sie im Stich lassen.

Jetzt verstehe ich dich. Du bist fortgelaufen und hast dich versteckt, und ich habe dich gefunden. Deine Geheimnisse waren bei mir nicht sicher. Du hast meine Liebe gewonnen. Als Preis dafür mußtest du die Blicke der Öffentlichkeit ertragen.

Ich habe dein Grab geschändet. Ich habe dich kompromittiert. Ich habe dich in peinlichen Situationen vorgeführt. Ich habe Dinge über dich erfahren. Jede neue Erkenntnis ließ mich dich nur noch inniger lieben.

Ich werde noch mehr erfahren. Ich werde deiner Spur folgen und in deine dunklen Momente vordringen. Ich werde deine Lügen aufdecken. Ich werde deine Geschichte neu schreiben und mein Urteil in dem Maße revidieren, wie deine Geheimnisse sich in Luft auflösen. Ich werde alles mit dem obsessiven Leben rechtfertigen, das du mir geschenkt hast.

Ich kann deine Stimme nicht hören. Ich kann dich riechen und deinen Atem schmecken. Ich kann dich spüren. Du streifst meinen Körper. Du bist fort, und ich will mehr von dir.